Un autre monde

Du même auteur
chez le même éditeur

L'Arbre aux haricots
Les Cochons au paradis
Les Yeux dans les arbres
Une rivière sur la lune
Petit miracle
Un été prodigue
Une île sous le vent
Un jardin dans les Appalaches

Barbara Kingsolver

Un autre monde

Traduit de l'anglais (États-Unis)
par Martine Aubert

Rivages

Retrouvez l'ensemble des parutions
des Éditions Payot & Rivages sur

www.payot-rivages.fr

Titre original : *The Lacuna*
HarperCollins Publishers Inc., New York

106, boulevard Saint-Germain – 75006 Paris

ISBN : 978-2-7436-2303-6

PREMIÈRE PARTIE

Mexico, 1929-1931
(VB)

ISLA PIXOL, MEXIQUE, 1929

Au commencement étaient les hurleurs. Ils démarraient toujours leur tapage dès la première heure de l'aube, juste au moment où l'ourlet du ciel commence à blanchir. Un seul d'entre eux donnait le signal du départ : un gémissement cadencé, forcé, régulier comme une lame de scie. Le vacarme en réveillait d'autres à proximité qui, à leur tour, se mettaient à vociférer au rythme du même air monstrueux. Bientôt les formidables hurlements de gorge étaient renvoyés par d'autres arbres, plus loin le long de la plage, jusqu'à ce que la jungle tout entière ne soit plus qu'une masse d'arbres rugissants. Comme cela était au commencement, cela est tous les matins du monde.

Le garçon et sa mère croyaient que c'étaient des diables aux yeux en soucoupes qui criaient dans ces arbres, qu'ils se disputaient le droit territorial de consommer de la chair humaine. La première année, après être venus s'installer au Mexique dans la maison d'Enrique, ils se réveillaient tous les jours à l'aube, terrifiés, au son des hurlements. Parfois elle dévalait le long couloir carrelé et apparaissait à la porte de la chambre de son fils, cheveux défaits ; ses pieds dans le lit comme des poissons glacés ; le couvre-lit au crochet qu'elle enroulait autour de leurs corps comme une toile d'araignée. Elle écoutait.

La vie ici aurait dû être un livre d'histoires. C'est ce qu'elle lui avait promis, dans la froide petite chambre là-bas en Virginie, Amérique du Nord : s'ils fuyaient au

Mexique avec Enrique, elle deviendrait peut-être la femme d'un homme riche et son fils serait le jeune seigneur, dans une hacienda entourée de champs d'ananas. L'île serait encerclée par un ruban de mer brillant comme un anneau de mariage et, quelque part sur le continent, se trouvait son joyau, les champs de pétrole d'où Enrique tirait sa fortune.

Mais le conte de fées était *Le Prisonnier de Zenda*. Il n'était pas un jeune seigneur, et sa mère, après de longs mois, n'avait toujours pas été demandée en mariage. Enrique était leur ravisseur, il observait leur terreur d'un œil indifférent en avalant son petit-déjeuner. « Ces hurlements, ce sont les *aullaros* », disait-il, alors que de ses doigts bagués il dégageait sa serviette blanche de son anneau d'argent, la posait sur ses genoux et attaquait son petit-déjeuner avec son couteau et sa fourchette. « Ils se hurlent après pour délimiter leur territoire avant de partir chasser leur nourriture. »

Leur nourriture, ce pourrait être nous, se disaient la mère et le fils, blottis dans la toile d'araignée du couvre-lit, à écouter la marée montante des démons qui hurlaient de toutes leurs dents. *Tu ferais bien d'écrire tout ça dans ton carnet*, disait-elle, *l'histoire de ce qui nous est arrivé au Mexique. Et quand il ne restera de nous que des os, quelqu'un saura où nous avons disparu*. Elle proposait de débuter ainsi : Au commencement étaient les *aullaros*, assoiffés de notre sang.

Enrique avait vécu toute sa vie dans cette hacienda, depuis que son père l'avait construite et, à coups de fouet, avait fait planter ses champs d'ananas aux *Indios*. Il avait appris très jeune l'utilité de la peur. Il attendit donc une année avant de leur dire la vérité : les hurlements, c'est juste des singes. Il ne les regardait même pas en leur annonçant cela, il n'avait d'yeux que pour les œufs dans son assiette. Il cachait un sourire de mépris sous sa moustache, une bien piètre cachette. « N'importe quel Indien ignorant dans ce village les connaît. Et vous aussi vous les connaîtriez, si vous sortiez le matin au lieu de rester terrés dans votre lit comme une paire de fainéants. »

C'était vrai : ces bêtes étaient des singes à longue queue, qui mangeaient des feuilles. Comment de tels hurlements pouvaient-ils provenir de quelque chose d'aussi manifestement ordinaire ? C'était pourtant le cas. Le garçon se mit à sortir furtivement au petit matin et apprit à les repérer, là-haut dans le voile de branches plaqué sur le ciel blanc. Des corps laineux repliés sur eux-mêmes, cherchant l'équilibre dans le balancement des ramures, leurs queues se dépliant pour caresser les branches comme des cordes de guitare. Parfois les femelles berçaient leurs bébés, nés à des hauteurs précaires, agrippés à la vie.

Les démons des arbres n'existaient donc pas. Et Enrique n'était pas vraiment un roi mauvais, il n'était qu'un homme. Il ressemblait aux minuscules figurines qu'on voit sur les gâteaux de mariage : la même tête ronde, les cheveux luisants séparés au milieu, la même petite moustache. Mais la mère du garçon n'était pas la mariée miniature et, bien sûr, il n'y a pas de place sur ce gâteau pour un enfant.

Après cela, quand Enrique voulait le ridiculiser, il n'avait même plus besoin de mentionner les démons, il se contentait de rouler des yeux en direction des arbres. « Le diable ici c'est un garçon qui a trop d'imagination », disait-il généralement. C'était comme un problème de mathématiques, le garçon en avait mal à la tête parce qu'il n'arrivait pas à trouver quelle partie de l'équation posait problème : être un garçon ou avoir de l'imagination. Enrique pensait qu'un homme qui réussit n'a pas besoin d'imagination du tout.

Voici une autre façon de commencer l'histoire, tout aussi vraie.

Les poissons ont leur loi, la même que celle des hommes : si le requin arrive, ils prennent tous la fuite, et vous laissent vous faire dévorer. Ils partagent un seul et même cœur, toujours sur le qui-vive, qui les pousse à se déplacer tous ensemble, fuyant le danger avant qu'il n'arrive. Mystérieusement, ils savent.

Sous l'océan vit un monde sans êtres humains. Le toit marin se balance au-dessus de votre tête alors que vous dérivez parmi les arbres pourpres de la forêt de corail, entouré d'un corps céleste de lumière formé de poissons brillants. Tel un faisceau de flèches flamboyantes, le soleil transperce l'eau, touche les corps écailleux et embrase chaque nageoire. Le banc compte mille poissons qui, cependant, se déplacent toujours ensemble : masse de lumière fraternelle et fragile.

C'est un monde parfait là-bas au fond, sauf pour celui qui ne respire pas l'eau. Il se pince le nez, suspendu au plafond d'argent comme un énorme pantin disgracieux. Des petits poils couvrent ses bras tels des brins d'herbe. Sa peau d'enfant éclairée par la clarté liquide, il est pâle, pas le triton lisse et argenté qu'il voudrait être. Les poissons filent tout autour de lui et il se sent seul. Il sait qu'il est stupide de se sentir seul car il n'est pas un poisson, mais c'est ainsi. Et pourtant il reste là, pris au piège de la vie du dessous ; il aimerait habiter leur cité, entouré de toute cette vie brillante et liquide. Le banc scintillant se creuse d'un côté pour enfler de l'autre, nuée de minuscules taches qui entrent et sortent, telle une énorme créature vivante. Quand une ombre apparaît, la masse des poissons se ramasse instantanément en son propre centre, et implose en un noyau dense et rassurant, qui laisse le garçon à l'extérieur.

Comment ont-ils appris à se sauver, et le laisser se faire dévorer ? Ils ont leur propre dieu, marionnettiste qui régit leur esprit de poisson unique, relié par un fil à tous les cœurs de leur monde surpeuplé. Tous les cœurs sauf un.

Le garçon découvrit le monde des poissons quand Leandro lui fit cadeau d'un masque de plongée. Leandro, le cuisinier, eut pitié de cette petite chochotte venue d'Amérique qui n'avait rien d'autre à faire de ses journées que farfouiller au creux des falaises, en faisant semblant de chasser. C'était un masque à vitres en verre, bricolé avec une jupe de caoutchouc et diverses pièces de lunettes d'aviateur. Leandro disait que son frère s'en servait quand il était encore vivant. Il lui montra comment cracher dedans avant de les mettre, pour qu'elles ne soient pas embuées.

« *Andele.* Vas-y maintenant, va dans l'eau », dit-il. « Tu seras surpris. »

Le garçon à la peau pâle, debout dans l'eau jusqu'à la taille, tout tremblant, se disait que c'étaient les mots les plus terribles qu'il avait jamais entendus : *tu seras surpris.* Le moment où tout bascule. Sa mère qui quitte son père (bruyamment, les verres qui se fracassent contre le mur) emmenant l'enfant au Mexique, et rien à faire, sinon attendre, dans le couloir de la petite maison froide, qu'on lui explique. Les changements étaient toujours difficiles : prendre un train, un père puis plus de père. Don Enrique du consulat de Washington, puis Enrique dans la chambre de sa mère. Tout change *maintenant*, alors que, tout tremblant dans le couloir, tu attends de glisser d'un monde à l'autre.

Et maintenant, à la fin de tout, ceci : debout dans l'océan, de l'eau jusqu'à la taille, le masque sur le nez, et le regard de Leandro rivé sur lui. Une bande de garçons du village étaient venus aussi, leurs bras cuivrés ballants, avec les longs couteaux dont ils se servaient pour ramasser les huîtres. Une croûte de sable blanc formait comme des mocassins pâles sur les côtés de leurs pieds. Ils s'arrêtèrent pour regarder, tous les bras s'immobilisèrent, figés sur place, et ils attendirent. Il ne lui restait rien d'autre à faire que prendre sa respiration et plonger dans l'étendue bleue.

Et *oh mon Dieu* elle était là, la promesse devenue réalité, un monde. Des poissons ivres de couleurs, rayés et à pois, corps dorés, têtes bleues. Des communautés de poissons, une population suspendue dans son monde liquide, fouillant le corail de leurs nez pointus. Ils becquetèrent une paire de troncs d'arbre poilus, ses jambes. Ces édifices n'étaient rien pour eux qu'un paysage de plus. Le garçon se retrouva avec un zizi tout dur, tant il avait peur, tant il était heureux. Barboter dans la mer la tête vide, désormais c'était fini. Croire en un océan avec rien dedans, sinon de l'eau bleue, fini aussi.

Il refusa de sortir de la mer jusqu'au soir, quand les couleurs commencèrent à s'assombrir. Par chance, Enrique et sa mère avaient de quoi boire. Installés sur la terrasse avec les hommes d'Amérique qui bleuissaient l'air avec leurs cigares, ils discutaient de l'assassinat d'Obregón, se demandaient qui mettrait aujourd'hui un terme aux réformes agraires avant que les *Indios* prennent tout. Sans tout ce mezcal et ce citron vert sa mère se serait lassée de ces conversations d'homme, et aurait songé à se demander si son fils ne s'était pas noyé.

Leandro fut le seul à s'interroger. Le lendemain matin, quand le garçon était arrivé aux cuisines pour voir mijoter le petit-déjeuner, Leandro déclara, « *Pícaro*, tu vas payer. Un homme doit payer pour chacune de ses fautes. » Tout l'après-midi, Leandro avait craint que les lunettes qu'il avait apportées dans cette maison ne se soient transformées en instrument de mort. Le châtiment avait été de se réveiller avec une plaque cuisante de la taille d'une tortilla, brûlante comme le feu. Quand le criminel releva sa chemise de nuit pour montrer la peau grillée de son dos, Leandro éclata de rire. Il était brun comme une noix de coco, et n'avait pas songé à un coup de soleil. Mais pour une fois il ne dit pas *usted pagará*, dans le langage formel des serviteurs aux maîtres. Il dit *tú pagarás*, tu paieras, dans la langue des amis.

Le criminel ne manifesta aucun repentir : « Tu m'as donné les lunettes, donc c'est ta faute. » Et, à nouveau, il passa presque toute la journée dans la mer, dont il ressortit le dos craquant comme de la couenne de lard dans sa marmite. Leandro dut l'enduire de saindoux ce soir-là, « *Pícaro*, petit vaurien, pourquoi fais-tu des choses aussi stupides ? » *No seas malo*, ajouta-t-il, le « tu » familier, langage des amis, des amants, ou des adultes envers les enfants. Pas moyen de savoir.

Le samedi soir avant la semaine sainte, Salomé voulut se rendre en ville pour entendre la musique. Son fils irait aussi, elle avait besoin d'un bras auquel s'accrocher pendant qu'elle ferait le tour de la place. Elle préférait l'appeler par son deuxième prénom, William ou juste Will, auxiliaire des événements à venir : *You will.* Même si dans sa bouche le mot ressemblait à *wheel*, une roue, une chose qui sert, mais seulement quand elle est en mouvement. Salomé Huerta était son nom. Elle était partie de chez elle très jeune pour devenir une Sally américaine, puis Sally Shepherd pendant un moment, mais rien ne durait jamais longtemps. Sally l'Américaine, c'était du passé.

C'était l'année des bouderies de Salomé, dernière année à l'hacienda de Isla Pixol, même si personne ne le savait encore. Ce jour-là elle avait boudé parce qu'Enrique avait refusé tout net d'aller tourner en rond avec elle sur le zócalo, juste pour faire admirer sa robe. Il avait trop de travail. Son travail consistait à rester assis dans sa bibliothèque à passer les mains dans ses cheveux luisants, et boire du mezcal en transpirant du col pendant qu'il déchiffrait les colonnes de chiffres de la semaine. C'est ainsi qu'il découvrait s'il avait de l'argent jusqu'à la moustache, ou seulement jusqu'aux burettes.

Salomé enfila sa nouvelle robe, peignit un arc sur sa bouche, prit son fils par le bras et se mit en route pour la ville. Le zócalo, ils le sentirent d'abord : gousses de vanille rôties, bonbons au lait de coco, café bouilli. La place grouillait de couples qui marchaient enlacés, bras enroulé autour du corps de l'autre comme les plantes grimpantes qui étouffent les troncs d'arbre. Les filles paradaient avec leurs jupes de laine à rayures, leurs corsages en dentelle, et leurs amoureux aux hanches étroites. Un carré parfait délimitait l'ambiance de la fiesta : quatre longues lignes d'ampoules électriques suspendues aux quatre coins à des poteaux, isolant un brillant morceau de nuit juste au-dessus des promeneurs.

Éclairés du dessous, l'hôtel et les autres bâtiments autour de la place avaient des ombres en forme de sourcils au-dessus de leurs balcons en fer. La petite cathédrale semblait plus haute qu'elle ne l'était, et menaçante, comme une personne qui entre dans une chambre une bougie à la main. Les musiciens se tenaient dans le petit kiosque arrondi dont le toit pointu et les grilles en fer forgé avaient été récemment peints en blanc ainsi que tout le reste, y compris les vieux figuiers géants autour de la place. Leurs troncs flamboyaient dans l'obscurité, mais seulement jusqu'à une certaine hauteur, comme si une marée de lait de chaux avait récemment déferlé sur la ville et laissé la marque des hautes eaux.

Salomé semblait heureuse de flotter dans cette rivière humaine qui se déplaçait autour de la place, même si, dans ses élégantes chaussures en peau de lézard et sa robe de crêpe à la garçonne qui dénudait ses jambes, elle ne ressemblait à personne. La foule se fendait à son approche. Il lui plaisait sans doute d'être l'Espagnole aux yeux verts parmi les Indiens ou, plutôt, la *Criolla* : née au Mexique mais pure tout de même, pas de sang indien au milieu. Son fils moitié américain, avec ses yeux bleus, longue tige parmi les gens de la ville aux visages carrés, n'était pas aussi heureux de sa situation. Ils auraient été une parfaite illustration pour un livre destiné à montrer les Castes de la Nation, comme le faisaient les manuels scolaires à cette époque.

« L'année prochaine », dit Salomé en anglais, lui pinçant le coude dans un geste d'amour féroce, « tu viendras ici avec une fille à toi. C'est la dernière *Noche de Palmas* où tu te promènes avec ta vieille tortue. » Elle aimait employer l'argot américain, particulièrement quand il y avait du monde. *Posalutely the berries*, claironnait-elle, pour dire c'est absolument formidable, leur ouvrant à eux seuls une pièce invisible aux autres, dont elle fermait la porte.

« Je n'aurai pas de petite amie.

– Tu auras quatorze ans l'année prochaine. Tu es déjà plus grand que le président Portes Gil. Pourquoi n'aurais-tu pas une petite amie ?

– Portes Gil n'est même pas un vrai président. Il est au pouvoir parce qu'Obregón s'est fait refroidir.

– Et peut-être que tu accéderas au pouvoir de la même manière, quand le *novio* en titre d'une fille se sera fait virer. Peu importe comment tu décroches le boulot, mon mignon. Elle sera à toi quand même.

– L'année prochaine, tu pourrais avoir la ville entière à tes pieds, si tu le voulais.

– Mais toi tu auras une fille. C'est tout ce que je dis. Tu partiras et tu me laisseras seule. » Elle aimait jouer à ce jeu. Très difficile de gagner.

« Ou alors, maman, si tu ne te plais pas ici, tu peux toujours t'en aller ailleurs. Une ville élégante où les gens ont d'autres distractions que de tourner en rond autour du *zócalo*.

– Et, persista-t-elle, tu aurais quand même la fille. » Pas simplement une fille mais *la* fille, déjà une ennemie.

« Qu'est-ce que ça peut te faire ? Toi, tu as Enrique.

– À t'entendre, on dirait que tu parles de la petite vérole. »

Devant le kiosque à musique en fer forgé, la foule avait dégagé un espace pour danser. De vieux hommes en sandales tenaient leurs femmes en forme de barriques dans leurs bras raides.

« L'année prochaine, maman, quoi qu'il arrive, tu ne seras pas vieille. »

Elle posa la tête sur son épaule tout en continuant à marcher. Il avait gagné.

Salomé ne supportait pas que son fils soit maintenant plus grand qu'elle : quand elle s'en était aperçue elle avait été furieuse, puis morose. Selon sa formule, cela signifiait qu'elle était aux deux tiers morte. « La première partie de la vie est l'enfance. La deuxième est l'enfance de votre enfant. Puis vient la troisième, la vieillesse. » Autre problème de mathématiques sans solution pratique, surtout pour l'enfant. Se mettre à rapetisser, jusqu'à ne pas être né, voilà qui aurait tout résolu.

Ils firent une halte pour regarder les mariachis sur leur estrade, de beaux hommes, lèvres plissées, qui donnaient de longs baisers à leurs trompettes de cuivre. Des traînées de boutons d'argent parcouraient les côtés de leurs pantalons noirs serrés. La foule s'amassait sur le *zócalo*, hommes et femmes continuaient d'arriver des champs d'ananas ; les pieds encore couverts de la poussière du jour, ils émergeaient lentement de l'obscurité pour entrer d'un pas traînant dans le cercle de lumière électrique. Au pied de la blanche façade en pierre de l'église, certains d'entre eux installèrent de petits campements à même le sol, étalant des couvertures où mère et père pouvaient s'adosser aux pierres fraîches pendant que les bébés dormaient entassés les uns sur les autres. Ces gens-là étaient les marchands venus pour la semaine sainte, chaque femme vêtue de la robe particulière à son village. Celles du Sud avaient d'étranges jupes pareilles à de lourdes couvertures pleines de plis, et de délicats corsages ornés de rubans et de broderies. C'étaient les vêtements qu'elles portaient ce soir, le jour de Pâques et tous les autres jours, qu'elles assistent à un mariage ou donnent à manger aux cochons.

Elles étaient venues ici avec des ballots de palmes et étaient à présent occupées à les délier pour dissocier les feuilles. Toute la nuit, dans l'obscurité, leurs mains tisseraient les lanières de feuilles pour leur donner des formes inattendues de la Résurrection : croix, guirlandes de glaïeuls, colombes du Saint-Esprit, et même le Christ en personne. Il leur fallait confectionner ces choses à la main en une seule nuit, pour la messe des Rameaux désormais interdite, et les brûler ensuite, parce que les icônes étaient illégales. Les prêtres étaient illégaux, dire la messe était illégal, tout cela interdit par la Révolution.

Plus tôt dans l'année, les *Cristeros* étaient entrés dans la ville à cheval, la poitrine barrée d'une rangée de balles pareilles à des pierres précieuses, et ils avaient fait le tour de la place au galop pour protester contre la loi qui frappait les prêtres d'interdit. Les filles les acclamaient et leur lançaient des fleurs comme si Pancho Villa en personne était sorti de sa tombe et avait retrouvé son cheval. Des vieilles femmes à genoux se balançaient, les yeux clos, étreignant leur croix comme des bébés. Demain, ces villageois emporteraient leurs icônes secrètes dans l'église sans prêtre et, animés de la même grâce, allumeraient les bougies eux-mêmes. Comme le banc de poissons, si persuadés de leur bon droit qu'ils pouvaient faire fi de la loi, déclarer leur âme sauvée, puis rentrer chez eux et détruire les pièces à conviction.

Il était tard à présent, les couples mariés avaient commencé d'abandonner l'espace de danse à un groupe plus jeune : des filles aux cheveux tressés de fils rouges, enroulés autour de leur tête en épaisses couronnes. Les jupes de leurs robes blanches, qui tourbillonnaient telle l'écume, étaient si larges qu'elles pouvaient tenir l'ourlet entre leurs doigts et les relever pour en faire des ailes impromptues, comme des papillons, virevoltant au rythme de la danse. Les bottes à hauts talons des hommes se plantaient dans le sol, tambourinant tels des étalons dans leur enclos. Quand la musique s'arrêta, ils se penchèrent vers leur partenaire à la manière d'animaux prêts à s'accoupler. Un pas en arrière, un en avant, les filles jouaient des épaules. Les hommes mettaient des mouchoirs sous leurs bras, puis les agitaient sous les mentons des filles.

Salomé décida qu'elle voulait rentrer à la maison sur-le-champ.

« Il va falloir qu'on rentre à pied, maman. Natividad ne viendra pas nous chercher avant onze heures, c'est toi qui le lui as demandé.

– Eh bien, nous marcherons.

– Attends encore une demi-heure. Sinon nous ferons le chemin dans le noir. Des bandits pourraient nous assassiner.

– Personne ne va nous assassiner. Les bandits sont tous sur le *zócalo* à tenter de voler des bourses. » Salomé avait du sens pratique, même quand elle était hystérique.

« Mais tu détestes marcher.

– Ce que je déteste c'est regarder ces primitifs faire de l'épate. Une chèvre en robe reste une chèvre. »

C'est alors que la nuit s'abattit sur toute chose, comme un rideau. Quelqu'un avait dû débrancher les lumières. La foule poussa un grand soupir. Les filles papillons avaient planté des bougies allumées dans les verres qu'elles avaient posés sur leurs têtes couronnées de tresses. Quand elles dansaient, leurs bougies flottaient à travers une invisible surface, tels les reflets de la lune sur un lac.

Salomé était tellement déterminée à rentrer à pied qu'elle était déjà partie dans la mauvaise direction. Il ne fut pas facile de la rattraper. « Ces Indiennes », cracha-t-elle. « Quel homme voudrait leur courir après ? Une paysanne ne sera jamais autre chose que ce qu'elle est. »

Les danseuses étaient des papillons. À cent pas de distance, Salomé pouvait distinguer la crasse sous les ongles de ces filles, mais pas leurs ailes.

Enrique avait bon espoir, les hommes du pétrole parviendraient à un accord. Mais cela pourrait prendre du temps. Arrivés à Isla Pixol avec leurs femmes, ils avaient tous retenu des chambres en ville. Enrique avait essayé de les convaincre de séjourner à l'hacienda, car les avantages de son hospitalité pouvaient jouer en sa faveur dans la négociation. « Cet hôtel a été construit avant l'Arche de Noé. Vous avez vu l'ascenseur ? Une cage à oiseaux suspendue à une chaîne de montre. Et les chambres sont plus petites qu'une boîte à cigares. »

Salomé le fusilla du regard : Comment pouvait-il savoir ?

Les épouses avaient les cheveux coupés au carré et portaient des robes élégantes, mais toutes étaient entrées, selon les critères de Salomé, dans la Troisième Portion de la Vie. Peut-être même la quatrième. Après le dîner, pendant que les hommes fumaient des cigares de Tuxtla dans la bibliothèque, les femmes étaient sorties sur la terrasse carrelée, avec leurs chaussures à talons pointus, leurs petits chapeaux épinglés sur leur tête en cas de vent et leurs boucles collées aux joues. Un verre de *vino tinto* à la main, elles contemplaient la baie et s'interrogeaient sur le silence des fonds marins. « Des algues qui se balancent comme des palmiers », s'accordèrent-elles à penser, « le silence de la tombe. »

Le garçon, assis au bord de la *terraza* sur le muret, pensait : ces pipelettes seraient déçues d'apprendre qu'il y a un vacarme d'enfer là-bas au fond. Étrange, mais pas silencieux. Comme dans les livres de Jules Verne, un monde mystérieux rempli de choses qui lui appartiennent, indifférent au nôtre. Souvent il secouait sa tête pleine de bulles et, se laissant porter par le courant, il écoutait le chœur infini des minuscules couinements et claquements. En observant un seul poisson à la fois alors que, par petites poussées successives, il faisait le tour du récif de corail, il découvrit qu'il parlait aux autres. Ou du moins qu'il faisait des bruits qui leur étaient destinés.

« Quelle est la différence », demanda-t-il à Leandro le lendemain, « entre parler et faire du bruit ? »

Salomé n'avait toujours pas retenu le nom de Leandro, elle l'appelait « le nouveau garçon de cuisine. » La dernière *galopina* était une jolie fille, Ofelia, trop admirée par Enrique, renvoyée par Salomé. Leandro tenait plus de place : les pieds nus bien écartés, solide comme les piliers en stuc qui soutenaient les toits de tuiles au-dessus des passerelles de sa maison d'ocre jaune. Une rangée de citronniers dans de grands pots en terre cuite bordait la galerie entre sa maison et les cuisines. Et tel un arbre, Leandro était planté là la majeure partie de la journée à hacher des chayotes avec sa machette sur la grande table de travail. Ou décortiquer des crevettes, ou faire de la *sopa de milpa* : une soupe de grains de maïs avec des fleurs de courge en dés et de l'avocat. De la soupe *xochitl*, avec un bouillon de poulet et de légumes. Des salades de cactus *nopales*, avec de l'avocat et du cilantro. Le riz, il l'agrémentait avec un soupçon de quelque chose de sucré.

Tous les jours il disait, *tu pourrais prendre ce couteau et arrêter d'embêter le monde*. Mais en souriant, pas comme Salomé quand elle disait « embêter ». Pas comme quand elle disait, « Si tu entres ici avec ces pieds pleins de sable, t'es cuit. »

Quant à la différence entre parler et faire du bruit, Leandro décida : *Depende*.

« Ça dépend de quoi ?

– De l'intention. S'il veut qu'un autre poisson comprenne ce qu'il veut dire. » Leandro considéra sa pile de crevettes solennellement, comme si elles avaient pu avoir un dernier vœu à formuler avant exécution. « Si le poisson veut seulement montrer qu'il est là, c'est un bruit. Mais peut-être que les claquements disent "va-t'en", ou "c'est ma nourriture", pas la tienne.

– Ou bien, "t'es cuit". »

Leandro rit, parce qu'en espagnol ça sonne bizarrement : *estás cocido.*

« *Exacto* », décida Leandro.

« Donc pour un autre poisson ce sont des paroles », dit le garçon. « Mais pour moi ce n'est que du bruit. »

Leandro avait besoin d'aide – trop de bouches à nourrir dans cette maison, les Américains aimaient manger. C'était l'anniversaire de Salomé, et elle avait commandé des calmars. Les épouses auraient les yeux qui oscilleraient comme le balancier d'une pendule sous leur chapeau-cloche quand elles verraient du calmar *a la veracruzana*. Mais les hommes avaleraient les tentacules sans y prendre garde, captivés qu'ils étaient par leurs propres histoires : comment leurs fusils avaient maté la rébellion à Sonora et comment Escobar avait pris la fuite comme un chien. Et plus il y avait de mezcal dans leurs verres, plus vite courait Escobar.

Après le dîner, Leandro déclara : *El flojo trabaja doble*, le paresseux doit travailler deux fois plus, car le garçon essayait de porter toutes les assiettes à la fois à la cuisine. Deux lui échappèrent et se fracassèrent en mille morceaux sur le carrelage. Leandro avait donc raison, il fallut deux fois plus de temps pour balayer qu'il n'en aurait fallu pour faire un trajet supplémentaire. Mais Leandro sortit l'aider à ramasser les morceaux, agenouillé sous le regard des Américains qui se lamentaient de la maladresse des serviteurs : voilà une chose qui ne change pas, quel que soit le pays.

Plus tard, Salomé essaya de tous les entraîner à danser. Elle remonta le Victrola, brandissant la bouteille de mezcal en direction des hommes, mais ils partirent se coucher, et la laissèrent virevolter autour du salon comme un ballon qui se dégonfle. C'était le jour de son anniversaire, et pas même son fils à qui elle avait donné la vie ne voulait danser avec elle. « Bonté divine, William, tu n'es pas drôle », décida-t-elle. Toujours le nez dans les livres, tu vaux pas un pet de lapin. *Petite chochotte, bonnet de nuit, pisse-froid*, ce n'est qu'un modeste échantillon des noms qui lui passaient par la tête quand elle était bourrée comme une huître. Il essaya bien de danser avec elle, mais il était trop tard, elle ne tenait plus sur ses quilles.

Salomé est du tonnerre, disaient volontiers les hommes. Fabuleuse, merveille des merveilles, charmeuse de serpents. Et aussi danger public. C'est l'un d'entre eux qui avait dit ça à sa femme, pendant que les autres se trouvaient dehors. Et il avait expliqué la situation. *Danger public* signifiait qu'elle était encore mariée, à l'époux d'Amérique. Après tout ce temps, toujours pas divorcée, un pauvre couillon, comptable dans un ministère, à Washington. Elle avait eu cette liaison avec l'attaché mexicain littéralement sous son nez, elle ne devait pas avoir plus de vingt-cinq ans à l'époque, et cet enfant qui était déjà là. Elle avait laissé l'autre type sans un radis. Prends garde à cette snob de Salomé, avait-il averti sa femme. Un tour de passe-passe, et hop, volatilisée.

Le village célébra le *Cinco de Mayo* : il y eut des feux d'artifice pour commémorer la victoire sur l'invasion de Napoléon à la bataille de Puebla. Salomé avait des maux de tête, dernier cadeau de la nuit précédente, et passa la journée dans sa petite chambre à coucher au bout du couloir. Son île d'Elbe, disait-elle, son lieu d'exil. Ces derniers temps Enrique se retirait de bonne heure et fermait derrière lui la lourde porte de sa propre chambre. Aujourd'hui elle n'était pas d'humeur à entendre du bruit. Aujourd'hui, se lamenta-t-elle, il y avait plus d'explosions sur le campo qu'il n'en avait sans doute fallu autrefois pour faire déguerpir l'armée de Napoléon.

Le garçon ne se rendit pas à la ville pour les festivités. Il savait qu'en fin de compte les généraux de Napoléon étaient revenus, avaient réglé son compte à Santa Anna, et pris le pouvoir au Mexique ; et l'avaient gardé, assez longtemps pour que tout le monde parle français et porte des pantalons serrés jusqu'en 1867, ou quelque chose comme ça. Il devait terminer le livre sur l'empereur Maximilien, pris dans la bibliothèque d'Enrique. C'était le programme que Salomé lui avait assigné, Lire des Livres Moisis, car il n'y avait pas, à Isla Pixol, d'école convenable pour un garçon qui était déjà plus grand que le président Portes Gil. Mais le meilleur endroit pour lire était la forêt, pas la maison. Sous un arbre près de l'estuaire, à vingt minutes de marche le long du sentier. Et le livre sur Maximilien était énorme. Normal de prendre à la place *La Mystérieuse Affaire de Styles*.

L'*amate* était le plus grand arbre de la forêt. Ses racines, qui partaient du tronc, formaient des petites pièces à rideaux de fougères et de patchouli. Un havre pour les libellules et les grives et, une fois, un petit serpent lové. De nombreux arbres dans cette jungle avaient une base aussi large que les huttes dans le village de Leandro, et les branches si hautes qu'on avait peine à les apercevoir. Impossible de savoir ce qui vivait tout là-haut. C'était là que les démons aux yeux en soucoupes avaient autrefois hurlé au sang, mais ces branches n'étaient peut-être que des balcons d'hôtels pour singes, et des endroits où nichaient les oiseaux *oropéndolas*, qui faisaient glouglou comme l'eau qui sort d'une gourde en fer-blanc.

Dans la bibliothèque d'Enrique, tous les murs étaient couverts d'étagères en bois. La pièce n'avait pas de fenêtres, rien que des rayonnages, et les façades, toutes équipées de grilles de fer, faisaient penser à des soupiraux de prison. Les étagères surchargées de livres étaient bien gardées. Par les ouvertures carrées ménagées entre les barres soudées, un garçon aux longs doigts et à l'ossature fine avait juste la place de passer la main, comme s'il enfilait un bracelet de fer. Il parvenait ainsi à caresser le dos des livres, tel Edmond Dantès dans *Le Comte de Monte Cristo* touchant le visage de sa fiancée à travers les barreaux quand elle était venue le voir dans sa prison. Délicatement, il délogeait un livre de sa place sur l'étagère encombrée, et les deux mains à travers les barreaux il arrivait à le retourner et l'examiner, parfois même à l'ouvrir, si l'étagère était assez profonde. Mais pas à le prendre. Les grilles avaient des cadenas en fer.

Tous les dimanches, Enrique sortait la clé squelettique, déverrouillait la grille et en retirait quatre livres exactement, qu'il déposait en pile sur la table, sans discussion. Invariablement historiques, puant le moisi, ces livres étaient destinés à faire l'éducation d'un garçon. Certains pouvaient passer, *Zozobra* et *Romancero gitano*, des poèmes écrits par un jeune homme qui aimait les gitans. Cervantès tint promesse, mais il fallut le décrypter dans une forme d'espagnol d'un autre âge. Une semaine à peine avec *Don Quichotte*, et il avait fallu le rendre pour le mettre sous clé et l'échanger contre la pile de la semaine suivante. Un coup d'œil à travers le trou d'une serrure.

Et, de toute façon, pas un seul de ces livres n'aurait tenu huit minutes face à Agatha Christie ou aux autres volumes qu'il avait rapportés de la vie d'avant, quand ils avaient fait le voyage en train pour venir ici. Sa mère l'avait laissé emporter deux sacs de voyage : un pour les livres, un pour les vêtements. Les vêtements, trop petits du jour au lendemain, étaient de la place perdue. Il aurait dû remplir les deux avec des livres. *La Mystérieuse Affaire de Styles*, *Le Comte de Monte Cristo*, *Le Tour du monde en quatre-vingts jours*, *Vingt Mille Lieues sous les mers*, des livres en anglais qui ne puaient pas le moisi. Il en avait déjà lu la plupart, plus d'une fois. *Les Trois Mousquetaires*, épée au poing, continuaient de lui lancer des appels, mais il les remettait toujours dans le sac. Que resterait-il, quand tous ces livres appartiendraient au passé ? Il passait ses nuits à redouter ce moment.

Salomé n'avait pas vraiment idée de ce qui s'apprenait dans une véritable école, et franchement, lui non plus : des souvenirs brumeux de manteaux en laine et de petits chenapans, et *le sport*, cette chose terrible, administrée une fois par jour. Une dame vêtue d'un chandail marron lui donnait souvent des livres : seul bon souvenir de chez eux. Mais ce n'est plus chez nous maintenant, avait dit Salomé. « Nous sommes ici, et il n'y a pas d'école, tu vas donc devoir lire tous les livres de cette maudite bibliothèque, si on nous autorise à rester. » Sinon, elle ne savait pas trop quel serait le programme.

Ça sentait souvent mauvais dans la bibliothèque, avec tous ces hommes du pétrole qui passaient leurs soirées à fumer les cigares de Tuxtlan. Salomé détestait tout en bloc : les cigares, les conversations des hommes. Mais aussi les livres sous clé, et tous les autres avec, semblait-il, sans compter les petites chochottes qui passaient trop de temps à les lire. Elle lui acheta pourtant un carnet dans le kiosque près des quais du ferry-boat, le jour où ils avaient essayé de se sauver de chez Enrique et pleuré de n'avoir nulle part où aller. Elle était restée si longtemps affalée sur le banc en fer, dans sa robe en crêpe de soie, les épaules secouées de tremblements, qu'il avait fini par aller faire un tour jusqu'à la devanture du marchand de tabac où il s'était mis à feuilleter des magazines. C'est là qu'il avait trouvé le carnet cartonné : le plus beau livre du monde, il pouvait devenir tout ce qu'on voulait.

Alors qu'il le contemplait, elle arriva par-derrière. Elle posa le menton sur son épaule, s'essuya la joue du revers de la main et dit, « Bon, nous allons le prendre. »

L'homme l'enveloppa avec soin dans du papier gris, attaché par une ficelle.

C'était cette histoire-là qu'elle voulait le voir écrire, raconter ce qui se passait au Mexique avant que les hurleurs ne les engloutissent sans laisser de trace. Plus tard, à de nombreuses reprises, elle changerait d'avis et lui demanderait de cesser d'écrire. Ça la rendait nerveuse.

À la fin de cette journée où ils avaient pris la fuite, acheté le petit livre et mangé des crevettes bouillies dans un cornet en papier, plantés sur le quai à regarder partir les ferry-boats, ils étaient retournés chez Enrique, bien sûr. Ils étaient prisonniers sur une île, comme le comte de Monte Cristo. L'hacienda avait de lourdes portes et des murs épais qui restaient frais toute la journée, et des fenêtres qui, toute la nuit, laissaient passer le bruit de la mer : *sh, sh*, comme un battement de cœur. S'il restait ici, il deviendrait maigre comme un chat de gouttière et, quand les livres seraient finis, il allait mourir de faim.

Mais non, maintenant il n'en serait plus ainsi. Le carnet du marchand de tabac fut le début de l'espoir : le plan d'évasion d'un prisonnier. Ses pages vides seraient le livre de tout, miraculeux et sans fin comme la mer pendant la nuit, un battement de cœur qui ne s'arrête jamais.

Salomé, quant à elle, ne s'inquiétait pas d'être à court de livres, seulement de voir ses vêtements passer de mode. *Il n'y a rien à acheter sur cette île. À moins qu'il ne veuille faire de moi une chèvre, que je porte des jupes qui traînent par terre*. Une malle remplie de ce qu'elle possédait de plus beau avait été expédiée par voie de terre depuis Washington D.C. l'année dernière, selon le notaire qui était censé s'occuper de ces choses. Mais malle et divorce semblaient s'être perdus en route. Enrique disait qu'ils verraient peut-être un jour cette malle, *ojalá*, si le Seigneur le voulait bien. Ce qui signifiait que si le Seigneur ne le voulait pas, les zapatistes attaqueraient le train et prendraient tout. Le garçon s'écria, « Oh oui, imaginez donc un peu ! Les zapatistes avec leur ceinture de balles en train de lire Miss Agatha Christie devant un feu de camp, manger dans la porcelaine de Limoges de maman et porter ses déshabillés. »

Enrique se pinça la moustache et dit : « *Imaginez donc un peu !* Dommage que ça ne rapporte pas un sou, des rêves comme celui-là. »

« La révolution au Mexique, c'est une mode », déclara-t-il aux hommes du pétrole, le dernier soir pendant le dîner. « Comme les chapeaux ridicules que portent nos femmes. Peu m'importe ce qu'on vous a dit à Washington, ce pays travaillera dur pour faire fructifier le dollar étranger. » Il leva son verre. « Le cœur du Mexique est pareil à celui d'une femme loyale, marié pour toujours à Porfirio Díaz. »

Le marché fut conclu, les hommes du pétrole s'en furent. Le lendemain, Enrique laissa Salomé s'asseoir sur ses genoux et lui donner un baiser digne d'un joueur de trompette. Un signe de progrès, déclara-t-elle, après qu'il fut sorti inspecter un nouvel atelier d'emballage. « Tu as bien entendu ? Les chapeaux que portent *nos femmes* ? » Elle avait dans l'idée de réintégrer la chambre d'Enrique, et ensuite de renvoyer sa domestique.

Le garçon, quoi qu'il arrive, n'avait pas d'autre ambition que prendre la poudre d'escampette. Il sortait par-derrière en passant par la cuisine, et disparaissait sur le long sentier de *palo mulato* dont l'écorce rouge, se détachant des troncs, dénudait une peau noire et lisse. Puis il traversait la piste de sable et le champ d'ananas et, une fois franchi le petit muret de pierre, il arrivait à la mer, avec pour tout bagage un livre au fond de son sac à dos, un paquet de tortillas pour son repas de midi, les lunettes de plongée et un costume de bain. Personne ne l'observerait hormis Leandro qui, lorsqu'il le suivait du regard le long de la piste de sable, était capable de le faire se sentir nu alors qu'il ne l'était pas. Leandro, qui arrivait pieds nus chaque matin de son village, imprégné de l'odeur de fumée des petits-déjeuners cuits au feu de bois, mais toujours vêtu d'une chemise propre, lavée et repassée par sa femme. Salomé disait que Leandro avait déjà une femme, un enfant, et un bébé. « Jeune comme il est », gloussait-elle, ravie que quelqu'un ait fichu sa vie en l'air encore plus vite qu'elle. Si Leandro était déjà dans la Deuxième Portion de la Vie (celle avec enfants), il n'en avait pas pour longtemps.

Sur les récifs, les poissons venaient tous les jours chercher les petits bouts des tortillas que le garçon avait rapportées de la cuisine et déchiquetées pour les jeter dans la mer. L'un d'entre eux avait une bouche en bec de perroquet et un ventre rouge feu ; il était toujours le premier à venir grappiller l'aumône du jour. Ce n'était donc pas vraiment un ami. Comme les hommes qui s'invitaient à manger et n'avaient d'yeux que pour le décolleté en pointe de la robe en satin de sa mère.

Salomé dévoila son plan de bataille. Elle donna ses instructions à Leandro : préparer uniquement les plats préférés de Enrique. En commençant par le petit-déjeuner : du café parfumé à la cannelle, des tortillas tout juste sorties du feu, de l'ananas avec du jambon, et ce qu'elle appelait des Œufs Divorcés, les deux bien serrés sur l'assiette, l'un avec de la sauce douce au piment rouge et l'autre avec de la sauce piquante au piment vert. Salomé avait son idée de l'amour, et pas question d'en démordre.

La cuisine, reliée à la maison par une galerie plantée de citronniers, était bordée de petits murs en brique, et dotée de planches en guise de tables de travail. Elle était ouverte de tous côtés à l'air marin de façon à ce que la fumée puisse s'échapper du foyer du fourneau en brique. Aux quatre coins, des poteaux soutenaient le toit, et niché dans l'un d'eux, se trouvait le four à pain, également en brique.

Natividad, le domestique le plus âgé qui était presque aveugle, à son poste chaque matin, balayait la cendre du foyer et rallumait le feu, cherchant la flamme à tâtons et disposant les brindilles côte à côte comme s'il bordait des enfants dans un lit.

À son arrivée, Leandro écartait le feu sur les côtés pour éloigner la chaleur du centre de la lourde plaque de fonte. Il y passait un chiffon trempé dans le pot de saindoux de sorte que les tortillas n'attachent pas. À côté du pot de saindoux, il gardait une grande jatte de pâte collante à la farine de maïs dont il tirait des boulettes qu'il étalait à la main. Sous l'effet de la chaleur, se formait sur chaque tortilla blanche un collier de perles noires. Les plus épaisses, les *gorditas*, il les incisait au couteau en cours de cuisson pour les farcir de purée de haricots. Mais pour les empanadas il fallait que les tortillas soient fines, pour ensuite être repliées sur la farce et glissées dans une casserole de graisse brûlante.

Ce qu'Enrique aimait par-dessus tout, c'étaient les *pan dulce* à la pâte de farine de froment. Bien gonflées et souples, avec un saupoudrage de cassonade, et une garniture d'ananas, sucrées et acidulées à la fois à cause de la fumée du four à bois. Nombreux avaient été les cuisiniers renvoyés par Enrique, avant ce Leandro tombé du ciel. Le *pan dulce*, ça n'est pas une mince affaire. La vanille doit venir de Papantla. La farine est broyée dans une meule à grains en pierre. Pas comme la masa des tortillas, du maïs trempé dans de l'eau citronnée et grossièrement concassé. N'importe quel Mexicain est capable d'en faire. La farine sèche que l'on utilise pour le pain européen, c'est encore une autre histoire. Il faut la moudre si fin qu'elle part dans les airs en nuage. Le plus difficile était d'incorporer l'eau, sans se presser. Que l'on verse l'eau froide d'un seul coup sur la farine, et c'était la catastrophe, une montagne de grumeaux.

« *Dios mío*, qu'est-ce que tu as fait là ? »

Excuse du garçon : le seau était trop lourd.

« *Flojo*, tu es aussi grand que moi, tu es capable de soulever ce seau. »

Il fallut jeter la pâte, et tout recommencer. Leandro, cet ange de patience, s'interrompit pour se rincer les mains dans le seau à lessive et les essuyer à son pantalon blanc. Laisse-moi te montrer comment faire. Tu commences avec deux kilos de cette farine. Tu fais une montagne sur le plan de travail. Du bout des doigts tu effrites le beurre que tu incorpores dans ce monticule avec le sel et la levure. Ensuite, tu ramènes la farine sur les côtés, un cirque de montagnes volcaniques avec un cratère au milieu. Au centre, tu verses l'eau pour faire un lac. Petit à petit, tu fais glisser les montagnes dans le lac, eau et rives se mélangent et deviennent un marais. Petit à petit. Pas d'îles. La pâte gonfle jusqu'à ce qu'il ne reste plus de montagnes, et plus de lac, juste un gros tas de lave.

« Voilà. C'est pas n'importe quel Mexicain qui est capable de faire ça, *muchacho.* »

Leandro tourna et retourna doucement la pâte sur le plan de travail jusqu'à ce qu'elle soit lisse, fluide et solide à la fois. Elle reposerait toute la nuit dans une jatte couverte. Le lendemain matin il l'étalerait au rouleau, la découperait en petits carrés à la machette, verserait une cuillère de garniture à l'ananas sur chacun, et les plierait en triangles, saupoudrés de grains de sucre trempés dans la vanille. « Maintenant, si tu veux que le patron soit content, tu connais le secret », dit Leandro. « La cuisine dans cette maison c'est comme la guerre. Je suis le *capitán* du pain et tu es mon *sargento mayor*. Au cas où il mettrait ta mère à la porte, on te gardera peut-être, si tu sais faire le *pan dulce* et les *blandas*.

– C'est lesquels les *blandas* ?

– *Sargento*, tu n'as pas droit à ce genre d'erreur. Les *blandas*, ce sont les grosses, bien souples, il en raffole.

Des tortillas si grandes qu'on pourrait y envelopper un bébé, douces comme des ailes d'ange.

– *Si, Señor* ! » Le grand garçon fit un salut. « Si grandes qu'on pourrait y envelopper un ange, douces comme des fesses de bébé. »

Leandro rit. « De *petits* anges », ajouta-t-il. « Seulement des bébés. »

Le 21 juin 1929, un iguane géant grimpa sur le manguier au bord du patio et Salomé, qui était à table, se leva et se mit à crier. Ce jour-là, le Silence de Trois Ans prit fin, même si l'iguane n'avait rien à voir avec ça.

Il s'agissait d'une déclaration signée par le Président, qui mettait un terme à l'interdiction de dire la messe. La guerre avec les Cristeros était finie. Les cloches de l'église sonnèrent toute la journée pour rappeler les prêtres, bagues en or, terres et souveraineté intactes. Enrique y vit une confirmation de ses dires : le Mexique tombe à genoux devant l'autel, prêt à retourner à l'époque de Porfirio Díaz. Les vrais Mexicains comprendront toujours les vertus de la modestie, de la piété et du patriotisme. « Et des femmes honnêtes », ajouta-t-il ostensiblement à l'adresse de Salomé, citant Díaz : « Ce n'est que dans sa maison, comme un papillon dans un pot en verre, que la femme peut s'élever à son plus haut niveau de décence. » Il entendait qu'elle se bouge et se rende à la ville avec son fils pour assister à la Messe de réconciliation.

« Si c'est un papillon dont il a besoin, il n'a qu'à me laisser à la maison dans son maudit bocal », rageait-elle dans la voiture, en route pour l'église. Salomé était sans condition pour le Silence de Trois Ans. La messe, selon elle, serait encore plus pénible si l'on vous obligeait à porter des bas en coton. Elle avait vécu elle aussi le règne de Porfirio, sous la sombre férule de nonnes omnipotentes qui ne manifestaient pas la moindre miséricorde envers la fille d'un homme d'affaires qui avait le toupet d'arriver à l'école chevilles découvertes. Salomé avait concocté une évasion miraculeuse, comme le comte de Monte Cristo : un voyage d'études en Amérique où, dans l'entreprise de son père, elle enrôla un agent d'assurance démuni face à ses charmes. Elle avait résolu le problème mathématique que posaient ses seize ans en affirmant qu'elle en avait vingt. À vingt-quatre ans elle avait redit la même chose, équilibrant ainsi l'équation. Elle devint Sally, confirmée à l'église de l'opportunisme. Encore aujourd'hui, alors qu'ils approchaient de la cathédrale, elle roula des yeux et, répétant comme un perroquet la formule des hommes au pouvoir qui avaient essayé de mettre les prêtres en déroute, elle déclara : « Opium du peuple. » Mais elle ne prononça pas les mots en espagnol, le cocher aurait pu l'entendre.

La cathédrale était bondée : enfants solennels, fermiers et vieilles femmes sur leurs jambes-troncs. Certaines, exécutant méthodiquement leur chemin de croix, gravitaient à la périphérie avec une constance de planètes. Une longue file de gens de la ville attendaient de recevoir la communion, mais Salomé dépassa tout le monde et reçut l'hostie sur sa langue, comme si elle s'était trouvée dans la file d'attente d'une boulangerie et avait d'autres courses à faire.

Le prêtre portait un brocart doré et un chapeau pointu. Pour un homme qui était resté caché pendant trois ans, ses habits marquaient plutôt bien. Tous les yeux le suivaient, comme des plantes qui se tournent vers la lumière, hormis ceux de Salomé. Elle partit dès que possible et se rendit directement à la voiture. D'un claquement de doigts elle fit signe à Natividad de se mettre en route, fouillant fébrilement son sac perlé à la recherche de ses cachets d'aspirine. Tout chez Salomé provenait d'un bocal ou d'un flacon : d'abord sa poudre et son parfum, la pommade pour ses ondulations Marcel. Pour les maux de tête, elle avait une bouteille de mezcal. Quant au remède, c'était une potion miracle de chez Bellans. Peut-être y avait-il un autre flacon pour la faire démarrer au quart de tour, remonter le Victrola et hop, en piste. Planqué dans sa chambre sous une nappe, quelque chose qui l'aidait à ne pas flancher.

Si Enrique ne l'aimait pas, annonça-t-elle dans la voiture, ce n'était pas sa faute. Elle ne voyait pas comment Dieu allait arranger ça. La mère d'Enrique voyait d'un mauvais œil qu'elle soit divorcée, cela faisait déjà une personne responsable. Et les domestiques, qui faisaient tout de travers. Elle aurait aimé en vouloir à Leandro mais ne le pouvait pas. Sa pâte à gâteaux à la farine de froment était parfaite, aussi soyeuse et fluide que la robe blanche de Salomé qui aurait pu couler d'une cruche, et dans laquelle elle espérait toujours se marier à nouveau.

Le problème devait être ce garçon aux longues jambes, qui tressautait au rythme des cahots de la voiture, et passait son temps à écarter les mèches de ses yeux, le regard perdu sur l'océan. Pas de place sur le gâteau de mariage pour un garçon déjà aussi grand que le Président, qui n'avait pas été élu lui non plus.

Pour se rendre sur les gisements de pétrole dans la Huasteca, Enrique devait prendre le ferry jusqu'à la côte, puis le *panga* jusqu'à Veracruz, puis le train. S'il disait devoir s'absenter une journée, on avait des chances de ne pas le voir d'une semaine, ou mieux encore, un mois. Salomé voulait l'accompagner à Veracruz, mais il rétorqua qu'elle ne ferait que dépenser de l'argent. En compensation, il les autorisa à faire le trajet en voiture jusqu'à l'embarcadère, pour le regarder partir sur le ferry. Dans la lumière flatteuse du matin, elle agita son mouchoir depuis la jetée, donnant un coup de coude à son fils pour qu'il fasse de même. Ils avaient chacun leur rôle dans la pièce intitulée *Enrique prend sa décision*. « Il ne va pas tarder à prononcer le mot, et nous pourrons enfin nous détendre, mon petit gars. Ensuite nous réfléchirons à ce que nous allons faire de toi. » Enrique avait mentionné un pensionnat dans le Distrito Federal.

Le carnet cartonné, le livre intitulé *Ce qui nous est arrivé au Mexique*, était à court de pages. Il demanda d'en acheter un nouveau chez le marchand de tabac. Mais Salomé répondit : « Il faut d'abord savoir si l'histoire a une suite. »

Quand le ferry fut parti, ils déjeunèrent sur le *malecón* en face de la jetée aux crevettes. Les oiseaux de mer tournoyaient en cercles à l'affût de nourriture à voler. Sur l'eau, des hommes dans de petits bateaux en bois remontaient leurs filets, entassant des monceaux de mailles grises qui s'amassaient sur chaque coque comme des nuages d'orage. Dès la fin de la matinée les chalutiers étaient déjà à quai, leurs carcasses rouillées gîtant toutes dans la même direction le long de l'appontement, doubles mâts inclinés tels des couples mariés en état d'ivresse. L'air sentait le poisson et le sel. Les palmiers agitaient furieusement les bras dans le vent marin, geste de désespoir ignoré de tous. Le garçon dit : « Il y a toujours une suite à l'histoire. Ce déjeuner sera le nouveau chapitre. » Mais Salomé répéta ce qu'elle disait toujours à présent : *Il faut que tu arrêtes de faire ça, range-moi ce livre. Ça me rend nerveuse.*

Sur le chemin du retour elle intima au chauffeur l'ordre de s'arrêter dans un petit village proche de la lagune. « Dépose-nous ici et reviens à six heures, et ça ne regarde que moi. » Le cheval connaissait son chemin, et c'était une bonne chose, car le vieux Natividad était presque aveugle. Cela aussi était une bonne chose, en ce qui concernait Salomé. Elle ne voulait pas de témoins.

Le village était trop petit pour posséder ne serait-ce qu'un marché ; il n'avait en tout et pour tout qu'une énorme tête en pierre sur la place, vestige d'un siècle où les Indiens avaient de hautes ambitions. Salomé descendit de voiture et dépassa l'imposante statue avec sa barbe d'herbe au menton. Au bout du chemin, elle dit : « C'est par ici, viens », et emprunta un sentier qui pénétrait dans la forêt. Elle marchait si vite dans ses chaussures à bride, lèvres serrées, menton rentré, que ses ondulations pendaient sur son visage comme un rideau tiré. Ils atteignirent une passerelle de planches suspendue à des cordes au-dessus d'un ravin. Elle ôta ses chaussures pointues, les balançant au bout de son doigt recourbé et, chaussée de ses seuls bas, s'engagea sur le pont au-dessus de l'eau tumultueuse. Puis elle s'arrêta pour jeter un regard en arrière. « Ne viens pas », dit-elle. « Tu dois attendre ici. »

Elle disparut pendant des heures. Il resta assis à l'extrémité de la passerelle de planches, son carnet sur les genoux. Une énorme araignée au ventre rouge feu approcha et, levant une patte après l'autre, elle introduisit lentement son corps tout entier par un trou minuscule dans l'une des planches. Quelle chose terrible : le moindre petit trou pouvait abriter quelque chose comme ça. Un vol de perroquets se frayait un passage parmi les feuilles. Un toucan qui regardait le bout de son long bec, cria : *a mi, a mi !* Accroupi au bord du gouffre, il se remit à croire aux démons des arbres. Et donc, au crépuscule, précédés de leurs hurlements, ils arrivèrent.

Quand Salomé réapparut, elle ôta à nouveau ses chaussures pour traverser la passerelle, les remit, et se dirigea à grands pas vers le village. Natividad était déjà là à attendre, statue de pierre lui-même, avec le cheval qui paissait tranquillement à côté. Elle grimpa dans la voiture et ne prononça pas un mot du trajet.

Ce fut une forme de revanche que de voler la montre de gousset. Quelque chose qu'il pourrait dissimuler à sa mère, pour avoir refusé de lui dire pourquoi elle était partie dans la jungle. Il le fit le jour où le tailleur vint de la ville, désireux d'avoir l'opinion de Salomé sur les tissus destinés à confectionner le nouveau costume d'Enrique. Enrique était absent. C'était donc pure courtoisie de la part du tailleur que de prendre un verre de *chinguirito* avec Salomé, puis un second. Un garçon avait tout son temps pour se glisser dans la chambre et fouiller la « Boîte de Père ». Il la trouva couverte de poussière, fourrée sous le meuble où elle rangeait son pot de chambre. Elle haïssait l'homme à ce point.

Rien ne sert de courir après un père perdu, disait-elle toujours. Une seule fois il avait eu le droit de voir le contenu de la boîte : la photographie d'un homme qui étrangement avait été son père. Une poignée de vieilles pièces, des breloques, des boutons de manchettes ornés de pierreries, et la montre de gousset. Il brûlait de posséder cette montre. Cette première fois, le jour où sa mère l'avait laissé s'asseoir par terre et toucher tout ce qui était dans la boîte pendant qu'allongée sur son lit, en appui sur un coude, elle le regardait, il avait tenu la montre par la chaîne et, sous ses yeux, l'avait fait osciller, comme un hypnotiseur : *Tes paupières sont lourdes.*

Elle dit : *El tiempo cura y nos mata.* Le temps nous guérit avant de nous tuer.

À proprement parler, ces choses t'appartiennent, lui avait-elle expliqué. Mais, à proprement parler, elles ne lui appartenaient pas à elle non plus, elle les avait récupérées à la hâte sans rien demander, quand elle s'était enfuie au Mexique. « Au cas où nous aurions besoin plus tard d'avoir quelque chose à vendre, si nous traversons une mauvaise passe. » Pire qu'avec Enrique, c'était sans doute ce qu'elle voulait dire.

Maintenant, la montre qu'elle avait volée était volée à nouveau : double trahison. Il s'était introduit dans sa chambre et l'avait dérobée pendant qu'elle était dans le salon à rire des plaisanteries du tailleur, tête renversée sur le canapé en soie. Parmi tous les trésors que contenait la boîte, c'était le seul qui lui importait. Le temps qui commence par vous guérir et finit par arrêter tout ce qui agite votre cœur.

Le brouillard bleu des cigares de Tuxtlan montait de la bibliothèque et emplissait la maison tout entière. Deux Américains étaient revenus avec Enrique cette fois-ci, pour enfumer les rives sud du Mexique avec leurs cigares et leurs interminables palabres : la campagne électorale, Ortiz Rubio, Vasconcelos, ce désastre. Les Gringos rendaient toujours Enrique nerveux, et excitaient Salomé. Elle versait du cognac dans leurs verres tout en se penchant pour les laisser voir sa poitrine. L'un regardait, l'autre jamais. On les disait mariés. À minuit ils sortirent faire un tour sur la plage, feutres mous et chaussures en cuir. Salomé s'effondra dans un fauteuil, tout à coup épuisée par toute cette comédie.

« Tu devrais aller te coucher », annonça-t-elle.

« Je ne suis pas un enfant. C'est toi qui devrais aller te coucher.

– Pas de sottises, monsieur. Si nous le contrarions, il va nous falloir décamper, et à pinces !

– Où irions-nous ? Les pinces, ça ne marche pas sur les flots. »

L'un des deux hommes était Mr. Morrow, l'ambassadeur, et l'autre était un homme du pétrole comme Enrique. Selon Salomé ce dernier était un m'as-tu-vu, mais elle se faisait fort de lui faire aligner son fric si elle voulait. « Il est plus riche que Dieu.

– Alors il doit avoir du soleil dans la poche. Et de la miséricorde dans les chaussures. »

Elle le dévisagea. « Tu as trouvé ça dans un de tes livres ?

– Pas complètement.

– Qu'est-ce que tu veux dire, pas complètement ?

– Je ne sais pas. Ça pourrait sortir de *Romancero gitano*. Mais ce n'est pas le cas. »

Ses yeux s'écarquillèrent. Elle s'était frisée au fer plusieurs heures plus tôt, mais la coiffure n'avait pas tenu, et les boucles les plus courtes s'échappaient et lui tombaient sur le front. On aurait dit une enfant qui vient de jouer à la marelle.

« Tu as inventé ça, du soleil dans la poche et de la miséricorde dans les chaussures. C'est un poème. » Ses yeux étaient limpides comme l'eau, les pointes de ses cheveux effleuraient à peine ses sourcils. La lumière de la bougie découvrit de longues et fines bandes de satin dans l'étoffe de sa robe, motif qui ne serait jamais apparu à la lumière du jour. Il se demanda comment ce serait d'avoir une mère, vraiment. Une femme comme celle-ci, ravissante, surprise, qui vous regarderait. Au moins une fois, chaque jour.

« Il te faut un autre livre, n'est-ce pas ? Pour écrire tes poèmes. »

Mais déjà il en était à la dernière page. Sa mère à la lumière de la bougie la remplissait presque, et c'était une scène qui ne se terminait pas bien. Quand les hommes furent de retour ils remontèrent le Victrola, et monsieur Aligne Ton Fric essaya de danser le charleston avec Salomé, mais il n'avait pas deux sous de miséricorde dans ses chaussures. On voyait bien qu'elles lui meurtrissaient les pieds.

NOTE DE L'ARCHIVISTE

Ces pages relatent les jeunes années de Harrison William Shepherd, citoyen des États-Unis, né en 1916 (Lychgate, Virginie), emmené au Mexique par sa mère alors qu'il était encore enfant. Les mots sont ceux de H.W. Shepherd, sans contredit. Mais les pages qui précèdent ne sont manifestement pas de la main d'un jeune garçon. Il a très tôt acquis la maîtrise de son art, c'est un fait bien connu qui a été mainte fois souligné, mais pas à l'âge de treize ans. Il est exact qu'il fit l'acquisition d'un carnet cette année-là dans l'intention de tenir un journal, habitude qu'il conserva toute sa vie. Cette entreprise, de manière inattendue, s'est trouvée transférée de l'auteur à moi-même. Tout est ici rassemblé.

En janvier 1947, il entama la rédaction de mémoires à partir des premiers journaux. Les pages placées ici au début m'ont été remises par lui en main propre, pour être tapées à la machine et répertoriées en tant que « Chapitre un ». Elles me sont apparues comme le commencement d'un livre. Il n'y avait pas lieu d'en douter, car il avait déjà écrit d'autres livres à l'époque. Il avait fait ce qu'il pouvait de ce premier carnet cartonné mentionné plus haut, acheté sur un quai à Isla Pixol, et il s'en était probablement séparé ensuite. Il était dans ses habitudes, quand il réécrivait quelque chose, de se dépouiller de toutes les versions précédentes. Il faisait place nette.

Quelques mois plus tard, il abandonna toute intention d'écrire ses mémoires. Nombreuses étaient les raisons. Il donna celle-ci : le petit carnet suivant, son deuxième journal d'adolescence, avait disparu et il avait perdu courage à essayer de se remémorer son contenu. Je crois qu'en réalité il l'avait en grande partie gardé en mémoire, mais je ne ferai pas d'autre commentaire. Il avait des sujets de préoccupation.

Il y a une chose curieuse à dire sur ce deuxième journal. Il prétendit qu'il ne le retrouvait pas, ce qui était un fait. Le journal ne fut découvert qu'en 1954. Il refit surface dans une malle qui contenait ses affaires, entreposée durant de nombreuses années au domicile d'une connaissance à Mexico. À la suite du décès de cette personne, la maison subit un grand bouleversement, et le journal réapparut. Relié en cuir, plus petit qu'un sandwich (3 pouces par 5 environ), il peut facilement passer inaperçu. Il se trouvait à l'intérieur d'une poche de pantalon, enveloppé dans un mouchoir, où il était resté longtemps, perdu. Il n'avait donc jamais été rangé avec les journaux plus tardifs. L'auteur ne le revit jamais. Aucun nom ne figurait à l'intérieur, seulement une date et un titre à la première page, comme il sera montré. Ce ne fut que par chance, et grâce à une certaine lettre d'instruction, que la malle fut identifiée comme étant la sienne, et me fut expédiée ici. Il était bien sûr déjà décédé à ce moment-là. Sans cette résurrection surprenante, la partie manquante de l'histoire, il n'y aurait pas d'histoire à raconter. Pourtant, la voici. L'écriture est la sienne, aucun doute, le graphisme, le style, le titre. Il écrivait de semblables choses au début de ses carnets, même lorsqu'il était beaucoup plus âgé.

La différence de style, des mémoires de l'écrivain au journal de l'enfant, le lecteur la constatera bientôt. Un homme de trente ans a écrit les pages qui précèdent, un garçon de quatorze ans le journal qui va suivre. Tous les journaux ensuite témoignent du progrès normal de l'âge.

Dans tous, il manifesta une habitude qui l'a caractérisé toute sa vie durant : sa manière de ne faire mention de lui-même que très rarement. N'importe qui d'autre, dans un journal, dirait « J'ai mangé ceci ou cela au dîner », mais, dans son esprit, si le dîner se trouvait sur la table, c'est qu'il avait ses raisons propres. Il écrivait comme s'il avait eu pour mission de prendre des photos dans toutes les circonstances de sa vie sans exception et, par conséquent, n'apparaissait sur aucune. Nombreuses étaient les raisons dont, je le répète, il ne m'appartient pas de faire état.

Le petit carnet relié en cuir, perdu puis retrouvé, était donc un journal tenu de 1929 jusqu'à l'été 1930, date à laquelle il quitta Isla Pixol. Ce fut une tâche ardue que de le transcrire, le problème étant sa taille : petite. Il écrivit son texte au crayon dans les espaces vides d'un livre de comptes de famille. Il s'agissait de toute évidence d'un registre très commun dans les années vingt, volé à une gouvernante, il l'a clairement fait savoir. Il n'avait pas encore pris l'habitude, établie par la suite, de dater chacune de ses entrées.

Le troisième journal couvre la période de juin 1930 au 12 novembre 1931. Il accorda plus d'attention aux dates à partir du moment où il fréquenta l'école. Ce dernier journal a été tenu sur un cahier à couverture cartonnée communément utilisé par les écoliers de l'époque, acheté dans une librairie de Mexico.

Les autres se suivent dans l'ordre, de nombreux carnets au total, étrange lot quant à la forme et à la taille mais brillant du même éclat à l'intérieur. Nul n'a jamais accordé tant de prix aux mots, les siens ou ceux des autres. Je me suis appliquée à faire de même. La qualité de son graphisme était de moyenne à bonne, et son écriture m'était familière. Ces textes, je l'atteste, sont d'une irréprochable fidélité aux siens, exception faite des quelques faveurs concédées à l'orthographe et la grammaire d'un jeune garçon. Et modeste en est le besoin, quand il s'agit d'un garçon qui tirait leçon de *La Mystérieuse Affaire de Styles* et cetera. J'ai eu recours à une personne de confiance pour la traduction de l'espagnol, qu'il utilisait de-ci de-là, probablement sans en avoir pleinement conscience quand il était jeune. Il parlait les deux langues dans sa vie de tous les jours. L'anglais avec sa mère, l'espagnol avec la plupart des autres jusqu'à son retour aux États-Unis. Mais il lui arrivait de mêler les deux et parfois j'ai dû deviner.

La tradition veut que l'on situe une note de cet ordre au début d'un livre. Au lieu de quoi j'ai laissé à son Chapitre Un la place d'honneur. Il le destinait clairement à être le commencement du livre. Je suis au service de l'homme, avec ample raison dans ce cas précis. J'ai eu de longues années pour en apprendre le bien-fondé. Mes modestes explications ont pour but d'introduire la suite. Sur l'ensemble j'ai attribué certains titres, pour des raisons d'organisation. Je les ai marqués de mes initiales. Mon seul espoir est d'être de quelque utilité.

V.B.

JOURNAL PRIVÉ MEXIQUE AMÉRIQUE DU NORD

Ne pas lire. El delito acusa.

2 novembre. Jour des Morts

Leandro est au cimetière pour mettre des fleurs sur ses morts : sa mère et son père, ses grands-mères, un petit garçon mort une minute après sa naissance, et son frère qui est mort l'année dernière. Leandro trouve que ce n'est pas bien de dire qu'on n'a pas de famille. Même si les parents sont morts, on les a toujours. Pas très agréable comme pensée, ces fantômes en rang sous vos fenêtres, qui attendent de faire connaissance.

Leandro, femme et morts font la fête au cimetière, derrière la plage de galets de l'autre côté. Tamales dans des peaux de bananes, *atole*, et *pollo pipian*. Selon Leandro, c'étaient les seules choses capables de détourner son frère d'une certaine dame. Il voulait parler de la Dame de la Mort, Mictec quelque chose – Leandro ne savait pas comment ça s'écrivait. Il ne sait pas lire. Ce n'est pas lui qui a préparé les tamales cette fois-ci. Chez lui, le capitaine des tortillas c'est sa femme, et les *sargentes* sont ses nièces. Quand il part d'ici, c'est pour retrouver sa maison de pisé au toit de chaume et les femmes qui lui font la cuisine. Peut-être qu'il s'assoit dans un fauteuil et se plaint de nous. Personne ne vient lui enlever ses bottes. Il n'en a pas.

Toutes les servantes sont parties aussi, pour le *Día de los Muertos*, et Mère a dû réchauffer le *caldo* elle-même pour pouvoir déjeuner. Elle s'est plainte des domestiques mexicains qui se sauvent à la moindre occasion. À Washington D.C, a-t-on jamais entendu parler de gens de cuisine qui doivent aller jeter des soucis sur une tombe ? Elle dit que les *Indios* ont tellement de dieux que tous les jours de l'année ils trouvent une excuse pour échapper au travail. *Ces Mexicaines*. Mais Mère en est une elle-même. Bonne idée que de le lui rappeler, si on veut se prendre une gifle en travers de la bobine.

Ce matin elle a dit *Je ne suis pas une mestiza, monsieur, et ne t'avise pas de l'oublier*. Don Enrique est fier qu'il n'y ait pas d'*Indios* mélangés à son sang, Espagnol cent pour cent, et donc, maintenant, Mère en est fière aussi. Mais elle n'a rien à fêter, car elle n'a pas de dieux indiens. Pas même le dieu des Espagnols pur sang, elle ne l'aime pas non plus. Quand les servantes ont été parties à leur fête et qu'elle s'est brûlé la main, elle a crié *chingado. Pinche, malinche*. Mère est un musée de gros mots.

Don Enrique a rapporté les livres de comptes d'une boutique de Veracruz, histoire de se tenir un peu au courant de la vérité dans cette maison. Il a dit à Mère, *Desconfía de tu mejor amigo como de tu peor enemigo*. Méfie-toi de ton meilleur ami comme de ton pire ennemi. Écris. Tout. Note. Et il a flanqué les petits livres sur sa coiffeuse ; elle en a sursauté et les manches de son peignoir se sont mises à trembler. Il les appelle les Livres de la Vérité.

La vérité, la voici : l'un des petits livres a été chipé par le voleur de la maison. Mère l'avait laissé tomber de toute façon. Elle avait commencé, mais Cruz a pris le relais et s'est mise à noter les jours où Mère les payait. Sinon Mère prétend qu'elle a payé alors qu'en réalité elle ne l'a pas fait, parce qu'elle était beurrée. Don Enrique a demandé à

Cruz de l'avoir à l'œil pendant qu'il est en voyage dans la Huasteca. Il dit que l'argent s'échappe de cette maison comme le sang d'une blessure.

7 novembre

Soixante-douze secondes, jamais tenu aussi longtemps. Si Mère pouvait retenir sa respiration aussi longtemps, elle serait déjà divorcée. Mais ce temps-là ne compte pas vraiment, pas comme sous l'eau. Sur un lit *cercado de tierra*, entouré de terre. Agenouillé contre l'oreiller, nez pincé, montre levée vers la bougie pour voir les secondes. C'est plus difficile de tenir aussi longtemps dans l'eau, à cause du froid. Une façon de faire, c'est de respirer beaucoup au début, très vite, et ensuite d'aspirer une grande bouffée d'air et de la retenir. Leandro dit *Au nom du ciel ne fais pas ça quand tu plonges, c'est le meilleur moyen pour s'évanouir et se noyer*. Avant de devenir garçon de cuisine, Leandro gagnait sa croûte en pêchant le homard.

Quelle dégringolade, faire le mariolle à plonger là-bas au fond, et puis se retrouver *galopino. Cuistot ! C'est aussi dangereux que de sucer le téton de sa nourrice !* Pas gentil du tout de dire ça à Leandro ce matin, lui qui n'a pas le droit de se mettre en colère. Il est revenu du jour des Morts les cheveux attachés d'une manière spéciale, une queue-de-cheval tenue par de la fibre d'agave. C'est probablement sa femme qui a fait ça.

Leandro dit que son frère qui a fabriqué les lunettes de plongée s'est noyé l'année dernière en plongeant pour ramasser des éponges. Il avait treize ans, *plus jeune que toi et il avait déjà sa mère à charge*. Leandro était en train de hacher des oignons, il n'a pas levé les yeux, il a frappé la planche très fort avec son couteau.

Puis Natividad est arrivé du marché avec des tomates et de l'épazote, donc pas moyen de dire *no lo supe*. Il y a souvent quelque chose de terrible qu'on ne sait pas.

Pas moyen non plus que Leandro dise, *Tu ne sais rien*.

Plonger, cette vie exaltante, son frère en est mort. *Voilà ce qui arrive quand on fait le mariolle, au cas où tu voudrais savoir*, a dit Leandro. *La cuisine, ça ne te tuera pas*.

Ce matin la marée basse était en avance. Les garçons du village sont arrivés dans la crique pour ramasser des huîtres et ils ont dit que cette plage était à eux. Ils ont crié *Vete rubio*, va-t-en blondinet, fous le camp derrière les récifs de corail, à quatre pattes, comme les crabes. Le sentier qui longe le lagon s'enfonce comme un tunnel sombre dans les palétuviers pour déboucher de l'autre côté de la pointe. La plage à cet endroit n'est plus qu'une fine bande de rochers, qui disparaît quand la marée monte. Ce matin, la marée était au plus bas. Les récifs émergeaient de l'eau en bouquets, comme des têtes d'animaux marins qui vous surveillent. Trop de rochers de ce côté pour les bateaux. Personne n'y va. Pas de chercheurs d'huîtres pour crier après un *rubio* qui n'a rien d'un rubio, avec ses cheveux d'un noir aussi mexicain que ceux de sa mère. Quand ils regardent, est-ce qu'ils voient vraiment quelque chose ?

Flotter dans la mer, c'est comme voler : voir d'en haut la cité des poissons, et les regarder faire leur marché. Partir à tire-d'aile *como el pez volador*. Comme le poisson volant. Le fond bascule, et en eau profonde on peut monter, et s'éloigner des bas-fonds aux têtes de corail pour aller vers le silence de l'obscurité bleue. Des ombres de chasseurs sillonnent le fond.

Au bout de la crique de ce côté-là, une barrière de récifs se dresse hors de l'eau. Depuis le ferry on peut apercevoir cette falaise, avec ses longues bandes de guano, bannières qui signalent les cavités où vont se nicher les oiseaux de mer, croyant se cacher. Au pied de cette falaise, il y a sous l'eau quelque chose qui ne peut pas être repéré depuis un bateau. Une chose sombre, ou plutôt une absence de chose, un grand trou dans le rocher. C'était une grotte, on pouvait plonger dedans et avancer en rampant. Ou bien en explorer les parois et pénétrer un peu à l'intérieur. C'était très profond. Un chemin d'eau qui formait un tunnel dans le rocher, comme le sentier dans les palétuviers.

Visite inattendue de Mr. Aligne Ton Fric. Mère n'était pas à prendre avec des pincettes quand il est parti. Ses chaussures de riche, apparemment, ne blessent pas que lui. Elle s'est prise de bec avec Don Enrique.

24 novembre

Aujourd'hui la grotte avait disparu. Samedi dernier, elle était là. Fouiller l'entière paroi de la falaise ne l'a pas fait revenir. Puis la marée est montée et les vagues ont été trop fortes pour continuer à chercher. Comment un tunnel pourrait-il s'ouvrir dans un rocher et se refermer ensuite ? La marée était sans doute beaucoup plus haute aujourd'hui, elle a dû le repousser en dessous de la surface, trop profond pour être repéré. Leandro dit que les marées sont compliquées et les rochers de ce côté-là sont trop dangereux, il ne faut pas rester là-bas sur ces hauts-fonds rocheux. L'histoire de la grotte ne l'a pas emballé. Il en avait déjà entendu parler, elle a déjà un nom, *la lacuna*. Donc, pas une vraie découverte.

Laguna ? Le lagon ?

Non, lacuna. Il dit que ça n'est pas la même chose qu'un lagon. Pas exactement une grotte mais une ouverture, comme une bouche, qui avale les choses. Il a ouvert la bouche pour se faire comprendre. Elles partent dans le ventre du monde. Il dit qu'à Isla Pixol c'en est plein. Dans les temps anciens, Dieu faisait fondre les rochers et ils coulaient comme l'eau.

Ce n'était pas Dieu, c'étaient les volcans. Don Enrique a un livre là-dessus.

Leandro dit que certains trous sont si profonds qu'ils vont jusqu'au centre de la terre et au bout on voit le Diable. Mais certains ne font que traverser l'île pour déboucher de l'autre côté.

Comment les reconnaît-on ?

Peu importe, car l'un et l'autre peuvent emporter et noyer un garçon qui croit en savoir plus que Dieu parce qu'il lit des livres. Leandro était très en colère. Il a dit, Ne t'approche plus de cet endroit sinon Dieu va te montrer qui les a faits, ces trous.

L'Histoire tragique de señor Pez

Il était une fois un petit poisson jaune avec une rayure bleue le long du dos, qui répondait au nom de señor Pez et vivait au milieu des récifs. Un jour de malchance il se retrouva entre les mains d'un garçon monstrueux, le Dieu de la Terre. Señor Pez voulait manger la tortilla offerte par la Main de Dieu, ainsi le mendiant rencontre son destin. Il fut transporté à la maison dans un masque de plongée et posé, dans un verre à cognac rempli d'eau de mer, sur la fenêtre de la Chambre à coucher de Dieu. Deux jours durant, señor Pez tourna et tourna dans le verre, ses nageoires frémissaient de tristesse, il pensait à la mer.

Un soir, señor Pez appela la mort de ses vœux. Le matin il fut exaucé.

On devait lui donner un enterrement chrétien sous le manguier au fond du jardin, mais le projet tourna court à cause de la femme de chambre. La domestique que Mère a embauchée cette fois-ci s'appelle Cruz, ce qui veut dire Croix, et elle porte bien son nom, un calvaire. Elle entra dans la Chambre à coucher de Dieu, pour ramasser les Bas Souillés de Dieu pendant qu'il était dehors en train de lire. Elle trouva sans doute le cadavre flottant,

et décida de le jeter dehors. De retour dans sa chambre, Dieu ne trouva ni cadavre, ni verre, et señor Pez partit à la poubelle avec les déchets destinés aux cochons. Leandro assura que c'était vrai. Il avait vu Cruz le jeter.

Leandro l'aida à fouiller les déchets pour trouver señor Pez. L'Enfant Dieu dut se pincer le nez tellement ça sentait mauvais, et il se sentit bien stupide, une vraie chochotte, car il faillit se mettre à pleurer quand il apparut qu'on ne le retrouvait pas. À treize ans, pleurer un poisson mort. Pas vraiment parce qu'il était mort, mais de le savoir enseveli dans une pâtée de pelures d'oignons et de graines de courge poisseuses. Nos repas sont faits avec l'autre partie de ces choses pourries. La nourriture à l'intérieur de notre corps doit pourrir aussi de la même façon, et rien n'est vraiment bon, rien ne reste ici sur cette terre parce que toute chose vivante finit par pourrir. Raison stupide de pleurer.

Mais Leandro a dit : Allons, *no te preocupes*, nous savons que señor Pez est quelque part là-dedans. Puis il eut une idée qui était très bonne : on pourrait creuser un grand trou dans le jardin et y enterrer le tout. Et c'est ce qu'ils firent. Ensemble les deux amis offrirent à Feu señor Pez un noble enterrement comme autrefois pour les rois aztèques ; avec sa jatte de pâtée, il aurait tout ce qu'il faut pour son voyage dans l'autre monde, et quelque chose en plus.

25 décembre

Le village se réveille dans la fièvre, alors que le soleil semble avoir du mal à en faire autant, tout comme Mère. Hier soir on a fêté le réveillon de Noël. Aujourd'hui elle va dormir jusqu'à midi, puis elle se réveillera une main sur le front, les coudes à volants de son peignoir qui s'agitent. Sa voix, une mitrailleuse Browning, les filles, allez me chercher mes poudres contre les maux de tête. Et les autres, ouste, tous autant qu'ils sont.

Sur la route passent beaucoup de gens qui se dirigent vers le village pour la messe de Noël. Des familles en petits groupes dans leurs coquilles marron. Un homme conduit sa femme enceinte sur un burro, comme Joseph et Marie. Trois filles en robes, à califourchon sur une jument grise, leurs longues jambes pendantes comme un insecte géant. Un coq grincheux qui aurait dû être de meilleure humeur, car écoute-moi bien mon ami : à l'étal du boucher sur le bord de la route, tous tes camarades sont suspendus tête en bas pour être rôtis. Des saucisses aussi, à cheval sur leur fil comme des bas, et une peau de cochon blanc tout entière, comme si le cochon était parti en oubliant son manteau. Sa femme la truie est vivante, attachée à un papayer, tous ses cochonnets fouillent du groin autour d'elle. Ils pourraient aisément s'enfuir, mais non, leur mère est là, enchaînée à son arbre.

La petite église du village n'a pas de cloche, juste de l'encens de copalier qui monte des fenêtres et se mélange à l'odeur de poisson pourri de l'océan. Leandro était là avec sa famille, une main posée sur la tête de ses enfants, comme sur des pamplemousses. Plus tard à la fiesta, il n'a même pas dit *Feliz Navidad* ou bien *Salut mon ami je viens chez toi tous les jours*. Il a juste fait applaudir son fils devant la piñata suspendue au figuier. Des pétards pour l'enfant Jésus éclataient et envoyaient de la fumée bleue sur la route, et parmi toutes les familles couleur de noisettes, un garçon invisible.

1er janvier 1930. Premier jour de l'année et de la décennie.

Toutes les *cabezas* de la maison sont pleines de poudre contre les maux de tête. Sur la *terraza*, verres brisés dans des flaques scintillantes. Pas un mot de la part de la dinde qui a passé tout le mois de décembre à chasser les enfants de la cour. Elle accueille la nouvelle année depuis la cuisine, carcasse d'os honorée par son public de mouches.

Belle journée pour partir à la recherche d'un tunnel vers l'autre monde. Peut-être rencontrer le Diable. Mère a crié *Callete malinche dios mio* ne claque pas la porte ! Pas même les recommandations habituelles au sujet des requins, qu'ils mangent donc de la chair de petit garçon si bon leur semble. Ciel clair, plage vide, et l'eau comme une paire de mains fraîches qui mendient. Même les poissons du récif n'ont rien dit aujourd'hui.

La lacuna était là à nouveau, sombre bouche dans le rocher. Cette fois l'ouverture se trouvait plus profond sous la surface, mais il a été possible de plonger et d'avancer à tâtons entre les lèvres du rocher pour se retrouver dans un gosier qui s'ouvrait sur l'obscurité. Dernier jour du monde, le moment d'explorer l'intérieur à la nage, en pensant au frère de Leandro. Bras qui battent dans l'eau froide, cœur qui cogne dans la poitrine : trente, quarante, quarante-cinq, la moitié de quatre-vingt-dix. Attendre tout ce temps avant de faire demi tour, mains qui cherchent le chemin de la sortie, poumons douloureux, retour à la lumière.

Soleil et air. Respirer. Vivant, après tout. L'aiguille de la montre revenue à la position verticale pour une nouvelle année de vie, gagnée en secret.

5 janvier

Demain, la fête des Rois. Sauf qu'ici ce sera la fête des Sœurs et de la Mère de Don Enrique, arrivées avec le ferry. Leandro doit faire la cuisine pour tout ce monde. Cruz et les autres sont partis dans leur village pour la fiesta, mais Mère est fermement décidée à préparer un banquet pour les invités, avec ou sans domestiques. Elle fait comme si elle et Enrique étaient mariés et voilà qu'il faut appeler la Señora *abuela*. La soi-disant grand-mère dans sa robe chic allume une cigarette, croise les jambes, rejette la fumée par la fenêtre.

Mère veut des *chalupas* vertes et rouges, et de la *torta* aux œufs brouillés avec du sucre. Leandro aimerait être avec sa famille. Il est contrarié que Mère l'ait obligé à rester, alors il se moque de la Señora. Un scandale. Mais il sait qu'il ne se fera pas prendre. Le *capitán* et son *sargento* sont complices.

La *rosca de reyes* est très difficile à faire : le gâteau appelé couronne des Rois, pour lequel on utilise de la pâte à la farine blanche, la même que pour les tortillas Fesses de Bébé. Un bloc de pâte digne d'un roi, qu'on étale sur la table, jusqu'à ce qu'elle soit longue et fine comme un limaçon de mer. *Como pene*. Il la pique et il rit : *Como bato*. Normalement Leandro est beaucoup plus pieux que ça.

Biroute ! Bitte !

Pachanga !

La chose ! *Chose du roi !*

Leandro en avait les larmes aux yeux et a dit que Mère allait nous tuer. Il s'est signé et a prié pour nos deux âmes. Il a donné à la pâte la forme d'une couronne en dessinant un cercle avec la-chose-du-roi, puis a fait pression sur les extrémités pour les coller ensemble. Le sujet est placé à l'intérieur, un petit Enfant Jésus en terre qui ressemble à un cochon. Leandro dit que ce n'est même pas Jésus, c'est le dieu-enfant Pilzintecutli. Il meurt quand les jours s'assombrissent en décembre, puis il naît à nouveau le 2 février, qui est la Chandeleur. Les anciens accordaient beaucoup d'importance à la lumière et à l'obscurité. Nous sommes dans les jours sombres maintenant, a-t-il dit. Celui qui trouvera le sujet dans le gâteau aura de la chance, quand la lumière sera de retour.

Tout le reste de l'année, le sujet en terre, dans un pot au fond du placard, attend de retourner dans le gâteau. Leandro a sorti le petit Jésus du pot et l'a embrassé avant de le mettre dans la *rosca*. Des fruits ronds en gelée vont sur le dessus, mais il en a posé un carré à l'endroit où il avait introduit le sujet, sa marque secrète. Prends celui-là, a-t-il dit, quand le plat fera le tour de la table.

Est-ce que si on triche au lieu de tomber sur le sujet par hasard, on a quand même de la chance ?

Mi'jo, a répondu Leandro. Ta mère ne se rappelle même pas le jour où elle t'a donné la vie. Si un orphelin veut avoir de la chance, il faut qu'il s'en occupe lui-même.

Mais quel orphelin a deux parents vivants ? Tu as dit que tout le monde avait une famille, même si ce sont des fantômes. Ou s'ils oublient ton *cumpleaños*.

Leandro a pris les joues de l'orphelin entre ses mains et l'a embrassé sur la bouche, et puis il lui a donné une bonne tape sur les fesses comme s'il était un enfant, pas un garçon qui a presque la taille d'un homme. Un garçon avec des pensées terribles : embrasser un homme en tant qu'homme. Leandro ne pensait pas à mal. Un *beso* à un enfant.

Leandro est retourné chez lui après le repas. Tous les domestiques ont fui, laissant derrière eux déchets de cuisine, mauvaise humeur et poussière. À quoi sert la chance dans une maison vide ?

2 février. La Chandeleur.

Leandro, parti dix-neuf jours, est de retour. Il lui faut faire une centaine de *tamales* pour la Chandeleur, sans son *sargento*. Mieux vaut passer la journée entière caché dans l'*amate* à lire. Un livre n'a aucune chance de partir dans sa famille quand ça lui chante. Leandro ne sait même pas lire. Qu'il fasse donc des *tamales* toute la journée.

Aujourd'hui commence une année de chance parfaite sous la protection de Pilzintecutli, le Jésus en terre en forme de cochon.

13 février

Aujourd'hui la lacuna est apparue, un peu en dessous de la surface. Elle se trouve près du centre de la falaise sous un nœud où pousse un hamac d'herbe. Il devrait être facile de la retrouver, mais mieux vaut chercher tant qu'il est encore tôt, soleil à peine levé et marée basse. À l'intérieur du tunnel, il faisait à nouveau froid et sombre. Mais une lumière bleue s'est dessinée vaguement, comme une vitre embuée, plus loin en avant. Ce doit être l'autre extrémité, pas de diable là-bas au fond, juste un endroit par où sortir, un passage. Mais trop loin pour rejoindre la sortie à la nage, et trop effrayant.

Un jour Pilzintecutli dira, *Vas-y, petit chanceux. Vete rubio*, nage en direction de cette lumière. Pars à la recherche de l'autre monde qui est le tien.

Chose très étrange. Mère croit à la magie. Elle est retournée au village où se trouvait l'énorme tête en pierre. Après avoir renvoyé Natividad avec la voiture, elle a dit, « Cette fois-ci nous y allons tous les deux. » À nouveau elle a retiré ses chaussures pour traverser la passerelle, puis elle a suivi un sentier à travers la forêt en bordure d'un lac. Des *jacanas* aux ailes jaunes émergeaient de l'eau et un alligator était posé sur la rive, couvert d'élodées jusqu'à hauteur de ses yeux globuleux. Puis la jungle à nouveau, sous des arbres géants. Nous allions voir un *brujo*, a-t-elle fini par dire, parce que quelqu'un nous a donné le mauvais œil, voilà pourquoi elle ne peut pas avoir un autre bébé. La mère d'Enrique, probablement.

La hutte en bambou du *brujo* se trouvait dans une clairière, à l'intérieur d'un cercle de pierres. On aurait dit qu'elle était là depuis mille ans. La porte était un rideau de coquilles d'escargots attachées ensemble, qui ont fait un tintement sourd quand sa main l'a écarté. Dedans, il y avait un autel couvert de petits personnages en terre, de branches feuillues dans des pots, de la résine de copal en train de brûler dans des coquillages, le même encens que dans l'église. Il a dit qu'on enlève nos habits, ce que Mère a fait sur-le-champ, jusqu'à se retrouver dans ses sous-vêtements en soie. Le *brujo* ne l'a pas regardée, ses yeux sont partis vers le toit de la hutte et il s'est mis à chanter, donc c'était vraiment un *brujo*, pas juste un homme.

Il avait l'air aussi vieux qu'une personne peut l'être, tout en étant encore en vie. Son chant était bas et rapide, *echate, echate*. Il a commencé par faire le tour de Mère, tout en tapotant son corps avec une branche trempée dans un bocal d'infusion de feuilles, à petits coups, si bien que des gouttes tombaient sur ses cheveux, ses seins et son ventre, puis tout le reste, fils compris. Puis en soufflant dans le coquillage de résine brûlante, il l'a enveloppée de fumée. Avec ses vieilles mains noueuses, il a pris un personnage découpé dans du papier fin, une petite chose en forme d'homme qui ressemblait à un chat, et l'a brûlé à la flamme d'une bougie. Certains des personnages sculptés qui se trouvaient sur l'autel faisaient penser à la chose d'un homme, son membre. Des *pachangos* en pierre.

Quand il a eu terminé, Mère l'a payé en pièces de monnaie. Elle n'a pas prononcé un mot avant d'avoir retraversé la passerelle en direction du village. Il n'y avait personne sur la place, à part la grande tête en pierre. Natividad n'était pas revenu. « Il ne faut pas qu'Enrique soit au courant », a-t-elle dit. « Tu le sais, bien sûr.

– Il veut que tu aies un bébé ? »

Elle ajusta sa robe et remonta son bas. « Ma foi. Ça changerait les choses, non ? »

La petite fille de Leandro est morte en janvier après la fête des Rois, et personne ici ne le savait. Cruz l'a appris à Mère aujourd'hui. Il avait disparu pendant trois semaines, non pas parce qu'il était en colère après son *sargento*, mais pour enterrer un enfant. Les deux petites têtes de pamplemousse à l'église : une seule, désormais. Cruz s'est disputée avec Mère car ce que paie Don Enrique ne suffit pas à nourrir un poulet. Elle a dit que la femme de Leandro n'avait pas de quoi acheter du lait et le bébé était mort.

Comment peut-il rentrer chez lui retrouver sa famille avec rien à manger, puis venir dans cette maison pour préparer cent tamales ? Il se comporte comme s'il n'avait pas d'enfant mort. Le vrai Leandro ne vient jamais ici. Il fait semblant, c'est tout.

9 mars

Aujourd'hui la lacuna a disparu. Droit sous le nœud de la falaise, rien. Si elle est là, alors il y a trop d'océan par-dessus. Le hamac d'herbe sur la paroi de la falaise est très bas près de l'eau maintenant. Ou plutôt, la mer est plus haute.

Don Enrique est parti dans la Huasteca et Mère a sorti des couteaux de cuisine. Ce matin elle s'est mise à en brandir un dans toutes les directions. Pas pour hacher des oignons mais pour montrer qu'elle n'est pas d'humeur à plaisanter, ses secrets il faut les garder. Pas juste le *brujo*, mais aussi Mr. A. T. Fric. Donc, s'il venait faire une visite à l'improviste pendant que le maître est absent, motus et bouche cousue. De toute façon, Mère est trop paresseuse pour soulever un matelas et trouver ce petit livre.

13 mars

La lacuna est revenue. Dans l'après-midi, le rocher a ouvert sa bouche et englouti le garçon dans son gosier. Mais difficile de nager, l'eau sortait à flots. Même chose que la dernière fois, poumons qui éclatent, demi-tour, trop tôt. Le frère de Leandro murmurant tout bas *viens vivre avec moi*, mais un cerveau affamé d'oxygène perd courage et réclame de l'air.

Demain sera le jour.

Dernières Volontés et Testament

Qu'on le sache. Si H.W.S. se noie dans la grotte, il ne laisse rien à personne. Ce qu'il possède sur cette terre a été volé : montre de gousset ; ce livre ; une année de chance.

Il laisse son corps à manger aux poissons.
Il laisse Leandro se demander où il a disparu.
Il laisse Mère et Mr. Aligne Ton Fric s'amuser avec le diable.

Dios habla por el que calla.

14 mars

À l'intérieur de la grotte, il y a des os. Des os humains ! Des choses de l'autre côté.

Voici ce qui se passe quand on est sur le point de se noyer : cerveau qui cogne, pulsation rouge et noir. L'eau salée vous brûle les yeux et l'on devient presque aveugle à suivre la lumière, jusqu'au moment où l'on sort à l'air libre, et où l'on respire.

Au bout du tunnel la grotte s'ouvre à la lumière, un petit bassin d'eau salée dans la jungle. Presque parfaitement rond, aussi large qu'une chambre à coucher, le ciel droit au-dessus, pommelé et lumineux à travers les branches. Des *amates*, en rond autour du trou d'eau, pareils à des hommes curieux, ébahis qu'un garçon venu d'un autre monde ait soudain débarqué dans leur lagon. Les *pombos*, accroupis pour mieux voir, leurs genoux en bois noueux sortant péniblement de l'eau. Un héron debout sur une patte lance un regard inquisiteur à l'intrus. *San Juan Pescadero*, le martin-pêcheur, bondit comme l'éclair d'une perche à l'autre en criant, « Tuez-le tuez-le tuez-le ! »

Des piles de blocs de pierres entassés pêle-mêle tout autour du lagon, sorte de chose cassée faite de corail. Des plantes grimpantes se hissent tant bien que mal sur la ruine où leurs racines s'enfoncent comme des doigts dans du sable. Un temple, sûrement, ou autre chose de très ancien.

La lumière à travers les arbres était sombre à midi mais l'eau était claire. Se hisser sur le ventre jusqu'à une pierre plate. Se tenir assis au bord, le regard à nouveau plongé à l'intérieur. Le fond de la grotte, on le voyait clairement, s'affaissait pour former une sorte de pièce, immense et profonde. Les pierres étaient empilées comme un château de sable sous la mer, avec des éclats brillants au milieu. Peut-être des feuilles jaunes, ou des pièces d'or. C'était comme entrer dans un livre de contes. Un temple antique dans la forêt, et le trésor d'un pirate dessous. Le trésor, c'était essentiellement des coquillages et des débris de poterie couverts de mousse, trop loin pour être atteints en plongeant.

Il a fallu des heures pour tout explorer. Certains des blocs cassés de la ruine avaient des motifs sculptés, un texte composé de lignes et de cercles ou peut-être les portraits des dieux. L'un ressemblait à un squelette, bras écartés, crâne fendu d'un large sourire. Un serpent d'eau a glissé d'un rocher et dessiné un S à la surface de l'eau. Les plantes rampantes de la jungle étaient emmêlées comme un filet à poissons, c'était le genre de forêt au sol spongieux, dont il n'était pas facile de sortir. Et pas facile non plus de ressortir de cette grotte à la nage. Pas moyen de sortir de cette histoire, semblait-il. Rien d'autre à faire que se laisser glisser dans le bassin comme une tortue, couler, et rester assis sur les rochers couverts de vase et le trésor des temps anciens.

C'est là que se trouvaient les os ! Des os de jambe, emprisonnés dans le rocher. Quel choc ! Difficile de respirer après les avoir vus. Flotter n'était pas non plus très aisé car la marée commençait à refluer. Aspirée contre les rochers autour du trou, l'eau semblait siffler une chanson de noyade : *ahogarse, ahogarse*. L'océan, de toute sa force, a tiré le lâche explorateur hors de son lieu secret, l'a aspiré dans le tunnel et l'a craché dans la mer.

À l'extérieur, souffle coupé. La marée, c'était évident, avait changé de sens et s'était retirée. Elle était maintenant très basse. Les nœuds de corail pointaient leurs têtes. Une grande lune ronde, dépassant à peine de l'eau, était posée à l'est sur l'horizon, blanche comme une huître.

Les os et le temple semblaient n'avoir jamais existé, cette grotte disparaîtrait à nouveau. Seule la lune était vraie, grosse et entière, comme la vie.

Il y a un livre dans la bibliothèque d'Enrique qui dit que les païens du temps jadis ont bâti leurs châteaux sur cette île. Pas aussi hauts que les grandes pyramides des Aztèques, mais de petits temples avec des marches et des plateformes pour les sacrifices. Ils sculptaient des images de leurs dieux qui étaient très nombreux. Le livre disait les mêmes choses que Leandro : les anciens surveillaient la lumière et les signes pour savoir quand planter le maïs, quand se marier. Mais il racontait aussi des choses plus terribles : ils faisaient des sacrifices en jetant de l'or et parfois des filles (vivantes) dans les trous d'eau de la forêt. La grotte devait être un trou de ce genre : un *cenote*. À cause des os.

Le livre a été écrit par un prêtre, pas très bien, mais intéressant par endroits. Hernán Cortés envoya un corps expéditionnaire ici pour détruire la cité païenne et construire la cathédrale de la ville. Si la ruine dans la jungle fait vraiment partie de cette cité ancienne, alors c'est sûr qu'il y a de l'or et un trésor dans les profondeurs du *cenote*, en plus des os de ces malheureuses filles. Leandro doit savoir, mais impossible de le lui demander. Impossible de se fier à son allégeance, il pourrait le dire à Mère. Il ne sera donc jamais mis au courant de l'expédition à l'intérieur de la lacuna.

24 mars

D'abord, la grotte n'était pas là aujourd'hui. C'est du moins ce qu'il semblait. Mais en réalité elle y était, à presque deux mètres en dessous de la surface, enterrée par la marée, avec un fort courant qui en surgissait.

La dernière fois, à l'intérieur de la grotte, c'était le matin que le courant se dirigeait vers le trou dans la jungle. Pendant les heures d'exploration la marée a dû descendre, donc le soir il a été facile de sortir à la nage. La lune se levait à peine. Les marées expliquent tout. Le bon moment pour pénétrer dans la grotte, c'est juste avant que la marée descende. Sinon, quelques os de plus sur la pile.

25 mars

La marée est allée complètement de travers, le courant est sorti de la grotte toute la journée. Le jour de la pleine lune, tout était parfait.

Don Enrique dit que la pleine lune provoque les plus hautes marées du mois, à midi et à minuit. Et elle entraîne le reflux le plus bas quand elle se lève et quand elle se couche. Paroles d'un homme en redingote et haut-de-chausses qui, s'il essayait de manœuvrer un bateau à la rame, tomberait à l'eau instantanément et se noierait. Mais Leandro a dit la même chose sur la lune et la marée haute, donc c'est peut-être vrai.

Comment peut-on savoir si la lune va vers son plein ou si elle décroît ?

Ce soir c'était la demi-lune, et Leandro a dit qu'elle était en train de décliner. Ça se voit parce qu'elle a la forme de la lettre C, sa courbe n'est pas tournée vers l'avant comme dans le D. Il dit que quand la lune forme un D comme Dios, elle grossit pour remplir le ciel de Dieu. Quand elle décline, elle forme un C, comme Cristo sur la croix. Donc, pas mal de jours avant d'avoir à nouveau de bonnes marées.

12 avril

Aujourd'hui, c'était la pleine lune, marée parfaite, et pas de chance, bout du doigt coupé avec un couteau de cuisine. Du sang partout, même dans la masa, qui est devenue toute rose. Il a fallu la jeter dehors. *Oh, non, servons-la à Don Enrique et à Mère ! Une* clayuda *du sang de son fils, comme les sacrifices des Aztèques pour leurs dieux.*

Leandro a dit : « Prie pour que Dieu te pardonne de parler ainsi. Bouge-toi et refais-moi de la masa. »

Ce soir la lune s'est levée, la plage était déserte et personne pour pénétrer à la nage dans la lacuna. Les trois mousquetaires l'auraient fait, ils auraient plongé, avec leurs fourreaux entre les dents, pas des bandages autour des doigts. Mais ils étaient trois, tous pour un et un pour tous.

Ce soir une ombre est passée sur la lune. Don Enrique dit que c'est une éclipse. Mais Leandro dit que c'est El Dios et El Cristo qui rapprochent leurs têtes pour pleurer sur tout ce qui se passe ici-bas.

2 mai

Anniversaire de Santa Rita de Casia. Mère avait besoin de cigarettes, mais pas de marché aujourd'hui à cause de la fiesta. Toutes les femmes sont parties à la procession, longues jupes à volants, cheveux tressés de rubans et de fleurs. Des garçons portaient des bougies en cire d'abeille grandes comme des hommes. La vieille femme qui vend du nopal sur le marché était en tête, on aurait dit une mariée ridée. Son vieux mari la tenait par le bras et traînait les pieds à ses côtés.

Leandro dit qu'il n'y a pas eu de fiesta l'année dernière à cause du Silence contre l'Église. En réalité Santa Rita de Casia n'est pas vraiment une sainte, mais une femme-dieu. Rien n'est jamais ce qu'on dit, et personne n'est saint à cent pour cent.

12 mai

Marée parfaite aujourd'hui. Rentré dans la grotte et ressorti. Poussée de l'eau vers l'intérieur, jusqu'au fond, jusqu'à toucher les os à nouveau. Demain la marée devrait encore être presque parfaite. Mais ce mois-ci, quelques jours seulement pour trouver le trésor caché par Hernán Cortés.

13 mai

Mère a dit : Ce soir. Dans quelques heures nous partons avec le ferry. Pas possible de partir d'ici comme ça, mais elle a dit : Oh oui c'est possible. Tout quitter.

N'en parle à personne, a-t-elle dit. Don Enrique va être furieux. Pas même Cruz n'a le droit de savoir, ne commence pas à faire tes bagages, elle s'en apercevrait. Attends que ce soit presque l'heure. Ne prends que ce qui entre dans un sac à dos. Deux livres, pas plus. Pas ces huaraches, ne sois pas ridicule, tes bonnes chaussures.

Elle a dit : *Bueno*. Très bien. Si tu veux rester ici, reste. Sur cette île stupide, si loin de tout, où il faut crier trois fois avant que même Jésus vous entende. Je partirai sans toi, aucun problème et, quand j'arriverai, je brûlerai une bougie pour toi dans la Catedral Nacional. Parce que quand Enrique va découvrir le pot aux roses, c'est toi qu'il tuera, pas moi.

Mr. Aligne Ton Fric nous attend sur le continent.

Et pas un mot à Leandro. Pas un mot, monsieur.

Cher Leandro, voici le mot que tu ne liras pas car tu ne sais pas lire. La montre de gousset se trouve à l'intérieur du pot au fond du placard, avec le Pilzintecutli en terre. C'est un cadeau que tu trouveras l'année prochaine quand tu devras faire la *rosca* sans *sargento* pour t'aider à délayer la farine. La montre est en or, peut-être que tu peux l'apporter au *monte de piedad* et avoir de l'argent pour ta famille. Ou la garder en souvenir de l'enquiquineur qui est parti.

MEXICO, 1930 (vb)

11 juin

La luna de junio, première pleine lune du mois de juin, un jour à plonger à la chasse au trésor. Mais pas d'océan ici, ni rien qui s'en rapproche à part l'odeur de poisson pourri le samedi : toutes les mères de famille de la ruelle ont fait cuire du poisson la veille, et leurs détritus attendent le ramasseur d'ordures avec sa carriole. L'océan est le dernier rêve du matin, puis le bruit de la rue entre dans la maison. Des voitures à moteur, des policiers à cheval, la marée descend, le prisonnier se réveille sur une île nouvelle. Un appartement au-dessus d'une boulangerie.

Mère dit qu'une *casa chica*, ça veut probablement dire que sa femme est au courant de tout mais que ça lui est égal, une Petite Maison ça ne coûte pas trop cher. La servante ne dort même pas ici, pas de place. Le water-closet et la cuisinière à gaz sont dans la même pièce. La cuisine principale est en bas dans la boulangerie, on la traverse en entrant par la rue, avec une clé. Pas de bibliothèque et pas de jardin ici, une ville qui pue l'autobus. Mère trouve tout merveilleux, ça lui rappelle son enfance, même si c'était il y a longtemps et pas dans cette ville. Si c'est si merveilleux qu'elle le dit, pourquoi a-t-elle attendu que son père et sa mère soient morts pour y retourner ?

« Arrête de faire cette tête, mon p'tit bonhomme, nous sommes enfin partis de cette île où il n'allait jamais rien se passer. Ici, pas besoin de crier trois fois pour que *Jesus*

Cristo t'entende. » Sans doute parce qu'au bout de la deuxième, *Jesus* arriverait in extremis pour t'éviter de passer sous un tramway.

Mais, dit-elle. Dieu a une maison du tonnerre ici, la plus grande cathédrale du monde. L'un des hauts lieux du Distrito Federal. Des hauts lieux, nous en avons vu un seul jusqu'ici, La Flor, l'établissement où Mr. Aligne Ton Fric et ses amis vont prendre le café. Bravant l'autorité, nous y sommes allés seuls. Ses amis les hommes d'affaires ne sont pas encore au courant de sa nouvelle entreprise, le secret gardé dans une petite boîte, la *casa chica*. Le couvercle de la boîte c'est l'Argent Top Secret de Mère, et elle dit que ce n'est vraiment pas grand-chose. Il y a donc des chances pour qu'elle ne se taise pas bien longtemps.

Elle avait besoin d'aller jeter un coup d'œil à La Flor pour voir comment on s'habille ici, pas question d'avoir l'air d'une godiche avec rien dans la tête comme les gens de l'île. Dans les rues on reconnaît tout de suite les paysans, venus à la ville pour la journée : pantalons blancs roulés jusqu'aux genoux. Les hommes qui buvaient le café à La Flor avaient tous des pantalons noirs. Les dames portaient des chapeaux-cloches et d'élégantes robes courtes comme celles de Mère, mais avec des bas noirs, question de décence. Les serveuses avaient des tabliers blancs et de grands yeux effrayés. Cette ville est comme Washington, et, en même temps, non. Difficile de se rappeler les vrais endroits à partir des livres. Dans le patio, des fougères géantes comme les forêts dans *Voyage au centre de la Terre*, et du très bon chocolat. Des biscuits appelés langues de chat. Unique ! dit Mère. Enfin, pas vraiment. Il y a tellement de chats dans notre ruelle qu'avec un lance-pierre on pourrait s'en faire une bonne provision.

Mère était de charmante humeur et, finalement, elle a bien voulu s'arrêter à la papeterie, sur le chemin du retour, pour acheter un nouveau carnet. Elle a fait sa mine renfrognée : Tu aimes ce petit livre plus que moi, tu vas t'enfermer dans ta chambre et m'oublier.

Mais elle est revenue tout de suite, Mon pauvre petit. On dirait un poisson qui a besoin d'eau. Et dire que je ne le voyais même pas.

Aujourd'hui la cathédrale. Il a fallu toute la matinée pour atteindre la place centrale, le Zócalo, deux bus et ensuite un tramway à partir de la limite extérieure du Distrito Federal. La casa chica est située dans un quartier populaire au sud de la place où se font les courses de taureaux, dans une ruelle en terre battue qui donne sur Los Insurgentes. À écouter Mère, on dirait que nous résidons à mi-chemin entre la capitale du Mexique et Tierra del Fuego en Amérique du Sud.

Le Zócalo est un immense carré avec des palmiers qui ressemblent à des parasols. D'un côté il y a le long Palacio Nacional en pierre rose, avec des petites fenêtres du haut jusqu'en bas comme des trous dans une flûte. Les rues en brique qui conduisent au Zócalo sont si étroites qu'on dirait des terriers d'animaux dans les hautes herbes, avec des bâtiments serrés des deux côtés, à perte de vue. Au rez-de-chaussée il y a des magasins et les gens vivent au-dessus, on aperçoit des femmes accoudées à leurs balcons en fer qui regardent tout ce qui se passe en bas. Des chariots tirés par des bicyclettes, des chevaux et des automobiles, des files entières, qui roulent parfois dans les deux sens pour une même rue.

La cathédrale est immense comme promis, avec des portes en bois gigantesques qui ont l'air de vouloir vous enfermer dehors pour de bon. La façade a tellement de sculptures qu'elle en est toute boursouflée : le Vaisseau de l'Église qui vogue sur une des portes ressemble à un galion espagnol, et sur l'autre, Jésus qui remet les clés du royaume. Il a le même regard inquiet que l'homme de la boulangerie quand il a donné à Mère la clé de sa boutique pour rejoindre notre appartement au premier. Mr. Aligne Ton Fric est propriétaire de l'immeuble.

Une fois à l'intérieur de la cathédrale, il faut passer devant le grand Autel du *Perdón*, tout doré avec des anges qui volent un peu partout. Le Christ Noir du Venin est pendu là, mort, entouré de petits balcons, peut-être pour que les anges se posent dessus quand ils sont fatigués. Un tel monument d'accusation que même Mère s'est crue obligée de courber un peu la tête en passant discrètement devant et, alors que nous faisions le tour de la nef, ses péchés dégoulinaient de ses chaussures, laissant d'invisibles flaques sur les carreaux tout propres. Dieu a dû dire qu'elle était cuite. Il aurait intérêt à le crier plus de trois fois s'il veut avoir des chances de se faire entendre d'elle.

Dehors, derrière l'église, il y avait un petit musée. Un homme nous a expliqué que la cathédrale fut construite par les Espagnols par-dessus le grand temple des Aztèques. Ils l'ont fait exprès, pour que les Aztèques abandonnent l'espoir d'être sauvés par leurs propres dieux. Il reste juste quelques morceaux de temple. L'homme a dit que les Aztèques sont venus ici dans les temps anciens après avoir erré pendant des centaines d'années à la recherche de leur terre promise. Quand ils sont arrivés ils ont vu un aigle posé sur un cactus, qui mangeait un serpent. C'était le signe qu'ils attendaient. Raison aussi bonne qu'une autre de décider qu'on est arrivé à destination, meilleure en tout cas que toutes celles que Mère a trouvées jusqu'à présent.

Le plus bel objet était le calendrier des anciens, une énorme pierre sculptée aussi grande qu'une cuisine, circulaire, boulonnée au mur comme une horloge géante. Au centre il y avait un visage en colère qui regardait autour de lui, comme quelqu'un venu d'ailleurs qui serait passé au travers de cette pierre pour voir à quoi on ressemblait. Il n'avait pas l'air très content de ce qu'il voyait. Il tirait sa langue fourchue, et tenait dans ses serres deux cœurs humains. Autour de lui des jaguars dansaient en cercle à l'infini. Peut-être le calendrier dont Leandro parlait. Il aurait été content d'apprendre que les Espagnols décidèrent de le garder quand ils ont saccagé tout le reste. Mais Leandro ne peut pas lire des lettres, donc ce n'est pas la peine de lui raconter tout ça.

Mr. A. T. Fric viendra le lundi, le jeudi et le samedi. Mère pourrait mettre un écriteau sur sa porte comme le boulanger du rez-de-chaussée.

Ils discutent de l'Avenir du Garçon. A. T. dit : la Preparatoria en septembre, mais Mère dit non ; il ne peut pas y entrer. On dit que c'est difficile, avec du latin, de la physique, et d'autres choses dans ce genre. Que feront-ils d'un garçon qui pendant cinq ans n'a rien connu d'autre que l'école de Jules Verne et des Trois Mousquetaires ? Elle a dans l'idée une petite école tenue par des bonnes sœurs, mais A. T. dit qu'elle rêve, la Révolution les a liquidées quand les prêtres ont fui le Mexique. Si elles savent ce qui est bon pour elles, ces bonnes sœurs maîtresses d'école sont sûrement mariées. Mère insiste, elle a vu une école dans l'avenue Puig, au sud d'ici. Mais la Preparatoria est gratuite, et une école *católica* coûterait de l'argent, si l'on en trouvait une. Nous verrons qui gagne. Mr. Aligne Ton Fric ou Miss Pas de Fric du Tout.

24 juin

Jour de la Saint-Jean, toutes les cloches des églises qui sonnent un jeudi. La servante dit que c'est le signal que les lépreux peuvent se baigner. C'est le seul jour de l'année où ils ont le droit de toucher l'eau. Pas étonnant qu'ils sentent si mauvais.

De retour du magasin de vêtements Colonia Roma, il s'est mis à pleuvoir des cordes, et nous avons acheté des chapeaux en papier aux petits vendeurs de journaux.

Quand il pleut, ils arrêtent de crier après le Nouveau plan bureaucratique et le plient pour en faire quelque chose d'utile. Puis nous n'avons plus retrouvé notre chemin pour rentrer à la maison et Mère a ri, ses cheveux étaient collés à son visage comme des petits rubans noirs, heureuse pour une fois. Sans raison.

Pour échapper à la pluie, nous avons trouvé refuge sous une marquise. C'était un magasin de livres, et nous y sommes entrés. Fantastique, toutes sortes de livres y compris des livres de médecine, l'œil humain en coupe transversale et les organes de reproduction. Mère se lamentait que les chances d'obtenir l'admission à la Preparatoria gratuite soient si minces. Elle a expliqué au vendeur qu'elle avait besoin de quelque chose pour mettre son fils dans le Droit Chemin, et il lui a montré le rayon des livres très vieux et très usés. Puis il a pris Mère en pitié et a ajouté que si nous les rapportions plus tard il rembourserait la quasi-totalité du prix. *Houzza*, quelque chose de nouveau à lire. Pour ton anniversaire, a-t-elle dit, parce qu'il était passé depuis presque une semaine et qu'elle était désolée de ne pas l'avoir fêté. Alors choisis quelque chose pour tes quatorze ans, a-t-elle ajouté. Hélas, toujours pas de romans d'aventures. Choisis quelque chose de sérieux, de l'histoire par exemple. Et pas de Pancho Villa, *mister*. D'après elle, s'il n'est pas mort depuis vingt ans, il ne fait pas partie de l'histoire.

Les Aztèques sont morts depuis des centaines d'années, alors on a eu droit à deux livres sur eux. L'un, c'est toutes les lettres écrites par Hernán Cortés à la reine Juana d'Espagne, qui l'a expédié à la conquête du Mexique. Il lui a envoyé des tas de comptes rendus, et tous commencent par « Très Haute, Très Puissante et Très Catholique Impératrice ». L'autre est écrit par un évêque qui vécut parmi les païens et en a fait des portraits, même nus.

Encore de la pluie, bonne journée pour lire. La grande pyramide sous la cathédrale fut construite par le roi Ahuitzotl. Par chance les Espagnols en ont écrit des tonnes sur la civilisation aztèque avant de la réduire en miettes et d'utiliser ses pierres pour leurs églises. Les païens avaient des prêtres, des vierges de temples, et des temples en blocs de calcaire ornementés sur toutes les façades avec des serpents en pierre. Ils avaient des dieux pour l'Eau, la Terre, la Nuit, le Feu, la Mort, les Fleurs et le Maïs. Beaucoup pour la Guerre aussi, leur entreprise favorite. Mejitli, le dieu de la guerre est né d'une vierge sainte qui habitait au temple. L'évêque nota combien il était curieux que, exactement comme notre Sainte Vierge, lorsqu'il apparut qu'elle attendait un bébé, les prêtres aztèques voulurent la lapider, mais ils entendirent une voix qui disait : « Sois sans crainte, Mère, ton honneur est sauf. » Et le dieu de la guerre vint au monde avec des plumes vertes sur la tête, et un visage bleu. La mère, dans cette histoire, a dû attraper une belle peur ce jour-là.

À cause de tout ça, ils lui donnèrent un temple avec un jardin plein d'oiseaux. Et pour son fils, un temple pour les sacrifices humains. La porte était une gueule de serpent, une lacuna qui s'enfonçait profondément dans le temple où une surprise attendait les visiteurs. Des tours construites avec tous leurs crânes. Les prêtres se baladaient, le corps noirci par les cendres de scorpions brûlés. Si seulement Mère nous avait amenés ici cinq cents ans plus tôt.

Tous les jours il pleut à seaux, la ruelle est une rivière et les femmes font leur lessive dedans. Puis elle sèche, des détritus partout. La servante dit que tout le monde doit nettoyer une partie de la rue, c'est la loi, et donc nous devrions payer son mari pour ça. Mère dit, Hors de question, déjà qu'il nous faut nous ratatiner au premier étage comme des pigeons, nous n'allons pas en plus payer pour faire nettoyer la rue.

La chambre de Mère a un minuscule balcon qui donne sur la ruelle, et cette chambre, de l'autre côté, donne sur une cour intérieure entourée d'immeubles. La famille d'en face y cultive un jardin, qu'on ne voit pas de la rue. Le grand-père, pantalons blancs en coton roulés jusqu'aux genoux, s'occupe de ses plans de courges grimpantes et du pigeonnier, une tour ronde en brique avec des petits cagibis tout en haut où les pigeons se perchent. Quand les perroquets viennent manger ses fleurs, le vieil homme les chasse à coups de balai. Quand la lune est un D como Dios, les pigeons crient toute la nuit.

L'histoire de Cortés est un vrai roman d'aventures, encore mieux que *Les Trois Mousquetaires*. Il fut le premier Espagnol à trouver cette ville qui s'appelait alors Tenochtitlan, capitale de l'empire aztèque. La ville, chose étrange, était dans un lac en ce temps-là. Des levées traversaient l'eau, si larges que Cortés et ses hommes pouvaient y passer de front à cheval. Il entendit parler de la grande cité et commença par envoyer des messages aux Aztèques pour qu'ils ne le tuent pas à peine arrivé. Bonne idée. Le roi Moteczuma l'accueillit avec deux cents nobles tous vêtus de belles capes, et offrit à Cortés un collier de crevettes en or. Puis ils s'assirent pour discuter de la situation. Moteczuma expliqua qu'il y avait très longtemps, leur ancien Seigneur était retourné dans sa terre natale où le soleil se lève, et ils s'attendaient donc à tout moment à ce que l'un de ses descendants vienne reconquérir le peuple, ses vassaux légitimes. Cortés avait envoyé des messages disant qu'il était l'émissaire d'un grand roi, et ils pensèrent donc qu'il devait être leur Seigneur naturel. C'était un coup de chance pour Cortés, qui s'en félicita et prit du repos après les fatigues du voyage. Moteczuma lui offrit à nouveau des choses en or, et l'une de ses filles.

Les Aztèques dans d'autres villes ne furent pas aussi amicaux avec les Espagnols, et les tuèrent. L'un d'entre eux, Qualpopoca, était un grand fauteur de troubles. Cortés exigea qu'on le lui fasse amener pour qu'il soit châtié, et pour plus de sûreté décida de le mettre aux fers, mais en toute amitié. Qualpopoca arriva furibond, répétant qu'il n'était le vassal d'aucun roi d'où que ce soit, et qu'il détestait tous les Espagnols en bloc. Il fut donc brûlé vif sur la place publique.

Mère est fatiguée d'entendre cette histoire par petits morceaux. Elle dit qu'elle n'est pas la foutue reine d'Espagne, éteins-moi cette chandelle avant qu'elle tombe sur le lit et te brûle vivant.

Elle dit que nous ne pouvons pas garder ce livre même si c'est la plus belle aventure qui existe. Et un cadeau d'anniversaire. C'est trop long de copier toute l'histoire, seulement les parties principales. Cortés laissa Moteczuma en liberté et ils restèrent amis, ce qui paraît étrange. Il montra à Cortés les bâtiments et les marchés, qui n'avaient rien à envier à ceux d'Espagne, et les temples en pierre, plus hauts que la grande église de Séville. À l'intérieur de certains, les murs étaient couverts du sang des offrandes humaines. Mais le peuple possédait une grande culture et des manières courtoises, un bon gouvernement assuré partout, et des canalisations en pierre pour apporter l'eau depuis les montagnes. Moteczuma avait un palais grandiose et des maisons à treillis où il gardait toutes sortes d'oiseaux, du gibier d'eau jusqu'aux aigles. Il n'avait pas moins de trois cents hommes pour s'en occuper.

Mais ce que Cortés voulait en réalité, c'était faire la tournée des mines d'or. Jouant l'innocent, il dit à Moteczuma que le pays lui semblait très fertile et que le Grand Roi aimerait le cultiver (sur la mine d'or). Ils l'aménagèrent : des champs de maïs, une grande maison pour Sa Majesté, même une mare avec des canards. Malin, Cortés.

Ensuite, le gouverneur du Honduras devint très jaloux et envoya quatre-vingts mousquetaires au Mexique, déclarant que l'Espagne l'avait investi du pouvoir d'assujettir et de suborner les indigènes. Juste au moment où Cortés s'amusait comme un fou, il dut regagner en toute hâte le port de Veracruz pour défendre ses positions, puis revenir dare-dare pour sauver les hommes qu'il avait laissés à Tenochtitlan. Car le peuple avait fini par y voir clair dans le jeu de Cortés et maintenant il était cuit. La populace marcha sur sa garnison et se battit à mort. Le roi Moteczuma grimpa sur une tour et cria à tout le monde de cesser le combat, mais il fut frappé à la tête par un jet de pierre et mourut trois jours plus tard. Cortés réussit à s'enfuir, mais il l'avait échappé belle. Il dut abandonner tous ses boucliers d'or, ses armoiries, et autres choses merveilleuses impossibles à décrire ou mesurer. C'est ce qu'il écrivit, mais il n'osait peut-être pas trop les décrire ou les mesurer car un cinquième du butin devait revenir à Son Extrêmement Catholique Majesté la Reine.

Nuit presque entièrement passée à lire et recopier, jusqu'à épuisement de la bougie. Ce matin Mère a dit, Assez flemmassé, cours au marché. Il nous faut du café, de la farine de maïs et des fruits, mais surtout, des cigarettes. Mère pourrait tenir une année sans nourriture, mais pas un seul jour sans ses bâtons à lèvres.

Au marché Piedad on ne vendait pas de cigarettes. Il y avait des vieilles femmes en train de fumer mais elles ont dit qu'elles n'en avaient pas car on était vendredi. Essaie donc celui qui est plus au sud, le marché Melchor Ocampo. Tu descends l'avenue Insurgentes jusqu'à la prochaine petite ville, Coyoacán. Tu prends la petite rue qui s'appelle Francia. On trouve de tout sur ce marché.

Mère a raison de dire que la ville se termine juste au sud de l'endroit où l'on habite. Ce n'est pas l'Amérique du Sud mais les rues se changent en chemins de terre et c'est comme un village : familles qui vivent dans des cabanes en torchis disposées autour de cours en terre, enfants accroupis dans la boue, mères qui allument des feux pour cuire les tortillas. Des grands-mères assises sur des couvertures tissent d'autres couvertures pour que d'autres grands-mères puissent s'asseoir. Entre les maisons, des jardins de maïs et de haricots. En partant du dernier arrêt de bus, et après deux champs de maïs, on arrive à Coyoacán comme les femmes l'ont dit, un marché où l'on trouve de tout. Cigarettes, piles de fleurs de courgettes, piments verts, canne à sucre, haricots. Des perroquets verts dans des cages en bambou. Une bande de *leprosos* en route vers la ville où ils vont passer la matinée à mendier, pareils à des squelettes, peau sur les os, et vêtements en loques qui pendent comme des drapeaux de capitulation. Mendier avec les bouts de mains qui leur restent.

La chose qui s'est présentée ensuite était un iguane aussi grand qu'un alligator avec un collier au cou, qui marchait l'air désapprobateur. Attachée au collier, une longue corde, et tenant la longue corde, un homme édenté qui chantait.

« *Señor*, il est à vendre ?

– Qu'est-ce qui ne l'est pas, mon jeune ami ? Même moi je pourrais être à vous, si vous payez.

– Votre lézard. Il se mange ou bien c'est un animal domestique ?

– *Mas vale ser comida de rico que perro de pobre* », a-t-il dit. Mieux vaut être la nourriture d'un riche que le chien d'un pauvre.

Mais aujourd'hui, juste assez d'argent pour acheter des fruits et des cigarettes. De toute façon la servante pleure déjà assez comme ça, sans avoir à faire cuire un lézard pour le déjeuner. Il a fallu longtemps pour faire le chemin à pied jusqu'à la maison, mais Mère n'était pas en colère. Elle avait trouvé deux clopes dans la poche de sa robe jaune.

Le dimanche c'est le pire. Tous les gens ont leur famille et un endroit où aller. Même les cloches de l'église ont des conversations, elles sonnent toutes en même temps. Notre maison est comme un paquet de cigarettes vide, qui traîne dans un coin juste pour vous rappeler qu'il n'y a rien dedans. La servante, partie à la messe. Mr. Aligne Ton Fric, avec femme et enfants. Mère rince corsets et dessous, les met à sécher sur la balustrade du balcon, et se retrouve sans raison de vivre. Parfois, quand il n'y a rien à manger dans la maison, elle dit : « OK, fiston, ça va être un repas de clopes. » Ce qui veut dire qu'elle va partager ses cigarettes pour que nous n'ayons pas faim.

Aujourd'hui, elle a chipé le livre sur Cortés et l'a caché parce qu'elle se sentait seule. « Tu passes ton temps à lire tes livres, et tu pars à cent kilomètres. Tu m'ignores.

– Et toi, tu m'ignores bien quand Mr. Aligne Ton Fric est ici. Tu n'as qu'à partir le chercher. »

La porte de sa chambre a claqué si fort que les vitres se sont mises à trembler. Puis elle s'est ouverte à nouveau, Mère n'est pas capable de rester cloîtrée dans son poulailler. « On peut devenir aveugle à lire autant.

– Tu dois avoir de bons yeux alors.

– Tu me tues, petit effronté. Et ce carnet me donne la colique. Arrête. Arrête d'écrire tout ce que je dis. »

T-o-u-t. C-e. Q'-u-e-l-l-e. D-i-t.

Finalement, ce soir elle a été obligée d'abandonner Cortés en échange de cigarettes, parce que sinon elle allait mourir.

Le marché de Coyoacán n'est pas comme le Zócalo du centre-ville où les choses s'achètent toutes faites. Les filles en châles bleus sont assises sur des couvertures avec des tas de maïs qu'elles ont ramassé dans les champs à peine une heure avant. En attendant que les gens arrivent, elles égrènent les épis. Et si les gens tardent encore, elles font tremper le maïs dans de l'eau de chaux, puis le broient pour en faire du nixtamal qu'elles étalent. À la fin de la journée le maïs s'est transformé en tortillas. Le nixtamal est la seule farine qu'on utilise ici. Même notre servante ne sait pas faire du pain à la farine blanche.

Pendant que les filles font des tortillas, les garçons coupent des bambous dans les marécages au bord de la route et ils les tissent pour en faire des cages à oiseaux. Si personne ne vient leur acheter leurs cages, ils grimpent dans les arbres et volent des oiseaux dans leurs nids pour les mettre dedans. Il faut arriver avant dix heures du matin pour trouver des épis de maïs entiers ou une cage à oiseau vide. À la fin de la semaine, ils ont créé un monde. Et le septième jour, repos. Comme Dieu.

Le vieil homme au lézard vient tous les jours. Ils sont tous les deux pareils : peau blanchâtre écailleuse et yeux plissés. L'homme s'appelle Cienfuegos et son animal Manjar Blanco : Poulet à la crème.

Sur la plaza près du marché Melchor, le palais de Cortés est toujours debout. C'est de là qu'il a dirigé le pays après avoir conquis les Aztèques. Au début, c'était une garnison où il rassemblait ses mousquetaires et complotait pour s'emparer de Tenochtitlan ; il y a une plaque, sur la place, qui explique tout. C'est l'endroit même que Cortés décrit dans sa troisième lettre à la reine. Comme c'est étrange de lire le nom d'un lieu dans un livre, et puis d'y être pour de bon, entendre les oiseaux chanter, et cracher sur les pavés si ça vous fait plaisir. Sauf que c'était sur la rive d'un lac à l'époque. La grande cité avait des digues pour retenir les eaux, et parfois les Aztèques retiraient les pierres des digues, et des trombes d'eau se déversaient sur Cortés et ses hommes pendant qu'ils dormaient. Il fallait qu'ils nagent comme des forcenés pour échapper à la mort.

21 juillet

La question de l'école menace. Les examens d'entrée à la Preparatoria ont lieu dans quelques semaines, demain nous retournerons à la librairie dans l'espoir de trouver de nouveaux Textes pour Progresser. On va troquer les lettres de Cortés contre autre chose, et inutile de piquer une crise pour les garder. Ce soir, dernière chance de terminer et de recopier les bons passages.

Dernier siège de Tenochtitlan : Cortés essaya de bloquer les levées qui traversent le lac, de manière à réduire la population à la famine. Mais les gens le bombardèrent de gâteaux de maïs et lui dirent : Nous ne sommes pas en manque de nourriture, et si plus tard nous avons faim, nous vous mangerons !

Il donna ordre à ses hommes de construire treize vaisseaux dans le désert et de creuser un canal pour les conduire jusqu'au lac, de façon à pouvoir attaquer à la fois par voie de terre et par voie d'eau : l'assaut final. Il dirigea son vaisseau droit sur une flotte de pirogues qui riposta avec arcs et flèches. « Nous les avons pourchassés sur trois lieues, tuant et noyant l'ennemi, le spectacle le plus extraordinaire du monde », écrivit-il à la reine. Et il mentionna combien il plaisait à Dieu d'augmenter leur ardeur au combat et d'abattre celle de l'ennemi. Les Espagnols avaient également des mousquets.

Les gens s'acharnèrent sur lui comme sur leur pire ennemi, y compris les femmes. Cortés fut consterné par leur refus de se soumettre. « Je ne parvenais pas à trouver de quelle manière je pourrais les terrifier pour leur donner conscience de leurs péchés, et des dommages que nous étions en position de leur infliger. » Il mit donc le feu à tout, même les temples en bois où Moteczuma gardait ses oiseaux. Il fut très peiné de brûler les oiseaux, avoua-t-il. « Mais comme leur peine était encore plus grande, je me suis résolu à le faire. »

Les gens émirent de tels hurlements qu'on aurait dit que le monde allait à sa fin.

22 juillet

Le nouveau livre est loin d'être aussi bien : *Atlas géographique du Mexique*. La ville de Mexico est à deux kilomètres et demi au-dessus du niveau de la mer. Dans les temps anciens, il y avait plusieurs îles construites sur des fondations en pierre dans un lac salé, reliées par des levées. Les Espagnols ont asséché le lac avec des canaux, mais il reste marécageux, tous les vieux bâtiments penchent. Certaines rues continuent à se transformer en canaux quand il pleut. Les voitures sont comme les anciennes pirogues, et les gens glissent d'une île à l'autre. Et les dirigeants continuent à construire des bâtisses grandioses avec des peintures à l'extérieur. Les journaux appellent ça les Temples de la Révolution. Les gens d'aujourd'hui sont pareils aux anciens, juste plus nombreux.

4 août

Une victoire pour Mère : être vue au grand jour en compagnie de Mr. A. T. Fric. Il nous a emmenés dans son automobile déjeuner chez Sanborn, près de la cathédrale dans la Casa Azulejos. La majestueuse salle de restaurant au centre du bâtiment a un plafond en verre si haut que des oiseaux, entrés par accident, voletaient en dessous. Tout un mur était occupé par la peinture d'un jardin, avec des paons et des colonnes blanches. Mère a dit que ça représentait l'Europe. Elle avait les joues roses, parce qu'elle rencontrait les amis importants.

Des serveuses en longues jupes à rayures apportaient des chariots de jus de fruits couleur arc-en-ciel : grenade, ananas, guayabana. Les Amis Importants n'ont pas prêté attention aux jolis jus de fruits, ils discutaient du Plan fédéral d'investissement et des raisons pour lesquelles la

Révolution allait échouer. Mère portait sa robe la plus élégante en mousseline de soie, une toque bleue et des pendants d'oreille. Son fils portait un habit trop étroit et trop court. Mr. A. T. Fric, complet Glenurquhart en tissu écossais et visage tendu, a présenté Mère comme étant sa nièce en visite pour l'année. Les amis étaient des hommes du pétrole aux cheveux huilés et un vieux docteur du nom de Villaseñor. Sa femme, une bégueule de première, avec son haut col de dentelle et son pince-nez. Tous des Gringos sauf le docteur et sa femme.

Les hommes du pétrole ont dit que plus tôt l'industrie pétrolière mexicaine s'effondrerait mieux ce serait, ils pourraient enfin la reprendre et la remettre sur le droit chemin. L'un d'eux a exposé pourquoi selon lui l'Amérique est en avance et le Mexique en retard : quand les Anglais sont arrivés dans le Nouveau Monde ils n'ont pas vu à quoi pourraient bien servir les Indiens, et ils les ont tués. Mais les Espagnols ont découvert une population indigène accoutumée depuis longtemps à servir des maîtres (les Aztèques), et donc l'empire a attelé à ses charrues ces serviteurs consentants pour créer la Nouvelle Espagne. Cela avait été leur erreur, laisser le sang indigène se mélanger au leur, avec pour résultat une race souillée. Le docteur a été d'accord, les mestizos de race mélangée ont fichu le Gouvernement en l'air parce qu'ils sont un foyer mal éteint d'héritages conflictuels. « Le mestizo est écartelé entre des pulsions raciales opposées. Son intellect rêve de réformes sociales nobles, mais ses instincts le conduisent à réduire à néant toutes les avancées sociales que ce pays réussit à mettre en place. Comprenez-vous cela, jeune homme ?

Oui, mais, quelle partie du cerveau du *mestizo* est la brute égoïste : l'indienne ou l'espagnole ?

Mère a dit que son fils avait l'intention de devenir avocat, ce qui a fait rire tout le monde.

Mais ce n'était pas une plaisanterie. Cortés et le gouverneur du Honduras se mettaient en pièces avant même d'avoir commencé. Cortés brûlait vifs des gens et des oiseaux, pour semer la terreur. Les prêtres aztèques maculaient de sang leurs églises, également pour semer la terreur.

L'homme du pétrole qui s'appelle Thompson a dit à Mère qu'elle devrait songer à faire de ce garçon un militaire, pas un serpent d'avocat. Le président Ortiz Rubio envoie ses deux fils à la Gettysburg Academy en Amérique, le truc parfait.

Mère a demandé à l'épouse du docteur s'il y avait encore des écoles dirigées par des bonnes sœurs. Madame la bigote a failli se mettre à pleurer en disant qu'elles sont toutes parties à cause de la Révolution. Mais il reste un endroit pour ceux qui ne sont pas assez intelligents pour la Preparatoria. Le Gouvernement a autorisé Acción Catolica à reprendre les écoles pour les sourds, les muets, les crétins et les enfants difficiles.

Madame l'épouse du docteur dit que la Révolution a fichu en l'air la morale de tout le monde et a transformé les églises en bureaux de presse et salles de cinéma. Elle a expliqué à Mère qu'autrefois il y avait des lois qui réglementaient des choses comme le jeu, les concerts, le divorce et les gens de cirque. Du temps de Porfirio on n'était pas obligé de voir tout ça.

Gens de cirque et divorce, voilà qui ne serait pas pour déplaire à Mère. Sa chanson préférée c'est *Anything Goes*. Mais elle a posé la main sur la manche en dentelle de Madame l'épouse du docteur. En tant que mère démunie qui essaie d'élever seule un jeune garçon, elle avait besoin de conseils.

13 août

Fête de la Saint-Hyppolite, et examens d'entrée à la Preparatoria. Duraille : le plus terrible de tout, les maths.

Le latin était un jeu de devinettes. Par la fenêtre, des perroquets verts très bavards ont passé tout l'après-midi à mettre en pièces un parterre de fleurs en forme de tubes.

25 août

Aujourd'hui, commence l'année de toutes les souffrances à l'École des Crétins, des Sourds-Muets et des Caractères Difficiles sur l'Avenida Puig. La salle de classe est comme une prison remplie de bagnards qui se tordent de douleur, avec de hautes fenêtres à barreaux de fer en haut d'un mur. Des petits garçons et des singes en guise d'élèves. Pas un seul qui approche les quatorze ans, loin de là, on dirait des babouins. La Sainte Vierge est vraiment très désolée, mais reste dehors, sur son piédestal en ciment dans le minuscule jardin tiré au cordeau. Elle a envoyé son fils Jésus avec les autres pauvres bougres, et il ne peut pas se sauver non plus. Chevillé à sa croix sur le mur, il passe sa journée à mourir, et lève les yeux au ciel dans le dos de señora Bartolome. Même Lui ne supporte pas la vue des pipes en terre qui lui servent de jambes, sans parler de ses chaussures.

Elle enseigne une seule matière en tout et pour tout : « Extricta Moralidad ! » Le climat tropical porte les jeunes personnes d'ascendance mexicaine au laxisme moral, dit-elle.

Señora Bartolome, *perdon* : Nous sommes à une altitude de deux mille trois cents mètres au-dessus du niveau de la mer, ce n'est donc pas un climat tropical, à proprement parler. La température annuelle varie entre douze et dix-huit degrés centigrades. Informations de l'*Atlas géographique*.

Puni pour insolence. Caractère Difficile : test réussi dès le premier jour du trimestre. Demain peut-être, Sourd-Muet. Ensuite on peut viser le statut de Crétin.

1er septembre

Pas de lecture en classe. Señora Bartolome dit que les livres distraient de ses leçons d'hygiène, de moralité et de contrôle de soi. *Ce sera une autre chanson quand tu te retrouveras dans le bureau de l'administrateur.* Elle laisse planer l'idée qu'une vierge de fer ou un chevalet nous y attendent.

Après le déjeuner, les élèves les plus âgés se livrent à des combats d'épée et les plus jeunes jouent au Faucon et aux Poules. Si un élève, histoire d'échapper à ce chambard, s'éclipse pour l'après-midi, la Señora n'en est que plus heureuse. Mère ne remarque rien non plus. Trop occupée à pester contre la grande maison de A. T. à Colonia Juárez, avec ses dix-neuf servantes, qu'elle ne verra probablement jamais, à cause de la femme de A.T. Les grands projets de Mère, balayés. Comme les détritus dans la ruelle après la pluie.

Le samedi est le meilleur jour au marché Melchor Ocampo. Une vieille vendeuse de cigarettes du nom de La Perla y fait la loi, demandant aux jeunes fleuristes de mettre de l'ordre dans leurs étals. *Guapo, ven aqui*, prends cet argent et va m'acheter un *pulque*. Je te vois ici tous les jours, *novio*, trop mignon pour aller en classe ?

Beau ! Aux yeux d'une vieille femme au visage de lézard.

13 septembre

A.T. Fric venu aujourd'hui à la *casa chica*, mais parti de bonne heure. Humeur massacrante sur toute la ligne, Dieu compris. Il pleuvait à verse, on aurait dit que le ciel tout entier allait se vider de ses eaux. Mère a commencé par pleurer, puis elle a bu du thé comme une étrangère, histoire de noyer ses passions mexicaines. Il lui criait qu'elle avait la tête dans les nuages, qu'il était un homme, pas une vache à lait, le PNR s'effondre et tout ce qu'il s'est appliqué à construire s'échappe comme l'eau qui s'écoule dans les rues. Les entreprises américaines vont passer la frontière de la même façon que Vasconcelos. Mère sait que cette petite maison peut disparaître à tout instant. Et nous serons des pauvres gueux qui mendient des miettes sur le marché. Qui se baigneront le jour de la Saint-Jean.

15 septembre

Jour de l'Indépendance, ville en effervescence, parades en l'honneur de la Révolution. À l'école, les crétins se produisent en costume : des danses traditionnelles, gâtées par l'absence de filles. Les professeurs ont fait un Banquet du Patriotisme : riz aux couleurs du drapeau, sauce rouge et vert. Bols d'eau de riz, dragées, un peu de tout, et rien en quantité suffisante. À la tête de la table à côté de la coupe de grenades, señora Bartolome avait mis une note : En prendre une seule, notre Seigneur Jésus vous surveille !

Une deuxième note est apparue en bout de table à côté des dragées : Prenez-en autant que vous voudrez, Jésus surveille les grenades. Les autres garçons se sont esclaffés et en ont craché leur eau de riz. Le farceur a eu droit à l'approbation générale et à une bonne correction. Mais l'administrateur n'a pas le bras vaillant. Au milieu de la séance, il a dû s'asseoir pour souffler, et il a dit, *Quelle école sordide, n'y a-t-il pas de meilleur endroit pour toi ?*

16 septembre

Hors de l'école avant l'appel du matin. Direction nord sur l'Avenida Puig, puis tout droit, en passant par l'Hôpital des Lépreux. Plaza Santo, où les scribes écrivent des lettres pour ceux qui n'en sont pas capables. Une enfilade de *vecindades* avec de petits balcons comme le nôtre, chaque bâtiment peint en rose, bleu ou ocre. Les tramways en bois qui se déplacent en ligne droite : du nord au sud, de l'est à l'ouest. Ce sont les Aztèques qui ont construit la ville de cette manière, le Templo Mayor étant le centre de tout. Les Espagnols n'ont pas pu changer ce qui était dessous.

Le Zócalo grouillait de monde : hommes qui vendaient des glaces, femmes aux longues tresses vendant des légumes, charlatans qui vendaient des miracles. Senteur de copal. Musique des orgues de barbarie. Un marchand de *carnitas*, avec tous les garçons affamés qui le suivent comme des chiens. Des élèves de la Preparatoria jouent une pièce sur Ortíz Rubio et Calles : le Président était une marionnette et le vieux dictateur Calles tirait les ficelles. Les élèves de la Preparatoria avaient aussi taillé l'école.

Le plus court chemin pour rentrer à la maison était de longer le canal Viga : pages de journaux qui flottent, un chien mort, gonflé comme un melon jaune.

29 septembre

Aujourd'hui au marché Melchor, apparition fantastique. Une jeune servante avec une cage sur le dos, remplie d'oiseaux. Elle portait un châle bleu qu'elle avait enroulé autour de la cage et noué par-devant pour la maintenir en place. La cage en osier devait être très légère parce que la servante n'était pas courbée ; elle se dressait pourtant fièrement au-dessus de sa tête, telle une pagode japonaise avec ses tourelles. Et tous ces oiseaux qui battaient des ailes comme des rêves cherchant à s'échapper d'un crâne. La servante se déplaçait le long des étals à la suite de sa maîtresse, sans regarder personne, elle avait l'air d'un ange.

La maîtresse s'était arrêtée pour marchander avec un homme et acheter un autre oiseau. Elle était tellement minuscule que, vue de dos, on aurait dit une jeune servante. Puis elle s'est tournée et, dans un tourbillon de jupes et de boucles en or, son visage est apparu, un choc : une reine aztèque avec des yeux noirs féroces. Ses cheveux nattés formaient une lourde couronne comme chez les filles d'Isla Pixol, et elle portait les mêmes jupes à volants que sa servante, mais elle avait une allure souveraine. Elle a donné son argent au marchand et a pris deux perroquets verts, qu'elle a glissés prestement dans la cage sur le dos de la fille. Puis elle s'est hâtée en direction de la rue.

La vieille femme du marché, La Perla, a dit : « Ne tombe pas amoureux de celle-là, *guapo*, elle est prise. Et son homme se promène avec un fusil.

– Laquelle est mariée ? La servante, ou la Reine ? »

La Perla a ri, et son ami Cienfuegos l'homme lézard a fait de même. « C'est pas une Reine », a-t-elle dit. Plutôt une *puta*, telle était l'opinion de La Perla.

Mais Cienfuegos n'était pas d'accord. « C'est son mari qui court après les femmes, pas l'inverse. » Ils se sont mis à discuter sur la question de savoir si la minuscule reine aztèque était une catin. Le lézard a trouvé et consommé un bout de tortilla dans la rue. Finalement La Perla et Cienfuegos sont tombés d'accord sur une chose : la petite femme majestueuse est mariée au *discutido pintador*. Le peintre qui fait parler de lui.

Qui donc en parle tant ?

Cienfuegos a dit : « Les journaux. » La Perla a dit : « Tout le monde, *guapo*, parce que c'est un communiste. Et l'homme le plus laid qu'on ait jamais vu. »

Cienfuegos a demandé comment elle savait à quoi il ressemblait, est-ce qu'il était venu lui faire la cour ? La Perla a répondu qu'elle l'avait vu une fois sur la Plaza Caballito, avec les fauteurs de troubles quand les travailleurs étaient en grève. Il était énorme comme un géant et affreusement laid, une tête de grenouille et des dents de communiste. On dit qu'il mange la chair des jeunes filles, enroulée dans une tortilla. « C'est un cannibale. Et à bien la regarder, je dirais que sa petite femme doit aussi manger des enfants au repas de midi.

– Aujourd'hui, je dirais plutôt qu'ils vont manger un civet de perroquet.

– Non, *guapo* », a tranché La Perla. « Ce n'est pas pour les manger. Ces oiseaux sont pour ses peintures. Il peint les choses les plus étranges. S'il se lève le matin et qu'il lui prend la fantaisie de peindre le chapeau d'un Anglais, sa femme doit partir à la recherche du chapeau d'un Anglais. Grand ou petit, s'il veut le peindre, *eso*. Il faut qu'elle se précipite au marché et qu'elle l'achète.

– Alors elle doit avoir beaucoup d'argent dans son sac », a remarqué Cienfuegos, « parce que les journaux disent qu'en ce moment même il est en train de peindre le Palais National. »

6 octobre

Mère a trouvé un compromis diplomatique avec A.T. Fric. Elle va lui rendre visite dans sa maison de Cuernavaca la semaine prochaine, et peut-être qu'il y aura une fête. Elle veut apprendre les nouvelles danses. Le charleston, c'est bon pour les danseurs professionnels morts depuis des lustres, il n'y a que les empotés pour danser ça aujourd'hui. Dans cette ville les filles à la page mettent des longues jupes et dansent la *sandunga* et le *jarabe*.

Voilà que les filles papillons avec leurs longues jupes et leurs cheveux tressés sont à nouveau à la mode. Mr. Fric n'est pas d'accord, il dit que seuls les nationalistes et les hors-la-loi laissent leurs filles pratiquer ces danses. Mais Mère a acheté un disque de phonographe pour s'entraîner à danser la sandunga. Finalement, le Victrola sort de la boîte et trouve sa voix de hors-la-loi.

15 octobre

Mère à Cuernavaca toute la semaine avec A.T. Fric. Elle a adhéré à la théorie selon laquelle il vaut mieux chercher des petits boulots que rester à l'école des Crétins. À cause de l'argent des hommes du pétrole qui passe la frontière comme une rivière. Rien pour l'instant, à part faire des courses pour La Perla, ce qui est fatigant mais ne rapporte rien. Se faire embaucher en tant que scribe pour écrire des lettres sur la Plaza Santo Domingo n'a pas été une bonne idée, les gens qui ont des étals dans le coin hurlent comme des singes pour défendre leur territoire. Même si les files d'attente sont interminables et si les gens y passent la journée. Pendant deux jours, le boulanger en bas a eu besoin d'aide pour délayer la pâte pendant que sa femme était absente. Mais maintenant elle est de retour et il dit Fiche-moi le camp, nous n'avons que faire d'un mendiant ici.

18 octobre

Mère de retour toute pimpante, avec un pécule top secret. Elle a acheté un des journaux où l'on peut lire la longue aventure de Pancho Villa. L'histoire est racontée par petits morceaux chaque samedi, pour qu'on soit obligé d'acheter le journal suivant. Mais quand les gens ont fini, on peut le ramasser sur le trottoir gratis. Les chaussures des passants piétinent les héros d'hier.

Le samedi, les étudiants de l'université montent leurs *carpas* dans la rue, ces petits chapiteaux où l'on imite Poncho et Judas, sauf qu'il s'agit de Vasconcelos et du Président. Vasconcelos sauve toujours le Mexique pour le peuple mexicain : dans une école de campagne il décroche la croix du mur, vire les bonnes sœurs et apprend à lire aux petits paysans. Il devrait venir faire un tour à l'Avenida Puig. Le président Ortíz Rubio a droit à des rôles plus variés : marionnette de Gringo, bébé dans un panier, ou chien *escuincle* sans poils. Tout sauf un iguane en laisse. Certains journaux sont d'accord avec les étudiants que le Président est un scélérat, et d'autres disent qu'il nous a tirés des griffes de Vasconcelos, des étrangers, et des Russes. Les journaux ne tombent d'accord que sur un sujet, le peintre qui fait parler de lui : il couvre de couleurs les murs de nos bâtiments comme un arbre produit des fleurs. Un journal a montré une photo de lui. La Perla avait raison : laid !

On dit qu'il est en train de faire une peinture gigantesque dans la cage d'escalier du Palais National, le long bâtiment rouge, avec des fenêtres comme des trous dans une flûte, qui se trouve sur le Zócalo. Peut-on aller y jeter un coup d'œil ? Cienfuegos et La Perla ne sont pas d'accord sur le sujet. Le vieil homme lézard dit qu'ils sont obligés de vous laisser entrer, parce que ce sont des tribunaux et des bureaux administratifs. « Dis-leur que tu te maries. »

La Perla a dit : « Espèce de vieil imbécile, ça ne va pas marcher. Où est sa femme ?

– Bon », a admis Cienfuegos. « Dis-leur que tu veux divorcer. »

24 octobre

Dios mio. Les peintures vous font carrément grimper aux murs. Cienfuegos avait raison, elles se trouvent à l'intérieur. Mais on peut entrer dans la cour, là où se trouvent la fontaine au cheval volant et le portique, et en faire le tour. Dans tous les petits bureaux, des hommes en bras de chemise enregistrent les mariages et les comptes fiscaux. À leur porte, sur les murs du grand hall, le Mexique saigne et rit. Il raconte toute son histoire. Les gens sur le tableau sont plus grands que les employés de bureau. Des femmes à la peau très sombre parmi les arbres de la jungle. Des hommes en train de tailler des pierres, tisser des étoffes, jouer du tambour, transporter des fleurs grandes comme des balais. Quetzalcoatl trône au centre d'une des peintures murales avec sa majestueuse coiffure de plumes vertes. Tout le monde est là : les Indiens avec leurs bracelets d'or et leurs bras bruns, Porfirio Díaz avec ses longs cheveux blancs et son épée française. Dans un coin, un chien aztèque *escuincle* montre ses crocs aux moutons et au bétail européens qui viennent juste d'arriver, comme s'il savait que les ennuis ne sont pas loin. Cortés est là aussi, dans le hall, juste devant le bureau des taxes foncières. Le peintre en a fait une espèce de singe à face blanche dans son casque à crête. Moteczuma est agenouillé, tandis que les Espagnols commettent leurs saccages : des moines gras volant des sacs d'or, les Indiens réduits en esclavage.

Mais Cortés ne fut pas le commencement ni la fin du Mexique, comme le disent les livres. Ces peintures disent que le Mexique est une chose ancienne qui durera jusqu'à la fin des temps, il raconte sa propre histoire par touches de couleur : feuilles, fruits, et Indiens nus fiers d'une histoire sans honte. Leur grande cité de Tenochtitlan est toujours ici sous nos pieds, et l'histoire a toujours été ce qu'elle est aujourd'hui, remplie de marchés et de gens pour acheter. Une belle femme soulève sa jupe, découvrant une cheville tatouée. Peut-être une *puta*, ou une déesse. Ou juste quelqu'un comme Mère qui a besoin d'un admirateur. Le Peintre vous fait voir que ces trois sortes de femmes sont peut-être toutes pareilles, parce que tous nos ancêtres sont encore à l'intérieur de nous et ne meurent pas vraiment. Imaginez donc, avoir le pouvoir de raconter de telles histoires, chuchoter des miracles dans la tête des gens ! Vivre par sa seule imagination, et être payé pour ça. Don Enrique se trompait.

Où était donc le Peintre très discuté ? Le garde dit qu'en général il est ici jour et nuit, dès qu'il arrive à faire venir ses malaxeurs de plâtre et ses pigmentistes. Tous les jours mais pas aujourd'hui.

La peinture murale derrière l'escalier monumental était énorme. Et pas même finie à moitié. Des échelles et des échafaudages couvraient la quasi-totalité du mur, de manière à ce qu'il puisse atteindre les parties les plus hautes. Le garde leva les yeux un moment en direction des planches, comme s'il s'attendait à y trouver le Peintre. Mais non, pas aujourd'hui.

« Peut-être qu'il a tué quelqu'un », a dit le garde. « Reviens demain. Il a plein d'amis ici au ministère. Il sort toujours de prison. »

25 octobre

Aujourd'hui le Peintre est venu travailler. Il était déjà sur les échafaudages à neuf heures. Tout en haut sur les planches, pas facile de le voir mais, aucun doute, il était là, car les ouvriers grouillaient autour de lui comme des abeilles autour de leur ruche. Les petits assistants couraient en tous sens dans la cour avec de l'eau et du plâtre, des planches et des échelles. Ils mélangent le plâtre dans des seaux et les hissent jusqu'à lui par une corde. Ce n'est pas juste une peinture, ont expliqué ces garçons d'un ton vraiment méprisant. Un *mural*. Difficile à dire en anglais. Pas un mur ni une peinture, mais les deux combinés, faits en même temps de sorte que le tableau ne tombera jamais à moins que le mur lui-même s'effondre. Un Capitaine du plâtre, là-haut en permanence sur l'échafaudage à côté du Peintre, étale la dernière et fine couche d'enduit blanc. Pas trop vite ni trop lentement, pour que le Peintre puisse mettre ses pigments dans le plâtre pendant qu'il sèche.

« Ces deux-là ont commencé à travailler ensemble que Dieu tétait encore le sein de sa mère », ont dit les garçons. Ils donnaient l'impression de craindre le Capitaine du plâtre plus que le Peintre, même si les deux hommes leur criaient des ordres comme Dieu ses commandements : trop d'eau dans le plâtre, ou pas assez. Aujourd'hui, il n'y en avait pas un pour racheter l'autre.

Le problème était l'homme chargé de délayer le plâtre, Santiago, mais absent aujourd'hui, donc cuit. Ils ont raconté qu'il s'était brisé le crâne en se battant pour une femme. Et quand Santiago n'est pas là, dit le Peintre, les autres ne valent rien, autant vaudrait faire délayer le plâtre par le chien de sa grand-mère.

Moi je sais délayer le plâtre.

Eh bien, vas-y.

C'était comme délayer la farine pour le *pan dulce* : pourquoi cela aurait-il été si différent ? La poudre qu'ils appelaient *cal* avait la même texture fine, elle flottait en nuages blancs autour des garçons quand ils la déversaient des sacs dans les seaux à gâcher. Ils avaient les cils et le dos des mains tout blancs, et le bord des narines aussi, à force de la respirer. Ils versaient la poudre dans l'eau, et pas l'inverse.

Attendez. Étalez une toile sur le sol, faites une montagne avec la poudre. Versez de l'eau au centre, un lac dans un volcan. Vous mélangez du bout des doigts et les lagunes se changent en marécages, et la pâte épaissit. Petit à petit, sinon il y aura des grumeaux.

Même le vieux Capitaine du plâtre sur son échafaudage s'arrêta de travailler pour regarder. C'était terrifiant. « Où as-tu appris ça ?

– C'est comme ça qu'on fait la pâte pour le *pan dulce*. »

Les petits plâtriers éclatèrent de rire. Les garçons, ça ne fait pas le pain. Mais ce n'était pas le moment de faire les malins, alors ils se sont tus. L'un d'eux a demandé : « Comme le *nixtamal* pour les tortillas ?

– Non, la pâte à la farine blanche. On s'en sert pour faire le pain européen et les pains au lait. »

Ah ah ah, Pains au Lait ! La nouvelle méthode a donc un nom qui va avec. Mais le Capitaine du plâtre et le Peintre y sont allés chacun de leur compliment. Le Capitaine du plâtre est señor Alva, le Peintre, c'est señor Rivera. Il est encore plus gros que dans les journaux, et redouté des garçons, c'est peut-être donc vrai qu'il mange de la chair humaine. Mais quand il est descendu de l'échafaudage pour aller faire pipi, il a dit « Hé, P'tit Pain, viens donc par ici ! Que je regarde un peu le garçon qui fait ce bon plâtre. »

Il a dit, « Reviens demain. Il se peut qu'on ait encore besoin de toi. »

29 octobre

Le Peintre fait turbiner les garçons jusqu'à l'heure du dernier tramway. Tour à tour on malaxe, on noue des cordes, ou on monte des choses sur les échafaudages. Le Palacio a des lanternes en fer pointues suspendues au plafond, il faut prendre garde à sa tête, si on ne veut pas se prendre un gnon. La peinture murale de la cage d'escalier est haute comme deux murs empilés l'un sur l'autre. On dit qu'elle sera terminée avant la fin de l'année.

On enduit d'abord le mur d'un plâtre grossier plein de sable pour couvrir les arêtes et les bosses dans la brique. Ensuite, trois autres couches, chacune plus lisse et plus blanche, plus de poussière de marbre et moins de sable. Les bosses sont effacées, c'est comme l'oubli, et le Peintre commence l'histoire sur du neuf. Chaque jour il pose un peu plus d'histoire sur le mur, et les garçons partent avec un peu plus de pesos dans leurs poches.

Aujourd'hui, señor Alva a dévalé de l'échafaudage comme un singe pour houspiller l'un des gardes. Ils disent des horreurs sur les peintures. Quatre garçons avec des chapeaux texans ont débarqué et ils ont dit qu'ils allaient jeter du goudron sur le mur quand le Peintre serait parti, pour défendre le Mexique et empêcher qu'on insulte les symboles nationaux. Señor Alva a hurlé aux gardes de ne pas laisser entrer ces garçons. Mais le Peintre n'a pas l'air de se soucier de ce qu'ils disent. Il continue à peindre.

10 novembre

Señor Rivera est parti. Et le mur qui n'est qu'à moitié peint. Les Indiens et les cavaliers chevauchent au-dessus d'un ciel blanc. Les montagnes n'ont pas de sol où se poser. Sur le mur blanc rugueux, les dessins au charbon attendent, à demi vivants. Impossible que ça s'arrête là, mais señor Alva dit qu'il est parti pour de bon. À San Francisco, peindre pour les Gringos. Rien d'autre à faire que de démonter les échafaudages et nettoyer le sol des éclaboussures de plâtre. C'est comme ça, les gars. Les pesos sont partis à San Francisco avec lui.

18 janvier 1931. Fête de San Antonio.

Le prêtre a fait la bénédiction des animaux. Les dames de la bonne société sont arrivées à l'église avec perroquets et canaris, cages tendrement serrées contre leur corsage de brocart, parlant à leurs oiseaux, bec pincé, comme si c'étaient des bébés. Ou des chats dans les bras, qui se tortillaient violemment, dans l'espoir de manger un perroquet. Ou alors des *escuincles* sans poils, leurs yeux désapprobateurs sortant de leurs crânes de chiens. Au fond de l'église, des villageois attendaient avec leurs chèvres et leurs burros tenus par des cordes. Une fois chiens et perroquets bénis à la satisfaction de tous, les paysannes ont eu le droit de conduire leurs bêtes le long de la travée, mais l'église entière avait les yeux rivés au sol, généreusement béni par les burros.

Un vieil homme s'est avancé, un sac de terre sur l'épaule grouillant de fourmis et de chenilles. Alors qu'il se dirigeait vers l'autel, les femmes aux élégants chapeaux se sont écartées, leurs longues rangées de perles subitement penchées de côté comme si le pont d'un bateau s'était mis à gîter sous elles. Quand le fermier a déposé son sac et que les fourmis se sont répandues sur l'autel, le prêtre dans sa soutane impeccable a eu un mouvement de recul. « Allez-y, changez-moi ces insectes nuisibles en chrétiens ! » a crié le fermier. « Je vais les ramener chez moi pour qu'ils convertissent les autres et qu'ils arrêtent de bouffer mes cultures et me laissent de quoi vivre. »

Cienfuegos est arrivé, Manjar Blanco en laisse. Ces dames ne savaient pas comment prier pour un lézard chrétien. Leurs petits chiens doivent encore être là à aboyer.

31 mars

L'école ou un boulot, pas d'autre alternative, a dit Mère. Donc, école à nouveau, une horreur. Aujourd'hui il y avait un cadavre ! Drapé dans une toile noire, étendu en travers de quatre chaises en bois alignées côte à côte dans le bureau de l'administrateur. L'administrateur n'était pas encore rentré de déjeuner quand le Pénitent a été convoqué pour une infraction mineure au sujet d'un crachat. Il a donc eu tout le temps d'examiner le corps. Les pieds dépassaient du drap, incontestablement des pieds de mort. Homme ou femme, impossible de le dire, mais rien ne respirait sous cette toile. Pas d'odeur de cadavre non plus. Ce qui est souvent mentionné dans les romans policiers. Mais il n'était peut-être pas mort depuis longtemps et le corps n'avait pas eu le temps de se décomposer. Ou alors l'odeur des gaz était bien présente, l'école tout entière sentait la pisse et c'était peut-être la même chose. L'heure, passée à retenir sa respiration, a été horrible.

Vingt minutes. Ce ne pouvait pas être señora Bartolome sous ce drap noir. Trop mince. Et pas non plus l'administrateur, tout le monde l'avait vu partir déjeuner. Quelle école était-ce donc pour punir les garçons en les enfermant dans une pièce en présence d'un cadavre ?

Cinquante minutes. Dehors au soleil la Sainte Mère se tenait sur son piédestal dans le jardin, désolée mais sans compassion. Attitude habituelle des mères.

Cinquante-huit minutes. L'administrateur est revenu d'humeur joyeuse, accompagné d'une légère odeur de pulque. À la vue du Pénitent, il s'est laissé tomber dans son fauteuil, soudain déprimé. Ces derniers temps, il ne parvient pas à rassembler son courage pour les corrections. « Oh, c'est donc Shepherd, notre petit étranger qui fait encore des siennes. Qu'y a-t-il aujourd'hui ?

– Lecture pendant la classe, monsieur. Et participation à une sorte de concours.

– De quelle sorte ?

– Un concours de crachats, pour toucher une marque sur le sol, monsieur.

– De nature à améliorer votre caractère ? La lecture, je veux dire.

– Non, monsieur. Booth Tarkington. »

Le directeur s'est laissé aller si profondément dans son fauteuil qu'on aurait dit qu'il allait tomber, ou alors entamer une sieste. Il n'a pas mentionné la forme sous le drap. Qui cela pouvait-il être ? Trop grande, visiblement, pour qu'il puisse s'agir d'un des garçons chétifs qui ont tendance à peupler cette école. Mais difficile à juger, étant donné qu'elle était couchée.

« Monsieur. Si l'on peut se permettre, un professeur a-t-il été malade ? »

Assis suffisamment près du cadavre pour tendre le bras et lui flanquer une gifle, l'administrateur a répondu : « Bon pied bon œil, toutes autant qu'elles sont, pour des femmes de leur âge et de leur tempérament. » Il a soupiré. « C'est-à-dire, probablement immortelles. Pourquoi cette question ?

– Un élève alors ? Est-ce qu'un élève ne se serait pas retrouvé, euh. Mort ? »

L'administrateur ne semblait plus enclin du tout à faire sa sieste. « *Mort ?*

– Peut-être soumis par accident à un châtiment trop prolongé, et fatal ? »

L'administrateur s'est redressé sur-le-champ. « Vous êtes un garçon imaginatif. Êtes-vous également soupçonneux ? »

Coup d'œil en direction des pieds qui dépassaient du drap. « Non monsieur.

– Vous devriez écrire des histoires, mon garçon. Vous avez des dispositions pour devenir romancier.

– Monsieur, est-ce là une disposition qu'il est bon d'avoir ? »

L'administrateur a souri et a semblé triste, tout ensemble. « Je n'en suis pas certain. Mais je suis sûr d'une chose, votre place n'est pas dans cette école.

– Non, monsieur. Cela me semble certain à moi aussi.

– J'en ai parlé avec señora Bartolome. Elle dit que votre aptitude à apprendre les leçons de latin a dépassé son aptitude à les enseigner. Ce n'est pas juste pour les autres, qu'elle doive vous consacrer tant de temps. Ils ont du mal à conjuguer leurs chaussures avec leurs chaussettes. »

Longue pause.

« Nous avons envisagé un transfert à la Preparatoria l'année prochaine.

– Monsieur, les examens d'entrée sont une horreur. Du moins pour celui qui a raté tous les cours depuis la fin de l'école primaire.

– En effet. Comment cela vous est-il arrivé ?

– Une vie de famille désastreuse, monsieur. Une sorte de roman.

– Eh bien, alors, on ne peut qu'espérer que vous mettez tout ça par écrit.

– Non monsieur, seulement en partie. Les jours intéressants. La plupart du temps ça ressemble à un mauvais roman où aucun personnage ne tire leçon de rien. »

L'administrateur a placé les coudes sur son bureau et a rapproché ses doigts, de sorte que ses mains formaient un bouton de fleur. Le cadavre, question sans réponse, était toujours étendu à côté de lui. C'était un jour vraiment intéressant.

« Retournez donc en classe, jeune Shepherd », a-t-il dit enfin. « J'informerai señora Bartolome que vous avez ma permission pour lire des romans d'aventures autant que vous voudrez, en vue de votre carrière d'écrivain. Mais je vous conseillerai d'être attentif pendant les cours de maths. Ils pourraient se révéler plus utiles qu'il n'y paraît.

– Oui monsieur.

– Une dernière chose. Nous avons noté un certain laisser-aller dans votre assiduité.

– J'ai eu un petit travail, monsieur. Mais je l'ai perdu à nouveau.

– Eh bien, j'imagine qu'il n'y a pas grand-chose que je puisse faire pour vous garder ici. Mais venez vendredi, s'il vous plaît. Avant que nous nous séparions pour la semaine de Pâques, notre école conduira la procession jusqu'à Sainte-Agnès. Nous avons besoin de six garçons parmi les plus grands pour porter le Santo Cristo. Vous serez peut-être le seul capable de retrouver le chemin.

– Pour porter le quoi ? »

L'administrateur s'est écarté de son bureau et d'un coup sec il a retiré le drap en soie du cadavre, découvrant une tête ensanglantée et des épaules nues. « Notre figure de la crucifixion. Tout juste nettoyée et vernie, prête à être transportée dans la chapelle.

– Oh ! En effet, monsieur, *corpus Deum*. Le dieu vivant. »

L'école est fermée pour la semaine sainte mais Mère est d'une humeur du diable, à cause de l'effondrement annoncé de l'industrie pétrolière mexicaine. Selon A. T., la production est tombée à moins d'un quart de ce qu'elle était quand les Américains sont arrivés. Ils pensaient avoir touché une veine plus profonde, a-t-il dit.

« Moi aussi », a fait Mère.

Dans le pétrin, elle a demandé conseil à l'épouse du docteur. Comme d'habitude, il lui a été suggéré que Dieu y pourvoirait, moyennant quoi la messe du dimanche des Rameaux est à l'ordre du jour. La cathédrale était une forêt de palmes qui se balançaient dans l'air immobile, tenues par des villageois aux yeux suppliants et des enfants affamés. Madame la doctoresse était sur son trente et un, étole de renard argenté comme Dolores del Rio. Elle a tiré Mère en direction des bancs de devant, loin des miasmes de la pauvreté. Des heures et des heures à genoux, mais Mère s'en est bien sortie.

Dehors, ensuite, les rues étaient en fête. Les gens affluaient de leurs provinces, peut-être même de Isla Pixol. Tous les regards se tournaient vers la Vierge alors qu'elle faisait le tour de la ville dans de nombreuses processions différentes, vêtue de son diadème de pierreries et d'un tas de nouvelles robes empilées les unes sur les autres.

Jours sans intérêt, non chiffrés. Un *National Geographic* piqué à la librairie : photographie d'un hindou avec six cents aiguilles plantées dans le corps. Deux broches dans l'abdomen, une dans la langue. S'habiller chaque matin lui prend une heure et demie. Pour surmonter les catastrophes de la vie, il traverse le feu.

8 mai

L'administrateur a demandé à parler à Mère avant que l'école ne ferme. Elle préférerait encore traverser le feu, mais elle a quand même enfilé sa robe la plus moche et elle est partie. L'administrateur a dit à Mère qu'il était dans l'intérêt du garçon de fréquenter une nouvelle école l'année prochaine. Il y a le choix : technique, professionnelle, mais son conseil est la Preparatoria. Il a fait un discours où il conjuguait de toutes les manières possibles le verbe « préparer ». Préparation à la Preparatoria. Mais Mère ne se prépare à rien. Elle l'a informé que ça ne le regardait pas, mais son fils partait aux États-Unis vivre avec son père, et elle était certaine que les écoles là-bas étaient d'un autre calibre.

Est-ce que c'est vrai ? Colère pendant tout le trajet du retour. Mais elle a refusé de le dire.

10 juin

L'ange à la cage d'oiseau est réapparu au marché Melchor. Pas de cage cette fois-ci, mais à nouveau elle marchait à petits pas pressés à la suite de la reine aztèque, prête à porter tout ce que la petite femme brune lui fourrait dans les bras. Coupes en terre, sacs de haricots, une tête de diable en papier mâché. La maîtresse boitait légèrement mais autrement était exactement la même, claquant des doigts à l'adresse de sa jeune servante et de tous les autres alors qu'elle se déplaçait dans les allées. Jaugeant chaque objet de ses yeux noirs redoutables.

La Perla les a reconnues aussi : *Ce scandale, la femme du peintre*, ainsi qu'elle l'appelait. « Ils sont partis, mais voyez, ils sont de retour, les Gringos ont dû les foutre dehors. Ce sera dans les journaux. Les communistes font toujours parler d'eux pour être dans les journaux. »

24 juin. Jour de la Saint-Jean.

Les lépreux se baignent à nouveau.

La Perla avait raison, le Peintre est dans les journaux. Le Président veut qu'il finisse ce qu'il a commencé dans la cage d'escalier du Palacio. Tous les hommes haut placés veulent ce Peintre maintenant, l'ambassadeur Morrow l'a embauché pour peindre son palais à Cuernavaca. Mère prétend qu'elle l'a vu quand elle y était, et l'ambassadeur aussi, qui est maintenant sénateur aux États-Unis. Elle dit qu'elle lui a parlé dans la rue, et pourquoi pas, ils se connaissent. L'ambassadeur Morrow avait rendu visite à Don Enrique, c'était la fois où elle avait fait danser A. T. Fric dans ses chaussures noires et blanches. Maintenant elle pense qu'elle aurait mieux fait de miser sur Morrow.

6 juillet. Cumpleaños. *Quinze ans.*

Pas de fiesta d'anniversaire, mais Mère a dit de prendre quelques pièces dans son sac pour acheter de la *carne asada* ou quelque chose de bien sur le marché. Seulement voilà, pas de pièces.

La femme du Peintre était là aujourd'hui à faire ses achats, des seaux entiers de nourriture, une fiesta en vue dans sa maison, c'est sûr. Mais pas de servante ! Sous tous ses paniers, la petite reine ressemblait à un burro. Alors qu'elle allait et venait, deux bananes sont tombées sur la route derrière elle. Tout au bout du marché, des hommes déchargeaient un camion de tamales verts dans leur enveloppe de feuilles, entassant les épis en hautes pyramides. La Reine a pointé du doigt à travers tous ses paquets, et un homme lui en a rempli un grand sac.

La Perla a dit : « Arrête de regarder, *guapo*. Juste parce que c'est ton anniversaire, tu ne vas pas avoir toutes les filles que tu veux. Tes yeux vont rouler dans la rue comme ces bananes.

– Comment est-ce qu'elle va faire pour porter tout ce maïs ? Elle va s'effondrer, c'est sûr.

– Alors, va lui parler. Dis-lui que pour dix pesos tu le lui porteras. Elle te paiera, elle est riche. Allons, *vas-y.* » La Perla poussait avec ses petites mains comme des couteaux. Traverser la rue c'était comme marcher sur l'eau.

« Señora Rivera. Peut-on vous aider à porter quelque chose ? »

Elle a posé ses deux paniers, a soulevé le grand sac ventru qui est tombé avec un bruit sourd. « Vas-y. Tout le monde a le droit de faire un cerf-volant avec ses fonds de culotte. »

La discussion s'est arrêtée là. Marcher à sa suite était une véritable conversation en soi : ses jupes qui tourbillonnaient, ses courtes jambes qui trottaient aussi vite que celles d'un petit chien, sa tête fière avec son cercle de tresses. Place à la Reine, qui traîne après elle un garçon comme un cerf-volant attaché à sa corde. Sa maison se trouvait quatre rues en dessous, sur Londres, au coin de la rue Allende. Elle a passé la grande porte d'entrée sans dire « Suis-moi » ou « Arrête-toi ici » ou quoi que ce soit, balayant sur son passage une vieille femme, tablier retroussé dans sa main, qui a pris le sac de maïs et a disparu. Mais la Reine est restée où elle était, encadrée dans l'entrée par la vive lumière du soleil au-delà. À l'intérieur du haut mur, une cour magnifique, avec les pièces de la maison tout autour.

Impossible de détacher le regard de son étrange petite silhouette, avec les palmiers et les figuiers qui ondoyaient derrière elle comme des éventails. La cour était un rêve. Oiseaux en cage, fontaines, des plantes débordant de leurs pots, des plantes grimpantes qui tapissaient les troncs des arbres. Et au milieu de cette jungle, le Peintre ! Vautré dans un fauteuil au soleil, avec des habits de mendiant et des lunettes de professeur. En train de fumer un cigare et de lire un journal.

« Oh ! Bonjour, monsieur.

– Qui est-ce ? » Il avait à peine levé les yeux. Sa femme, d'un regard, l'a rappelé à l'ordre.

« Monsieur, la nation se réjouit de votre retour.

– Pour la nation je ne vaux guère mieux que deux cacahuètes, tout au plus.

– Tout de même, monsieur. Avez-vous besoin de quelqu'un pour gâcher le plâtre ? »

Le journal est alors tombé sur le ventre rond et, ôtant ses lunettes, il a levé les yeux, deux œufs durs dans cette tête énorme. Son regard, d'abord furieux, s'est éclairé : « P'tit Pain ! Comme tu m'as manqué. Les autres sont des incapables. »

La Reine observait d'un air féroce, ses sourcils noirs comme une poignée de mains sur l'arête de son nez. Mais la bouche restait amusée alors qu'elle regardait son mari se lever pour donner une tape dans le dos de cet étrange garçon, et l'embaucher sur-le-champ.

La grande peinture murale descend le long de la cage d'escalier jour après jour, comme une racine dans la terre. Présidents, soldats, Indiens, tous se mettent à vivre. Le soleil ouvre les yeux, un paysage pousse comme de l'herbe, et aujourd'hui du feu est sorti du volcan. Señor Alva dit que le Peintre se dirige pas à pas vers le commencement du temps, au centre de la peinture, où l'aigle sera assis sur un cactus et mangera le serpent, chez lui, enfin.

Señor Rivera fait des dessins au charbon sur le mur, et tous les jours entame une nouvelle partie. Il encadre la scène avec de longues lignes qui descendent vers un point à l'horizon, le Point de fuite. Puis il garde l'image en tête tout en travaillant à mettre des ombres, puis des couleurs. Le temps qu'il termine un panneau, le plâtre est à peine gâché pour le suivant. La chaux éteinte nous brûle les mains, la poussière de marbre blanc devient l'air que nous respirons. Aujourd'hui, il a disputé le pigmentiste parce que l'enduit bleu était trop bleu. Mais le plâtre était parfait.

14 octobre

Le sénateur ambassadeur Morrow est mort dans son sommeil pendant que sa femme jouait au golf. Tous les journaux ne parlent que de lui, Meilleur Ami du Mexique. Le mari de sa fille est Charles Lindbergh, donc il n'a qu'à agiter son chapeau, et tout le monde applaudit, ou s'afflige. Mère dit que cet ambassadeur, elle l'avait catalogué dès le départ : du genre à aimer sa femme et mourir jeune. Elle est fâchée parce que A. T. n'a pas aligné son fric pour finir.

26 octobre. Luna de octubre.

Il y a des garçons au boulot qui disent que le Peintre va partir à nouveau. Señor Alva dit qu'ils veulent faire une grande exposition de ses peintures dans un musée à New

York. Mais ses peintures sont sur les murs du Mexique. Comment pourraient-elles partir d'ici ?

12 novembre

Il est parti. Il a emmené señor Alva avec lui. Dans le blanc pays oublié au bas de notre mur, l'aigle n'a pas de cactus, pas de serpent à se mettre sous la dent, il ne peut pas arriver au port. L'histoire du Mexique attend de commencer.

DEUXIÈME PARTIE

Washington D.C., 1932-1934

(VB)

1er janvier 1932

Pour un fils sur la mauvaise voie, Mère a trouvé une nouvelle paire de rails et l'y a expédié avec armes et bagages. *Culasse, crosse et canon*, a-t-elle déclaré en levant son verre. Décrivant une arme à feu dans son entier.

Au départ de la ville, le train roule vers le nord. Dans les petites bourgades qui luttent au milieu du désert, des enfants courent le long des wagons, mains tendues vers les fenêtres. Puis viennent les contrées plates et rocheuses où les villes abandonnent tout simplement la partie. Des agaves pointus sortent du sol comme des mains. Monstres griffus pris au piège sous la terre. Le soir venu, la lumière s'est tarie et la terre brune est devenue ombre, puis sang séché, puis encre. Le matin, les pigments se sont inversés, les mêmes couleurs montent d'une vaste étendue plate qui ressemble à une peinture murale.

Il n'y a dans ce compartiment qu'une autre personne, un Américain du nom de Green qui est monté à Huichápan. Pas particulièrement âgé, mais qui regarde par la fenêtre comme un vieillard, se balançant au rythme des valises au-dessus de sa tête, un verre d'eau à la main. Il avale une gorgée toutes les heures, comme si c'était la dernière eau de la terre. Pendant la nuit, des flammes sont apparues au loin, chacune droite et solitaire comme une bougie. Les puits de pétrole, qui brûlent pour évacuer les gaz.

Hier soir, le contrôleur est passé pour dire que nous étions à trois heures de la frontière et qu'il était minuit, il avait le privilège de nous souhaiter une Nouvelle Année de prospérité. Il a parcouru la voiture en répétant solennellement la même nouvelle et en formulant le même vœu.

Bonne et heureuse année, Mr. Green.

Juste avant la frontière, des vergers de noyers de pécan, de sombres blocs d'arbres aux branches moitié lumineuses moitié ombrées, éclairées par les lumières électriques des usines de décorticage. Des gens au travail au cœur de la nuit, le matin du Nouvel An. Le train a soupiré, s'est arrêté à la frontière, et a attendu que les employés des douanes arrivent à leurs bureaux. Le ciel blanchissant a découvert un mince ruban de rivière avec des chiens qui rôdaient le long des berges, leurs queues en trompette reflétées sur la surface grise. La berge de la rivière est une décharge : planches et métal, morceaux de toile goudronnée. Au lever du jour, des enfants ont commencé à surgir des amas de déchets ; pas une décharge en fin de compte, mais une sorte de ville, effroyable. Des femmes aussi sont sorties des cabanes et, en dernier, les hommes, corps qui se déplient, mains qui se posent sur le dos, pantalons qui se baissent pour pisser dans les fossés. Puis accroupis, pour s'asperger le visage au bord de la rivière.

Des vieillards décharnés marchaient le long du train et regardaient par les fenêtres. Ils se sont attardés près du dernier wagon jusqu'à ce que la police arrive avec des bâtons pour les écarter des voitures aux parois de fer. Ces gens ont l'air pauvres comme il n'est pas possible de l'être, pire que les mendiants et les *borrachos* de Mexico, qui au moins ont une ballade de la Révolution à souffler dans leurs cols de chemise quand ils s'appuient à un pas de porte. C'est la fin du Mexique, la fin du monde et du Chapitre Un. Le voyage en train est comme la grotte profonde et étroite dans la mer. Avec un peu de chance elle débouchera peut-être de l'autre côté sur quelque chose de nouveau. Mais pas ici.

6 janvier

Cinq jours. Le train a traversé les enfers. Collines herbeuses, sombres bourbiers d'arbres debout. Et maintenant, presque rien que des champs de bâtons morts, immenses comme la mer. Pas une feuille verte, nulle part. Les Gringos, occupés à lire des magazines, ne remarquent pas que leur monde n'a plus rien de vivant. Seuls les Mexicains regardent par les fenêtres et s'inquiètent. Une femme et quatre enfants, les seules autres personnes à avoir parcouru cette même distance inimaginable, depuis Mexico. Aujourd'hui, alors que le train traversait un pont au-dessus d'une gorge profonde, elle a fait chanter les enfants pour la fête des Rois, de sorte qu'ils ne pleurent pas. Elle a tiré de son sac une *rosca* enveloppée dans du papier, et le gâteau est tombé en miettes sur les sièges de velours usé. Ils se sont serrés les uns contre les autres, protégeant de leur cercle leur petite fête.

7 janvier. District fédéral d'Amérique du Nord.

Armes et bagages, le colis humain est arrivé aujourd'hui à Union Station, livré à un froid si féroce que sortir du train était comme être jeté à l'eau et recevoir l'ordre de la respirer. La mère mexicaine a risqué hors de la portière un pied menu comme une antenne d'escargot. L'air glacé l'a mise dans un tel état de panique qu'elle a enroulé ses enfants dans des châles comme des tamales, et les a poussés de l'avant dans la gare, *adios*.

Serait-il là ? Et sinon ? Mère n'avait pas prévu d'alternative, au cas où le père ne viendrait pas réclamer son bagage. Mais non, il était là : tape douloureuse sur l'épaule, regard bleu qui jauge, étrange, un parent aux yeux pâles. Qui aurait pu jeter son dévolu sur *celui-là*, à partir d'une seule photo colorisée ? Bien sûr, il devait éprouver les mêmes déceptions concernant le fils. « Ton train avait une heure de retard.

– Désolé, monsieur. »

Des gosses dépenaillés passaient en flèche tels des pigeons délogés d'un buisson, envoyant les valises valdinguer contre les genoux de leurs propriétaires.

« Une bande de petits vagabonds qui voyagent en douce, a-t-il expliqué.

– En douce ?

– Sur les wagons, c'est comme ça qu'ils resquillent. »

Le froid était mortel, des aiguilles de glace plantées dans les narines à chaque respiration. Et, au bout de tant de jours, les vêtements qui démangeaient comme la gale. Des gens en longs manteaux, les chaudières à vapeur qui hurlaient. Finalement, ce qu'il avait dit s'est éclairé : ces gamins en haillons voyageaient à l'*extérieur* du train. *Dios mio*.

« Où vont-ils aller maintenant ?

– Se trouver un endroit où dormir dans la jungle des hobos. Ou alors ils iront écouter les Christers. Accepter le Seigneur une nuit, en échange d'un fricot.

– Fricot, c'est une sorte d'argent ? »

Un rire sonore s'est échappé de lui, comme des notes explosant de la trompette d'un mariachi. Il était amusé par ce monument de perplexité, son fils. L'intérieur de la gare était comme la cathédrale : espace démesuré au-dessus de la tête, grand dôme dressé vers le ciel, mais pas assez de place en bas pour tous les gens qui se pressaient à l'intérieur. Une majestueuse entrée en marbre ouvrait sur la rue, mais dehors le soleil était froid, il brillait sans chaleur, comme une ampoule électrique. La foule se hâtait, indifférente à son étoile sans feu.

« Où vont tous ces gens ?

– Chez eux, fils ! L'heure d'un repas à deux sous et d'une sieste bien gagnée. Ce n'est rien. Il faut voir ça le lundi matin. »

Une rue pouvait-elle contenir plus de gens ? À l'intérieur de la gare, les trains braillaient encore, bruit de digestion dans le ventre du monument. Comme un temple aztèque buvant du sang. Conseil de Mère au moment du départ : essaie de prendre les choses du bon côté, cet homme déteste les jérémiades, je te préviens.

« Union Station, on dirait un temple.

– Un temple. » Père jeta un regard de côté. « Quel âge as-tu maintenant, quatorze ans ?

– Quinze. Seize cet été.

– Bien. Des temples. Construits avec l'argent du Gouvernement par les sbires de Hoover. » Il jeta un regard mauvais à l'arrêt de tramway, comme si la ville avait sournoisement fait un tour sur elle-même pendant qu'il était dans la gare et avait le dos tourné. Une figure rose et tachée de son, moustache pâle, décolorée au bord de la lèvre. Sûrement pas un teint de dur à cuire, la photographie n'avait pas enregistré ce détail. Cette peau aurait vite fait de griller au soleil du Mexique. Un mystère en moins.

Se frayant un chemin dans la foule, il avançait à vive allure, pas le choix sinon rentrer le menton comme un boxeur, prendre garde au crottin de cheval, et tirer derrière soi la malle monstrueuse. Le chauffeur de Mère l'avait mise dans le train, des portiers s'en étaient chargés ensuite. Plus aucune aide maintenant, l'Amérique c'était Aide-toi et le ciel t'aidera.

« Ils vont en construire toute une kyrielle de tes *temples*, ici, sur le côté sud de Pennsylvania. Tu vois ce truc incroyable ? C'est le Washington Monument. » Il a désigné du doigt, dans un parc sans feuilles, la pierre pâle émergeant des arbres. Un souvenir a fait surface en même temps qu'elle : longue entrée étroite, comme un trou de souris, tunnel noir qui se dresse à la verticale. L'écho d'une dispute dans la cage d'escalier, la main de Mère qui tire vers le bas, et la sécurité.

« On y est entrés, n'est-ce pas ? Un jour, avec maman ?

– Tu te souviens de ça ? Petit garnement. Tu avais hurlé comme un veau, dans l'escalier. »

Il s'était arrêté à un coin de rue, pantelant, des bouffées de vapeur sortaient de sa bouche comme d'une bouilloire. « Ils ont installé un ascenseur jusqu'au sommet maintenant. Un temple de plus à la gloire des sbires de Hoover, si tu veux mon avis. » Il a gloussé, jouissant de son trait d'esprit après coup, comme quand on a un renvoi. Les gens s'amassaient à cet endroit, un arrêt de tramway. Un agent de police sur un énorme cheval bai est passé dans un bruit de sabots.

« Mère a dit que *tu* travaillais pour le président Hoover.

– Qui a dit le contraire ? » Imperceptible courroux, qui laissait entendre que ce n'était peut-être pas le cas. Ou alors, à un poste dont Mr. Hoover n'avait peut-être pas connaissance. Petit comptable dans un bureau du Gouvernement, avait dit Mère, mais un des derniers hommes en Amérique à avoir un travail stable, donc bien fait pour lui si on lui envoie son fils par le train.

« Le président Hoover est l'homme le plus grand qui ait jamais vécu », a-t-il déclaré, trop fort. Les gens regardaient. « On vient juste d'installer un téléphone sur son bureau, pour appeler son chef d'état-major. Il n'a qu'à claquer des doigts et il a MacArthur. Tu crois que ton président du Mexique a un téléphone sur son bureau ? »

Le Mexique, donc, va faire partie du contentieux. Probablement pour des raisons liées à Mère. Ortíz Rubio a un téléphone, c'est sûr, les journaux disent qu'il ne peut pas prendre la moindre décision sans appeler Calles d'abord, chez lui, rue des Quarante Voleurs à Cuernavaca. Mais Père ne voulait pas entendre parler de ça. Les gens posent des questions mais n'ont pas envie de savoir. Traversant la cohue, il a grimpé dans le tramway et s'est faufilé jusqu'aux sièges. La malle, qui ne rentrait pas sous les bancs en bois, est restée en rade dans la travée. Le flot des gens qui montaient se répandait autour d'elle comme une rivière autour d'un gros rocher.

Le trajet n'en finissait pas. Il regardait par la fenêtre. Impossible d'imaginer cet homme dans la même pièce que Mère, le même lit. Elle l'écraserait avec sa tapette comme une mouche, et appellerait la servante pour ramasser les débris.

Les hommes ici portent des costumes comme les hommes d'affaires à Mexico, mais avec plus de couches à cause du froid. Les femmes ont des trucs compliqués, de longues écharpes et des choses pour mettre leurs mains, difficiles à nommer. L'une avait un châle autour du cou, un renard entier, tête comprise, qui se mordait la queue. Si Cortés venait ici il écrirait à la reine tout un chapitre sur les vêtements des dames.

Au bout de plusieurs arrêts, Père a dit : « Nous allons à l'école. Ils ont dit que le mieux était de démarrer tout de suite, dans ta situation. » Il parlait lentement, comme si la « situation » concernait un garçon au cerveau endommagé. « C'est nourri et logé. Tu dormiras là-bas avec tes potes, Harry.

– Oui, monsieur. » (*Harry*. Ça va être Harry maintenant ?)

« Vous allez vous poiler. » Il s'est mordu la moustache, puis a ajouté : « Y a intérêt. »

Sous-entendu, ça coûte de l'argent. *Harry. Harry Shepherd a regardé par la fenêtre*. C'est celui qui paie la facture qui nomme le garçon.

Des scènes défilaient : édifices en marbre, parcs aux arbres squelettiques, entrepôts condamnés. Hommes blancs à la peau claire, costumes noirs et chapeaux. Et le contraire : hommes noirs, chemises et pantalons clairs, pas de chapeaux du tout. Qui creusaient à la pioche une longue tranchée, leurs bras musclés exposés à ce froid mordant. Dans tout le Mexique il n'y a pas un seul Indien aussi noir que ces hommes. Leurs bras luisants, comme le bois usé des touches noires d'un piano.

Après le trajet en tramway, un bus à moteur. L'imposante malle a droit à un siège pour elle toute seule, et une fenêtre pour admirer le paysage : un chapelet de belles demeures le long d'une rivière. Père a entrepris de longues expéditions au fond de sa poche pour trouver sa montre, la sortir et la consulter d'un air revêche. Se souvenait-il de l'autre montre, celle que Mère avait prise, dérobée plus tard une deuxième fois dans la malle de Père ? Le souvenir, aujourd'hui, semble une maladie, pas le péché de vol, non, mais la terrible espérance qui lui était attachée. De cet homme. Ce père.

17 janvier

Très Haute et Excellente Impératrice, le lieu que l'on nomme Potomac Academy est une horreur de première. Un camp de prisonniers à l'intérieur de bâtisses en brique qui se prennent pour des châteaux, où les chefs indigènes qui portent le nom d'officiers gouvernent les captifs. Le dortoir est une longue maison remplie de lits comme un hôpital, où chaque patient est sommé d'expirer à vingt et une heures. Extinction des feux égale arrêt de la lecture, sinon gare. Le matin, au commandement, les cadavres se lèvent à nouveau.

Chose très étrange : les jeunes captifs ne semblent avoir aucun désir de s'échapper. En classe ils reçoivent les ordres et s'exécutent, mais à la seconde où l'officier quitte la pièce, ils se lancent dans des batailles à coups d'encrier et se mettent à singer le langage de personnages de radio appelés Amos et Andy. Dans le dortoir, ils s'attroupent, bouche bée, autour d'un livre porno où il y a une fille du nom de Sally Rand, toute nue avec des éventails de plumes. Elle a l'air d'un petit oiseau frigorifié.

Les captifs sont relâchés le samedi après-midi, pas de cours ni d'exercices pour une fois, et le dortoir se vide.

Les garçons vont dans leur famille, s'ils en ont une. Le matin, c'est Chapelle d'abord, puis Mess des Officiers, puis Liberté.

Tous les autres garçons de troisième sont plus jeunes. Mais plus grands que les Crétins de toute façon, et moins de crachats. La troisième est un compromis : trop grand pour faire demi-tour jusqu'en sixième. Les officiers enseignent le latin, les maths, et d'autres choses. Exercices militaires et psychomotricité. Le mieux c'est la littérature. L'officier a conseillé le passage en cours de littérature de première, Samuel Butler, Daniel Defoe et Jonathan Swift. Restauration ou néoclassiques, qu'est-ce que ça peut faire ? Des nouveaux livres à volonté.

Les exercices, c'est le nettoyage et la présentation des armes à feu, pas très différent du lavage de vaisselle.

Mathématiques : le pire. Au-delà des *tablas de multiplicar*, rien n'entrera jamais dans cette citrouille. L'algèbre, une langue parlée sur la lune. Pour un garçon qui n'a pas la moindre intention d'y aller.

Dimanche 24 janvier

Conseils pour parler en Amérique :

1. Ne pas dire « Pardon me [1] ». Dans les livres, ça se dit tout le temps. Ici, ils vous demandent qui vous a envoyé en prison.

2. Crier « Va te faire frire des asperges ! » ne servira à rien pour avoir la paix, contrairement à l'espagnol.

3. « Casse-toi », veut dire Va te faire frire des asperges.

4. « Punk » veut dire chochotte. Et aussi crétin, petite peste, et n'a pas inventé la YMCA.

5. « Mexico » n'est pas un pays, mais un nom. Eh, Mexico, ramène ta fraise.

1. En anglais *to pardon* signifie : grâcier. (Toutes les notes sont de la traductrice.)

Les États-Unis, c'est le pays des affaires : décisions carrées et boulot à mort. Même si les journaux disent que personne n'a de boulot, et même si les affaires ne sont pas très géométriques.

Les garçons se déplacent en groupes mouvants comme les bancs de poissons dans les récifs. Dans les couloirs les groupes approchent, se séparent, se rejoignent, comme si vous étiez un rocher, pas un être sensible. Une chose qui flotte, jambes ballantes, dans un monde qui n'est pas le sien.

21 février

Les gens sont tellement en colère contre le président Hoover qu'il a dû mettre des chaînes aux portes de la Maison Blanche et s'enfermer dedans. Dixit le garçon qu'on appelle Bull's Eye. Hier, un vétéran avec un seul bras a essayé de franchir le portail, il s'est fait botter le cul et s'est retrouvé au trou, où il s'en est mis plein le fusil pour la première fois en deux semaines.

6. Le fusil, c'est le ventre.

Bull's Eye pique des journaux et des cigarettes au Mess des Officiers. Quand il arrive aux toilettes et sort son butin de sa veste, les garçons s'amassent autour de lui. Impatients de le voir faire sa grosse voix pour déclamer les gros titres qu'il a inventés de toutes pièces, en imitant les crieurs de journaux : ÉDITION SPÉCIALE ! HOOVER POULE MOUILLÉE SE CARAPATE SOUS LIT PRÉSIDENTIEL ! MRS. HOOVER ENFIN EN PAIX !

Le vrai nom de Bull's Eye est Billy Boorzai. Pas un élève comme les autres. Il l'était, jusqu'au jour où son père a perdu son boulot dans un magasin de radio et sa mère a perdu la boule. Maintenant il ne suit les cours que la moitié de la journée. Puis il travaille dans la cuisine et nettoie les W.C. Le soir, il lit ce qu'il a chapardé sur les bureaux des profs, il fait, dit-il, son éducation sous le manteau.

Bull's Eye a des admirateurs mais pas d'amis ici, ses amis sont tous à l'extérieur. Il a le droit de sortir de l'enceinte de l'établissement à cause de son travail en cuisine (le mess). Les cuisiniers l'envoient chez le boucher, le fabricant de toiles de tente, même l'armurier parfois. Il dit que les cuisiniers ont besoin d'armes à feu pour se défendre, tellement la nourriture est mauvaise.

28 février

Problème de logique : est-ce qu'il vaut mieux s'ennuyer en cours de maths ou en retenue de maths ? Se retrouver prisonnier dans la bibliothèque avec un livre d'algèbre n'est pas un progrès. Mais, cette immense salle remplie de livres n'est pas une punition non plus. Une certitude : c'est plus sûr qu'être dehors avec des garçons qui se filent des coups dans les épaules au football américain, et hurlent comme les personnages de *Gee Whiz* et *Aïe, mes aïeux !*

13 mars

Tous les matins Bull's Eye, debout tout nu dans les toilettes, se rase le visage. Il fait bien vingt ans. Il dit qu'il a le même âge que tous les autres, avec quelques coups bien sentis en plus. Il dit qu'on grandit vite quand éclate la bulle des mers du Sud et que ton père se fait sacquer. Il ne rentre pas chez lui non plus. Nous avons une chose en commun : un père qui ne regarde pas son fils dans les yeux. Il dit que c'est une raison comme une autre d'être amis.

Jusqu'ici, c'est le seul. Le garçon nommé Pencil, dans le lit voisin, ne parle que s'il n'y a personne à proximité. Damos, le Grec, dit : « Eh ! Mexico, ramène ta fraise », mais il dit aussi : « Eh, babouin. » Bull's Eye leur a dit de faire gaffe, ce petit morveux de Mexicain est un as des armes à feu, peut-être qu'il a fait du cheval avec Pancho Villa.

Maintenant ils utilisent ce nom : Pancho Villa. Il a fallu du temps pour le reconnaître car ils le prononcent un peu comme Pants Ville : *Hé, Pantsville, tu rappliques !* On dirait le nom d'un lieu, un de ces quartiers avec des lessives étendues sur les cordes à linge que l'on aperçoit du train qui va à Huichapan.

14 mars

Le bébé de Lucky Lindy a été kidnappé et tout le monde a peur, même les garçons enfermés dans une école en brique. Pour le héros qui a traversé l'océan en avion, un crash terrible. Les journaux disent que si Lindbergh a pu être aussi malchanceux, n'importe quel enfant est en danger. Mais ce pays avait déjà des malchanceux partout, qui dorment dans les parcs avec des journaux en guise de manteaux. Les gens qui ont de bons manteaux en laine regardent par les fenêtres des tramways et disent, *Ces bons à rien n'ont qu'à se remuer un peu.* L'histoire de Lindy leur fait peur parce que c'est arrivé à un héros.

20 mars

Bull's Eye sent la pomme de terre épluchée, la cigarette, et le seau d'eau usée. Quand les autres rentrent chez eux le samedi, il dit : « Eh, Pancho Villa, tu es cor-dia-le-ment invité à m'assister dans mes corvées. » Ce qui veut dire : récurer le mess, courir à l'intendance avec la serpillière trempée, sauter dessus et faire des glissades le long de la pièce entre les longues tables. Et ainsi de suite. L'assistant n'a rien à gagner à part se faire coincer la tête dans le creux du coude de Bull's Eye et se faire frictionner la tignasse avec son poing. C'est ainsi que les garçons se touchent ici, Bull's Eye en particulier.

27 mars

Le cours de stratégie militaire est intéressant. Diriger une armée c'est comme diriger des domestiques dans une maison. Mère est très douée pour ce genre de guerre, un sens inné de la reconnaissance et de l'attaque surprise. L'officier Ostrain dit que les États-Unis ont la seizième armée au monde, à des lieues derrière la Grande-Bretagne, l'Espagne, la Turquie, la Tchécoslovaquie, la Pologne, la Roumanie et beaucoup d'autres. (Le Mexique n'a pas été mentionné.) L'officier Ostrain est tellement outré que notre armée soit à ce point sous-équipée qu'il en tremble de tous ses boutons de cuivre. Il trouve honteux que le général MacArthur et le commandant Eisenhower soient obligés d'attendre sur Pennsylvania Avenue, comme des citoyens ordinaires, le tramway de Mt. Pleasant, pour se rendre au Sénat.

Les garçons disent qu'ils les ont vus, et le commandant Patton aussi, en train de jouer au polo le samedi à Myer Field. Plus tard, ils veulent avoir des poneys comme les généraux, et le samedi ils iront parader sur les terrains de polo, Sally Rand en croupe, avec ses seins qui rebondiront comme des ballons de foot. Voilà pourquoi ils ne cherchent pas à s'évader de l'Academy.

10 avril

Le marché de K Street est comme un morceau du Mexique. À la criée aux poissons, c'est la même chanson que sur le *malecón*, mais dans une sorte d'anglais : *Four-bits a mack-rel, la-yay-dies* ! Vingt-cinq *cents* le maquereau, mesdames ! Des vieilles femmes entourées de tisanes et d'herbes promettent de guérir tous vos maux. L'air sent le Mexique : viande carbonisée, poisson salé, fumier de cheval. Se trouver là aujourd'hui, c'était comme crever la surface de l'eau et respirer enfin. Après treize dimanches d'affilée dans un tunnel tout noir.

Dans la partie extérieure du marché, on trouve des étals qui vendent des objets en cuir, des bouilloires à thé, toutes les choses possibles et imaginables, à condition d'avoir encore trois sous en poche. Les produits non comestibles se vendent à l'extérieur du marché, les produits comestibles à l'intérieur. Les rémouleurs aux gros bras nus se tiennent à l'entrée de l'avenue des bouchers. Les huîtriers avec leurs tabliers blancs poussent leurs charrettes débordantes depuis les quais. L'homme au *cilindro* a une oreille en moins, et un singe à casquette bleue qui danse sur la musique de son orgue de Barbarie. Les femmes vendent des figues et des roses, des œufs et des saucisses, des poulets et du fromage, des lapins suspendus en rang d'oignons, même des oiseaux vivants dans des cages comme au marché de Coyoacán. Une femme vend des *conejillos de Indias*. Bull's Eye dit qu'on ne les appelle pas lapins des Indes ici, mais cochons de Guinée. Il n'a pas d'explication à fournir, et il est d'accord qu'ils sont plus lapins que cochons.

Ce matin, il a dit à la cuisinière chef qu'il avait besoin d'un assistant pour l'aider à faire ses courses au marché. Un peu de cœur, a supplié Bull's Eye, tu demandes à un pauvre couillon plus qu'il ne peut en faire. Sa première destination, The Atlantic and Pacific Tea Company, qu'il appelle A&P, et où on trouve bien d'autres choses que du thé. Tous les samedis, la provision de la semaine – riz, viande de bœuf, farine, café et cinquante autres choses – part dans des cageots, sur un camion tiré par un cheval, en direction de la Potomac Academy. Les modifications apportées à la liste de la semaine doivent être annoncées en personne, les employés du magasin veulent un garçon pour aider à la mise en caisses. Le reste des provisions, on l'achète sur le marché. Le garçon de courses est Bull's Eye, et maintenant son assistant est Pancho Villa.

Ça a pris des heures pour arriver au A&P. Tellement de choses chouettes à regarder en chemin, nourrir des chiens, taper sur l'épaule des amis. Observer des ouvriers bleu-noir en train de creuser une tranchée aussi longue que Pennsylvania Avenue. D'où viennent-ils ?

« D'Afrique, b'sûr », a répondu Bull's Eye.

« D'Afrique, tout ce chemin, juste pour creuser des tranchées ?

– Non, espèce d'âne. C'étaient des esclaves au début. Ils ont été mis en liberté par Abe Lincoln. T'as jamais entendu parler des esclaves ?

– Peut-être. Mais pas comme ceux-là. Au Mexique on n'en avait pas. »

Un âne, c'est un *pendejo*. Mais Bull's Eye répond aux questions qu'on ne peut pas poser aux autres garçons. Ces hommes noirs et leurs femmes n'ont pas le droit de faire leurs achats ici, ni de monter dans les tramways, a-t-il expliqué, c'est contre la loi. Même aller manger dans un restaurant. S'ils ont besoin de pisser pendant qu'ils creusent leur tranchée sur Pennsylvania Avenue, ou bien boire, il leur faut faire trois kilomètres jusqu'à la Septième Rue pour trouver un restaurant qui les laissera toucher un verre ou se servir des W.C.

Étrange coutume. Être domestique, gagner trois fois rien, on peut comprendre. Tous les riches au Mexique ont eu un jour des domestiques pour les soulever de leur berceau. Mais ils boivent tous à la cruche qui remplit le verre de leur maître, et ils se servent du pot de chambre encore chaud de la pisse du *patrón*. Au Mexique, personne n'a jamais eu l'idée de garder ces rivières séparées.

17 avril

L'école ferme deux semaines pour les vacances de Pâques. La fin du trimestre n'est donc pas bien loin et, avec elle, l'été. La plupart des garçons vont rentrer chez eux mais pas tous. Certains doivent rester pour les cours de maths de rattrapage ou pour revoir l'histoire de la Virginie, dans la moiteur de juillet. Vivre ici dans le dortoir qui pue la chaussette, et pas avec Père. Il l'a clairement expliqué, dans la lettre où il était question de venir chez lui quand l'école fermerait pour les vacances de Pâques. Ce sera chouette, disait-il, une visite à ton vieux papa. Chouette deux semaines, oui, pas tout l'été.

Rien ici ne compte plus maintenant que les samedis. Partir au marché avec Billy Boorzai. Le reste se résume à traverser la semaine en somnambule.

3 mai

Les explications de Père ne faisaient pas mention d'une dame. Elle a dû vider l'appartement en quatrième vitesse, pour laisser place au visiteur de Pâques. En catimini, Père prend donc du bon temps avec une femme de petite vertu. Des bas couleur de poussière pendent au radiateur de la salle de bains comme des toiles d'araignée, le tube de rouge à lèvres posé en évidence sur la commode en dit long. Pourquoi la cacher ? N'est-il pas au courant, pour Mère et ses soupirants ? S'il pense que son fils n'est pas au fait des parties de jambes en l'air et autres galipettes, il devrait coller l'oreille une nuit à la porte de la chambre de sa femme.

Ou alors c'est qu'il perdrait quelques points à la table des négociations, si au Mexique on avait vent de la Belle. Lui et Mère ne sont toujours pas divorcés à cause de la paperasse mexicaine. « Divorce » dans sa bouche a un goût de soupe trop salée. Quand il dit son nom, c'est comme un blasphème. Parfois il dit « Mexique », et le mot sonne creux. Un mur sur lequel on n'a pas mis de couleurs.

5 mai

Expédition au musée aux côtés de la Figure Paternelle. La température est passée de glaciale à brûlante, vague promesse de fleurs de cerisier entre-temps. Les gens dans la cohue du tramway se pressent contre vous, hommes en costumes de lin blanc, filles en robes de style marin et turbans en feutre. L'odeur de transpiration est différente ici. Cortés pourrait écrire à ce sujet aussi : Très Excellente Impératrice, la sueur des gens du Nord a une odeur nauséabonde. Peut-être à cause de toutes ces couches de vêtements. Le costume blanc de Père, pendant à ses épaules, flétrit à vue d'œil, comme les volubilis dans le jardin de Isla Pixol.

Smithsonian, c'est le nom du musée, un château en brique qui contient les peaux mortes empaillées de toutes les espèces possibles, à part la nôtre. Pourquoi pas quelques humains aussi ? Celle-là, elle a bien fait rire Père, comme s'il était sur une sorte de scène, avec un public. Son humeur a changé. Il a l'air maintenant de prendre son fils comme une bonne blague, plutôt qu'une offense majeure. Le musée avait des pièces entières remplies de choses qui datent de Tenochtitlan et d'autres sites anciens du Mexique, de fabuleux objets d'art en or que Cortés n'a pas réussi à emporter. Et qui se retrouvent à Washington aujourd'hui.

Sur le chemin du retour à l'appartement de Père, le tramway a longé un grand parc, une rangée d'entrepôts, et tout à coup un spectacle sidérant : une ville de tentes et de cabanes, grouillante de monde. Feux de camp, enfants, linge étendu sur des fils, un village mexicain des plus pauvres installé au plein cœur de la ville, au milieu des bâtiments administratifs. Un écriteau annonçait : CAMPEMENT POUR LES INDEMNITÉS AUX VÉTÉRANS. Des drapeaux américains à n'en plus finir flottaient au-dessus des cabanes, comme la lessive, et se confondaient en réalité avec la lessive. Ils étaient aussi décolorés par le soleil que les pantalons pendus à l'envers sur les fils. Le campement était incroyablement grand, une nation entière de mendiants arrivés à la capitale. « Ceux-là », cracha Père à travers sa moustache. « Ils ont installé leur jungle de hobos tout le long de Pennsylvania. Chaque matin, il me faut traverser tout ça pour aller au travail. »

Une femme coiffée d'un foulard a soulevé un bébé en direction de notre tram. Le bébé agitait les bras. Une jungle de hobos n'a rien à voir avec les autres jungles, où les singes hurlent à travers les branches. « Qu'est-ce qu'ils veulent tous ?

– Que veulent les gens ? Quelque chose pour rien, b'sûr. » À cet instant Père m'a fait penser à Bull's Eye.

« Mais pourquoi si nombreux ? Et tous les drapeaux ?

– Ce sont des vétérans de guerre. C'est du moins ce qu'ils disent, parce que les vétérans ont droit à une indemnité de soldat. Ils réclament leur indemnité. »

Des hommes en haillons, tous les quelques mètres, se tenaient au garde-à-vous le long du camp face à la rue, comme des piquets de clôture. Des soldats vétérans, ça se voyait à la position des pieds et des épaules. Mais leurs yeux fouillaient le tramway qui passait avec une faim terrifiante. « Ils ont passé la semaine ici ? De quoi vivent leurs familles ?

– De la soupe au cuir de chaussures, à mon avis.

– Ces hommes ont combattu en France, avec du gaz moutarde et tout le reste ? »

Père a fait oui de la tête.

« Nous avons étudié l'Argonne. En stratégie militaire. C'était terrible. »

Nouveau signe de tête.

« Ils ne peuvent pas avoir leur argent maintenant, s'ils ont combattu pendant la guerre ?

– J'y serais allé aussi, dans l'Argonne », déclara-t-il, devenant soudain tout rose, « si j'avais pu. Ta mère ne t'a pas dit que j'avais refusé de partir à la guerre ? »

Sujet à contourner. « L'indemnité, elle est censée se monter à combien ? »

Étonnamment, Père connaissait la réponse : cinq cents dollars par tête de pipe. Petit comptable pour le Gouvernement. Cinq cents dollars pour risquer sa vie à la guerre, et avoir le droit d'en commencer une nouvelle ici. Le

Congrès a rejeté leur demande, il a décidé de régler l'indemnité plus tard, quand ces hommes seraient vieux. Alors ils sont venus ici, de partout, dans l'intention d'aborder le sujet avec le Président.

« Monsieur Hoover a l'intention de les rencontrer ?

– Jamais de la vie. S'ils veulent lui parler, ils feraient bien de se servir du téléphone. »

14 mai

L'expédition au marché avec Bull's Eye cette première fois, c'était comme la première cigarette du matin pour Mère. Maintenant, chaque minute est un long morceau d'attente, tourner et virer, tapoter le bureau, essayer de penser à autre chose jusqu'à samedi. Vivre dans la terreur qu'on ne vous demande plus. Le vendredi soir, les garçons se préparent pour le week-end, ils vident leurs tiroirs sales dans leurs sacoches, soulevant des nuages de puanteur dans la caserne, et ils plongent dans le sommeil. Puis plus rien, un grillon qui grésille, un pauvre éclat de lune. Une heure ou deux pour penser : Billy Boorzai. Va-t-il dire quelque chose demain ? Ou non ?

Qu'importe. On peut toujours à la place rôder dans la bibliothèque, en paix pour une fois. Trouver un livre qui vaille mieux que le vacarme de K Street. Suivre ce gros roublard dans la foule c'est pire que le football américain. Où qu'on aille, ça prend des lustres. Bull's Eye connaît une personne sur trois sur son chemin, pas seulement des garçons, toutes sortes d'hommes aussi. Et il faut qu'il s'arrête faire un signe d'amitié, coups d'épaules et insultes, pendant que le pauvre imbécile est là pendu à ses basques, à regarder et à le suivre comme un chien. Qu'est-ce que ça peut faire, qu'il demande ou pas ?

17 juin

La caserne s'est vidée, presque tous les garçons partis chez eux pour l'été, embarqués par des domestiques dans des voitures chic, ou des mères en taxi tiré par des chevaux. Amusant de voir lesquels étaient riches et lesquels ne l'étaient pas, ils se prennent tous pour des rois quand les parents ne sont pas là.

Demain, début d'un nouveau travail, payé. La pêche aux huîtres perlières, Bull's Eye appelle ça. Faire la vaisselle dans la salle du mess. Père a arrangé ça pour couvrir les frais de pension pendant l'été. Mais cet après-midi, rien à faire dans la caserne vide à part sortir tous les pantalons du casier et les plier à nouveau. Ou s'installer sur le lit avec *L'Odyssée*. Jusqu'au moment où la tête de Bull's Eye apparaît à la porte. Tout oreilles et sourire, la coupe de cheveux à trois sous. « Salut, rat de bibliothèque. Trop occupé à glander, hein ?

– Trop occupé pour quoi ? » *Clac*, le livre se ferme.

« Tailler une bavette et manger des biscuits avec Mrs. Hoover. Qu'est-ce que tu crois ? Pour quoi ? Pedibus, mon vieux.

– K Street ? »

Le sourire disparaît parce que le garçon tout entier disparaît. On peut rouvrir *L'Odyssée* où l'on veut, peu importe la page, ça n'a plus aucune importance. Et voilà qu'il réapparaît, ce sourire. Rejeton d'une famille ruinée, enchanté de lui-même. Ça fait mal, douleur à l'aine, envie terrible de voir ce sourire et de le suivre partout. Mal comme quand Mère attend la prochaine cigarette. Les hommes, elle les aime de cette façon-là, elle aussi. Oui, sûrement. Mais dans ce cas, rien de moins sûr.

« Ce qui ne te tue pas », observe plaisamment Bull's Eye, tout en récurant les casseroles, « te fera pisser sur tes chaussures. »

28 juin

Le président Hoover a demandé au secrétaire du Trésor une pièce de cinq *cents* pour téléphoner à un ami.

Le secrétaire Mellon : « Tiens, voilà un *dime*. Tu peux en appeler deux. »

D'après Bull's Eye, deux millions d'Américains sont sur les routes. La moitié ne sont probablement que des enfants qui n'ont pas la chance de récurer des casseroles pour se remplir la panse et gagner trois sous. Ou des paysans. Des réparateurs de radio, des instituteurs, des infirmières, ou alors ils sont sortis de l'école et pas de boulot nulle part. « Ça m'arrache le cœur, je te jure », dit Bull's Eye. Il explose. La loi d'aides sociales votée par le Congrès a été annulée illico par le Président, parce que c'est une Razzia sans précédent sur le Trésor public. C'était à la une des journaux. Hoover dit que ce n'est pas une crise, seulement une dépression, tous autant qu'ils sont à avoir le moral à zéro et à s'apitoyer sur leur sort. Si ces gens lugubres voulaient bien se secouer un peu et retrouver le sourire, tout s'arrangerait.

16 juillet

Seulement vingt-deux garçons suivent les cours d'été, et la plupart vivent chez eux. Dans la longue caserne pleine d'échos, personne à part Bull's Eye et Pancho Villa dans les deux lits du fond, tous les autres sont vides. On dirait un hôpital après une épidémie de peste.

Bull's Eye a un ami dans le campement de la Bonus Army. Nick Angelino, un cousin de sa mère qui vient de Pennsylvanie. Parfois on arrive à le dénicher dans le village de tentes, parfois non. Ils sont tellement nombreux là-bas maintenant, des hectares d'êtres humains, et les gens qui vivent sous du papier goudronné ont tendance à ne pas rester en place. Mais tout le monde au campement connaît Nick Angelino. Il s'est rendu célèbre en escaladant la clôture de la Maison Blanche sans se faire arrêter ; il a laissé un cadeau à la porte de Hoover : ses médailles de l'Argonne, et une photo de sa famille. Angelino a une petite amie, il dit que c'est sa femme mais elle a l'air trop jeune, avec sa petite robe légère. Pour couvrir ses seins elle porte un chandail vert en laine plein de peluches, même quand il fait très chaud. Leur bébé a des vieilles chemises déchirées qui servent de couches. Il est né le mois dernier, ici dans le campement. La fille ne veut pas en parler.

Ce qui vous saute à la figure en premier, c'est l'odeur du Corps expéditionnaire : odeurs de cuisine, odeurs de latrines. *Pouah*. Une beigne sur la tête de la part de Bull's Eye pour la peine.

« Quoi ? Ça pue !

– Rien. » Bull's Eye se met facilement en colère ici au campement.

« Quoi, *rien* ? Tu m'as frappé.

– *Pouah*, t'as dit. Il y a cent mille hommes ici qui ont servi ton pays.

– Mon pays, c'est le Mexique.

– Va te faire foutre.

– Bon d'accord, ils ont servi notre pays.

– Et ils sont là avec leurs petites amies et leurs gosses, et ils n'ont rien, nulle part où aller. Tout ce qu'ils veulent c'est ce que le gouvernement leur a promis. Et toi tu dis *pouah*.

– La merde, ça pue. Même quand elle sort du cul d'un héros.

– Tu sais ce qu'ils ont dit dans le journal ? Les manifestants ne sont pas satisfaits des pensions déjà perçues, alors qu'elles sont sept ou huit fois plus élevées que celles des autres pays. Cette saloperie de *New York Times*.

– Quelles pensions déjà perçues ?

– Aucune. Ils n'ont pas eu un sou jusqu'ici, depuis la démobilisation.

– Comment le journal peut-il dire ça, si c'est un mensonge ?

– Espèce d'âne. Si le Président ment, pourquoi pas eux ? » Bull's Eye s'est mis à scruter la foule, à la recherche de Nickie.

« Comment le Gouvernement peut-il refuser de payer, s'ils ont servi ?

– On leur a donné des cartes d'Anciens Combattants à l'Étranger pour encaisser ce qu'on leur doit. Mais maintenant il leur faut attendre encore dix ans, à cause de la crise des banques. C'était pas ça l'idée, quand ils ont embarqué. Si le Congrès n'est pas capable de payer les soldats, ils avaient qu'à pas déclarer la guerre aux Boches.

– Bon sang de bois.

– Tu vises ces deux, derrière le camion du pain ? Ils s'occupent des Anciens Combattants. Ils contrôlent les papiers de ceux qui font la queue pour avoir du pain gratuit. Ils refusent du pain à personne de toute façon. Mais d'après eux, on n'est sûr qu'à quatre-vingt-quatorze pour cent.

– Comment ça, quatre-vingt-quatorze pour cent ? Comment t'es sûr que ton vieux est vraiment ton père ?

– Crétin. Je leur ai parlé hier. Ils sont ce nombre-là à avoir des papiers de démobilisation de l'Armée ou de la Navy. Ce sont les épouses d'hommes qui ont des états de service. Un sur cinq invalide de guerre. »

Bull's Eye a fini par chercher dans le quartier des entrepôts. Les hommes chargés de famille commencent à y déménager leur marmaille, dans les vieilles carcasses de brique sur Pennsylvania, ils campent dans des bâtiments condamnés. Leur lessive, drapeaux bleus et blancs, pendait à presque toutes les fenêtres des entrepôts. Des gosses sortaient par de grandes portes ouvertes, et les odeurs avec : cuisine, chou, intérieur de chaussures. Bull's Eye a suivi le chariot de pain tout le long de Pennsylvania Avenue, espérant repérer Nickie dans la foule qui se pressait autour du camion.

Le pain vient d'une boulangerie de New York, des vétérans qui ont trouvé du boulot et qui se sont regroupés et l'envoient ici gratuitement. Même si les journaux disent que ces gens sont des « émeutiers ». Antipatriotique d'aider des émeutiers. Si un reporter débarquait ici, il pourrait observer qu'il n'y a pas d'émeute. Seulement Nick Angelino escaladant une clôture pour déposer une photo de son bébé.

On a fini par le repérer, il marchait une miche de pain sous le bras et son fils dans son emballage de chemises sous l'autre, à peu près de la même taille. Il a tenté de faire un signe, et on aurait dit que l'un ou l'autre allait lui échapper des mains. Bull's Eye s'est précipité pour le rattraper. Il adore les histoires de Nick : fusiliers, tranchées, gaz, hommes qui perdent la vue à la guerre. L'Argonne est une histoire fantastique que tous ces hommes ont traversée ensemble, pour se retrouver finalement ici.

22 juillet

Été à moitié fini. Bientôt l'Armée des garçons va revenir prendre possession des lieux, et le barouf qui va avec. Mais pour l'instant le dortoir reste le campement de deux vagabonds hors la loi. Bull's Eye joue au hobo, il retourne ses poches vides, déroule ses « Drapeaux Hoover ». Parfois pour s'amuser il se couvre avec ses journaux, des « Couvertures Hoover ». Quand il fait chaud il reste assis sur le lit avec rien sur la peau, il fait gonfler ses muscles comme un lutteur, parle la moitié de la nuit, fume des cigarettes qu'il a piquées au mess des officiers.

Pleine lune passée de cinq jours, qui déverse du sang blanc dans le ciel, *C como Cristo*. Personne d'autre ce soir, seulement Bull's Eye, assis là tout nu comme Sally Rand, et qui en plus se comporte comme s'il valait vraiment le déplacement. Les yeux dans les yeux, il se laisse aller contre le mur, le regard ne flanche pas. La lune sculpte la fumée au-dessus de sa tête comme des nuages d'orage. Où que la lumière touche sa peau, il est une statue de marbre. Partout, sauf les poils sur sa poitrine.

« Tu regardes quoi ?

– Rien.

– Alors retourne au Mexique.

– C'est ça, parfait. C'est ce qui va arriver. »

Bull's Eye a un regard fixe. « Quand ?

– Qu'est-ce que ça peut te faire ? »

Il s'approche et s'assoit sur ce lit, retire de sa bouche le clope allumé. « Fume ça. Ça donne le vertige, mais après on se sent bien.

– D'accord. »

Mais le vertige était là déjà. Vertige et douleur. De voir tout ce que la lune a le droit de toucher.

25 juillet

Rester pour le trimestre d'automne est conditionné par la réussite aux cours d'été. Bull's Eye dit qu'ils devraient nous payer plus pour la pêche aux huîtres.

« On devrait aller manifester avec la Bonus Army. »

Bull's Eye rit. « Ouais, on te croit. »

28 juillet

Journée terrible. La fin du trimestre d'été, ça devrait être un jour de fête et, à la place, des gens tués. Si vous pensez qu'une journée s'est bien passée, c'est que vous n'avez pas fait attention. Quelqu'un a dû se faire passer à tabac pendant que vous preniez votre petit-déjeuner. C'est arrivé carrément sous nos yeux. Il faisait une chaleur terrible sur K Street, et Bull's Eye qui hurlait aux gens de se dépêcher, rassemblez-vous dans le campement. Des hommes debout à l'arrière du camion distribuaient des miches de pain à toutes ces mains, comme dans la Bible. Des miches qui flottaient de main en main.

Le campement a changé de forme tout l'été, il a commencé au bord de la rivière mais il a grandi et enflé jusqu'à envahir les entrepôts sur Pennsylvania, où tout a démarré aujourd'hui. Avec Bull's Eye qui filait droit où ça bardait, *b'sûr*, papillon de nuit attiré par la bougie, et pas moyen de le suivre. Mais le papillon meurt en s'approchant de la bougie. Lui s'en sort à chaque fois. Hurlant comme un dingue que ça allait chier des bulles. C'était le chef de la police sur sa moto bleue, envoyé pour dégommer des entrepôts les familles de la Bonus Army. Ils vont soi-disant les démolir pour construire de nouveaux temples.

Bull's Eye dit que Glassford est dans le pétrin. Le chef de la police. Hoover est sur son dos parce que c'est lui qui a laissé les gens pénétrer dans les entrepôts, et aujourd'hui il veut qu'on les vire. Des gens qui étaient arrivés très tôt le matin disaient que deux compagnies de Marines casqués étaient déjà sur les lieux pour faire le boulot, envoyées par le vice-président Curtis – en tramway ! Et Glassford les a renvoyées, furax, parce que le vice-président n'a pas autorité sur les troupes militaires.

« C'est vrai ?

– C'est à moi que tu le demandes ? Tu m'as déjà vu en cours d'Instruction civique ? »

À ce stade, le chef de la police transpirait dans son uniforme à boutons de cuivre, il n'arrêtait pas de retirer son casque et s'éponger le front pendant qu'il parlait avec les hommes de la Bonus Army. Son boulot tient à un fil. Mais la vie de ces familles aussi, et quel fil ! La foule des badauds grossissait. Deux hommes en costumes blancs sont arrivés dans une limousine, ils transpiraient aussi, et ils ont échangé quelques mots avec Glassford, en gesticulant en direction du bâtiment. Bull's Eye poussait tellement pour se rapprocher qu'il a failli renverser un vieil homme avec un panier au bras. Le vieil homme était fou de rage, il criait à la police : *Où t'étais en Argonne, mon pote ?* Qui aurait cru que ce type avait tant d'air à l'intérieur de lui ?

D'autres gens ont pris le relais, et se sont mis à crier des choses aussi. « Ils ont risqué leur peau en France ! Vous les virez comme des chiens ! » Mais dans l'ensemble la foule était silencieuse, elle attendait de voir comment ça allait tourner. Une banderole faite avec un drap de lit s'est déployée à une fenêtre au deuxième étage : Que Dieu Bénisse notre Pays.

« Bon, on file vers K Street », a dit brusquement Bull's Eye, et le voilà parti en direction de l'A&P. Pour une fois, son flair lui a fait défaut, il était au fond du magasin en train de remplir un cageot de semoule de maïs quand l'épreuve de force a commencé. Une femme est arrivée en courant à la porte, criant que Glassford s'était fait descendre. Bull's Eye a démarré au pas de course. Le temps qu'on arrive sur les lieux, l'histoire a changé plusieurs fois : Glassford était mort, ou alors il ne l'était pas. Il avait fini par donner l'ordre d'évacuer les lieux, et avait été atteint par une brique lancée d'une fenêtre de l'entrepôt. C'était comme ça que les choses se passaient : les gens qui parlaient et qui se précipitaient pour être sur place, et à l'entrepôt c'était du délire. Par les portes se déversaient des flots de femmes, avec marmites et enfants, larmes et cris à n'en plus finir. Des hommes de la Bonus Army étaient étendus dans la rue, en sang. Touchés, peut-être morts.

Bull's Eye avait l'air prêt à tuer. Des hommes accouraient en renfort du campement principal près du fleuve, ils avaient eu vent de ce qui se passait, et s'étaient armés de briques pour défendre leurs femmes et leurs enfants, et les hommes de Glassford ont répliqué avec des balles. Ils n'avaient même pas honte, plein de gens les ont vus faire, tout le monde criait. Comme Cortés et les Aztèques : toujours un côté mieux armé que l'autre.

Une sirène d'ambulance a retenti au loin, bloquée sans doute. La foule, comme un océan, se déplaçait maintenant d'un côté et de l'autre. Rien ne pouvait passer au travers, la seule chose qui courait vite était la rumeur : Hoover avait téléphoné à MacArthur d'enfiler sa culotte en whipcord, de rappliquer ici avec des troupes, et de disperser la Bonus Army. La moitié de la ville n'était plus qu'une seule masse inextricable, le jour le plus chaud de l'année, les bureaux se vidaient, tous les regards tournés vers ces hommes et ces femmes pour voir ce qui allait leur arriver. Plantés sur le seuil d'un bâtiment délabré, ils serraient en boule contre leur ventre ce qui restait de leur vie, et clients et hommes d'affaires, flâneurs et écoliers, tous, sentant l'horreur monter, se posaient la même question. Où peuvent-ils aller ?

Comme un bruit de tonnerre, un grondement semblait monter de la rue.

Un petit vendeur de journaux hors d'haleine tourna le coin d'un bâtiment, mains agrippées au mur, contre lequel il se plaqua, haletant : « C'est un tank ! » cria-t-il. « Les chenilles sont en train de transformer le trottoir en bouillie ! »

C'était le moment de prendre ses jambes à son cou, mais impossible de s'échapper. La foule commença à s'écarter de la rue, repoussant contre la vitrine du bureau du télégraphe ceux de derrière qui se retrouvèrent coincés entre des hommes en canotiers de paille et des secrétaires à talons aiguilles. Deux filles à chapeau-cloche, un blanc et un noir, franchirent la porte du bureau et dirent : « Sapristi, qu'est-ce qui se passe ? » Les gens se déversaient des bâtiments sans pouvoir avancer, et s'attroupaient dans la rue face aux manifestants.

C'est à ce moment précis que, dans un bruit de sabots, le régiment de cavalerie apparut dans la rue. C'était le commandant Patton. Il avait probablement de l'avance sur les chars de MacArthur parce que les chevaux pouvaient se faufiler parmi les voitures bloquées qui étranglaient Pennsylvania Avenue. Les chevaux se cabraient et ruaient de côté, affolés par la foule. Leurs cavaliers avaient de longs sabres, qu'ils tenaient haut dans la main droite. Derrière eux arrivait un détachement de mitrailleuses, on les entendait marcher au pas.

« Sapristi », répéta la fille au chapeau blanc. Des baïonnettes apparurent, hérissées au-dessus des têtes. Les gens se pressèrent encore plus contre les bâtiments alors que les chars avançaient, leurs chenilles mastiquant la route à mesure qu'ils approchaient. Les manifestants, alignés en travers de la rue, ne bronchaient pas. Les femmes luttaient pour ne pas lâcher leurs bébés, mais tous les hommes étaient au garde-à-vous, en bons soldats qu'ils étaient. Ils firent le salut militaire à l'officier de cavalerie qui portait le drapeau, et un petit garçon dépenaillé juché sur les épaules d'un homme agita son petit drapeau dans les airs. Une dame dans la foule des badauds lança un grand cri et la multitude le reprit : *Pour les hommes qui ont servi notre pays, hourrah ! Hourrah ! Hourrah !*

Les cavaliers de Patton firent volte-face et chargèrent la foule.

Chacun esquivait et poussait, la fille au chapeau blanc, hurlant, fit un pas de côté et les talons de ses chaussures blanches se plantèrent, comme un couteau, et tout le monde culbuta. « Relevez-la, vite ! » s'écria Bull's Eye, en essayant de la tirer par les coudes, mais elle semblait être en train de défaillir. Un homme tomba contre elle, quelqu'un d'autre contre l'homme, et ce ne fut plus qu'un monceau de secrétaires et de comptables. Les mains posées à plat contre le mur en pierre du bureau du télégraphe, un centimètre après l'autre, il fut possible de se relever. Bull's Eye, jouant des coudes, entreprit de nager *en direction* de la rue, alors que tous les autres allaient à reculons, le moment idéal pour dire salut à Bull's Eye. Entre le mur en pierre et la pression des épaules, il était difficile de respirer. Par-dessus la mer de têtes et de chapeaux on apercevait les cavaliers courbés sur leurs chevaux, qui fouettaient l'air de leurs sabres et frappaient tout ce qui se trouvait à leur portée.

Des *gens*. Un choc. Ils battaient les hommes et les femmes de la Bonus Army avec des lames de sabre tranchantes comme des rasoirs.

Un visage sanglant s'enfonça dans la foule toute proche, joue éventrée, os luisant. Rugissements après rugissements montaient de plus loin en avant ; ceux qui suivaient réduits à en deviner et à en redouter la cause. Les cavaliers continuaient de crier « dégagez » et la foule qui scandait « Honte ! Honte ! », comme une mélopée. Ceux de la Bonus Army s'étaient donné le bras pour former une ligne en travers de la rue, et la cavalerie lança ses chevaux qui la transpercèrent dans un brisement d'os. La foule hurlait, et à chaque charge dans la chair, des explosions de cris.

Bull's Eye réapparut soudain. « Allons-y !

– Impossible de passer. Je suis en bouillie. »

Bull's Eye ouvrit d'un coup sec la porte du bureau du télégraphe, et comme un magicien tirant un foulard de son anneau, nous extirpa tous deux du nœud humain. Les gens pris au piège à l'intérieur du bureau levèrent tous les yeux, mêmes visages en état de choc.

« Vite, dans la ruelle », cria Bull's Eye, mais personne d'autre ne le suivit alors qu'il se faufilait entre les tables et les employés en direction des toilettes, grimpait sur un radiateur, et ouvrait la fenêtre. Dehors, la ruelle était étonnamment vide. Des tas d'ordures et des cageots de laitues pourries, il devait y avoir un restaurant à côté, une puanteur de tous les diables. Pas une seule autre personne n'avait songé à cette issue pour échapper à la mêlée. Bull's Eye bifurqua vers le sud au pas de course.

« L'école c'est dans l'autre direction.

– C'est ça ! » répliqua-t-il, sans ralentir.

Une puanteur suffocante recouvrit soudain l'odeur du restaurant. « Dieu », croassa Bull's Eye. « C'est du gaz. Vite, par ici ou nous sommes cuits. »

Des gens firent irruption dans la ruelle en se couvrant le visage, ils venaient de la direction du fleuve. Ce qui suivit fut le spectacle d'une panique aveugle, et une sensation familière : essayer de respirer de l'eau salée. Comme plonger dans la grotte, retenir sa respiration le plus longtemps possible. Chaque bouffée d'air était comme du poison. Les gens trébuchaient sur des monceaux d'ordures et des monceaux de corps. Un jeune vendeur de journaux recroquevillé comme un fœtus sur son gros tas de papiers, la pile entière soudain périmée.

« Allons », s'impatienta Bull's Eye, « il n'est pas mort. Le gaz ne tue pas. »

Bull's Eye avait le visage violet comme du foie, ses yeux pleuraient et ses joues ruisselaient de larmes, mais il continuait à marcher à une cadence qui n'était pas facile à suivre. Une ambulance pénétra dans l'allée et les gens la prirent d'assaut. Entre deux bâtiments, un tableau de l'émeute apparut : un fantassin tirant de sa ceinture une bouteille bleue, la débouchant, et la projetant dans la fumée.

29 juillet

Tout est dans les journaux aujourd'hui. Bull's Eye lisait assis sur son lit, sans un mot, puis faisait passer les journaux quand il en avait fini avec chaque page.

L'hôpital Gallinger plein à craquer de blessés. Tous les manifestants qui ont réussi à atteindre le pont de la Onzième Rue ont rejoint les autres au campement au bord du fleuve. Mr. Hoover a envoyé des ordres pour que les troupes s'arrêtent au pont, mais MacArthur « n'allait pas s'embêter avec de nouvelles consignes », et il a donc fait monter des mitrailleuses sur le pont et une colonne de fantassins a traversé le Potomac pour pénétrer dans le camp. Ils ont jeté des torches enflammées sur les maisons de toile et de carton. Exactement comme Cortés l'avait dit : Très peiné de brûler les gens, mais puisque c'était encore plus triste pour eux, il s'était résolu à le faire.

Ça faisait honte de lire ces journaux, de ressentir ce besoin de connaître chaque détail du terrible massacre. Comment l'artillerie avait quadrillé le camp sur la berge du fleuve, détruisant la jungle des hobos, cageots de fruits, poulaillers, cabanes en toile goudronnée et tentes couleur de terre. Que Dieu bénisse notre pays. Les familles avaient dû s'agenouiller là-bas, et prier pour que se produise le miracle qu'un Dieu avaricieux leur gardait peut-être en réserve.

Les familles avaient fait des plantations dans le camp. Tous les samedis pendant l'été, Bull's Eye les avait montrées du doigt – comme nous avions applaudi aux pauvres rangées de maïs qui sortaient de terre au bord du Potomac. Ils avaient donné au camp des airs de Mexique. Un vrai village, où les gens pourraient vivre et mourir. Des enfants affamés attendaient ces épis presque mûrs – après des mois de porridge, de maïs rôti dans les braises. Penser que les chevaux de MacArthur les avaient piétinés exprès : cette petite partie de l'histoire, va savoir pourquoi, faisait monter les larmes aux yeux.

Bull's Eye n'est pas venu se coucher après l'extinction des feux. Il s'est retrouvé dans l'infirmerie, recroquevillé au bord d'un lit, à fumer. Avec de nouveaux journaux.

« Regarde-moi ça. » Il le jeta.

La peine encourue si l'on est surpris à rôder après l'extinction des feux est sévère, mais l'infirmerie était déserte. Édition spéciale : Après le coucher du soleil hier, les flammes dans le campement d'Anacostia sont montées à cinquante pieds dans les airs et se sont étendues aux bois alentour. Il a fallu pas moins de six escouades de pompiers pour défendre les propriétés voisines. Le Président, depuis les fenêtres de la Maison Blanche, a observé une lueur inhabituelle au levant, et concédé que MacArthur avait eu raison de procéder à l'évacuation. Il est d'avis que la Bonus Army est un ramassis de communistes et de personnes avec des casiers judiciaires.

L'éditorialiste s'est félicité de ce que MacArthur ait épargné le Trésor public. La nation est saignée à blanc par ces gens qui sont une offense à la dignité humaine.

« Pourquoi les journaux diraient-ils que ce sont des criminels ?

– On les a traités comme des criminels », répondit Bull's Eye. « Et donc les gens ont envie de le penser. Les journaux disent ce qu'ils veulent. »

Il était inutile d'en lire davantage, mais difficile de s'arrêter. L'Édition spéciale montrait des photos. La rubrique mondaine. Pendant que les soldats inondaient les cabanes d'essence, les gens de la haute sillonnaient le fleuve dans leurs yachts, regardant MacArthur épargner le Trésor public. L'état d'une certaine Mrs. Harcourt, après qu'elle avait vu une baïonnette transpercer le bassin d'un petit garçon, nécessita l'intervention d'un médecin. Le sénateur Hiram Bingham, du Connecticut, fut sévèrement bousculé dans la rue en face de l'entrepôt alors qu'il tentait de quitter son bureau. Ses blessures n'ont pas mis sa vie en danger, mais lui ont valu plus de place dans les journaux que tous les autres réunis, y compris une femme du camp d'Anacostia qui perdit la vue quand de l'essence enflammée lui fut jetée à la figure, et les vétérans de l'Argonne abattus dans leur propre pays. Une douzaine de gosses ont eu les membres fracassés ou le crâne brisé. Deux nourrissons sont morts en inhalant du gaz.

« Tu crois que l'un des deux pouvait être le bébé de Nick ? »

Bull's Eye n'a pas tourné la tête. « Pour l'amour du ciel », dit-il. « Une bombe de gaz coûte plus cher que cent miches de pain. »

NOTE DE L'ARCHIVISTE

Le journal qui fait suite à celui-ci n'apparaîtra pas au lecteur, car il a été détruit en 1947. Cette note constitue une intrusion et j'en demande pardon. Le carnet a été brûlé dans un seau à goudron en métal, dehors, un soir de septembre, alors qu'il commençait à pleuvoir. Mr. Shepherd observait la scène depuis une fenêtre à l'étage. La personne qui a brûlé le carnet était moi.

C'était un carnet peu épais à feuilles lignées et reliure en toile, marqué du tampon « Potomac Academy », le genre de chose que l'on distribuait là-bas aux garçons, probablement en grand nombre. Mais ce carnet-là en particulier, il l'avait utilisé comme journal, en 1933. Je n'ai pas qualité pour donner une opinion sur le fait que ce carnet a été brûlé. Je suis dactylographe. Mais il a fait clairement savoir qu'il ne voulait pas que ce petit carnet vienne à la connaissance du public. Pas plus que tout autre de ses écrits personnels, à dire vrai. Il répugnait à se faire connaître. Même quand on s'est grandement mépris sur son compte. Il se plaisait à dire, *Dios habla por el que calla*, Dieu parle pour celui qui se tait. Si c'était ce qu'il croyait, après tout ce qui est arrivé, je ne suis pas sûre d'en comprendre la raison.

Par conséquent, si regrets il y a concernant le carnet manquant, « Potomac Academy » 1933, ce ne sont certainement pas les siens. De toute évidence, le carnet était pour lui cause de tracas et il avait pris la décision de le détruire.

Plus tard, il porterait le même regard sur tout le reste de ses journaux. Mais c'est celui-là qu'il retira en premier de la multitude de carnets et de pages qu'il gardait dans des porte-documents en cuir sur une étagère de son bureau. Je ne tenterai pas d'expliquer pourquoi un homme écrirait des pages qu'il est dans son intention de ne montrer à personne, à plus forte raison pourquoi il prendrait la peine de les ranger soigneusement dans des chemises. Le seul endroit où il laissa ses mots à la vue de tous, ce sont les livres publiés dont le dos porte son nom. Harrison Shepherd. Vous allez peut-être penser, alors que vous fermerez un de ces livres, qu'il est de vos amis. Nombreux sont ceux qui l'ont fait. Il n'a pourtant jamais laissé figurer sur la jaquette une photographie de lui de nature à encourager ce genre de sentiment. Même s'il était un bel homme, d'un mètre quatre-vingt-douze, d'apparence soignée, aux cheveux bruns et aux traits romains. Il n'avait pas de difformité physique, comme on l'a dit. Seule sa taille était inhabituelle.

Mais vous n'aurez peut-être jamais entendu parler de lui, et n'aurez pas non plus idée des raisons pour lesquelles il devrait en être autrement. Jusqu'à ce que vous lisiez tout ce qui suit.

Le carnet brûlé, donc. Ici en Amérique, ceux qui étudient les documents anciens possèdent un mot pour désigner cette chose précise, une partie manquante. *Lacuna*, c'est ainsi qu'on la nomme. Le trou dans l'histoire, et celui dont il est question est toujours manquant, je sais qu'il a disparu et ne réapparaîtra pas plus tard dans une malle, comme cela a été finalement le cas pour le premier carnet relié en cuir. Le livre brûlé de la Potomac Academy décrivait probablement ses amitiés et cetera jusqu'au moment où il a quitté l'école en 1934, alors qu'il n'était qu'à mi-chemin dans sa dernière année. Je ne l'ai pas lu, avant de le livrer aux flammes, je ne dissimule aucun scandale. Mr. Shepherd a confié avoir fait de son éducation un désastre, mais n'en a pas dit bien davantage. Il est alors reparti au Mexique vivre avec sa mère, qui avait mis un terme à sa liaison avec l'Américain et trouvé un emploi de couturière dans un magasin de mode à Coyoacán. Mr. Shepherd et sa mère accumulèrent les sujets de discorde. Il fut à nouveau engagé par le peintre, comme gâcheur pour commencer. Dès la fin de l'année 1935, il était payé en tant que membre du personnel de la maison.

Certains écrits de l'époque de la Potomac Academy ont tout de même survécu, des liasses de pages tapées à la machine décrivant des scènes de bataille et des dialogues qu'il utilisa plus tard dans son roman *Les Vassaux de sa Majesté* (1945) Mais, en ce qui concerne le journal, sa volonté expresse était de le voir disparaître de cette terre. Avec le temps, de vive voix et en pleine conscience, il formula ce même vœu à l'égard des autres journaux également : tous ceux aujourd'hui rassemblés en un volume.

Je n'ai pas exprimé cela clairement au début. Je le fais maintenant. Si vous êtes dans l'opinion d'honorer les volontés d'un homme aujourd'hui disparu, toujours et sans condition, soyez à présent loyalement avertis. Si vous jugez que c'est la meilleure chose à faire ou la plus charitable, alors posez ces pages et ne lisez pas plus avant.

V.B.

TROISIÈME PARTIE

San Angel et Coyoacán, 1935-1941

(VB)

Instructions pour faire des empanadas dulces

Elles peuvent être triangulaires, ou enroulées comme des escargots avec la garniture à l'intérieur. La pâte est la même, dans les deux cas : farine blanche avec du saindoux et une pincée de sel. Battez des jaunes d'œufs dans un peu d'eau froide (tous les œufs qu'Olunda n'aura pas utilisés), puis incorporez le lac liquide dans le volcan de farine. Exactement pareil que mélanger du plâtre.

Étalez la pâte au rouleau pour en faire un rectangle aussi large que le plan de travail, tellement petit que pour peu qu'il y ait deux fourmis dans le sucre, il ne reste plus de place pour personne dans cette cuisine. Ensuite, avec une machette propre découpez la pâte en carrés, comme des petits mouchoirs. Mettez une cuillerée de garniture sur chaque carré et pliez-les en diagonale pour former un triangle. Le carré de l'*hipotenusa* peut aller se faire voir. La garniture peut être de la crème anglaise ou de l'ananas. Pour la crème anglaise, faites chauffer un litre de lait avec du sucre et des morceaux de cannelle. Battez sept jaunes d'œufs avec de la fécule de maïs et versez le tout en mince filet dans le lait bouillant. Remuez jusqu'à ce que votre bras vous lâche. La *lechecilla* doit être jaune et très épaisse.

Pour la garniture d'ananas, faites cuire les fruits avec du sirop de sucre roux et de l'anis étoilé.

L'autre façon de faire est d'étaler la garniture sur la totalité du rectangle de pâte et la rouler pour en faire une bûche, puis découper des morceaux ronds, chacun comme un escargot. Dans ce cas, utilisez la garniture d'ananas. La crème anglaise va faire un sacré bazar.

Mettez votre pâtisserie au four, si vous vivez dans une maison normale. Si vous vivez dans une maison ultra-moderne imaginée par un idiot, allez à l'Auberge San Angel à côté. Une des cuisinières, Montserrat, vous attendra à la porte de service et prendra vos plats pour les mettre au four dans la cuisine. Elle enverra une des filles de l'hôtel vous prévenir quand ils seront prêts.

Voilà les instructions. Si votre patron a un appétit d'éléphant et une cuisine de la taille d'un insecte, c'est la seule façon de garder votre boulot. Procédez exactement de cette façon, parce qu'il a dit : « Note bien cette recette, *mi'jo*, au cas où tu me quitterais comme elle. Tu es la seule personne qui sache cuisiner comme ma femme. »

Ce qu'il ignore, c'est que c'étaient les domestiques qui faisaient la cuisine, pas elle, dès le départ, à l'époque où ils vivaient encore chez ses parents à elle. Quand ils se sont installés ici, elle faisait venir en cachette la plupart des repas de l'Auberge San Angel, juste à côté.

Candelaria, c'est l'ange à la cage à oiseaux, aperçue il y a des années au marché Melchor, trottinant derrière sa maîtresse. Il a fallu plusieurs jours pour avoir la certitude que c'était la même servante. Ce n'est pas un visage qu'on oublie. Peau lisse, allure de jeune villageoise, cheveux qui tombent jusqu'aux genoux. Olunda l'oblige à relever ses tresses en boucles, par sécurité et par hygiène. Sa maîtresse la Reine aztèque est partie. Mais Candelaria reste.

Se peut-il qu'il existe dans tout le Mexique une maison aussi laide ? *Funcionalismo*, une construction aussi laide qu'une haie de fumier. Sauf que la haie ici est ce qu'il y a de plus beau : une rangée de cactus chandeliers entoure la cour, plantés si serré qu'on ne voit au travers que des fentes de lumière. Du premier étage, par-dessus la haie, on aperçoit l'auberge de l'autre côté de la rue, et un champ où paît du bétail. San Angel n'est qu'à deux arrêts de bus de la périphérie de la ville, et à un seul de Coyoacán, et pourtant un paysan y travaille son champ avec une houe à lame de fer qu'on croirait avoir été forgée pendant le règne de Moteczuma. Quand il s'arrête pour se reposer et lève les yeux, ce pauvre homme n'a rien d'autre à voir que cet assemblage insensé de verre et de ciment peint qui ressemble à une erreur. Comme si le bébé d'un géant avait été en train de jouer avec des cubes quand sa mère l'avait appelé, et qu'il était parti en laissant ses jouets traîner dans la Calle Altavista.

Deux cubes : le grand rose et le petit bleu, séparés, chacun avec ses pièces empilées les unes sur les autres, vissées ensemble par un escalier de ciment en colimaçon. Le gros cube rose est le domaine du Peintre, et son atelier au deuxième étage n'est pas si mal. La fenêtre, grande comme un lac, un mur entier en verre qui surplombe les arbres du voisin. Les lattes du plancher sont jaunes, comme le soleil en plein visage. Cette pièce, on a l'impression qu'on pourrait y être heureux. Tout le reste, autant être enfermé dans une caisse.

Le petit cube bleu, c'est pour la petite femme. Les domestiques n'ont le droit de monter l'escalier que jusqu'à la cuisine (qui ne vaut pas le déplacement). Ses pièces au-dessus sont scellées comme une crypte depuis que la Reine est partie. Bon débarras, dit Olunda. « Aucune chance qu'elle revienne, je te le promets. Je mangerai un chien vivant si un jour elle rapplique. Après avoir surpris le Patron pantalon baissé comme d'habitude mais, cette fois-ci, en train de sauter sa propre sœur ! »

Quel couple étrange. Pourquoi mari et femme vivraient-ils chacun dans sa maison ? Avec juste un petit pont entre eux, des tuyaux rouges en guise de rampes pour relier un toit à l'autre. On le voit depuis l'auberge de l'autre côté de la rue. *Tonteria* de fonctionnaliste. C'est lui qui mange, mais la cuisine est de son côté à elle. Quand on réussit à préparer un plat, il faut le descendre par l'escalier, qui ressemble à l'intérieur d'une oreille, se retrouver dehors aveuglé de soleil, puis traverser la cour de graviers et remonter dans l'autre oreille de ciment jusqu'à l'atelier où le Patron est là, pantalon ceinturé au sommet de son énorme ventre rebondi, planté à attendre qu'on le nourrisse.

Et maintenant, il dit qu'elle va revenir et il veut qu'on lui prépare des *empanadas*, des *budines* et des *enchiladas tapatías* pour l'accueillir. Il n'a jamais mis ses deux pieds de géant dans cette cuisine minuscule, sinon il saurait ; autant essayer de faire des enchiladas dans des gousses de cacahuète. Mélanger du plâtre, c'était plus facile. Mais vivre avec Mère non. Il aura donc ses enchiladas.

30 novembre

Chiens vivants, gare à Olunda ! La Maîtresse a fini par revenir. De retour avec ses meubles et ses étranges collections entassées dans les pièces au-dessus de la cuisine. Monter son lit dans l'escalier et le faire passer par les étroits encadrements de porte en ciment sans passer à travers les murs en pavés de verre, une opération chirurgicale. Candelaria et Olunda sont montées donner un coup de main, et elles sont revenues les cheveux dressés sur la tête. Elle a un singe comme animal de compagnie, elles le jurent. Il se cache et vous saute sur le dos quand vous entrez dans l'atelier avec un plateau de nourriture. Olunda a dû sortir son lit du petit salon en dessous de la cuisine parce que la maîtresse veut cet espace pour en faire une salle à manger. Olunda préférerait dormir dans le placard de la buanderie de toute façon. Le singe, ça n'est pas le pire. La petite Reine a un sacré caractère ! Comme celui de Mère.

Le logement des gens de maison ici, dehors dans la cour, est probablement l'endroit le plus sûr, même avec César le Flatulent pour camarade de chambre. Il dit que cette petite bâtisse en forme de cube n'était pas destinée à loger les domestiques : ils l'ont placée dans le coin de la cour pour y ranger la voiture, mais le Peintre a décidé que la voiture résiderait dans la rue Altavista, pour faire une place ici à son chauffeur. Il dit que l'architecte n'a pas prévu de logement pour le chauffeur ou les gens de maison parce que c'était un communiste, comme le Peintre. Olunda est d'accord. Ils disaient que ce devait être une maison révolutionnaire, pas de lutte des classes, pas de chambres de domestiques, parce qu'ils étaient contre les blanchisseuses et les cuisiniers.

Personne n'est pour, quand on y réfléchit. Pourquoi le serait-on ? On veut juste avoir des vêtements propres, des planchers propres et des *enchiladas tapatías*.

4 décembre 1935. La Reine ouvre les yeux.

Elle était sur son trône, le fauteuil qui se trouve à la tête de la table de salle à manger en bois d'acajou. C'est un miracle qu'elle ait casé les meubles de ses parents dans cette pièce, y compris un buffet à vaisselle. Les vieux fauteuils sculptés sont tellement énormes qu'elle a l'air d'une enfant, avec ses pieds qui se balancent sous ses jupes à volants sans même toucher le sol. Elle était d'une humeur massacrante, enveloppée dans un châle rouge, à éternuer et à noircir du papier, griffonnant des noms dans le registre où elle a l'intention de mieux suivre les dépenses et les ventes des tableaux de son mari. Une chose de plus pour laquelle elle a pris le relais d'Olunda, depuis qu'elle a repris possession des lieux. Tous les noms vont dans le livre maintenant, y compris le nouveau garçon de cuisine, et ce qu'on lui paie.

« *Xarrizzon Chepxairt* ! » Elle a porté la main à sa gorge en prononçant le nom, comme si elle avait avalé un os de poulet. « C'est vraiment comme ça que les gens t'appellent ?

– Pas beaucoup de gens, Señora. Ça sonne mieux en anglais.

– Je le disais en anglais !
– Pardon, Señora. »

18 décembre. Deuxième audience avec la Reine.

Elle est toujours au lit, malade. Olunda dit qu'elle a vingt-cinq ans avec les maux d'une personne de quatre-vingt-dix ans. Reins et jambe en ce moment. Ce qui ne l'empêchait pas d'être calée dans ses oreillers et vêtue comme une mariée indienne : corsage à volants, rouge à lèvres, boucles d'oreilles, au moins une bague à chaque doigt, couronne de rubans tressés autour de sa tête. Mais l'air à moitié morte malgré tout, le regard fixé sur les petites fenêtres en haut du mur. Sa chambre ressemble à une boîte en ciment, à peine plus grande que le lit.

« Señora, désolé de déranger. Olunda m'envoie chercher les assiettes du déjeuner.

– Pas étonnant qu'elle ne veuille pas venir les chercher elle-même, elle a honte de ce *jocoque.* » Elle leva les yeux. « Olunda la Rotunda. On l'appelle toujours comme ça ?

– Pas si on est encore vivant, Señora.

– Comment peut-elle devenir si grosse quand c'est elle qui fait la cuisine ? Regardez-moi, je disparais.

– Du pain frit avec du sirop, voilà son secret. »

Elle fronça les sourcils d'un air intrigué. « Et toi, petit maigrichon. Comment tu t'appelles ?

– Mon nom ne vous a pas beaucoup plu la première fois. Quand vous l'avez noté dans le registre.

– Ah merde, c'est vrai, c'est donc toi. L'imprononçable. » Elle a semblé se réveiller, et s'est redressée. Quand elle vous regarde, ses yeux sont comme des braises dans l'âtre de ces terribles sourcils. « Comment t'appelle Diego ?

– *Muchacho, gâche-moi encore un peu de plâtre ! Muchacho, apporte-moi mon déjeuner !* »

Elle a ri. C'était une bonne imitation : tout est dans ses yeux, la façon qu'il a de les ouvrir grand et de se pencher en avant quand il braille.

« Donc tu fais du plâtre pour le déjeuner de Diego ?

– Jamais, Señora. Ma parole d'honneur. Il m'a engagé d'abord comme plâtrier, et il y a quelques mois il m'a pris ici, pour travailler dans la cuisine.

– Pourquoi ? » Elle a penché la tête de côté, comme une belle poupée calée dans les oreillers. Une parmi tant d'autres, en fait. L'étagère derrière son lit était remplie de poupées en porcelaine et en chiffons. Toutes, comme elle, semblaient prêtes à partir à une soirée qui promettait d'être animée.

« Il aime mes *pan dulce* et mes blandas, Señora. Je fais bien la pâte souple, en général. Dans l'équipe des plâtriers on m'appelait P'tit Pain.

– Tu arrives à faire des *blandas* dans cette maison ? Dans cette petite cuisine ridicule avec le *fuego electrico* ? Tu dois être le Fils de Dieu. Dis à Olunda de te confier la charge de *tout*.

– Elle ne le prendrait pas bien.

– Que penses-tu de cette cuisine ? »

Un silence, le temps de trouver la bonne réponse. C'est un fait bien connu que le Peintre aime cette maison ; une mauvaise réponse dans cet interrogatoire pourrait être fatal. L'impression de se retrouver à l'académie, mais avec une autre catégorie d'officier.

« Tout le monde dit que c'est une maison remarquable, Señora.

– Ils vous diront tous que la merde de cheval sent comme les fleurs », déclara-t-elle, « s'ils veulent avoir la cote avec le cul du cheval.

– Et votre opinion, Señora, si je peux me permettre ? »

Elle a jeté un œil sévère au mur blanc, à la fenêtre enchâssée de métal. « Bauhaus », a-t-elle fait, comme un chien qui aboie deux fois. « C'est une monstruosité, n'est-ce pas ? Comment fais-tu pour rentrer dans cette cuisine ?

– Comme vous pour rentrer dans vos toilettes. C'est la même pièce, directement en dessous.

– Mais tu fais deux fois ma taille !

– Debout au centre de la cuisine, on peut toucher les quatre murs en même temps, exactement.

– C'est ce *pendejo* Juan O'Gorman qui exhibe son cul de moderniste. Je ne sais pas à quoi ils pensaient, lui et Diego, on dirait un hôpital. » Elle a fait un geste du revers de sa main pleine de bagues. « Et l'escalier ! Pour monter jusqu'à ce pont ridicule et aller voir Diego, je dois sortir par la fenêtre et escalader des petites marches sur le côté de la maison, comme une acrobate. Quelle merde. Il n'en vaut même pas la peine, il y a de quoi se tuer, *chulito*. Comment tu t'appelles ? Redis-le-moi, je promets que j'essaierai de m'en souvenir.

– Harrison. Shepherd.

– Seigneur, je ne vais pas t'appeler comme ça. Diego, il t'appelle comment, déjà ?

– P'tit Pain.

– Ils ne sont vraiment pas gentils avec les petits plâtriers dans cette équipe. Comme tu le sais. Mais sérieusement, XARrizZON ! On dirait qu'on s'étrangle. D'où il sort ce nom ?

– C'était un président, Señora.

– De quoi ? Un endroit où on manque d'oxygène ?

– Des États-Unis.

– C'est bien ce que je disais. »

Un pays de plus à mettre au rang des accusés. Le pays de la mère, le pays du père, on n'en a que deux. Se taire, et empiler les assiettes sur le plateau. Dans deux minutes César et Olunda se disputeraient tous les restes.

« Tu viens de Gringolandia, alors », a-t-elle insisté.

« J'y suis né, oui, Señora. À moitié américain du côté de mon père. Ma mère m'a envoyé là-bas faire mes études, mais ça n'a pas marché.

– Et pourquoi ça ? »

L'examen touchant à sa fin, dernière petite tentative de rédemption. « L'école m'a viré.

– *Vraiment.* »

L'inspiration était la bonne : même les rubans dans ses cheveux retombaient en boucles pour en savoir plus. Toutes les poupées faisaient des yeux ronds. « Viré pour quoi, *chulito* ?

– Un scandale.

– À propos de quoi ?

– Un autre élève.

– Un autre élève *et puis* ? » Ses cheveux se dressaient pratiquement sur sa tête.

« *Conducta insólita.* Conduite irrégulière. Señora, je ne peux en dire davantage. Vous seriez obligée de me mettre à la rue si vous connaissiez le reste. »

Elle a croisé les bras et a souri. « Voilà comment je vais t'appeler : Insólito. »

Reçu à l'examen, avec mention spéciale. Le prix : une alliée possible dans cette maison impossible.

5 janvier 1936

Après des semaines passées au lit à vivre d'air et de bananes roses, la Reine s'est levée. Elle a descendu l'escalier, toute rubans et volants comme un jour des Morts à Oaxaca, pour reconquérir sa place légitime dans cette maison, et terroriser les domestiques. Elle a annoncé que cent personnes viendraient pour la fête des Rois demain. Plus tard elle a dit : « En fait, il n'y en a que seize qui viendront, mais cuisinez pour cent au cas où. » Chalupas, flautas, tacos, *gaznates* et macarons. La salle à manger est le seul endroit où Candelaria et Olunda peuvent couper des légumes sans se crever les yeux avec leurs couteaux. Et la *rosca* : la Maîtresse s'est mise à crier quand elle y a pensé, *dis à César d'aller chercher la voiture et de te conduire en ville pour trouver une rosca, il n'y en aura plus une seule dans les boulangeries de San Angel à l'heure qu'il est.*

Mais Candelaria lui a dit qu'on en avait déjà une : « Ce garçon sait les faire. »

Señora a ouvert grand la bouche, comme si un poisson en tablier avait débarqué dans sa maison. « Insólito. Je l'avais bien dit. Tu es vraiment un drôle de phénomène. Un garçon qui sait faire la *rosca*.

– Phénomène, monte me chercher une jatte », a commandé Olunda en roulant des yeux. Faire une *rosca*, elle était contre dès le départ. (Trop compliqué. Trop à l'étroit.) En plus, il n'y avait pas de Pilzintecutli à cacher dans le gâteau. Quand Candelaria a récupéré le sujet en porcelaine au fond d'un coffre de rangement, Olunda est sortie furieuse. Voilà que l'Enfant Jésus en personne se mettait à la contredire.

Nouvelle année dans une maison sens dessus dessous. Des banderas en papier multicolore flottent aux fenêtres Bauhaus, la maison a un air emprunté, comme une pauvre fille trop maquillée. Sur les têtes des idoles aztèques de son mari, la maîtresse pose des œillets rouges, les transformant en autels, et elle met la table comme un prêtre préparant le tabernacle : nappe blanche en dentelle de Aguascalientes tirée du placard et révérencieusement dépliée, assiettes bleues ou jaunes, chacune bénie par ses doigts, puis l'argenterie de la grand-mère Kahlo. Pour finir, un tas de fleurs et fruits au centre de la table, telle une sculpture : grenades, bananes, *pitahaya*, choisis chacun pour sa forme et sa couleur. Elle mettait la dernière main à sa composition ce matin, quand le singe a fait irruption dans la pièce et a subtilisé les bananes. La Maîtresse, petite comme elle est, s'est mise à beugler, et l'a chassé dans la cour avec la branche de mimosa destinée à constituer le chemin de table : *Sale gosse !*

Le diagnostic d'Olunda est que cet enfant poilu est ce que la Señora peut espérer de mieux. Enceinte deux fois seulement en six ans de mariage, et les deux fois le bébé est sorti dans une mare de sang, le premier dans un hôpital gringo, l'autre ici. On dit que c'est un accident de tramway, il y a des années, qui lui a ruiné son ventre de femme, « trop horrible pour en parler », même si Olunda et Candelaria ne se gênent pas pour le faire. À les croire, ces deux dernières années elle a eu deux fausses couches, quatre opérations, trente visites du médecin et, quand son mari l'a trahie, une crise colossale : elle a cassé une grande partie de la porcelaine de *talavera* avant de s'en aller. Il lui a fallu toute l'année dernière pour lui pardonner. « Et ça, c'est juste l'histoire avec sa sœur Cristina, sans compter les femmes extérieures à la famille. Eh, comment tu te débrouilles pour faire briller la pâte comme ça ?

– Tu la frottes avec du beurre tiédi et ensuite un blanc d'œuf.

– Mmm. » Olunda a croisé les bras sur la montagne de ses seins.

« Où habitait la Señora ? Avant de se réinstaller ici ?

– Un appartement sur Insurgentes. Candelaria devait y aller pour faire le ménage de temps en temps. Donne-moi ces figues séchées, *mi'ja*. Raconte-lui un peu le bazar que c'était, Candi, c'était encore plus dur de faire le ménage là-bas qu'ici.

– C'était à cause des peintures », a expliqué Candelaria.

« Il peignait, dans son appartement à elle ?

– Non, c'est elle qui peignait.

– La Maîtresse Rivera est peintre elle aussi ?

– Si tant est que ça mérite ce nom-là. » Olunda, qui hachait des blancs de poulet pour les chalupas, grognait tout en travaillant, réglant un vieux compte avec les poules.

Candelaria a raconté qu'un jour elle était arrivée à l'appartement de la Señora, et elle avait trouvé une feuille de métal couverte de sang. « Je croyais qu'elle s'était coupée avec, en l'installant sur le chevalet, ou alors qu'elle avait tué quelqu'un. Probablement son mari, étant donné la situation. Mais la Maîtresse s'est assise avec ses pigments rouges, et tout en sifflotant, elle a gaiement remis du sang sur son tableau.

– Assez de bavardages », a dit Olunda, manifestement jalouse de n'avoir pas assisté à ce spectacle elle-même. « Candi, tu vas me peler toutes les tomates qui sont dans ce seau, et toi, Phénomène, je veux te voir hacher des oignons jusqu'à ce que les larmes te sortent par le trou du cul. »

2 février

Huit sortes différentes de tamales pour la fête de la Chandeleur. Même César a été réquisitionné. Toute la journée il a menacé de partir, il est « chauffeur, pas le péon de ces dames. » Il est en colère depuis octobre, obligé de partager sa chambre avec le Phénomène, et maintenant voilà qu'il lui faut porter un tablier, la fin du monde c'est sûrement pour bientôt. Le Peintre dit qu'il est désolé, mais c'est comme ça, c'est Frida qui dirige cette maison. « Et en plus, vieux camarade, tu commences à être trop vieux pour conduire, alors autant t'habituer à faire le péon. » C'est vrai, hier César s'est perdu trois fois en allant chez le pharmacien. La Maîtresse l'appelle général Tourneboule.

Plus encore que les tabliers, il déteste ce journal. Il dit que c'est de « l'espionnage ». Il est intraitable : le soir, crayon et papier, pas question, on éteint. Mais habituellement, le temps qu'on ait récuré, nettoyé et rangé toute la vaisselle de la maison, il ronfle déjà comme une baleine. L'espion peut faire son travail, à moins que la baleine ne sorte brusquement de sa stupeur. On se croirait revenu à la *casa chica* avec Mère, *éteins-moi cette putain de bougie avant qu'on se retrouve tous brûlés vifs*.

19 février

Candelaria ne se rappelle plus le jour où elle déambulait dans le marché Melchor avec la cage à perroquet sur le dos. Elle dit qu'elle venait sans doute d'arriver du village, le Peintre et la Maîtresse étaient jeunes mariés quand ils l'ont prise à leur service, ils habitaient à la maison de la rue Allende avec les parents de la Señora. Candelaria ne se souvient pas des perroquets, ni pourquoi on les avait achetés, ni depuis combien de temps le couple vivait dans cette maison avec la cour fantastique, avant de construire celle-ci. Incapable de dire si elle se trouvait mieux là-bas. On dirait qu'elle oublie presque tout. Le secret pour survivre aux orages de la maison Rivera.

2 mars

La Señora peint un tableau dans le petit atelier à côté de sa chambre. Ce n'est pas vraiment la catastrophe, elle met un drap sous sa chaise. À la fin de la journée, on dirait qu'il est tombé une pluie bleu, rouge et jaune. Elle nettoie ses propres pinceaux et ses couteaux, cent fois plus soigneuse que le Peintre qui jette tout par terre et sort en faisant claquer ses bottes de cowboy. Mais Candelaria et Olunda refusent de lui monter son repas, elles disent qu'elle a encore plus mauvais caractère quand elle peint. Elle ne dit jamais *gracias* parce que la vie est une question de survie, pas de grâce, et les domestiques sont payés pour apporter ce qu'on leur demande. Aujourd'hui elle a exigé des piments farcis, du pigment bleu et, étonnamment, des conseils.

« Le tableau est réussi jusqu'ici, Señora. » Quand les gens vous demandent un conseil, c'est ce qu'ils attendent. « Ça avance bien, en plus. D'ici la fin du mois, nous le verrons fini.

– Nous ? » Elle a eu un bref sourire féroce, tel un chat qui crache à un autre chat. « Comme le dit la mouche installée sur l'échine du bœuf, "Nous labourons le champ !"

– Désolé.

– Pas grave, Insólito. Si quelqu'un dit qu'il est moche, je dirai que c'est "nous" qui l'avons peint. »

Dans le tableau il y a des gens qui flottent dans l'air, reliés par des rubans. Elle a demandé : « Tu aimes l'art ? Je veux dire, tu le comprends ?

– Pas vraiment. Les mots, oui. Ça me plaît. Les poèmes, ce genre de chose.

– Qu'est-ce que tu as étudié à l'école ?

– Des choses affreuses, Señora. Les manœuvres et la psychomotricité. C'était une école militaire.

– *Dios mio*, pauvre petit chien. Mais ils n'ont pas réussi à te dresser, quand même ? J'ai remarqué qu'il t'arrive de mettre le Patron en boîte.

– Pardon, Señora ?

– Je t'ai vu lire le journal aux filles, en bas dans la salle à manger. Changer les titres pour les faire rire. Tes petites insurrections. » Le regard posé sur le tableau, elle parlait sans se retourner. Ça sentait le roussi.

« C'est juste pour passer le temps, Señora. Ça ne nous empêche pas de faire notre travail.

– T'en fais pas. Je suis révolutionnaire. Les insurrections, je n'ai rien contre. Où est-ce qu'ils t'ont envoyé à l'école : Chicago, un truc comme ça ? Un de ces endroits où on gèle ?

– Washington D.C.

– Ah ! Trône du royaume de Gringolandia.

– C'est à peu près ça. Les champs de maïs à côté du trône. L'école était au milieu des fermes et des terrains de polo.

– Polo ? C'est une sorte de plante ?

– Un jeu. Les riches jouent au base-ball sur des poneys. »

Elle a posé son pinceau et s'est retournée. « Les gens sont fous. Les riches aux États-Unis ne sont même pas capables de dépenser leur argent correctement. » Elle a alors baissé les yeux vers ses assiettes, inspectant les *rellenos*. « Ils font des fêtes à tout casser et se fichent pas mal de ceux qui sont dehors dans la rue et qui n'ont rien à se mettre sous la dent. Et au repas ils vous servent des petites parts ridicules ! Et ils vivent dans des maisons empilées les unes sur les autres comme des cages à poules. Les femmes, on dirait des navets. Quand elles s'habillent, elles ressemblent à des navets en robe.

– Vous avez raison, Señora. C'est mieux, le Mexique.

– Oh, le Mexique aussi part en brioche. Les Gringos le bouffent un peu plus chaque jour, ils remplacent la beauté de nos campos et de nos Indios par les dernières horreurs à la mode. Ils vont sans doute virer nos maguey pour faire des champs de poney-*beisbol*. On n'y peut rien, j'imagine. Le gros poisson mange toujours le petit.

– Oui, Señora.

– Petit chien, arrête avec tes "*si Señora*". J'en ai assez.

– Désolé. Mais c'est vrai, ce que vous avez dit. Ma mère est mexicaine, et elle a passé sa vie à essayer de s'habiller comme une Américaine et à rêver d'épouser des Américains. »

Le sourcil s'est dressé. « Il y en a eu *beaucoup* ?

– Eh bien, un à la fois. Et en vérité elle n'a réussi qu'une fois, avec mon père. Les autres poissons sont passés entre les mailles du filet. »

Elle s'est mise à rire, secouant sa tête pleine de rubans comme un drapeau au vent. Impensable de la transformer un jour en navet. « Insólito, tu devrais mettre les gens en boîte plus souvent.

– Olunda me tient la bride très courte, Señora.

– Il faut que tu arrêtes de m'appeler Señora. Quel âge as-tu ?

– Vingt ans cet été.

– Tu vois, j'ai pratiquement le même âge que toi, vingt-cinq ans. C'est Frida, voilà tout. César m'appelle comme ça, donc tu peux faire pareil, ce n'est pas un crime d'État.

– César pourrait être votre grand-père. »

Elle a incliné la tête. « Tu n'as pas peur de moi, si ? Timide seulement, pas vrai ?

– Peut-être.

– Tu n'as pas le sang assez chaud, voilà le problème. Tu n'es pas complètement mexicain, et pas non plus américain cent pour cent. Tu es comme cette maison, Insólito. Une double personne faite avec deux cubes différents.

– C'est peut-être vrai, Señora, Frida.

– Dans la maison de ta mère, le goût de la beauté et de la poésie. Des passions secrètes, je suis sûre. Et côté gringo, une tête qui passe son temps à penser et à survivre.

– C'est peut-être vrai. Sauf que ma maison, c'est rien d'autre qu'une cuisine. Et vraiment très petite.

– Gouvernée par le Mexique, Dieu merci. »

4 mars

Notre Seigneur Jésus n'est pas encore ressuscité. Comment on le sait ? Olunda ronchonne, il reste encore un jour de carême. Mais c'est parfois à cette période qu'on mange le mieux : soupe de haricots de Lima, pommes de terre en sauce verte, haricots sautés. Ce soir au souper, le Peintre a laissé entendre qu'il lui manquait des garçons dans l'équipe des plâtriers, et la Maîtresse lui a volé dans les plumes : « *Sapo-rana* ! Vu comment tu manges, tu devrais savoir que nous avons besoin de ton plâtrier ici. » Crapaud, elle l'appelle, puis elle se lève, va vers lui et embrasse sa face de crapaud. Quel couple étrange. Et pourquoi ces communistes observent-ils le carême, de toute façon ?

Dans les journaux, les articles sur la nouvelle peinture murale du Peintre au Palacio Bellas Artes sont un tel déchaînement de passions qu'on dirait que les pages vont partir en flammes. Il copie la fresque, réalisée aux États-Unis, qui a fait scandale et a dû être détruite avant d'être terminée. C'est dire que les Gringos ont eu une sacrée peur. Faire peur aux Gringos peut transformer n'importe quel Mexicain en héros. D'autres artistes viennent à présent tous les soirs à la maison ; les cheveux encore pleins de peinture, ils se retrouvent autour de la table de salle à manger des Rivera. Écrivains, sculpteurs, femmes fardées qui ont le culot de demander le droit de vote, et des étudiants qui, de toute évidence, attendent le jour de San Juan Bautista pour se baigner, en même temps que les lépreux. Certains sont trop vieux pour être étudiants, Dieu sait ce qu'ils font. (Si tant est qu'ils fassent quelque chose.) L'un d'eux est un Japonais habillé en gringo, venu ici pour faire une peinture murale au nouveau Mercado.

Le seul endroit assez grand pour laver toutes ces assiettes est le placard de la buanderie sous l'escalier. Même en bas dans la cour, on les entend là-haut qui boivent et discutent, parfois toute la nuit, jusqu'à tomber d'accord, comme les hommes qui rendaient autrefois visite à Don Enrique. Sauf qu'ici ils veulent foutre dehors les hommes du pétrole. La Señora crie : « Le Mexique aux Mexicains ! Les Mexicains au Mexique ! Les deux commandements de notre Révolution ! » Et ils renversent tous la tête, et descendent leur tequila à la santé du Mexique.

Ce soir le Peintre a expliqué, à l'intention des domestiques qui essayaient de se faufiler entre les chaises des invités pour débarrasser les assiettes, que c'était une citation célèbre de Moïse.

« Señor Rivera, on parle du Mexique dans la Bible ? » Pauvre Candelaria, elle a souvent le Peintre sur le dos. De plus d'une façon, sans doute.

« Un autre Moïse », lui a-t-il dit. « Moisés Sáenz, en 1926. Dix ans de révolution n'ont peut-être pas sauvé tous les enfants mexicains, mais au moins nous les avons sauvés du Pape et de la Renaissance italienne.

– La Renaissance avait ses bons côtés, a rétorqué sa femme.

– Honnêtement, Friducha. Qui s'intéresse à tous ces petits chérubins grassouillets qui volent un peu partout ? »

Il se trouve qu'en ce moment elle est en train de faire un tableau avec des chérubins. On dirait des enfants turbulents avec des ailes. Elle n'a jamais l'air contente de ce qu'elle peint, et elle se parle à elle-même : « Oh, ça va pas marcher. Quel tas de merde. On dirait que ça sort du cul d'un chien. »

Candelaria préfère ne pas s'y frotter. À côté du Musée des Gros Mots de Mère, la señora Frida pourrait construire une pyramide.

Mais en son mari elle a une parfaite confiance. Elle dit toujours aux invités : « Au diable tous les autres artistes, Diego est la révolution culturelle à lui tout seul ! » Même quand certains de ses invités sont parmi les damnés. Un jour dans son atelier, elle a dit : « Il est très grand. N'oublie pas ça, même si tu crois avoir en face de toi une grosse grenouille incapable de se baisser pour remonter son pantalon. Son œuvre, c'est tout. Il fait ce que personne n'a jamais fait. » Peut-être qu'elle a entendu Olunda se plaindre de lui. Les voix portent dans cette étrange maison en ciment.

Elle dit que les Mexicains ont du mal à se réconcilier avec leur histoire parce que nous sommes constitués de nombreuses nations différentes – Toltèques, Aztèques, Mayas, Sonorans – qui se sont affrontées depuis le tout début. C'est la raison pour laquelle les Européens et les Gringos ont pu pénétrer ici et tout piétiner. « Mais Diego est capable de prendre tous ces différents peuples et les rassembler en une seule *patria* mexicanisée. » Il peint ça sur le mur, tellement grand qu'on ne peut plus l'oublier.

Ça explique beaucoup de choses, ce qu'elle a dit. Pourquoi il est Très Discuté. Et pourquoi il y a des gens qui veulent l'enlever des murs, pas seulement les Gringos, mais aussi les jeunes Mexicains avec leurs chapeaux *tejano* qui ne veulent pas qu'on dise qu'ils sont nés entre les jambes d'une femme indienne. Il fait ressentir les choses aux gens. Comme ça doit être excitant, raconter l'histoire de La Raza, en couleurs et sans excuse : les Indiens sortant de l'histoire pour entrer dans le présent, tous à la queue leu leu, avec leurs nez en forme de L, qui dépassent Cortés, et poursuivent leur marche vers le point de fuite de leur avenir.

9 avril

Le président Cárdenas est d'accord avec les invités des Rivera, il est temps de virer les hommes du pétrole. Le pétrole mexicain pour les Mexicains, désormais. Le journal dit que les travailleurs n'auront plus à travailler que huit heures par jour à partir de maintenant, et qu'ils auront leur part de profit. Cárdenas a même fichu à la porte le grand chef Calles, patron de tous les présidents mexicains depuis la nuit des temps. Maintenant il va pouvoir s'amuser comme jamais avec ses amis les hommes d'affaires gringos, parce que le Président l'a fait arrêter et mettre dans un avion pour New York. « Quel boy-scout, ce Cárdenas », a dit Olunda. « D'habitude, ils les assassinent. »

C'était aussi un jour de libération pour les péons de la Cuisine de Microscopia. La Señora veut une énorme fête de Pâques, et elle a décidé de l'organiser dans une vraie maison avec une vraie cuisine : la maison de son père dans la rue Allende. C'est celle où ils habitaient avant, près du marché Melchor, avec la cour qui ressemble à la jungle. Elle a demandé à César d'y conduire le personnel afin de commencer à faire la cuisine pour le samedi, avec l'aide de la vieille gouvernante de cette maison et de deux servantes. La table de salle à manger était jonchée de journaux, le Peintre y reçoit encore beaucoup de courrier. Les autres ont réclamé leur distraction favorite, la lecture de la presse, pendant qu'ils coupaient leurs tonnes de tomates. Candelaria a le cœur tendre, mais Olunda ne souhaite qu'une chose, que la voiture se fracasse au fond des canyons d'Orizaba, et donc les lectures dans la cuisine supposent toujours des compromis. Le personnel de la rue Allende était un public plus facile : la vieille Perpetua a l'air sourde, et les deux filles s'esclaffent à tout propos : *En arrivant à New York, Calles a déclaré aux reporters... « J'ai été jeté hors du Mexique parce que j'ai oublié mon pantalon et mon portefeuille dans la chambre d'une* puta *sur l'Avenida Colón.* » Candelaria et les filles hurlaient de rire.

La maîtresse Frida est apparue à la porte, de manière complètement inattendue. Olunda a jeté la fourchette dont elle se servait pour faire une purée d'avocats et elle a bouché ses grosses oreilles de ses deux mains. Les filles de maison pelaient ardemment les figues de Barbarie sans lever les yeux.

« Votre ignorance me désole, a fait la Señora d'un ton cassant. C'est une journée historique. Fais-leur la lecture correctement.

– Oui, Señora. »

Elle est restée plantée là à attendre.

« À son arrivée à New York, l'ancien Jefe Maximo a déclaré aux reporters, "J'ai été exilé parce que je me suis opposé aux tentatives de créer une dictature du prolétariat."

– Très bien. Continue. » Elle a fait une pirouette et elle est sortie s'occuper de son père, laissant le prolétariat de cuisine absorber la véritable nouvelle du jour. Le département d'État du Chiapas, en réponse au Syndicat des Travailleurs Autochtones, a voté l'augmentation des salaires des ouvriers du café dans tout l'État. Dans un discours officiel au Congrès, le président Cárdenas a déclaré : « Dans la nouvelle démocratie, les travailleurs organisés exercent une véritable influence sur la direction politique et économique de notre pays. »

Les yeux d'Olunda couraient de ses avocats à la porte, puis au journal, et revenaient à sa jatte. Elle rêvait, peut-être, d'un Syndicat des Écraseurs d'Avocats.

19 avril

La Maîtresse a une rechute : son dos, une infection des yeux, des calculs rénaux, et une histoire avec le sculpteur japonais. C'est du moins ce que dit Olunda, mais cela semble à peine possible : où trouverait-elle le temps ? Mais Candelaria a des preuves : la dernière fois qu'elle a ouvert le portail au Japonés, le Peintre a déboulé de l'escalier en spirale pistolet à la main. Le sculpteur n'est plus le bienvenu, ni dans l'une ni dans l'autre partie de la double maison.

22 avril

La Señora a fait ses valises pour l'hôpital, emportant pinceaux et poupées. Aujourd'hui elle a fait savoir qu'elle avait également besoin de *chiles rellenos*, et le Maître y a donc envoyé les domestiques pour lui apporter son déjeuner. Sans doute pour voir si le Japonès ne rôde pas dans le coin, à tenter d'avoir des relations sexuelles avec une femme qui a le buste dans un corset de plâtre. César s'est perdu deux fois en chemin, puis il est resté dans la voiture pour faire une sieste et se remettre, en vue du trajet retour.

« Insólito ! » a-t-elle crié depuis son lit d'hôpital, « Regarde ta pauvre Friducha, qui tombe en miettes et va mourir. Passe-moi ce panier. » Elle n'avait sur elle aujourd'hui que la moitié de son coffre à bijoux de pirate, mais ses cheveux étaient tenus par des épingles comme d'habitude. Elle doit avoir des infirmières et des brancardiers à ses ordres à l'Hôpital Inglés.

« Tu t'es arrêté chez mon père pour lui en donner un peu ?

– Bien sûr. Señor Guillermo vous envoie son cœur.

– Il va mourir de faim, maintenant que maman est partie. Elle était la seule à obtenir des domestiques qu'ils se remuent un peu les *nalgas.* » Elle s'est emparée des serviettes et de l'argenterie, et a arrangé son lit pour le repas avec autant de soin que pour mettre la table à la maison.

« Sauf votre respect, Señora, sa gouvernante est la même qui a réussi à vous maintenir en vie pendant toute votre enfance.

– C'est exactement ce que je dis. C'est une antiquité. Cette maison est une vraie ruine archéologique.

– Tout va bien rue Allende, ne vous inquiétez pas. Perpetua a engagé deux nouvelles filles de maison. Belén et je ne sais plus qui. Aujourd'hui elles plantaient des lis dans la cour.

– Des lis ! La maison tout entière a besoin de réparations et d'une bonne couche de peinture. Moi, je la peindrais en bleu plumbago. Avec des moulures rouges. Quoi de neuf là-bas ? » a-t-elle demandé tout en déchiquetant ses rellenos. Elle avait excellent appétit pour une mourante.

« Mieux vaut que vous ne le sachiez pas.

– *C'est-à-dire* ? Diego m'a déjà remplacée ?

– Oh, non, rien de tel. C'est toujours les mêmes gens qui viennent le soir.

– Les peintres ?

– Surtout les écrivains et les gens de théâtre.

– Les Contemporáneos. Oh mon Dieu, tu as raison, je ne veux pas entendre parler d'eux. Villaurrutia avec *sa Nostalgie de la Mort* ! Vas-y, *muchacho*, bois-le ton poison et qu'on en finisse. Je crois que lui et Novo ont une histoire, impossible de flirter avec eux. Et Azuela, il est tout simplement sinistre.

– Mariano Azuela. C'est lui ? L'auteur de *Los de abajo* ?

– Lui-même. Tu ne le trouves pas sinistre ?

– C'est un très grand écrivain.

– Mais très cynique, tu ne trouves pas ? Par exemple, ce personnage de Demetrio dans *Los de abajo* : drôle de héros. Il se bat pour la révolution sans se demander une seconde *pourquoi*. Tu te rappelles la scène où sa femme lui demande pourquoi il se bat ?

– Bien sûr. Il jette une pierre dans le canyon.

– Et ils restent tous les deux plantés là comme une paire d'imbéciles, à regarder la pierre rouler jusqu'à ce qu'elle arrive en bas.

– C'est une scène émouvante, señora Frida. Vous ne trouvez pas ?

– Si vous êtes la pierre, peut-être. J'aimerais croire que si je traverse l'histoire, c'est mue par autre chose que la force de gravité.

– Mais la gravité triomphe. Regardez comme vous êtes petite.

– Je ne plaisante pas, je t'avertis, Sóli. Fais attention que ton cœur ne devienne pas froid. Les écrivains mexicains sont des cyniques. Les idéalistes, ce sont nos peintres. Crois-moi, si un jour tu as besoin d'une fête pour te remonter le moral, invite les peintres, pas les écrivains. »

Elle a incliné la tête, comme un chat inspectant une souris avant de la manger. « Mais... tu es écrivain, n'est-ce pas ? Tu écris la nuit. »

Comment pouvait-elle savoir ça, maintenant ils vont tout faire arrêter.

« Des pages et des pages. C'est César qui me l'a dit. Il dit que tu es comme possédé. »

Pas de confession.

« Je crois aussi que tu trouves *très* intéressant que Novo et Villaurrutia couchent avec des garçons et pas avec des filles. Pas vrai ? »

Rien.

« Je ne t'accuse d'aucun crime, tu sais.

– Non. Pas de secrets, señora Frida.

– Quelle *mierda*. Tu m'appelles toujours Señora quand tu mens. Allons, dis-moi, comment ça se passe dans le feuilleton Los de la Cuisine ?

– Comme d'habitude, Frida. Nous ne sommes que des petits serviteurs sans intérêt.

– Sóli, tu n'es ni petit ni sans intérêt. Tôt ou tard, tu vas devoir te confier à moi, âme meurtrie à sa pareille. La nuit porte conseil, Sóli. Consulte ton oreiller. »

4 mai

Visite à Mère, direction La Flor en l'honneur de son anniversaire. Éblouissante comme toujours en robe violette et chapeau-cloche en laine assorti. Son dernier projet est de conquérir le cœur d'un ingénieur américain en contrat avec le Gouvernement. Elle dit de lui qu'il a une sacrée gueule. Et qu'il est sacrément marié : ils se sont rencontrés le jour où il est venu au magasin de mode acheter une robe, non pas pour sa femme mais pour sa maîtresse. « Ancienne maîtresse », a-t-elle ajouté avec espoir.

« C'est édifiant, Mère. La concurrence ne t'a jamais fait reculer.

– Et toi ? Il y a une fille qui est venue au magasin la semaine dernière. C'est la Rebecca dont je t'ai parlé, l'amie de cette petite gigolette que tu as emmenée aux Posadas l'hiver dernier et, si tu veux mon avis, cette Rebecca est dix fois plus jolie. Si l'autre était un bonnet de nuit, tant pis pour toi. C'était une demi-portion, si tu veux mon avis. Mais son amie est vraiment chouette.

– Je n'ai rien demandé.

– Rebecca, elle s'appelle. Note-le, *mi'jo*, fais au moins semblant d'être intéressé. Sinon je vais devoir louer une *puta* pour qu'il y ait une femme dans ta petite vie de *pinche.*

– Une vie de *pinche* remplie de femmes, mais merci quand même. Une de plus et elle va éclater comme une grenade.

– Je parle d'une femme au *lit*.

– C'est une maison gouvernée par une femme dans un lit. Totalement.

– *Mi'jo*, tu m'exaspères. Cette Rebecca, écoute-moi bien, c'est une petite futée comme toi. Elle veut aller à l'université mais pour le moment elle est couturière. Elle est passée te voir ? Je lui ai dit où tu travaillais. Je n'ai pas parlé de la cuisine, bien sûr, j'ai dit que tu étais plus ou moins secrétaire. Que tu avais l'intention de devenir avocat. C'est pas un mensonge de dire que tu en as *l'intention*.

– Revenons à ta vie amoureuse, c'est plus intéressant.

– Et il ne faut pas trop tarder, je te le dis. Quarante ans ! Regarde-moi, une vieille croûte. » Elle s'est couvert le visage de ses mains. Puis a jeté un coup d'œil au travers, car la salade de pastèque était arrivée. « Et toi, presque vingt ans ! C'est incroyable.

– Une demi-vieille croûte.

– Et qu'est-ce que tu vas faire le jour de tes vingt ans, *mister* ?

– De la cuisine, probablement. La Señora est née le même jour. Elle ne le sait pas.

– Écoute, si nous allons quelque part ensemble maintenant, interdiction de dire que tu es mon fils, tu m'entends ? Regarde-toi, un homme ! Comment as-tu pu me faire ça ? C'est ainsi, *mister*. Les hommes aujourd'hui veulent des jeunes pouliches, des poulettes, des belles plantes, pas des vieilles taupes. »

Elle a laissé tomber les hommes du pétrole, inutile de parier sur les mauvais chevaux. Don Enrique a tout perdu dans la nationalisation. Mère dit que l'hacienda à Isla Pixol est devenue une ferme collective, restituée aux gens du village. Ils ont transformé la maison en école.

« Eh bien, tant mieux. C'est déjà ça, au moins une école de province où il y aura des livres.

– Tu es sans doute de leur côté, non ? Larbin pour les Rouges ?

– L'idée de la loi d'appropriation, c'est la restitution, Mère. Ce qui veut dire qu'au départ, c'est Don Enrique ou sa famille qui ont dû prendre ces terres aux villageois.

– Mais enfin, est-ce qu'ils en faisaient vraiment quelque chose ? Ton Leandro est sûrement président du collectif aujourd'hui, en train d'essayer de comprendre comment on fait pour enfiler des chaussures.

– *Mon* Leandro ? Il avait une femme. Le seul homme dans cette maison qui pouvait en dire autant.

– Oooh, tu me tues. Pauvre Enrique, il en a pris pour son grade, quand même. Tu imagines un peu, quand ils l'ont foutu à la porte de sa propre maison ? Et sa mère !

Mes aïeux, il a dû falloir faire intervenir l'armée. » Mère grignotait sa salade de pastèque.

« La fréquentation des Américains a fait progresser ton anglais.

– Pour ce que j'en ai à faire, Enrique et sa famille peuvent aller se faire cuire un œuf, et j'en ai rien à cirer. Tu veux de l'argot, en voilà.

– Moi non plus j'en ai rien à cirer, Mère. Faire la plonge chez les Rouges ne fait pas de toi un Rouge. C'est pas comme la grippe.

– Je te fais juste maronner. Je m'embarquerais avec un Rouge aussi sec, à condition qu'il soit célèbre et qu'il ait un paquet de thune. La petite amie de ce peintre, elle a touché le gros lot.

– Cette petite amie c'est sa femme, je te signale.

– C'est bien ce que je disais. Cette dégaine de pedzouille ! Et nippée comme une Indienne. C'est pas une Garbo. Comment elle s'est débrouillée ?

– Il aime bien sa façon de s'habiller. Ce sont des nationalistes.

– Sans blague ! » Elle secoua la tête. « Pour moi, c'est une bouseuse.

– Tu posais la question autrefois, quel homme pouvait bien courir après ça ? À Isla Pixol, tu te rappelles ? Eh bien voilà, tu sais.

– Eh, t'as pas un clope ? » Elle a pris une cigarette et l'a allumée, écartant son déjeuner à peine entamé. Pauvre Mère, toujours à courir après la prochaine clope. Elle a retiré de sa langue un brin de tabac, et a déclaré : « Une bouseuse restera toujours une bouseuse. »

Il était inutile de rappeler à Mère sa folie passagère pour la *sandunga*. Si les paysans ont la vie belle dans le Mexique nationaliste, Mère est sûre et certaine qu'ils perdront bientôt la course au profit des jeunettes et des jolis culs bien lisses. La foule de l'après-midi à La Flor avait décliné, mais elle ne cessait de parcourir le patio du regard, toujours à l'affût.

« Et qu'est devenu Enrique, alors ? Il mendie dans les rues ?

– Oh, mon Dieu, non. Il vit dans l'une de ses autres propriétés. Là-bas dans les champs de pétrole quelque part dans la Huasteca. Enrique a toujours su sortir du fric de ses *nalgas*. Même s'il passait son temps à se plaindre de nos dépenses. »

Elle s'est penchée en avant et a ouvert de grands yeux sous le bord de son chapeau-cloche, et soudain elle était là : l'autre Mère. La fille espiègle, entraînant un autre enfant dans sa conspiration. « T'en fais pas pour Don Enrique, *mi'jo. Dios les da el dinero a los ricos, porque si no lo tuvieran, se morirían de hambre.* »

Dieu donne l'argent aux riches parce que s'ils n'en avaient pas, ils mourraient de faim.

1er juillet

Le paquet de thune des Rivera ne doit pas être aussi épais que le pense Mère. Señora Frida a dû trouver une combine pour financer sa fête d'anniversaire : elle a peint le portrait de la femme de l'avocat et le lui a vendu. La fête se tiendra à la maison de la rue Allende pour faire entrer tout le monde, car elle a invité les trois quarts de la République, y compris des mariachis. Les peintres et les écrivains sinistres seront là. Olunda est dans tous ses états. *Escabeche* de poulet, porc et nopales avec sauce *pipián*, *mole poblano*. Purée de patates douces à l'ananas. Salade de tomates et de cresson. Ragoût de côtes de porc à la tomate qu'elle appelle « tacheur de nappe ». Aux dernières nouvelles, elle veut aussi des crevettes et des pieds de cochon marinés. Après cette fiesta, il va sans doute falloir que la Señora peigne les portraits des invités à leur arrivée, et qu'elle les vende quand ils partent, pour pouvoir payer le boucher. Drôle de vingtième anniversaire en perspective pour le cuisinier.

14 juillet

Grand ménage. Huit tableaux ont été déménagés de l'atelier bourré à craquer de señora Frida pour être remisés dans le débarras du côté du Peintre. Le beau tableau de ses grands-parents, l'étrange autoportrait avec le singe, et celui plein de sang dont Candelaria parle tout le temps, fait à l'époque où elle habitait dans l'appartement sur Insurgentes. Chaque titre doit être consigné dans le grand livre avant de monter les tableaux au premier ; le portrait plein de sang de la fille tuée à coups de couteau s'appelle : *Quelques petites piqûres*. Elle l'a peint après qu'un homme de la Zona Rosa avait tué sa petite amie de vingt-six coups de couteau, et quand la police était arrivée et l'avait trouvée morte, le garçon avait dit : « Où est le problème ? C'étaient seulement quelques petites piqûres. » Tous les journaux en ont parlé. La Señora a dit : « Insólito, ce que les gens sont capables de gober, tu n'en reviendrais pas. »

Parlait-elle du tableau, ou de l'histoire de l'homme ?

5 août

Les gens qui viennent dîner avec de la peinture dans les cheveux se sont maintenant trouvé un nom : le Syndicat des techniciens, des peintres et des sculpteurs. Une fois la table débarrassée, ils apportent la machine à écrire du bureau du Peintre et font carrément un journal sur la table de salle à manger. Celui qui est chargé de la rédaction, señor Berrero, était le pigmentiste de l'équipe de la peinture murale. Tout devient sujet de discussion : qu'est-ce qui est le mieux, l'art ou la philosophie ? La peinture sur chevalet pour la bourgeoisie ou les peintures murales pour le peuple ? Qu'est-ce qui est le plus nationaliste, le pulque ou la tequila ? Les domestiques n'en perdent pas une miette, mieux que n'importe quelle école jusqu'ici. Ce soir ils ont débattu de la meilleure façon de vaincre le fascisme en Espagne. Le Mexique combat les fascistes, même si les Gringos et les Anglais pensent qu'un type autoritaire comme Franco est exactement ce qu'il faut pour remettre l'Espagne dans le droit chemin. Le vieil ami des Rivera, Siqueiros, est sur place en ce moment, à se battre avec les Espagnols.

Mais il était bizarre, Alfaro Siqueiros. Du genre à trouver prétexte à se battre n'importe où, guerre ou pas. Au temps où il venait souper, Olunda sortait son crucifix et disait : « *Dios mio*, ne sortez pas la belle vaisselle de Talavera, elle sera en miettes avant le dessert. » Rivera le traite de peintre bang bang, parce qu'il fait des peintures murales avec un pistolet et des peintures pour avions. Siqueiros traitait Rivera d'arriviste et de communiste à la manque, qui obtient des commandes des Gringos et des requins de la finance. Puis Rivera disait, « Regarde ton ami Staline si tu veux voir le Requin de la Finance *maximo* », et en général c'était là que le service Talavera était en péril.

En vérité, ces deux-là n'ont qu'un sujet de dispute : qui est le meilleur peintre, Siqueiros ou Rivera ?

19 août

La Señora à l'hôpital toute la semaine ; ça semble très sérieux. On l'a à nouveau transportée à l'Inglés. C'est un long trajet en voiture pour lui apporter son déjeuner. Sur le chemin du retour aujourd'hui, nous avons aussi apporté de quoi manger au Peintre, au Palacio Bellas Artes, où il retouche sa peinture murale parce qu'ils ont mis des fils électriques dans le mur derrière. C'est une recréation de celle qui a tant fait peur aux gens à New York. L'été dernier les petits plâtriers se sont amusés à parier qu'on allait y voir des monstres avec des têtes de diable, ou pire. Maintenant qu'elle est sous nos yeux, difficile de trouver ce qui est si effrayant. Pas de monstres. Peut-être les travailleurs à la peau blanche et ceux à la peau foncée côte à côte. Aux États-Unis ils refusent de se servir des mêmes toilettes. Mais le Peintre dit que non, c'était juste le visage de Lénine, leader de la Révolution russe.

Les garçons de l'équipe de plâtriers ne sont plus les mêmes que l'été dernier, donc personne aujourd'hui ne se rappelait P'tit Pain. Le nom n'est plus là. Parfois le passé peut disparaître.

25 août

Señora Frida toujours à l'hôpital. La maison est à la fois morne et chaotique, le côté bleu sous la loi du singe embusqué dans l'escalier à attendre sa maîtresse. Suspendu à la rampe par une main, il se gratte les *nalgas*. Le Peintre, de son côté de la maison, fait approximativement la même chose. Elle est le centre de tout.

29 août

Le Peintre travaille comme un fou dans son atelier. Candelaria refuse de lui apporter ses repas ou de faire le ménage de l'atelier pendant qu'il y est, pour des raisons qu'elle ne veut pas dévoiler. Une raison acceptable : on dirait qu'un énorme chien, après un déjeuner copieux, nourriture, chaussettes, peintures, pantalons et crayons, est entré dans cette pièce et a vomi partout.

Pas une mince affaire que de nettoyer autour de lui. L'homme occupe beaucoup d'espace. Il semble être en train de peindre des paysages. Contrairement à sa femme, il ne demande pas l'opinion du domestique sur son travail. Il procède à un interrogatoire. Hier : « Depuis combien de temps es-tu dans cette maison ?

– J'y suis toute la journée, Señor. Mon lit se trouve dans le petit abri à voitures, que je partage avec César.

– Je le sais. Et avant tu faisais partie de l'équipe des plâtriers. P'tit Pain, on t'appelait. Je demande depuis combien de temps tu es ici avec nous à San Angel.

– J'y habite depuis octobre dernier, monsieur. Avant ça, deux fois pendant l'été où vous faisiez ces réunions et aviez besoin d'un cuisinier en plus. Vous m'avez engagé à plein temps le jour où une fille est partie. Olunda m'a recommandé à vous. Elle doit le regretter aujourd'hui.

– Et pourquoi ça ? »

Un silence. « La modestie devrait me commander de me taire, mais mon pain est meilleur que le sien. En plus de ça, Olunda voit la vie en général comme un contrat regrettable.

– Je vois ce que tu veux dire. C'est tout pour l'instant. »

Mais aujourd'hui, il s'est lancé dans un deuxième interrogatoire, encore plus direct. Commençant ainsi : « Tu t'appelles Shepherd et tu es étranger. C'est exact ?

– Seulement à moitié étranger, monsieur. Mère mexicaine, père gringo.

– Il vit aux États-Unis ? Il fait quoi ?

– Il vérifie les dépenses dans un bureau administratif. Construction et réparation des routes.

– Je vois. Et es-tu digne de confiance ?

– Il est difficile de répondre à cette question, monsieur. Dire "oui" pourrait être pris dans les deux sens. »

Il a semblé aimer cette réponse et a eu un vague sourire. « À moitié américain ne veut pas dire à moitié loyal, señor Rivera. Votre maison est généreuse et source d'inspiration. Un travailleur pourrait difficilement demander beaucoup plus.

– Les travailleurs le font, tout le temps. On me dit que tu es écrivain.

– Señor, qu'est-ce qui vous autorise à penser cela ?

– Une personne. Son nom est César.

– Ah oui ?

– Il dit que tu passes tes nuits à noircir du papier. Fais-tu un rapport sur nous pour quelqu'un ? »

César est un mouchard de première. « Ce n'est rien de tel. Juste un journal, les petites histoires idiotes qui se passent dans les cuisines. Des aventures romanesques situées à d'autres époques. Des choses sans importance, pas destinées à être lues.

– César dit que tu écris en anglais… Pourquoi ?

– Sans vouloir offenser votre vieux camarade chauffeur, comment sait-il que c'est de l'anglais ? »

Le Peintre a considéré la question. « Destinées à personne, y compris César ?

– Vous devez comprendre le besoin d'intimité. »

Son visage de grenouille s'est ouvert malgré lui. « Tu parles à un homme qui étale son âme sur les murs des bâtiments publics. Comment pourrais-je comprendre ?

– Ma foi, non, monsieur. Mais songez à la manière dont votre femme considère son art, quelque chose qu'elle fait pour elle-même. C'est plus proche de ça. Mais bien sûr ce n'est pas de l'art, ces petits carnets, ce n'est pas comparable. Ce qu'elle fait est très bon.

– Ne t'affole pas, je ne vais pas te mettre à la porte. Mais il nous faut commencer à nous soucier de la sécurité. Nous ne pouvons pas nous permettre d'avoir un espion parmi nous.

– Bien sûr que non. » Long silence. Il est manifestement important de ne pas demander pourquoi. A-t-il besoin d'être rassuré davantage, quelque chose de personnel ? « Pour la question de l'anglais, monsieur, c'est une habitude depuis l'école. Ils nous ont appris à nous servir des machines à écrire, qui sont très pratiques, je dois dire. Mais qui ne possédaient pas les caractères espagnols. Et donc une histoire commencée en anglais se poursuit en anglais.

– Tu sais te servir d'une machine à écrire ? » Il semblait assez surpris.

« Oui, Señor. Quand la question des caractères espagnols s'est posée, l'officier a dit qu'aucune machine nulle part ne possédait d'autres caractères que ceux nécessaires à l'anglais. Mais ce n'est pas vrai. Celle que vous laissez parfois sur la table de la salle à manger en a.

– Ces Gringos. Quels chauvins.

– C'était bien le problème à l'école. On ne peut pas aller très loin dans une histoire sans les accents et les *eñe*. Vous commencez avec señor Villaseñor dans son bain, qui réfléchit à l'expérience des années, mais à la place il est *en el bano, reflexionando en las experiencias de sus anos*.

Le Peintre a éclaté de rire, et s'est retrouvé avec une bande de peinture bleue en travers de son ventre. Olunda va jurer tant et plus quand elle verra ces pantalons. Le gros crapaud a un rire merveilleux. C'est ce que les femmes doivent aimer chez lui, en plus du tas de thune. Pas son visage, ça c'est sûr. Mais sa joie, cette manière qu'il a de se livrer entièrement. Comme il l'a dit, une âme barbouillée sur les murs.

Le suspect a alors été relâché, emportant hors de la salle d'interrogatoire sa pile d'assiettes sales. Si César arrive à lire son nom ici, qu'il s'inquiète donc. Qu'il s'interroge donc sur le sort de señor Villaseñor dans son bain, réfléchissant aux expériences de ses anus.

3 septembre

Señora Frida est rentrée de l'hôpital, mais pas en bonne forme. Patron et Maîtresse, tous les deux dans la maison maintenant, demandent à être servis jour et nuit. Candelaria, obligée de choisir entre diable et dragon, a choisi celle dont il faut peigner les cheveux. Tant mieux, car l'autre diable a besoin d'un secrétaire. Entre Staline, Stotsky ou Potsky, qui est le meilleur ? L'interminable dispute a eu raison de lui et le Parti communiste l'a mis à la porte. Les autres communistes ne veulent plus venir souper et taper ses documents à la machine. Et la Maîtresse, pour des raisons privées, a l'air en colère après lui. Olunda a des tas de théories. Pauvre crapaud de Diego, il perd les gens plus vite qu'il ne parvient à en peindre de nouveaux sur les murs.

14 septembre

Aujourd'hui le général Tourneboule s'est égaré sur le chemin de la maison de Coyoacán où il a vécu pendant quarante et un ans. Sa mission était la même que d'habitude, apporter son repas à señor Kahlo. Quand César a commencé à servir de chauffeur à Guillermo Kahlo pour qu'il fasse ses photos, c'était dans une calèche. Pas une seule voiture à moteur dans tout Mexico, dit-il, c'était le bon vieux temps. Il est vrai que les chevaux ont leurs avantages, à savoir : ils connaissent le chemin du retour.

C'est étrange, à chaque fois, de retourner à la maison de la rue Allende où señora Frida était rentrée du marché Melchor ce jour d'anniversaire, il y a si longtemps, une inconnue, avec un timide garçon qui lui portait ses paquets parce que *Tout le monde a le droit de faire un cerf-volant avec son fond* de *culotte*. Et dans la cour à l'intérieur, le Peintre, assis sous les arbres, qui attendait d'être découvert, suite de hasards. Étrange qu'un garçon ait réussi à fabriquer un cerf-volant avec son vieux pantalon, à lui faire faire le tour du monde et, miraculeusement, à revenir à la maison où tout a commencé.

1er octobre

Journée fatigante. Il est plus ardu d'être le secrétaire du Peintre que de gâcher son plâtre. Le pire n'est pas de taper à la machine, ce sont les interrogatoires. Il dit que l'intelligence chez un domestique n'est pas toujours une bonne chose. Candelaria, par exemple, pourrait mettre en ordre tous les papiers sur son bureau et s'en aller en ne sachant pas davantage ce qui y était écrit que Fulang Chang le singe. Et le Patron ne considère pas Fulang Chang entièrement au-dessus de tout soupçon. Seulement Candelaria l'illettrée aux grands yeux étonnés. « Et toi ? » a-t-il ironisé. « Qu'est-ce que tu as vu à l'instant, pendant que tu tapais les factures ?

– Rien, señor Rivera.

– Rien, y compris l'en-tête officiel du président de la République ? Tu n'as pas remarqué une lettre de Cárdenas ?

– Señor, je dois l'admettre, elle a en effet attiré mon regard. Les sceaux sont exceptionnels. Mais vous êtes quelqu'un d'important. Des commandes de la part du Gouvernement n'ont rien de rare. Cela ne m'intéressait pas assez pour lire la lettre, c'est la vérité. Je ne suis pas curieux de la politique. »

Il a plié son journal, retiré les lunettes de son nez et, depuis le fauteuil où il aime être assis quand il lit et dicte, il a porté le regard vers l'autre côté de la pièce. « *Pas curieux ?*

– Señor Rivera, vous défendez le peuple, n'importe qui est capable de voir en quoi c'est bien. Mais les leaders sont tous les mêmes, quoi qu'ils promettent. Au bout du compte ils abandonneront les pauvres à leur triste sort.

– Un cynique ! C'est une rareté, dans le Mexique révolutionnaire. Chez les gens de ton âge, en tout cas.

– Je ne suis pas allé à l'université. Peut-être cela m'a-t-il aidé à rester sur mes positions.

– Un jeune homme bien strict. Tu ne fais pas d'exceptions ?

– Les exceptions ne se sont pas présentées. Je lis un peu les journaux. Pris dans votre atelier quand vous les avez lus, Señor. Je le confesse.

– Tiens, prends celui-ci aussi, rien que des âneries. » Il l'a plié et l'a envoyé sur le bureau. « Tu as déjà entendu parler d'un homme du nom de Trotsky ?

– Non, monsieur. C'est un Polonais ?

– Russe. Il y a une lettre de lui là-bas aussi. Dans la même pile que celle du Président.

– Celle-là je ne l'ai pas vue, señor Rivera. Je jure que c'est la vérité.

– Ce n'est pas une accusation. Ce que je veux dire, c'est que tu as tort, l'idéalisme existe vraiment. As-tu entendu parler de la Révolution russe au moins ?

– Oui, monsieur. Lénine. Il vous a causé des ennuis avec les Gringos, sur votre peinture murale.

– C'est lui. Leader des bolcheviques. Il a envoyé les monarques se rhabiller, et toutes les sangsues qui vivaient sur le dos des travailleurs et des paysans avec. Il a donné le pouvoir aux travailleurs et aux paysans. Qu'est-ce que tu dis de ça ?

– Sauf votre respect, Señor, je dirais : combien de temps a-t-il duré ?

– Tout le temps de la Révolution et sept années ensuite. Il a fait ce qui était le mieux pour son peuple, jusqu'à sa mort. Et pendant tout ce temps il vivait dans un petit appartement plutôt froid à Moscou.

– C'est admirable, Señor. Et ensuite il a été assassiné ?

– Il est mort d'une attaque. Deux hommes étaient prêts à lui succéder : l'un avait des scrupules, l'autre de la ruse. Je suppose que tu diras que c'était prévisible, la ruse a pris le pouvoir.

– Vraiment ?

– Vraiment. Staline. Un bureaucrate égoïste assoiffé de pouvoir, tout ce qui te semble nécessaire chez un meneur d'hommes.

– Je suis désolé, monsieur. Ce n'est pas que je veuille avoir raison sur le sujet.

– Mais j'ai la prétention de dire que tu as tort. L'autre, avec des scrupules, pourrait tout aussi bien être au pouvoir maintenant. Il était le bras droit de Lénine et son meilleur ami. Élu président du Soviet de Petrograd, un populiste, certain de succéder à Lénine. Différent à tous points de vue de Staline qui ne jurait que par la bureaucratie du Parti. Comment le peuple aurait-il pu ne pas soutenir le populiste plutôt que le bureaucrate ?

– Et pourtant ils ne l'ont pas fait ?

– Seulement à cause d'un accident de l'histoire.

– Ah. Le populiste à scrupules a été assassiné.

– Non, au grand désespoir de Staline, il est en exil, bien vivant. Occupé à écrire une théorie stratégique, et à organiser le soutien pour une République démocratique du peuple. Et à éviter la horde d'assassins de Staline qui, comme des fourmis, se répandent sur la terre en ce moment même à sa recherche.

– C'est une bonne histoire, Señor. Du strict point de vue de l'intrigue. Si je puis me permettre, quel était l'accident de l'histoire ?

– Tu le demanderas à l'homme en question. Il sera ici dans quelques mois.

– Ici ?

– Ici. C'est le Trotsky dont je viens de parler, la lettre qui se trouve sur le bureau sous celle de Cárdenas. J'ai demandé au Président de lui accorder l'asile politique sous ma garde. »

Soit. Telle était la raison de toutes ces questions et de tout ce mystère. Le Peintre souriait, ses cheveux dessinant un halo rebelle autour de sa tête, mais peut-être s'agissait-il des cornes du diable. Son sourire souligné par un double menton. « Eh bien, mon jeune ami. Toujours aussi *peu curieux* ?

– Señor, je le confesse, je maintiens cette position avec une difficulté croissante. »

8 octobre

Parfois, quand le Peintre relit les pages tapées dans la journée, il reste du temps pour regarder les livres de sa bibliothèque. Les étagères occupent la totalité du mur. En bas se trouvent des boîtes à archives aux dos en bois, où Frida classe les papiers de la maison. Elle les a identifiées par une image dessinée sur chaque dos : une femme nue, pour les lettres personnelles de Diego. Le mauvais œil, pour les siennes. Sur celle des comptes, seulement le symbole du dollar.

Le reste est occupé par les livres, un mur entier, sur tout : théorie politique, théorie mathématique, art européen, hindouisme. Une étagère de la longueur de la pièce est consacrée aux anciens peuples du Mexique : archéologie, mythologie. Des revues scientifiques, sur les objets d'art antique, qui paraissent ennuyeuses. Mais d'autres volumes sont fascinants. Le Peintre en a descendu un pour le montrer : un codex. Assemblé il y a une centaine d'années par des moines, qui se sont échinés à produire les répliques exactes des livres anciens que les Aztèques fabriquèrent sur un épais papier en écorce d'arbre. Ce n'étaient pas des pages à proprement parler, mais un long panneau plié en accordéon. Le langage ancien est fait d'images, de petits personnages. Ici, un homme coupé en deux. Là, des hommes debout dans des bateaux, en train de ramer.

Il a expliqué que c'était le Codex Boturini, sur les pérégrinations des Aztèques. Sur l'exhortation des dieux, ils quittèrent Aztlan à la recherche de leur nouvelle terre, et ils mirent deux cent quatorze ans pour la trouver. Deux cent quatorze petites vignettes carrées, chacune représentant la chose la plus importante qui s'était passée cette année-là. Pas de très bonnes choses, dans l'ensemble. Une tête suspendue à un tournebroche au-dessus d'un feu ! Un homme dont les globes oculaires sont en train de tomber ! Mais la plupart des années illustrent simplement leur errance à la recherche de leur terre. Tout le monde serait sensible à l'angoisse que dégage ce livre, existe-t-il attente plus vive ? Des pictogrammes : gens qui marchent, accablés de lassitude, portant des bébés ou des armes. Des petites empreintes de pieds à l'encre noire parcourent toute la longueur du livre, triste sillage des tourments du cœur. Une fois complètement déplié, le codex occupait presque toute la longueur de l'atelier. C'est dire qu'on peut marcher longtemps quand on cherche sa terre promise.

2 novembre

Jour des Morts. La Señora a fait des autels dans toute la maison pour se rappeler les morts chers à son cœur : les anciens, ses enfants nés à demi. « Qui sont tes morts, Insólito ? » demande-t-elle sans cesse.

Ils demandent que toute forme d'écriture soit suspendue, ce carnet rangé. C'est César qui sera chargé de faire respecter la loi. Ils ont tendu leur piège et se sont précipités dans l'atelier du Peintre à l'heure du déjeuner, mari et femme dans la même pièce pour une fois, dans ce seul but. *Question de sécurité, fini tes petites notes. Nous avons promis des mesures d'exception pour le Visiteur, tu n'imagines pas comme il a peur*. Diable et dragon dans le même repaire, le Peintre assis à son bureau, et elle, arpentant le plancher jaune dans un clapotis de jupes, minuscule tempête. *Pas même une liste de courses*. Ils prétendent que César devient nerveux, convaincu qu'il est de dormir dans la même chambre qu'un agent de la Guépéou. « Pauvre vieux général Tourneboule, je sais qu'il est déboussolé », a-t-elle dit. Cette femme qui n'a cessé de répéter : *Sóli, arrêter de peindre ce serait comme si j'étais morte*. Elle comprend ce qu'elle demande. Arrêter d'écrire et être mort.

« C'est une question de sécurité », a ajouté le Peintre. Un homme qui balance de la peinture à la figure de la sécurité.

Où sont tes morts, Sóli ? Ici, que diable, un carnet pour l'autel des morts dans cette maison solitaire. Morte et disparue, la compagnie des mots.

RAPPORT DE COYOACÁN

Ce compte rendu d'événements sera soumis à señora Frida en vue d'une inspection hebdomadaire ou, à sa demande, à tout autre moment, pour des raisons de sécurité. En vertu de ses instructions, il ne doit recéler aucune opinion, confession, ou fiction. Sa vocation est de « rapporter pour l'histoire les choses importantes qui se produisent ». La sympathie de la Señora pour la constitution d'archives est notée avec gratitude – HWS, 4 janvier 1937.

9 janvier : Arrivée du Visiteur

Le pétrolier *Ruth* est arrivé d'Oslo ce matin à l'aube pour débarquer ses seuls passagers sur la jetée du port de Tampico. Ils ont été convoyés depuis le bateau sur une petite chaloupe, sous la surveillance de gardes norvégiens, et accueillis sur le sol mexicain par les personnes suivantes : Sra. Frida, Mr. Novack (américain), et le général Beltrán, représentant le gouvernement du Mexique. Diego R. toujours hospitalisé pour une infection des reins. Le Visiteur et sa compagne ont été acheminés par train présidentiel vers la capitale.

9 janvier : Arrivée des visiteurs dans la Maison de Coyoacán.

Il figurera dans ce rapport sous le nom de « Lev Davidovich ». Sa femme : « Natalya ». À cause du risque d'assassinat, un comité d'accueil s'est rassemblé à la maison de San Angel pour détourner l'attention pendant que Lev et Natalya étaient conduits en secret ici à Coyoacán. Leur secrétaire depuis de nombreuses années est attendu dans la semaine qui vient. Il n'a pas voyagé avec eux, mais est passé par New York.

12 janvier

Les visiteurs sont installés dans la maison, l'ancienne salle à manger faisant office de chambre, avec le bureau de Lev dans la petite pièce adjacente. Lev d'humeur extraordinairement enjouée, malgré ses années de vicissitudes à fuir Staline et, récemment, ses vingt et un jours en mer. Il franchit les portes en verre de son bureau, pénètre dans la cour ensoleillée et s'étire en faisant des mouvements de bras : un homme compact et musclé, vrai paysan russe pour mener une révolution de paysans. Il semble bâti pour une vie de labeur plutôt que de captivité. Quand il travaille à son bureau, sa grosse main se referme sur le stylo comme si c'était un manche de hache. Quand il sourit, ses yeux brillent et des fossettes se creusent sur ses joues, au-dessus de sa petite barbe blanche. Le bonheur de vivre, son état naturel, semble-t-il. Est-ce que c'est ce qui fait d'un homme un révolutionnaire : la certitude qu'il a droit à la joie plutôt que la soumission ? Cet homme surprenant lève les yeux vers le ciel éclatant de lumière, et dit que puisque le Mexique est aujourd'hui le seul pays qui veut de lui, il est content qu'il en soit ainsi.

Il pourrait sortir de la maison pour faire une promenade s'il le souhaitait, mais bien sûr il faudrait qu'il soit sous bonne garde. En Norvège, pas question de sortir, ils étaient en résidence surveillée depuis septembre dernier, a dit Natalya. Staline brandit la menace de sanctions commerciales à l'encontre de la Norvège si le Gouvernement ne révoque pas son droit d'asile. Et on peut en être sûr, Staline sait déjà qu'il est ici.

14 janvier

Arrivée du secrétaire : qui figurera dans ce rapport sous le nom de « Van ». Grand, blond, large d'épaules comme un joueur de football ; une bonne chose qu'il ait fait le voyage séparément. Cette espèce de d'Artagnan aurait du mal à marcher dans la rue sans attirer l'attention, comme la Señora ne tardera pas à le constater.

Le bureau et la chambre de Lev sont la partie la plus sûre de la maison, car ils forment une aile intérieure qui fait saillie dans la cour. Bonne lumière depuis les portes, face à la cour et au magnolia. Van est très affairé aujourd'hui, il déballe ses livres.

16 janvier

Sra. Frida aura un choc en voyant sa maison d'enfance transformée de la sorte. Déménager son père à San Angel a été une bonne décision, toutes les affaires de Sr. Guillermo sont prêtes à partir. Les murs extérieurs ont été peints couleur plumbago selon les ordres, c'est donc bien la Maison Bleue qu'elle voulait. Mais en réalité, une Forteresse Bleue. Le mur de la cour s'élève à une hauteur de sept mètres, et les maçons sont en train de déplacer leurs échafaudages pour commencer à murer les fenêtres. Les hommes sont d'accord que ces mesures de sécurité sont nécessaires. Après avoir franchi les hautes portes en bois sur la rue Londres, les visiteurs pénètrent maintenant dans la cour par un vestibule gardé.

La cour est toujours la jungle qu'elle était, les maçons n'ont pas complètement piétiné les fleurs. La maison conserve sa forme originale en U, avec la longue pièce de devant qui donne sur la rue Londres (cheminée et fenêtres à petits carreaux intactes) où seront pris les repas et où se tiendront les réunions politiques. La chambre et le bureau de Lev constituent la deuxième aile, tout en longueur. Le chapelet de pièces minuscules, qui occupe le fond et relie les deux principaux corps de bâtiment, logera tous les autres : Perpetua, les filles de maison Belén et Carmen Alba, le secrétaire Van, le cuisinier H.S., les gardes du corps Octavio et Felix. Les fenêtres donnent sur l'extérieur, côté rue Allende, c'est pourquoi des maçons sont en train de les condamner toutes, transformant cette enfilade de pièces en petits placards obscurs. Un garde est posté rue Londres en permanence. Sr. Diego se sent sûrement à présent en assez bonne forme car il a apporté sa mitraillette Thompson.

La cuisine conserve une bonne lumière et une aération convenable, avec son extension du côté de la rue Allende destinée à enclore l'arrière de la cour. Les maçons sont tombés d'accord pour laisser les fenêtres ouvertes de manière à ventiler les feux de bois dans les fourneaux, après une opposition volubile de la part de Perpetua qui les a mis en garde : *las cocineras ahumadas*, les filles de cuisine vont bientôt se transformer en jambons fumés. Avec tous ces changements, Perpetua ne sait plus où elle en est, elle se résigne à son nouveau poste, assistante du chef cuisinier, H.S., qui jure de remplir son devoir de son mieux. La cuisine est une merveille, avec sa débauche de carreaux bleus et jaunes, ses fourneaux à bois longs comme des divans, et le spectacle bienvenu des grandes tables en bois pour étaler la pâte. Ce sera un plaisir de préparer ici le banquet quotidien pour les visiteurs, et tout festin commandé pour les réunions du soir.

Consignes à la maisonnée notées ici : Ne servir aucune nourriture de provenance inconnue, sous aucun prétexte. Ne laisser entrer dans la maison aucune personne étrangère. H.S. a pour mission d'assister le Visiteur en tapant ses documents et sa correspondance (recommandation de Diego R.) et de conserver ce rapport écrit des événements (demande de Sra. Frida). Premier rapport de Coyoacán ici terminé pour la semaine du 9 au 16 janvier, soumis à inspection.

19 janvier

La maison de Coyoacán se révèle être un bon logement. Les vieilles maisons ont leur sagesse. En dépit de l'extérieur muré, les pièces principales sont confortablement éclairées par la cour. Cette jungle ceinte de hauts murs bleus est un monde réconfortant pour les visiteurs qui n'ont pas grande liberté de se promener ailleurs. Perpetua prend soin de ses lis et de ses figues ; un monde qui reste plein de gaieté et ne ressemble en rien à une prison. Elle dit que Guillermo a fait construire cette maison il y a plus de trente ans, et pendant toutes ces années personne n'avait jugé bon de la mettre sens dessus dessous, jusqu'à maintenant. (Sa contrariété face au bouleversement actuel est compréhensible.) Les épais murs en pisé maintiennent une bonne température toute la journée. Les contrastes entre cette maison et la maison moderne construite par les Rivera à San Angel sont nombreux, surtout pour ce qui est des cuisines. Mais sur ce sujet il ne sera pas donné d'opinion ici.

Le choix de murs bleus de la part de Sra. Frida est grandement approuvé par tous.

Note sur la préparation des repas : les visiteurs préfèrent le thé au café. Autre préférence inhabituelle : pain non sucré découpé en tranches minces, grillé au four jusqu'à devenir assez dur, comme rassis. Autrement, la nourriture normale leur convient la plupart du temps. Natalya a clairement exprimé leur lassitude pour le poisson macéré au vinaigre, après un long hiver norvégien à ne manger quasiment rien d'autre. Ils réclament de la purée de navets et un légume vert inconnu par ici, dont la traduction de Van est « les pousses de Belgique ». Demain on conduira Perpetua en ville en mission spéciale car on ne trouve au marché Melchor ni thé ni navets. Mais ils s'adaptent bien aux aliments habituels : beignets au sucre, goyaves au four et crème fermentée sont également appréciés. Ce matin ils ont pris des enchiladas avec des œufs et du thé.

Les jours où ne sont pas prévus de repas particuliers, tout le monde est réquisitionné pour aider Lev à déballer ses affaires et installer son bureau. Il est curieux du Mexique : altitude des montagnes, population de la ville, son histoire et cetera. Perpetua est chargée de rapporter de la ville l'*Atlas géographique* appartenant à H.S., qui se trouve dans l'appartement de sa mère. Il est périmé mais fera l'affaire pour l'instant ; el Pico de Orizaba n'a pas varié de hauteur depuis dix ans.

Lev communique avec l'aide du secrétaire Van, car l'espagnol et l'anglais de Lev sont rudimentaires et ce malin de Van a l'air de parler toutes les langues possibles : le français, le norvégien, le russe. Il considère le français et le hollandais comme ses deux langues maternelles. Il met un point d'honneur à déplacer les caisses les plus volumineuses, nul besoin d'aide supplémentaire dans le bureau de Lev, selon lui. Rien à redire, Van est grand et fort comme un bœuf. (Bien que plus séduisant.) Il se plaint parfois en anglais du « secrétaire indigène », n'ayant apparemment pas conscience que H.S. lui aussi possède deux langues maternelles. Mais Lev ne refuse pas d'avoir un deuxième garçon pour l'aider. Manifestement, Van a pris l'habitude de protéger son chef des gens extérieurs, ce qui est naturel. Il est devenu assistant de Lev en France, où ils ont vécu de 1933 à 1935. C'était avant la Norvège. Auparavant, Lev et Natalya étaient cachés à Istanbul et, avant cela, au Kazakhstan. Lev Davidovich vit en exil sous menace de mort depuis 1927. « Je suis un homme dans un monde très vaste », a-t-il dit lentement aujourd'hui, « avec très peu d'espace pour exister. »

Le Mexique, ça n'est pas si petit que ça, monsieur. Vous verrez.

Van a ajouté : « Il parle par métaphore. Il veut dire qu'il vit sur cette planète sans passeport. »

21 janvier

Un message télégraphié est arrivé ce matin, remis par un Diego avec holster et fusil. Le message était codé. Lev a passé de nombreuses heures dans son bureau à le déchiffrer, refusant même l'aide offerte par Van, pendant que Natalya faisait les cent pas du bureau à la cuisine en se tordant les doigts, au point que Perpetua en a fait brûler le lait. Le message concerne le fils qui est à Paris. Van dit qu'il y a deux fils, le plus jeune emmené dans un camp de prisonniers il y a trois ans, très certainement mort. Deux filles sont également mortes.

Lev n'est pas sûr du sens de ce message sauf sur un point très important : le télégramme vient de Lyova, donc il est vivant. Lev et Lyova ont un code pour l'identifier qui n'est connu de personne d'autre au monde, pas même Natalya. Lev pense que les tueurs de la Guépéou en France ont tenté d'assassiner Lyova, et qu'il faut s'attendre à ce que les journaux annoncent sa mort. Pour épargner cette détresse à ses parents, il a voulu leur faire savoir qu'il est vivant, caché.

La détresse ne leur semble pas épargnée pour autant. Si son fils a échappé au meurtre cette fois-ci, demande Natalya, que se passera-t-il la prochaine fois ? Lev enrage, ses enfants n'ont rien fait pour mériter une condamnation à mort de la part de Staline. Le plus jeune, Sergei, ne s'est jamais intéressé qu'aux livres, au sport et aux filles, et a pourtant fini dans un camp de concentration. « Et maintenant Lyova. Son seul crime est d'être le fils de son père. Qui peut changer les choses qui l'ont fait arriver dans ce monde ? »

23 janvier

Diego est arrivé tôt, bouleversé, avec un paquet de journaux qu'il reçoit par courrier spécial. Deux rapportent la mort de Lyova, comme prédit, mais ils savent que c'est faux. Il y a des nouvelles plus mauvaises encore : les titres déclarent L.D. Trotsky coupable de crimes contre l'Union soviétique. Son procès à Moscou dure depuis des semaines, avec l'accusé *in absentia*. Van dit que Lev a fait la demande de s'y rendre et de passer en jugement, pour pouvoir se défendre, mais Staline a refusé de lever l'ordre d'exil. Le but du procès est de discréditer quiconque a parlé contre Staline. Certains amis de Lev sont également déclarés coupables : ils s'appellent Radek, Piatakov et Muralov, tous trois emprisonnés aujourd'hui à Moscou.

Les chefs d'accusation sont étranges et divers : sabotage des voies ferrées, collaboration avec Rudolf Hess et les Nazis, avoir été agents de l'empereur japonais, avoir volé du pain. Tentative d'assassinat sur Staline par empoisonnement de ses chaussures et de sa crème pour les cheveux.

Staline se met de la crème dans les cheveux ?

« Attention, mon garçon », a dit Lev. « Le seul fait d'en avoir connaissance peut te valoir le peloton d'exécution. »

La peine encourue par Lev pour les charges qui pèsent contre lui est la mort. Pourtant il semble de bonne humeur, malgré les journaux de France et des États-Unis qui le traitent de scélérat, et les journaux mexicains qui parlent de « Scélérat parmi Nous ». Les éditoriaux se perdent en conjectures sur la question de savoir pourquoi il a trahi ses principes. Ces journalistes n'ont jamais rencontré Lev et discutent pourtant avec assurance de ses sentiments et de ses mobiles les plus secrets ! Ils prennent pour argent comptant que les actes de trahison ont tous été commis. Ils ne se demandent même pas comment un homme aurait pu faire dérailler tant de trains russes après avoir été mis sur un cargo en partance pour l'île de Prinkipo.

Le régime de sécurité, ici, est strictement observé, car il est clair, d'après les informations, que Staline a l'intention de faire assassiner Lev. Le garde posté dans la rue change toutes les heures. Lorenzo organise des exercices au cours desquels Lev et Natalya doivent se cacher très vite. Quand

Diego arrive en voiture, Lev doit rejoindre l'une des pièces intérieures avant qu'on n'ouvre les portes de la cour pour laisser entrer la voiture. Il pourrait y avoir des tireurs embusqués dans la rue Allende, prêts à mitrailler la cour. Et si un inconnu quel qu'il soit se présente à la porte, même un garçon épicier apportant des œufs et de la farine, on le fouille, on le dépouille de sa ceinture et de ses chaussures, et on lui fait ouvrir tous ses paquets pour les inspecter. La Guépéou frappera certainement, et personne ne sait comment ils s'y prendront. (Même si entrer sous l'apparence d'un épicier semble improbable.)

Lev dit qu'il est révolutionnaire depuis l'âge de dix-sept ans, avec une potence qui l'attend quelque part depuis quarante ans. Ses amis sauront que les nouvelles charges qui pèsent contre lui sont inventées de toutes pièces. « Et mes ennemis le savent aussi. Lequel parmi eux a écrit quelque chose de neuf ? » Il a jeté les journaux de côté et a fait asseoir Natalya sur ses genoux. Elle lui a obéi, mais elle avait la lèvre inférieure froncée, comme les petits chiens qui ont de longs poils laineux dans les yeux et un nez aplati. Lev a ôté ses lunettes rondes cerclées et lui a chanté une chanson en russe. Il a demandé à entendre des chants de la révolution mexicaine. Perpetua en connaissait un nombre surprenant. Pour une si vieille cuisinière, elle a la voix ferme.

24 janvier

Lev et Natalya sont allés faire une promenade au marché Melchor, première fois qu'ils se hasardent à l'extérieur depuis leur arrivée. Entre tous les gardes et les mitraillettes de Diego, quel remue-ménage pour le village de Coyoacán. Mais le prétendu Scélérat parmi Nous a bien l'intention d'avancer tête et barbiche hautes à la face du monde.

Lev et Natalya étant partis en promenade accompagnés de tous les gardes, la maison était calme. L'après-midi est passé lentement, à aider Van au classement de cartons entiers de lettres de Lev et de publications diverses. Difficile de croire qu'un tel flot de mots puisse être sorti d'un seul homme, le *Commissar*, comme l'appelle Van. Chaque jour il travaille comme si le calendrier sur son bureau était ouvert à la dernière page, ce qui pourrait bien être le cas. Aujourd'hui, pendant qu'il était sorti, Van en a profité pour poser de nombreuses questions, peu amicales. Lieu de naissance, scolarité et ainsi de suite.

Il a dévoilé des bribes de sa propre vie : enfance difficile, mère française qui a perdu sa citoyenneté pour avoir épousé un Hollandais, mort peu après la naissance de Van. Van a un faible pour ce qu'il appelle les réglisses du Nederland, petites perles noires en verre, qu'il garde dans un paquet au fond du tiroir du bureau, et surveille avec une certaine anxiété car il est sûr qu'on ne peut pas s'en procurer au Mexique.

Deux garçons sans père, donc, qui brûlent d'être quelque chose pour Lev, et ses deux fils si loin de lui, et cet homme si bon. Lev a déjà retenu lequel de ses assistants boit son thé sucré. Il impose à tout le monde des exercices d'étirement pour prévenir les maux de dos quand on tape à la machine les textes qu'il a passé la nuit à écrire. Mais Van sera toujours le fils élu, bien sûr. Il est au service de Lev depuis si longtemps.

Van a été surpris d'apprendre que le « secrétaire indigène » était aussi d'origine hybride, demi-gringo. Il s'est mis à parler anglais depuis. Son espagnol est très imparfait. Il a besoin d'aide pour traduire dans les réunions politiques, particulièrement quand la conversation fuse autour de la table comme un vol de corbeaux. Hier soir, on est passé du russe à l'anglais (à l'intention de Mr. Novack), puis à l'espagnol (pour les collègues des Rivera), puis de nouveau au russe, avec un peu de français çà et là de la part de Van, juste pour la galerie, semblait-il. Qu'on excuse cette opinion, si c'en est une, mais comme Sra.

Frida se le rappelle parfaitement, personne dans cette réunion n'avait besoin du français.

Tous les papiers classés aujourd'hui étaient des lettres de ces quatre dernières années, la plupart en français mais certaines tapées en russe, des pages entières remplies de caractères dans cet étrange alphabet, en rangs comme de petits bonshommes en train de faire des mouvements de flexion. Il n'est donc pas vrai que les machines à écrire se limitent aux caractères de la langue anglaise. Van a perdu un instant son impassibilité pour sourire de l'histoire de l'officier gringo et des machines à écrire de la Potomac Academy. Il comprend assez d'espagnol pour rire de l'anecdote sur le señor Villaseñor et ses *anos* dans le *bano*. Ou bien il a fait semblant. Il semble craindre de perdre son rôle d'unique interprète du *Commissar*.

Des excuses ici à l'intention de Sra. Frida, parce que le dernier paragraphe contient au moins une opinion. Mais pas de fiction. Le second rapport hebdomadaire de la maison de Coyoacán est ce jour soumis à son inspection.

30 janvier

Un câble est arrivé de Paris : Radek, Piatakov et Muralov ont été exécutés à Moscou. Lev perd courage – à nouveau des amis sont morts – mais il reste absorbé par son travail. Ce que les journaux disent sur Lev est choquant, des accusations plus improbables chaque jour. Lev prétend que lorsque les gens ont les nerfs à vif, le plus impressionnant chez l'homme est sa faculté de mensonge. Van a dit : « Ça fait du bien de vous voir indigné, *Commissar*. »

Mais Lev a maintenu qu'il n'était pas du tout indigné. Il tenait un journal russe entre ses doigts, qui étaient tellement maculés d'encre qu'on aurait dit une presse typographique. « Je parle en naturaliste, j'énonce des faits. Le besoin de mensonge est le produit des contradictions de nos vies. On nous demande de proclamer l'amour de notre pays, alors même qu'il piétine nos droits et notre dignité.

– Mais les journaux ont un devoir de vérité », a répliqué Van.

Lev a ricané. « Ils ne disent la vérité que de manière exceptionnelle. Zola a écrit que le caractère mensonger de la presse pouvait être divisé en deux groupes : la presse jaune ment à tout propos sans la moindre hésitation. Mais les autres, comme *The Times*, disent la vérité dans toutes les circonstances sans importance, de manière à pouvoir abuser les gens avec l'autorité requise quand cela devient nécessaire. »

Van s'est levé de sa chaise pour ramasser les journaux jetés à terre. Lev a ôté ses lunettes et s'est frotté les yeux. « Mon propos n'est pas d'offenser les journalistes, ils ne sont en rien différents des autres gens. Ils sont simplement les mégaphones de ces autres gens.

– C'est vrai, monsieur. Les journalistes sont comme les hurleurs à Isla Pixol. »

Lev a semblé intéressé par la comparaison, et il est passé de l'anglais à l'espagnol. « Qu'est-ce donc que ces hurleurs ?

– Une espèce de singe, très effrayant. Ils hurlent chaque matin : un premier commence, puis le voisin l'entend et se met à hurler lui aussi, comme s'il ne pouvait pas s'en empêcher. Bientôt la forêt tout entière n'est plus qu'un grondement énorme, comme le tonnerre. C'est leur nature, ils doivent sans doute le faire, pour garder leur place dans la forêt. Pour dire aux autres que personne n'a pris le dessus sur eux.

– Toi aussi tu es un naturaliste », a dit Lev. Il trébuchait sur les mots mais il était déterminé à poursuivre la conversation en espagnol. Van a quitté le bureau. « Où sont ces bêtes ?

– Isla Pixol. C'est une île côtière, au sud de Veracruz.

– Un singe ne nage pas. Comment en sont-ils venus à être isolés ? »

En isla, a-t-il dit. Mais il voulait probablement dire, *en una isla*, sur une île.

« Ça n'a pas toujours été une île, mais une langue de rochers reliée au continent. Ils l'ont draguée pour en faire un chenal de navigation. C'était au temps de Maximilien, je crois. Les singes qui y étaient allés n'ont pas pu revenir. »

22 février

Dans la cour, le jacaranda a revêtu ses fleurs violettes. Impossible de ne pas le voir, c'est comme un arbre qui chante. Le trajet le long de la rue Londres en direction du marché est un vrai concert : le petit jacaranda qui fait le coin donne le la, et tous les autres dans l'allée se mettent à fredonner à sa suite. Même Perpetua a les yeux qui brillent, alors que, la main posée sur sa poitrine plate, elle sort du panier les concombres achetés au marché, un à un.

Du bureau de Lev, la vue depuis la fenêtre du fond est un dense flamboiement de pourpre. C'est là que Van s'assoit pour prendre la dictée de l'Ediphone, son profil carré encadré par la fenêtre comme Poséidon dans une mer violette. Ou un dieu teutonique qui fait exploser tout ce qu'il touche, jusqu'à l'air même, en flammes de pourpre. Ce n'est ni une fiction ni une opinion que de rapporter qu'il est beau à couper le souffle. Perpetua n'est pas seule dans cette maison à penser aux concombres.

1er mars

Octavio a appréhendé un homme avec un fusil à répétition, dans la ruelle. Chaque fois qu'un journal y va de son couplet sur le scélérat qui réside à Coyoacán, ces hommes font surface. Jusqu'ici ce ne sont que des desperados de la ville qui ont fait serment de protéger leurs femmes. Lev craint des hommes plus avertis, des agents secrets du Parti communiste sous les ordres de la Guépéou de Staline. Mais la balle d'un soldat nu-pieds n'est pas moins mortelle que celle d'un homme bien payé. Lorenzo dort maintenant dans la salle à manger de devant. Ces merveilleuses fenêtres vont devoir être murées avec des briques. Les maçons ont salopé le travail et Van a dû déménager dans le minuscule cagibi avec H.S., bien exigu pour deux. Même s'il a laissé sa multitude de vestes en serge au fond d'une malle dans l'autre pièce.

Il fait trop chaud cette semaine pour un début de printemps. Et le personnel est banni de l'avant de la maison à cause des fonctionnaires du Gouvernement qui y tiennent des négociations, tard dans la nuit. La chaleur dans ce cloître muré est insupportable. Van est consterné d'être tenu à l'écart des réunions, mais Diego dit que la situation est délicate. Le président Cárdenas en personne est attendu, pour aider à mettre en place la Commission d'enquête pour Lev.

Après avoir fait la cuisine et servi le souper, lavé la vaisselle, remis de l'ordre et balayé, le personnel n'a plus rien d'autre à faire que rester assis sur les lits en fer dans ces pièces minuscules, en caleçons et hauts de marin, à fumer des *panatelas* et raconter des histoires exagérées pour passer le temps. Ça rappelle l'école. Ce ne sont pas des sentiments fraternels que Van inspire. Mère dirait : Van a une sacrée gueule.

3 mars

Les gardes passent toutes leurs longues soirées ensemble dans une petite pièce, à respirer le même air vicié et avaler la salive des autres dans un même pichet tiède de pulque. Jouer aux cartes pour quelques pesos, les jeux de l'ennui. Ce soir, plus tôt, le jeu habituel : dites quel serait votre vœu si vous deviez mourir demain. Les garçons à l'école jouaient à ça, et invariablement ils finissaient les mains sur une paire célèbre de *tetas.* Van, de sa position de supériorité, a apporté sa contribution à la liste des choses sérieuses : « succès de la Révolution du *Commissar* ». Il était sur le lit de camp et tous les autres par terre, à faire passer le paquet de cigarettes. « À toi, Shepherd. Ton vœu.

– Faire quelque chose de beau, que les gens trouveraient très émouvant.

– *Pendejo*, tu fais ça tous les jours dans la cuisine.

– Je veux parler d'une œuvre d'art qui ne se retrouve pas dans un pot de chambre le lendemain. Une histoire, ou quelque chose comme ça.

– Comme les peintures murales de Rivera, qui commandent aux hommes de se mettre debout et de se battre ! » s'est exclamé Lorenzo. Beurré ou pas, loyal à la cause.

« Ou quelque chose de plus petit, comme les tableaux qu'elle fait. Que les gens… chériraient.

– *Querido*. Et ça te suffit, espèce de chien de berger !

– Shepherd, notre berger », a fait Van, en se penchant pour flatter de la main une tête hirsute comme si c'était celle de son chien. Devant les autres hommes. Le petit chien était pantelant.

10 mars

Câble de Mr. Novack, de retour à New York : il a convaincu le professeur John Dewey de présider la Commission d'enquête. Des journalistes américains se rendront au Mexique pour suivre l'histoire. Diego et Lev sont extrêmement heureux, car ce sera l'occasion pour Lev de répondre aux accusations de Staline, à la face du monde.

Nota bene : Sra. Frida, après inspection du rapport des événements de la semaine dernière, réitère sa requête : rester objectif, en particulier en ce qui concerne le secrétaire Van.

6 avril

Le professeur John Dewey de Columbia University est arrivé aujourd'hui de New York par le train. Il présidera la Commission d'enquête internationale sur les chefs d'accusation à l'encontre de Lev Davidovich Trotsky aux Procès de Moscou. Lui et sept journalistes résideront pour la durée de ce mois à l'Auberge San Angel. La conférence de presse d'ouverture s'y déroulera, pour satisfaire au désir du professeur Dewey : impartialité et absence de contact avec le prévenu avant les audiences.

Les travaux se tiendront ici, en raison des dispositifs nécessaires à la sécurité de Lev. L'avocat de la défense de Lev, Mr. Goldman de Chicago, arrive par le train demain. Des sacs de sable sont disposés en travers de la rue Londres pour bloquer les entrées du quartier à la circulation. On attend une publicité extrême pendant le procès. Les journaux de Mexico ont déjà mis en place une série d'éditions spéciales sur le sujet du Scélérat parmi Nous.

10 avril. Première session de la Commission d'enquête internationale.

Le professeur Dewey a ouvert la séance. A remercié le gouvernement mexicain pour sa politique démocratique, a déclaré qu'aucun homme ne doit être condamné sans avoir eu l'opportunité de se défendre. « J'ai consacré ma vie à la mission d'éclairer les esprits, dans l'intérêt de la société. J'ai accepté les responsabilités de cette présidence, et ce pour une seule raison : en les déclinant j'eusse manqué à l'œuvre de ma vie. » La responsabilité consiste à examiner les charges de sabotage et de sédition portées par Staline à l'encontre du prévenu.

Le prévenu est Lev Davidovich Trotsky, né en 1879. A combattu en tant qu'antitsariste depuis l'âge de 17 ans, a mené la Révolution bolchevique, a été élu président du Soviet de Petrograd en 1917. Auteur du manifeste de la Troisième Internationale, 1919. Exclu du Parti communiste soviétique en 1927. Condamné à l'exil au Kazakhstan à cette date.

À la table du prévenu sont assis sa femme, son avocat, et Van dont le rôle consiste à fournir les documents requis. À une table voisine, deux Américains et H.S. qui doivent traduire et consigner toutes les questions posées à Lev, ainsi que ses réponses. Un homme du nom de Glotzer (américain), chroniqueur judiciaire accrédité, connaît un langage (la sténographie) qui permet de tout écrire très rapidement, mais seulement s'il comprend les mots. Toutes les séances sont conduites en anglais à son intention et bien sûr celle du professeur Dewey. Par conséquent, H.S. a le devoir de consigner et de traduire chaque question ou chaque réponse en espagnol.

Aucune aujourd'hui, déposition seulement. Le contre-interrogatoire débute demain.

12 avril

Une question en espagnol aujourd'hui, de la part de Sr. Pontón de la Sociedad de Naciones, traduite comme suit : « Monsieur, pour nos correspondants mexicains, je vous prie de prendre la peine de répondre : votre accusation répétée contre Staline est l'absence de démocratie. Est-ce exact ? »

Lev a répondu : « Exact. Il existe aujourd'hui une catégorie de travailleurs du Parti qui entrent au gouvernement et renoncent à leurs propres opinions. Ou du moins à toute expression ouverte de ces opinions. Le moindre document sur leurs bureaux vient d'en haut. Ils se comportent comme si la hiérarchie avait déjà élaboré toutes les opinions et les décisions du Parti. Toute décision qui affecte le pays est présentée par cette hiérarchie comme un ordre. »

Quand Lev ne parle pas, il pose les pieds sur la table et se laisse aller dans son fauteuil. Aujourd'hui il était tellement penché en arrière qu'il n'y aurait pas eu besoin de faire intervenir la Guépéou pour lui fracasser la tête. Mais il ne cessait pas d'écouter pour autant. Quand il réfléchit, il a les yeux baissés vers son long nez russe et la partie inférieure de son visage s'enfonce dans son col. Il n'a pas conscience du regard des autres, occupé qu'il est à se concentrer avec une intensité si féroce qu'il pourrait mettre le feu aux papiers de tous ces bureaucrates. C'est sûrement cela, la contenance d'un révolutionnaire.

Rapport quotidien terminé et remis : 12/4/37.

13 avril

La question de Sr. Pontón et la réponse de Lev se sont retrouvées en première page du *Washington Post* ! Telles qu'elles ont été traduites par H.S., et elles ont été citées à nouveau dans l'éditorial, dans le cadre d'un débat sur les Procès de Moscou et sur la commission. L'article citait même la description de Mr. Trotsky renversé dans son fauteuil, et le titre, en énormes lettres majuscules, était : LA CONTENANCE D'UN RÉVOLUTIONNAIRE.

Il ne s'agissait que de notes griffonnées à la hâte, Sra. Frida, soumises avec la transcription de la traduction. Quel choc, et quelle peur. Le tout premier essai de traduction et quelques notes jetées sur un coup de tête, maintenant exposés à la face du monde ? Difficile de penser au petit-déjeuner ce matin. Perpetua a dit : « Assieds-toi et arrête de trembler, *mi'jo*. La semaine commence mal quand on se retrouve pendu le lundi. »

Pendu, c'est bien l'effet que ça fait ! Un *galopino* de vingt ans qui ne sait rien de la politique pourrait avoir confondu oui avec non, *renunciar* avec *renacer*, et après ? L'Histoire pourrait en dépendre. Des vies pourraient être perdues, à cause d'un mot à la place d'un autre. Pas étonnant que les écrivains soient pessimistes. Mieux vaut être cuisinier, au pire les gens resteront sur leur faim, ou se précipiteront aux W.C.

Mais Van a fait compliment de la traduction. Il a lu l'article à Lev et à Natalya au petit-déjeuner, le retraduisant en russe au fur et à mesure. Ils ont écouté les mots d'un cuisinier, tout en mangeant le pain grillé préparé par le malencontreux qui venait de se brûler les doigts.

14 avril

Après la clôture des séances d'aujourd'hui, Lev s'est avancé vers la porte d'entrée pour voir l'immense foule qui y était rassemblée. Pas seulement des journalistes mais des travailleurs de toutes sortes, même des blanchisseuses. Plus un seul desperado pour vouloir le tuer, après sa défense enflammée de l'ouvrier et du paysan rapportée par les informations. Maintenant il craint qu'il leur prenne l'idée de faire valser Jésus de son socle pendant les processions de la semaine sainte et d'y mettre Trotsky à la place. Un groupe du syndicat des mineurs est venu à pied depuis Michoacán.

Il s'est adressé à la foule en espagnol, lentement mais bien. « Je suis ici parce que votre pays croit avec moi en un gouvernement démocratique et au contrôle de l'industrie par les ouvriers. Nos efforts ne peuvent pas aboutir si nous restons dans un espace vide. » (Il voulait sans doute dire « en vase clos ».) « Le vrai changement viendra d'une organisation internationale des ouvriers pour la révolution mondiale. » La foule a été calme toute la journée mais, à ces mots, de grands cris se sont élevés.

Presque tous les jours il s'octroie de petites pauses dans son travail pour pratiquer l'espagnol avec le Secrétaire Indigène. Van, qui n'apprécie pas cette interruption, fait remarquer que les traducteurs doivent toujours être disponibles. Ce à quoi Lev répond : « Fais confiance à un vieux révolutionnaire pour ne faire totalement confiance à personne. » Il se moquait, semble-t-il. Mais aujourd'hui, alors qu'il parlait directement à la foule, son propos était clair.

15 avril

Longue journée de débats. Mr. Dewey dit que la conclusion est proche, mais la foule continue de grossir, à la fois le nombre des étrangers à l'intérieur, et les Mexicains dehors. Lev est dans un tel état d'exaltation qu'il pourrait témoigner jusqu'à la fin des temps. Van a l'air content aux côtés de son chef, pas intimidé le moins du monde face à cette armée d'observateurs : journalistes mexicains et étrangers en chapeaux mous et manches de chemise, rédacteurs de magazines, même quelques romanciers, qui suivent les moindres mouvements de Van alors que, de ses longs doigts, il plonge dans les classeurs comme dans des cavernes pour en retirer quelque page obscure dont Lev pourrait avoir besoin, sur l'indication d'un seul mot, une date ou le nom de quelqu'un. Ils sont comme père et fils. Lev et Van.

Très peu de questions en espagnol aujourd'hui. C'est Sr. Pontón de la Sociedad de Naciones qui en pose le plus. Aujourd'hui, deux. La première : « Monsieur, pensez-vous qu'un État des travailleurs serait en mesure d'honorer le droit de suffrage et les droits démocratiques, comme dans une démocratie sociale ? »

Réponse de Lev : « Pourquoi n'en serait-il pas ainsi ? Même aujourd'hui, dans tous les pays capitalistes, les communistes prennent part au débat parlementaire. Quand nous réaliserons un État des travailleurs, il n'y aura aucune différence de principe dans la manière dont nous utiliserons le droit de vote, la liberté de la presse, l'assemblée et cetera. »

Deuxième question : « Monsieur, vous dites que l'Union soviétique sous Staline est un État des travailleurs dégénéré, contrôlé par une bureaucratie non démocratique. Vous prédisez que cette corruption sera renversée par une révolution politique, qui établira une démocratie des classes laborieuses. Ou qu'elle continuera à dégénérer sous la pression mondiale pour devenir un État purement capitaliste. Dans tous les cas, pouvez-vous rationaliser les coûts pour la société ? »

Réponse de Lev : « Jeune homme, c'est une bonne remarque. L'humanité n'a pas réussi jusqu'à présent à rationaliser son histoire. Les leaders qui persistent à penser que pour tout grand pas en avant, quelqu'un doit faire un pas en arrière, causent beaucoup de tort. La dictature du secrétariat du Soviet s'est produite à cause du retard et de l'isolement du pays, imposés depuis si longtemps par le tsar. Nous étions habitués aux rationalisations d'un despote. Les gens acceptent ce qu'ils connaissent déjà. Quand l'homme est épuisé, il se trouve de nouveaux ennemis, de nouvelles religions. Notre tâche la plus importante est d'aller de l'avant sans tomber dans ces écueils. »

17 avril

La commission a terminé ses travaux au bout de quinze sessions. Un jour de plus et la salle à manger de cette maison se serait fendue comme un œuf. Lev a conclu avec sa vigueur habituelle. « L'expérience de ma vie n'a pas détruit ma foi dans l'avenir clair et lumineux de l'humanité. À l'âge de dix-huit ans, j'ai pénétré dans les quartiers ouvriers de Nikolaïev sans rien d'autre que ma foi de jeune homme dans la raison, la vérité, et la solidarité humaine. Ma foi depuis lors a mûri, mais n'en est pas moins ardente. »

Toutes les mains se sont immobilisées ; les journalistes semblaient avoir besoin de mouchoirs. Mr. Dewey a conclu : « Messieurs, tout ce que je pourrais dire après cela serait dit en pure perte. »

Mr. Dewey et ses collègues examineront les dépositions et déclareront le prévenu coupable ou non coupable. Il leur faudra des mois avant de rendre leur verdict écrit. Mais Lev est radieux. Aux yeux du monde, il a répondu aux accusations.

28 avril

La maison retrouve son calme et revient à la routine d'avant. Si tant est que « calme » soit le mot juste pour décrire un homme qui travaille comme trois : faire signe au secrétaire de finir une lettre pendant qu'il dicte des théories politiques dans le microphone de la machine à enregistrer au cylindre de cire. Il fait très chaud, même quand on travaille en bras de chemise. Van est toujours le dernier à ôter sa veste en tweed. Le contact de sa main à l'improviste, quand il tend le bras vers un livre, est comme de l'eau bouillante. Van et Lev sont tous deux des hommes à tempéraments du Nord, pourtant Van semble agité par le vif soleil du Mexique et ses paysages, alors que Lev semble s'animer. Il aime même les cactus.

1er mai

Sra. Frida poursuit ses visites quotidiennes ici depuis que les audiences sont terminées, afin de s'assurer que Lev ne manque de rien. Notons la chose suivante : l'idée d'apporter Fulang Chang pour « égayer la maison » ne va pas être d'un grand secours. Natalya déteste le singe et hier, pendant que Sra. Frida était dans la cuisine, elle lui a donné un bon coup sur le crâne avec un journal du parti conservateur.

La nouvelle du soulèvement des ouvriers à Barcelone redonne de l'énergie à Lev, qui voit dans l'événement le signe que l'accord de la Troisième Internationale entre Staline et les autres partis communistes du monde s'est effondré. On a demandé à Lev d'écrire une quatrième série d'accords internationalistes, d'où le flot frénétique de mots figés en cylindres de cire par son Ediphone. L'alternative au Komintern de Staline trône maintenant sur son bureau sous forme de pots, en attendant de se transformer en mots tapés à la machine, puis en actions humaines.

Pour fêter l'événement, les gens de maison accèdent au désir de Sra. Frida : se préparer à « fêter la Quatrième Internationale ». Sr. Rivera est plus préoccupé par la sécurité que par les décorations de table.

2 mai. Le bal

Lev était déjà dans son bureau quand Sra. Frida est arrivée ce matin pour prendre possession de la salle à manger. Natalya n'avait même pas pris son petit-déjeuner et elle a donc mangé dans la cuisine. Pardon, mais de grâce n'oublions pas : Natalya n'a pas d'autre maison. Elle a dit récemment qu'elle se sentait comme une invitée indésirable.

Pardon à nouveau, Señora, mais il a été impossible de ne pas rire en vous voyant debout près de la table, occupée à la décorer pour la fête, des œillets rouges dans les deux mains et un à la bouche. On aurait dit Carmen.

De quoi ris-tu ? Tu crois que c'est si simple de créer l'histoire ? Longue jupe qui balaie le sol, elle tourne autour de la table, dispose avec soin les œillets aux longues tiges, dessinant un grand œil sur la nappe blanche, tels des cils qui s'épanouissent comme les rayons du soleil.

C'est vrai, les tables de salle à manger font partie de l'histoire. Les murs du Peintre et les cylindres en cire de Lev ne sont pas toute l'histoire. La Sra. a froncé les sourcils, elle ramassait déjà les fleurs alors que la composition n'était pas terminée. *Va chercher les ciseaux !* a-t-elle ordonné, sans même lever les yeux. Et elle s'est mise à décapiter les têtes de leur tige, à petits coups précis, si vite qu'on voyait déjà le sang jaillir du bout de ses doigts, comme dans l'un de ses tableaux.

Puis elle a posé une main sur sa hanche, brandissant ses ciseaux dans les airs. « Nous allons danser ce soir. Des tas de beaux artistes. Belén et Carmen m'ont dit que tu danses la *sandunga* et le *jarabe*, parfaitement. Je ne te demanderai même pas comment elles le savent. Mais comment as-tu appris ?

– Par ma mère.

– Ta mère, une nationaliste ? Je n'aurais pas cru.

– Elle le nierait aujourd'hui. Elle a flirté avec, quand nous sommes arrivés à Mexico. Mais maintenant elle est passée à l'âge du swing, et des ingénieurs bien payés.

– Et tu nous désavoues toi aussi ? Ou bien danserais-tu avec une Indienne ? » Elle a tendu la main et, comme liquide, elle s'est coulée dans les bras qui l'accueillaient, faisant claquer amoureusement ses ciseaux comme une danseuse de flamenco avec ses castagnettes.

Señora Frida est une contradiction dans les termes : parfois petit homme sévère, soudain femme ou enfant, mais sous toutes ses formes exigeant que vous restiez amoureux d'elle. Commandant même son géant de mari, jusqu'à ce qu'il prenne la fuite et aille poser sa tête sur le sein de femmes plus douces. C'est la vérité, pas une opinion : son sourire de chat, ces mains, les pinceaux. Tout cela, à tout moment, pouvant devenir une claque en pleine poitrine.

Au bout d'une heure de travail, elle était satisfaite de sa composition de fleurs rouges sur lin blanc. « Ici, ce sera la place de Lev », a-t-elle dit avec douceur, « et ici, celle de Natalya. » Prononçant le deuxième nom comme si sa place à table était une concession.

Jalouse, de Natalya ? Frida, est-ce possible ?

C'est un sacré travail que d'utiliser des fleurs comme on applique de la peinture. À la fin de la soirée, elles ne seront plus qu'un amas de pétales flétris. Des taches sur votre nappe blanche, cela aurait pu être évité. Mais vous avez fait volte-face à cette suggestion, avec votre air féroce : lèvres pincées, main posée sur votre *rebozo* rouge, ces boucles d'oreilles en argent caressant vos épaules comme des mains.

« Des taches inutiles et des fleurs mortes ! Sóli, excuse-moi, mais qu'ai-je d'autre pour faire mes marques sur la vie, sinon *lo absurdo y lo fugar* ? »

Vous avez voulu savoir comment on dit en anglais. *The absurd*, c'est facile. Le reste est plus difficile. *Fugar* parle des choses qui fuient avec le temps. Que ferions-nous sans l'absurde et la fuite ?

C'est à cet instant que la porte s'est ouverte d'un coup, *bang* ! Et naturellement c'était Diego. Veste à l'épaule, mains chargées de livres, laissant tomber des choses sur son passage, il traverse la pièce, le claquement de ses bottes sur les carreaux comme des détonations de fusil, il vous embrasse, débarrasse les fleurs et se met à tout réarranger. Tout votre travail, vous, tout le monde dans cette pièce – tout disparaît en présence de Diego. Il a toujours raison, parce que toujours il vous subjugue. Pour La Frida il y a El Diego et rien d'autre.

Il y a longtemps, à l'école, il y avait un garçon comme ça, Bull's Eye, qui avait toujours raison même quand il avait tort. Une fois, vous aviez dit qu'il faudrait se confier à vous, Frida, tôt ou tard, âme meurtrie à sa pareille. Que peut-être vous pourriez aider. Puisque vous seule lisez ce rapport chaque semaine, voici la confession que vous avez demandée : le scandale de la conduite irrégulière. Pour l'Insólito il y a eu Bull's Eye et rien d'autre. *Insólito* veut dire ridicule. Veut dire toutes ces choses que vous avez nommées, l'absurde et la fuite. Où seriez-vous sans *lo absurdo y lo fugar* ? Peut-être êtes-vous seule vous aussi dans cette maison et peut-être demandiez-vous : Mon ami, que ferais-je sans toi ?

16 mai

La presse rapporte que Mr. Browder du Parti communiste américain est venu ici pour mettre en garde les communistes mexicains contre toute communication avec Trotsky. Il dit que « l'unité à tout prix » implique de soutenir Staline. Lombardo Toledano et beaucoup d'autres leaders du parti mexicain ont dîné à la table des Rivera, mangé la nourriture de cette cuisine. Mais Diego n'est maintenant plus membre du Parti. Ses invitations à venir ici pour rencontrer Lev restent ignorées de tous.

La chaleur est insupportable. Le soir, Van sort dans un bar, le Golden Earring, juste pour prendre l'air, dit-il.

Lorenzo l'accompagne, dans l'espoir de rencontrer des filles. « Tu veux venir aussi ? » a demandé Van. Mais le bar serait sans doute un autre endroit irrespirable.

1er juin

Le commandant en chef de l'Armée Rouge, exécuté pour trahison. Tukhachevsky avait exprimé son soutien aux positions de Trotsky, et pour cette seule raison il est mort. Lev craint une purge, des milliers d'officiers sont concernés. Rien d'autre à rapporter.

4 juin

Télégramme ce matin de Lyova, comme toujours codé. Les purges en Union soviétique sont terribles. Le chef des services secrets soviétiques a démissionné de son poste en signe de protestation contre les exécutions, et a déclaré sa loyauté à Trotsky et à la Quatrième Internationale.

Lev craint pour la sécurité du chef Reiss, mais se réjouit d'apprendre qu'il s'est désolidarisé de Staline. Journée agréable, malgré une chaleur suffocante. Lev a fait transporter la grande table rouge de son bureau jusque dans la cour. Le *Commissar* valait le spectacle, au travail avec son grand chapeau de paille et ses balbriggans, caleçons d'un autre âge. Même Van a fini par troquer ses tricots marins contre des cols en V, et au cours de la journée ses larges épaules hollandaises se sont mises à rougir. Ce soir, elles sont presque du même bordeaux que le bureau.

Cet après-midi, il a renversé l'encrier et en a ri, pour changer. Son humeur s'améliore. C'est avec gratitude qu'il a accepté de l'aide pour changer le ruban de la machine à écrire, et plus tard pour réparer le fil électrique de l'Ediphone. Il a fait compliment d'une petite correction apportée à la traduction, disant que nous formons une bonne équipe. Qui sait s'il existe un autre lieu, en dehors de ces murs, où nous pourrions travailler ensemble, si tant est que ce jour arrive.

5 juin

Señora Frida a exprimé ce soir le désir de dîner en tête à tête avec les visiteurs. Natalya, souffrante, est restée au lit. Van est sorti pour la soirée.

8 juin

À noter : chaque fois que Sra. Frida entre avec le plateau du thé, le visage du *Commissar* s'illumine comme le soleil. Jusque-là il ne supportait d'être interrompu qu'avec une tolérance polie. Maintenant c'est souvent qu'il lève les yeux pour voir si ce n'est pas encore l'heure du prochain plateau. Guettant le cliquetis des bracelets. Van est d'accord, Lev a un comportement étrange. Aujourd'hui Lev et la Señora se sont rendus en automobile à la maison de Sra. Cristina, mission non dévoilée. Et ils y sont restés plusieurs heures, pas pour la première fois. L'absence de sécurité est extrêmement préoccupante. Frida, ceci n'est pas une opinion.

10 juin

Aujourd'hui, Lev a demandé, pendant qu'il serait sorti pour l'après-midi, que le ménage soit fait dans le bureau et que la table soit remise à l'intérieur. Des pluies sont annoncées.

De toute évidence le *Commissar* ne s'attendait pas à une remise en ordre aussi complète. Van a trouvé une boîte de lettres qui l'inquiètent beaucoup. Sra. Frida connaît peut-être la nature de ces lettres. *Les nouveaux travailleurs n'ont pas seulement besoin des fresques de votre mari, mais aussi de ce que vous offrez : beauté, vérité, passion. L'art véritable et la révolution se rejoignent sur les lèvres et dans le cœur*. Certaines lettres, encore plus explicites, ont été placées à l'intérieur de livres empruntés à Sra. Frida. Avec l'intention de les rendre plus tard, c'est évident. Les lettres n'ont pas bougé.

Ce soir, Van fait les cent pas comme un prisonnier autour de son lit, dans le petit placard qui tient lieu de chambre. Il suce des pastilles de réglisse quand il est anxieux, après avoir aligné sa ration du soir, comme Mère le faisait avec ces cigarettes.

« Pouvons-nous en parler à qui que ce soit ?

– Comment le pourrions-nous ? »

La sécurité de son chef le rend fou d'inquiétude. Et il éprouve aussi de la loyauté envers Natalya ; il vit avec eux depuis tant d'années. Il attend qu'on lui explique ce comportement. Mais il ne veut pas l'explication.

« Pour l'amour du ciel », ne cesse-t-il de répéter, faisant tour à tour les cent pas ou s'écroulant sur son lit. Ses larges épaules et son tricot en V luisent dans l'obscurité de la chambre aux fenêtres closes. « Je croyais qu'elle l'admirait comme un père. Pour l'amour du ciel, elle l'appelle El Viejo.

– Le *Vieux* n'a que cinq ans de plus que Diego. Elle dit peut-être ça pour déguiser ses sentiments. »

Emmurés dans cette minuscule cellule : deux hommes enveloppés de chaleur comme d'une couverture, en proie à des égarements entièrement séparés. À l'origine de la détresse de chacun, bien que provenant de régions entièrement séparées, les dégâts causés par l'amour, les cruautés de l'attirance sexuelle.

Il ne se doute pas. Dans un instant il sera nu, ce qui se produit tous les soirs. Innocemment il étale son corps, morceau après morceau comme un banquet. Son long ventre plat comme une tortilla à la farine blanche. Ses pieds magnifiques étendus au-delà des espoirs les plus fous de son petit lit.

« Comment peuvent-ils être si stupides ? » répète-t-il encore et encore.

« L'amour peut être une maladie, Van. Ils n'ont pas demandé à ce que ça arrive. »

11 juin

Quatre tableaux de Sra. Frida feront partie d'une exposition à l'Université nationale. Elle en est sans doute heureuse, bien qu'elle n'ait pas fait état de la nouvelle, ni d'aucune autre chose de nature personnelle, depuis la dernière inspection de ce journal. Elle vient à la maison presque quotidiennement pour voir Lev, mais elle évite le personnel. Tout particulièrement Van.

Les confidences de son cuisinier, qu'elle a pourtant sérieusement sollicitées en plusieurs occasions, sont passées inaperçues ici, ou du moins restées sans commentaire.

12 juin

Sortie inoubliable, étrange et merveilleuse, mais en fin de compte, humiliation amère. Les confidences de ce rapport ont été utilisées contre son auteur. Un fait, pas une opinion.

Les mécanismes d'une maison sont comme ceux du monde. Les Russes tolèrent la tyrannie de Staline, dit Lev, seulement parce qu'ils ne connaissent rien d'autre, après des siècles d'isolement sous les tsars. Ainsi en est-il peut-être ici. Ainsi en est-il peut-être d'une maîtresse dont la cruauté est simplement la conséquence de son passé. Cruautés imposées par un mari, ou la vie même.

Pourtant, comme Lev l'a dit à son procès : notre tâche la plus importante est d'avancer sans souhaiter aux autres de revenir en arrière.

Rapport officiel de l'histoire, donc : Sra. Frida a proposé cette sortie comme une faveur destinée à tous, « pour échapper à cette chaleur insupportable ». Mais Natalya, bien sûr, est toujours souffrante, et Diego trop occupé ne serait-ce que pour être informé de la sortie. Les évadés se résument donc à elle-même, Lev et ses deux secrétaires – deux paires, comme des cartes à jouer dans sa main. Elle a organisé les choses plus secrètement encore qu'à son habitude et a conduit l'automobile elle-même parce que César est incapable de se taire, a-t-elle dit. Ce qui est vrai.

Long trajet vers la périphérie poussiéreuse de la ville, jusqu'à l'embarcadero. Xochimilco est un étrange village, des champs qui paraissent flotter sur l'eau. En réalité ce sont des îles construites de toutes pièces, mises en culture depuis le temps des Aztèques à l'époque où la ville était encore bâtie sur un lac. Les canaux et ces îles carrées sont les derniers vestiges de ce qui est enfoui sous toute cette histoire et ces boniments qui portent le nom de Mexico. Sra. Frida a discouru avec beaucoup de panache pendant le trajet, lâchant le volant à l'occasion pour agiter les mains, expliquant comment les anciens améliorèrent leur régime de grenouilles en construisant ces îles pour faire pousser des légumes. Comment les couches de feuilles de nénuphars et de terre fertile sont entassées à l'intérieur d'une clôture de roseaux entrelacés, jusqu'à ce que l'île dépasse le niveau de l'eau et que le fermier puisse planter ses cultures.

Maintenant c'est un fol enchevêtrement de couleurs et d'eau fraîche. Des champs de courges et de maïs, des explosions de fleurs, avec des voies navigables qui courent selon une grille parfaite entre les îles cultivées. Des trompettes des anges balancent leurs clochettes roses au-dessus de l'eau, et des hérons blancs sont plantés sur une patte parmi des roseaux. De vieux peupliers géants se dressent tout au long de chaque champ, ombrageant les ruelles liquides. On voit bien comment tout a été construit, ils ont commencé par planter ces jeunes peupliers en rectangle sous l'eau, de manière à ancrer les roseaux et les poteaux entrelacés qui constitueraient le périmètre de l'île. Maintenant, les jeunes arbres plantés il y a longtemps sont devenus d'antiques géants feuillus, entrecoupés de grappes de flamboyants haricots grimpants. Des huttes de paysans aux toits de roseaux sont construites directement sur certaines îles, et les enfants courent et nagent de l'une à l'autre, nus comme des poissons. Les femmes jettent à l'eau leurs cannes à pêche ou vendent des cruches de pulque aux bateaux qui passent. Avec chaque canal latéral, c'est un nouveau spectacle saisissant, un long ruban d'eau d'un vert éclatant surmonté d'un tunnel d'arbres.

Les bateaux à louer conçus pour le canal sont des *trajineras* larges à fond plat. Des embarcations criardes à la manière de canards, peintes en rouge, bleu et vert, avec une arche à l'avant où ils écrivent un nom de femme avec des fleurs. Sur commande, à chaque course. Frida et Lev ont eu une discussion en louant le bateau : elle voulait le nommer *Revolución*. Pas idéal (a fait remarquer Van) pour la sécurité de notre hôte et camarade. Lev l'a emporté et le batelier, une lettre après l'autre, a épelé *Carmen*. Le premier prénom de Sra. Frida. Elle s'est blottie bienheureusement sur le banc avec le « vieux » de leur côté, et sur l'autre banc, Van et H.S., deux couples face à face séparés par une table en planches. Tous les bateaux en ont une, longue table étroite pour pique-niquer, boulonnée de la proue à la poupe. La nôtre était peinte d'un jaune très vif, ce qui semblait convenir à l'humeur de Frida. Elle devait connaître un mot pour désigner cette couleur. Les canaux regorgeaient de ces bateaux, poussés par des perches, tous peints avec la même imagination débridée, qui dansaient sur l'eau, avec leur charge de couples et de familles fuyant la chaleur de la ville. Dans cette cohue, les paysans en route vers les marchés de la ville dans leurs canots avaient du mal à enfoncer leurs perches.

Un canot de joueurs de marimba, deux hommes en chemise blanche debout côte à côte devant leur long instrument, roulant leurs mains sur les lames de bois dont les notes résonnaient en cascade. Frida jeta quelques pesos aux musiciens pour jouer *l'Internationale*. D'autres bateaux chargés de musiciens passèrent aussi, il y en avait partout, des bateaux entiers, même un orchestre complet de mariachis debout sur leur canot, équilibre totalement précaire, qui balançaient entre le désir de chanter et la volonté de rester au sec.

C'était un marché flottant extravagant, des hommes qui vendaient des fleurs, des femmes avec des marmites en aluminium géantes en équilibre sur des bateaux minuscules, qui s'arrêtaient le long de l'embarcation pour vous proposer un repas : maïs grillé, *pollo mole*, *carne asada* et tortillas, présentés dans de la vaisselle qui serait ensuite lavée dans le canal. Lev acheta un bouquet de roses rouges et les planta une à une dans la couronne de tresses de Frida. Il servit un verre de vin rouge à chacun, et les remplit à nouveau. Il paya un orchestre pour jouer *Cielito Lindo*, puis douze ou quatorze autres chansons, toutes parlaient du cœur et aucune de la Révolution. Quand il se pencha au-dessus de l'eau pour payer les musiciens, il oublia de lâcher sa main, qu'il tenait sous la table. Les amants étaient vraiment à la vue de tout le monde, tout l'après-midi ils se sont câlinés, le petit coude de Frida tendrement lové dans le sien.

Van détournait les yeux, il énumérait tout ce qu'on apercevait du bateau d'une façon puérile qui ne lui ressemblait pas, par embarras. Pourquoi ne pas contempler ces deux-là, ils étaient mieux assortis que la petite colombe et le crapaud. Un tableau plus plaisant au regard : la fille indienne et son solide paysan russe. Face à eux, le dieu nordique et le sténographe indigène étaient si serrés sur le banc qu'à chaque virage du bateau une jambe ou une épaule venait se presser contre celle de l'autre. L'air était d'une immobilité suffocante, un grondement brûlant et cotonneux qui absorbait tout : chaleur et musique, battements des pouls. Van assez près pour toucher sa joue, ou étreindre son genou. Quel exploit de ne pas le faire.

Et soudain, de grands cris ont troué le silence. Notre passeur ensommeillé, alarmé, a brandi sa perche, mais ce n'était qu'un bateau rempli d'écolières. Elles gesticulaient tant et plus, car un autre bateau derrière était lancé à leur poursuite. Celui-là, bien sûr, rempli d'écoliers, qui jetaient des fleurs à leurs victimes dans une profusion d'éclaboussements.

« C'est la guerre des fleurs ! » criaient les filles, tout en ripostant avec leurs flèches aux longues tiges. Elles manquaient leur cible à chaque fois, comme les guerriers aztèques contre Cortés, juste avant de voir leur cœur éclater sous le feu des canons.

« En garde ! » s'écria Frida, s'emparant des munitions qui encerclaient sa tête, lançant des roses de toutes parts. Lev aussi lança des fleurs, une grande première à n'en pas douter dans sa longue carrière de militant. Frida plongea les mains dans l'eau et en retira un œillet à longue tige qui, pointée comme une épée, alla frapper Lev, sa joue, puis sa poitrine.

« Je suis touché ! » cria-t-il, les bras autour de la poitrine dans une parodie de drame, tombant en arrière contre le banc. « Frappé en plein cœur par un bouquet de fleurs. Comment appeler ça ?

– *Encarnado* », répondit-elle.

– *Descargado por encarnado* », renchérit-il. Blessures charnelles. Le coup peut être mortel.

Elle l'embrassa sur la joue. Van examina les arbres avec attention. Les deux bateaux chargés de guerriers s'éloignèrent le long d'un canal latéral, laissant derrière eux une eau saturée de munitions colorées. Un autre canot approcha et un homme qui vendait des jouets grimpa à bord de notre embarcation, les poches remplies de babioles en feuilles de palme tissées. « Des enfants ici ?

– Non », répondit Frida, et Lev au même instant dit « Oui ». Van expliqua : « Désolé, mais les enfants sont tous partis.

– Eh bien, j'ai tout de même quelque chose d'indispensable à tout âge. » L'homme tira de sa poche un long tube tissé. « Un *trapanovio*. Vous devriez l'essayer, Señorita. »

Il le présenta en direction de Frida qui obligeamment enfonça le doigt dans l'extrémité du tube et fit celle qui ne pouvait pas s'échapper. Tout le monde connaît ce petit tour. Plus on tire, plus le tube tressé se resserre.

« Señor, il va falloir l'acheter maintenant, et tenir l'autre bout vous-même », dit l'homme à Lev, lui extorquant cinq pesos. « Sinon, elle aura ce truc dangereux pour attraper les garçons, et elle en fera ce qu'elle voudra. Qui d'autre ici a besoin d'un bon piège pour attraper quelques *novias* ? Vous, jeunes gens ?

– Lui peut-être », répondit Frida en riant, désignant l'autre côté de la table. « Il meurt d'envie de prendre au piège un *novio* bien précis. »

Il n'était pas utile de le dire comme ça. *Novio*, au masculin.

« Mais laissez l'autre tranquille. » Elle arracha à l'étreinte de Lev son doigt emprisonné, toujours prolongé par sa longue prothèse et l'agita en direction de Van, comme s'il était un vilain petit garçon. « Il n'a besoin d'aucun truc pour prendre les filles au piège, apparemment il est bien équipé. Quelle heure est-il maintenant, quatre heures ? Elles sont sûrement en train de faire la queue à l'attendre au Golden Earring.

– Qu'est-ce que ça veut dire ? » Lev se redressa. « Tu vas dans ce bar le soir ?

– Pas tous les soirs. Et les filles ne font pas la queue.

– Oh, on raconte des histoires ! » s'exclama Frida. Elle paraissait un peu ivre, mais ce n'était peut-être que de la comédie. Elle peut donner cette impression n'importe quand, elle doit avoir ses raisons. L'homme aux jouets sentit qu'il avait mis les pieds dans le plat, et il regagna son canot ventre à terre.

« De quoi s'agit-il, Van ? » demanda Lev à nouveau, intéressé visiblement, mais pas désapprobateur. « Tu ne m'as pas parlé de filles. »

Van rougit violemment. « Pas *des filles*. Une fille. Elle s'appelle Maria del Carmen.

– Maria del *Carmen* », chanta Frida. « Ce bateau du nom de Carmen porte donc plus d'un flambeau. Parle-moi de cette jeune personne. Une fille de bar ?

– Serveuse. Mais elle a fait ses études à l'université. Elle me donne des cours d'espagnol parfois le soir.

– Oh, très bien, très bien », répondit Frida avec un sourire féroce, chat qui tient la souris sous sa patte. « Études à l'université et jolie, je n'en doute pas. Des cours d'espagnol ! Et *esternón*, est-ce que tu connais ? » Elle posa le doigt sur son sternum, se pencha en avant, et prit ses deux seins entre ses mains. « Et les *pezones* ? »

Van succomba complètement à son émotion. Ses oreilles, même sa nuque, s'empourprèrent. « Je connais ces mots. Si c'est le sens de votre question. »

Elle se leva et, se penchant au-dessus de la table, s'approcha de son visage : « *Y besos suaves ?* »

Lev la tira par la main. « Frida, c'est un homme, pas un enfant. S'il a une petite amie dans la ville, cela ne te regarde pas.

– Tout me regarde, *mi viejo*. Les amants, surtout. » Elle adressait à Van des regards de braise. Elle dégagea doucement le piège à amoureux de son doigt et l'examina un instant, puis elle le balança à travers la table à celui qui n'était l'objet du désir de personne.

« Insólito, c'est toi qui as besoin de ça. Tu ferais bien d'aller prendre au piège un autre poisson. »

14 juin

La maisonnée a volé en éclats. Diego et Natalya ont découvert la liaison de leurs conjoints, ce qui a conduit aux désagréments auxquels on pouvait raisonnablement s'attendre. Lev est parti ce matin pour une maison dans le désert à San Miguel Regla, prêtée en dernière minute par des personnes de confiance, amis de Diego. Quand Sra.

Frida est passée à la maison aujourd'hui, Natalya a donné libre cours à sa colère, un bien douloureux spectacle. La pauvre Belén a eu si peur qu'elle en a lâché une assiette de beignets.

Bien sûr, Van est parti avec lui, ainsi que Lorenzo, mais pas les autres gardes du corps. Lev dit qu'il ne peut pas imposer une armée aux amis si hospitaliers des Rivera, même s'ils soutiennent la Quatrième Internationale. Diego craint qu'il soit impossible de garder ce lieu correctement. Et pour compliquer la situation, Diego se compte peut-être dans la liste de ceux qui veulent assassiner son hôte et camarade.

Frida semble à la fois inconsolable et sans remords. Étrange alliage. Tout de même, Señora, vous n'avez que vous-même à blâmer, n'est-ce pas ? Vous vouliez que l'on vous découvre, c'était évident. Rappelez-vous votre requête concernant ces pages : une histoire sans mensonge.

17 juin

Dans la cuisine, les esprits chauffent plus vite que le fourneau. Perpetua dit que señora Frida s'est rendue à San Miguel Regla hier, sous le prétexte qu'elle avait besoin de donner de l'argent à la famille Landeros pour avoir accepté de prendre Lev chez eux. Perpetua s'est gaussée. « Qu'est-ce qu'elle peut bien être allée faire là-bas à part des choses louches ? Mais une fois sur le cheval, il faut se cramponner, j'imagine. Même s'il rue. »

« Ce vieil homme doit encore avoir du piment dans sa sauce », a ajouté Carmen Alba.

« *Vieux ?* » a craché Perpetua. « Il n'a même pas soixante ans. Vous les filles, vous n'êtes que des enfants, vous ne savez pas. Plus la sauce cuit, plus elle est épicée. »

Belén gardait un œil sur la porte : la femme de la sauce en question pouvait entrer à tout moment.

30 août

Un télégramme est arrivé hier : l'ancien secrétaire de Lev, Erwin Wolf, assassiné en Espagne par la Guépéou. Natalya a pensé qu'il fallait que quelqu'un apporte à Lev le triste message. Le trajet à San Miguel a été silencieux ; César semble plus méfiant que jamais, même s'il n'a plus à partager sa chambre avec l'espion aux carnets.

La route de Regla passe près des grandes pyramides de Teotihuacán. Puis elle traverse des petites villes de montagne, rues pentues remplies de tavernes, d'ânes et de poussière, et de demeures coloniales roses d'un autre temps, avant qu'il devienne honteux d'être riche au Mexique. Maintenant les belles maisons se sont toutes transformées en appartements, avec les lessives étendues aux balcons.

La cachette de Lev à San Miguel Regla est un petit appartement à l'arrière d'une grande hacienda. L'endroit paraît assez sûr : mur haut, Lorenzo posté à la fenêtre, dans un avant-poste du désert visité essentiellement par des vautours. Les Landeros sont rarement chez eux, la famille et les domestiques ont reçu l'ordre de n'approcher l'arrière de la maison sous aucun prétexte. Faute de présence féminine, les pièces que partagent Van, Lev et Lorenzo sont comme les tiroirs d'un gigantesque meuble de rangement, les lits flottent parmi les carnets, pistolets, chaussures et encriers. Si Lev y reste encore longtemps, il risque de se noyer dans sa rivière de papiers.

Ici, Lev trouve l'air tonifiant ; chaque matin il fait de longues promenades sur les routes désertes. Il est tombé amoureux des cactus et en découvre sans cesse de nouvelles variétés dans les ravines asséchées. À la grande consternation de Van, il les déterre, les enveloppe dans des manteaux en toile à sac et les rapporte à la maison sur son épaule. Il a le projet, semble-t-il, de faire un jardin avec ces créatures bizarres bourrées de piquants. Van aussi semble bourré de piquants. La vie au Golden Earring doit lui manquer.

Le trajet du retour a été encore plus lent : conduite somnambulique de César et appréhension à l'idée du pauvre visage anxieux de Natalya, petit bouledogue qui renifle les traces de son maître absent. Il faudra bien le lui dire, Lev n'a pas manifesté la moindre intention de revenir prochainement. Ce n'est pas qu'il veuille la négliger, juste sa fascination totale pour la vie telle qu'elle est, quelque forme qu'elle prenne. Pour tout vagabond sans foyer, il est un miracle d'enseignement : maintenant qu'il n'a plus aucun endroit où aller sur cette terre sauf ce monde désertique, il déclare une passion pour les cactus.

Ici, il y a très peu à faire. Cuisiner pour des gardes du corps désœuvrés, et pour Natalya qui ne mange quasiment rien. Elle vit maintenant depuis six semaines d'eau citronnée et de Phanodorm. Tous les après-midi à deux heures, elle gare ses chaussures noires le long de son lit comme deux minuscules automobiles et s'allonge, entièrement habillée, pour survivre au reste de la journée.

L'un des messages transmis à Lev avait trait à une visite de Joseph Hansen, camarade du parti troskiste des États-Unis. Natalya y voit de l'espoir : Lev n'a vraiment d'appétit que pour son travail. L'arrivée de Hansen va le faire revenir.

8 septembre

Lev revient, comme prédit, et avec lui des marées de papiers. Fini les jours oisifs. Van passe ses journées à transcrire les cylindres de cire, pendant que Lev en produit de nouveaux. Travail sans fin à la machine à écrire, interrompu seulement par les exercices de sécurité.

Notre petit monde est remué comme une soupe : Diego veut attribuer à Mr. Hansen et sa femme Reba une des pièces intermédiaires. Tous les gardes partageront donc désormais une seule pièce minuscule, à moins que l'un d'entre eux n'accepte de faire couche commune avec la vieille Perpetua, qui ronfle comme un sanglier. Les filles de maison se sont fabriqué une paillasse dans la cour sous le figuier pour être un peu en paix.

Les membres du personnel ont plus que jamais l'impression d'être des détenus, à cause de la promiscuité et des mesures de sécurité extrêmes. Les menaces sont réelles – c'est entendu, mais pas facile. Belén et Carmen Alba n'ont pas le droit d'aller rendre visite à leurs mères. La porte est rarement ouverte, même une course au marché doit coïncider avec le changement des gardes, de manière à interférer le moins possible avec les horaires de travail de Lev. Van a cessé ses visites nocturnes à la taverne. Les gardes du corps dorment pistolets à la ceinture, chaque coup frappé à la porte est potentiellement une menace de mort. La chaleur de l'été a décru, et rien n'est plus comme avant.

12 septembre

Arrivée de Joseph Hansen et de sa femme Reba. Lev et Joe sont si heureux de se revoir qu'ils ont passé la nuit entière à bavarder. Reba a aidé à faire des lits supplémentaires, des matelas rembourrés posés à même le sol dans une pièce minuscule où dorment maintenant cinq hommes, quand ils ne sont pas de garde. Reba s'est confondue en excuses et a offert de partager le lit de Perpetua. Diego ne l'avait pas prévenue que tant de gens vivaient déjà ici, probablement parce qu'il ne l'avait pas remarqué lui-même. Elle était au bord des larmes. « Et demain vous allez devoir tous nous nourrir. Vous devez être fatigués d'être les sauveurs de ces hommes qui sauvent le monde. »

Hansen a le projet d'écrire une biographie de Lev. Auquel cas, ce compte rendu des événements ne sera peut-être plus nécessaire. Mr. Hansen comprend bien mieux la politique, et il est en mesure de rapporter les conversations avec objectivité, sans les saupoudrer des préjugés d'un cuisinier ignorant. L'Histoire peut tomber en des mains plus capables.

Quoi qu'il en soit, un compte rendu rédigé selon les critères d'une autre personne n'est pas vraiment satisfaisant pour l'esprit. Que ce soit dit ici, l'écrivain comprend que l'attribution de cette mission a été geste de bonté, ce dont il est reconnaissant. Mais il n'y a aucune liberté dans l'exercice de cette tâche. Un compte rendu destiné à d'autres yeux que les siens n'est pas un compte rendu, c'est de l'espionnage.

16 septembre

Frida.

Carmen Frida Kahlo de Rivera, pour être précis. Et Van.

Ont été surpris endormis sur la paillasse sous le figuier, ce soir, alors que les filles de maison qui y dorment habituellement avaient été envoyées dans leurs familles pour les fêtes nationales.

Consigné ici pour l'histoire : le couple était étendu membres enlacés, le grand bras blanc abritant le petit corps arrondi. Ses cheveux noirs les entouraient tous deux, les enracinant au lit comme s'ils y poussaient, unique plante. Ils semblaient apaisés par le sommeil, inconscients de l'observateur qui avait consommé trop de bière, plus tôt dans la soirée, pendant la fiesta de l'Indépendance, et espérait pisser en secret dans le parterre de géraniums. Le couple ignorait qu'on les avait surpris. Apparemment ils l'ignorent toujours. L'observation est ici rapportée. Ce camp est pris de folie, les chiens trop longtemps attachés se déchaînent.

7 novembre

La Commission Dewey a officiellement acquitté Lev de toutes les accusations des Procès de Moscou. Après des mois de délibérations, ils ont communiqué leur verdict écrit à toutes les nations. Bien sûr, Staline veut toujours sa mort, plus que jamais. Et les journaux américains et européens qui l'ont déclaré coupable au départ ont tout juste fait mention de la Commission Dewey. Diego dit que les Gringos surveillent Hitler du coin de l'œil, en ce moment tout particulièrement, avec l'Anschluss et l'axe Rome-Berlin. Il dit que l'Angleterre et les États-Unis voudront avoir la Russie de leur côté, s'il y a une guerre. Ils ne peuvent donc pas laisser Trotsky avoir raison sur Staline quand il dit que c'est un monstre. Ils vont avoir besoin de ce monstre.

Un nuage, pourtant, s'est levé, à temps pour fêter l'anniversaire de Lev et la révolution d'Octobre. Les Rivera ont fait la plus grande fiesta jamais vue : marimbas, patio et maison totalement remplis. Les hommes de la sécurité étaient au bord de l'explosion. Les invités ne sont plus des communistes du monde des arts mais des paysans, en pantalons blancs et huaraches, des syndicalistes qui soutiennent Lev. Les femmes sont entrées timidement, têtes baissées, tresses balayant presque les pierres de la cour. Certaines avaient apporté des poulets vivants comme présents, leurs pattes joliment attachées avec des rubans de sisal. Mais la cuisine en prévision de cette fiesta était en route depuis une semaine.

Señora Frida était particulièrement extravagante dans un corsage Tehuana doré, jupe verte et châle bleu. Elle est arrivée chargée d'un grand paquet enveloppé dans du papier : un portrait d'elle, cadeau d'anniversaire pour Lev. Le cadeau, cependant, au milieu de tant de célébration, n'a pas été offert. Les gens étaient déjà endormis dans des fauteuils et sur les rebords de fenêtres, et on s'acheminait vers le matin, quand elle est entrée dans la cuisine avec cette question : « Pour l'amour de Petrograd, est-ce que quelqu'un peut me dire pourquoi nous célébrons la révolution d'Octobre ce putain de septième jour de novembre ?

– Belén a posé à Van la même question. Apparemment il a fallu plus d'un mois au prolétariat russe pour mettre à mal sept siècles d'oppression.

– Eh bien, selon Diego, vous devriez tous aller vous coucher maintenant. Il trouve déplacé que les domestiques passent plus d'une journée à préparer tant de nourriture pour honorer les dix millions de paysans affamés.

– Ne vous inquiétez pas, tous les autres cuisiniers opprimés sont déjà partis se coucher. Je nettoyais juste les casseroles du chocolat. Et désolé d'en faire état, mais les préparatifs de la journée d'aujourd'hui ont commencé il y a une semaine. Qu'est-ce qu'il s'imagine, Diego ? Qu'un tel travail, vous pouvez le faire toute seule ? »

Elle s'est délicatement posée dans l'un des fauteuils en bois autour de la table jaune, comme un canari sur son perchoir. « Oh, Sóli. Tu nous connais, ce crapaud et moi. La moindre petite chose tourne à la dispute.

– Sans parler des choses qu'il ignore. »

Vous avez alors levé les yeux avec une crainte d'enfant, agrippée à votre châle comme s'il pouvait vous protéger des balles et des fantômes. Quelle surprise, de découvrir le pouvoir de vous faire peur. *Quand l'homme est épuisé, il se crée de nouveaux ennemis*, dit Lev. La cruauté est chose bien naturelle. *Notre tâche la plus importante est d'aller de l'avant.*

« Frida, laissons cela. Personne ne parlera à Diego de vous et de Van. Si l'épisode est entré dans le livre, c'est juste pour que vous sachiez que vous avez été vus. Vous pouvez déchirer cette page. Mais en tant qu'épouse d'un homme qui garde un Luger à côté de son dentifrice, vous pourriez être plus prudente.

– Je croyais que tu allais être furieux. À cause de Van.

– La fureur a besoin de feu. Pour Van et moi, aucun espoir de feu. Comme vous l'avez fait remarquer le jour de la sortie en bateau. Aviez-vous déjà été avec les deux, à ce moment-là ?

– À t'entendre, je pourrais passer pour un animal. "Des chiens qui se déchaînent", c'est cruel.

– Ce n'est pas vous qui m'avez étonné, seulement Van. Et Lev aussi, ils ont l'air de types tellement moraux. Pardonnez-moi de le dire ainsi. »

Pour une fois, votre regard, braqué sur la question, ne s'est pas dérobé, n'a pas cherché la porte. « Que sais-tu de l'amour ?

– Rien, apparemment. Qu'il s'allume et s'éteint comme une ampoule électrique. »

On aurait dit que vous étiez en train de fouiller au plus profond de votre âme pour y trouver un peu de bonté. « Les gens ont besoin de se consoler. Tu es si jeune. Tu as tout le temps d'être moral.

– Vous n'avez que quelques années de plus. Comme vous l'avez dit.

– Mais vieille tout de même, avec toutes mes pièces rafistolées. Je suis aussi maudite que tous ces hommes, même si les raisons, bien sûr, sont moins nobles. »

Toutes les casseroles brillaient à présent. Plus rien à faire.

« Sóli, il y a une souffrance dans cette maison. Demain nous pouvons tous recevoir une balle dans la tête. Des hommes comme Diego et Lev sont tenus au serment de sacrifice. "Mieux vaut vivre debout sur ses putains de pieds que mourir à genoux", et tout le reste. Mais sous ce fatalisme, ils veulent la vie.

– Qui ne veut pas la vie ?

– Mais eux plus que la plupart. Ils la veulent si fort qu'ils font trembler le monde jusqu'à ce qu'il en perde ses dents. Voilà pourquoi ils sont les hommes qu'ils sont.

– Et Frida peut les aider à rester vivants, quand l'envie lui en prend.

– C'était seulement cette nuit-là, avec Van. Je crois qu'il avait beaucoup bu. Mais avec ces grands hommes silencieux, on ne sait jamais. Il meurt de solitude.

– Qui ça, Van ?
– Oui. Savais-tu qu'il avait une femme ?
– Van est marié ?
– Il l'a été. À une fille, en France. Ils étaient très jeunes quand ils se sont rencontrés, je crois, ils travaillaient tous les deux pour le Parti. Ils avaient un petit garçon. Elle s'appelle Gabrielle, sa femme. Elle voulait venir ici mais Natalya n'a pas voulu en entendre parler, apparemment ils se sont affrontés violemment, tu sais combien Natalya est protectrice, elle considère Van comme un fils.
– C'est compréhensible. Après tout ce qu'ils ont traversé. Ce qu'elle a perdu.
– Tu as raison. Oublions Diego, je crois que Natalya me tuerait si elle savait, pour Van et moi. »
Une femme. Van a eu une femme, Gabrielle. Il a un fils. Voilà ce que signifie être seul : tout le monde est relié à tout le monde, les corps, vie liquide éclatante qui flotte autour de vous, partagent un seul et même cœur qui les fait se mouvoir tous ensemble. Si le requin approche ils s'échapperont tous, et vous laisseront vous faire dévorer.
Ceci est le dernier rapport. 7 novembre 1937.

JOURNAL DE COYOACÁN

25 avril 1938

Maman est morte. Dieu Très Cher en qui elle n'a jamais réussi à croire, faites qu'elle ne se retrouve pas seule dans un paradis lugubre sans hommes et sans musique. Salomé, mère sans mère, jamais plus qu'une enfant elle-même. Morte, le cœur au mauvais endroit.

Au commencement étaient les hurleurs, mère et fils unis dans la terreur des diables, tout là-haut, prêts à fondre sur leur proie. Les hommes avaient beau lui dire : « Ce n'est pas grave. Un détail de rien du tout. » *Écris l'histoire de ce qui nous est arrivé*, répétait-elle. *Promets-le-moi. Et quand il ne restera rien que des os et des lambeaux de vêtements, quelqu'un saura où nous avons disparu.* Elle disait de commencer ainsi : ils réclament notre sang. Mais comment l'histoire peut-elle se terminer si vite et de façon si cruelle ? Salomé dans une berline réduite en pièces, le cœur disloqué une dernière fois. Plus rien que des os et des lambeaux de vêtements. Qui peut dire où elle a disparu ?

Le dernier soupirant en date était un correspondant étranger. Ils roulaient à vive allure en direction du terrain d'aviation où un pilote casse-cou devait se poser pour quelques heures. Un aviateur de haute voltige, qui projetait plus tard dans l'année de faire le tour du monde. Ces hommes avec leurs projets grandioses. Le correspondant est un Anglais, Lewis. Il avait probablement fait miroiter à Mère l'éventualité de rencontrer des gens célèbres à l'aérodrome. Au lieu de quoi ils heurtèrent de plein fouet un camion venant de Puebla qui transportait du bétail au marché. Une partie du bétail se sauva. Lewis eut une clavicule cassée et des entailles provoquées par des éclats de pare-brise. Mais ce fut sur les genoux de Mère que le moteur de la Studebaker vint s'immobiliser, causant, selon les mots du docteur, un pneumothorax spontané. Ce qui signifie que son poumon, perforé, s'est soudain vidé de tout son air, entraînant le cœur dans la moitié droite de sa poitrine. L'arrachant ainsi à la place qu'il occupait depuis quarante-deux ans, sans jamais s'y être installé complètement. Peut-être, le temps de ces derniers battements fébriles, a-t-il été bien en place. Peut-être son cœur a-t-il cessé de rêver d'un ailleurs.

Lewis raconta le peu qu'il se rappelait, et offrit des condoléances depuis un lit à l'hôpital *Inglés*. Il avait la tête bandée comme les momies dans les films. « Vous êtes le fils », observa la momie. « Elle disait que vous aviez le projet d'aller à l'université, pour devenir avocat. » Il ne la connaissait pas depuis longtemps. Ne se sentait pas autorisé, vraiment, à dire quelque chose à l'enterrement. Diego, avec sa générosité habituelle, paya le cercueil et une messe spéciale, malgré son athéisme. Et celui de Mère. L'erreur passa inaperçue parmi les quelques amis rassemblés, dont aucun ne l'avait connue dans la vie. Juste l'unique fils, sous le pesant fardeau de sa propre carcasse et de ses effusions bien peu viriles. Quelle blessure tenace sans cesse avivée, ce triste petit passage, quelle arrogance le monde ne se permet-il pas contre des femmes comme Salomé. Dans combien de salons n'a-t-elle pas pénétré au bras d'un galant, toujours prête à séduire les inévitables bureaucrates du monde. Et à la fin, pourtant, pas un seul pour se porter volontaire au moment de l'escorter vers la sortie.

Comment une vie qui avait abrité de si vastes espoirs a-t-elle pu finir si petite ? Son dernier appartement : une seule pièce au-dessus d'une boutique de dentelles et de gaines. Une malle de robes et de disques de phonographe, offerte à une collègue. Chaque *casa chica* était plus minuscule que la précédente. Les galants étaient-ils devenus moins généreux avec le temps ? Ses atouts moins négociables ? Si elle avait eu le temps de vieillir, aurait-elle résidé dans une tasse de thé, pour disparaître à petites gorgées sous une moustache grise ?

Du moins avait-elle eu droit aux journaux, avec un tel départ. Un petit entrefilet dans l'énorme Édition spéciale consacrée à un pilote téméraire nommé Howard Hughes : « Parmi la foule des journalistes, un correspondant étranger a été blessé et une femme de sa connaissance tuée dans une collision alors qu'ils filaient à grande vitesse sur la Calzada de la Piedad pour se rendre sur les lieux. » « Une femme de sa connaissance ». Sa marque sur l'histoire.

26 avril

Lev n'a pas pu assister à la messe bien sûr, question de sécurité, mais il ne cesse de répéter qu'il en est désolé. Tout son corps a tressailli le matin de la nouvelle. Lui et Natalya ont les nerfs à vif depuis le meurtre de Lyova en février. Dans un hôpital de Paris où, bonté divine, tout le monde devrait être en sécurité. Il ne leur reste plus d'enfants maintenant, seulement leur petit-fils Seva, fils de leur fille aînée. Les partisans de Lev tombent dans un *pogrome* ; au camp de travail de Vorkuta tout le monde a été exécuté le même jour. Et cependant, les États-Unis clament que Staline est un allié, *toujours*. Ils ont proposé de participer à l'extradition de Lev, en vue de son exécution.

Depuis que Cárdenas a exproprié le pétrole américain, la presse promet que des sanctions vont suivre, peut-être même la guerre. La rue Francia, la semaine dernière, s'est remplie d'étudiants qui criaient : « Que les Gringos viennent donc. Nous avons déjà refoulé Napoléon ! »

Natalya absorbe du Phanodorm matin et soir, et des tasses de thé l'une à la suite de l'autre : elle noie ses chagrins, dirait Frida, jusqu'à ce que ces saloperies apprennent à nager. Mais certains chagrins, peut-être, ne vous quittent jamais. Quand Lev fait une pause dans son travail pour regarder par la fenêtre, ses yeux sont aussi froids que les corps de ses enfants. L'avenir clair et lumineux qu'autrefois il voyait si nettement doit maintenant être tracé au charbon, jusqu'au point de fuite.

Hier soir il est sorti dans la cour pour fumer une pipe et bavarder, des souvenirs simplement, pas nécessairement dans l'ordre. Il a raconté un dîner en compagnie de Staline des années auparavant, quand personne encore ne voyait en cet homme autre chose qu'un jeune bureaucrate ambitieux et exaspérant. Ils partageaient une bouteille de vin avec Kamenev et Dzerzhinsky, en disant des bêtises comme le font les hommes jeunes, et cette question surgit : qu'aimaient-ils le plus dans la vie ?

Lev raconta que la question avait rendu Staline euphorique. « Il se pencha au-dessus de la table, s'empara de son couteau comme d'un pistolet, le pointa sur chacun d'entre nous, et dit : « Choisir sa victime, tout préparer, se venger sans pitié. Et puis s'endormir. »

11 août

Teotihuacán est le lieu où vivent les dieux. Xipe Totec, qui gouverne la luxure et la naissance. Tlaloc aux yeux ronds qui apporte la pluie. Même au temps des Aztèques cette mystérieuse cité de pyramides était déjà ancienne, et Cortés, à son arrivée, la trouva à l'état de ruines au nord-ouest. Les prêtres lui montrèrent les temples détruits et lui dirent que c'était là que les dieux avaient vécu quand ils avaient créé le monde. Rien de plus logique que de penser qu'ils avaient eu besoin d'un bureau central.

L'Allée des Morts partage en son centre la cité ancienne, avec la Pyramide de la Lune qui se découpe au loin, souveraine, contre le ciel, et la Pyramide du Soleil en face, encore plus haute. Des temples flanquent l'avenue centrale sur toute sa longueur, avec, pour certains, de grands serpents sculptés qui ondulent sur leurs façades. Des haricots grimpants poussent entre les énormes pavés, leurs fleurs aux doigts rouge-sang tendues vers le ciel. En vérité, personne ne sait qui vécut et mourut à Teotihuacán, ni dans quel but. Le simple être humain, pourtant, marchant yeux grands ouverts parmi les temples majestueux, n'eut aucun mal à imaginer le sang et la chair, les cœurs arrachés pour apaiser quelque destin terrible.

S'y aventurer en compagnie de Frida semblait rendre le lieu particulièrement propice aux sacrifices humains : une habitude qu'elle a lors des pique-niques. Bizarrement c'est l'inverse qui se produisit. Une journée digne d'un livre d'histoire. Elle débarqua à la Maison Bleue après le petit-déjeuner, passa la tête dans l'embrasure de la porte de la cuisine et fit signe de sortir rapidement, comme si elle cachait quelque chose.

« Il faut que tu viennes avec moi à Teotihuacán », annonça-t-elle. « Tout de suite. Pour la journée. » Vêtue d'une salopette en gabardine roulée jusqu'aux genoux, et de son habituelle armure de bijoux, elle semblait prête à toute éventualité.

« J'ai beaucoup à faire, Frida.

– Sóli, c'est important. Tu te dis mexicain et tu n'as jamais vu les pyramides de Teotihuacán.

– Je n'ai pas non plus eu des aventures avec toute l'élite du Mexique. Mauvais citoyen, sans doute.

– Écoute, toi et moi nous avons à discuter.

– C'est vrai. Et apparemment nous ne le ferons pas.

– J'ai garé le Roadster dans la rue Allende. Juste toi et moi, c'est moi qui conduis, pas César. Tu ne vas pas faire ta tête de mule ?

– Désolé, Frida. J'ai un très gros vivaneau qui m'attend, et il est bien gentil mais il n'a pas l'intention de perdre ses écailles et se baigner dans des câpres et des tomates tout seul comme un grand. Nous avons un dîner ce soir. Douze personnes viennent entendre Diego, Lev et M. Breton présenter leur manifeste. Au cas où vous l'auriez oublié.

– Qu'ils prennent leur fichu papier et aillent donc ramasser des crottes d'oiseaux avec, je m'en moque. Et Perpetua peut très bien préparer ce vivaneau – tu n'es pas aussi important que tu le penses.

– Vous me mettez à la porte ?

– S'il le faut pour que tu te remues les fesses, alors oui. Je vais fumer pendant que tu te décides. »

Elle prit appui contre le mur et alluma une cigarette, à la vue des hommes, si la fantaisie leur prenait de regarder par la fenêtre du bureau de Lev. Lev peut être résolument vieux jeu. Un exemple : les femmes ne doivent pas fumer. Un autre : il n'aime pas les femmes en pantalon. Frida avait toutes les audaces.

« Bon. Je t'explique. » Elle exhala un long panache de fumée et jeta un coup d'œil en direction de la fenêtre du bureau. « Tu te rappelles Gamio. C'est cet ami de Diego, le Professeur de Merde Ancienne qui a fait des fouilles dans les pyramides. Il prétend avoir découvert quelque chose d'étonnant.

– Quelle humeur ! Il faudrait être fou pour s'embarquer dans une voiture avec vous.

– Très bien. Reste ici avec Diego, le Vieux et Monsieur le Poète à la Crinière de Lion, tellement imbu de lui-même celui-là qu'il me donne envie de pisser dans son verre de vin. Je suis certaine que tu vas être ébloui par le Manifeste sur l'Art Révolutionnaire qu'ils ont écrit pour la *pindonga Partisan Review*.

– Je sais déjà ce qu'il raconte. C'est moi qui l'ai tapé.

– Et ? » Soudain elle était intéressée. Peut-être qu'elle n'avait pas eu le droit de le lire. Mais se balancer sur un trapèze entre Diego et Frida pouvait se terminer par un carambolage. Mieux valait être prudent.

« En gros, il condamne les restrictions que Staline a imposées aux artistes dans l'État révolutionnaire. Rien de bien surprenant jusque-là. Je croyais que Diego avait discuté de tout avec vous.

– Mme Breton, Mrs. Trotsky et Mrs. Rivera ne participent pas à la conversation historique. Depuis que cette punaise de poète a débarqué ici, c'est un club pour messieurs.

– Vous n'avez pas tort sur ce point. C'est une chose qui se remarque. »

Elle pinça les lèvres. « Au moins Jacqueline aime fumer et papoter. Sans ça, la sortie au lac Pátzcuaro, il y aurait eu de quoi mourir d'ennui. Les hommes ont passé tout leur foutu temps à préparer leur *chingado* de manifeste.

– Vous auriez pu l'écrire vous-même, Frida, ça n'est pas un bien grand manifeste. "L'imagination artistique doit être libre de toute contrainte. Les artistes ont le droit inaliénable de choisir leurs propres sujets." Ce genre de chose. »

Elle siffla. « Quel génie. Fulang Chang aurait pu l'écrire.

– Il y a aussi un passage sur le surréalisme. Comment le Mexique a la vocation de devenir le lieu authentique de l'art révolutionnaire surréaliste, à cause de sa flore, son dynamisme et tout le reste. Le mélange des races. Alors, qu'est-ce qu'il a donc découvert de si étonnant, le professeur ?

– Bon, écoute. Il a dit qu'ils remettaient en place le mur d'un temple qui était tombé, ou quelque chose comme ça. Et qu'accidentellement on avait découvert un charnier. C'est *vieux*, Sóli. Diego adore toute cette merde ancienne, Gamio le sait, et il nous a donc invités à venir jeter un coup d'œil avant qu'on soit obligés de déplacer les os et tout le reste. Mais Diego a cette réunion. Donc j'y vais, dès que cette cigarette est finie. Il te reste vingt secondes pour te décider. »

Le trajet en Roadster fut pour le moins animé. Frida, plus débordante d'énergie que jamais, tirait sur ses colliers et débitait un flot ininterrompu de leçons d'histoire à moitié inventées, additionnées de conseils urgents. « Sóli », déclara-t-elle tout à trac, « il faut que je t'apprenne à conduire cette voiture. César ne va pas vivre éternellement. Tu sais, je me suis dit qu'il était peut-être déjà mort. Depuis un an, il a l'air momifié. »

La voiture se dirigeait vers le nord-ouest à fond de train. Les abords de la ville se transformèrent peu à peu en villages semblables à ceux que l'on trouve à la limite sud, posés entre des vergers de citronniers et des étendues de désert pierreux. Au bord de la route, des poules picoraient parmi les détritus, et, çà et là, un coq était planté au centre de la chaussée avec l'autorité de la police. Les manguiers déployaient leurs feuilles comme des ombrelles. La voiture trépida quand Frida donna un brusque coup de volant pour éviter un garçon qui poursuivait une vache efflanquée au beau milieu de la route. La mort de maman surgit du néant, immense, telle une apparition.

« Je parle sérieusement », dit Frida quand la majorité des pneus eut retrouvé la route. « Il faut que tu apprennes à conduire. C'est un ordre, je suis ta patronne.

– Promu ! D'assistant au secrétariat du premier théoricien politique du monde, je passe chauffeur de señora Rivera.

– J'essaie de te rendre un service. Tu aurais plus de liberté.

– Savoir conduire, sans espoir aucun de posséder un jour une voiture. Formulation intéressante de la liberté. Vous devriez peut-être écrire un manifeste.

– Depuis quand es-tu devenu un tel *sangrón* ? Avant tu étais gentil. »

Elle cessa de parler pendant plusieurs kilomètres, ce qui améliora sa conduite. Passer les vitesses du Roadster avec la commande au plancher paraissait simple, comparé à la

Model-T avec ses leviers à main pour l'accélérateur et l'embrayage. Et pourtant, Frida fait grincer les vitesses comme un boucher. La Chevrolet a même une jauge qui indique le niveau d'essence, si bien qu'on n'a pas besoin de deviner quand elle est à sec. Parfois César oublie et laisse le niveau de la Model-T tomber si bas qu'il est obligé de faire une marche arrière en côte pour récupérer ce qu'il reste d'essence dans le réservoir placé sous le siège. Ce serait bien le style de Frida aussi.

Finalement elle s'est arrêtée dans un village, a demandé sa route, puis est revenue, bien décidée à s'installer côté passager. La leçon de conduite qui a suivi s'est bien passée, puis trop bien.

« Pas si vite », a-t-elle dit d'un ton de reproche, bien que nous roulions dix fois moins vite qu'elle. « Il faut d'abord faire passer le truc complètement de l'autre côté pour changer de vitesse.

– C'est la vitesse maximum.

– Et bien, tu ne t'y prends sûrement pas comme il faut. C'est censé faire du bruit quand on passe la vitesse supérieure.

– Pas si vous donnez deux coups secs sur la pédale. Regardez bien, vous arrêtez le levier de vitesse au point mort, c'est le croisement du H, puis vous lâchez complètement la pédale, et ensuite vous appuyez à nouveau dessus tout en passant la vitesse.

– Salaud. Comment le sais-tu ?

– J'ai passé mille heures dans cette voiture avec César, à essayer de l'empêcher d'aller se perdre à l'autre bout de la terre. Les vitesses, je connais. Qu'y avait-il d'autre à faire ? Écouter pour la millionième fois l'histoire de Pancho Villa à Sanborn's ? »

Frida éclata de rire. « Pauvre vieux César. Boire du citrate de magnésie en présence de Pancho Villa. Et c'est la plus belle histoire de guerre qu'il connaîtra jamais.

– Au moins, avec sa conduite au ralenti on peut voir comment marchent les choses. Il traite la boîte de vitesses comme une femme. Il préférerait se trancher les doigts plutôt que faire grincer l'embrayage comme vous le faites, Frida.

– Va te faire foutre. »

Élève et professeur furent soulagés quand le sommet des pyramides apparut, se dessinant au-dessus des toits de tuiles et des palmiers de San Juan Teotihuacán. Le site archéologique était fermé à cause des fouilles, et l'équipe avait quitté les lieux pour un long déjeuner. Leurs truelles et leurs carnets étaient dispersés un peu partout. En attendant le retour de Gamio, Frida décida de grimper jusqu'au sommet de la Pyramide du Soleil, pour avoir un point de vue de l'endroit. Il fallut une heure à cause de la pente et du nombre de marches : deux cent vingt-huit. Elle les monta une à une, traînant sa jambe malade, en les comptant, sous une grêle d'obscénités : cuaranta-y-*dos*-chingada, cuaranta-y-*tres*-chingada. Parfois les marches étaient si raides qu'elle était obligée de les monter « à quatre pattes », mais elle n'accepta jamais la main tendue. « Je suis peut-être une foutue infirme mais je ne suis pas encore morte », cracha-t-elle. « Si mon cœur s'arrête, très bien, tu pourras me redescendre. » Toujours fâchée par la leçon de conduite.

La vue depuis le pinacle avait de quoi arrêter un cœur : les complexes formes géométriques de l'ancienne cité se découpaient en contrebas et, au-delà, un paysage de noires montagnes volcaniques. Les pyramides de lave semblaient sortir directement de terre, et non pas l'avoir conquise. Et de fait, une demi-heure plus tard alors que nous nous trouvions sur une plate-forme au milieu de la place centrale de l'ancienne cité, nous avons pu voir distinctement ce qu'elle appelait « la bonne blague des types de l'ancien temps. » Le profil de la Pyramide du Soleil – escaliers, balustrades, sommet arrondi – épouse parfaitement la forme de la montagne volcanique qui s'élève derrière. Un monument géant qui s'amuse à singer une montagne.

« Ils rigolaient. La blague s'adresse à Dieu », dit-elle, et elle s'assit sur la place poussiéreuse pour faire un croquis de la pyramide et des montagnes.

« Si vous le dites. Mais c'est une blague avec des années de planification derrière, et de terrible labeur. Il y a peut-être des gens qui sont morts en la construisant. Pourquoi gaspiller des vies pour jouer un tour à Dieu ? »

Elle avait un crayon à la bouche, et ne leva pas les yeux de son dessin.

Quand le Dr. Gamio arriva, il avait des tas de théories sur le sujet. Les gens rêvaient de grandeur. Ils suaient sang et eau pour passer à la postérité. L'alignement était une question sacrée, aussi importante que l'eau et le pain. Il escorta Frida jusqu'au site des fouilles, la tenant par le bras, prenant garde au moindre caillou de crainte qu'elle ne trébuche. Ses premiers mots furent pour dire combien il était désolé que Diego n'ait pas pu venir, mais il n'était pas désolé. Il était amoureux d'elle, comme tout le monde.

Les fouilles étaient ouvertes : un charnier, protégé par un toit provisoire en tôle posé sur des poteaux. Quelques marches en terre plus bas, ils étaient là, des squelettes d'hommes couchés en rang comme des poissons dans une boîte, leurs longs os couleur de poussière à peine plus clairs que la terre rougeâtre dans laquelle ils étaient enchâssés. Curieusement, les squelettes étaient parfaitement aplatis, comme si tous ces êtres humains avaient été pressés sous un fer brûlant. Il fallut un moment pour que l'œil s'ajuste aux particules de poussière, et distingue les éléments humains des non-humains. Les morts portaient des bijoux qui avaient survécu là où la chair avait péri, des bracelets qui encerclaient vaguement des os. Le plus étrange de tout : autour de chaque cou, une sorte de cravate ou de collier fait de mâchoires inférieures humaines, avec les dents toujours en place ! C'était un spectacle fascinant, ces bizarres rangées festonnées de mandibules attachées ensemble, qui retombaient en boucle sur les anciennes poitrines. Même Frida n'aurait jamais osé sacrifier à pareille mode. Le professeur désigna des marques de coupures çà et là sur les os, des marques de boucherie, qu'il considérait comme la preuve que ces malheureux avaient été sacrifiés.

Une brise fraîche siffla entre nos chevilles, qui fit trembler le toit en tôle. Un orage se levait au loin, mais cet air frais semblait venir de dessous la terre. Le professeur expliqua qu'en effet c'était le cas. Ce lieu possède des tubes de lave, de longues cavernes où la terre en fusion coulait autrefois sous forme de rivières. Le sol, sous la cité ancienne tout entière, en fourmille.

« Des tunnels, vous voulez dire ? Comme les grottes remplies d'eau que l'on trouve sur la côte ? »

Il répondit que ce n'était pas la même roche, mais la même formation géologique. Les anciens, dirigés par leurs dieux, cherchaient une issue pour quitter la terre, et ici ils la trouvèrent.

Le professeur parlait et parlait sans lâcher le coude de Frida. Elle jeta quelques regards implorants avant de se libérer pour de bon, pour s'éloigner le long de l'Allée des Morts pendant que Gamio était distrait par un étudiant bénévole. Afin d'éviter la chaleur aveuglante, Frida suggéra de quitter l'ancien chemin en pierre et de descendre vers la rive du petit Rio San Juan. Il était presque à sec, un filet au fond d'un ravin herbeux. Frida étala une nappe dans un bosquet de vieux poivriers aux troncs noueux où des oiseaux chantaient depuis les branches pendantes pareilles à des fougères. Elle s'effondra par terre, haletante. « Au secours, nous sommes sauvés ! J'ai bien cru qu'on allait faire de moi un sacrifice humain. Tristes à mourir, leurs Théories de l'Antiquité. » Puis elle se mit à déballer le contenu du lourd panier à pique-nique qu'elle avait apporté.

« Pourquoi, à votre avis, est-ce qu'ils faisaient des colliers comme ça, avec des mandibules humaines ? »

Elle passa les doigts dans son propre collier, d'énormes pierres de jade, cadeau de mariage de Diego.

« La mode », répondit-elle. « Diego m'a déjà montré des photos de ce genre de choses. La plupart des gens n'étaient pas assez importants pour se procurer de vraies dents humaines, tu comprends, les citoyens des basses classes. Alors ils en fabriquaient des fausses, des dents en silex insérées dans des maxillaires en argile. » Elle tira du panier une bouteille de vin qu'elle déboucha, puis elle en versa dans deux beaux verres en cristal qui n'auraient sans doute pas dû connaître les périls du voyage. Mais cela, c'est Frida, elle prend ce qu'elle a de mieux, et que le diable se contente des restes.

« C'est tellement triste de penser que l'histoire se résume à ça, suivre la dernière mode, aussi stupide soit-elle.

– La mode n'est pas stupide », rétorqua-t-elle, en levant un verre, alors qu'une tache rouge foncé se dessinait sur le genou de sa salopette.

« C'est pire que stupide. Ça fait des dégâts. Mère a vécu toute sa vie terrorisée à l'idée de porter une robe de l'année précédente. Et regarde ce que perd Lev, chaque fois que les journaux montent au créneau pour le traiter de scélérat. Il suffit que l'un d'entre eux le dise pour que tous les autres se croient obligés de suivre, de peur d'être en reste. C'est plus ou moins la même chose. Suivre la mode.

– *La mode* ce n'est pas pareil que la *bêtise*. »

Elle sortit de son panier un repas impressionnant : tamales au porc dans des feuilles de banane, chayotes farcies, figues de Barbarie panées.

« N'en dites rien à votre petit ami le professeur, mais je suis d'accord avec vous : les pyramides singent la forme des montagnes. C'est vraiment une blague. C'étaient des gens comme les autres. Nous venons ici pour nous laisser éblouir par des sculptures de serpents géants, en nous imaginant que les anciens travaillaient pour *nous*, pour que nous ne cessions jamais de penser à eux. Mais peut-être qu'ils aimaient juste l'allure des serpents.

– Et quand as-tu eu cette grande révélation ?

– Aujourd'hui.

– Je te l'ai dit, tous les Mexicains devraient venir ici.

– Écoutez, je vais vous dire quelque chose, et peu importe si vous vous moquez de moi. Depuis l'âge de dix-sept ans, quand j'ai lu Cortés, j'écris une histoire sur les Aztèques. Essentiellement dans ma tête, mais une grande partie est sur papier. Et maintenant je me rends compte que pendant tout ce temps je me suis trompé sur cette histoire. J'ai passé des années à écrire quelque chose de vraiment stupide. »

Tout en mordant dans son tamale, elle fit un signe de tête. « Dis-moi en quoi c'est stupide.

– Mes impressions me venaient des livres. Les anciens me semblaient être… ce que le professeur a dit. Prisonniers de leurs idées de grandeur. Héros et batailles, rois mythiques.

– Ma foi, personne ne sait comment ils étaient, alors tu peux inventer tout ce que tu veux. » Elle fouilla dans le panier à la recherche de serviettes. Elle en sortit les bleues et jaunes. « Une histoire c'est comme un tableau, Sóli. Il n'a pas besoin de ressembler à ce que l'on voit par la fenêtre.

– Eh bien, peut-être que les anciens n'étaient pas si héroïques que ça. La plupart étaient probablement comme Mère, tapis dans un coin à se demander comment fabriquer de faux maxillaires qui pourraient passer pour vrais.

– Je préfère cette histoire, si tu veux savoir la vérité », avoua-t-elle. « La grandeur, c'est très ennuyeux. »

La figue de Barbarie était délicieuse : d'épaisses tranches, à peine revenues, avec du sucre et de l'anis. « Vous avez préparé tout ça aujourd'hui, ce matin ?

– Montserrat, à l'auberge San Angel », répondit-elle la bouche pleine. Elle mâchait pensivement. « Je suis sincère. Ton idée d'histoire me semble bonne.

– Oh, ça n'a aucune importance parce que je ne peux pas être écrivain.

– Petit idiot, tu *es* écrivain. César a essayé de te faire renvoyer parce que tu passais ton temps à écrire dans tes carnets, et Diego a essayé de te faire arrêter lui aussi. Ça me tuait de le voir faire. Et voilà que ces hommes veulent faire de toi le parfait secrétaire. Mais dans tes carnets tu continues à parler de cœurs tendres et de scandales. La question est : pourquoi penses-tu que tu ne peux pas être écrivain ?

– Pour être écrivain, il faut avoir des lecteurs.

– Dans ce cas, je ne suis pas peintre. Qui regarde mes petits tableaux de merde ?

– Une star de cinéma américaine, pour n'en citer qu'un. Diego m'a dit que ce type avait regardé tous vos tableaux et en avait acheté plusieurs. »

Elle était en train de nous resservir mais ses yeux se levèrent soudain, sous ses sourcils noirs. « Edward G. Robinson. Il en a acheté quatre, si tu veux savoir. Deux cents dollars chacun.

– *Dios mío*. Vous voyez ?

– Je ne vois rien. Je vois un garçon qui se ronge les ongles et saigne de l'encre.

– Un petit idiot, vous avez dit.

– Revenons au sujet de ton histoire. Que crois-tu que les gens veulent, si ce n'est pas de la grandeur et passer à la postérité ? »

Il n'y avait quasiment plus trace de cet énorme déjeuner à part des doigts graisseux et un reste d'anis qui crissait entre les dents. La bouteille de vin était vide. « Avant tout ? Je crois que les gens veulent bien manger, et ensuite aller pisser un bon coup. »

Elle fourrageait à nouveau dans ce panier et, incroyablement, elle en extirpa une autre demi-bouteille de vin, rebouchée après une précédente aventure. « Et l'amour,

Sóli, ne l'oublie pas. Nous sommes des corps, parfois avec des rêves, toujours avec des désirs.

– L'amour. Mais l'amour à l'état pur, celui que Lev éprouve pour l'humanité, je ne crois pas qu'il se produise très souvent. Nous sommes des gens ordinaires pour la plupart. Quand nous faisons quelque chose de grand, ce n'est que dans le but d'être nous-mêmes aimés. Ne serait-ce que dix minutes.

– L'amour est l'amour, Sóli. Nous donnons énormément pour recevoir. Arrête de te dévaluer tout le temps. Quand Lev avait ton âge, il te ressemblait peut-être plus que tu ne crois.

– D'accord. Les gens sont gouvernés par l'amour, et par leur vessie. Voilà mon opinion, et maintenant il faut vraiment que j'aille pisser. Ne regardez pas, s'il vous plaît.

– Eh, tu aurais quand même pu trouver un arbre plus gros », cria-t-elle. « Un type maigre comme toi, il ne te cache même pas à moitié.

– Vous pourriez accorder à un gentleman un peu d'intimité quand il se soulage. »

Frida, dans sa salopette, allongée sur la berge, regardait à travers ses cils noirs. Impossible d'expliquer comment ni pourquoi, mais elle s'était complètement transformée. De serpent venimeux elle était devenue amie. « Si tu veux écrire des romans sentimentaux sur les Aztèques », dit-elle, « si c'est ce qui t'émeut, je veux dire, alors fais-le. »

C'était une véritable conversation. Sur la question de savoir si nos ancêtres avaient des vies plus importantes que les nôtres. Et comment ils étaient parvenus à nous embobiner, si ce n'était pas vrai. Frida pensait que ça avait facilité les choses de n'avoir pas laissé de trace écrite. Les gens de Teotihuacán n'avaient pas de langage écrit, selon le Dr. Gamio. « Ils n'ont pas laissé de journaux à lire », fit-elle remarquer, « ni de lettres de colère à leurs amants infidèles. Ils sont morts sans nous faire part de leurs griefs. »

Elle a raison sur ce point. Pas de regrets, ni de jalousies mesquines. Seulement des dieux en pierre et des édifices grandioses. Nous n'avons accès qu'à leur architecture parfaite, pas à leurs vies imparfaites. Mais quelle étrange prise de position de la part d'une artiste dont les tableaux ne sont que cris et confessions. Sans regrets et sans jalousies, ses toiles seraient vierges.

« Vous n'avez plus qu'à brûler vos tableaux dans ce cas, Frida. Si vous voulez que dans l'avenir les gens pensent que vous étiez héroïque. »

Elle tripota ses perles et fronça les sourcils. Leva son verre vers la lumière et, l'examinant, fit rouler le liquide rouge. « Je crois qu'un artiste doit dire la vérité », dit-elle finalement. « Il faut avoir du métier et beaucoup de discipline pour y parvenir, mais avant tout pour être un bon artiste il faut connaître quelque chose de vrai. Ces gamins qui s'adressent à Diego parce qu'ils veulent apprendre, je vais te dire. Ils sont capables de peindre un arbre parfait, un visage parfait, tout ce que tu veux. Mais ils n'en savent pas assez sur la vie pour remplir un dé à coudre. Et c'est *ça* qui doit passer dans le tableau. Sinon, quel intérêt ?

– Et comment l'artiste en apprend-il assez sur la vie pour remplir un dé à coudre ?

– Sóli, je vais te le dire. Il faut que son âme se frotte à la vie. Aller travailler dans une mine de cuivre pendant quelques mois, ou bien une usine de chemises. Manger des tacos pleins de graisse, juste pour l'expérience. Coucher avec des garçons mexicains.

– Merci du conseil. Vous semblez avoir une prédilection pour les étrangers.

– Ce n'est pas moi le sujet. J'ai déjà tout fait – il ne reste rien pour ces os que la tombe. » Elle vida son verre. « Tu m'en veux beaucoup. Pourquoi ?

– Bon Dieu, Frida. Parce que vous me traitez comme un enfant. »

Sa surprise ne parut pas feinte.

« Je comprends. Je ne suis pas quelqu'un d'important comme vous. Ni Van, en fait. Mais à travailler pour vous et Diego, parfois je ne me sens même pas humain. Je suis une souris qui se faufile entre les chaussures de géants, et qui essaie de ne pas se faire écraser.

– Écoute, si je ne flirte pas avec toi, tu devrais le prendre comme un compliment. Je ne me respecte pas toujours, mais je ne respecte presque jamais les hommes. Ils sont comme les fleurs, tout pour l'épate, beaucoup de couleurs et de désir. Tu les cueilles et puis tu les jettes par terre. Mais toi, je te respecte. Je t'ai toujours respecté. Depuis le premier jour où je t'ai vu.

– Vous ne vous rappelez même pas la première fois que vous m'avez vu. C'était bien avant que je vienne travailler dans cette maison, des années avant. Le jour de votre anniversaire.

– Sur le marché Melchor. » Elle inclina la tête, mais sans le sourire aguicheur. « Tu m'as demandé si tu pouvais m'aider à porter un sac de maïs. Et je t'ai répondu que tout homme avait le droit de faire un cerf-volant avec ses fonds de culotte. »

Perle rare ou illusionniste, brillante, terrifiante amie. Elle a la science de l'inconnu. Il n'y aura jamais d'autre Frida.

« Je suis d'accord avec ton projet, Sóli.

– Quel projet ?

– Cortés et les Aztèques. Écrire une véritable histoire du Mexique. Je crois que tu as raison, tu devrais faire exploser cette culture muette, donner à ces héros ennuyeux un peu de pisse et de sueur.

– Vous croyez ?

– À quoi ça rime de faire comme si l'histoire était une putain d'odyssée homérique ? »

Un oiseau du même rouge éclatant que les fleurs de haricots grimpants se posa au-dessus de nous, brièvement, sur la branche qui se balançait, puis il s'envola.

Frida remballa les restes du repas. « C'est bien que nous ayons parlé aujourd'hui. Nous n'avons pas beaucoup de temps.

– Comment ça ?

– Je dois me préparer pour une exposition. Une vraie exposition, mes tableaux uniquement. Tu te rends compte ?

– C'est merveilleux.

– Sóli, c'est terrifiant. C'est comme si depuis tout ce temps j'étais restée dans ma baignoire à admirer mes *pendejos* tout frisottés. Et d'un seul coup une centaine de personnes regardent à travers le rideau, et applaudissent.

– Oh ! C'est pour quand cette exposition ?

– Quand n'est pas la question. *Où* est la question. New York. J'y vais à la fin de l'été. L'exposition ouvre en octobre, et ensuite je vais en faire une autre à Paris. C'est Mr. Le Poète à la Crinière de Lion qui a organisé l'exposition à Paris, pour te dire la vérité. André. Je devrais essayer d'être plus gentille avec lui. Bref. » Elle semblait hors d'haleine.

« Ça va ?

– J'ai un peu peur, je crois. Je quitte Diego pour longtemps. Je quitte tout le monde, mais différemment, je quitte Diego.

– Je n'en crois rien. Vous et ce crapaud, vous ne pouvez pas respirer l'un sans l'autre.

– Eh bien, nous verrons. De toute manière, je voulais me racheter, avant de partir. »

Elle s'allongea et ferma les yeux. Au bout d'une minute elle demanda : « Comment sais-tu que c'était mon anniversaire, le jour où nous nous sommes rencontrés au marché Melchor ?

– C'était le mien aussi. »

Elle se redressa et ouvrit des yeux tout ronds, comme une poupée : « Notre anniversaire est le même jour ?

– Oui.

– Depuis tout ce temps ?

– Tous les ans, en fait. »

Le regard fixe, elle se repassait le film de l'histoire. « Toutes ces fiestas et ces anniversaires. Tu travaillais comme un esclave le jour de ton *cumpleaños*. »

En fin de compte, elle n'a pas la science de tout.

Elle s'allongea à nouveau et ferma les yeux. « *Mi vida*, n'aie plus de secrets pour moi. N'essaie même pas, tu ne vois pas comme nous sommes reliés ? Ce sera toujours le cas. Nous sommes venus à la vie par le même passage. »

S'étant apparemment rachetée, elle s'endormit presque immédiatement, satisfaite, quittant un paysage étrange pour un autre, ses rêves. Bientôt elle quitterait ce lieu pour de bon, Diego, le Mexique, la maison, et tout le monde avec.

Les os diffusaient de la chaleur, mais dans le ventre de la cité ancienne la petite rivière répandait sa fraîcheur. Un lézard bougea dans l'herbe de la berge, se glissa à l'ombre d'une saillie, puis s'immobilisa sur une pierre qui semblait ronde et lustrée, même dans l'ombre. Cette pierre était lisse au toucher, et une fois retournée, elle se révéla ne pas être un caillou ordinaire mais une petite figurine sculptée. Un petit homme en jade ou en obsidienne, si petit qu'il pouvait disparaître dans une main fermée. Un objet remarquable. À remettre au professeur, sans doute. Ce ne serait pas bien, c'était évident, de le retirer de cet endroit.

Chaque détail du petit personnage était parfait : son ventre rond au nombril dentelé, ses jambes courtes et son visage féroce. Une coiffure qui ressemblait à une pile parfaite de biscuits. Des yeux profondément enchâssés sous des sourcils voûtés. Et à l'intérieur de ses lèvres rondes, un trou en guise de bouche, comme un tunnel d'un autre âge, qui disait : *Je cherche la porte vers un autre monde. J'ai attendu des milliers d'années. Emmenez-moi.*

The New York Times, *15 avril 1939*

Rivera admire toujours Trotsky.
Il regrette leurs divergences d'opinion.

Le Peintre explique qu'il a quitté la Quatrième Internationale pour ne pas mettre le leader dans l'embarras – Il révèle qu'une lettre est à l'origine de leur désaccord.

par Diego Rivera

MEXICO, 14 avril – L'incident entre Trotsky et moi-même n'est pas une querelle. C'est un malentendu lamentable qui, poussé trop loin, a conduit à l'irréparable. Cela m'a contraint à rompre mes relations avec un grand homme pour qui j'ai toujours eu, et continue d'avoir, la plus haute admiration et le plus grand respect. Je suis très loin de nourrir la stupide présomption d'engager une polémique avec Trotsky, que je considère comme le centre et la tête visible du mouvement révolutionnaire qu'est la Quatrième Internationale.

Un proverbe mexicain dit : « Celui qui ne barre pas la route est déjà d'un grand secours. » À l'avenir, mes actions et mes opinions personnelles, si je devais en avoir, ne bloqueront ni la route de Trotsky ni celle de la Quatrième Internationale.

L'incident entre Trotsky et moi-même a pour origine une lettre que j'ai adressée à mon ami, le

poète français André Breton. La lettre a été tapée en français à mon intention par l'un des secrétaires de Trotsky. C'est par hasard que Trotsky en a vu une copie qui était restée sur le bureau du secrétaire. D'après la déclaration écrite qu'il m'a envoyée, les idées que j'ai exprimées dans ma lettre, concernant la situation générale des forces de gauche dans le monde, le rôle social des artistes, leur position et leurs droits à l'intérieur du mouvement révolutionnaire, en plus d'allusions personnelles à son sujet, ont tellement heurté Trotsky qu'il a exprimé à mon encontre des opinions que j'ai jugées inacceptables et qui m'ont conduit à me séparer de lui.

Trotsky travaille sans relâche, contribuant continuellement par son effort mental à la tâche lente et difficile destinée à conduire à la libération des travailleurs du monde entier. Il a autour de lui une équipe de jeunes secrétaires, des bénévoles viennent des quatre coins de la terre pour l'aider. Pendant ce temps, d'autres travailleurs bénévoles veillent jour et nuit sur la sécurité de l'homme qui, avec Lénine, a offert sa victoire au prolétariat de Russie. Ces hommes-là et tous les autres, les milliers de héros d'Octobre, depuis l'exil qui leur est imposé par la contre-révolution de Staline, continuent aujourd'hui à œuvrer pour la victoire future des travailleurs du monde entier.

Les ennemis, les « organisateurs de la défaite », Staline et sa Guépéou, persécutent l'homme d'Octobre. Partout ils ont essayé de le blesser, de l'annihiler psychologiquement par l'extermination de sa famille… Pendant ce temps ses collaborateurs les plus proches, persécutés et menacés, sont assassinés les uns après les autres. Il est naturel que cet état de choses et l'accumulation des souffrances qui en découle n'aient pas été sans effet sur l'homme d'Octobre, en dépit de son énorme volonté et de sa confiance en lui-même. Il est naturel que le caractère de Trotsky soit devenu de plus en plus difficile, en dépit de son immense réserve de bonté et de générosité.

Je regrette que le destin ait décrété que je doive me heurter à cet aspect difficile de sa nature. Mais ma dignité d'homme a exclu que j'entreprenne quoi que ce soit pour l'éviter.

CASA TROTSKY, 1939-1940 (vb)

Le matin où Lev et Natalya ont quitté la Maison Bleue, une aigrette est descendue du ciel, ses larges ailes blanches ouvertes comme un parachute, et s'est posée dans la cour. Elle a étiré son long cou en forme de S jusqu'à devenir presque aussi grande qu'un homme, et a tourné sa tête au long bec, d'un côté et de l'autre, scrutant chaque personne présente. Puis elle a traversé l'étendue de brique en direction du portail en soulevant ses longues pattes jusqu'au genou comme un homme à bicyclette. Le garde principal a ouvert le portail, quelques centimètres à peine, et quatre hommes, pistolets à la ceinture, se sont retrouvés à contempler une aigrette qui traversait la chaussée et disparaissait au coin de la rue Allende.

Frida aurait vu dans cette scène un présage pour le départ de Lev. Mais elle n'est pas ici, elle est à Paris où, selon elle, il n'y a que des imbéciles. Natalya, peu encline à faire confiance aux signes, était emmitouflée dans ce même tailleur en laine et ce même chapeau qu'elle portait le jour où ils étaient arrivés de Norvège en bateau. Lev était moins blindé, dans sa chemise blanche au col ouvert. Chacun portait une petite valise. Van, inattentif depuis qu'il est à nouveau tombé amoureux (cette fois-ci elle est américaine), gardait les yeux baissés et s'occupait à transporter des caisses de papiers dans la voiture envoyée par Diego. Diego lui-même n'était pas présent.

Tout le monde dut sentir une forme d'accusation dans le regard perçant du héron. Qui, dans la maisonnée, était sans reproche ? Frida était partie, ne laissant à Diego et à Lev que l'aiguillon de leur irritabilité pour remplir un espace vidé de désir. Et Diego, pauvre homme, ne peut être que ce qu'il est. Un organisateur qui ne parvient pas à arriver à l'heure aux réunions, un secrétaire qui oublie de répondre aux lettres. Il a un cœur d'anarchiste, pas de fonctionnaire du Parti.

La responsabilité, bien sûr, revient en partie à Staline : ses menaces planant au-dessus de la maison, les meurtres des enfants de Trotsky, de ses pairs et de ses collaborateurs, l'annihilation de sa génération entière en Russie. Les cruautés de Staline ont broyé les âmes de cette maison, comme les squelettes anciens qui gisent dans la poussière.

Mais le principal responsable : le secrétaire négligent par qui tout est tombé en quenouille.

Diego, dans sa lettre aux journaux sur son différend avec Trotsky, a fait part de son désir de ne pas entraver la route d'un grand homme. « L'accumulation de souffrances n'a pas été sans effet », a-t-il écrit, sans les nommer toutes : la relation avec Frida, par exemple, bien qu'en principe pardonnée. La note rédigée à la hâte à Breton avait un ton de reproche : « La vieille chèvre barbue est incapable de se détendre. Nom d'un chien, ne peut-il pas laisser la Révolution de côté le temps d'une soirée et boire un coup avec un ami qui a tout risqué ? Qui, bon sang, a logé et nourri son entourage ces deux dernières années ? Y a-t-il un mortel pour supporter ces sombres tempéraments russes ? »

Il griffonna la lettre dans le bureau même de Lev et la donna à taper, geste de bravade irréfléchi, pendant que Lev était ailleurs. La lettre aurait dû être expédiée en France immédiatement. Au lieu de quoi, le secrétaire préoccupé, dans sa hâte de mettre en route le repas du soir, la laissa sur la table de l'Ediphone, où Lev la découvrit plus tard. Dans la soirée, le vieil homme entra dans la cuisine sans ses lunettes, se frottant les yeux, trop fatigué, déclara-t-il, pour dîner. Juste une tranche de pain grillé, peut-être. Il allait se coucher, des projets à mettre en place demain.

Quel nœud inextricable une seule erreur ne provoque-t-elle pas dans l'histoire. Trotsky devait succéder à Lénine en tant que président du Soviet, mais un petit accident a fait que le poste a échu à Staline. Diego n'a jamais dit quel avait été l'accident. Seulement que des menus caprices altèrent le destin. Une lettre, oubliée par accident. Si Diego et Lev avaient maintenu leur alliance, ils auraient peut-être forgé un mouvement capable de renverser Staline. Les armées de paysans du Mexique vouent un culte à Diego, mais ils ont besoin de l'intelligence stratégique de Lev. Depuis Michoacán, se propageant comme un incendie parmi les brigades internationales d'Espagne pour envahir toutes celles de l'Europe, le flambeau de la démocratie socialiste rêvée par Lev pourrait encore faire avancer le monde. Mais une fâcheuse négligence a fait voler cette union en éclats.

Pourquoi Diego a-t-il traité son ami de chèvre ? Il s'imaginait que ce mot allait s'évanouir avec le courrier du soir, voilà pourquoi. Les mots amers, après une querelle, s'évaporent normalement avec l'humidité du souffle qui les a prononcés. Pour acquérir une permanence, ils ont besoin de transcripteurs, de reporters, de cœurs noirs complices. La lettre de Diego n'avait aucune substance, son respect pour Lev est inaltérable. Il avait une infection à l'œil cette semaine-là, une crampe à l'estomac pour avoir englouti trop de sandwichs au porc au déjeuner. Du sein de ces perturbations, les phrases venimeuses ont jailli. Le monde, maintenant, en a pris possession.

Et le secrétaire ? Son péché était-il paresse, ou fierté ? La lettre était en français, mais n'aurait-il pas pu demander l'aide de Van pour changer les mots, et formuler les choses avec plus de tact ? Pourquoi ne l'a-t-il pas postée aussitôt, comme on le lui avait demandé ? Le souvenir du jacaranda aperçu par la fenêtre l'année dernière, le bruit d'un objet qui se casse dans la cuisine – sans raison valable, il a oublié, et a laissé la lettre sur la table.

L'erreur l'a laissé pantelant comme la victime d'un accident : sa loyauté envers Lev lui enserre la poitrine tel un morceau de métal tordu. Le moteur fracassé de Rivera qui vomit son essence, et menace de s'enflammer. Il doit s'extirper de ce dilemme en faisant un choix. Diego dit « reste », comme cuisinier-dactylo et garçon de courses, en échange de ces mêmes pièces de monnaie qui pleuvent régulièrement depuis le jour où, stupéfait, il a commencé à mélanger du plâtre sur le sol du Palacio Nacional. Mais Lev demande aussi qu'il reste à son service. Plus que jamais il a besoin d'un secrétaire de confiance, son nouvel asile est périlleux et Van est de plus en plus distrait. Lev offre une chambre et un lit dans une maison de rêves clairs et lumineux, qui pourraient demain être tous anéantis. Le Peintre offre de l'argent, et ne demande qu'à être adoré.

À sept heures du matin, après un bref orage, Lev Trotsky a soulevé sa valise, franchi les flaques d'eau de l'allée en brique et quitté la Maison Bleue pour la dernière fois. Lui et sa femme sont montés à l'arrière de la voiture avec le garde Lorenzo, fusil posé en travers de leurs genoux, et Van sur le siège avant, également armé. Le chauffeur était assis très droit, comme si son corps était percé, tel celui d'un hindou, par mille clous de culpabilité.

« Nous sommes prêts, mon fils. Démarre », a dit Lev, et le petit groupe s'est déplacé à six rues de là, dans une maison vide et délabrée sur la Calle Viena, louée à une certaine famille Turati, où, à nouveau, ils vont installer leur vie.

Si jamais homme au cœur brisé a offert meilleur exemple de bonne humeur, cela n'a pu être qu'au cinéma.

Les efforts de Lev pour tirer le meilleur parti du nouvel arrangement ont donné à tous du cœur à l'ouvrage. Natalya a délaissé le Phanodorm pour se mettre au ménage ; elle déloge les toiles d'araignée des hauts plafonds gris pâle de cette demeure porfirienne, lave les fenêtres à petits carreaux et dispose les meubles. Parfois elle noue un tablier et prépare le petit-déjeuner de Lev. Aujourd'hui elle a peint les liserés des murs et tous les meubles en bois de la salle à manger, une agréable combinaison de jaune et de marron que Frida aurait trouvé insipide. Quel soulagement de savoir qu'elle ne lit plus ces pages.

Les Américains, Joe et Reba Hansen, ont quitté l'appartement où ils avaient fui l'hospitalité et les complications des Rivera pour venir ici. Un nouveau couple est arrivé aussi, Mr. O'Rourke et sa petite amie farfelue, Miss Reed. Tout le monde semble soulagé de se retrouver autour de dîners simples ici dans la pièce principale, avec sa nappe à carreaux jaune sur la longue table et personne pour s'inquiéter des taches de vin. Débattre plutôt des nouvelles du jour, sans voir s'amonceler au-dessus de votre tête les intrigues orageuses de la maisonnée. Quand il n'y a personne d'autre dans le bureau, Van écoute des émissions de musique à la radio tout en sifflotant pendant qu'il tape à la machine. Son bonheur, comme toujours, semble être lié à une fille.

Seul Lorenzo est sans entrain, mais rien de nouveau à cela. Il est tracassé, qu'il soit ou non en service, un monument d'inquiétude. Il tire sur son énorme moustache noire, le visage rouge comme du cuir brûlé à force de scruter ce monde menaçant. Son front, d'un blanc étonnant au-dessus de la marque imprimée par son chapeau, quand il l'ôte pour le repas du soir. Assurer la protection de Lev a été une charge terrifiante depuis le jour où ils ont franchi la passerelle à Tampico. Lorenzo a déjoué des douzaines de menaces, pas seulement celles des groupes d'autodéfense aux pieds nus, mais aussi les complots des stalinistes mexicains sans scrupules. Récemment Toledano s'est mis à assister aux réunions des syndicats, offrant une prime à quiconque serait prêt à mettre une balle dans la peau de Trotsky. Qui n'a pas besoin d'argent par les temps qui courent ?

Tout est rapporté à Lev, mais pas à Natalya. Elle n'est mise au courant que du pire, lorsque la police est obligée d'arrêter quelqu'un et que l'affaire fait la une des journaux, calée parmi les habituels bavardages sur le « Traître russe parmi nous ». Lorenzo et les trois jeunes gardes font des rondes de six heures, vingt-quatre heures sur vingt-quatre, arpentant inlassablement le parapet de brique. Le mur noir en pierre autour de la cour, qui était haut de trois mètres au départ, a été à nouveau surélevé, et les maçons y ont aménagé des tourelles en brique équipées d'encoches pour le canon des fusils. Ce sera une bonne chose si Lev peut acheter la maison, car ces modifications étaient nécessaires. Joe Hansen dit qu'on attend de l'argent du parti trotskiste aux États-Unis. Les Travailleurs socialistes.

La cuisine ici est tout à fait convenable : une cuisinière à gaz à quatre brûleurs, un plan de travail en bois et une glacière. Et dans l'enceinte des hauts murs, entre la maison principale et la maison des gardes, longue et étroite, qui la prolonge à angle droit, les arbres de la cour, disposés en triangle, sont un havre lumineux. Enfin, gardes et secrétaires, ici, ont droit à un peu d'intimité : leur logement possède quatre chambres en enfilade au rez-de-chaussée et quatre au-dessus. Le jardin est ombragé par un vieux jacaranda et plusieurs figuiers. Lev veut récupérer les spécimens de cactus ramassés à San Miguel Regla, abandonnés dans leurs pots dans un coin de la Maison Bleue, pour en faire un jardin. Aujourd'hui après le déjeuner, il a désigné les emplacements où il a l'intention de planter chaque cactus, avec des allées en pierre qui permettront de se déplacer entre les petits morceaux de jardin, un parc miniature. Espace ridiculement petit pour un projet aussi sophistiqué. Mais ce minuscule terrain, qui se mesure en mètres, est la dernière patrie qui reste à Lev.

C'est un domaine qui semble plutôt spacieux, de l'intérieur. L'étrange spectre de la détention ne devient frappant que de l'extérieur, quand on rentre à la maison au retour du marché, par exemple. L'enceinte occupe un terrain en forme de fer à repasser, à Coyoacán, à l'angle de Calle Viena et de Rio Churubusco. Les hauts murs sombres qui l'enclosent se rejoignent en un point et ressemblent exactement à la proue d'un paquebot : le lent et majestueux navire du destin de Trotsky, voguant le long de Churubusco, comme si c'était un canal dans la ville bâtie sur un lac, telle que Cortés l'avait trouvée. Comme si l'on pouvait encore construire un navire dans le désert, et faire route vers un monde nouveau.

La mère de Lorenzo est venue cette semaine de la campagne, et avec elle une nouvelle paire d'yeux perçants pour le service de garde : le fils de sa fille, Alejandro. Également, deux paires de lapins et des poules à deux couleurs. Lev est heureux comme un jeune homme parmi ses nouveaux animaux de basse-cour. Les lapins ont maintenant des clapiers près du portail à l'entrée, mais Lev dit que les poules sont des « voyageuses affranchies », elles seront libres d'aller et venir dans la cour. Natalya s'y est opposée, pour des raisons d'hygiène, et pour la sécurité des poules.

« Nataloschka », a dit Lev, « il n'y a pas de loups ici. Les poules sont les seules à ne pas avoir à craindre les prédateurs. Qu'elles aient donc un visa ouvert. » Elle a cédé, bien sûr. Dans son nouveau bureau, Lev place sa chaise de manière à voir la cour par la fenêtre, où les poules piquent du bec pour picorer dans la terre.

Perpetua est venue depuis la Maison Bleue, deux fois cette semaine, pour apporter des poteries que Natalya aimait particulièrement. Sa préférée est le plat blanc vernissé avec des poissons qui sautent, cadeau de Frida quand ils sont arrivés. Natalya a remercié Perpetua et l'a rangé dans un meuble, mais aujourd'hui elle l'a sorti et l'a placé contre le mur. Pendant toutes ces années avec Lev, son monde a été si contraint, avec si peu de beaux objets. Elle n'est pas un bouledogue, seulement une femme comprimée par la vie, jusqu'à ne plus tenir davantage de place qu'un petit pot, dans lequel il faut bien essayer de danser. On le voit dans sa manière de placer un coquillage sur un rebord de fenêtre, une chaise peinte en rouge dans un coin : elle est experte dans l'art de créer une nature morte et d'y faire résidence.

Le neveu de Lorenzo, Alejandro, est le plus jeune des gardes, dix-neuf ou vingt ans peut-être. Originaire d'un minuscule village près de Puebla, il est le seul à ne pas appartenir au mouvement politique, mais Lorenzo se porte garant de sa loyauté. Lev fait toujours bon accueil à une nouvelle recrue.

Alejandro semble heureux d'échapper à la misère de la vie de village. Il a des façons timides, étranges, précisément ce que Frida qualifierait de drôle de type. Elle dirait que ça lui plaît, puis ferait en sorte que tout le monde le regarde comme un poisson dans un bocal. C'est sans doute plus fort qu'elle, c'est ainsi qu'on la regarde depuis qu'elle a épousé Diego.

À New York et à Paris, quand elle était en pleine gloire, les journaux ont essayé de la descendre. Maintenant qu'elle revient chez elle, apparemment lessivée, ce qu'on dit d'elle est encore pire. De la même façon que Natalya, elle doit ressentir le besoin de se retirer dans un lieu petit, faire des natures mortes et se peindre à l'intérieur. Elle n'a pas à se cacher des assassins, mais être Très Discutée est finalement une forme de prison.

Les poules ne sont pas seules ici à être affranchies. Lev autorise toute forme d'écriture. Tandis qu'infatigablement il travaille à la biographie de Lénine et à une douzaine d'autres articles en même temps, il a avoué qu'aucun livre en vérité ne vaut un bon roman. Il aimerait être capable d'en écrire un lui-même.

Quelle étrange découverte. Il est entré dans le bureau tard ce soir pour chercher un dictionnaire, surpris de trouver l'un de ses assistants encore en train de taper à la machine.

« Jeune Shepherd ! Quelle affaire peut donc te retenir si tard au Quartier général ? » Quartier général de la Quatrième Internationale est le nom que l'on a donné au grand bureau qui jouxte la salle à manger. Natalya y a installé les trois tables avec les machines à écrire et le bureau à cylindre, le téléphone, des étagères pour les livres, des meubles de rangement et tout le reste. C'est elle qui a eu l'idée de faire un bureau séparé pour que tout le monde puisse travailler ici – elle-même, Van, les Américains qui sont venus étudier avec Lev – sans que le *Commissar* devienne complètement fou. Lev se cantonne à son petit bureau dans l'autre aile à côté de leur chambre, où il travaille en paix jusqu'au moment où il a besoin de quelqu'un pour écrire sous sa dictée.

« Je suis désolé, monsieur. » *Rassemble les pages, vite, fourre-les dans une chemise. Pas de confession sauf en dernier recours.* « Rien qui soit de nature à libérer le peuple. »

Debout en chemise et cravate sur le pas de la porte, les yeux écarquillés, il attendait la suite. Ses cheveux blancs étaient dressés sur sa tête après sa longue journée de travail. Il tire dessus pendant qu'il réfléchit.

« Monsieur, j'ose à peine le dire.

– Oh, non. Un rapport secret destiné à l'adversaire ?

– S'il vous plaît, ne laissez pas entendre quelque chose d'aussi terrible.

– Quoi alors ? Une lettre d'amour ?

– C'est plus embarrassant que ça, monsieur. Un roman. »

Les muscles de son visage s'affaissèrent, il n'était plus que fossettes et yeux plissés derrière sa barbe et ses lunettes rondes. Le sourire de Lev n'a pas son pareil. Il tira le fauteuil de bureau de Natalya et s'y assit à l'envers, à califourchon, les coudes appuyés sur le dossier, riant aux larmes. « Oh, nous avons donc un *mechaieh* ! »

Il n'y avait rien d'autre à faire qu'attendre un verdict plus intelligible.

« Je m'inquiétais de savoir où tu disparaissais, mon fils. Quand ton esprit n'est pas avec nous. » Il eut un petit rire, prononça quelques mots en russe. « Un roman ! Pourquoi dis-tu que ça ne va libérer personne ? Vers quoi un homme se dirige-t-il pour être libre, qu'il soit pauvre ou riche ou même en prison ? Vers Dostoïevski ! Vers Gogol !

– Je suis surpris de l'entendre de votre bouche. »

Son halo de cheveux blancs était éclairé par-derrière par la lueur bleue du lampadaire à l'extérieur. Les fenêtres qui donnent sur la rue sont murées à mi-hauteur, mais la lumière entre par le haut. On aurait dit un décor de film policier. Il se leva et se dirigea vers l'étagère du fond, se frayant un passage entre les tables et le meuble où était rangée la machine à enregistrer dont les cordons serpentaient sur le sol. Il appuya sur l'interrupteur de la lampe qui se trouvait près de l'étagère.

« Je veux te montrer quelque chose. Le premier livre que j'ai publié. L'histoire d'un jeune homme d'à peine vingt-sept ans, emprisonné par le tsar parce qu'il était un révolutionnaire, qui organisait une fuite audacieuse et spectaculaire vers l'Europe pour préparer son retour et se battre avec l'Armée du peuple. » Lev trouva le livre et le tapota pensivement du bout du pouce. « Ce livre a fait sensation parmi les travailleurs de Saint-Pétersbourg. Le Soviet tout entier, en fin de compte. Si un Russe sait lire, il a lu ce livre.

– Un roman, monsieur ?

– Malheureusement, non. Pas un mot qui ne soit pas vrai. » Il ouvrit le livre et tourna quelques pages. « Et depuis, de la théorie et de la stratégie, c'est tout. Quel raseur je suis devenu.

– Mais votre vie est restée un roman à sensation. Les assassins de Staline qui rôdent, le Parti communiste et Toledano qui complotent pour salir votre nom. Pardonnez-moi, mais les journaux seraient peut-être de votre côté si vous la racontiez de cette manière. Ils publieraient votre saga en épisodes hebdomadaires comme ils l'ont fait pour Pancho Villa pendant la guerre.

– Avoir les journaux de notre côté, oh mon garçon. Une carrière tout juste bonne pour les acrobates de cirque et les politiciens minables.

– Désolé, monsieur. »

Il sourit. « Ma foi, ça plairait aux Russes. Notre cerveau a un faible pour les intrigues haletantes et moroses. » Il ferma le livre d'un coup sec. « Et de quoi parle le tien ? »

L'idée d'un roman historique sur les anciens Mexicains l'intéressa vivement, même s'il s'agissait davantage d'aventures que d'histoire, et même si cela ne mènerait jamais à rien de bien valable. Il tira de l'étagère une pile de livres susceptibles d'inspirer un romancier débutant.

« Vous lisez le russe ? Non. Eh bien, Jack London, certainement. Et Colette, pour le point de vue féminin. Oh, et celui-ci, de Dos Passos, ça s'appelle *The Big Money*. » Il proposa aussi une de ses machines à écrire, celle en réserve qui ne demande qu'un peu d'huile pour se remettre en marche, et une petite table qui servira de bureau dans la maison des gardes la nuit. « Ainsi tu n'auras plus à te faufiler en douce au Quartier général », dit-il. « Vu l'état de nerfs dans lequel est Lorenzo, il pourrait te tirer une balle dans la peau, par erreur, depuis la fenêtre. Tu ferais un sacré roman à succès, mon fils. Et qui l'écrirait ? »

Alejandro, le garçon du village, ne parle presque jamais. Il prétend pourtant vouloir apprendre l'anglais. Une phrase à la fois, tranquillement, il se met à l'œuvre : *I am. You are.* Sa chambre est celle qui se trouve à l'autre extrémité de la maison des gardes, où il pénètre tous les matins à quatre heures, après avoir terminé sa ronde sur le toit, fusil armé dans l'obscurité. Une chambre qui n'a abrité aucun secret jusqu'ici, hormis une boîte dissimulée sous le lit : une petite idole volée, un roman à moitié écrit et extrêmement mauvais, le petit doigt tissé du nom de *trapanovio*, témoignage d'une humiliation mémorable.

Alejandro est la première personne à voir le *trapanovio*, depuis ce jour à Xochimilco, et il n'a pas ri en entendant l'histoire. Il a inspiré profondément, s'est pris la tête entre les mains, et s'est mis à pleurer.

À quatre heures, alors que le monde endormi suspend ses jugements, sans faute il arrive. *He has. They have.* Étrange sorte d'amour. Ou pas de sorte d'amour du tout. Simple consolation des chairs tendres, ni début ni fin de quoi que ce soit, tour à tour gratitude, urgence et terreur. Après quoi, sous le regard de son complice troublé, Alejandro prie.

Frida, rentrée pour un mois, s'effiloche comme une poupée de chiffon. Diego veut le divorce. Elle s'en est doutée à l'automne dernier, mais elle avait décidé de partir ; il aurait bien fini par se rendre compte qu'il ne pouvait pas vivre sans elle. De tels projets réussissent rarement. Elle a quitté la Maison Double pour s'installer à Coyoacán, et c'est étrange de voir la Maison Bleue se remplir de ses affaires. Elle a repassé une nouvelle couche de peinture, couleur du sang et des profondeurs de la mer. La chambre qui était celle de Lev et de Natalya, alors spartiate comme une chambre de domestique avec son tapis tissé et son lit bien fait, est maintenant pleine à craquer : sa coiffeuse, ses bijoux, ses étagères à poupées et des malles de vêtements. L'ancien bureau de Lev n'est plus que chevalets et couleurs. Ce qui ne devrait pas paraître étrange, c'était sa maison au départ, et celle de son père avant même qu'elle soit née.

Ce matin, Perpetua a fait venir Belén en catastrophe parce que la Maîtresse était devenue folle. Frida use de la folie comme elle use de l'argent ; le temps que les secours arrivent, c'était déjà fini. Perpetua a répondu au portail, a pointé son doigt sans un mot et s'en est retournée à la cuisine. Frida était assise sur un banc en pierre dans la cour, sa chevelure sauvagement coupée qui gisait en épaisses parenthèses noires sur les briques, tout autour de ses pieds.

« Natalya m'a envoyé vous demander si vous avez besoin de quelque chose. »

Frida a souri faussement à ce mensonge, découvrant de nouvelles couronnes en or sur ses incisives. Elle avait sans doute déjà bu, même à cette heure matinale.

« Ce dont j'ai *besoin* c'est de castrer ce fils de pute et en finir une fois pour toutes. » Elle donna des coups de ciseaux menaçants dans les airs, ce qui flanqua une belle frousse au chat noir qui se trouvait dissimulé dans le nid de cheveux. Il se redressa et fit le gros dos.

Il semblait inutile de lui faire remarquer qu'elle aussi avait eu des aventures, à New York et à Paris. La presse, en tout cas, en faisait ses choux gras. Un beau photographe hongrois. « Désolé, Frida. Mais Diego et les femmes, rien de nouveau, pas vrai ?

– C'est le genre de *mierda* que tu es venu me servir ? Je suis déjà malheureuse depuis longtemps, et donc je devrais être habituée ? Merci, mon ami.

– Désolé. » Le chat disparut dans les buissons de laurier.

« Sóli, tu ne devineras jamais. Maintenant j'ai les mains couvertes de champignons. Une nouvelle maladie ! Mille opérations, des corsets en plâtre, des médicaments qui ont le goût de la pisse, des descentes d'organe, et il reste encore des choses chez moi qui peuvent se détraquer. Peut-être que j'ai le droit d'être un peu malheureuse ? » Elle présenta ses mains, marbrées de rose, à vif, horribles.

« C'est accordé. Si vous avez besoin de mon autorisation. »

Même inconsolable, elle avait l'air d'un paon, habillée à la perfection dans une jupe en soie verte et assez de bijoux pour faire couler un bateau. Même si elle se noyait, Frida se raccrocherait aux choses futiles. « N'oubliez pas Paris et New York, Frida. Ils ont adoré votre exposition. Hier Van m'a montré un magazine de mode, avec vous en couverture.

– L'opinion que l'on a de moi à Paris et à New York, si tu veux savoir, est la même qu'on aurait d'un poney doué de parole. Imagine un peu, une Mexicaine qui s'habille bizarrement et jure comme un soldat ! Tous les jours j'étais, comment tu dis ça ? Un poisson dans un bocal. »

Traduire Frida n'est pas facile. « Un oiseau dans une cage ? Cela signifie qu'on est pris au piège ? Ou alors que les gens vous regardent comme une bête curieuse ?

– Les deux. J'étouffais. Les gens me montraient du doigt dans la rue.

– Parce que vous êtes célèbre. Les gens ont vu vos tableaux.

– Crois-moi, ne deviens jamais célèbre, c'est mortel. Tu devrais voir ce qu'ils ont écrit dans les journaux, ces critiques. Ils ont tout juste pris la peine de regarder les tableaux, ils voulaient juste écrire sur le peintre. “Elle devrait faire de jolis tableaux de la nature, au lieu de ces tableaux de cauchemar. Et elle se peint toujours *elle* – elle n'est même pas si belle que ça !”

– Nous avons vu les critiques. Il y en avait beaucoup qui étaient bonnes. Diego dit que Picasso et Kandinsky pensent que vous avez plus de talent qu'eux deux réunis.

– D'accord, mais ce cafard de Breton ne s'est même pas donné la peine d'aller chercher mes tableaux à la douane avant mon arrivée, et il a fallu que je m'énerve. Et c'est vrai ce que je te dis des critiques. Ils écrivent ce qu'*eux* pensent que je devrais peindre. »

La cour plus que jamais était un décor de conte de fées, avec son toit de feuilles d'arbre et son sol couvert de lierre. Des lis blancs perçaient le tapis de pierre et inclinaient leur tête encapuchonnée vers Frida, comme des cobras charmés.

« Manifestement, ça ne s'est pas bien passé. Mais si on vous a vue comme un spectacle, vous ne pouvez incriminer personne. »

Elle parut perplexe. Ses pendants d'oreille aujourd'hui étaient une paire de serpents en or très en relief, mais avec sa tête luisante qui venait d'être tondue elle avait l'air d'une otarie. Avec des dents en or. « Quel spectacle ? »

Carmen Frida Kahlo de Rivera. Impossible de l'expliquer à quiconque, et surtout à elle-même. « Vous jouez un certain rôle. Vous devez le reconnaître. Paysanne mexicaine, reine des Aztèques, que sais-je. Vous ne vous habillez pas pour passer inaperçue. »

Ses incisives en or lancèrent des éclairs. « Si je ne choisis pas, on choisit pour moi : femme du Peintre Très Discuté. Les journaux me colleraient une étiquette et feraient de moi un ange martyr, ou alors une vulgaire femme jalouse. D'abord, et avant tout, une victime – de Diego et de la vie. De la maladie. Regarde cette jambe. » Elle remonta d'un coup sec la soie verte pour découvrir sa jambe estropiée, nue. C'était une vision plus terrible que les mains infectées : maigre comme un bâton à cause de la polio contractée dans l'enfance, tordue et pleine de cicatrices dues à l'accident, des années à boiter, des années d'indignités innombrables.

« Tu ne l'as jamais vue, n'est-ce pas ? demanda-t-elle.

– Non.

– Depuis quand me connais-tu ?

– Presque dix ans.

– Et pendant tout ce temps, as-tu pensé à moi comme *ça* ? »

C'était hideux : une jambe de lépreux, de mendiant de rue, de vétéran de guerre. Tout sauf la jambe d'une belle femme. « Non. »

Elle remit en place la longue jupe de soie, comme on couvrirait un cadavre. « Les drôles de zèbres comme toi et moi, on les regardera toujours de travers. À nous de décider s'ils verront un infirme, ou un éclat de lumière. Les bijoux et tout le reste aveuglent les gens. Les bavards diront des millions de choses, mais ils ne demanderont jamais : « Cette fille mexicaine-indienne-aztèque, pourquoi porte-t-elle toujours des robes longues ? »

De la pointe de ses orteils dénudés elle se mit à repousser consciencieusement les mèches de cheveux qui jonchaient le sol, pour en faire un tas arrondi. Tout chez elle relève du projet artistique, des fleurs disposées sur une table, jusqu'à sa propre autodestruction. « Alors », dit-elle, « Où en est ta merveilleuse histoire, les scandales des anciens ? Tu y travailles tous les jours ? »

Il fut tentant de lui parler du secrétaire dans la maison des gardes, la machine à écrire récemment graissée, la pile de pages qui augmentait chaque jour. Cela exciterait Frida d'en devenir complice. Mais elle ne sait pas garder les secrets. « Que voulez-vous dire, les drôles de zèbres ? Personne n'a les yeux fixés sur moi.

– C'est ce que tu penses. »

Le chat tournait en rond autour de ses pieds d'un air circonspect, observant l'étrange fourrure noire.

« Et ton cher camarade Van, comment va-t-il en ce moment ?

– Il n'a pas les yeux fixés sur moi. Aucun doute là-dessus. »

Le chat, ayant décidé que le nouvel animal tapi entre les pieds de sa maîtresse n'était ni prédateur ni proie, s'éloigna donc sur le tapis de lierre, levant les pattes comme s'il marchait dans de l'écume.

« Être un paon n'est pas la seule façon de se cacher, Frida. Un pigeon peut se cacher.

– C'est ce que tu es ? Un pigeon qui se dissimule à l'intérieur d'un petit trou dans les briques ?

– Je suis secrétaire. Et cuisinier. Et maintenant on m'autorise parfois à nettoyer des cages à lapins. »

Elle soupira. « Quelle perte de temps. Je croyais que tu avais *chispa*. Une étincelle, ou une forme de discipline. Et voilà que tu n'es qu'un banal petit pigeon. » Elle lissa la jupe sur sa jambe et tira le châle autour de ses épaules, à nouveau maîtresse d'elle-même après s'être livrée.

« Je suis désolé pour votre jambe. Ce n'est pas ce qu'on m'avait dit.

– Sóli, écoute-moi bien. Il y a, en chacun de nous, un autre monde. La chose la plus importante est toujours celle que l'on ne connaît pas. »

Douze personnes dans cette maison maintenant, et une seule salle de bains. Miss Reed l'a nommée « La Danse des Heures ». Les quatre Américains se couchent toujours tard – l'étrange, la drôle Miss Reed (qui s'habille comme un garçon) et son mari dorment dans l'une des chambres de la maison des gardes mais s'y retirent rarement avant l'aube, heure à laquelle Lev est déjà debout pour faire sa gymnastique du matin. Joe et Reba ont toujours leur appartement et font leur petite excursion chacun leur tour dans la salle de bains. Pour tous les autres la journée est scandée par les passages éclair aux toilettes et les rations de café. Lorenzo et les trois autres gardes ont été surpris à pisser par-dessus le rebord du toit, arguant que toute arme est bonne pour vaincre la Guépéou. Mais il y a des armes qu'ils gardent en réserve. La compétition du matin n'est pas pour les cœurs fragiles.

Sept heures quarante-cinq, heure secrète. Lev a depuis longtemps terminé ses ablutions, et Natalya aussi. Les lève-tard ne sont pas encore une menace, et l'équipe du matin attend, respectant l'intimité de Natalya. C'est alors qu'il est possible de sortir discrètement de la salle à manger pour pénétrer dans l'aile de Lev et Natalya, puis traverser le bureau de Lev sur la pointe des pieds. Il y sera bientôt, aussi sûr que la carte du Mexique trône sur le mur. Mais à sept heures quarante-cinq, il est toujours dehors à nourrir les poules.

L'étroite salle de bains sous son toit de tôle ondulée longe le bureau et la chambre de Lev. Elle a dû être ajoutée à la maison à un moment quelconque entre Porfirio Díaz et la plomberie moderne. Son mobilier est aligné comme des soldats au garde-à-vous : la baignoire à pieds griffus, le cabinet sur son piédestal, le meuble qui renferme en vrac les médicaments de Lev et le matériel de rasage de tout le monde. Le broc et la cuvette sur un guéridon. L'horrible tapis à poils que quelqu'un ferait bien de balancer à la poubelle. Lev devrait écrire une note : « Défi Politique d'une Salle de Bains Commune : personne ne détient l'autorité pour jeter le tapis. » Et pour finir, le capitaine de cette armée : la chaise percée. Son réservoir en haut, la chasse d'eau qui attend le salut du soldat.

Plutôt que de sortir par la porte qui donne sur le bureau de Lev (il pourrait s'y trouver à présent), il est moins risqué de passer par la pièce du fond, inoccupée, que Natalya appelle « la chambre de Seva », dans l'espoir que leur petit-fils orphelin leur sera un jour amené de Paris. Pour l'instant, elle est occupée par une armoire en bois remplie de manteaux et de vestes. Et, ce matin, également par Natalya, debout à la table de repassage, en train de plier une pile des pyjamas rayés en soie de Lev. On ne peut pas toujours éviter les situations délicates.

« Bonjour.

– Bonjour. »

Il semblait indispensable d'ajouter quelque chose. « Lev a beaucoup de pyjamas.

– Oui, en effet.

– Ils sont beaux. La plupart des gens ne s'habillent pas aussi bien, même dans la journée. »

Elle répondit : « La plupart des gens n'ont pas à envisager de mourir en pyjama. Et d'être photographiés pour les journaux.

– Seigneur.

– Ne vous excusez pas. Nous sommes habitués. » Elle leva brièvement les yeux, deux pierres grises, puis retourna à son travail. « Je voulais en parler à quelqu'un, et plutôt que d'en informer Van, je préfère vous le dire à vous. Sa tension artérielle a augmenté.

– La tension de Lev ? À combien s'élève-t-elle ?

– Elle est extrêmement haute. Le médecin hier était inquiet.

– Est-ce que Lev est inquiet ? »

Elle plia le dernier pyjama. « Lev pense qu'une balle l'atteindra avant que l'attaque ne se produise. Si cela répond à votre question.

– Mais vous vouliez que quelqu'un d'autre soit au courant. Ce qui se comprend.

– Il n'y a sans doute rien à faire. Il a des maux de tête terribles.

– Il semble calme.

– Oh oui, Lev est calme, le calme c'est Lev. Ce que j'ai dit au sujet des pyjamas quand il sera assassiné… Ce ne sont pas les photos qui le tracassent. Ce n'est pas de la vanité, vous comprenez. Je ne trouve pas le mot. Mon anglais.

– Le mot est *dignité*, peut-être ?

– Dignité, oui.

– Il pourrait prendre un peu plus de repos. Tous les matins il est dehors à s'occuper des poules, n'importe lequel d'entre nous pourrait s'en charger.

– Oh, il est fou de ces animaux. Je ne l'ai pas vu manifester autant d'affection pour quelque chose depuis Benno et Stella. Deux chiens que nous avions en France. » Elle se tut, revisitant des souvenirs de chiens, et peut-être d'enfants vivants. « Je crois que les animaux sont un réconfort », ajouta-t-elle finalement. « Quelque chose dans ce monde qu'il protège du danger.

– Mais on pourrait peut-être tout de même lui proposer de l'aide ?

– C'est vrai. Vous, il vous écouterait peut-être. Il vous appelle "fils". Vous le remarquez bien sûr.

– Bien sûr. Lev a un grand cœur. Il est le père du monde entier, on dirait.

– Il dit que vous l'apaisez.

– Vraiment ?

– À votre manière, vous ressemblez à Sergei. Il ne l'avouerait pas, mais c'est vrai. Sergei était silencieux. Toujours attentif. Il faisait du bien aux autres.

– Il doit vous manquer. Tous. »

Elle secoua la tête d'un côté et de l'autre, regardant par la fenêtre, lèvres serrées.

Dehors il faisait frais, il restait des flaques d'eau, après la pluie de la nuit. Tout au fond de la cour, dans le coin, se découpant dans le flamboiement des bougainvillées rouges qui couvraient le mur, Lev était debout au milieu d'un cercle de poules. Il lançait du grain et gloussait doucement dans une forme de russe gallinacé, apparemment absorbé. Il leva les yeux, surpris.

« Oh ! Tu es venu demander à mes amies la preuve de leur dévouement ?

– Pas besoin d'œufs pour l'instant. Le petit-déjeuner est presque prêt.

– Tu vois, j'étais en train de penser, les poules apportent une contribution collective. Mais les lapins sont d'un dévouement absolu, quand on fait appel à eux. Il se pourrait bien que nous ayons là deux factions.

– Comme les Mencheviks et les Bolcheviques. »

Il pinça les lèvres et fit un signe de tête. « Les Omelettecheviks. Et les Hassenpfefferviks.

– Natalya pensait que vous aviez peut-être besoin d'aide avec les animaux.

– Non, non. » La pelle plate, sortie du casier à outils, était posée contre le clapier à côté d'un seau rempli de fumier. Il avait nettoyé la petite cabane où les poules se perchent la nuit. Plus tard il prendrait le fumier et l'enterrerait çà et là dans le jardin.

« Vous êtes un très grand penseur, monsieur. Les travaux de ferme, ça n'est pas pour vous.

– Tu te trompes, mon fils. Tout le monde devrait faire des travaux de ferme. Tu t'appelles bien Shepherd. As-tu déjà gardé des moutons ?

– Non, monsieur. »

Pelle à la main, il suivit des yeux les poules qui partaient en reconnaissance dans le jardin. « Sais-tu que Staline assassine les paysans maintenant ?

– Pourquoi ?

– Son idée, pour nourrir les masses, est de créer d'énormes fermes. Comme des usines, avec de grosses machines et des armées de main-d'œuvre non qualifiée. Plutôt que de faire confiance à la sagesse des hommes de la terre. Il emprisonne les petits exploitants, pour détruire leur classe. »

Une des poules attrapa un lézard, qui se tortilla furieusement dans son bec. Et ce fut la débandade parmi les poules, une poursuite effrénée. Leur instinct carnivore est impressionnant.

« Assez parlé de Staline avant le petit-déjeuner. Mon jeune ami Shepherd, berger sans moutons. Mais je suis sérieux. Tout le monde devrait avoir de la terre sur les mains tous les jours. Docteurs, intellectuels. Les politiciens, surtout. Comment peut-on prétendre élever la vie du travailleur, si l'on ne respecte pas son travail ? »

Lev plia soigneusement le vêtement qu'il porte pour accueillir les animaux chaque jour : un antique gilet vert troué aux coudes. Manifestement, il ne s'attend pas à être assassiné pendant qu'il nourrit les poules. Ou du moins, c'est ce qu'il espère. Il ôta ses lunettes et tourna son visage un moment vers le soleil, bottes bien écartées sur le sol, son front de paysan face au ciel. Il semblait l'image même de la Révolution du peuple dans l'une des fresques de Diego. Puis l'ancien président du Soviet de Petrograd rangea la pelle à fumier et s'en fut vers son petit-déjeuner.

Aujourd'hui Van s'est marié. Qui aurait pu l'imaginer il y a deux ans, ce même jour, sur un bateau multicolore le long des canaux de Xochimilco ? Frida avait raison, bien sûr. Van n'avait pas besoin du *trapanovio* pour prendre au piège son véritable amour. Pas plus que Lev, semble-t-il. Il tient Natalya par la main et, ensemble, debout sur le pont de ce paquebot, avec sa cale pleine d'amis fidèles et de cactus, ils contemplent le coucher de soleil derrière le haut mur qui les enclot. Frida a eu moins de chance en amour, pas plus qu'en quoi que ce soit d'autre. Depuis des semaines elle refuse de sortir de son lit. Son corps menace de plier bagage, et bon débarras, dit-elle, puisque Diego ne veut plus de lui.

Van et son amie américaine Bunny ont été unis ce matin à l'hôtel de ville, dans le bureau nuptial dont la porte se trouve être directement en dessous de la fresque de Diego qui montre les anciens Mayas récoltant le cacao, ce que les amoureux n'ont sans doute pas remarqué. Ils ont l'intention de s'installer bientôt dans un appartement à New York. Natalya a versé quelques larmes, aussi minuscules et discrètes que ses souliers noirs. Elle a toujours su qu'elle perdrait ce fils, comme tous les autres.

Lev, plus jovial, a félicité le couple en portant un toast solennel et récitant de mémoire des poèmes d'amour en russe. Bunny portait une couronne de fleurs tressées – note de l'Ancien Monde de la part de Natalya – et, comme cadeau de mariage, elle s'était procuré un sachet des pastilles de réglisse si chères à Van. Il se tenait dans la cour aux côtés de sa promise, faisant des discours échevelés, l'œil bleu, chaussures absentes. Quand Bunny se dressa sur la pointe des pieds pour poser sa couronne florale sur la tête de Van, il eut un sourire si large que ses molaires étincelèrent un instant. Quelle gratitude pour son affection. Il ne se doute pas que tout chez lui peut faire s'arrêter un cœur : ses épaules, comme le petit Hollandais sur les boîtes de savon, qui se relèvent et retombent brusquement. Ses beaux pieds blancs.

Les festivités sont rares dans cette maison, et d'autant plus joyeuses peut-être pour cette raison. Et si la joie ne se répandit pas dans toutes les pièces, du moins personne ne passa la journée à faire de la cuisine.

La Grande-Bretagne est entrée en guerre. Winston Churchill a envoyé un corps expéditionnaire en France, des milliers de soldats pour défendre la ligne Maginot et empêcher que l'Europe ne tombe aux mains d'Hitler. Le soir, quand la table a été débarrassée, Lev met en marche le récepteur de radio et tout le monde fait silence. Le tumulte des opinions qui normalement emplit cette pièce est réduit à néant par une petite voix grêle venue d'un autre monde, qui tremble dans l'air de la salle à manger peinte en jaune. Pourquoi Lev ajouterait-il foi aux rapports de la TSF, quand tous les autres lui ont failli ? Il bataille avec cette question. Mais sa soif de savoir est telle qu'il jette loin ses filets et choisit parmi la pêche, en espérant faire la différence entre poisson et épaves.

Il avait semblé impossible que cet homme singulier, Hitler, fût capable d'attirer le monde entier dans le chaudron de ses ambitions. Maintenant il ne s'agit plus que de savoir dans quel ordre les nations se laisseront entraîner. Et quels arrangements inattendus, tandis que les nations se trouvent épaule contre épaule avec d'autres, ou face à face contre d'autres : les Canadiens sur le sol français, les Allemands en Pologne, les Russes et les Finlandais sur les rives de la mer Baltique. Même dans l'horreur de la guerre, Lev est optimiste, il dit qu'elle fera de nous tous des Internationalistes. Un prolétariat modernisé s'unira, parce que la guerre, de façon tellement criante, profite aux riches et tue les pauvres.

« L'ouvrier français qui fabrique des munitions voit forcément que ses efforts remplissent les poches des financiers de guerre de la Cité de Londres. » Il dit que l'ouvrier et le paysan de toutes les nations découvriront que leur ennemi commun est le propriétaire de l'usine, qui exploite leur travail, et les maintient dans la pauvreté et l'impuissance.

Mais prenez un garçon dans une usine française ou britannique, debout dans sa combinaison de travail en cuir en train de souder une douille de bombe : que voit-il ? Cette chose va traverser les airs, tomber à des centaines de kilomètres de là, et tuer des garçons dans les mêmes bleus de travail dans une usine en Allemagne. Les bulletins d'information crieront à la victoire ou à la défaite, et ces garçons ne sauront jamais combien leurs vies étaient semblables.

Seva, arrivé de Paris, a pris ses grands-parents dans ses bras pour la première fois, aussi loin qu'il se souvienne. Il appelle Lev « Monsieur grand-père », et cela brise le cœur de Natalya. Les Rosmer, qui l'ont amené ici, sont leurs plus vieux amis : Alfred, vrai Français de bande dessinée, avec son long cou, sa moustache et son béret, et la ronde Marguerite, qui serre tout le monde contre son sein. Lev dit que lui et Alfred ont combattu Staline ensemble depuis Prinkipo. Les Rosmer vont séjourner plusieurs mois au Mexique maintenant, ils ont loué une maison. La France n'est pas sûre, c'est le moins que l'on puisse dire, et le garçon a besoin de s'acclimater. Il a passé la majeure partie de son temps avec les Rosmer depuis que Zinaida est morte, depuis le moment où Marguerite a retrouvé sa trace dans un orphelinat religieux. Lev ne parle jamais de tout ça. Zinaida était l'aînée, l'histoire se dévoile peu à peu : la tuberculose, le départ d'URSS avec son bébé pour se faire soigner à Berlin. Son visa annulé par Staline, son mari Platon disparu dans un camp de prisonniers.

Seva, grand écolier en culottes courtes et sandales de cuir, a maintenant treize ans. Il parle le russe et le français, pas un mot d'espagnol, et il arpente la cour précautionneusement en regardant les colibris qui tournent autour des fleurs rouges. Marguerite a voulu connaître leur nom. En France, dit-elle, on n'a pas ce genre de chose. Ce doit être vrai car à leur vue, Seva est revenu en trombe, le visage rouge d'excitation. Marguerite l'a obligé à se calmer pour pouvoir comprendre ce qu'il voulait. Un filet ou une taie d'oreiller. N'importe quoi pourvu qu'il les capture.

Natalya l'a serré fort dans ses bras, déjà déchirée de remords à l'idée des forces qui gouvernent cette famille. « Non, Seva, tu n'auras pas le droit de le capturer », lui a-t-elle dit. « Ton grand-père croit à la liberté. »

Pour ton départ

Que soit louée L'Avant-Garde car elle dit ton nom. Van évanescent, évanoui. Vandale, vanité, avanie, loué soit le mot capable de te retenir. Ta veste suspendue à la patère, une épaule encore relevée, lente à oublier le camarade qu'elle a étreint.

Que soit louée toute chose, hormis le point de fuite où nous nous tenons aujourd'hui, pas tout à fait séparés. Déjà les souvenirs tombent comme des

coups. Mais bientôt ils seront trésor, pleuvant comme de l'or entre les doigts de l'avare occupé à faire ses comptes : les années passées à un bureau, coude à coude. L'inflexion flamande de tes paroles, pareille aux soubresauts d'un chariot de machine à écrire, chaque phrase lumineuse et prudente : une bibliothèque remplie de champs de coquelicots. Les fois où nos tasses se sont interverties par erreur, le choc du goût de ta réglisse dans la bouche. La fraternité des petites chambres dans les maisons fermées à double tour, le flot tranquille des mots en attendant le sommeil, fièvre jetée sur deux enfances mêlées : le poisson capturé dans son verre, l'épagneul échappé dans un parc à Paris. Tu étais toujours le premier à sombrer. Te regarder tomber, comme la pluie, dans la béatitude de ton sommeil.

Louée, chaque heure insomniaque, maintenu en éveil dans l'incandescence de ta présence. Le sommeil n'aurait dérobé que plus de pièces à ce trésor gardé par un vandale.

HWS, octobre 1939.

Pliée dans une enveloppe, une nouvelle lettre laissée dans le bureau, visible par tous, pas par accident cette fois-ci. Le nom de Van tapé sur l'enveloppe, et pour faire bonne mesure son adresse aussi, rien d'autre en apparence qu'un de ces innombrables messages apportés dans le sac du coursier. Une note à classer. Lâche artifice, oui, mais qui en ce monde a jamais écrit un poème d'amour et veut être présent, rouge de honte, à l'instant où l'être aimé le lit ? Ces choses-là devraient être fourrées dans la poche d'un manteau et lues dans une autre pièce, ou ailleurs tout simplement. Lui et Bunny partent par le train du soir.

Ses valises étaient prêtes et son esprit aussi, il était déjà à moitié à New York quand il entra dans le bureau à la recherche de ses chaussures noires. Il décrocha sa veste à la patère près de la porte, une dernière fois, et l'enfila comme il le fait toujours, la faisant glisser sur ses épaules pour bien la mettre en place. Les chaussures, ridiculement, furent vite repérées sur le dessus du meuble de rangement. Posées là, sans doute par Natalya quand elle avait fait le ménage.

« Eh bien, camarade Shepherd. Belle expérience du monde que nous avons eue là, dans ce petit quartier général, n'est-ce pas ?

– C'est vrai. Ça a été formidable, Van. Tu m'as appris une foule de choses. Difficile de les mesurer. »

Il haussa les épaules. Il jeta un coup d'œil vers l'enveloppe posée au coin du bureau. « Encore des choses à classer, un dimanche ?

– C'est vieux, je crois, ça doit dater de vendredi.

– Mais c'est pour moi, tu en es sûr ? Pas pour le commandant ?

– Il y a ton nom dessus. Sans doute une coupure de journal, ce genre de chose. Rien de très important, sûrement. »

Il sourit et secoua la tête, et son regard se dirigea vers la salle à manger où Lev laborieusement s'attaquait à sa ration quotidienne de journaux. « Longue vie à la Révolution et au travail qui ne finit jamais. Mais le mien ici est terminé. »

Il jeta l'enveloppe dans la corbeille à papiers.

Les pluies se sont arrêtées. Bientôt les oiseaux migrateurs reviendront du nord.

Le parti trotskiste des États-Unis continue d'envoyer des travailleurs temporaires lui aussi, flux modeste et régulier d'hommes jeunes impatients de travailler pour Lev. De bons garçons pleins de courage et de muscles, embauchés principalement pour monter la garde sur les toits et aider à la cuisine. Les Travailleurs Socialistes – ainsi appellent-ils leur parti – qui, pour la plupart, viennent de la « Downtown Branch » de New York. Jake et Charlie, les premiers arrivés, étaient munis d'une épaisse enveloppe d'argent liquide passée en fraude, soutien du mouvement mondial, dont il est fait bon usage dans cette maison. Comme de la bouteille de cognac qu'ils ont sortie à point pour le mariage de Van.

Le dernier en date s'appelle Harold, il « crèche » avec Jake et Charlie, et parle le même langage qu'eux : ce ne sont que des *pifs* et des *tu piges* et *blindés à mort*. Mère aurait adoré ces garçons, jusqu'au moment où elle aurait perdu patience à les entendre faire l'éloge des humbles de ce monde.

Avec le départ de Van, les lettres et les brouillons en attente s'accumulent dans le cerveau de Lev, mais il ne veut pas trop avoir recours à ces garçons pour le travail de secrétariat. Et il dit que ce travail nécessite des compétences particulières, le meilleur secrétaire qu'un écrivain puisse trouver doit être écrivain lui aussi. (« Même, peut-être, romancier », souffle-t-il avec malice.) La table de Lev n'est qu'un monceau de papiers, encriers, boîtes de cylindres de cire pour l'Ediphone. Tous les matins, il faut extirper son calendrier du fatras de son bureau pour l'ouvrir à une nouvelle journée. Les livres, entassés en piles polyglottes – russe, français, espagnol et anglais tout ensemble – représentent les différentes strates de son cerveau miraculeux. Une couche pour chaque nouveau pays traversé.

Maintenant, il a l'intention d'en ajouter un nouveau : les États-Unis. Il est invité à s'y rendre en tant que témoin, dans un procès devant le Congrès. Un homme du nom de Dies lui demande de témoigner contre le Parti communiste américain. Lev le souhaite ardemment. Leur dévotion à Staline doit être mise en échec. Les communistes américains croient toujours aux accusations de Staline contre Lev, mais quand ils sauront la vérité, dit-il, ils prendront fait et cause pour le mouvement pour la démocratie sociale en Russie. Il croit que le Comité Dies pourrait être utilisée pour faire de la Guerre Mondiale un tremplin vers la révolution mondiale.

Jake et Charlie disent que c'est un piège, et Novack a envoyé des télégrammes pour dissuader Lev de franchir la frontière. Les États-Unis semblent prêts à entrer en guerre, très vraisemblablement aux côtés de Staline, contre Hitler. Quel gage de bonne volonté Lev Trotsky ferait, offert à Staline pieds et poings liés. Natalya est terrifiée, la presse américaine est unanime : Lev est un monstre. Mais cela ne l'empêche nullement de se préparer au départ. Le Comité Dies a fourni des papiers et assuré la protection de la police pendant la durée du voyage. Mais n'accordera pas de visa à Natalya, ni à aucun accompagnateur mexicain.

Lev est capable de venir à bout de tous les obstacles. Il a bien l'intention de se faire accompagner d'un secrétaire et traducteur au statut judiciaire irréprochable : qui n'a jamais appartenu à aucun parti politique. Qui possède un passeport américain parce que son père est citoyen des États-Unis, employé par une agence comptable du Gouvernement. Lev présume que le père offrira l'hospitalité à Washington pendant les audiences, qui dureront plusieurs semaines.

Si tant est que Père reconnaisse son fils quand il se présentera à sa porte, il y a de fortes chances pour qu'il l'envoie se faire voir chez les Christers. Et si Staline a offert une prime sur la tête de Lev, Père se ferait un plaisir d'aller la récolter. Mais Lev, cet homme à qui l'affection paternelle vient aussi naturellement que les battements au cœur, n'en croit rien. Aucun dictionnaire ne possède les mots capables de faire comprendre à Lev qu'un père et un fils puissent devenir étrangers l'un à l'autre. Le départ est fixé, 19 novembre.

Les sacs sont prêts, remplis de papiers. Natalya a dû rappeler à Lev de prendre des vêtements et un manteau. Il fera froid dans le nord. Des dossiers importants de l'époque de la Commission Dewey ont été déterrés, dans lesquels Lev s'évertuait à prouver son innocence. Sa foi en la justice brûle encore d'une flamme si vive, c'est un spectacle difficile à soutenir.

Lorenzo conduira la voiture jusqu'à la gare demain matin. La police mexicaine mettra des gardes du corps à disposition jusqu'à la frontière. Marguerite Rosmer a organisé ce soir une petite fête de *bon voyage*, même si Natalya n'est pas d'humeur à fêter grand-chose. Mais Marguerite réussit toujours à la réconforter, comme le fait la présence d'autres amis : les Hansen, Frida, et Diego bien sûr. Lui et Lev s'entendent à merveille maintenant qu'ils ne sont plus amis.

Et Frida : si quelque chose peut la sortir de son lit, c'est bien une fête. Elle a fait son apparition dans une extravagante robe *tehuana* avec corsage de rubans, ses cheveux courts ondulés, comme ceux d'une star de cinéma. Elle avait amené les deux enfants de sa sœur, qui adorent Seva. Diego est arrivé tard, coiffé d'un chapeau à la Pancho Villa. Les enfants ont tiré des pétards et Lorenzo a failli s'écrouler, tant l'idée d'un attentat le rendait nerveux. À quatre reprises, il a interrompu la fête : tout le monde s'est vu contraint de dégager la cour et d'aller se réfugier dans la maison des gardes parce que les hommes en faction sur le toit avaient repéré un véhicule inconnu dans la rue. L'un d'eux était la Buick qui venait déposer les Rosmer. La voiture appartient à leur ami Jacson, un jeune Belge avec qui ils se sont liés d'amitié et qui les conduit parfois. Marguerite, pendant la soirée, a raconté comment ce même jeune homme avait poursuivi Frida de ses assiduités à Paris. « Il ne l'admettra jamais », a-t-elle dit. « Mais sa petite amie Sylvia prétend qu'il était amoureux. Tu te souviens de lui ? Apparemment, il t'a suivie pendant des jours, dans l'espoir de faire ta connaissance.

– Comment saurais-je lequel c'était ? » a demandé Frida, en penchant la tête de telle sorte que sa boucle d'oreille dansait contre ses cheveux noirs. Elle ne souriait pas et il n'y avait nulle malice dans ses yeux, elle faisait la coquette, habitude dénuée de sentiment.

« Le jour où ton exposition a ouvert ses portes, Jacson a apparemment attendu tout l'après-midi devant la galerie avec un bouquet gros comme un dalmatien. Quand tu es enfin arrivée, tu lui as dit qu'il pouvait se faire un cerf-volant avec ses fonds de culotte, et tu as jeté les fleurs dans le caniveau !

– Pauvre homme », commenta Diego. « Frida les détruit tous. »

Le regard qu'ils échangèrent contenait une telle charge de tristesse. S'ils en avaient l'un ou l'autre fait un tableau, on aurait été obligé de l'arracher du mur.

Marguerite, toujours prise par son histoire, imaginait ce garçon dans la rue avec ses fleurs brisées. « C'est vrai ! Il ne savait sans doute pas qu'elle était mariée. »

Frida dit que le divorce sera prononcé avant la fin de l'année.

Natalya est aux anges, Lev est furieux, et tous les autres occupent une position intermédiaire. Il n'y aura pas de voyage, pas de témoignage. Lev n'est même pas monté dans le train. Le Comité Dies, d'une manière ou d'une autre, a dû avoir vent de ses intentions révolutionnaires ou les avoir bien logiquement devinées. Au tout dernier moment le département d'État a télégraphié : retrait définitif de son visa. Il n'aura *jamais* le droit d'entrer aux États-Unis.

Déjà les journaux racontent leur version de l'histoire. Ils ont interviewé Toledano et également le peintre Siqueiros qui est maintenant de mèche avec lui. L'un comme l'autre ne savent pas plus que les poules de Lev ce qui s'est réellement passé. Ce qui ne les empêche pas d'avoir beaucoup de choses à dire : Lev a fomenté un complot contre le peuple, financé par les magnats du pétrole et le FBI.

L'anglais d'Alejandro est en progrès, mais pas sa conversation. Sa timidité l'étouffe comme une coiffe. Cependant, comme tout enfant, il se bat pour naître, pour prendre pied dans la tribu des hommes. En présence des autres gardes, il est capable de pisser depuis le toit avec les meilleurs d'entre eux. Il jure loyauté à la Quatrième Internationale, et aussi à Jésus, surtout à Noël et autres fêtes religieuses.

Lev recommande l'indulgence à Lorenzo et aux autres gardes : le garçon va acquérir une discipline révolutionnaire. Donnez-lui du temps. Alejandro n'a pas d'instruction, il a peur de se tromper.

Février est le mois le plus dur pour Lev. Trop de morts l'ont marqué de leur souillure. Certains jours, emporté par les souvenirs, il rend visite aux fantômes chers à son cœur – sa jeune première femme, amis, filles et fils, collègues de travail et camarades, tous assassinés par Staline, nombre d'entre eux sans autre raison que de détruire Lev. Lui et Natalya parlent ouvertement de là où elle pourrait aller, si Lev est le prochain sur la liste. Joe et Reba se font fort de la mettre en sécurité à New York, Van bien sûr y est déjà. « Emmenez-moi avec vous pour m'enterrer », a dit Lev. « Les États-Unis me laisserait volontiers entrer en tant que cadavre. »

Quelle immense tapisserie Lev a dû tisser en soixante années de vie, rencontres des esprits et des corps, armées de mains jointes et de serments jurés – et maintenant cette maisonnée est presque tout ce qu'il en reste. Seules ces quelques personnes pourraient raconter l'histoire de mémoire quand il sera parti. Si peu de chose face à la montagne des fables en papier journal, le Scélérat parmi Nous. Que trouveront les gens un jour dans les bibliothèques, s'ils cherchent à savoir ? L'espoir est si ténu qu'il ait un jour honnêtement sa place dans les mémoires. Pas d'histoire pour cet homme dans l'avenir.

Aujourd'hui, il a donné à taper une lettre écrite à la main. Plus privée que publique, semblait-il, un legs ou un testament, peut-être. Le titre se résumait à ceci : « 27 février 1940. »

« Pendant quarante-trois années de ma vie consciente, j'ai été un révolutionnaire ; pendant quarante-deux de ces années j'ai combattu sous la bannière du marxisme. Si j'avais tout à recommencer, j'essaierais certes d'éviter telle ou telle erreur, mais le cours général de ma vie demeurerait inchangé. Je mourrai révolutionnaire prolétarien. Ma foi dans l'avenir communiste de l'humanité est plus ferme aujourd'hui qu'elle ne l'était au temps de ma jeunesse.

Natalya vient juste d'aller à la fenêtre de la cour et de l'ouvrir plus largement pour que l'air puisse entrer plus librement dans la chambre. J'aperçois la large bande d'herbe verte le long du mur, le ciel bleu clair au-dessus, et la lumière du soleil sur le tout. La vie est belle. Que les générations futures la nettoient de tout mal, de toute oppression et de toute violence, et en jouissent pleinement. »

Natalya a déclaré aujourd'hui qu'il était temps de faire une *promenade*. C'est le terme qu'elle et Lev utilisent pour désigner leurs sorties, les longues balades en voiture où Lev peut escalader les ravins remplis de cactus pendant que Natalya étale une couverture de pique-nique parmi les pamplemoussiers. « Il a besoin de sortir de ce cercueil », a-t-elle déclaré au petit-déjeuner, bien qu'elle soit malade d'inquiétude quand il quitte la forteresse. Mais elle connaît ses appétits. Avec chaque mois qui passe hors de l'ombre de Frida, la personne, l'épouse qu'est Natalya grandit. Cette maison bleue était une bouche qui l'engloutissait. Ou une sombre nécessité qu'ils ont traversée ensemble.

Certains mots ont un sens dans cette maison : Pardon. Confiance.

En tant que *Commissar* du pique-nique, elle a distribué ses ordres aux troupes de cuisine pour la préparation du déjeuner, pendant que le Comité de Pilotage des Sorties dépliait des cartes sur la table de salle à manger et procédait à une reconnaissance du terrain. La sécurité imposait de s'en tenir aux routes désertes. Ils se prononcèrent pour Cuernavaca, en suivant un itinéraire qui offrirait de belles vues des volcans Popocatapetl et Ixtaccihuatl. On prit note que la Faction américaine amuserait la Faction mexicaine en essayant de prononcer ces noms.

On téléphona aux Rosmer, car cette aventure nécessiterait deux automobiles : la vieille Ford prêtée de façon permanente par Diego, et la Buick de leur ami Jacson qui, au pied levé, semble disposé à conduire ses amis où ils le souhaitent, probablement parce qu'il aime être dans cette immense voiture. Reba et Joe, Miss Reed, Lorenzo, la nourriture, le vin, les couvertures et une mitraillette, tout rentre dans la Buick, en plus des Rosmer. Dans la Ford plus petite, les gardes du corps Alejandro et Melquiades entassés sur le siège avant, avec le chauffeur, qui contint sa mauvaise humeur à l'idée de conduire la Ford acariâtre. (Oh, la Roadster de Diego, son moteur puissant et son levier de vitesse si souple.) Lev et Natalya étaient assis à l'arrière avec leur petit-fils excité comme une puce, et un jeune homme tout aussi enthousiaste, Sheldon, dernière recrue parmi les bénévoles américains.

Lev, tête baissée comme toujours, resta allongé sur les genoux des autres jusqu'à ce que la voiture soit sortie de la ville et se soit engagée sur un chemin qui quittait la poussiéreuse vallée centrale. De vastes étendues de terre défilaient, incultes, piquetées de plantes épineuses qui, farouchement, défendaient un territoire que personne ne convoitait. Des gardiens de bestiaux à chapeaux aux larges bords avançaient au bord de la route, conduisant leur bétail aux grandes oreilles pendantes qui avaient un air de tristesse désespérée dans ce paysage inhospitalier. Des plantations de nopal et d'occasionnels champs de canne à sucre offraient les seules échappées de vert.

« Shepherd, je réfléchissais », dit Lev, dès qu'il fut jugé sans danger qu'il se relève et regarde autour de lui. « Nous devrions toujours avoir un deuxième conducteur dans le véhicule. Te sens-tu capable d'apprendre à conduire à Melquiades ?

– Oui, monsieur. » Lev voulait dire : au cas où le premier conducteur serait tué par un tireur isolé. Les passagers auraient besoin de pouvoir prendre la fuite en toute sécurité. C'est le genre d'horreur que Lev a besoin d'anticiper et de déjouer quotidiennement, comme résoudre les questions financières ou réparer une charnière cassée.

Au bout d'un moment, la route s'agrippa plus fermement à l'épaulement de la montagne. Les champs onduleux d'herbe brune et de chênes laissèrent place à une sèche forêt de pins. Il était prévu d'éviter la ville de Cuernavaca, de rejoindre une gorge près de Amecameca par des routes accidentées. C'était *jueves santo*, le jeudi avant Pâques ; dans les villages de tout le pays, les églises drapées de mauve pleuraient le Christ mort qui devait revenir bientôt. Alejandro se signait chaque fois que la moindre église était en vue. Discrètement ; il était sans doute embarrassé parmi un tel entourage : mouvement imperceptible d'une main recourbée sur la poitrine, le geste le plus petit possible, visible pourtant d'un Dieu à l'œil perçant.

Dans certains virages, les forêts de pins s'ouvraient sur des vues saisissantes de Popocatapetl et Ixtaccihuatl, les éblouissantes cimes enneigées des volcans jumeaux. « Formidable ! » soupirait Sheldon depuis le siège arrière. Jake et Charlie connaissaient déjà ce garçon quand il était arrivé, par la « Downtown Branch », et il n'était jamais sorti de New York auparavant. À chaque nouveau panorama, il y allait de son commentaire, poussé par la même impérieuse nécessité qu'Alejandro quand il se signait à la vue de chaque église. « Popo, po- » tenta Sheldon, pour abandonner aussitôt, ce qui était tout aussi bien. Les autres étaient fatigués de rire.

« Essaie Cuernavaca », proposa Seva, dans la bouche duquel espagnol et anglais coulent comme l'eau d'un robinet, depuis le jour où les Rosmer l'ont amené ici.

« *Cornavaca !* Merci, mon vieux ! Et maintenant je crois que j'en ai assez fait pour la journée. »

Le petit garçon aime particulièrement Sheldon, prompt à voler à son secours quand les autres gardes le taquinent. Rien d'étonnant à ce qu'il veuille le suivre partout, Sheldon est un si brave type : toujours premier à se porter volontaire pour les pires tours de garde, ne se servant jamais un deuxième *pan dulce* avant que l'assiette ait fait le tour de la table. Pour sa première grande aventure, le Mexique lui en a mis plein la vue. Le Mexique, dit-il, c'est *chouette*.

« Les Aztèques ont nommé cette ville Cuauhnahuac », a déclaré Lev. « Ce qui veut dire, "proche des bois". » Qui sait où Lev apprend toutes ces choses, il lit tout.

« Mais Grand-père, Cuernavaca ça signifie corne de vache, n'est-ce pas ? » demanda Seva. « Pourquoi est-ce que les Espagnols l'ont changé ? »

Melquiades suggéra que les Aztèques l'avaient changé les premiers pour ne pas mourir de rire quand ils entendraient les Espagnols essayer de dire « Cuauhnahuac ».

Notre destination était un ravin boisé : vallon ombragé et torrent glacé pour les nageurs au cœur solide. Lev emmena son petit-fils en promenade et ils revinrent triomphants ; il portait sur son épaule son trophée enveloppé de toile comme une grosse bûche. C'était son cactus préféré, le *viejito*, « petit vieillard », on l'appelle, car il a de longs poils blancs au lieu d'épines. Melquiades et Lorenzo hissèrent le cactus dans le coffre de la Buick et jurèrent qu'il pesait trente kilos, au moins. Staline et tension artérielle mis à part, Lev pourrait bien nous enterrer tous.

Le bonheur, quand il lui vient, est si pur. Il a un chapeau de paille ridicule qu'il ne porte que pour ces sorties. Personne n'avait le souvenir de la dernière fois qu'on le lui avait vu, pas plus que son sourire. Ou l'appareil photo. Pour changer, c'était une journée qui valait la peine d'être immortalisée et Lev voulait tout fixer : Natalya et Marguerite sur une couverture au pied des pins, disposant des assiettes de poulet pané. Natalya avec son petit chapeau, assise sur un rocher au bord de l'eau, souriant à l'objectif. Les gardes du corps faisant les clowns. Seva en costume de bain debout sur la falaise prêt pour un plongeon de haut vol que – sous une pluie de mots russes de la part d'une Natalya alarmée –, en fin de compte, il n'exécuta pas. Sheldon s'empara de l'appareil et fit figurer Lev sur la plupart des photographies. Des nombreuses émotions qui émaillèrent cette journée, la plus importante fut la joie de Lev.

Une heure avant le coucher du soleil, le groupe élit un Comité Exécutif de Rangement, et tout trouva sa place dans les voitures. Une aigrette blanche picorait parmi les menus vestiges du déjeuner éparpillés sur le sol. Cet oiseau avait passé l'après-midi à traquer des escargots le long de la berge de la rivière, indifférent aux acrobaties des gardes du corps qui sautaient des rochers en vidant l'eau de leurs oreilles et en se plaignant d'avoir les *cojones* gelées. On aurait dit le même oiseau qui étrangement était apparu dans la cour de la Maison Bleue le jour où Lev l'avait quittée. Ce jour-là avait résonné comme une page d'histoire triste et terrible : les Enfants de Dieu chassés de l'Éden. Mais ce n'était pas l'Éden, et ce départ pour Lev et Natalya était une bonne chose. Et bien sûr, l'aigrette aujourd'hui était pareille à l'autre. Toutes les aigrettes se ressemblent.

Qui l'eût cru, une lettre de Père est arrivée. Datée d'avril mais arrivée aujourd'hui en mai, le jour de l'anniversaire de

Mère, par une étrange coïncidence. Qu'elle soit parvenue à destination est en soi un miracle, elle était adressée à la maison de San Angel, aux bons soins de Diego, et tout ce qui est confié aux bons soins de Diego a de fortes chances de se retrouver sous le pied d'une table branlante, ou même fourré dans un sandwich. Cette adresse a dû lui être communiquée il y a des années, par Mère, quand elle était encore en vie.

Père n'avait pas grand-chose à dire. Il a été malade l'année dernière, et a acheté une voiture. Deux paragraphes consacrés à la description de la voiture, et aucun à sa maladie. Boîte de vitesse synchronisée, levier de changement de vitesse et pédale d'embrayage au plancher. Une Chevrolet décapotable comme celle de Diego, apparemment, mais un modèle plus récent, et blanche. Il terminait avec l'espoir que la disparition de Mère puisse fournir l'occasion d'une relation plus proche entre Père et Fils. Plutôt que de se servir de sa propre adresse, car il avait l'intention, disait-il, de quitter son appartement, il donnait l'adresse de son avocat, sise dans Eye Street à Washington D.C.

Une relation plus proche signifiait peut-être, par exemple, une lettre par an divisible par quatre. La chose est à considérer.

24 mai

Ils avaient dû se garer quelque part dans la rue Viena et s'approcher subrepticement de la maison, deux heures avant l'aube. Les hommes portaient des uniformes de la police municipale, jure Lorenzo, et il avait donc été désorienté quand ils l'avaient abordé à leur manière amicale, et lui avaient ensuite attaché de force les mains derrière le dos et l'avaient bâillonné. Alejandro, près du portail de l'autre côté, fut pris au même moment et de la même façon. Ils lui plaquèrent un pistolet sur la tempe et demandèrent où se trouvaient les lignes téléphoniques. Il ne révéla rien, mais les hommes les trouvèrent quand même et les coupèrent rapidement, ainsi que le nouveau système d'alarme électrique. Ils frappèrent au portail et Sheldon l'ouvrit, sans comprendre la détresse d'Alejandro quand, sous la menace, il donna le mot de passe, ou peut-être sans songer à le demander. Alejandro n'en a pas un souvenir clair.

Les terroristes se précipitèrent dans la cour, ouvrant le feu sur la maison des gardes où le tonnerre des mitraillettes réveilla aussitôt tout le monde. Des rafales ininterrompues traversèrent les fenêtres de la maison principale jusqu'à la chambre de Lev et Natalya. Dans le fracas des détonations il y eut tout juste le temps de se glisser sous un lit dans l'obscurité, sentir le plancher froid, et envisager la fin de la vie. Dehors, dans la cour, il y avait une lueur particulière, pas celle de la lune ni celle d'un lampadaire. L'air sentait la poudre à canon, puis vint l'odeur du gaz lacrymogène – souvenir étrange. Des bombes incendiaires, jetées dans la maison.

Natalya et Lev avaient roulé à terre à côté de leur lit et se tenaient à plat sur le sol. Natalya dit qu'elle a gardé la main posée sur la poitrine de Lev tout le temps, pour savoir si son cœur battait. La porte qui donnait sur la chambre de Seva ne fut plus soudain qu'un rideau de flammes. La silhouette noire d'un homme y apparut quelques secondes. Ils le virent lever un pistolet et faire feu, quatre fois, sur les couvertures qui étaient entassées pêle-mêle sur leur lit.

Seva, Seva, cria-t-elle quand le fantôme eut disparu, Seva devait être mort, ou on l'avait emmené. Ce fut un son absolument terrible, et aussi un soulagement affreux, quand elle entendit son petit-fils crier. Elle rampa vers la porte et le découvrit sous son lit, un pied en sang. Il s'y trouvait déjà, expliqua-t-il, quand il avait vu les pieds de l'homme pénétrer dans la chambre. Le tireur avait fait feu sur le lit de Seva aussi. Une balle l'avait traversé et avait touché le pied du garçon.

Un par un, les corps dans la petite maison se levèrent, posèrent les mains sur leurs battements de cœur et s'efforcèrent de reprendre vie, comme on enfile un costume arraché. Tout le monde était vivant. Nous avons survécu. Seul Sheldon ne répond pas à l'appel. Alejandro croit qu'il a été abattu, il pense l'avoir vu s'effondrer près du portail, peut-être traîné au loin par les assaillants. Seva ne cesse de demander où il est. Si nous sommes vivants, répète-t-il, alors Sheldon l'est aussi.

Lorenzo dit que l'homme qui a failli lui casser le bras dehors dans la rue était quelqu'un qu'il avait déjà vu. Il portait une fausse moustache, mais c'était le muraliste, le vieil ami de Diego devenu son ennemi : Alfaro Siqueiros. Personne ne le croit vraiment. Mais Lorenzo n'est pas un fantaisiste, et il en est sûr.

La police est venue aujourd'hui. Ils ont retiré les balles de plomb des murs de la chambre de Lev avec des couteaux de cuisine. Soixante-seize balles. Le mur grêlé, désagrégé, ce qu'il en reste, ressemble au visage d'un lépreux. Des impacts de balle à quelques centimètres seulement de l'oreiller de Lev. Les policiers ont travaillé toute la journée pour rassembler des pièces à conviction. Les survivants se tenaient dans la cour dévastée, clignant des yeux dans la lumière, inaptes à comprendre que la vie épargnée leur était à nouveau confiée.

Survivre, en soi, n'est pas une raison suffisante de se réjouir. Si la vie est bien ce costume momentanément arraché puis remis, alors la déchirure l'a détruite. Aujourd'hui semble plus difficile qu'hier. La nuit est pire que le jour, et le jour est long. Personne n'a dormi. Le sifflement de la bouilloire fait vaciller tous les cœurs. Natalya a les bras bandés, elle s'est brûlée en éteignant le feu dans le lit de Seva. Elle reste assise sur une chaise, les larmes aux yeux, bras tendus comme pour étreindre un fantôme. Lev fait les cent pas, le cerveau embrouillé. Tant de morts déjà, il doit voir dans cet assaut une répétition de l'inévitable. Tous les autres dans cette maison doivent abriter de secrètes pensées de départ. Ces pensées ajoutent l'épreuve de la culpabilité à l'épreuve de la terreur.

L'attentat met Lorenzo en rage, et il répète maintenant inlassablement les exercices de sécurité que tout le monde ne connaît que trop. « Quand le cheval est parti, il est trop tard pour fermer l'écurie », lance Lev d'un ton lugubre. « Ils n'arriveront pas par le portail principal la prochaine fois. » Mais Lorenzo, mû par la colère ou le sentiment d'avoir failli, n'est pas capable de se maîtriser. « Quand la cloche sonnera pour le changement du garde de nuit, l'homme qui se trouve à l'intérieur ne doit tirer qu'un verrou. *Vous m'écoutez ? Un seul verrou !* Le verrou qui ouvre le judas. Demandez le mot de passe. Si c'est le bon, la personne peut alors pénétrer dans *le hall d'entrée seulement.* » Mais le hall d'entrée est contrôlé par un bouton électrique, et l'électricité a été coupée. Alejandro était aveuglé par la panique. Et quelle qu'ait été l'excuse de Sheldon pour ouvrir le portail, il n'est pas là pour la donner.

Les journaux ont été innommables. Ils disent qu'il s'agissait d'une comédie, montée par Trotsky en personne pour faire parler de lui. La police a interrogé tout le monde ici et, sentant la vulnérabilité de ce pauvre Alejandro, ils l'ont gardé pendant deux jours. Le maintenant éveillé, une crosse de fusil enfoncée dans son épaule, la police l'a interrogé sur le prétendu faux attentat : s'il s'était agi d'un vrai attentat, ont-ils demandé et redemandé, comment pourrait-il y avoir des survivants ? Comment soixante-dix balles ont-elles pu être tirées dans une pièce et toutes manquer leur cible ?

Dans un effort de logique désespéré, Alejandro a fait remarquer que Seva avait été touché. Un doigt de pied, rien de plus, mais tout de même. Si l'attentat avait été monté de toutes pièces, quel grand-père aurait choisi un enfant pour victime ?

La police a rapporté ses paroles à la presse, élégamment tournées : *l'impitoyable scélérat a choisi son petit-fils comme victime de cette comédie !* Dans leur hâte à répéter cette histoire calomnieuse, certains journaux ont même annoncé la mort de Seva.

Alejandro est hors de lui maintenant, il se sent responsable de ces odieux racontars. Il n'a jamais eu la parole facile, mais maintenant il n'ouvre même plus la bouche pour demander du café à la table du petit-déjeuner. Torturé de s'être laissé extorquer ces propos empoisonnés, il ne parlera peut-être plus jamais.

28 mai

Les Rosmer sont repartis chez eux, ou du moins vers ce qu'ils trouveront en Europe. Marguerite semblait malheureuse de quitter ses amis dans un tel état, moins inquiète des perturbations qui secouent la France que de celles qui agitent Natalya. Mais la traversée est retenue et ne peut être changée. Bonne nouvelle malgré tout – quand ils sont passés à la maison dire au revoir ce matin, ils ont réussi à convaincre Natalya de les accompagner jusqu'au port de mer. Petites vacances sur la côte. Reba est partie avec elle, elles reviendront la semaine prochaine par le train. Les brûlures de Natalya sont presque guéries. Elle ne voulait pas se séparer de Lev, mais il a insisté. C'est parfait, ils n'ont même pas à prendre le train jusqu'à Veracruz : Jacson, bien sûr, a accepté de les conduire dans sa belle Buick.

Les adieux dans la cour ont été d'une longueur impitoyable. Chaque baiser maintenant entre Natalya et Lev est lourd de chagrin. Et Marguerite étreint chacun deux fois. Le temps qu'on en finisse, ils ont cru avoir perdu leur chauffeur. Jacson a finalement été retrouvé dans la maison en compagnie de Seva, à jouer avec un planeur miniature.

25 juin

Sheldon Harte a été trouvé, au village de Tlalminalco, dans une maison qui appartient à des parents de Siqueiros. Seva ne sait encore rien, mais son ami Sheldon ne reviendra pas. La police l'a découvert au fond d'une fosse sous quatre pieds de chaux vive.

Trente personnes ont été arrêtées, Siqueiros inclus, mais il sera sans doute autorisé à quitter le pays. Les journaux mexicains le traitent de « peintre à moitié fou » et de « pirate irresponsable. » Culpabilité et responsabilité dans cette histoire sont bien établies – c'est Trotsky qui a tout fait – et il devient donc embarrassant de désigner un vrai coupable. Par un étrange développement de leur logique, un journal a émis l'hypothèse que le peintre fou s'était vendu à Trotsky, qui l'avait payé pour perpétrer cet attentat simulé. *L'Attentat simulé*, non plus hypothèse, mais réalité de l'affaire. Une fois la vérité couchée sur le papier, aucune autre n'est plus possible.

Sheldon était un brave type. Un *ami* : encore un mot qui rayonne de sens à la Casa Trotsky.

Diego est parti, déjà à San Francisco. Pendant que la police était occupée à éviter toute piste susceptible de conduire vraiment aux coupables stalinistes, ils l'ont accusé d'avoir participé à l'attentat. Accusation maintenant controversée, puisque Siqueiros est en prison, mais la presse est prisonnière de son propre délire : le Peintre Très Discuté, un assassin ! Quel journaliste serait capable de contenir son enthousiasme face à cette version des faits ? Diego a dû partir sans même un au revoir, et Lev s'en attriste. La camaraderie de ces deux hommes, dans toutes les étapes traversées, est remarquable.

Lorenzo se comporte à présent comme un fou : il a installé aux deux entrées de la chambre de Lev et Natalya des portes en métal de sept centimètres d'épaisseur. Lev dit que lorsqu'il va se coucher, il a l'impression d'entrer dans un sous-marin. Lorenzo a également dressé les plans d'une redoute blindée, trois nouvelles tourelles en brique pour surveiller la rue, et des barrières grillagées en fil de fer barbelé capables de résister à des attaques à la grenade.

Lev est manifestement las de mentionner l'écurie et le cheval qui s'est échappé. Il dit qu'ils n'emprunteront pas le même chemin. « Lorenzo, mon ami, s'ils étaient bêtes à ce point, tu n'aurais plus aucune raison de t'inquiéter. »

Le voile de tristesse peut encore se dissiper. Natalya a fini par sortir ses robes d'été, et ranger ses antiques manteaux russes aux cols de fourrure. Bien sûr, dans cette ville, le temps, tous les mois, est exactement le même, que la pluie soit ou non au programme. Pourtant Natalya suit les saisons scrupuleusement, portant des imprimés clairs au printemps, et des manteaux sombres à l'automne. Son sens de l'ordre est toujours gouverné par le temps de Paris, ou de Moscou. Et pour cette raison, elle survit. Lev survit. Le passé est tout ce que nous savons de l'avenir.

Autre signe positif : Natalya a accepté des invités pour le thé. Sur le marché Melchor, Reba est tombée sur le fidèle chauffeur Jacson et sa petite amie Sylvia. Sur un coup de tête, elle leur a proposé de passer, de sorte que Natalya puisse remercier Jacson de les avoir tous conduits à Veracruz. Reba se demandait si elle avait bien fait de les inviter sans la permission de Lev, mais Natalya a dit que bien sûr elle avait eu raison, il y a des années que les Rosmer connaissent Sylvia, et Jacson a eu mille bontés ces derniers mois. Natalya donne l'impression d'être heureuse en compagnie de Sylvia et de Jacson. Elle leur a dit de revenir, ils apportent un peu de diversion dans cette forteresse.

Lev semble avoir sa propre opinion sur ce couple. Il est resté particulièrement longtemps à s'occuper des poules avant de venir se joindre aux visiteurs. Natalya s'est impatientée et a envoyé un messager le chercher.

« Pardonnez-moi, monsieur, mais votre femme se demande pourquoi il vous faut quarante-cinq minutes pour nourrir onze poules.

– Dites à Natalya que ces poules sont plus intéressantes que ses invités. Non, non, ne dites pas ça. C'est un brave type, ce Jacson. Mais il se prend pour un écrivain.

– Qu'écrit-il ?

– Eh bien tout le problème est là. Il ne sait pas. Il m'a montré un brouillon. Censé être une espèce d'analyse, la théorie de Schachtman sur le Troisième Camp. Mais en réalité c'est un tissu de banalités. Sa pensée n'a aucune profondeur, si tant est qu'il pense.

– Oh.

– Et il veut que je lui en fasse la critique.

– C'est difficile.

– Difficile. Oh, mon fils. J'ai affronté la Guépéou et le goulag. Et pourtant je ne suis pas capable d'affronter un jeune homme qui a été bon envers ma femme et lui dire, "Eh bien mon ami, vous êtes un bien piètre penseur. Et ennuyeux."

– Voulez-vous que je dise à Natalya que les poules sont affamées aujourd'hui ? »

Tout en faisant tinter la pelle à graines, il soupira. Les poules inclinèrent la tête, suivant chacun de ses gestes. « Regarde-moi ça. En 1917, j'ai commandé une armée de cinq millions d'hommes. Maintenant je commande onze poules. Pas même un coq à mon service.

– En général, *Commissar*, ce sont les coqs qui sèment la panique. »

Il eut un petit rire.

« Si vous voulez qu'on vous aide un peu à passer le temps ici, monsieur, j'ai une question à vous poser. Sur le fait d'avoir été commandant du Soviet. Il y a longtemps que je voulais le faire.

– Dans ce cas, n'attends pas davantage. Les médecins disent que ma tension artérielle crève le plafond. Quelle peut bien être cette question ?

– Diego m'a dit que vous deviez succéder à Lénine. Vous étiez son successeur désigné, et vous aviez le soutien du peuple. Vous auriez conduit la révolution vers une République soviétique démocratique.

– C'est le cas.

– Alors pourquoi Staline est-il arrivé au pouvoir à votre place ? Les livres parlent d'une "transition perturbée", quelque chose comme ça. Mais Diego le formule différemment.

– Et comment le formule-t-il ?

– Un accident de l'histoire. Comme pile ou face, ce pouvait être l'un comme l'autre. »

Lev garda le silence extrêmement longtemps. Jacson et Sylvia allaient vraisemblablement partir et la conversation n'aurait pas avancé d'un pouce. C'était une question osée, peut-être même impolie. Van disait souvent que Lev détestait parler de tout cela, et refusait de le faire.

Mais finalement, il le fit.

« Vladimir Lénine est mort en 1924, cela tu le sais. Il a été victime d'une attaque, peu après la Treizième conférence du Parti. Il était épuisé par cette conférence et je l'étais aussi. J'étais malade depuis de nombreuses semaines et j'ai attrapé une pneumonie pendant les sessions. Natalya a insisté pour que nous partions nous reposer ensuite dans le Caucase. Elle avait raison, autrement je serais peut-être mort. La conférence s'est achevée, et j'ai étreint mon camarade et ami Vladimir avant de partir. »

Il fit une pause, ôta ses gants et s'essuya les yeux.

« Natalya et moi étions dans le train pour le Caucase. Dans le wagon-restaurant, en train de boire une tasse de thé. L'employé des wagons-lits est arrivé et nous a remis un télégramme : Lénine venait de succomber à une attaque. C'est Staline qui avait envoyé le télégramme.

“Cher camarade Lev”, disait-il, ou quelque chose dans ce genre. En toute amitié et en toute solidarité, il partageait mon chagrin, et donnait les détails d’un enterrement. Il disait que pour des raisons diverses, principalement pour maintenir le calme, la famille et le secrétariat s’étaient prononcés contre de grandes funérailles d’État. Ils procéderaient à un enterrement privé le lendemain même. Je n’avais pas le temps de rentrer, bien sûr, mais Staline assurait que je n’avais pas à m’inquiéter. La famille comprenait. En temps voulu, ils me demanderaient de faire l’éloge funèbre de Lénine lors d’une cérémonie officielle.

– Et donc vous êtes partis pour le Caucase.

– Oui, nous avons poursuivi notre voyage, pour une semaine de repos. Et la semaine n’était pas terminée que nous apprenions que Staline avait menti. L’information contenue dans le télégramme était fausse. Les funérailles n’avaient pas eu lieu tout de suite, et n’avaient pas été modestes. C’étaient de grandes funérailles d’État, plusieurs jours après le télégramme. J’aurais pu m’y rendre et arriver à temps, si je l’avais su. C’est moi qui aurais dû y prendre la parole. Pour calmer les gens, car c’était une époque terrifiante. Lénine disparu si soudainement, c’était le chaos. Les gens étaient très inquiets de l’avenir.

– Mais c’est Staline qui a parlé aux funérailles, et pas vous.

– Les journaux ont dit que j’avais refusé de venir, refusé d’être dérangé dans mes vacances. Il a raconté cette histoire ouvertement. Mais pas depuis la tribune, bien sûr. Aux funérailles il parla de leadership, il rassura la foule. Il expliqua qu’il acceptait d’endosser la confiance des gens, alors que d’autres s’étaient dérobés… Tout le monde savait de qui il parlait.

– Vous étiez sûr de leur loyauté, quelques jours auparavant. Cela n’a compté pour rien ?

– Ils avaient si peur. À ce moment-là leur désir le plus cher était de s'appuyer sur quelqu'un qui paraisse d'une force inébranlable. »

Ses yeux fixèrent le ciel, au-dessus du mur qui l'enserrait. Aucune blessure dans sa chair n'aurait pu faire plus de mal à Lev que ce souvenir. Il était cruel d'avoir soulevé cette question, Van avait raison.

« Monsieur, vous ne pouviez pas savoir. Ce n'était pas votre faute.

– La faute a été de le croire. D'accepter la sympathie d'un ami contenue dans un télégramme. J'étais très malade, bien sûr, j'avais une forte fièvre, Natalya ne cesse de me le rappeler. Et la perte de mon ami me désorientait, personne ne s'attendait à une mort si soudaine. Mais croire Staline sur parole, regarde ce qu'il en est advenu. Cent mille morts. La Révolution tout entière trahie.

– Combien de temps avez-vous mis pour revenir à Moscou ?

– Trop longtemps. C'est la simple vérité. Staline a été si prompt à remplir la bureaucratie avec des hommes qui lui juraient fidélité. Il s'agissait de postes neutres, des hommes dévoués à leur pays seulement. Mais la loyauté à Staline garantissait l'avenir de Staline. Il est difficile pour une nation de se remettre d'un changement de garde tel que celui-là.

– Mais les gens désirent un gouvernement juste. Vous ne cessez de le dire.

– Ils veulent aussi croire aux héros. Et aux méchants. Particulièrement quand ils ont peur. C'est moins ardu que la vérité. »

Lev scrutait la porte de la salle à manger. Les visiteurs partaient. Il brandit la pelle à graines, et Jacson et Sylvia firent un grand signe en retour. Natalya se tenait sur le patio, un imperméable passé autour de ses épaules comme une cape. Le ciel était noir d'une menace de pluie.

« C'était donc cela, l'accident de l'histoire, un faux télégramme dans un train ?

– Ce n'était pas un accident. »

22 août

Cette chose impossible ne peut pas être. Quelque chose aurait dû l'empêcher.

Le matin il était d'excellente humeur. Il avait transplanté quatre plants de cactus dans un nouveau jardin. Il était content d'avoir inventé une nouvelle technologie pour planter les cactus, avec un hamac en toile, du grillage à poules et un contrepoids. « À partir de maintenant, *tout* ira plus vite ! » a-t-il déclaré, comme s'il avait inventé la combustion interne.

À midi il avait fini de réviser l'avant-dernier chapitre de son livre sur Staline. Dans l'après-midi il a dicté un article sur la mobilisation américaine. De trois heures et demie à quatre heures il a plu des cordes, et le temps est resté couvert le reste de la journée. À cinq heures il a fait une pause pour prendre le thé avec Natalya, comme toujours, et ensuite il a demandé de l'aide pour s'occuper des lapins. Deux femelles avaient mis bas, dans le même clapier. Il avait besoin de déplacer une famille de crainte que les mères ne se disputent leurs petits. Le cannibalisme n'est jamais à exclure.

Lev en tenait une par la peau du cou, la grosse lapine tachetée appelée Minushka, quand Jacson a surgi à l'improviste de la maison du gardien près du portail. Lev a remis le lapin en expliquant où mettre ses petits. Jacson semblait avoir les bras chargés : une chemise remplie de papiers, son chapeau, un imperméable sur le bras. Il partait pour New York d'un jour à l'autre, a-t-il expliqué. Mais il avait terminé son premier article. Lev pouvait-il lui en faire une critique honnête ?

Lev jeta un regard en arrière, un regard d'impuissance, presque comique : *Au secours ! Je préférerais encore affronter le goulag !* Mais il répondit : « Bien sûr. Venez dans mon bureau. »

Ils sont entrés dans la maison, il a probablement demandé à Natalya de préparer une tasse de thé pour le visiteur, puis ils ont dû se diriger vers le bureau de Lev. Il est facile d'imaginer la scène : Lev s'assoit, dégage un espace sur son bureau pour poser les pages, rassemble la patience de lire l'article et d'en faire le commentaire avec tact. L'avenir attend. La Révolution mondiale attend, pendant que Trotsky accorde son attention pleine et entière à un type superficiel mais plein d'espoir, car rien d'extraordinaire ne peut se produire en ce monde à moins de reposer sur les épaules de la bonté.

Il a vraisemblablement demandé à Jacson de s'asseoir face à lui dans le fauteuil. Au lieu de quoi celui-ci est resté debout, probablement nerveux à l'idée que ce grand homme se penche sur sa syntaxe et son raisonnement. Agité, agaçant Lev au plus haut point. Tripotant des choses sur le bureau de Lev : le presse-papiers en verre, cadeau de mariage de Natalya. Des boîtes à cartouches dans le plateau à stylos, souvenirs du raid de Siqueiros en mai. Jacson a posé son imperméable sur la table.

Et nous avons entendu le hurlement. Un cri ou un sanglot mais, en vérité, un hurlement, de l'indignation.

Joe et Melquiades ont dévalé du toit par l'échelle, et les autres sont accourus de tous côtés. Natalya, depuis la cuisine, a crié : « Lev ? » Deux bébés lapins sont tombés par terre et se sont tortillés dans la poussière. Une vision des plus étranges était apparue à la fenêtre du bureau de Lev : Lev debout, les bras autour de Jacson – on aurait dit une étreinte – qui criait. Il y avait du sang. Joe, Lorenzo et Natalya hurlaient tous en même temps. Joe, avec ses longues jambes, était arrivé en premier et avait déjà plaqué Jacson au sol. Natalya, blanche comme de la craie, s'est effondrée contre la porte. Lev était maintenant assis à son bureau, lunettes ôtées, visage et mains couverts de sang.

Par terre, une petite pioche étrange, au manche coupé. Pas un ustensile de cuisine. Autre chose.

« Tu vas t'en sortir, vieil homme », a dit Natalya à mi-voix. Melquiades tenait son fusil armé, pointé sur l'homme qui se tortillait sur le sol. Joe était à califourchon sur la poitrine de Jacson, luttant pour maîtriser ses bras qui battaient l'air.

Lev parla : « Ne laissez pas entrer Seva. Il ne faut pas qu'il voie ça. »

Et puis Lev dit à Joe, ou à Melquiades : « Ne le tuez pas.

– Lev », répondit Joe, presque dans un sanglot. Il avait à présent immobilisé les poignets de Jacson, ses propres doigts, blancs, sur le sol taché de sang. Lorenzo sortit le colt .38 du tiroir de Lev. C'est là qu'il se trouvait en permanence, avec six balles dans le chargeur. Il y avait aussi un .25 automatique sur la table près du dictaphone, à portée de main de Lev alors qu'il lisait l'article de Jacson. Et l'alarme de sécurité est fixée sous le bureau. Ils ne reviennent pas par le même chemin.

Melquiades n'a pas abaissé son arme. Les deux fusils étaient braqués sur l'homme à terre, pointés vers sa tête. Par intermittence, il se débattait et se tortillait sous les genoux de Joe.

Lev écarta les mains de son visage et contempla le sang. Il y en avait tant. Ses poignets blancs étaient trempés comme des bandages. Le sang dégouttait sur les papiers, les brouillons qui avaient été tapés le matin même. Très lentement, il répéta : « Ne le tuez pas. » C'était une vision impossible, une requête impossible.

« L'heure n'est pas à la miséricorde », dit Joe, d'une voix étrange.

Lev ferma les yeux, dans un effort désespéré pour parler. « Il n'y a aucun espoir qu'ils… disent la vérité sur ce qui s'est passé. À moins que. Gardez cet homme en vie. »

Quand l'ambulance de la Croix Verte est arrivée, Lev était vivant mais à demi paralysé, son corps semblait soudain terriblement maigre et étrange au toucher, plus froid de ce côté quand on le hissa sur un brancard. Reba, Alejandro et la plupart des autres restèrent à la maison avec Seva. Natalya fit le trajet au fond de l'ambulance. Il faisait nuit. Les lampadaires étaient allumés. À l'hôpital, Lev se mit à parler en français, et plus tard en russe, juste avant qu'on le transporte dans la salle d'opération. Les langues une à une le désertaient, les étapes d'un long exil qui se détachaient de lui une à une, comme des pelures d'oignon.

Les médecins découvrirent que la lame avait pénétré à travers le crâne de Lev, de sept centimètres dans le cerveau même. Il est mort le jour suivant sans s'être réveillé. Hier.

Sa dernière phrase en anglais commençait par : « Il n'y a pas d'espoir. » Natalya remarqua plus tard combien ces paroles étaient étranges à entendre, de la bouche d'un homme qui pendant des décennies n'avait vécu de rien d'autre que d'espoir. Mais l'espoir n'était pas le sujet, pas plus que la miséricorde. Il n'était pas utile d'en discuter avec Natalya ou Joe, mais ses instructions étaient claires. Aucun espoir qu'ils disent la vérité, à moins que vous gardiez cet homme en vie.

Il voulait parler des journaux. Un assaillant mort pouvait devenir n'importe qui, une victime lui-même. Un nouveau peintre fou à la solde de Trotsky dans un complot qui avait mal tourné, son ultime farce. Les mensonges sont infinis en nombre, et la vérité si petite et singulière.

Lev avait raison ; l'homme est en vie et le monde saura qui il était. La police le tient, déjà ils remontent la piste qui maintenant se rembobine dans nos mémoires, fil terrible : Reba le rencontrant au marché Melchor la semaine dernière, non par hasard. Il conduit Natalya à Veracruz, non par caprice, mais calcul. Le cadeau qu'il a fait à Seva ce jour-là, le petit planeur : un moyen d'accéder à l'intérieur de la maison, mémoriser les pièces. Sa relation avec la vieille amie des Rosmer, Sylvia, et ensuite son amitié avec les Rosmer eux-mêmes. Les conduire partout dans son élégante Buick. Jusqu'au fait qu'il en était le propriétaire. D'où lui venait cet argent ? Nous n'avons pas songé à le demander.

En prison, il avoua, avec fierté, sans attendre : il est un agent formé par Staline, à la solde de la Guépéou depuis des années. Jacson n'est pas son unique nom, ni le vrai. Combien d'avenues a-t-il dû emprunter, avant de trouver une porte entrouverte ? La piste remonte à des années, jusqu'à Paris même, sa filature de Frida, l'attente à la sortie de la galerie avec le bouquet de fleurs. Quel effort obstiné, pour arriver à enfoncer une lame dans le cerveau de Lev Trotsky.

The New York Times, *25 août 1940*

Les États-Unis refusent l'entrée du corps de Trotsky

Aucune raison spécifique n'est citée,
mais la crainte de manifestations est la cause probable.

LE SOVIET LE QUALIFIE DE TRAÎTRE

La presse considère l'issue méritée pour l'exilé – l'accusé dit qu'il n'avait pas de complices

En exclusivité pour The New York Times

WASHINGTON, 25 août – Le département d'État a annoncé aujourd'hui que le corps de Léon Trotsky ne serait pas autorisé à être transporté depuis le Mexique sur le sol américain.

Aucune raison n'a été avancée, mais on suppose qu'a été envisagée l'éventualité de manifestations communistes et anticommunistes, au cas où le corps serait transporté ici.

« En réponse à une question du consul américain George P. Shaw à Mexico », a précisé l'annonce, « le département a déclaré qu'il ne voit aucune raison de faire venir le corps de Trotsky aux États-Unis et qu'il ne serait pas opportun de le faire. »

Accusation de perfidie de la part du Soviet

Moscou, 24 août (AP) – La presse soviétique, qui a pour la première fois aujourd'hui fait part au peuple russe de la mort de Léon Trostky à Mexico

dans la nuit de mercredi, l'a qualifiée de « fin déshonorante » d'un « assassin, traître et espion international ».

Il s'agissait de la première mention de l'attentat depuis qu'une brève dépêche jeudi a rapporté qu'un de ses partisans avait attenté à la vie du leader communiste en exil.

L'organe du Parti communiste, *Pravda*, a accusé Trotsky d'avoir saboté l'Armée Rouge pendant la guerre civile, comploté de tuer Lénine et Joseph Staline en 1918, organisé l'assassinat de Sergei Kirov et d'avoir comploté de tuer Maxime Gorki, et d'avoir servi dans les services secrets de la Grande-Bretagne, de la France, de l'Allemagne et du Japon.

« Ayant atteint les limites de l'indignité humaine, Trotsky s'est retrouvé piégé dans ses propres filets et a été tué par un de ses disciples », a dit la *Pravda*. « Ainsi, un homme haï a rencontré une fin déshonorante, et il ira à sa tombe le front marqué du sceau d'assassin et d'espion international. »

CARNET DE GARE, AOÛT 1940 (vb)

AUJOURD'HUI EST UN SAMEDI, le dernier du mois d'août. Le train se balance, glissant vers le nord. Il est quatre heures de l'après-midi et le soleil brille à gauche du train, fenêtres sales grêlées comme une croûte de sel ; c'est déjà ça de sûr : le train roule vers le nord. Les dix derniers jours ne sont que lambeaux dans un sac rempli de débris. Mémoire vide de sens. Tout a disparu, poches remplies de cendres.

Lev a eu raison jusqu'à la fin. L'histoire de Jacson Mornard est tellement infâme que les journaux ont été contraints de la raconter. Le président Cárdenas a condamné la Russie et les États-Unis de même, puissances étrangères liguées dans cet attentat pour déshonorer notre pays. Trois cent mille Mexicains ont descendu le Paseo de la Reforma dans le cortège funèbre, venus à pied depuis les mines et les champs pétrolifères, de Michoacán et de Puebla. La moitié ont fait le voyage sans chaussures. Un quart d'entre eux ne sauraient peut-être pas prononcer le nom de Lev Davidovich Trotsky. Seulement qu'il était l'un des généraux de la plus grande Révolution du siècle, comme le dit le Président. Un homme abattu par des outsiders qui refusent de croire que le peuple peut triompher.

Quel jour l'enterrement a-t-il eu lieu ? L'attentat c'était un mardi, sa mort un mercredi, et tout le reste s'est évanoui. Papiers, livres, vêtements, et tous les souvenirs notés dans un carnet. La police a pris tout ce qui se trouvait dans la maison des gardes, tout, confisqué en tant que pièces à conviction. Le seul espoir de sauver quelque chose maintenant est de le consigner dans ce petit livre. En commençant par aujourd'hui, et en parcourant le chemin à l'envers : Dernier Jour au Mexique, le train glisse vers le nord ; le train se met en branle, montée à bord à la gare Colonia Buenavista ; un sachet de sandwichs et un petit carnet à spirales achetés au nouveau magasin Sanborn's dans la gare du centre-ville, avec des pesos pris dans le petit porte-monnaie de Frida.

Le reste, déjà, se mélange. Quel jour était-ce, quand Frida a remis le porte-monnaie contenant l'argent et les documents destinés à faire passer les caisses à la douane ?

C'était après le meurtre, mais avant l'enterrement. Après les interrogatoires au commissariat de police. Ils ont même interrogé Natalya, pendant deux heures. Tous les autres sont restés en garde à vue pendant deux jours au moins. Frida était prête à mordre ces hommes, la faire dormir sur un lit de camp dans cette pièce froide et nauséabonde. Elle n'était pas là, le jour du meurtre. Joe a fait la déposition la plus fiable, c'est lui qui se rappelle le plus de choses, même s'il était posté sur le toit quand Jacson est arrivé, et ne l'a donc pas vu pénétrer dans la cour.

Personne d'autre n'a vu cela : son sourire nerveux quand il lui a demandé ce service, lui faire encore une fois la critique de l'article qu'il avait écrit. L'imperméable sur son bras : l'arme devait être dissimulée sous le manteau. Personne d'autre n'a vu le regard muet de Lev par-dessus son épaule : *Je préférerais encore affronter le goulag !* Cri de détresse. La seule tâche d'un secrétaire est de protéger son *Commissar*, – Van l'aurait fait. La moindre remarque aurait pu décourager Jacson Mornard : Désolé, mais comme vous le savez, Lev est terriblement occupé. Il doit terminer son article sur la mobilisation américaine. Vous pourriez peut-être laisser simplement votre article, il y jettera un coup d'œil dès qu'il aura le temps. Cela aurait pu arriver. Lev aurait pu être sauvé.

Maintenant Miss Reed passe son temps assise au bord du lit à tenir la main de Natalya, le mardi comme le dimanche, le matin comme au milieu de la nuit. Joe et Reba sont dans le bureau de Lev, occupés à rassembler les papiers et les classeurs. Dans cette pièce uniquement, la police a tout laissé en place. Ils n'ont pas pris grand-chose dans la maison non plus. Mais dans la maison des gardes : tout. C'était étonnant. Quitter une cellule nue en brique à la prison, être reconduit à la maison, franchir le portail et voir les cactus de Lev toujours à la même place comme si rien ne s'était produit, les poules attendant d'être nourries. Et puis la maison des gardes : toutes les portes grandes ouvertes et absolument rien à l'intérieur, rien que des cellules en brique, vides. Les lits en fer, les matelas. Les sols aussi nets qu'au premier jour. La petite table prêtée par Lev toujours là, mais rien dessus, pas même la machine à écrire. Les livres, disparus. La malle et les boîtes sous le lit, disparues. Vêtements, poudres contre les maux de dents, les quelques photographies de Mère. Et tous les carnets sans exception depuis le tout début, depuis Isla Pixol. La boîte de pages tapées à la machine aussi, qui avait fini par peser aussi lourd qu'un chien, et avait été pareillement l'amie fidèle à la fin de chaque journée. La pile de pages, chaque jour plus épaisse et plus assurée. Cela n'a pas d'importance. Rien de cela n'a d'importance.

Frida dit que la police n'est qu'un ramassis de cafards stupides, ils ont confisqué tout ce qu'ils ont trouvé d'écrit en anglais parce qu'ils étaient incapables de dire ce que c'était, ces imbéciles n'ont pas vu que ce n'étaient que des journaux et des histoires. Les Scandales des Anciens, où est le crime, si ce n'est Usurpation d'Identité : un jeune homme aveuglé par la certitude d'être un écrivain. Si absorbé par ses rêves qu'il était un secrétaire négligent, de ceux qui laissent traîner des lettres. Ou laissent leur patron à la merci d'un raseur, un raseur de plus avec un article mal écrit.

Joe et Reba vont mettre en caisses ce qui reste de Lev, ses pensées entassées sur du papier, de sorte que le tout puisse être expédié quelque part dans une bibliothèque, et vendu juste assez cher pour financer le départ de Natalya. Van pourrait organiser la vente, si on arrive à le retrouver. Sa dernière lettre venait de Baltimore, il enseignait le français. Il n'est peut-être même pas au courant de la mort de Lev. Impensable. Tout ceci est impensable, même si Lev et Natalya n'ont cessé d'y penser, d'envisager la mort avec l'aube de chaque jour. Penser n'est pas toujours voir.

Natalya peu à peu viendra à bout du flacon de Phanodorm, en tenant bien fort la main de Miss Reed, jusqu'au jour où elle sera capable d'ouvrir les yeux, monter sur un bateau, et faire route. Les États-Unis lui refusent l'autorisation de revenir avec Joe et Reba. Paris, donc, pour s'installer chez les Rosmer. Il faut qu'elle parte. Lorenzo pense qu'elle est devenue une cible, un symbole de son mari, surveillée de très près. Elle ne dort plus, peur de la Guépéou, les loups de ses rêves.

Frida part à San Francisco, où Diego se trouve déjà. Comme d'habitude elle a quelque chose en tête : son ami le Dr. Eloesser va la guérir de tous ses maux, et Diego voudra à nouveau d'elle. Melquiades a l'intention de partir vers le sud où il a de la famille, il se peut qu'Alejandro le suive. San Francisco, Paris, Oaxaca, les quatre vents, tout le monde s'éparpille. Les écrits de Lev seront rassemblés quelque part, mais que va-t-il advenir des secrétaires qui les ont consignés, leur petite contribution à sa réflexion ? Ou même la contribution à un bon petit-déjeuner, l'estomac repu dont sont sortis les projets les plus ambitieux, qui s'en souviendra ? Les parties de football disputées dans la cour, jeunes New-Yorkais contre Mexicains, la Casa Trotsky n'est plus, comme si elle n'avait jamais existé. La maison sera balayée et vendue à de nouveaux propriétaires qui démoliront les tours de garde, s'interrogeront sur les jardins de cactus de Lev et se débarrasseront des poules, ou les mangeront.

La maisonnée est une poignée de pièces de monnaie qui ont tinté ensemble un certain temps, et qui aujourd'hui se retrouvent sur un comptoir pour payer la facture. La poche se vide, les pièces réintègrent l'infinie circulation de l'argent, séparées, invisibles. Qui saura d'où elles viennent ? Toutes ces pièces n'avaient aucune raison d'être rassemblées, semble-t-il, sinon pour payer la facture. Elles pourraient conserver une certaine réalité, si quelqu'un avait tout noté dans un carnet. Il n'existe plus rien de tel.

Frida dit que tout le monde serait bien inspiré de secouer de ses chaussures la poussière de Trotsky et de prendre ses jambes à son cou. « Sóli, j'ai un projet pour toi », a-t-elle dit, installée au petit bureau en bois de son atelier. Elle avait envoyé Perpetua, chargée d'une mission impérieuse : Frida veut te voir immédiatement. « Il faut que nous te fassions partir d'ici, tu n'es pas en sécurité. La police a pris tout ce qui se trouvait dans ta chambre, même tes chaussettes. C'est à cause de toutes ces choses que tu as écrites. Je suis sûre qu'ils te surveillent. » La police a pris beaucoup de choses à beaucoup de gens, mais elle pense que les mots sont les plus dangereuses. Elle dit que Diego avait peut-être raison sur « tes saloperies de journaux », les carnets confisqués pourraient bien mettre leur auteur en péril.

Mais elle a une idée. Elle doit expédier huit tableaux au musée d'Art moderne à New York, pour une exposition : *Vingt siècles d'art mexicain*. Et ensuite, une autre exposition : *Portraits du vingtième siècle*. Frida est devenue une figure incontournable de son siècle. La galerie Levy est peut-être intéressée aussi. Elle a besoin de quelqu'un pour accompagner ses tableaux. « Dieu sait comment ça se dit en anglais », elle cherchera le mot pour remplir les papiers. *Pastor de Consignación*, c'est le mot qu'elle a employé, Shepherd l'ange gardien, officiellement habilité à veiller au bon acheminement des tableaux par le train jusqu'à New York. « Ton passeport est déjà en règle, tu étais prêt à partir avec Lev à l'automne dernier, pour cette audience.

– Frida, la police s'opposera à une émigration. L'enquête pour meurtre n'est pas close.

– Qui a dit que tu émigrais ? J'en ai déjà parlé avec eux. Tu peux quitter le pays pendant une courte période, pas de problème, dans la mesure où tu ne fais pas partie des suspects. Je leur ai dit que tu étais mon *pastor de consignación*.

– Vous avez déjà discuté avec la police ?

– Évidemment. Je leur ai dit que c'était toi qui devais mener la marchandise à bon port car il n'y avait personne d'autre à qui je pouvais confier cette mission en toute sécurité », déclara-t-elle en tapotant le bureau en bois du bout de son crayon. Elle ne voyait pas l'ombre d'une complication dans cette affaire, sinon le choix des portraits à envoyer pour l'exposition.

– Et ensuite ?

– Il n'y a pas de *et ensuite*. Tu vas devoir te charger de tous ces formulaires de douane, un pour chaque tableau. Tu les présentes à la frontière, et tu les fais tamponner. Déclaration de valeur et tout ça. Tu dois faire très attention à bien conserver tous les reçus de la cage.

– La cage ?

– T'inquiète pas, tu ne vas pas aller en prison. » Ses cheveux ont repoussé, juste assez pour s'en couronner avec force rubans. Quand les avait-elle coupés ? La conversation de ce matin-là s'est évanouie, ce carnet a disparu. À chaque fois, c'est un coup dans la poitrine. Dans son atelier, à l'endroit exact où Van s'asseyait pour prendre les dictées, elle a maintenant un portrait à moitié fini sur un chevalet : Frida en costume d'homme, qui sacrifie sa chevelure. *Tes putains de journaux*, mais ces tableaux, n'est-ce pas la même chose ?

Aujourd'hui elle faisait autant de bruit qu'une calebasse pleine de graines, parlant, et tripotant ce qui se trouvait sur son bureau. « Bon, dans le train le chef des employés fera porter les caisses dans une partie réservée du compartiment à bagages, où ils ont une cage. Tu le suis jusque là-bas pour t'assurer que c'est bien fait. Il va enfermer les caisses à l'intérieur et te donnera un reçu pour les récupérer. Il ne faut donc pas que tu le perdes.

– Une cage ?

– Pas le genre de cage où on met des lions. Mais, peut-être bien qu'ils y mettraient des lions s'ils avaient beaucoup de valeur. » Elle faisait des efforts démesurés pour se montrer enjouée. Elle prenait des tubes de peinture, des sortes de gros cigares argentés avec des étiquettes en papier marron au milieu, puis elle tripotait les pinceaux qui étaient plantés dans un pot. Elle avait peur. Il fallut un moment pour comprendre que c'était là le problème : la peur. Pas pour elle-même mais pour son ami, qu'elle avait plus d'une fois jeté aux lions. Cette fois-ci, elle veut qu'il en réchappe.

« Oh ! Donc les tableaux ne vont pas simplement être transportés dans une grande valise, ou quelque chose comme ça ?

– Oh mon Dieu, attends de voir. Ils construisent une grande caisse de voyage pour chaque tableau. Diego connaît un homme qui fait ça, un expert. Il les enveloppe dans des couches et des couches de papier kraft, comme des momies, et ensuite il place chaque tableau dans deux caisses en bois, l'une à l'intérieur de l'autre. Entre les deux il y a un espace bourré de paille, pour éviter qu'elles ne soient endommagées pendant le trajet. Les caisses sont énormes. Même toi tu pourrais y rentrer. »

Ça, c'était un vendredi, car Perpetua cuisinait du poisson. La veille de l'enterrement ? Combien de temps avait-il fallu pour construire ces caisses ?

La police restitua quelques objets la semaine suivante, mais pas grand-chose, pas même des vêtements. Connaissant ces porcs, a-t-elle dit, ils ont volé tout ce qui pouvait servir et ont brûlé le reste. Reba a dû demander à Natalya d'ouvrir l'armoire et de distribuer les chemises de Lev, pour que les gardes dépossédés aient quelque chose à se mettre sur le dos. On les connaissait si bien, ses chemises. On sursautait quand on les apercevait de loin qui déambulaient dans le jardin. De nous tous, c'est à Alejandro qu'elles vont le mieux : le petit Alejandro, si pieux, personne n'aurait pensé qu'ils avaient la même taille. Lev était tellement plus grand que son corps.

Un jour (lequel ?), Frida s'est rendue au commissariat de police et s'est mise à hurler jusqu'à ce qu'on lui rende quelques articles supplémentaires. Les policiers ont dû être si terrorisés qu'ils se sont cadenassés à l'intérieur et ont jeté des choses par la fenêtre. C'est ainsi qu'elle a eu une petite valise à donner, quelques petits objets en plus des documents, pour le voyage à New York. C'était hier. Dans la salle à manger de la Maison Bleue, après un dernier tour de la maison, ces murs bleus invraisemblables et ces fauteuils jaunes en osier. Cette cuisine somptueuse. Les étreintes de Belén et Perpetua.

« La police avait déjà détruit la plupart de tes affaires », a annoncé Frida laconiquement quand elle a présenté la valise. « Voilà ce dont tu auras besoin pour le voyage, le reste tu n'en voudrais pas. Il y avait des vêtements vraiment très vieux et d'autres choses mais tu peux te passer de ces vieilleries pour l'instant. Je les ai fait emballer et entreposer dans une malle chez Cristina.

– Rien d'autre ? Des papiers ?

– Juste quelques livres empruntés à Lev, que j'ai donnés à Natalya. Tout le contenu de ta chambre se trouvait dans une grande caisse en métal marquée "C", la troisième peut-être qu'ils ont démolie. Je l'ai compris tout de suite car c'étaient tes vêtements. Il n'y avait pratiquement rien d'autre, juste des vieux magazines. On t'enverra la malle quand tu auras une adresse chez les Gringos. Sóli, saute ! Tu vas être un Gringo !

– C'est tout ? »

Elle avait fait la valise elle-même. Difficile de regarder à l'intérieur : l'insupportable obstination de l'espoir. Bien sûr il n'y avait pas de carnets, pas de manuscrits. Rien que des chemises et des pantalons. Des tas de chandails en laine ; Frida pense que le ciel de New York crache de la neige en permanence, même au mois d'août. Du lait de magnésie aussi, des gargarismes à l'aspirine et les poudres Horlick pour les nerfs, qui complètent la vision que Frida a du pays des Gringos. Brosse à dents, rasoir. Elle ne trouve pas que ce soit une bonne idée de se charger davantage. Une grosse malle attirerait les soupçons.

« N'oublie pas, ce n'est pas une émigration. »

Mais son étreinte ressemblait aux adieux d'un enfant, spectaculaire et désespérée. Elle n'arrivait pas à s'en arracher. « Regarde bien. Je t'ai apporté deux cadeaux. Un de la part de Diego. Il ne le sait pas encore. Mais je suis sûre qu'il serait heureux que tu l'aies. Pour Sóli, celui qui va et vient entre deux maisons, en l'honneur de ton voyage. Regarde, c'est le Codex ! »

C'était le Codex. L'ancien livre des Aztèques, un long tableau en images sur du papier plié en accordéon, décrivant leur voyage depuis le pays des Anciens, leur errance jusqu'au jour où ils ont trouvé leur terre. C'était une copie, bien sûr, pas l'original. Mais ça avait sûrement de la valeur. Diego ne serait peut-être pas content. Il est toujours possible de rendre un objet à son propriétaire.

Son visage s'éclaira. « L'autre est de ma part. J'ai fait un tableau pour toi ! »

Frida ne donne des tableaux qu'à ceux qu'elle a aimés. Il fut difficile, contre toute attente, de retenir des larmes alors qu'elle allait chercher la caisse dans l'autre pièce et la traînait jusqu'ici. Ce devait être un petit portrait, la caisse extérieure n'est pas plus grande qu'une valise, elle peut facilement aller avec les bagages ordinaires. Mais lourde comme du plomb, pour sa taille. Elle avait dû mettre beaucoup de peinture sur cette toile.

« Malheureusement, tu ne pourras pas le voir, je l'ai déjà empaqueté pour le départ. J'espère qu'il te plaira. Écris pour me dire ce que tu en penses. Mais tu dois attendre d'être arrivé dans ta nouvelle vie. C'est très important, d'accord ? Tu ne regardes pas. C'est mon cadeau, alors ne me désobéis pas. N'ouvre pas cette putain de caisse tant que tu n'es pas arrivé chez ton père, ou là où tu échoueras. D'accord, c'est promis ?

– Bien sûr. Qui songerait à vous désobéir, Frida ?

– Et ne la confonds pas avec les autres. Regarde, j'ai fait inscrire ton nom sur l'extérieur de la caisse pour plus de sécurité. Tu as des papiers dans la chemise pour le passage de la douane, les mêmes que pour les autres. Et ne le donne pas au musée par erreur.

– Vous êtes folle ? Je n'oublierai pas.

– Oui, je suis folle, je pensais que tu le savais. » Elle avait les yeux fixés sur la caisse. « Regarde ça, c'est un présage. Toi et moi sommes entrés dans la vie par le même passage, et maintenant tu vas passer par celui-ci pour moi. C'est ta destinée.

– Qu'est-ce qui vous fait penser cela ?

– Ton nom. Pour moi tu es juste Sóli, j'ai oublié que tu étais Shepherd. Mon berger. Tu étais destiné à être le *pastor de consignación.* »

Huit tableaux, une valise de chaussettes Viyella et de lait de magnésie. Et deux cadeaux, de la part de gens dont les visages s'échappent déjà de la mémoire alors que le train file vers le nord.

Oh, le petit homme volé. Oublié jusqu'ici. Même lui restera en arrière, la police n'a pas dû faire le tri, il sera parti avec tout le reste. Dommage. Ce train était peut-être exactement ce qu'il cherchait, depuis des milliers d'années. Un long et étroit chenal pour traverser l'obscurité, un tunnel à travers la terre et le temps. *Emmenez-moi vers un autre monde.*

Tous les jours de nouveaux souvenirs remontent à la surface. La grotte de mer à Isla Pixol, jeune peau hérissée par l'eau froide. Images, conversations, mises en garde. La première vision de Frida sur le marché avec Candelaria : comment était-elle habillée ? Mère dans le petit appartement de la ruelle qui débouche sur Insurgentes. Billy Boorzai. Les premiers jours à Mexico. Isla Pixol, les noms des villages et des arbres. Leandro, recettes et règles de vie : lesquelles ? Qui maman aimait-elle et qu'est-ce qui la rendait si heureuse ce fameux jour sous l'orage ? Le récif plein de poissons, de quelle couleur ? Qu'y avait-il au fond de la grotte ? Combien cela avait-il pris, exactement, pour la traverser sans se noyer ?

Les carnets sont perdus. Il a dû en être ainsi pour Lev à la fin, son passé entièrement volé. Une vie entière de gens, privée de la confirmation de leur présence vivante, ou de photographies et de descriptions dans un carnet, ne peut que rôder dans les coins comme les fantômes. Ils vont et viennent telles des chimères. Des mots de mise en garde bien choisis se renversent comme la vérité et les histoires racontées par les journaux, et deviennent leurs propres contraires. Une vie imparfaitement remémorée est une inutile traîtrise. Chaque jour, de nouveaux fragments du passé roulent lourdement dans les chambres d'un cerveau vide, livrant des soupçons de couleur, une phrase ou un parfum, quelque chose qui change puis disparaît. Et qui tombe comme une pierre au fond de la grotte.

Il n'y aura pas d'autre carnet après celui-ci. Pas besoin. Les pages ont fini de s'empiler. Oh, quel espoir puéril que celui-là. Comme si un tas de pages pouvait un jour monter assez haut pour qu'un jeune garçon puisse s'y tenir debout et être aussi grand que Jack London ou Dos Passos. Cette humiliation-là est la plus cuisante : ces heures d'espérance passées à taper pendant la garde de nuit, alors que les bottes de Lorenzo martelaient le toit, nos cœurs à tous gonflés de la certitude de nos entreprises. Terminé, tout cela, plus jamais de machine à écrire. Accumuler des mots est une carrière de charlatan. Quelle importance peut bien avoir ce qui est prêt à se changer en cendres en quelques minutes ? Fourré dans un incinérateur au commissariat de police par une fraîche soirée d'août – peut-être un policier s'est-il réchauffé les mains, et voilà à quoi cela a servi. Mieux vaut encore se promener en liberté comme une poule, sans avenir ni passé. Chercher seulement à satisfaire la faim présente : attraper un scarabée ou un lézard, ou peut-être un jour, un serpent.

Harrison W. Shepherd quitte le Mexique les poches remplies de cendres. Voyageur affranchi.

QUATRIÈME PARTIE

Asheville, Caroline du Nord
1941-1947

(VB)

NOTE DE L'ARCHIVISTE

Mon nom est Violet Brown. *Était*, dirai-je. Quand vous lirez ces pages, je ne serai plus en vie. Je m'explique sur-le-champ.

Si l'on me trouve pittoresque, on se trompe. Il ne s'agit de rien d'autre qu'une paire de noms posés sur moi par deux personnes qui ne se sont jamais rencontrées. D'abord, ma mère. Elle aimait les romans à l'eau de rose qui parlaient de « Violettes ». Elle était tuberculeuse et a disparu quand j'étais jeune. Le deuxième nom me vient de mon mari Freddy Brown, qui a traversé son temps bien rapidement lui aussi : il a péri dans la grande inondation de 1916. La crue de la French Broad River a détruit la majeure partie d'Asheville cette fois-là, en particulier la tannerie Rees Sons où il travaillait. Je me suis retrouvée veuve l'année même où je me suis mariée, et pourtant je suis connue encore aujourd'hui sous le nom de Mrs. Brown. Une femme peut se trouver marquée par les autres, *estampée* serait le mot juste pour décrire cela, un mot parmi tant d'autres appris de Mr. Shepherd. Une fois, il a fait la remarque que l'on m'avait estampée, comme on inscrit une adresse sur un paquet, des gens qui ignoraient tout de son contenu mais avaient pourtant eu le pouvoir de décider de quelle manière l'expédier.

Ma mère languissait de me voir mariée avant de disparaître, ce qui se produisit peu après, quand j'ai eu quinze ans. Aujourd'hui je suis plus vieille qu'elle n'a jamais eu l'heur de l'être, et je vois que d'autres chemins ont leur vertu. J'ai vécu une vie de demoiselle et j'ai trouvé le bonheur, seconder un homme en a fait partie. J'ai été au service de la grandeur. Je ne souhaite rien de plus. Voilà tout ce qu'il est nécessaire de dire à mon sujet. L'objet de ces lignes est de faire connaître la vie de Mr. Shepherd. Quand ce livre sera ouvert, il sera mort, et je le serai aussi. Notre différend en repos, si tant est que c'en fut un.

Il n'était pas par nature porté à se livrer, tendance qui prit le dessus quand il a fui le Mexique. Il cessa de tenir ses journaux et perdit foi dans la chose écrite et ses conséquences. C'est ce qu'il m'a dit, plus tard. La moindre bribe d'écriture, perdue, des choses qu'il avait conservées depuis l'adolescence. Il abandonna l'espoir de devenir un homme de lettres. Je puis l'attester. Nous nous connaissions à cette époque, et si l'on me pressait de dire ce que ce jeune homme allait devenir, je penserais d'abord au métier de cuisinier, ou à toute autre profession de nature à convenir à un homme qui tient son quant-à-soi. Mais un auteur de livres renommé ? Non. Il les lisait. Mais c'est ce qu'on faisait, en ce temps-là.

Il ne retourna jamais à ces carnets tout à fait de la même manière que précédemment, sans doute à cause du changement de situation. Il conservait des copies au carbone de ses lettres, et classait les coupures de journaux qui retenaient son attention. Et il continuait à écrire des choses personnelles, quand le jour l'inspirait. Je l'ai vu aller dans son bureau et taper de mémoire l'entièreté d'un événement, dans une sorte de fureur. J'imagine que s'il avait été marié il aurait dévidé toute l'histoire à sa femme. Mais il n'avait pas de femme, et c'était donc sa machine à écrire qui se chargeait d'écouter. Souvent, c'étaient des conversations complètes qu'il avait eues. Sa mémoire des conversations était ahurissante, à cause, je suppose, des années passées à écrire sous la dictée d'hommes impatients. Mais il devait avoir des dispositions pour cela, dès le départ.

Ensuite il rangeait ses feuilles dans l'une de ses chemises en cuir et il ne s'en préoccupait plus. On pourrait dire que c'étaient des lettres à lui-même, ou à Dieu. Il aimait à citer cet adage, Dieu parle pour l'homme qui se tait. Ce devait être à Lui qu'il s'adressait.

Mr. Shepherd me laissait rarement voir ces écrits personnels. Il était tout à fait capable de les classer lui-même. Quand un homme sait faire la cuisine, il sait aussi classer. Il était la personne la plus pudique qu'il m'ait été donné de connaître, il lui coûtait beaucoup de parler ouvertement de ses sentiments.

Nous nous sommes rencontrés peu après le voyage mentionné plus haut, du Mexique à New York. Le meurtre l'avait perturbé et avait déchiré quelque chose en lui, gravement, c'est certain. Il n'a jamais voulu parler de cette époque de sa vie. Il passa plusieurs mois dans la ville de New York ; je le sais car c'était l'hiver quand il s'est mis en route vers le sud et s'est installé ici. Je n'ai trouvé aucune trace de ce qu'il fit à New York, à l'exception de ce détail. Il rendit visite au père de Sheldon Harte, le garçon qui avait été tué dans l'attentat, pour lui présenter ses condoléances et lui relater les derniers jours de la vie de son fils, étant donné que personne d'autre ne le ferait jamais. Les comptes rendus des journaux avaient été horribles, le jeune Sheldon accusé d'avoir été le complice d'un « coup monté ». Il avait tourné le dos à ses amis, avait pris la fuite…

Qu'il n'existât aucune photographie de Sheldon Harte au Mexique à donner à son père perturbait Mr. Shepherd. Il le disait, plus souvent qu'on ne l'aurait pensé. Le garçon prenait toujours en charge l'appareil photo et invitait les autres à se faire photographier. Je me suis souvent demandé pourquoi cela troublait Mr. Shepherd, il utilisait ses carnets pareillement, faisant le portrait d'autres que lui-même. Quand tout a été fini, quand j'ai lutté avec ma conscience par rapport aux volontés de Mr. Shepherd, j'ai eu recours à ses sentiments à l'égard de Sheldon Harte pour guider ma main. Il était triste que Sheldon eût péri sans avoir été sur aucune photographie. Il trouvait injuste qu'un homme ne figure nulle part.

La tâche qu'il devait accomplir à New York consistait à livrer d'importants tableaux à des galeries, ce qu'il fit d'une manière parfaitement satisfaisante. Il s'y attarda probablement le temps de voir les tableaux accrochés de façon à pouvoir en dresser le compte rendu à Mrs. Kahlo Rivera. L'amitié qui les liait demeura une ancre pendant un certain temps, mais elle avait elle-même de nombreux amis et elle avait peut-être trouvé ancrage ailleurs. Une opinion. Elle et Mr. Rivera se sont remariés cette même année, sont retournés au Mexique et ont repris leur vie d'avant. Elle n'a jamais, à ma connaissance, manifesté à Mr. Shepherd le moindre encouragement à revenir au Mexique. Sa seule ambition, ce qu'il en restait, en arrivant ici en 1940, était de se rendre à Washington D.C. muni de l'adresse d'un cabinet d'avocat et demander où son père habitait.

Le cabinet, coïncidence, était situé dans la rue même où il avait échappé aux gaz lacrymogènes dans les émeutes, des années auparavant. Il affirma qu'il n'y voyait aucun présage. Le père avait écrit qu'il était sur le point de déménager, et pour cette raison avait donné l'adresse d'un avocat. Le fils s'y rendit avec l'espoir de conclure une sorte de paix, étant donné qu'il était le seul parent qui lui restait. Si tout se passait bien, il trouverait à se loger à proximité, et peut-être s'occuperait-il de son père dans ses vieux jours.

Quelle surprise ne fut pas la sienne quand il arriva au cabinet de l'avocat. Son père en effet était parti, vers le bel au-delà. La maladie mentionnée dans sa lettre était en vérité une malignité des intestins à laquelle il n'avait pas survécu. L'avocat expliqua que l'homme s'était adressé à lui pour mettre en ordre les choses de ce monde, et que donc il savait. Il avait laissé une petite somme et les clés d'une voiture, celle-là même dont il avait parlé à son fils dans sa lettre. Un roadster Chevrolet, le modèle précis que

Mr. Shepherd avait appris à conduire au Mexique, blanc. Il garda cette voiture dix ans. Je la connaissais bien.

Ainsi donc, il était là. S'il vit dans tout cela un signe, ce fut celui qui disait : « Roule ! » Il prit place dans l'automobile et il roula. Les rues de Washington étaient envahies d'automobiles à cette époque, c'était avant la guerre, quand l'essence coulait à flots. Mr. Shepherd suivit les panneaux qui indiquaient la sortie de la ville, et prit la direction du Mexique faute de meilleure destination. Vingt-quatre ans, personne au monde qui méritât le nom d'ami et aucun lieu qu'il pût appeler sien. Ce qu'il rencontra fut la Blue Ridge Parkway. Il s'engagea donc sur la route et la parcourut jusqu'au bout, « crêtes bleues », il trouvait que ça sonnait bien. Il avait des souvenirs, car sa famille avait vécu dans la vallée à l'ouest de Washington pendant la brève période où son père et sa mère avaient été mariés. Il espérait voir des montagnes bleues qui moutonneraient à l'infini, quelque chose comme l'océan dans l'imagination d'un enfant, tel qu'il l'avait gardé en mémoire. En l'occurrence, il roula pendant des centaines de kilomètres sans jamais voir rien de bleu. Seulement des ciels gris, et des montagnes brunes couvertes d'arbres sans feuilles, et puis, d'un seul coup, plus même de Parkway. C'était un projet de Travaux publics, et le gouvernement s'était trouvé à court d'argent. C'est ainsi qu'il aboutit ici à Asheville. Ce devait être en novembre. Il ne savait vraiment pas quoi faire. Il y resta.

Ce n'est pas un mauvais endroit où se retrouver, Asheville. Notre ville, nichée dans le coude des Great Smoky Mountains, est entourée de pics élevés et des plus vieilles forêts du pays. Les Swannanoa et French Broad Rivers serpentent dans la vallée, et c'est pourquoi la ville s'est établie ici. Mr. George Vanderbilt eut l'idée de faire descendre les arbres et le charbon des montagnes et de les transporter sur des chalands, pour les expédier le moment venu par les voies ferrées qui lui appartenaient. Il y gagna une fortune, dont une grande partie peut encore se contempler dans sa maison, la

Biltmore Mansion. Si vous êtes prêt à dépenser cinquante *cents* pour voir un million de dollars, vous pouvez le faire tous les jours de la semaine excepté le dimanche. Ils possèdent des tableaux d'une valeur inestimable, une bibliothèque, quarante chambres, et la table d'échecs de Napoléon. Plus tard pendant la guerre, Mr. Shepherd devait avoir des responsabilités importantes là-bas au château, mais il n'y retourna jamais en tant que visiteur.

Notre cité a eu son lot de pionniers et de crapules comme partout. Quand la Central Bank & Trust fit faillite en novembre 1930, les fonds publics s'y trouvaient entreposés. Ce fut une catastrophe. Ceux d'entre nous qui étaient employés par la municipalité passèrent des mois sans être payés. J'étais secrétaire au bureau du conseiller municipal, ne gagnant déjà pas bien gros au départ, et pourtant nous avons continué à nous rendre au travail. Car personne n'était prêt à nous payer à ne rien faire non plus. D'autres avaient perdu bien davantage. Des maisons sous saisie se retrouvaient vides dans les plus beaux quartiers de la ville : Grove Park, Beaucatcher Mountain, même les demeures majestueuses dans les bois le long de Tunnel Road, là où la route serpente depuis le Blue Ridge.

Ce fut cette route qui conduisit Mr. Shepherd jusque dans notre ville, quand sa belle autoroute s'interrompit sans autre forme de procès. Après avoir conduit jour et nuit parmi de grandioses panoramas de haute montagne, il avait dû s'enfoncer dans le long tunnel qui traverse le Swannanoa Gap puis, craché par l'obscurité, se retrouver dans la vallée. Il fit halte dans l'une des grandes maisons de Tunnel Road qui avait été transformée en pension de famille. Elle appartenait à Mrs. Bittle, une veuve dont les enfants avaient grandi et qui, s'étant retrouvée entre le marteau et l'enclume en 1934, avait commencé à prendre des pensionnaires. J'étais sa première recrue. Elle avait fait fabriquer un panneau qu'elle mettait dans la cour quand elle avait une chambre libre. « Chambres propres à louer repas compris 10 $ par semaine, Gens honnêtes uniquement. » La formulation, bizarrement, frappa Mr. Shepherd. Ces mots changèrent le cours de son voyage et y mirent un terme.

Mrs. Bittle le prit en affection et le laissa entreposer sa voiture dans son garage sans demander de supplément. Il conserva cette automobile magnifiquement lustrée pendant de nombreuses années même si sa destinée dans le proche avenir était de rester là où elle était, cela va sans dire. On ne pouvait pas se procurer d'automobile neuve pendant les années de guerre, et pas davantage d'essence pour les vieilles, si l'on en possédait une. Chrysler convertit ses usines dans la fabrication de tanks, Ford construisit des moteurs Cyclone pour les bombardiers, et tous arrêtèrent complètement la fabrication de voitures. Le chemin de fer transporta des hommes et du matériel à la place du bois de charpente de Mr. Vanderbilt, et l'aéroport d'Asheville-Hendersonville fut réquisitionné par les forces armées. Les belles demeures qui étaient restées inoccupées depuis le Crash se remplissaient maintenant de familles de fonctionnaires, jugées plus sûres ici qu'au Capitole, après l'attaque, par les Japonais, des raffineries de Los Angeles. Les Nazis coulaient nos pétroliers au large de la côte de Caroline, jour après jour. Le bruit circulait que nos grandes salles en marbre allaient peut-être suivre. Pour cette raison, la National Gallery expédia par trains entiers ses trésors nationaux à Biltmore Mansion, afin de les mettre sous bonne garde.

Nous étions fiers d'être les gardiens du trésor. On n'avait jamais rien demandé d'important à notre ville. En deux temps trois mouvements nous étions prêts. Tout était rationné à cette époque : les gaines, les chaussures, les pinces à cheveux, pourtant on ne se plaignait pas. Le corps d'armée prit possession de la galerie marchande du centre-ville, et on ne trouvait rien à redire là non plus, car il n'y avait rien à vendre dans les magasins. Le bruit courait qu'à Grove Park Inn, ils gardaient prisonniers des personnages haut placés de l'Axe. Nous nous disions que c'était

Mussolini en personne qui se trouvait là-bas sous les verrous, trempant dans ces vieilles baignoires majestueuses ou assis dans les fauteuils Roycroft, attendant le cœur lourd de recevoir son juste salaire.

À Woodfin House, avaient lieu les bals de l'USO ; je n'y allais pas. J'avais eu quarante ans l'année qui avait précédé Pearl Harbor, trop vieille pour prendre du bon temps avec les soldats. Mais la guerre, d'une certaine manière, nous faisait sentir jeunes, tous autant que nous étions. La ville arracha les rails des tramways pour participer aux collectes de bouts de métal, et ils allèrent même jusqu'à récupérer les cellules en fer de la vieille prison ! Aucun Américain ne pouvait commettre de crime en temps de guerre, voilà ce que nous pensions. Nous avions tous un petit grain.

Mr. Shepherd ne fit rien pour attirer l'attention sur lui. À la pension, bien sûr, la question de savoir quel était l'arrangement entre Mr. Shepherd et la conscription fut soulevée. Les autres pensionnaires étaient des femmes sans enfants, ou des hommes qui ne pouvaient pas servir, pour une raison ou pour une autre. Nous pensions que Mr. Shepherd avait peut-être été déclaré inapte au service, comme tant d'autres de son âge. Sa manière un peu étrange et solitaire donnait cette impression, ainsi que sa silhouette extrêmement grêle. Il n'avait pas un poil de graisse. Nombreux étaient les jeunes gens qui avaient beaucoup souffert pendant la Dépression et, dix ans plus tard, quand ils avaient été appelés au contingent, ils n'avaient pas réussi l'examen. Quelque chose chez eux, le cœur, les dents ou les jambes, présentait une faiblesse due à cette carence de nourriture pendant l'enfance. Ce n'était pas juste quelques-uns, pas du tout. C'était trente-neuf pour cent des jeunes appelés. Il se trouve que je le sais, car je travaillais au secrétariat du bureau d'enrôlement. J'en ai vu de toutes sortes et, d'après ce que je sais, Mr. Shepherd en faisait partie. Il fut appelé plus tard à servir dans le service public civil, mais j'y viendrai.

Pour pouvoir payer sa pension chez Mrs. Bittle, il cuisinait pour les autres pensionnaires, plus Mrs. Bittle, six personnes en tout. Tous les petits-déjeuners et les soupers, et le repas de midi le dimanche. Cela se fit après le début de la guerre. Il avait le don de faire durer les carnets de tickets toute la période de rationnement. Mrs. Bittle avait grandi dans une famille fortunée, elle était incapable de gérer un budget. Elle rassemblait tous les carnets de tickets des pensionnaires pour acheter ce dont elle avait besoin, et quand le samedi arrivait il ne lui restait plus qu'un pot de moutarde et une boîte de céréales Ralston. Elle n'a jamais réussi à comprendre comment ça marchait, malgré nos efforts pour le lui expliquer. Elle confondait les coupons à neuf points et les timbres à dix points. Mr. Shepherd lui proposa son aide, et il s'en sortit comme un chef. Il partait en ville avec nos timbres A, B et C le lundi, additionnant les points de viande de tout le monde et ainsi de suite pour être le premier à avoir les meilleurs produits. Puis il voguait la semaine entière, avec de la nourriture de reste.

Sa spécialité c'était les fruits et les légumes. Ils n'étaient pas rationnés ; seules l'étaient les denrées sous emballage, soupes et viande en boîte, toutes les choses de ce genre qu'on avait besoin d'envoyer outre-mer. Mrs. Bittle, disons la vérité, pensait probablement que les petits pois étaient cueillis sur la plante déjà congelés et que le fromage sortait d'un paquet Wej-Cut, pas du pis d'une vache. Mais Mr. Shepherd disait qu'au Mexique n'importe quel cuisinier savait se débrouiller avec trois fois rien. Il ne lui fallait pas plus de temps pour fabriquer une sauce avec une ribambelle de tomates qu'à Mrs. Bittle pour ouvrir une boîte. Au printemps il plantait des légumes verts, mordant sur les dahlias de Mrs. Bittle. Elle en prenait ombrage. Le reste d'entre nous trouvait que c'était une bonne affaire.

On aurait dit un épouvantail là-bas dehors en train de bêcher. C'est l'un des autres pensionnaires, Reg Borden qui, un jour, le désignant du doigt par la fenêtre, eut ces mots. Ce garçon était tout simplement si grand et si maigre, qu'on ne pouvait que le qualifier d'émacié. Et à l'intérieur de lui, une sorte de terreur qui perçait sous la timidité. Pas une crainte ordinaire, non. Il se précipitait dans le garde-manger pour emprisonner une souris sous un saladier, et une fois il chassa de la maison un moineau qui avait conduit Mrs. Bittle à se réfugier sur une chaise. Il déplaçait un vaisselier si vous le lui demandiez, viril dans ce genre de circonstances. Mais certaines choses soudaines le frappaient de mutisme. La vue du sang le remplissait d'effroi, et un grand bruit inattendu lui faisait trembler les mains. Un couteau qui tombait sur le sol le plongeait dans un tel état d'égarement que vous regardiez autour de vous pour découvrir quel fantôme il avait vu. Les mois d'été particulièrement, il lui arrivait de ne pratiquement pas quitter sa chambre. Mrs. Bittle, de guerre lasse, se chargeait de la cuisine et nous prenions notre mal en patience, en disant : « Ce pauvre Mr. Shepherd a attrapé la grippe à nouveau. » Mais nous savions bien que ce n'était pas un germe qui s'était abattu sur lui. C'est la pure vérité, ce pouvait être n'importe quoi ou rien du tout, ou simplement Reg Borden debout à la porte dans son imperméable. Il ne semblait y avoir ni rime ni raison.

Le plus souvent, pourtant, il était pareil à n'importe quel autre garçon bien charpenté, avec ses manières, et son rire attendrissant. Un parler si raffiné, vous lui demandiez des choses juste pour entendre quels mots il choisirait en réponse, car ils n'étaient pas ceux que vous attendiez. Son visage était aussi joli que celui d'une fille, le pourtour des yeux surtout. Il avait des mains délicates malgré le travail de cuisine, ce que les gens appellent des « mains de pianiste », même s'il y avait un piano chez Mrs. Bittle et qu'il n'en jouait pas une note.

Miss McKellar était gentille avec lui je pense, mais elle eut beau lui proposer tant et plus de lui repasser ses cols, elle n'eut jamais sous la main que ses chemises, pour autant que je sache. Son inaptitude au service suscitait une curiosité insistante de la part de Reg Borden. La propre excuse de Reginald était un œil de verre. Et Mr. Judd, évidemment, était trop vieux. Ce pauvre homme ne savait toujours pas quelle guerre était en cours. Ils asticotaient Mr. Shepherd de n'être pas parti au front, et avoir un étranger dans cette maison, ils ne voyaient pas ça d'un bon œil, mais Mrs. Bittle maintenait qu'il n'était pas de ces mauvais étrangers, Japs ou Italiens. Les Allemands, ça la dérangeait, ils étaient forcément mauvais disait-elle, mais bien sûr la quincaillerie en ville leur appartenait, et on n'allait pas refuser d'acheter des clous bon marché. Pour finir, les hommes et Mrs. Bittle aimaient sa cuisine et cela faisait pencher la balance.

Ils le pressèrent de questions, il est vrai, sur l'absence de fiancée, étant donné sa jeunesse et sa vigueur. Mr. Borden abordait le sujet au dîner, à la grande honte de Mr. Shepherd. Je pris sa défense face à cette accusation. J'avais été dans le célibat toute ma vie, une année exceptée, et j'informai ce monsieur que j'en voyais les avantages. Miss McKellar avait ses théories : un cœur brisé ou une fille là-bas dans le Vieux Mexique. Tout ce que nous savions avec certitude de ce jeune homme était qu'il avait eu une vie précédente dans ce pays, et que la cuisine était son talent, en seconde position seulement après sa capacité à se rendre invisible.

Pour gagner de l'argent de poche il donnait des leçons d'espagnol au Teacher's College d'Asheville, établissement de bonne réputation où je travaillais aussi, jusqu'à la guerre. J'étais secrétaire du directeur et je lui recommandai Mr. Shepherd comme personne de caractère honnête, ce qui était tout ce que je savais. L'espagnol était une langue moins en vogue que le français, il ne venait donc enseigner que deux jours par semaine. Il ne fit aucune impression sur le personnel du bureau.

Son troisième talent était bien caché. Pendant trois ans nous avons tous résidé dans la même maison, traversé le même couloir du premier étage pour nous rendre aux toilettes, nous avons écouté le lundi soir *La Voix de Firestone* à la NBC, assis dans les mêmes fauteuils de salon. Et jamais, pas une fois, nous ne l'avons vu verser de l'encre dans son stylo plume. S'il possédait une machine à écrire je ne l'ai jamais entendue, et ce n'est pas un bruit qui échappe à mes oreilles. Je reconnais une Royal d'une Smith-Corona depuis la pièce voisine. Il n'écrivit rien pendant ces années-là. Et je le sais, car il me l'a dit plus tard. Il était accablé par son passé et il avait arrêté de tenir ses journaux après que tout avait été perdu.

Il avait rapporté du Mexique une caisse renfermant un tableau que Mrs. Kahlo lui avait donné, mais ne l'avait pas ouverte. Cela peut paraître étrange aux autres. Pas à moi. Il n'était pas sensible au suspense comme le sont la plupart des gens. Si vous lui donniez un paquet en lui demandant de ne pas l'ouvrir avant Noël, il ne le faisait pas. Quelque chose dans sa nature n'attendait tout simplement pas de bonnes choses de l'avenir. Il posa la caisse dans le placard de sa penderie, laissant à Mrs. Bittle le soin de passer un chiffon autour lors de sa tournée hebdomadaire. À quoi bon posséder des tableaux ? Mrs. Bittle ne nous laissait pas planter le moindre clou. Tous les tableaux de la maison lui appartenaient, feu Mr. Bittle ayant eu un faible pour les paysages. Par conséquent, celui de Mr. Shepherd attendit dans l'obscurité. Je lui ai demandé s'il y pensait beaucoup. Il me répondit que quand cela lui arrivait, il imaginait quelque chose de vivant dans cette caisse, et une fois cette chose sortie, il redoutait de n'avoir pas le cœur de l'enfermer à nouveau dans le noir.

À la fin de 1943, il emménagea dans sa propre maison. Un grand événement. Miss McKellar et moi-même suspendîmes du papier crépon dans le salon et réunîmes nos timbres pour lui offrir une paire de draps. Ce qui s'était produit précédemment, pour rendre le déménagement possible, fut que Mr. Shepherd avait été sollicité pour faire un travail de guerre. Non, il ne vit jamais de tirs d'artillerie. Il avait le travail de guerre le plus sûr, disait-il, à savoir : surveiller l'acheminement de nombreuses cargaisons de tableaux célèbres depuis le musée de Washington D.C. jusqu'à Biltmore Mansion. Les puissances de l'Axe s'amusaient follement à couler des bateaux et à faire feu sur nos côtes. La sécurité de nos trésors nationaux était en cause.

Mr. Shepherd ne savait pas exactement comment le Gouvernement l'avait déniché pour accomplir cette tâche. Quand il s'était adressé au Teacher's College et qu'on lui avait demandé ses emplois précédents, il avait cité « Commissionnaire d'expédition, acheminer des œuvres d'art vers des musées ». Il avait pensé que c'était plus honorable que « cuisinier », et une raison honnête de venir du Mexique. (Il craignait qu'on le prenne pour un bandit.) D'une manière ou d'une autre l'information fut transmise. Le Comité de guerre savait tout de nous à cette époque. Les officiers appelèrent les galeries à New York et furent sûrement impressionnés d'apprendre son association avec Mr. et Mrs. Rivera, hautement célèbres. Shepherd était donc leur homme. Il fallut des mois pour tout vérifier. Ils le gardèrent au CPS pendant tout ce temps mais il n'eut jamais à voyager bien loin, ni dans des lieux plus dangereux qu'une pièce remplie de statues.

Cet emploi lui donna les moyens de verser un acompte sur un petit pavillon à un étage qui était resté vide depuis des années, sur Montford Avenue. Il était situé tout près de l'arrêt du bus qu'il prenait pour se rendre en ville à la bibliothèque et il faisait souvent de courtes promenades dans cette rue car, au bout, il y avait un cimetière et un hôpital psychiatrique avec de jolis jardins. La maison vide frappa particulièrement son attention. Il lui trouva quelque chose de déchirant, et pour cette raison il la choisit. Jusque-là il s'était senti de trop dans toutes les maisons où il avait habité. Paix et tranquillité, c'était là son seul désir.

Peu après avoir emménagé, il retira les clous de la caisse de Mrs. Kahlo pour voir son cadeau. La boîte de Pandore, pourrait-on dire aujourd'hui, étant donné tout ce qui s'est passé. La toile elle-même n'était qu'une esquisse qu'elle avait récupérée dans sa corbeille, afin de mettre en œuvre son projet. Le cadeau se trouvait autour du tableau. Il y avait deux caisses, l'une à l'intérieur de l'autre, et l'espace entre les deux n'était pas bourré de paille mais de papier, tous les carnets et les pages tapées à la machine qui avaient été pris dans sa chambre au Mexique après le meurtre. Des centaines de pages froissées, qui avaient besoin d'être défripées et triées. Mais pour l'essentiel tout était là.

À l'insu de tous, Mr. Shepherd écrivait un livre depuis des années. Il le croyait parti en fumée. Mais Mrs. Kahlo avait fait en sorte que la police ne le détruise pas. C'était une personne influente, de toute évidence. Puis elle avait caché les pages de cette manière, sans dire à l'auteur lui-même ce qu'il transportait. Jouait-elle un tour à son ami, ou voulait-elle seulement assurer sa sécurité ? Je ne peux le dire. Mais elle fut la première à voir ce que le monde allait bientôt découvrir, après qu'il aurait tout remis en ordre, rempli les parties manquantes, écrites et réécrites et mijotées jusqu'à ce qu'il ne reste rien à mijoter. En temps voulu le paquet arriva chez l'éditeur Stratford & Sons à New York. C'était *Les Vassaux de sa Majesté*. Le livre sortit en 1945, avant Noël. Cette partie de l'histoire est connue de tous, ou devrait l'être.

Il avait donc raison de dire qu'il y avait quelque chose de vivant dans la caisse, qui demandait à sortir. Mrs. Kahlo a fait cela pour lui. Il n'attendait quasiment plus rien de la vie, quand il s'était embarqué dans le train vers un autre monde. S'il ne devait emporter qu'une chose, elle voulait que ce soit ses mots.

V.B.

8 octobre 1943
Asheville, Caroline du Nord
Gringoland

Chère Frida,

Ce que vous avez fait est un miracle. Des remerciements peuvent-ils suffire ? Juste des mots, débarqués ici et empilés à vos pieds comme un tas de souris mortes aux oreilles rongées rapportées par un chat. Vous avez rendu la vie. Vous verrez.

Ce matin une chatte blanche est apparue ici sur les marches de derrière, et on aurait dit que c'était vous qui l'aviez envoyée aussi. Elle ne miaulait pas, elle se tenait immobile, comme si elle attendait une conclusion familière. Le vent s'enfonçait dans le manteau broussailleux de l'animal, tels des doigts cherchant à le déboutonner et à le retirer. Imaginez comment vous peindriez cette chatte : le ventre exposé, la délicate cage thoracique ramassée comme une monture de bague autour d'une pierre ensanglantée d'amour carnivore. C'est ce à quoi elle ressemblait. Quand la porte s'est entrouverte elle s'est glissée dans la maison et s'est immédiatement pelotonnée dans l'âtre, déclarant avec ses yeux : « Ah, tu me croyais perdue ! Tu es à moi maintenant. » Bien sûr, elle est Frida.

Mais elle s'appellera Chispa. C'est une muse : l'étincelle que vous m'avez un jour accusé de posséder brille paisiblement aujourd'hui dans cet âtre. Autrement la maison est silencieuse, elle garde les secrets. Les planchers sont faits avec les cœurs longs et étroits des arbres descendus des montagnes, les pierres des cheminées sont rondes comme des macarons tant elles ont été roulées dans la Swannanoa River. Les fenêtres ont des carreaux entrelacés comme ceux de la maison de votre père, fêlés çà et là mais qui tiennent bon. Les seuils de porte à onglets en bois de chêne, pareils à des cadres profonds, offrent chacun une vue parfaite de la pièce suivante, où les murs sont rehaussés de lumière, et où la vie semble pouvoir attendre. Le grain du bois raconte des années de vie dans les montagnes, toutes les pluies et les sécheresses qui ont conduit au commencement de ma vie, quand ces arbres ont été abattus. La maison a été construite l'année de ma naissance.

Nous sommes donc des compagnons bien assortis, toit protecteur et âme solitaire, tapis dans une forêt plantée d'ormes et d'érables. Les autres maisons le long de cette rue bordée d'arbres sont aussi des pavillons avec toits à pignons et avant-toits renforcés, architecture connue ici sous le nom de *Arts and Crafts*. Le contraire à tous points de vue du *Funcionalismo* cher à Diego, rien de moderne ni de choquant. Vous trouveriez sans doute tous les deux cela sans intérêt. Mais vous pouvez à présent vous représenter votre vieil ami là où il vit : en train de faire des tamales dans sa propre cuisine, carreaux blancs étincelants et moulures peintes en vert. Imaginez-le chaussé de bas, déambulant d'un pas bienheureux dans des pièces dorées où les bibliothèques résident directement dans les murs, et où des lampes ambrées sont suspendues au plafond par des chaînes. Ensuite, imaginez-le au premier étage, votre trésor resplendissant sous ses yeux, comme dans un livre de contes quand l'enfant soulève le couvercle de la malle magique.

C'est un endroit où il fait bon vivre, la Caroline, avec ses montagnes et ses vallées où coulent des rivières. Avez-vous reçu la carte postale ? Les grands bâtiments que vous voyez dessus sont remplis de banques et de boulangeries, les choses habituelles. Mais regardez attentivement l'arrière-plan de la photo : des montagnes. Elles sont là, derrière chaque vue, comme une mère qui offrirait une couverture dans laquelle envelopper la vie de tous les jours et la protéger des craintes inutiles. En juin, ce sont des murs entiers de fleurs blanches de rhododendrons. À l'automne, les forêts s'embrasent de couleurs. Même l'hiver a ses charmes glacés. Cela, vous refuserez de le croire. Mais vous aimeriez peut-être la nature changeante du lieu, et ses habitants, qui ont la modestie des villageois mexicains. Les cours à l'arrière des maisons sont séparées ici par de minces clôtures en grillage comme de minuscules champs à la campagne, et les femmes qui les entretiennent s'interpellent par-dessus le grillage – « Ohé, ohé », font-elles – pour parler du temps. Elles épinglent des salopettes aux cordes à linge et parlent un dialecte qui fait penser aux pièces de Shakespeare. Ce n'est pas la Gringolandia que vous avez en mémoire. Vous ne trouveriez peut-être pas cet endroit aussi méprisable que New York.

Félicitations pour votre succès là-bas, particulièrement l'exposition chez Miss Guggenheim. Que vous ayez été choisie parmi les trente et une femmes peintres les plus importantes de ce siècle doit remplir Diego de fierté, et vous rendre jalouse des trente autres. L'homme qui a écrit dans *Vogue* à votre sujet était un imbécile – bien sûr que vous n'avez pas de complexe d'infériorité ou d'obsession du sang, ni rien de tout cela. Cet homme a passé quinze minutes à regarder vos tableaux. Pourriez-vous conduire une voiture pendant quinze minutes et écrire ensuite une étude psychologique de Henry Ford ? Allons, n'y pensez plus.

Avez-vous fini par vous ranger parmi les surréalistes ? Car il se trouve que la Société française d'aide sociale a le projet de parrainer vos tableaux dans son exposition sur le surréalisme. Vous vous demandez comment cette nouvelle est venue aux oreilles de votre ami. Qui donc fait des mystères maintenant, et combien de temps va-t-il vous tourmenter en faisant durer le suspense ? Pas très longtemps. Voici : Shepherd, votre ancien *pastor de consignación*, occupe aujourd'hui la même fonction pour les Corps civils, poste de temps de guerre chargé des déplacements des trésors artistiques et des expositions patronnées par le Gouvernement. Le salaire est de quarante dollars par semaine, tous bienvenus. Vous voyez bien, c'est uniquement grâce à vous : ce travail, cette maison. Ces dettes qui s'amoncellent, toutes sont envers vous.

Le véritable objet de cette lettre est la reconnaissance d'une dette rien moins qu'infinie : avoir sauvé mes carnets et mes papiers. Frida, vous disiez toujours que la chose la plus importante chez une personne était ce qu'on ne savait pas. Pareillement, la partie la plus importante d'une histoire est la partie manquante. Ce que vous m'avez donné est tout. Une identité, le simple *yo soy*, je suis. Je suis sauvé. Je m'étais noyé, semblait-il, et puis est venue la lumière. Me voici.

Je l'ai découvert il y a quatre jours. Je viens juste maintenant d'ouvrir la caisse, pour la première fois. Vous avez dû vous demander pourquoi je n'avais rien dit dans les télégrammes de New York. Je me rappelle avoir mentionné le tableau que vous m'avez donné, vous remerciant de manière un peu fourbe. Je suis désolé. Vous devez penser que je n'étais pas curieux de votre cadeau. Si vous m'avez déjà maudit, ce n'est que justice, mais vous m'avez maudit pour de mauvaises raisons. Mon crime n'est pas un manque d'intérêt pour votre œuvre, vos tableaux sont enthousiasmants. Mes fautes résident ailleurs.

La réalité de ce que vous avez fait, et ce que je possède aujourd'hui par voie de conséquence (que je possède depuis trois ans à mon insu) met du temps à émerger à ma conscience. Ces trois derniers matins en me réveillant, j'ai senti venir cette chose comme un merveilleux visiteur arrivant par le train. Je m'habille, je fais les cent pas. Je ne parviens pas à imaginer comment vous avez acheté la police. Je m'interroge : avez-vous eu le temps de lire du manuscrit, qu'en avez-vous pensé ? Mais je ne demande rien d'autre que ce que vous avez déjà fait. Vous avez eu foi en moi en tant qu'artiste. Pas en tant qu'enfant, ou domestique, mais comme votre égal. Mon pouls s'accélère. Penser que je vais maintenant devoir être à la hauteur de cette foi.

Voici le premier pas : je me suis procuré une machine à écrire. Je ne possède pratiquement rien d'autre, à cause des pénuries de la guerre. Mes meubles se réduisent aux maigres vestiges d'une famille dans une maison hypothéquée : des lits d'enfants dépouillés de tout hormis leurs étroits matelas, un fauteuil de salon avunculaire aux accoudoirs troués. Un fourneau électrique, une glacière en mal de glace. (On me dit qu'on en aura cet hiver.) Mais mon repaire est la petite chambre à l'étage sous l'avant-toit à pignon qui donne sur la rue. Mon bureau : la porte de salle de bains, sortie de ses gonds, et posée sur deux anciens meubles à radio trouvés dans la ruelle. (Éviscérés dans la dernière collecte de fil de fer et de cuivre.) Et mon prix : une machine à écrire dérobée dans le débarras de l'école où je donne des leçons d'espagnol. Probablement la seule machine dans ce genre de la ville, toutes les vieilles machines étant parties à la fonte pour faire des balles, ou alors dirigées de toute urgence vers l'Afrique du Nord ou la mer de Corail, évidemment, en plus du sucre, des bandes de cellulose et de l'essence d'éthyle. Ma relique n'a que quelques touches en moins, et avec son aide j'ai l'intention de finir le livre dont vous avez épargné la vie. C'est l'histoire dont nous avons parlé, Cortés dans l'empire des Aztèques. Les scandales des anciens seront connus.

Merci aussi pour la petite figurine en pierre. Je l'avais trouvée sur la berge de la rivière, le jour de notre pique-nique à Teotihuacán, pendant que vous faisiez la sieste. Ne rapportez pas, s'il vous plaît, mon larcin au Dr. Gamio, ou à

Diego, qui pourrait bien être nationaliste sur la question des objets d'art volés. (Cela pourrait me porter tort dans mon nouvel emploi.) Le petit bonhomme qui avait attendu deux mille ans la tête enfouie dans la terre, suppliait qu'on l'emmène dans un autre monde. Vous avez exaucé son vœu. Il envoie sa gratitude, mêlée à la mienne, de là où il est désormais posé, sur mon bureau près de la fenêtre, embrassant du regard le surprenant décor de la Caroline.

Votre ami étonné et reconnaissant,

INSÓLITO

2 novembre 1943

Chère Frida,

Une averse scintillante tombe à l'oblique derrière ma fenêtre. Une sorte de dieu est venu visiter notre sombre tunnel automnal, comme Zeus se transformant en poussière d'or pour féconder Danaé. En l'occurrence il ne s'agit pas vraiment d'une lumière scintillante mais de feuilles de hêtre. Vous n'avez jamais rien vu d'aussi spectaculaire que ces arbres américains, mourant de leurs mille morts. Le hêtre géant de la maison voisine a bien l'intention de larguer jusqu'au dernier poil de sa fourrure dans le grand frisson de l'hiver. Le monde se dépouille et va tout nu, une année entière d'obstination végétale s'empile sur les trottoirs en strates plates et humides. La terre aux odeurs de fumée et d'orage rappelle à elle toute chose : s'étendre et se soumettre à la désintégration silencieuse vers le berceau des origines. C'est ainsi que nous célébrons le jour des Morts en Amérique : en relevant nos cols pour nous garder de l'odeur des vers de terre qui nous ramène à notre condition.

Le Mexique gouverne ma cuisine, comme vous le savez. Le *pan de muerto*, en train de lever à ce moment, emplit la maison de son jaune parfum, et je vous revois occupée à donner au vôtre une forme de crâne, saupoudré de sucre. Mes voisins n'apprécieraient guère qu'on leur présente ce genre de chose sur une assiette. On fête le jour des Morts de manière bien étrange ici : on transforme des citrouilles en têtes aux yeux enflammés, et les enfants parcourent le quartier en réclamant des gâteaux. Mais ces garnements ont débarqué avec deux jours d'avance ! Maintenant que les gâteaux sont faits, les enfants semblent en avoir fini avec tout ça. Ils ont écrabouillé les citrouilles et les ont abandonnées sur les trottoirs en amas de gruau orange. La chatte va sans doute devoir m'aider à manger le *pan de muerto*. Parmi les morts qui sont dans nos pensées, un de plus cette année : votre père. Ce cher Guillermo, comment peut-il ne plus être parmi nous ? Ses pas lents dans la maison, ses yeux immenses qui clignotent alors qu'il entre dans une pièce, sans voir les meubles, juste les angles de lumière sur le plancher.

Votre chagrin est légitime, mais comme il est malheureux d'apprendre que, de la tête aux pieds, tout chez vous va à vau-l'eau. Tuberculose des os, le mot me fait frémir. C'est comme la dernière tomate de la saison abandonnée au fond d'un saladier dans la cuisine, cette semaine : quand je l'ai soulevée pour la couper en tranches, elle était toute molle, un sac de jus nauséabond – sa magnifique peau bien rebondie cachait de la pourriture. Frida, vous devez vous sentir trahie ainsi par votre corps. Même vos traitements, thérapie à l'électricité et au calcium, ressemblent à des maladies. Mais vos médecins sont des hommes de cœur, particulièrement le Dr. E. à San Francisco, qui semble plein de bonté. Ces opérations ne peuvent que réussir. Vous aurez encore des jours et des jours comme aujourd'hui pour vous souvenir et, sans nombre, des *abrazos* de votre ami.

SÓLI

21 mai 1944

Chère Frida,

D'éclatantes images de vous, ce dimanche matin, ne cessent de cogner à la porte de ma retraite solitaire, et m'invitent à écrire après ce long silence. Je vois un étrange scarabée, pris au piège à l'intérieur de la fenêtre. Sa tête, qui cogne continuellement au carreau, me distrait de la révision d'un chapitre laborieux : « La garnison faisait rage, toutes les têtes en mille morceaux ! » Ce petit caporal d'artillerie a un uniforme superbe, vert émeraude, des ailes à doublures cuivrées, et un appendice respectable. Les mots ne lui rendent pas justice. Vous feriez mieux, si vous le voyiez. Vous pourriez en faire un tableau.

Autre chose : chaque jeune fille qui passe sur le trottoir pour attraper le bus de Haywood est une distraction de plus. Toutes des Fridas ! Depuis qu'il fait plus doux, elles portent des vêtements de paysannes, jupes colorées et corsages avec épaules à volants. Les jupes ne sont pas longues comme les vôtres, parce que c'est interdit par la loi ici, passible d'amende. C'est vrai, parole d'honneur, ordre d'économiser les tissus. Pas assez d'uniformes pour couvrir tous les garçons au front. La Commission de Production de Guerre a également annoncé la semaine dernière que les chemisiers ne devaient pas avoir plus d'un volant par manche. J'ai pensé que l'information vous intéresserait, installée que vous êtes à lire ces mots, avec vos mille volants et vos dents en or qui lancent des éclairs – du métal que l'on pourrait utiliser dans un alliage pour en faire des douilles d'obus, quand on y pense. Vous ne pouvez pas venir ici, on vous confisquerait.

Que la guerre vous désespère est compréhensible. J'entreprends cette lettre pour vous réconforter avec une autre vue des choses. Les Gringos épousent le combat anti-fasciste d'un cœur hardi, et ce ne peut être qu'une bonne chose même si, pour vos amis qui ont été les premiers à combattre le fascisme en Espagne, cela arrive avec des années de retard. Mais il faut voir les Yanks, maintenant, qui jurent unité avec des gens au-delà des frontières de la même façon que vous et Diego le faisiez autrefois, levant vos verres, chantant *l'Internationale* pendant que nous nous efforcions de débarrasser la table. Je me demande souvent ce que Lev penserait de l'époque que nous vivons. Il abhorrerait l'entente amicale de Roosevelt avec le Maréchal Staline, alors que nos deux pays se tiennent coude à coude dans la bataille. Mais ne tomberait-il pas d'accord avec le Président, qu'il faut en passer par ce sacrifice pour atteindre l'idéal ? Nos GI ont véritablement volé au secours de l'État soviétique, en envoyant des tonnes de provisions à travers le désert de Syrie pour sauver les Russes affamés. Et maintenant l'armée de Staline rend la pareille en repoussant Hitler sur le front de l'Est. Il y a un an tout semblait perdu, rien ne pouvait arrêter l'Axe en Europe ou dans le Pacifique. Maintenant certains disent que la guerre pourrait être gagnée.

Si c'est le cas, alors la victoire appartiendra aux ménagères autant qu'aux soldats, tout le monde ici participe au combat. Pour vous la guerre n'est que destruction inutile, un match qui se déroule à la radio, mais ici c'est le tissu même dont est faite notre vie. Si l'on est à court de drap, eh bien les filles n'auront droit qu'à un volant par manche, pas davantage, et pas d'histoires. Si l'Axe a coulé huit millions de tonnes de navires de guerre l'année dernière, soit, ces dames donneront l'équivalent de huit millions de tonnes d'épingles à cheveux, et que leurs tresses tombent où bon leur semble. Les enfants du voisinage font sauter les vieux gonds des portails à coups de pierre pour alimenter les collectes de métaux, les jeunes mariées de la guerre font don de leur argenterie, les grands-pères de leurs cannes à pommeau de bronze. Le sacrifice est un sacrement. Comme nous avons applaudi quand la nouvelle usine de Howard Hughes a produit un cuirassé à peine vingt-quatre jours après avoir posé sa quille ! Ce Howard Hughes a entraîné ma mère à sa mort, il y a des années, quand son numéro de haute voltige s'est terminé sur le sol de Mexico. Mais quand bien même elle me manque, je ne nourris aucun ressentiment quand je le vois aujourd'hui, fabriquant le *John Fitch* avec les petits bouts de mon quartier soudés les uns aux autres. Tous ensemble, avec nos épingles à cheveux et nos épingles de sûreté, nous vainquons Hirohito et son usine de navires de guerre Mitsubishi.

La guerre occupe toutes les pages de tous les magazines. Même les publicités, qui étrangement n'incitent pas aujourd'hui à dépenser de l'argent, mais le contraire. Les fabricants agitent leur drapeau « P » pour montrer que la totalité de leur Production est requise par l'effort de guerre. N'achetez rien que des titres d'emprunt de guerre, donnez votre sang à la Croix-Rouge. « Suivez les conseils du médecin à la lettre et ne prolongez pas les rendez-vous », signale mon magazine, car la moitié de nos médecins sont dans les forces armées, et laissent aux hommes à l'intérieur deux fois plus de patients à soigner. Ne voyagez qu'en cas d'urgence. Quand la Victoire sera là, ils nous promettent monts et merveilles : un nouveau modèle de radio, des automobiles équipées de pneus en caoutchouc synthétique, des choses encore jamais vues de mémoire de civil. Mais pour l'heure, n'ayez surtout pas le front de demander ne serait-ce qu'un bouton-pression, et quant à trouver beurre et fromage avec vos tickets de rationnement, bonne chance ! Le bacon a disparu de notre pays. Ainsi que les voitures neuves, pas une seule cette année pour les civils, et si vous en possédez déjà une, elle aura un timbre « A » sur le pare-brise, c'est-à-dire « presque vide [1] », l'essence est rationnée. Le crottin de cheval a fait un retour triomphant sur Pack Square. Un vieux dans ma rue a ressorti sa Stanley Steamer. Il est passé par là hier et une voisine s'est évanouie, croyant que

1. En anglais : *Almost empty. (N.d.T.)*

c'était une attaque aérienne. La nouvelle devise américaine est « Faisons avec ce que nous avons », pas de montres-bracelets, pas de nouvelles chemises ou de nouveaux draps de lit, c'est un peu la même idée qu'avec l'Église : Endurez vos souffrances et vous irez au paradis.

Vous seriez étonnée de voir avec quelle bonne humeur les gens acceptent cette privation. Ils se sentent courageux et importants. Riche ou pauvre, épouse de banquier ou secrétaire arrivent au marché avec le même carnet de rationnement et en partent avec les mêmes denrées. Ce n'est pas le Gringolandia bourgeois que vous avez connu, les femmes qui donnaient fête après fête pendant que les sans-logis mouraient de faim dehors. Maintenant ils sont tous d'accord avec votre Rosa Luxemburg, « l'idéalisme le plus élevé dans l'intérêt de tous ». Les femmes ici consentent à des rations strictes même quand il s'agit de la nourriture et des chaussures de leurs enfants. La famille voisine a sept garçons, qui s'appellent Romulus, Virgile et autres noms de même acabit ; ils vont et viennent en chaussures de toile et fabriquent des jouets avec ce qu'ils trouvent dans les caniveaux. Ce qui n'empêche pas leur mère de me héler chaque matin avec ces mots : « Mr. Shepherd, n'est-ce point un matin bé-ni ? » Une autre voisine m'a apporté une *tarte aux pommes* faite avec des biscuits salés (elle craint qu'un célibataire meure de faim), et m'a expliqué comment faire nos lits : ramener l'ourlet du bas vers le haut une fois par semaine de manière à répartir l'usure et faire durer les draps. Nous pouvons gagner la guerre même en dormant !

Cette manière de penser donne du cœur à l'ouvrage. Ils voient l'avenir comme une maison qu'ils sont capables de construire avec des marteaux et des planches plutôt que comme un fruit mûr que des forces naturelles inopinées risqueraient de faire pourrir. Vous m'avez mis en garde contre les écrivains mexicains qui pouvaient durcir mon cœur, vous rappelez-vous ? À l'hôpital. Nous parlions de

Los de Abajo, la scène qui compare le combat révolutionnaire à un rocher qui roule le long d'une pente, entraîné seulement par une force de gravité absurde. Vous disiez que si je devais organiser une fête pour me remonter le moral, surtout n'y inviter aucun écrivain.

Mais les Américains ont soif d'une autre histoire : ils croient le rocher capable de gravir la pente au lieu de la descendre. Vous n'écouterez sans doute pas ce que je vais dire, mais ce n'est pas une si mauvaise façon de penser. Un écrivain ici pourrait écrire tout un livre sans que lui prenne la fantaisie de boire du poison. Même l'histoire de Cortés possède un thème qui donne de l'allant : une destinée qui ne doit rien à personne. Les gens en ce moment ont un tout autre état d'esprit : haut les cœurs et vive le fracas de la bataille.

Ici dans la maison de mon père, comme vous appeliez ce pays, j'ai les yeux grands ouverts, et je me demande si je pourrai un jour me sentir enfin chez moi. Le pays des affaires carrées et du boulot à mort, disait mon vieux père. Je rogne les coins de mes désirs, et je m'applique à taper sur des touches jusqu'à ce que mes doigts soient aussi durs que des échardes de bois. Frida, ce que je peux donner, quelqu'un ici pourrait en vouloir. Voyez comme ce pronom dans les lignes que j'écris se tient fièrement debout, grand et carré d'épaules. Obstinément je me dirige vers le robuste déclaratif américain, si entièrement inaccoutumé : je suis.

Mon paquet de pages de contrebande est sur le point de devenir un livre. La vieille machine à écrire grince de ses mâchoires de métal, la bataille est presque terminée. Cortés s'est emparé de la ville en fin de compte, désolé. J'ai été tenté de réviser l'histoire, rendre la ville de Mexico aux Aztèques. Mais sans ces quatre cents années d'oppression, que peindrait Diego sur ses fresques ? J'ai décidé de préserver, essentiellement en pensant à vous deux, la nécessité finale de la Révolution mexicaine.

J'ai besoin à présent de votre avis. Je me demande si vous ou Diego connaîtriez quelqu'un à New York qui regarderait ce pauvre manuscrit, une fois qu'il aura été achevé. Il va falloir en faire quelque chose. Impossible de garder cette avalanche de papiers, qui prolifèrent sur le plancher comme la petite vérole et terrifient le chat. Je dois exercer ma vigilance, sinon un livre pourrait même en devenir deux.

Toute mon affection à vous et à Diego ; et aussi à Perpetua, si tant est qu'elle se perpétue. Si vous avez des nouvelles de Natalya et Seva, elles seraient les bienvenues.

Votre ami,

INSÓLITO

30 juin 1944

Chère Frida,

Merci pour le nom de votre ami à New York. Mr. Morrison regrettera un jour votre indiscrétion car il ne manquera pas de recevoir de mes nouvelles. Les ennuis de Diego sont bien préoccupants, son combat pour construire son temple-musée au Pedregal semble encore plus surréaliste que n'importe laquelle de vos œuvres à l'Exposition française. Rien de ce qu'il fait ne sera jamais petit. Je vais considérer comme une bonne nouvelle que vous n'ayez pas mentionné votre santé, et j'en déduis que les opérations en Californie ont été couronnées de succès. Je déplore que Natalya n'ait pas donné de nouvelles, mais il peut y avoir beaucoup de raisons à cela, étant donné l'état catastrophique dans lequel est la France, sans parler de l'absence de lien postal direct entre la France et le Mexique. Mais malgré tout, le mouvement pour la démocratie socialiste semble renaître de ses cendres, avec les syndicats qui manifestent contre Vichy à Paris, si tant est que cette information soit digne de confiance. Lev trouverait bien moyen d'espérer, même pour cette pauvre France.

Le temps passé auprès de Lev et Natalya semble si lointain, j'ai toujours un choc quand des bribes de ce passé font surface. Regardez, dans la photographie de magazine que je joins à cette lettre vous verrez deux des jeunes New-Yorkais qui étaient parmi les gardes de Lev. Charlie et Jake, vous vous souvenez d'eux. J'ai littéralement fait un bond quand je les ai repérés, sur la même page que Mary Martin avec sa poudre dentaire Calox à la main. C'est la photo d'un meeting pour la paix au Carnegie Music Hall, où quelques centaines de personnes se sont rassemblées pour exiger l'armistice. Je n'ai pas joint l'article, mais vous savez bien : « Parmi la foule il y avait des trotskistes, des ouvriers syndiqués, des universitaires socialistes et des quakers ultraconservateurs, la frange de cinglés de l'opinion publique qui espèrent faire naître une résistance à la conscription tout en priant pour une issue facile. » En d'autres termes, le genre de chose que vous et vos amis faites régulièrement le vendredi à midi, la prière en moins. Les gens ici sont les mêmes qu'au Mexique, ils ont les nerfs à fleur de peau. Et la presse est la même aussi. Pas un journaliste digne de ce nom ne prendra le risque de gâcher une bonne histoire.

Les actualités qui vous ont fait froid dans le dos en Californie sont du même acabit, j'en suis sûr. L'idée est de nous terrifier. Pour ne pas être en reste quand un singe géant grimpe à un gratte-ciel, ils écriront que le brave Japonais d'à côté nourrit de traîtres desseins. Au cas où vous auriez vu un acteur de cinéma parler d'une jardinière qui a mis du poison sur ses légumes, ce n'était qu'un divertissement de première partie. Comme Diego mangeant de la chair humaine. Vous connaissez ces hurleurs. Ils vous cassent les oreilles depuis le jour où vous avez épousé un homme célèbre, et vous continuez pourtant à faire comme bon vous semble. N'écoutez pas ces idioties, Frida. L'idée de mettre les Japonais américains dans des camps de concentration est un produit de l'imagination. Vous avez tort de tant vous inquiéter.

Ayez foi en notre Mr. Roosevelt qui a remonté le moral de tout le monde. Les gens ici se mettent au garde-à-vous devant lui comme devant le drapeau, car c'est le seul drapeau, et le seul président que la plupart d'entre eux aient jamais vus. Il est entré en fonction alors que je n'étais encore qu'un jeune garçon à l'Académie, vous rendez-vous compte. En ce temps-là, son nom était un sujet de plaisanterie dans les écoles, « parfumé à la rose », disait-on, mais aujourd'hui il est un peu notre Lénine, planifiant la nouvelle Révolution américaine. Même les communistes l'ont soutenu à la dernière élection. Personne ne peut discuter la sécurité du travail et la protection contre les épreuves de la vieillesse. Il vient même d'imposer une taxe aux entreprises pour qu'elles ne tirent pas bénéfice de la guerre, et il régule les prix des denrées alimentaires pour que tout le monde ait sa part. Nous nous subordonnons au bien national !

Votre vieil ami,

INSÓLITO

Los Angeles Herald and Express, *1er juin 1943*

Les Japs écument toujours la côte

En exclusivité pour Hearst News

Les vieux étals de fruits et légumes sont vides, leurs chargements tombés en pourriture, mais notre ville n'est pas encore à l'abri de la contamination. Le Comité Dies a aujourd'hui rendu public un rapport

faisant état de 40 000 individus dangereux encore en liberté, plus d'un an après que l'arrêté 9066 du *Western Defense Command* a décidé de diriger les Japonais nés à l'étranger comme sur le sol américain vers des centres de détention dans les États du Centre. Le rapport détient la preuve de l'existence de réseaux d'espionnage au sein desquels de nombreux « pêcheurs » et « maraîchers », si ce n'est la totalité, se sont servis de leur statut de commerçants dans notre pays comme couverture pour approcher les installations stratégiques.

Le commandement militaire surveille de près plus de 100 000 évacués résidant maintenant dans des camps de détention, où des observateurs ont noté qu'il importe peu à ces détenus que ce soit ce pays ou le Japon qui gagne la guerre. Cependant, le ministère de la Justice envisage toujours un recours en vue de libérer certains détenus qui protestent de leur « loyauté » pour les affecter à des postes civils. Nos États de l'Ouest s'opposent à cette mesure d'une seule voix. Le sénateur Hiram Johnson a solennellement déclaré hier que le ministère de la Guerre ne tolérera pas la relocalisation d'un seul Jap dans les États côtiers, faisant remarquer que la plupart des résidents ici les remettraient aux mains de Tojo dès la fin de la guerre.

Il n'est pas de Californien qui ne garde en mémoire les bombes incendiaires lâchées sur Fort Stevens et sur les forêts du Pacifique l'année dernière, sans parler du pilonnage de la raffinerie de Goleta dont les flammes ont plongé notre ville dans la terreur. Les navires de guerre de Dai Nippon nous menacent au grand jour au large de nos côtes, leurs pilotes de chasse prêts à enfourcher des « vents kamikaze » pour atteindre leurs cibles, échangeant haineusement leur vie même contre une promesse d'immortalité. Mais peu nombreux sont ceux qui mesurent combien de ces personnes hostiles, déguisées en civils, se cachent encore dans les États du Pacifique.

Dans une déclaration à *Hearst News* aujourd'hui, le général John L. DeWitt a affirmé : « Si nous ne tenons aucun compte du rapport du Comité Dies, c'est à nos risques et périls. » Décrivant la scélératesse de l'adversaire, il a ajouté : « Les caractéristiques raciales ne disparaissent pas avec la migration. Les Japonais sont une race ennemie, et même si nombre d'entre eux nés sur le sol des États-Unis se sont "américanisés", les tensions raciales ne sont pas diluées. » Au cours d'une rencontre récente avec le ministre de la Guerre, DeWitt a fait état, de sources gardées secrètes, de l'existence d'une conspiration Nip prête à l'action. Le fait qu'il n'y ait pas encore eu d'explosion de violence, a-t-il expliqué, ne fait que confirmer que de telles actions vont bientôt être mises en place.

Nés ou non aux États-Unis, les Japs restent bannis de nos côtes jusqu'à la capitulation finale. La place qui revient à de tels individus est la détention dans les régions désertes de l'intérieur du pays. Répondant à des rumeurs de libération, le bureau du Gouverneur a promis une sécurité pleine et entière à nos concitoyens. « Nous ne faisons pas de quartier à ceux dont la présence met en danger la sécurité de la population. Notre tolérance à l'égard de ces gens-là n'est plus de mise. Leurs biens ont été confisqués, leurs contrats d'affaires annulés et leurs comptes en banque saisis. Les agents du FBI se tiennent prêts à mener des fouilles et opérer des saisies dans les foyers ou les commerces soupçonnés d'abriter des étrangers. »

Pour les citoyens américains, la nouvelle est bienvenue. Alors que les Américains affrontent la mort face aux balles fascistes outre-mer, le ministère de la Justice a tout fait pour préserver la liberté de parole en temps de guerre, ouvrant ainsi la porte à ceux qui veulent répandre mensonges et propagande chez nous derrière les lignes ennemies.

Ce rapport a été soumis pour contrôle à l'Armée et au ministère de la Marine.

The New York Times, *13 décembre 1941*

2 541 étrangers de l'Axe aujourd'hui en prison

Biddle dit que la liste comprend 1 370 Japonais, 1 002 Allemands et 169 Italiens

En exclusivité pour The New York Times

WASHINGTON, 12 décembre – En date de jeudi soir, le Ministère de la Justice avait appréhendé 2 541 citoyens allemands, japonais et italiens dans l'entreprise d'arrestations massives d'étrangers dangereux mise en place avec le déclenchement de la guerre entre le Japon et les États-Unis, a déclaré le ministre de la Justice Francis Biddle ce soir. 1 002 d'entre eux sont allemands, 1 370 japonais, et 169 italiens.

Mr. Biddle a souligné que, bien qu'ils soient considérés comme dangereux pour la paix et la sécurité de la nation, les sujets de l'Axe en état d'arrestation « ne représentaient qu'une petite fraction des quelque 1 100 000 ressortissants de l'Axe résidant aux États-Unis ».

« Les arrestations se sont limitées à des personnes dont les activités font l'objet d'une enquête du FBI depuis déjà quelque temps », a ajouté Mr. Biddle.

Aides a déclaré qu'aucun des prisonniers ne serait interné pendant la durée de la guerre, sauf quand il y a de fortes raisons de craindre pour la sécurité intérieure des États-Unis.

Le ministère de la Justice a lancé un avertissement selon lequel tout citoyen japonais, allemand, ou italien trouvé en possession d'un appareil photo, indépendamment de l'utilisation qui en a été faite, s'exposait à la perte de son matériel et à une éventuelle détention. Les citoyens de l'Axe avaient déjà reçu l'ordre de n'effectuer de déplacements aériens d'aucune sorte.

26 étrangers supplémentaires arrêtés à New York

Vingt-six nouveaux prisonniers, saboteurs potentiels, espions et étrangers ennemis ont été pris dans une rafle opérée hier. Seize étaient allemands, six japonais et cinq italiens. Les personnes arrêtées hier ont été conduites à Ellis Island et remises aux agents du Bureau d'Investigation et de Naturalisation. Comme d'habitude, les responsables du Bureau Fédéral d'Investigation se sont refusés à tout commentaire.

William H. Marshall, directeur adjoint de l'Émigration et de la Naturalisation, a dit que 553 étrangers ennemis ont été pris depuis dimanche. Ces chiffres incluent les étrangers arrêtés à la périphérie de New York. L'Autorité Civile Aéronautique a interdit à tout étranger ennemi d'emprunter des avions commerciaux, fédéraux ou privés.

Le ministère du Travail a souligné que les étrangers ennemis n'avaient pas droit à l'assurance chômage, étant donné que la loi stipule que les indemnités ne peuvent être attribuées qu'à des personnes « en situation d'occuper un emploi ».

La grande plaque qui se trouve sur la façade de l'Italian Building a été recouverte hier.

12 septembre 1944

Chère Frida,

Merci pour les coupures de journaux. Pardonnez-moi d'avoir mis vos paroles en doute, ces nouvelles sont terrifiantes et peu connues par ici. S'il n'y a rien de nouveau sur cette terre, ces hurleurs en sont la preuve. Tout est bon pour faire peur aux gens.

Votre Insólito demeure un assemblage confus de deux nations, installé pour l'heure dans la maison de son père, à tenter de comprendre comment elle a été construite. Pendant la journée nous sifflotons *l'Internationale* et tendons la main à nos camarades au-delà des frontières. Ma voisine tricote des bas pour les orphelins de Moscou. Mais la nuit, le quartier verrouille ses portes et traque sous les lits la menace étrangère. Pourtant, je suis ici, je le revendique, car il me faut être quelque part. Mais un peu comme un enfant qui s'efforcerait de comprendre ce que chaque femme et chaque homme qui passent dans la rue semble connaître par cœur. Qui aimer, qui châtier.

Seule certitude dans cette maison qui est la mienne : le roman est fini. J'éprouve une tristesse étrange, comme si un ami vif et querelleur était parti après une longue visite et me manquait. Ces jours-ci, je pince les lèvres face au miroir et me demande comment il se fait que les autres hommes trouvent des raisons impérieuses de se raser, s'habiller le matin et sortir de chez eux, pratiquement tous les jours.

Votre ami Mr. Morrison m'a recommandé un éditeur qui manifeste une lueur d'intérêt pour la chose. Sa réponse a réussi à m'extirper de chez moi trois jours de suite, clignant des yeux comme un hibou, en quête d'une enveloppe et d'un emballage pour envoyer le manuscrit à New York. Cette entreprise risque bien de prendre plus longtemps que d'écrire le livre. Les papeteries n'ont même plus assez de papier pour fabriquer les affiches qui déclarent que leurs produits sont partis au front. L'éditeur, vu la pénurie, n'aura peut-être aucune peine à se donner. Ce manuscrit devrait peut-être même aller grossir la prochaine collecte de papier, pour lester un navire de guerre.

Je vous envoie deux coupures de journaux à mon tour, parues un peu plus tôt dans l'été. Le journal de notre ville ne paraît plus que deux fois par semaine, mais cet article méritait la fibre précieuse – notez la date, notre anniversaire commun. Vous vous souviendrez que je vous ai écrit à propos de ce scarabée. L'autre page, arrachée à un magazine respectable (*Life*, quoi de plus exhaustif !) n'est là que pour sa photographie spectaculaire. Comme Cortés, je fais mon rapport à ma Reine sur un monde nouveau et merveilleusement étrange. *Feliz cumpleaños*, mon amie, depuis l'Amérique où l'on fait avec ce qu'on a.

Abrazos,

SÓLI

Life Magazine, *17 juillet 1944*

Le scarabée japonais : vorace, libidineux, prolifique

par Anthony Standen

Les scarabées japonais, contrairement aux Japonais, sont sans malice. Il y a, néanmoins, de nombreux

parallèles entre les deux. Les deux sont petits mais très nombreux et prolifiques, autant que voraces, rapaces et dévorants. Les deux n'ont qu'une idée en tête. Les deux sont impénétrables, les scarabées en particulier, car nul ne peut dire pourquoi ils sont attirés par le jaune alors que leur nourriture est essentiellement verte, ni pourquoi ils se jettent avidement sur les géraniums – l'odeur des géraniums est utilisée pour servir d'appât – alors que les géraniums leur sont fatals. Les scarabées, toutefois, sont fermement implantés au centre de notre côte atlantique où ils dévorent nos pommes, pêches, raisins, roses, l'herbe de nos pâturages et autres espèces végétales utiles ou agréables, à hauteur de 7 000 000 de dollars par an, et menacent de sévir sur la majeure partie du pays. Il y a longtemps nous leur avons déclaré la guerre, et bien que les chances d'une victoire totale soient minces – ce qui signifierait exterminer tous les scarabées sans exception de nos rivages –, nous sommes en droit d'espérer obtenir un succès plus limité, où les insectes seraient harcelés et persécutés au point que leur nombre pourrait être maintenu dans les limites de la décence, même si leur caractère ne peut que rester irrémédiablement le même.

The Asheville Trumpet, *6 juillet 1944*

Le péril kamikaze touche Asheville

par Carl Nicholas

Ils sont petits, rusés, et ils se reproduisent inlassablement. Leur instinct les pousse à foncer sur leurs

cibles, causant d'immenses dégâts. Le Scarabée japonais a descendu nos côtes et arrive à notre porte. Ces insectes verts à l'allure bizarre constituent une menace pour la vie des plantes comme pour la tranquillité des familles.

« Ils volent par nuées au-dessus de ma lessive », se plaint Mrs. Jimmy Hyder, ménagère aperçue récemment dans Charlotte Street en train de passer à l'attaque. Ses fils Harold et Alter menaient l'infanterie avec des raquettes de badminton, et Mrs. Hyder suivait, armée de son pulvérisateur à pompe, inondant d'insecticide le champ de bataille. Répéter l'opération une fois par semaine peut faire pencher la balance aux dépens de l'ennemi, mais Mrs. Hyder se lamente : « Ils vont continuer à vous foncer dessus sans raison, jusqu'au dernier. » Elle a prévenu d'autres Jardiniers Victorieux qu'ils devaient s'attendre à subir de lourdes pertes cette année, particulièrement en tomates et haricots grimpants.

Les scientifiques nomment cet insecte vorace *Popillia japonica*. Le ministère de l'Agriculture pense qu'ils se sont introduits dans le pays près du New Jersey, quelques années avant Pearl Harbor, dissimulés dans une caisse de fruits. Les larves sournoises, enfouies sous terre en hiver, émergent affamées et impatientes d'exercer leur destruction pendant les mois plus chauds. Leur offensive diabolique a maintenant atteint l'ouest des états de Caroline, détruisant des vergers d'une valeur de milliers de dollars.

Ménagères et jardiniers, soyez vigilants, clame Mr. Wick Bentsen du Comité Agricole du Comté. Les raquettes de badminton ont beau voler sur Charlotte Street, aucune arme connue à ce

jour n'a encore été à même d'enrayer cette invasion japonaise.

Mr. Lincoln Barnes, Éditeur
Stratford & Sons Éditeurs, New York
11 décembre 1944

Cher Mr. Barnes,

La somme que vous proposez est extraordinairement généreuse.

Les modifications que vous suggérez dans l'histoire sont de nature à l'améliorer considérablement. Cependant, je ne suis pas en mesure de consulter les pages que vous avez mentionnées, car le livre repose entièrement entre vos mains. Vous en détenez l'unique exemplaire. (Et il se peut bien que l'enveloppe soit la seule rescapée de sa portée.) Le papier reste rare ici. S'il y a pénurie dans l'approvisionnement à la bataille des Ardennes, elle n'est pas à mettre sur le compte d'un manque d'enthousiasme pour les collectes de papier et de ferraille à Asheville, Caroline du Nord. Il serait donc utile que le manuscrit me soit retourné en vue d'y porter les corrections, à votre convenance.

Votre lettre fait référence à ma secrétaire dactylo, à qui vous avez l'intention d'adresser de nouvelles remarques. Soyez-en assuré, la secrétaire dactylo sera en relation intime avec l'auteur, standardiste, cuisinier et économe, car nous résidons tous présentement dans les mêmes souliers à quatre dollars. Les cartes de rationnement de vêtements étant ce qu'elles sont, cet arrangement a son utilité.

Avec gratitude,

HARRISON W. SHEPHERD

21 décembre

Staline a soixante-cinq ans aujourd'hui. Un reporter exalté à la radio a dit qu'il était un Tom Paine russe mâtiné de Paul Bunyan. Lev aurait maintenant soixante-quatre ans, et il ne les a pas. Les révolutions renaissent constamment, disait-il, et les hommes comme Staline ne meurent jamais.

1er février

Informations de ce soir : les Alliés ont forcé les digues le long des côtes des Pays-Bas, et la mer a tué des milliers de soldats allemands, noyés dans l'inondation. Comme les Aztèques ouvrant des digues pour noyer Cortés et ses hommes sur les rives du lac Tenochtitlan. Mais la fiction est une absurdité, seule la guerre est réelle. Demain matin au réveil, les fermiers de Walcheren verront leurs récoltes submergées par la marée, les cadavres flottants de leur bétail, tous les arbres brûlés par le sel qui a rongé leurs racines. La gloire de la guerre est si souvent une déception.

Trop de solitude ici, peuplée de fantômes, et nulle part où aller pour leur échapper. Dans la rue, l'homme qui vend de la glace dans son camion avait un pic, presque comme celui qui a tué Lev. C'était le mois qu'il redoutait le plus. Ses apparitions.

10 février

Meilleure journée, manuscrit mis de côté au profit d'un travail honnête, comme dirait Lev. Ai peint la salle à manger, le lambris entre les lattes, peinture du surplus de guerre, mais d'une couleur acceptable, gris flanelle. La voisine a gentiment fait don d'une table de salle à manger dont elle n'a pas l'utilité, ainsi que des bras de son fils tout un samedi pour aider à peindre. Un vrai Tom Sawyer. L'ai payé un *quarter*, mais soupçonne qu'il aurait préféré le rat mort et la corde pour le faire tourner dans les airs.

5 avril 1945

Chère Frida,

Votre lettre était bienvenue, même si elle ne contenait guère de bonnes nouvelles. Il est tellement plus agréable d'imaginer votre pas décidé et vos jupes bouillonnantes que de vous savoir dans un fauteuil roulant. Quel odieux retour en arrière. Vous et Diego devriez être en train de manifester cette semaine, bannière au poing, sur le *Paseo de la Reforma*, pour protester contre les compromis de la conférence de Chapultepec.

Nous faisons beaucoup moins l'actualité que la ville de Mexico, mais nos gros titres vous distrairont peut-être : les chaînes de fabrication de l'usine de cercueils d'Asheville se sont tues aujourd'hui (un silence de mort !) alors que les ouvriers se mettent en grève, au mépris de leur devoir de guerre, dans l'attente de négociations entre la direction et le syndicat des tapissiers.

Deux : l'écrivain William Sidney Porter, ou ce qu'il reste de lui, risque d'être déterré de sa tombe dans ce quartier même, pour être transféré à Greensboro. La municipalité d'Asheville a lancé une protestation, arguant que Mr. Porter était très bien là où il était. Les tribunaux décideront. On espère que les tapissiers, en l'occurrence, n'auront pas à intervenir.

L'amiral Halsey est venu à Grove Park pour une partie de chasse : enfin une histoire où il n'y a pas de morts. Et la mode se porte bien : Lilly Daché a trouvé comment fabriquer des chapeaux de printemps pour les femmes, avec les 76 000 bonnets WAC abandonnés par l'armée en faveur du calot en toile. Très en vue ici samedi. Vous aimeriez Pâques chez les Gringos : toutes les femmes, jusqu'aux plus quelconques, trouvent le courage d'être des Frida ce jour-là.

Peu de nouvelles personnelles. Les glycines qui grimpent sur les côtés de ma maison et s'enroulent aux avant-toits sont en pleine floraison, du même mauve que les jacarandas. Vous arrive-t-il d'avoir des nouvelles de Van ? Question qui ne demande pas vraiment de réponse. Un professeur de français de l'Institut de formation des maîtres, une certaine Miss Attwood, a récemment fait assidûment campagne pour se faire escorter au cinéma. Tous les hommes présentables étant au front, elle estime qu'un représentant de la gent masculine devrait considérer de son devoir d'emmener une fille voir *Le Portrait de Dorian Gray*. La seule idée d'une salle de cinéma bondée me fait frémir. Parfois, sortir tout simplement de chez moi devient quelque chose d'épouvantable, je porte en moi une terreur inexplicable qui ne s'apaise jamais tout à fait. Mais pas question de se soustraire à la demande de Miss Attwood. Hurd Hatfield faisait un Dorian bien agréable, malgré sa déloyauté envers Sibyl Vane et Gladys Hallward. Devoir apparemment accompli, silence radio sur le front Attwood cette semaine.

À la fin du trimestre, l'Institut des maîtres fermera. Votre langue cessera d'être malmenée par les gosiers de l'État de Caroline. Son seul défenseur à Asheville sera heureux de rester chez lui dans sa petite maison couverte de glycine, pendant que ses anciennes élèves seront occupées à emballer des parachutes et autres activités du même genre. Ces filles ressemblent tellement à ma mère, avec leur arrogance de mangeuses de chewing-gum et leur vocabulaire haut en couleur. *Nom d'une pipe ! Pouah ! Il est croquignolet !* Mais ma mère serait vieille aujourd'hui, cinquante ans le mois prochain. Comme elle se plaindrait de tout ça, si elle était encore de ce monde. C'est sans doute une bénédiction qu'elle l'ait quitté.

Dernier sujet : le livre doit être publié à la fin de l'année par la maison Stratford & Sons à New York. L'éditeur, Mr. Barnes, me l'a confirmé aujourd'hui. Il demande que le titre soit *Vassaux de sa Majesté*, ce qui est idiot, dans la mesure où les personnages sont les vassaux de la cupiditas et de la convoitise. Le titre original devait être *À dix lieues de là où nous dormons*, car il est question d'hommes qui ne sont jamais à la hauteur de leurs propres attentes et de celles des autres, y compris celles du lecteur. Mais Mr. Barnes dit que ce titre est trop long. Peu importe. Stratford m'a adressé un chèque de deux cents dollars, une avance sur droits, et s'ils trouvent le papier, ils ont l'intention d'imprimer plusieurs milliers d'exemplaires. Un miracle qui a de quoi terrifier. Ces mots ont tous été écrits dans des pièces silencieuses et obscures. Sont-ils capables d'affronter le bruit et la lumière du monde ?

Vous le savez sûrement. Vous ouvrez votre ventre et vous vous déversez sur la toile. Et ensuite, vous laissez les conservateurs couvrir de vos entrailles les murs des salles d'exposition, livrées aux débordements et aux bavardages de la bonne société. Peut-on y survivre ?

Votre ami,

SÓLI

13 avril 1945

Roosevelt est mort. La fin est arrivée sans crier gare. Stylo à la main à un moment et gisant à terre l'instant d'après, sous le regard de son secrétaire – cela a dû être la même chose que de voir s'éteindre la radieuse lumière de Lev. En vérité, c'est comme la mort de Lénine : un personnage intimement lié à l'intérêt national, frappé par une attaque cérébrale, qui laisse tout un pays en bras de chemise se demander ce qu'il va bien pouvoir faire.

Pendant toute la soirée d'hier au sud d'Asheville, la foule est restée dans le froid le long de la voie ferrée, dans l'espoir de voir le catafalque et le cercueil à l'intérieur de la voiture éclairée, au passage du cortège. Le Président ne pouvait gagner Washington, depuis Warm Springs, pensait-on, qu'en traversant notre vallée. Mais aucun train n'est venu. L'édition spéciale des journaux ce matin disait que le convoi était passé par Greenville. Pourtant, certains attendent encore, des femmes avec leurs enfants essentiellement. Dans une vallée à l'est d'Oteen, ils disent qu'une centaine de Noires qui défrichaient des champs de tabac sont agenouillées depuis hier, mains tendues vers la voie de chemin de fer. Elles refusent de rentrer chez elles.

Et maintenant Harry Truman a prêté serment, avec sa cravate à pois. Pas vraiment crédible dans le rôle de l'Homme Indissociable de l'Intérêt National. Il a dit aux journalistes : « Vous est-il arrivé qu'un taureau ou une botte de foin vous tombe dessus ? Si c'est le cas, vous savez ce que j'ai ressenti hier soir. »

Parfois l'histoire se fracture et, l'espace d'un instant vertigineux, s'immobilise, comme dans ce moment suspendu où la hache fend la bûche et où les deux moitiés restent debout, avant de tomber. Lev disait cela. Il en fut ainsi après la mort de Lénine, Lev dans le train en direction du Caucase, qui ne savait pas que la hache s'était abattue sur son ami. Que Staline se hissait sur l'estrade funèbre pour prendre possession des foules paniquées. Nous vivons peut-être un de ces moments, où l'histoire se dirige vers l'obscurité ou la lumière. Quel visage, sur les photos des journaux, dissimule aujourd'hui la traîtrise ? Des tyrans, à l'œuvre derrière des stores baissés, sont-ils en train d'envoyer un faux câble à quelqu'un dans un train, complotant de tenir la raison à distance pendant que le pouvoir agit ? Les gens ont une peur bleue, ils sont prêts à croire n'importe quoi.

8 mai 1945

Ce n'est pas la fin du monde. Ou alors, seulement pour les Allemands. Tout le monde est sorti pour entendre la sirène des pompiers à six heures du matin donner le signal qu'il était minuit en Allemagne, fin officielle des hostilités. Des femmes devant leur maison s'essuyaient les mains à leurs tabliers en criant à leurs fils d'arrêter de se tirer dessus avec des bâtons et de se tenir tranquilles. Sur

Haywood Street, les employés de bureau et les épiciers qui fermaient boutique sont restés parfaitement immobiles tout le temps où la sirène a retenti, les yeux levés vers le ciel. Le coucher de soleil reflété dans les vitrines de verre flamboyait derrière eux. Certains ont posé la main sur leur cœur, tous étaient tournés vers l'est. Vers l'Europe.

Personne ne sait que faire de cette paix. Quand toutes les sirènes se sont tues, tout le monde à Haywood, sans qu'un mot soit dit, s'est tourné de l'autre côté. Le Japon.

Le petit voisin, qui ne porte pas le nom de Tom Sawyer mais celui encore plus improbable de Romulus, a cueilli une étrange fleur dans les bois de Montford Hill et l'a rapportée ici pour que je l'identifie. Sa mère, selon lui, pense que c'est quelque chose de sale, un organe d'animal qu'il ne faut pas toucher. Mais le père, sûr qu'il s'agissait d'une plante, lui a dit d'interroger le voisin. Ils me soupçonnent d'avoir fait des études. Nous avons constitué une Force Expéditionnaire en bibliothèque et nous sommes hardiment lancés dans la bataille. La victoire nous attendait, la *Flore des États de Caroline* avait une pleine planche en couleur du spécimen en question. C'est une « Pantoufle Rose de dame ». Romulus a été terriblement déçu de l'apprendre.

20 août 1945

Cinq ans aujourd'hui. Depuis le jour où Lev a vu pour la dernière fois la lumière du soleil. Ou prononcé les mots *mon fils*, seule personne à l'avoir jamais fait. Son air de malice, quand il me remettait un roman qu'il venait de découvrir. Le dernier appel fugace par-dessus son épaule avant de disparaître avec Jacson, *Sauve-moi de ce jeune homme !* Les manchettes blanches imbibées comme des bandages, les gouttes de sang sur le papier blanc, ces images se sont estompées, disparues pour la plupart. Et puis soudain l'une d'entre elles surgit, qui vous fait sursauter comme le ferait un inconnu planté dans le coin d'une pièce où vous vous imaginiez seul. Les souvenirs ne s'adoucissent pas toujours avec le temps, certains deviennent tranchants comme des couteaux. Il devrait être encore en vie. Le meurtre a le poids d'une dette impayée, la mort, négociation inaboutie.

Pas de pièce où être tranquille aujourd'hui à la maison, la radio n'offre aucune distraction, avec indécence elle rapporte un meurtre brutal au sud de la ville, à l'une des tanneries. La bouilloire qui hurle dans la cuisine c'est Natalya criant son nom. Un son, à l'intérieur du cerveau, peut prendre la forme exacte d'un autre.

La bibliothèque semblait pouvoir être un refuge, mais ne le fut pas. En haut, dans la salle de presse, les pages écornées des journaux étaient entassées sur les tables encombrées de livres. Son bureau, toutes ces phrases inachevées. Les cylindres de cire qui contiennent encore sa voix, quelque part. Son calendrier de bureau, s'il s'y trouve encore, ouvert au 20 août, la page qu'il a tournée en dernier, l'attente pleine et ordinaire qui est celle de la vie. Chagrin foudroyant à cette pensée, à genoux au milieu des piles de livres du premier étage, à attendre que quelque chose à l'intérieur éclate et inonde le plancher d'érable. Du sang sombre s'infiltrant goutte à goutte entre les lattes claires.

L'enfer tombe des cieux. Un reporter du *Times* qui se trouvait à bord de l'appareil, s'est demandé à l'heure H s'il devait être triste pour les « pauvres diables en train de mourir ». Il a décidé que non, c'était une honnête riposte à Pearl Harbor. Le plan de l'armée était de lâcher cette bombe sur une autre ville japonaise ce matin-là, d'autres hommes, femmes, chiens, écoliers avec leurs mères, mais les épais nuages au-dessus de cette ville refusèrent de se séparer. Fatigués de tourner en rond et d'attendre, les pilotes du bombardier ont fait route vers le sud le long du bras de mer et ont choisi Nagasaki, pour son ciel clair.

Faute de clou la chaussure a été perdue, faute de nuage, le monde a été perdu.

Votre sang en échange du mien. Sinon ceux-ci, alors ceux-là. La guerre est le problème mathématique suprême. Un vrai casse-tête, mais nous faisons les additions en nous imaginant que nous avons réduit les chiffres les plus monstrueux à une somme juste.

2 septembre 1945

V-J Day, victoire sur le Japon. Si une machine à écrire ne possédait pas ces deux lettres, elle serait aujourd'hui un objet inutile. Les titres des journaux n'auraient pas pu être plus grands, à moins de trouver un moyen d'écrire « LES JAPS SE RENDENT » dans le sens de la longueur plutôt que de la largeur. Alléluia, Hirohito est tombé à genoux.

Au cours d'un des nombreux pique-niques de l'église pour célébrer la Victoire, une petite fille s'est noyée dans la Swannanoa. Romulus est venu ce soir passer un moment sur la balancelle du porche pour raconter toute l'histoire, car il y était : la petite fille avec ses rubans blancs qu'on ne retrouvait plus, les heures de recherche, puis le moment où on l'a découverte sur le fond sablonneux de la rivière, où l'eau n'était pas très profonde. Il a tout raconté, puis il s'est tu. On entendait de la musique depuis Pack Square, la célébration qui se poursuivait. Romulus n'était pas capable de dire si c'était une bonne journée ou une mauvaise.

MacArthur dit que la grande tragédie a pris fin. Nous avons allumé la radio et, en entendant les voix assurées, le garçon a semblé revenir à lui. Ce MacArthur, autrefois, faisait du cheval, encouragé par un groupe de garçons pas beaucoup plus vieux que Romulus. Parfois il jouait au polo derrière l'Académie, d'autres fois il donnait l'ordre qu'on enfonce des baïonnettes dans la poitrine des manifestants pour les Bonus. « Les cieux ne pleuvent plus la mort », a-t-il dit aujourd'hui. « Les hommes marchent droit dans la lumière du soleil et le monde entier repose en paix. » MacArthur a déclaré qu'il parlait au nom de milliers de lèvres muettes à jamais réduites au silence dans les jungles et les profondeurs de l'océan. Mais comment peut-il parler pour tant de lèvres muettes qui bleuissent sous les eaux ? Des petits poissons, nourris par les malheurs du monde, sont sûrement en train de les dévorer à l'heure qu'il est.

19 novembre

Chère Frida,

Voici un petit cadeau, mon livre, tout juste arrivé de New York. Mr. Barnes dit qu'il commencera à faire son apparition dans les librairies dès vendredi en huit, mais il m'a envoyé deux livres accompagnés de cette note : « Un exemplaire de plus pour votre mère et votre père ! » La couverture, avec les temples jumeaux de Tlaloc et Huitzilopochtli au loin, c'est vraiment quelque chose, comme vous le verrez. Les flammes et les femmes légèrement vêtues qui fuient l'armée conquérante devraient largement compenser l'éventuelle inexactitude archéologique. Cette présentation, m'a-t-on dit, a bien marché pour *Autant en emporte le vent.*

Personne ici n'est au courant de l'imminence de mon statut d'auteur publié. Les voisines trouvent suspects mon manque d'ambition et mon absence de famille. Miss Attwood continue à m'appeler ; peu de soldats sont rentrés du front, elle fait donc avec ce qu'elle a. La semaine dernière nous sommes allés dans un restaurant du nom de Buck's, qui s'est ouvert récemment, dans un délire d'enthousiasme ; ils enveloppent votre repas comme un colis postal et vous attendez qu'ils viennent vous le livrer sur le parking de gravier. L'idée est de pique-niquer à l'intérieur de votre auto tout en regardant des inconnus avec du ketchup au menton et des serviettes étalées sur le volant. Vous pousseriez des hauts cris. Ça s'appelle un *drive-in*. Nous pouvons maintenant acheter de l'essence, de la nourriture, et bientôt nous aurons de nouvelles voitures aussi. Pourquoi ne pas profiter de tout à la fois ?

Avec la fin de la guerre, l'Amérique a de l'énergie à revendre sans personne à qui la vendre. De l'argent en titre d'emprunt de guerre et rien à acheter avec. À moins d'avoir besoin de tuyaux de plomb et de chaussures de combat, les usines ne fabriquant actuellement rien d'autre. Nous utilisons encore les timbres de rationnement pour presque tout. Truman essaie de maintenir le contrôle des prix tant que dure la pénurie, mais les fabricants sentent bien qu'il y a de l'argent dans les caisses. Ils envoient leurs émissaires parader au Congrès pour convaincre les législateurs que l'économie de marché est la voie à suivre, et que Harry Truman est en cheville avec Karl Marx. Les dames du voisinage ici se rangent fermement du côté de Harry et Karl Marx, elles savent bien que le contrôle des prix est notre dernier rempart avant le steak à vingt dollars. Je confesse un désir peu patriotique d'acheter un réfrigérateur, mais si un Philco sans étiquette de rationnement surgissait dans la ville, c'est à Mrs. Vanderbilt qu'il irait, pour le montant de mon emprunt.

Entre-temps, les maris concoctent un marché noir plus riche en rebondissements que le Codex Boturini. Romulus, mon jeune indicateur, m'informe que son père s'est rendu chez son concessionnaire automobile pour resquiller une nouvelle Ford qui n'est pas encore légalement en vente. On lui a répondu que s'il était prêt à acheter le chien du vendeur huit cents dollars, on lui donnerait une voiture gratis pour ramener le chien chez lui. Romulus a applaudi. Mais il s'est fait avoir en ce qui concerne le chien.

Il y a tout de même une chose que l'on peut se procurer sans timbre, et c'est mon livre. S'il vous plaît, ne vous sentez pas moralement obligée de le lire. Jetez seulement un coup d'œil à la page des dédicaces, vous y trouverez un nom familier. Je vous présente mes excuses pour le titre. Mr. Barnes dit que *Les Vassaux de sa Majesté* est un titre qui donne envie de lire le livre, et c'est son boulot que de le savoir. Que feriez-vous ? Si un conservateur de musée vous disait qu'il faut accrocher vos tableaux sur fond de rideaux en organdi rose ? Oh oui, je me souviens, vous lui planteriez votre pinceau dans l'œil et vous lui diriez d'aller suspendre des rideaux en organdi sur sa face de cul de chien.

Ne possédant pas votre courage, j'évite les désaccords avec la maison d'édition qui m'assure le boire et le manger, et pourquoi pas, un jour, un Philco. Je vais bien, aucune plainte à formuler sur mon nouveau pays, sauf qu'on n'y trouve pas d'olives dignes de ce nom, pas plus que de piments dignes d'un adulte. Ce paquet contient la preuve de mon incompréhensible bonne fortune. Calez-le au bas de votre porte pour arrêter les courants d'air, et sachez que je suis –

Votre ami reconnaissant,

H.W. SHEPHERD, *écrivain*

5 décembre

La première neige de la saison est tombée aujourd'hui sur deux cents femmes en train de faire la queue sur Haywood Street, à la suite d'une annonce disant que des bas en nylon, une paire par cliente, seraient disponibles au grand magasin Raye's.

Une rue plus bas, à la librairie, un seul exemplaire de *Les Vassaux de sa Majesté* est passé entre les mains de différents clients au cours de la matinée. Chacun a procédé à une inspection attentive des servantes indiennes en fuite parmi les flammes représentées sur la jaquette. Pas de file d'attente sur le trottoir, pas de Philco cette année.

Kingsport News, *12 janvier 1946*

Critique de Livre

par United Press

Le lecteur moderne se plaint que les scènes à grand spectacle ont déserté la littérature pour le cinéma. Où sont les bons vieux coups de tonnerre capables de nous tenir en haleine ? Voici un livre qui ne va pas décevoir. *Les Vassaux de sa Majesté*, de Harrison Shepherd (Stratford & Sons, $2.39), parle d'un âge d'or où les Conquistadors espagnols se battaient pour le Nouveau Monde. Cortéz, dans le rôle du méchant invincible, se remplit les poches au nom de l'Église et de la reine sans se soucier le moins du monde des épreuves endurées par ses hommes. Le pleutre empereur Montezuma fait à peine meilleure impression, gaga qu'il est de ses oiseaux captifs pendant que ses chefs assoiffés de sang sont à leurs sales besognes.

Les princes dans cette histoire sont les simples soldats, poussés dans leurs retranchements mais capables d'une véritable humanité. Comique de l'histoire : les héros sont peut-être loin d'être

héroïques, mais le simple mortel tire son épingle du jeu.

The Evening Post, *18 janvier 1946*

« Livres à méditer », par Sam Hall Mitchell

Vivement le retour au pays

Si vous êtes las des tribunaux militaires de Goering et de Hess, avec leur cortège de détails sordides, essayez donc ce morceau de choix : des chefs de clan qui coupent les cœurs des prisonniers de guerre alors qu'ils battent encore ! Nous sommes en 1520. Le lieu : une étincelante cité sur un lac où le dernier empereur aztèque affronte son ennemi mortel Cortés. Le livre, *Les Vassaux de sa Majesté*, somptueux coup d'essai de l'écrivain Harrison Shepherd. Les épées s'entrechoquent à chaque page dans cette nouvelle version inspirée de la conquête de l'empire le plus riche du Mexique.

Cupidité et vengeance conduisent l'action, mais la corde sensible du roman est la nostalgie du retour au pays. Tandis que le roi d'Espagne réclame de l'or à cor et à cri, les jeunes hommes envoyés de force à la bataille ne demandent rien d'autre que de bonnes chaussures dans le désert plein de piquants, et quelque chose de meilleur à manger que de la chair de cactus rôtie sur un feu de camp. On imagine volontiers ces soldats en train de chanter la chanson que tous les GI connaissent par cœur : *Le café qu'ils nous donnent, ils disent qu'il est épatant, mais il sent la teinture d'iode, juste bon pour les pansements !* Tandis que les chefs ourdissent le destin des cités dorées, ces soldats

tremblent à l'idée que leur femme se console dans les bras d'un autre. Dans une nation peuplée de soldats à peine rentrés du front et de civils las de la guerre, ce livre aura un énorme impact émotionnel.

The Asheville Trumpet, *3 février 1946*

Un écrivain d'Asheville coqueluche de l'année

par Carl Nicholas

***Les Vassaux de sa Majesté*, écrit par notre orfèvre local, Harrison Shepherd, n'est rien moins qu'un livre fascinant. On pourrait penser que seuls de vieux messieurs bedonnants et des professeurs à cheveux longs s'intéresseraient à des hommes qui ont vécu il y a des centaines d'années. Pas du tout ! Tous les cœurs vont battre devant le conquérant Cortés livrant bataille à son ennemi. Ce livre a tout : traîtrise qui glace le sang, et même du sentiment. Le pouls des femmes va s'emballer pour le beau prince indien Cuautla. À la vitesse d'une locomotive, l'histoire court à perdre haleine vers sa conclusion épique. Mrs. Jack Cates, propriétaire de la librairie Cates, confirme que le livre ne reste jamais en rayon.**

Harrison Shepherd, citoyen de notre cité d'Asheville, jeune homme d'à peine trente ans, a une plume qui possède les secrets du temps. Des appels à son lieu de résidence ont confirmé qu'il habite bien à Montford Hills. Mesdemoiselles, prenez note, nos sources disent qu'il est célibataire.

The New York Weekly Review, *2 février 1946*

Les Vassaux de sa Majesté, de Harrison W. Shepherd. *Stratford & Sons, New York*

Jamais loin de chez soi

par Michael Reed

Dans une rentrée littéraire où nous voyons le roi du Siam assailli par Anna et un Teddy Roosevelt « impavide » s'emparer de Panama, notre nation en paix semble gourmande de conflits exotiques et lointains. Les lecteurs trouveront de quoi apaiser leur faim dans ce roman aux personnages pleins de ruse et d'ambition sur la sanglante conquête du Mexique par les Espagnols.

Les narrateurs de ce récit sont Cuautla, héritier de l'empire aztèque, et le lieutenant Remedios, chargé d'exécuter les ordres du célèbre bâtisseur d'empire qu'est Hernando Cortés. Que les amateurs d'histoire soient avertis, les héros ne survivent pas à ce récit avec une réputation intacte. Cortés montre sa faiblesse pour la liqueur mexicaine, et manifeste plus d'intérêt pour sa place dans l'histoire que pour les hommes qui donnent leur vie en l'écrivant pour lui. Quant à l'empereur Mucteczuma au naturel doux et trompeur, il abandonne la plupart des décisions à un cadre sans pitié dont le protocole dans le traitement des prisonniers de guerre risque bien de valoir au lecteur une nuit sans sommeil.

Titre accrocheur et suite à l'avenant, voici un roman à succès qui ne vise pas à une carrière littéraire. Le cadre outré – temples et remparts maculés de sang – ne lésine pas sur les clichés de film hollywoodien. Mais les personnages ne demandent qu'à

sortir de leurs archétypes. Les plus humbles ont une manière désarmante de se battre pour l'honneur au combat, alors que les puissants sont la proie des échecs politiques bien connus, tous se révélant des hommes ordinaires, peu différents au fond de nos élus ou employés de bureau des temps modernes. L'auteur suggère qu'il n'est pas, en fin de compte, de désaccord entre les hommes qui nous soit jamais tout à fait étranger.

(Échantillon d'articles envoyés par le service de presse de l'éditeur, douze en tout, janvier-février 1946.)

10 mars 1946

Chère Frida,

Merci pour la boîte de piments rouges, formidable surprise. J'en ai fait une *ristra* à suspendre près de la cuisinière aux côtés de mes tresses d'oignons. Le jeune voisin me soupçonne « d'abriter des sorts », mais Perpetua serait fière de ma cuisine. J'économiserai ces *pasillas de Oaxaca* comme rien d'autre, elles sont plus précieuses que l'essence.

Notre Caroline montre des signes de printemps : des crocus apparaissent sur les pelouses des jardins, les longs sous-vêtements en laine disparaissent des cordes à linge derrière les maisons. Hier j'ai acheté un jarret d'agneau congelé chez le boucher et je l'ai placé sur la fenêtre dans la jardinière pour le maintenir au frais pendant la nuit. Ce matin il avait complètement dégelé. Aujourd'hui je vais le frotter d'ail, un festin impromptu. Le chat Chispa a répandu dans le voisinage la nouvelle de mes erratiques extravagances culinaires, et voilà qu'un deuxième petit vaurien l'a suivi jusqu'à la maison. Je l'appelle Chisme, à cause des ragots qui l'ont amené ici. Noir comme le diable et amateur d'agneau.

Mes jarrets d'agneau auront peut-être bientôt droit à un authentique Philco. Les comptables de l'éditeur préparent un chèque de droits d'auteur pour les premiers 50 000 exemplaires vendus. Vous n'imaginez pas de quels déchaînements vous êtes à l'origine, juste pour m'avoir confié une petite mission de contrebande. Quand je sors de la maison, il me faut passer par les baguettes. Deux jeunes femmes sont postées dehors en ce moment même, en train de musarder dans mon allée, en chaussures basses bicolores et salopettes retournées ; des reporters pour un quelconque journal d'école apparemment, ou juste des chasseuses d'autographes, victimes des rumeurs bizarres et galopantes selon lesquelles je suis une personne intéressante. Même mes voisins m'ont apporté un livre afin que je leur signe un autographe – ils l'avaient enveloppé comme pour lui faire un enterrement national, ou alors le transformer en jambon fumé. Romulus dit qu'il a repéré des filles en train de se faufiler derrière la maison dans l'espoir de voler mes chemises sur la corde à linge, et qu'il les a chassées en « braillant comme un damné ».

Cette admiration me laisse tout interdit, car elle me semble s'adresser à quelqu'un d'autre. Comme ces filles se mettraient à me huer si elles me voyaient tel que je suis vraiment, recroquevillé dans ma maison les jours de lessive, faisant des guirlandes dans ma salle de bains avec mes caleçons mouillés pour qu'ils ne soient pas volés ou ne fassent pas l'objet d'une dissertation d'anglais en terminale. Ma nouvelle vie. Personne n'a encore dit que je mange de la chair humaine dans une tortilla, mais je commence à comprendre à quel point votre vie, toutes ces années, a été défigurée par les commérages. Je ne peux pas répondre au téléphone, car il s'agira forcément d'un journaliste avec ses inévitables questions : lieu de naissance, état des intestins. Je ne sais que faire de cette chienlit.

C'est par courrier que j'ai aujourd'hui été informé du chèque de l'éditeur. Mr. Barnes a essayé de me joindre toute la semaine, ne se doutant pas que j'évitais le téléphone. Il va bientôt falloir que je fasse quelque chose au sujet du courrier, la boîte à lettres se remplit tous les jours de lettres de lecteurs. Sept demandes en mariage à ce jour. Une telle requête appelle une réponse aimable mais, je le confesse, je suis soufflé. Je n'ai pas de pratique dans l'art d'être admiré. Frida, parfois une aigreur me monte à la gorge, les gens veulent quelque chose et je ne suis pas cette chose-là du tout. Comme je l'ai déjà dit, les filles sont prêtes à tout, avec leurs hommes qui sont encore en France à boucher les nids-de-poule. Pauvre Angleterre, pauvre France. Leurs grands royaumes qui ne sont plus rien que des contes de fées.

Est-ce que *El Diario* a parlé du discours de Churchill la semaine dernière dans le Missouri ? Les leaders européens semblent terrifiés par le nouveau paysage, aplati au milieu, avec Truman toujours sur pied à un bout et Staline à l'autre. On voit bien pourquoi Mr. Churchill veut les empêcher de se serrer la main – si Harry et le Camarade Joe arrivent à se rejoindre par-dessus ce désastre, ces deux-là seraient capables de créer un nouvel empire où le soleil ne se lève jamais. Mr. Churchill avait l'air d'un enfant qui cherche à semer la zizanie entre ses parents, un ton ridiculement dramatique : « Une ombre est tombée sur la scène… Nul ne sait ce que la Russie soviétique a l'intention de faire », *et cetera.* On va bientôt le retrouver à Moscou en train de dire la même chose de nous.

Comme il est étrange de penser qu'est enfin arrivé l'instant de tous les possibles que Lev a passé sa vie à espérer. Avec l'Amérique qui déborde d'amour fraternel pour les Soviétiques, nos propres travailleurs en marche, et la Russie qui a tout à gagner, il semble que ce soit le bon moment pour les aider à jeter dehors les bureaucrates de Staline et à terminer la révolution démocrate socialiste comme Lénine l'avait voulu. Ou alors il pourrait se passer l'inverse, nos deux nations s'effondrant comme un jeu de quilles. Mr. Churchill semble vouloir cela. « De la Baltique à l'Adriatique, un rideau de fer est descendu sur le Continent. » Il a mis de l'eau dans son vin plus tard en faisant valoir sa bonne volonté envers les Russes valeureux et le camarade Staline. Mais les hurleurs se sont jetés sur la proie dès qu'ils ont entendu parler de cet étrange rideau de métal. L'image les excite au plus haut point. Les caricaturistes ont dessiné les pauvres Russes en train de s'écraser la tête contre une enclume. Ils auront sans doute tout oublié dans une quinzaine de jours, mais pour l'instant l'histoire fait sensation. Deux mots juxtaposés, *rideau* et *fer*, jetés dans un chaudron, et voilà les esprits tièdes et les cœurs inquiets saisis de panique.

Le pouvoir des mots est terrible, Frida. Parfois, j'ai envie d'enterrer ma machine à écrire dans une malle d'édredons. La radio aggrave tout, car elle a l'art d'amplifier les sons étouffés. Deux mots prononcés à la hâte peuvent faire force de loi. Mais vous ne savez jamais lesquels. Vous voyez pourquoi je refuse de parler aux journalistes.

Ma terreur est quelquefois inexplicable. Comment tenez-vous le coup, exposée que vous êtes à tant de regards ? Et comme mes inquiétudes sont ridicules, comparées aux vôtres. J'espère que la greffe osseuse que vous mentionnez rendra de nouveau votre vie tolérable. Je m'inquiète de votre lassitude, mais j'ai foi en votre force, et je vois souvent vos tableaux dans mes rêves.

Votre ami,

H.W. SHEPHERD

P.S. Je joins un article, pour éclaircir les idées fausses que vous pourriez avoir sur mon roman.

The Echo, *28 février 1946*

Voilà bien un livre qui de la côte est à la côte ouest valse sur les rayons des librairies : *Les Vassaux de sa Majesté*, de Harrison W. Shepherd, 50 000 exemplaires vendus un mois après sa publication. Sa galerie de nobles héros et d'ignobles scélérats se produit sur les rives dorées de la Rome antique. Quand vous serez las du « cœur et âme du commun des mortels » exalté par le regretté FDR, voici des hommes hors du commun, pleins de hardiesse et de bravoure, qui propulsent le lecteur dans le Rêve de Gloire qui les anime. Mesdames et messieurs, vrai de vrai, Harry Shepherd nous sort un sacré bon bouquin. Et gare à vous, mesdemoiselles : il est célibataire !

13 mars 1946

Cher Shepherd,

Ça va les affaires, mon petit père ? Tu te souviens de moi ? Service civil ? (Ça s'oublie pas un loulou de mon espèce.) Espère que t'es en pleine bourre depuis le temps où on glandouillait tous les deux pour Art & Patrie. Où que j'aille en ce moment, il y a un type qui rentre d'Europe et raconte comment il a vu son dernier jour arriver avec ces bombes qui pleuvaient de partout et les avions toujours à deux doigts de s'écraser. Comment les gens pourraient-ils s'intéresser à l'histoire ahurissante de deux planqués de l'armée à la National Gallery ? Toi et moi, mon vieux, des bibelots en porcelaine déguisés en civils. Pas de quoi ameuter les foules, pas vrai ? Si seulement mon vieux pote Shepherd était ici, on pourrait se raconter des histoires de guerre, sûr. Le jour où tous les deux on a bu tellement de cawa dans le train qu'on a failli faire tomber sur la tête un Rodin en marbre dans la gare de Asheville.

Mec, je suis resté sur le carreau quand j'ai vu ton nom dans La Critique Littéraire. *C'est toi, ou un autre Harrison Shepherd ? Je t'avais pas vraiment catalogué dans le genre Shakespeare. Mais qui sait ? Si c'est vraiment toi, donne de tes nouvelles.*

Te laisse maintenant, à la revoyure,

TOM CUDDY

29 mars 1946

Cher Shepherd,

Saperlipopette, c'est vraiment toi. Merci pour la nouvelle, vieux. Toi au moins, tu carbures.

Avec tout ce qui te tombe dessus en ce moment, ce que je vais te dire va te paraître enquiquinant au possible, mais on m'a proposé un truc et je crois que je vais y aller. Le département d'État se lance dans le marché de l'Art. Que deux clampins comme nous aient transbahuté les trésors de l'Amérique jusqu'au château Vanderbilt et retour, juste pour les mettre à l'abri de Tojo, n'a pas l'air de leur suffire. Maintenant l'idée est d'emballer un nouveau stock de tableaux aux frais de l'Oncle Sam, et de leur faire faire le tour des musées d'Europe. Une expo spéciale de peintres américains à transporter de l'autre côté de l'Atlantique, pour montrer à ces Parisiens que nous ne sommes pas un tas de péquenauds. Les Européens nous détestent, quelqu'un a vendu la mèche au département d'État. Surprise, le Français de base pense que les GI sont des ploucs qui se font des ventrées de chocolat ! Entre nous, je crois que les Parisiens s'en fichent, tant que nous continuons à remettre des briques dans leurs châteaux. Mais le Congrès ne s'en fiche pas du tout, ils escortent ce navire et ont bien l'intention de le faire savoir.

Voilà où toi et moi on entre en scène. Ils ont recruté mon ancien patron, Leroy Davidson, du Walker. Il n'a obtenu que 50 mille dollars pour faire le boulot mais il s'en est sorti comme un chef. Leroy a tout choisi lui-même. Il en a marre de ces Européens qui ricanent sur nos paysages à l'eau de rose et sur le Décor Américain, alors il a décidé de leur en mettre plein la vue. Soixante-dix-neuf tableaux, de l'Art Moderne principalement : Stuart Davis, Marsden Hartley, Georgia O'Keeffe, ça déménage, je peux le dire. Même Goodrich au musée Whitney le dit. Nous accrochons ici à New York pour l'été et ensuite on se transporte au National pour quelques semaines. Leroy dit que le Congrès a besoin de voir à quoi ressemble l'Art Américain, avant de tout faire partir à l'étranger.

Voilà toute l'affaire, mon cher compère. Tu viendrais à D.C. en octobre. Tu es déjà sur la liste officielle du département d'État, Leroy dit qu'on peut t'embaucher en moins de deux pour aider à la mise en caisses, pour que l'expo soit prête à traverser l'Atlantique. Si ça te dit, tu peux même être du voyage. La guerre est finie, mon vieux, cette fois-ci on irait en première classe, pas d'entrepont. Terminés les voyages en train assis sur les caisses en bois, ce qui, entre parenthèses, n'était pas le pire endroit pour se la couler douce, en fin de compte. (Comme dit Hope, Merci pour les souvenirs !) Mais penses-y, mon vieux, toi et moi en Europe. Des lits en plumes d'oie. Quel panard.

T'as l'air d'être déjà au bord de l'explosion avec tout ce qui t'arrive. Mais passe-moi un coup de fil si t'es prêt pour la conquête de Paris.

Salut, mon pote,

TOM CUDDY

3 avril 1946

Chère Frida,

Votre lettre est arrivée hier, et elle est là, ouverte sur mon bureau. Un spectre, prêt à se faire dévorer par les flammes. Cette peur panique ne vous concerne en rien, vous n'en êtes pas la cause. Quelle requête plus banale que d'attendre d'un ami qu'il vienne vous rendre visite à New York où vous serez hospitalisée pour une greffe des os. Un ami qui vous doit tout, et pourrait maintenant se faire une joie d'apporter des *rellenos* subrepticement jusqu'à votre lit d'hôpital pour hâter votre rétablissement, qui le devrait. Mais le sommeil n'est pas venu cette nuit, seule la nuit obscure de l'été qui s'annonce, un voyage en train, le regard pénétrant d'inconnus. M'imposer à vos amis en vue à New York, ces Américains qui comprennent tout. Tout cela, imaginé avec des sueurs froides.

Voilà bien une confession méprisable. Mais le seul coup de téléphone donné hier à la gare pour m'enquérir des billets a suffi à me retourner l'estomac, *dejado de la mano de dios*, abandonné de Dieu, ce sentiment. Abandonné par la raison ou la confiance. Perché sur le bord de la baignoire, me balançant comme un enfant, désespéré. Oh, l'invisibilité de l'enfance. Le mois d'août chaque année apporte des pensées de mort. Mais tous les mois il y a des mauvais jours. Des yeux sont capables de percer un crâne. Un voyage à New York est impensable, quand, même au coin du marché, le seul regard d'un inconnu peut me paralyser. Cette terreur n'a pas de nom. Courir se réfugier chez soi, roussi comme un rideau en mousseline passé trop près de la bougie.

Pardonnez cette lâcheté. Si vous avez la force de lever les yeux lorsque vous descendrez la Cinquième Avenue, cherchez un livre dans les vitrines, il sera là, substitut de votre ami passé et à venir.

SÓLI

The Asheville Trumpet, *28 avril 1946*

Le Club des femmes parraine une soirée livres

par Edwina Boudreaux

Le Club des femmes d'Asheville a parrainé sa soirée annuelle de Critique de livres jeudi à 18 heures à l'Auditorium du lycée Lee H. Edwards. Billets vendus vingt-cinq *cents* chacun, soit une somme de 45 dollars pour la bibliothèque d'Asheville. Le thème de la soirée était, « Le Mexique d'autrefois et d'aujourd'hui ».

Mrs. Herb Lutheridge, présidente, a ouvert la séance avec le serment d'allégeance et une présentation des intervenants. Miss Harriet Boudreaux a entamé les festivités par son compte rendu du livre d'Alice Hobart *Le Paon perd son plumage*. Récit de l'histoire d'amour entre une jeune Mexicaine et un diplomate américain dans la période troublée du Mexico d'aujourd'hui. Pour sa présentation, Miss Boudreaux portait le costume local, corsage et jupe brodés, rapportés du continent mexicain par sa tante, qui y a passé sa lune de miel.

La deuxième présentatrice a été accueillie avec émoi par les nombreuses jeunes femmes présentes dans la salle : Mrs. Violet Brown a présenté *Les Vassaux de sa Majesté*, de Harrison Shepherd. Le roman raconte la passionnante conquête de l'Ancien Mexique par l'armée espagnole. Les événements ont pris corps grâce au récit de Mrs. Brown, qui a été suivi d'une discussion animée. Nombreuses ont été les questions concernant l'auteur, qui réside à Asheville dans le quartier de Montford. L'intervenante a sobrement

concédé avoir connaissance du livre, pas de son auteur. Dans son exposé de quarante-cinq minutes, Mrs. Brown a mis en lumière les thèmes qui auraient pu échapper au lecteur moyen, tels que l'Homme Face à la Nature, et l'Homme Face à Lui-même.

Mrs. Alberta Blake, bibliothécaire, a clôturé la soirée en remerciant le public au nom du Comité de la bibliothèque, mentionnant que l'argent récolté était destiné à l'acquisition de plusieurs nouveaux ouvrages. Elle a assuré toutes les personnes présentes que deux exemplaires des livres présentés seraient dans les rayons sans tarder.

30 avril 1946

Mrs. Violet Brown
4145 Tunnel Road, Bittle House
Service postal rural, Asheville, Caroline du Nord

Chère Mrs. Brown,

Ce message risque de vous prendre à l'improviste, pardonnez, je vous prie, cette intrusion inattendue. Un coup de téléphone à Mrs. Bittle hier m'a confirmé que l'ancienne confrérie de pensionnaires reste intacte, moi excepté. (Un progrès, pense-t-elle peut-être, eu égard à son écriteau « Gens Honnêtes uniquement ».) Et qu'il était donc possible de vous joindre à cette adresse.

L'objet de cette lettre est de formuler une requête : contre toute attente, un homme capable de mener à bien tous travaux de secrétariat de A à Z, y compris changer le ruban de sa machine à écrire, semble aujourd'hui avoir besoin d'une secrétaire.

Un navire de bonne fortune, ô surprise, a accosté dans ce port de Montford Avenue, remorquant à sa suite une lourde péniche de correspondance, de coups de téléphone, et d'attention de jeunes personnes du beau sexe. Comment d'autres, pareillement bénéficiaires d'un sort heureux, parviennent encore à mener leur vie, c'est un prodige. Mr. Sinatra reçoit cinq mille lettres par semaine, selon *L'Écho*, et il reste l'image même de la bonne humeur. Une centaine seulement environ arrive ici chaque semaine, mais elles s'amoncellent comme les feuilles d'automne pourrissent et grouillent d'insectes nerveux. Que faire ? Un vieil ami qui m'a récemment téléphoné, un type qui travaillait aussi à la National Gallery pendant la guerre, a suggéré : « Bouge-toi les fesses, mon Loulou, et réquisitionne-toi une souris pour en faire ta sténographe. » Après avoir traduit ce conseil dans ma propre langue, restait la question : où réquisitionne-t-on ce genre de souris ?

Puis dimanche, votre nom, Mrs. Brown, m'a sauté aux yeux dans *The Asheville Trumpet*. Mon livre à la main, vous affrontiez sans ciller une foule déchaînée au gala du Club des femmes. Avec la même efficacité sereine dont vous aviez le secret pour traiter Mrs. Bittle et son éternelle confusion. Une main ferme sur le gouvernail, vous avez guidé la Nuit du Livre vers les eaux profondes des thèmes littéraires, venant à bout de l'insurrection causée par Miss Boudreaux et son accoutrement du « continent mexicain ». Pressée par ces dames de donner des détails sur l'Auteur Lui-Même, vous avez professé n'avoir pas connaissance d'une telle personne ! Imaginez l'échauffourée, si vous aviez révélé la vérité : à savoir que vous et *l'auteur* aviez autrefois vécu sous le même toit, chez une logeuse à qui il arrivait de mélanger notre linge.

Mrs. Brown, chère madame, votre discrétion est prodigieuse. Vous avez résisté au chant de sirènes des commérages. Les ourlets de votre caractère sont assurément cousus de fil d'acier. Si cette lettre ne doit vous transmettre que ma gratitude éternelle, alors un affranchissement de trois *cents* ne suffira pas à en couvrir le poids.

Mais elle contient aussi une demande honnête. Votre conduite dans la bataille du « Mexique d'hier et d'aujourd'hui » m'a mené à penser que j'ai peut-être trouvé le scribe capable de remettre une vie sur les rails, et aussi de taper un deuxième livre, actuellement en cours.

Naturellement, vous n'êtes peut-être pas de cette opinion. Laissez-moi vous donner quelques détails et en finir, de sorte que vous puissiez considérer la proposition. Ce qui plaide en ma faveur, je l'espère : je suis vraisemblablement en situation de vous offrir un salaire qui excède le vôtre. Un inconvénient : mon lieu de travail est ici, où je vis. Certaines dames pourraient juger délicat de travailler au domicile d'un monsieur célibataire. Dans cette lettre, j'ai déjà utilisé les mots « Loulou », et « Souris », non pas que je pourrais jamais penser à une secrétaire dans ces termes, mais parce que d'autres, manifestement, le font. Mrs. Brown, j'ai une infirmité de longue date : le monde affiche sans honte ses préjugés sur des étendards, et moi je les traverse sans rien voir. C'est une tare qui m'est particulière, un état d'aveuglement. Je me promène dans la rue, hébété comme un veau qui vient de naître, avec des bouts de papier qui pendent de partout. J'espère dans ce cas être moins naïf.

Troisième point en ma faveur : j'ai passé des années à être sténographe moi-même, comme je l'ai déjà suggéré. Au Mexique j'ai travaillé pour deux hommes différents, tous deux plus illustres que je ne le serai jamais. Bizarrement, cette expérience ne m'a pas préparé à l'attention du public. Mais je suis à même de comprendre le rôle d'assistant, peut-être mieux que la plupart des hommes. Je ne suis pas enclin à la tyrannie.

Si quoi que ce soit dans cette requête vous semble inconvenant, ignorez-la, je vous prie, et sachez que je conçois la plus haute considération pour notre relation passée. Mais si ma suggestion présente de l'intérêt pour vous, j'envisagerais volontiers une entrevue aux date et heure qui seront les vôtres.

Sincèrement,

HARRISON W. SHEPHERD

4 mai 1946

Cher Mr. Shepherd,

Votre lettre en effet m'a prise d'improviste. Un événement inattendu. Mais pas le premier. À la bibliothèque de prêt, au mois de janvier, j'ai vu votre nom sur la couverture d'un livre. Je me suis dit, ma foi, quelle coïncidence qu'il y ait en ce monde deux Harrison Shepherd. Puis dans le journal je suis tombée sur une critique du livre, on y lisait que l'auteur résidait prétendument à Montford. Le sujet du Mexique, je le savais familier de vous. Le démon de la curiosité a eu raison de Mrs. Bittle : sa nièce nous a rapporté qu'elle avait espionné l'homme en question, haut comme un arbre et maigre comme un fil de fer, selon ses dires. Qui d'autre ?

Imaginez notre surprise. Des années durant nous sommes restés là comme des souches, à goûter la cuisine d'un homme qui devait bientôt connaître la célébrité. Maintenant le vieux Mr. Judd déclare : « Je n'avais pas idée de ce que ce jeune homme faisait bouillir dans sa marmite ! » (Vous n'avez pas oublié ses tristes plaisanteries.) Miss McKellar note que « Il n'est pire eau que l'eau qui dort. » Reg Borden s'obstine à refuser de croire qu'il puisse s'agir de vous, mais veut tout de même lire le livre. Il attend toujours. La bibliothèque n'en possède qu'un exemplaire. J'ai dû attendre des semaines moi-même, et je suis pourtant dans les bons papiers de Mrs. Lutheridge depuis que je suis entrée au Comité de Lecture, principalement pour remettre de l'ordre dans les fichiers, une disgrâce.

Votre livre est bon. La ville n'a pas connu pareille sensation depuis que Tommy Wolfe a sorti Look Homeward, Angel. *Et ladite sensation n'a pas été du goût de tout le monde. D'aucuns à Asheville ont été dépités d'avoir été exclus de cette histoire, et tous les autres consternés d'y avoir été inclus, le scandale a ainsi été entier. La bibliothèque a refusé de l'acheter. J'appartenais déjà au Club des femmes (secrétaire à l'enregistrement), et nous nous réunissions la semaine où le livre est sorti. Je doute qu'on ait jamais respiré autant de sels dans notre ville, avant ou depuis. Il suffisait d'ouvrir la porte de la salle de réunion pour en recevoir une dose massive.*

Je ne saurais pas comment m'y prendre pour écrire un livre. Mais voici ce que je pense : les gens adorent qu'on leur parle des péchés et des erreurs, à condition qu'il ne s'agisse pas des leurs. Vous avez eu la sagesse de situer vos personnages loin d'ici, plutôt qu'au soi-disant « Altamont », comme Mr. Wolfe l'a fait. Ce « Dixieland » est la pension de sa mère sur Spruce Street, tout le monde ici le sait. Peu d'entre nous ont été épargnés par la plume acérée de Wolfe, jusqu'à son père que je me rappelle avoir vu pénétrer en titubant dans la cafétéria de S & W, puant l'alcool un lundi avant midi. Nombreux sont ceux qui pensent qu'il n'était pas utile de mettre ce genre de chose sous les projecteurs, surtout quand il s'agit d'un membre de la famille.

Tout cela se rapporte au sujet de votre lettre. Merci de dire que je suis cousue de fil d'acier, mais j'appelle cela du simple bon sens. Certains écrivains coupables de meurtre s'en sortent avec des jolis mots et une histoire bien tournée alors qu'ils apportent malheur et misère à des personnes réelles. Vous avez fait le contraire : écrire sur des choses meurtrières en vous comportant en gentleman dans le sens civique du terme. Voilà comment j'ai été amenée à parler comme je l'ai fait à la Soirée Littéraire. Ces filles ont mis tant de hargne à vouloir faire de votre livre un nouveau scandale local qu'elles étaient au bord de l'apoplexie. Nous avons connu ce genre d'histoire ici, et l'écheveau est devenu indémêlable. Mr. Shepherd, vous avez situé votre histoire au Mexique. Pourquoi ne pas l'y laisser ? Voilà ce que j'ai pensé.

Je vous sais homme de bien. Utiliser votre domicile comme lieu de travail n'est pas malséant. Une dame qui toute sa vie a connu le monde du travail sait que les belles façons ont leur place, parfois moins utiles qu'une tasse de café. Pendant la guerre, il arrivait aux secrétaires de vider les bassins hygiéniques, et on a vu certains hommes exiger pire, même en temps de paix. Mais vous connaissant comme je vous ai connu chez Mrs. Bittle, je vous ai vu faire preuve de plus de bonté que bien d'autres, même envers une poule que vous vous apprêtiez à mettre au four.

Un avertissement : je peux avoir mes exigences. J'aime qu'une machine à écrire possède des marges automatiques et la barre de frappe séparée du chariot. De préférence une Royal ou une L.C. Smith. Ces dernières étaient utilisées au Bureau de recrutement et je m'y suis accoutumée. Je me présenterai à votre domicile pour une entrevue jeudi à six heures et demie. Le quartier où se trouve votre adresse n'est qu'à un court trajet en bus de mon employeur actuel. Je viendrai directement, après mon travail.

Sincèrement,

VIOLET BROWN

27 mai

L'âme de Mère peut reposer en paix : il y a une femme dans ma vie. Mrs. Brown, résille gris perle, quarante-six ans, aussi rassurante que de la pâte à crêpes. Tels des personnages de roman, nos vies contrariées par le sort se trouvent réunies. Elle volera au secours du héros, répondra au téléphone, classera les montagnes de courrier, et éventuellement menacera de son balai les voleurs de linge. Et lui pourra conserver sa vie de moine, et les trous dans ses sous-vêtements. Mrs. Brown n'en a cure.

Dès la première entrevue, elle a posé ses défauts à mes pieds, ou l'aurait fait, sauf qu'elle n'en a pas. Ne fume pas de cigarettes, ne boit pas d'alcools forts, ne va pas à l'église, ne joue pas. A travaillé pour la Municipalité, l'Armée et, prodige des prodiges, pour le Club des femmes d'Asheville. Veuve depuis trente ans. Elle n'est pas sûre qu'être mariée aurait changé grand-chose.

Il était étrange de parler en toute liberté, après avoir vécu chez Mrs. Bittle toutes ces années : sortir des toilettes les yeux baissés, être assis à la table du souper pendant que le vieux Mr. Judd nous abreuvait de ses éditions spéciales jaunies. Il semble aujourd'hui que nous partagions alors un même silence, nous retenant de sourire en entendant que Limburger avait traversé l'Atlantique. Mais peut-être que j'enjolive, comme les amoureux transforment les jours d'*avant*, chaque regard conduisant à l'inévitable union.

En tout cas, elle est là, installée dans ma salle à manger. J'avais des scrupules à lui montrer le courrier, entreposé dans de grands paniers ronds dans la chambre inoccupée. Elle n'a pas bronché. Elle a pris chaque panier par l'anse, l'a descendu d'un pas résolu, et l'a déversé sur la table en érable, à raison d'une montagne par mois. Bravement elle y va, avant même que nous lui ayons trouvé un meuble classeur ou une machine à écrire acceptable. (Royal ou L.C. Smith.) Nous allons remettre la porte des toilettes sur ses gonds, dès que je l'aurai débarrassée de toutes les piles de papiers et des chapitres en cours, et trouvé moi-même un bureau digne de ce nom. En attendant, si l'un de nous a besoin d'aller aux W.C., l'autre sort par la porte de derrière et fait mine d'appeler les chats. Cela, et bien davantage, elle le souffre avec une équanimité parfaite.

Mrs. Brown est une force : petite, sans artifices, peu portée aux regrets. Ses sourcils se rejoignent comme deux arches sur son front large. Ses chemisiers sont boutonnés jusqu'en haut, elle porte des gants blancs en coton même par temps doux, et elle est capable d'apaiser les eaux les plus tourmentées avec son calme austère et sa grammaire d'un autre âge. Chaque matin, à son arrivée, elle frappe un petit coup à la porte d'entrée, y passe la tête et appelle : « Mr. Shepherd, où êtes-vous ? »

Ses paroles semblent écrites par Chaucer. Elle dit « *strip-ed* » et « *learn-ed* » faisant de la terminaison du passé une syllabe supplémentaire. Un sac est une « besace ». Alors qu'elle passait en revue la pile de lettres, elle a déclaré : « Mr. Shepherd, vous recevez du courrier par "*flaupée*." Elle dit « Que nenni » et « point du tout », et les légumes verts qu'elle m'a apportés étaient des « sallets », le mot utilisé par Shakespeare pour dire salade. Elle dit « dérangé » pour dire inquiet, comme le faisait le Roi Lear. Quand je le lui ai fait remarquer, elle a répondu : « Eh bien, j'imagine qu'il avait de quoi l'être. Il était roi, n'est-ce pas ? »

Interrogée sur ses origines, elle a répondu que ses ancêtres étaient des « Blancs des montagnes ». Elle ne semble pas disposée à en dire davantage, seulement que cela signifie Highlanders, des gens qui sont venus d'Angleterre par la cluse de Cumberland il y a des lustres, et ont « reconnu » qu'ils devaient rester. Rester dans ce lieu, leur idiome intact. Elle utilise le mot dans le sens anglais, comme lorsqu'on reconnaît des terres inconnues, jusqu'à en avoir une idée précise.

Plus choquant encore, cette déclaration : « Ma famille y réside encore, une cabane dans les "enfers". » Il s'agit d'un amas de buissons, de toute évidence, des rhododendrons. « Ils deviennent d'une épaisseur incroyable. S'il vous arrivait de vous y perdre, même avec un bâton vous ne pourriez pas en sortir. Voilà pourquoi on dit les enfers. Pardon si je vous ai offensé. Ce n'est pas un gros mot dans ce sens-là. »

Pas d'offense. Son passé peut rester là où il est, perdu dans les enfers, ce n'est pas mon affaire, tout comme l'enfer de mon enfance n'est pas la sienne. Nous ne nous occupons que de l'avenir qui, sommes-nous convenus, devrait commencer sans délai, dans ma salle à manger, dès qu'elle aura dûment donné son congé. Et aujourd'hui la voici à son poste, prête à s'attaquer au désordre, avec son papier carbone et son sourire coincé.

28 mai

Conseil de Mrs. Brown au sujet des lycéennes : elles ne mordront pas. Je l'ai écoutée, et pour la première fois depuis un certain temps je suis sorti de la maison pour aller faire un tour au cimetière. Sortie bien tardive pour l'anniversaire de Mère, il me semble toujours important d'aller quelque part en son honneur. Mais elle n'est plus nulle part, et surtout pas au cimetière de Riverside. Même l'écrivain O. Henry a dû « partir pour de bon », comme dirait Mrs. Brown. Tom Wolfe est toujours *in situ*, bien que la ville reste manifestement contrariée à son sujet. Sur de nombreuses tombes, des pots de pivoines flétries aujourd'hui, mais que nenni, pas même un petit bouquet pour le pauvre Tom, disparu récemment, dramatiquement et dans la fleur de l'âge, ployant sous le faix de la célébrité. Peut-être que Mrs. Brown aurait pu le sauver.

Échantillon de courrier d'une seule journée, réexpédié par Stratford & Sons, reçu le 6 juin 1946, six mois après la publication de *Les Vassaux de sa Majesté*. (Orthographe *sic.*) V.B.

Cher Mr. Shepherd,

Votre livre Les Vassaux de sa Majesté *est du tonnerre. J'ai pleuré toutes les larmes de mon corps des centaines de fois, surtout à la fin quand les soldats brûlent tous les perroquets du roi dans le feu. Ma mère a une perruche qui s'appelle Mickey Rooney. Ma sœur n'arrêtait pas de me mettre en boîte parce ce que je suis restée debout toute la nuit, morte de trouille aux moments où ça saignait. Puis elle l'a lu, et elle a été emballée. Le lieutenant Remedios, moi il me fait rêver ; mais elle, elle est folle de Cuautla. C'est lequel le meilleur ? J'ajoute que je suis un écrivain en herbe. Envoyez-moi, s'il vous plaît, une photo avec un autographe, et surtout continuez. (Ma sœur dit, 2 s'il vous plaît !)*

Merci !

LINDSAY PARKS

Cher Mr. Shepherd,

Je vous écris au sujet de votre livre par rapport à la guerre du Mexique. D'habitude je me mouille pas, je discute pas avec les gens et j'essaie pas de leur faire la leçon. L'horreur de la guerre fait partie de la vie depuis que l'histoire existe. Mais votre livre montre ce que ressentent vraiment les hommes quand ils sont soldats. J'ai servi dans le douzième régiment d'infanterie, division F. Un des rares à avoir réchappé de Berdorf. J'ai lu votre livre à l'hôpital militaire Van Wyck. Environ dix autres gars ont lu votre livre, faut dire que tous ceux qui restaient ne pouvaient plus tenir un livre, ou n'avaient plus d'yeux pour le lire. Tout dans la guerre est mauvais comme vous l'avez écrit. On est plusieurs à se dire que vous avez vous-même été dans l'infanterie.

Sincèrement à vous,

GEORGE M. COOK

Cher Mr. Shepherd,

Je m'appelle Eleanor White et j'habite à Springfield, Missouri. Je suis actuellement étudiante au Webster Women's College. Je ne suis pas une grande lectrice moi-même mais je dois dire que votre livre m'a donné envie de lire encore et encore. Maintenant je vois les

Conquistadors mexicains d'un œil nouveau. J'ai conseillé à mon professeur d'histoire de le lire.

Je vous tire mon chapeau !

Sincèrement à vous,

ELEANOR WHITE

Cher Mr. Harrison,

Je m'appelle Gary Duncan et j'abite en Californie. Ma petite amie m'a tanné jusqu'à ce que je lise votre livre Vaisseaux de sa Majesté. *En un mot : « Stimulant. » J'ai trouvé vos destriptions très provocantes pour la pensée, même si à mon avis c'était pas le meilleur livre qu'on est écrit. Mais est-ce que je vais le dire à Shelley ?*

Elle m'aurait vraiment à la bonne si vous envoyez une photo. Son anniversaire arrive bientôt, 14 juin. Elle s'appelle Shelley. Et son nom de famille, c'est le même que vous, Harrison. Il faut le faire !

VOTRE AMI, GARY

Cher Mr. Shepherd,

J'aimerais vous dire merci. Votre écriture est une inspiration pour nous tous, c'est du moins ce que je ressens. J'ai eu un choc quand je me suis rendu compte que les gars des deux côtés de la guerre étaient tous des êtres humains, qu'ils soient espagnols ou mexicains. Tout le monde est humain, même les Japs, leurs mères ont toutes dû verser des larmes comme les autres. Ça m'a donné à réfléchir. Ne vous arrêtez pas. S'il vous plaît, écrivez d'autres livres.

Sincèrement à vous,

ALICE KENDALL

(Toute correspondance a reçu un petit mot en guise de réponse, pas de photographies ou d'inclusions. – V.B.)

6 juillet 1946

Cher Diego,

J'espère que Frida se remet peu à peu de son opération à New York. Je n'ai pas d'adresse où la joindre là-bas, mais je ne pouvais pas laisser passer son anniversaire. Je suppose qu'elle m'en veut de ne pas être venu la voir. Transmettez-lui, je vous prie, mes *saludos*, et dites-lui que je ne manque jamais de faire une *rosca* en son honneur ce jour-là, qu'elle soit présente pour la manger ou pas.

À la veille de vos élections, je partage votre excitation et vos craintes, dans l'attente de voir ce que le Mexique proclamera pour lui-même et sa Révolution. Les informations sont rares, et seront les bienvenues si vous m'en donnez. J'ai tout de même eu connaissance du Prix national des Arts et des Sciences, et je vous adresse à tous deux mes félicitations. Votre femme est un Prix national à elle toute seule, comme vous le savez mieux que personne.

Les nouvelles d'ici ne sont pas vraiment de nature à vous étonner. Vous n'aimeriez pas la nourriture : pas d'*empanadas dulces*, je doute qu'on puisse trouver une seule cuillérée de sucre en ce moment dans tout Asheville. (Mon gâteau aujourd'hui, avec de la mélasse et de la purée de pommes, marron foncé, n'était que le triste cousin de ses prédécesseurs.) Mais les restrictions sont levées sur presque tout le reste. Les prix montent comme des ballons, et nous sautons tous de joie tels des enfants devant une piñata, de voir tout ce que nous adorons à nouveau à portée de main. Les Américains sont adeptes des gabardines imperméables et des comprimés vitaminés Vimm. Les mères de famille qui ont envoyé leur beurre au Front pendant des années exigent maintenant leur juste récompense. Pour que tout soit fabriqué dans les temps, le sacrifice des travailleurs va devoir être permanent, semble-t-il : ils ont trimé comme des esclaves pour l'effort de guerre et n'ont encore reçu aucune compensation salariale. On aurait pu entendre tomber une clé à molette sur Pack Square ce printemps, quand les syndicats ont tout fermé. Mais Truman s'est emparé du chemin de fer et a envoyé les grévistes au service militaire, pour leur imposer de retourner au travail.

Voilà donc le compte rendu que vous avez demandé, pas vraiment bon. Nos journalistes ont surtout vilipendé la « rébellion des travailleurs ». La politique ici ressemble maintenant à une bataille de polochons. Faute de slogan unitaire (Gagnez la Guerre), nos partis opposés brandissent en tous sens des déclarations absurdes, et tout le monde fait semblant de croire qu'elles ont un véritable poids. Mais ce ne sont que des plumes ! Les journalistes se jettent sur la moindre information, aussi dérisoire soit-elle : « Quatre clients sur cinq savent que c'est le meilleur cornichon à l'aneth », affirmations qui ne peuvent être prouvées mais qui font basculer l'opinion. « Dansez, la foule vous regarde », voilà le nouveau mot d'ordre : les journalistes mènent les politiciens comme des ours en laisse. De vraies convictions feraient obstacle. La radio est la source du mal ; sa règle d'or : *le silence sous aucun prétexte.* Quoi qu'il arrive, le commentateur doit parler sans prendre le temps de réfléchir. Mensonge et inanité sont préférables au silence. Vous n'avez pas idée des conséquences. Les parleurs sont en position de dominer les penseurs.

Je vais donc suivre mes propres conseils et cesser de parler pour ne rien dire. Mais d'abord, j'ai un aveu à vous faire. Le jour où j'ai quitté le Mexique il y a six ans, Frida m'a donné votre exemplaire du Codex Boturini. Elle m'a dit que c'était un cadeau de votre part et je l'ai accepté avec joie. Mais je me demande, vous l'a-t-elle vraiment demandé, ou vous a-t-elle dit qu'il avait été volé ? Le coupable ici même se rend : le cuisinier. Vous le trouverez joint à ce paquet, retour au propriétaire légitime. Vous vous rappelez peut-être combien j'avais été captivé par ce codex le jour où vous me l'avez montré, dans votre bureau. J'y ai vu une sorte de Bible pour ceux qui n'ont pas de chez eux. Pourtant, avec ses petits personnages, il ressemblait aussi aux magazines cochons que les garçons feuilletaient à l'école et, je le confesse, votre codex avait plus d'effet sur moi que Sally Rand en petite tenue n'en avait jamais eu. Quand Frida a déposé ses plis en accordéon entre mes mains, je n'ai pas pu refuser. J'aurais dû lui demander si vous aviez été informé de votre générosité. Mais je le désirais de toutes mes forces, et je l'ai pris, pour cette raison : il m'est plus facile, je le constate, de me repentir que de demander permission.

J'espère que vous serez heureux d'apprendre que j'en ai fait bon usage. Mon deuxième roman, à présent terminé, est l'histoire du voyage du peuple du Mexique vers son nouveau pays dans la vallée promise *Où l'aigle met en pièces le serpent* (titre provisoire). Intrigue et intérêt dramatique sont entièrement tirés du codex : toutes ces têtes tranchées sur des pieux, les ennemis couverts de fourrures, les aigles qui rasent le sol pour apporter des armes à la rescousse. Je n'ai pratiquement rien eu à inventer. On aurait dit que j'étais votre secrétaire : je n'avais qu'à rester éveillé à une présence lumineuse, et en faire une bonne transcription.

J'ai donc une dette à votre égard, sans parler de l'auteur original du codex, attribué à Huitzilopotchli en personne. J'enverrai bientôt le manuscrit à mon éditeur et je recevrai un chèque d'avances sur droits. Si le dieu à la Tête Emplumée attend sa part, il ferait bien de le faire savoir tout de suite.

Bien des choses à tous les vôtres,

H. SHEPHERD

8 juillet 1946

Le manuscrit a fait voile aujourd'hui. C'est Mrs. Brown qui l'a apporté au bureau de poste. Avant de franchir la porte, elle s'est retournée et m'a présenté le volumineux paquet enveloppé de papier Kraft posé à plat sur ses mains gantées de blanc. « Regardez, Mr. Shepherd, un petit radeau avec tous vos espoirs dessus, en partance pour New York. Vous ne savez pas comme il semble léger à mes mains. »

Cet après-midi, elle a découvert que mon anniversaire venait juste de passer. Elle est en train de classer de vieux documents, des demandes de certificat de naissance et cetera, maintenant qu'elle en a terminé avec l'effervescence du manuscrit. Elle a paru blessée. « Un homme passe la trentaine, c'est important », m'a-t-elle morigéné, « penser que j'étais là du soir au matin, et que je n'en savais rien ».

Je n'ai pas répondu comme Frida l'aurait fait. Que l'on ne peut pas connaître vraiment la personne qui vous fait face, car il y a toujours une pièce manquante : l'anniversaire comme une piñata invisible, magnifique et silencieuse, suspendue au-dessus de sa tête, alors que dans ses pantoufles il fait chauffer l'eau pour le café. La jambe atrophiée et meurtrie sous la robe de soie verte. Une femme et un fils au loin en France. Ce qu'on n'a jamais su. C'est cela le cœur de l'histoire.

27 août

Des rêves de meurtre surgissent même pendant la journée, souvenirs qui occluent la vue. Comment le sang d'un ami peut-il être chassé de l'esprit ? D'autres hommes y parviennent. Ils rentrent d'une guerre, baisent le sol et vont de l'avant, aussi facilement que l'on prend le bus de Haywood pour se rendre à la bibliothèque. Sans avoir à affronter panique incontrôlable et humiliation. Sortir de la bibliothèque sans livre et sans chapeau, plutôt que de se retrouver à nouveau tassé derrière les piles de journaux, à contempler le sang qui ruisselle sur les lattes du plancher en érable.

La semaine dernière, le jour dit, même la chambre, avec ses murs chavirés et sa fenêtre menaçante par où entrait le ciel gris, était un lieu trop précaire. Mrs. Brown a pensé que ce devait être la grippe. Elle a monté du thé et des toasts sur un plateau.

Aujourd'hui, cent dix pas pour aller jusqu'à l'épicerie du coin, comptés un par un. Une automobile lentement est passée sur la chaussée : une Buick. Deux femmes chez le marchand de journaux ont déclaré être des admiratrices. L'une sortait juste de l'épicerie et portait un bouquet de glaïeuls enveloppé dans un cornet en papier. Elle ne pensait pas à mal, pas du tout, c'était seulement une jeune femme qui rentrait chez elle fêter on ne sait quoi. Pas Jacson Mornard traquant Frida à Paris, les bras chargés de fleurs, n'importe quel imbécile serait capable de faire la différence. Mais celui qui s'élève attire ceux qui veulent tuer la gloire à la racine, quelle qu'elle soit. N'importe quel imbécile sait cela aussi.

Chaque matin, il semble possible d'aller jusqu'à la porte. Aujourd'hui, poser le pied dehors. Mais le trottoir mène à un pont au-dessus d'un précipice. Mère, juste devant, ôte ses chaussures à brides, s'aventure sur les planches au-dessus du ravin tumultueux. Ne viens pas. Attends ici. L'araignée au ventre rouge s'introduit dans le trou de la planche. Dans tous les trous il y a peut-être une menace comme celle-là.

Mrs. Brown sait peut-être plus qu'elle ne dit. Aujourd'hui, elle a levé les yeux de son travail et a regardé par-dessus ses lunettes pour jauger son pauvre chef captif, debout à la porte, le regard perdu. « Elles ne vont pas mordre », a-t-elle dit. Mais il ne s'agit pas des filles en chaussures Oxford bicolores. Il s'agit des choses qui ont déjà commencé, et se dirigent à présent vers leur conclusion, le suppliant qui aurait dû être écarté, et ne l'a pas été.

L'homme à la porte avec son chapeau à la main et le pic à glace sous son imperméable.

2 septembre

Pas de nouvelles de Frida, toujours en colère. Ni de Diego, pas même un coup de gueule à propos de son codex volé, bien que cela ne soit pas non plus une surprise. Il oubliait d'écrire des lettres quand il était président du Comité de correspondance de Lev. Le monde est un train en marche, avec des gens comme Diego et Frida en tête et le reste d'entre nous en arrière, masse tremblante dans la trépidation et les hurlements des moteurs.

De tous ceux qui sont partis, c'est Frida qui manque le plus. Non pas qu'elle ait jamais offert d'affection véritable. Seulement la version qui était la sienne : le jeu du chat et de la souris.

3 septembre

Eh bien, voici une raison pour laquelle Frida me manque : lui écrire. Qui d'autre qu'elle a aimé mes anecdotes comme elle l'a fait ? Un voisin du nom de Romulus. Maintenant une sœur, Parthenia.

« N'en ayez cure, c'est ma sœur Parthenia Goins », a dit Mrs. Brown aujourd'hui, levant à peine les yeux de la page qu'elle était en train de taper. « Son mari Ottie est là-bas dehors aussi, je vois. Et quelques-uns de mes neveux. »

Je venais de lui dire qu'une bande de romanichels qui étaient venus échouer sur Montford Avenue campaient dans la cour devant la maison. Très chagriné, par conséquent, d'apprendre que c'était la famille de Mrs. Brown, descendue à la ville depuis les « enfers ». Événement bi-annuel, pour le « temps de la Pâque et le jour du labeur », afin de s'approvisionner en épicerie et s'assurer du progrès moral de sœur Violet. Le trajet leur prend le plus gros de la journée, bien qu'ils n'habitent qu'à quelques kilomètres sur la route de Mount Mitchell. Mais la route est « une sainte horreur ».

Ils ont débarqué à midi, dans une Model-T qui paraissait plus vieille que Dieu et avec plus de chances de perdre son essieu. L'homme qui était au volant, ouvrant la portière pour se dégourdir les jambes, a dévoilé une barbe qui lui arrivait à la boucle de la ceinture. Entassés à l'arrière, une femme plutôt vieille avec un turbulent troupeau de garçons à l'air bovin. Ils sont restés assis dans la voiture pendant des heures, jusqu'à ce que la chaleur les oblige à sortir dans la cour se mettre à l'ombre de l'érable. Ils n'ont pas fait mine de s'approcher de la porte. Mrs. Brown a dit que leur intention était vraisemblablement de la reconduire chez Mrs. Bittle, ils attendaient seulement que sa journée de travail se termine.

« Ne faut-il pas leur proposer d'entrer ?

– Ils n'en feront rien.

– Alors dans ce cas, vous devriez partir.

– Je n'en ai pas encore fini ici. Ils ne seront point fâchés d'attendre.

– Pendant des *heures* ? » J'ai jeté un coup d'œil à travers le rideau. « Ne pourraient-ils pas faire quelques courses et revenir ensuite, pour ne pas perdre de temps ?

– Mr. Shepherd, s'ils avaient de l'argent ou la moindre chose précieuse, pour sûr qu'ils voudraient l'économiser. Mais du temps ils ont en abondance. Ils aiment le passer où bon leur plaît. »

Me disant qu'ils étaient peut-être venus examiner de plus près la situation de sœur Violet, j'ai insisté tout de même pour les inviter à entrer. La Sœur Aînée a fini par accepter, tandis que les hommes sont restés dehors, à fumer leur pipe, tous autant qu'ils étaient. Mrs. Brown a fait les présentations mais a demandé qu'on lui accorde quelques minutes pour terminer son travail de la semaine. La sœur, *Parthenia !* quelle étrange créature, à jeter des regards inquiets à travers le salon comme Christophe Colomb parmi les Peaux-rouges de l'île Hispaniola. Elle se tenait assise dans son fauteuil, pieds rapprochés, mains jointes, un fichu noir lui couvrant les cheveux, et une robe informe couvrant tout le reste jusqu'à ses bottes. Pas même le talent de Frida n'aurait pu tirer grand-chose de ce spécimen de paysanne. Elle a décliné mon offre quand je lui ai proposé du thé, farouchement, comme si elle avait l'habitude de se faire empoisonner par des inconnus. Nous sommes restés assis face à face dans ce formidable silence.

Enfin : « Qui donc que vous êtes au juste vous autres ?

– Je vous demande pardon ?

– Votre famille, qui c'est ?

– Mes parents sont décédés tous les deux. Je n'ai pas de famille. »

Elle absorba l'information lentement, comme un serpent digérant sa capture. Puis : « Quel âge que ça vous fait ?

– Trente ans. »

Beaucoup d'autres questions étaient alignées après celles-ci, comme des batteurs attendant patiemment leur tour, pour enfin cracher, se frotter les mains et se mettre en position.

« Violet dit que vous êtes de Mexee-co ?

– J'y ai vécu. Mais je suis né près de Washington. Ma mère était mexicaine, son père faisait des affaires avec le gouvernement ici, c'est comme ça qu'elle et mon père se sont rencontrés. Elle était trop jeune, sa famille l'a reniée après le mariage. » *Stop*. Meubler le silence avec du blablabla, comme un homme de radio. Ce ne peut pas être ce qu'attend une Parthenia.

« Eh bien. » Pause. « Qu'est-ce qui vous amène ici si loin de chez vous ? »

Bonne question. Diriger la conversation sur le sujet de sa famille s'est révélé une entreprise difficile. Mais au bout du compte fructueuse, un diagnostic fascinant de la soif d'instruction de Violet. « Notre mère lisait les livres. Nous pensons que cela l'a rendue tuberculeuse. »

Long silence.

« Violet est pareille. »

Nouveau silence.

« Nous sommes tous dans notre famille nés avec du bon sens. Mais Violet est la seule à se décarcasser à vouloir être instruite. » Elle ajoutait une syllabe supplémentaire aux temps du passé. Elle était là, la version brute de la diction si particulière de Violet, sans la patine acquise au fil des années de travail de bureau. « Nous étions effrayés qu'elle tourne comme l'autre. La doctoresse qui est née ici dans la ville.

– Elizabeth Blackwell ?

– Elle-même. Violet avait lu un livre sur elle. Notre mère avait peur qu'elle parte pour aller aux études.

– Cela aurait été une carrière intéressante pour votre sœur.

– Point du tout, monsieur. Elle aurait risqué le feu de l'enfer.

– Des études de médecine ?

– La connaissance de la science, oui m'sieur. Ces hommes qui médisent sur la part de notre Seigneur dans la Création. »

Dans la salle à manger, visible à travers le passage voûté, les lèvres de Violet demeuraient closes, mais ses sourcils, le temps qu'elle finisse de trier son lot quotidien de courrier, avaient pratiquement rejoint la racine de ses cheveux. C'est alors que Parthenia l'emmena, satisfaite : le nouvel employeur ne menacerait pas la vertu de sa sœur, pas plus qu'il n'encouragerait son éventuel intérêt pour les sciences. Voilà qui explique beaucoup de choses chez Mrs. Brown : sa solitude en ce monde, aussi loin de chez elle dans cette ville qu'un garçon du Mexique. Plus loin encore sans doute, étant donné la réprobation violente de toute « instruction ». Ses origines, pourtant, elle les transporte avec elle, dans le rythme de ses phrases, par son talent à garder ses pensées pour elle-même. Son respect inhabituel du silence. Les silences de Parthenia excédaient toujours la durée de ses phrases, et avaient plus de poids qu'elles. Comment leur langue survivra-t-elle dans un monde moderne, où les silences sont piétinés à peine une phrase achevée ?

14 septembre

Mr. Lincoln Barnes, mon Mr. Lincoln. Plein de bons sentiments. Un deuxième roman fait de moi « un romancier », dit-il, et je suis tenu de ce fait de me rendre à New York pour rencontrer mon éditeur. Il ne peut pas savoir à quel point c'est hors de question. S'il m'invitait à danser avec les anges sur une tête d'épingle, j'aurais plus de chances d'accepter, à condition de pouvoir le faire sans bouger de chez moi. Mais renoncer signifierait que je concèderais chaque bataille. À commencer par mon titre, *Où l'aigle mange le serpent.*

« Impensable », a-t-il déclaré hier au téléphone. « Les gens ont horreur des serpents. »

Eh bien, dans ce cas, ne seraient-ils pas heureux de voir un aigle, assis sur un cactus, en déchiqueter un ? L'illustration de la jaquette a l'air toute faite.

Il tient à l'appeler *Les Pèlerins de Chapultepec.*

Pour les Américains, un « pèlerin » est un type en chaussures à boucles, les mains jointes en prière. Quant à la suite, imprononçable, elle est aussi engageante qu'un savon sans marque.

Mrs. Brown dit que pour le prochain livre j'aurais intérêt à remettre un manuscrit avec un titre qui me fait horreur. De cette manière, dit-elle, il y a quelque chance pour qu'ils le remplacent par quelque chose qui vous agrée. Une astuce qu'elle a apprise quand elle travaillait pour l'Armée U.S.

26 septembre

L'exposition, *Advancing American Art*, avance à grands pas en direction de la National Gallery. En caisses dans un train sous la bonne garde de Tom Cuddy dans le rôle de l'Ange Gardien. Et moi qui n'ai toujours pas de réponse à lui donner. Tommy le golden boy, avec sa belle gueule à la Van Heijenoort et sachant mieux comment s'en servir. S'est-il déjà fait remballer ? Au téléphone, il essaie de m'enjôler. Dit qu'il faut absolument que je vienne à D.C., il lui faut du renfort, c'est urgent, ça sent le roussi, sûr et certain. Le Congrès, après avoir vu l'exposition, a convoqué une séance extraordinaire pour en discuter. Et ce que Tommy dit de Hearst et de ses journaux à sensation est vrai ; Mrs. Brown est arrivée aujourd'hui avec une publicité trouvée dans un magazine, une reproduction d'un « sale » tableau, affublé de la légende suivante : « Voilà ce que vous achetez avec votre argent ! » Le résultat, chez leurs lectrices, est couru d'avance : vous feriez mieux de dépenser votre argent en achetant du savon. Mais leur propagande, en ce qui concerne Mrs. Brown, n'a pas marché, sa curiosité n'en est que plus aiguisée.

Paris avec Tommy, mon Dieu quelle perspective. (Il était déjà éblouissant dans un wagon de marchandises où on n'y voyait goutte.) Mais il comprendra sûrement qu'entre les révisions et les épreuves à relire, il y a trop à faire ici. Il sera moins disposé à comprendre pourquoi Washington est hors de question. Jeter un coup d'œil à ces Modernistes, prendre un verre avec Tom, l'aider à expédier les tableaux. Patiemment, Mrs. Brown attend pour transmettre la réponse : oui ou non. Il est probable qu'elle a déjà fait un brouillon des deux lettres et n'a besoin que d'ajouter un mot. Elle est d'une telle efficacité.

Nous en avons de nouveau parlé cet après-midi, ou plutôt c'est moi qui ai parlé. Pour justifier ma crainte absurde à l'idée de voyager et de me trouver exposé, tout en méprisant cette attitude. Mon visage devait ressembler au Portrait de Dorian Gray. À la fin, quand il se décompose.

Elle a pris la voix tranquille qui semble lui venir d'un autre âge, l'enfance dans les enfers des montagnes, j'imagine.

« Que craignez-vous qu'il arrive ? »

On n'entendait pas un bruit, à part celui de l'horloge dans le couloir : *tic tac.*

« Mr. Shepherd, vous ne pouvez pas empêcher une mauvaise pensée de vous traverser l'esprit. Mais vous n'avez pas besoin de prendre une chaise pour l'inviter à s'asseoir. »

2 octobre

L'affaire est réglée, la lettre envoyée. Mrs. Brown a fourni la solution : elle-même. Elle participera au voyage, s'occupera de tout, réservera les chambres d'hôtel pour nous deux à des noms que personne ne pourra reconnaître. Les filles en socquettes ne débarqueront pas en masse dans le hall. Nous prendrons le Roadster, elle se chargera du porte-monnaie et achètera l'essence, nul besoin d'adresser la parole à des inconnus pendant le trajet. Seulement Tom, une fois que nous serons arrivés au musée.

Indispensable Mrs. Brown. Elle sait depuis le début que le problème n'est pas la grippe. Mais ne pouvait pas savoir que sa main ferme posée sur mon bras allait rendre possibles beaucoup de choses, à commencer par sortir de chez moi et m'engager sur ce pont qui tangue.

« Il apparaît que vous aviez besoin d'un appui », a-t-elle diagnostiqué.

12 octobre

Pauvre Tom. Et également les quelque quarante artistes qui vont pâtir de la décision mais, curieusement, c'est pour Tom que je m'inquiète le plus. *Advancing American Art*, il y croyait. Ce n'était pas juste le voyage en Europe aux frais de la princesse. Maintenant il lui faut faire profil bas, appeler Paris et Prague et expliquer que l'exposition ne viendra pas. Ils vont la démanteler, et brader ces trésors au premier preneur, de sorte que le département d'État puisse récupérer l'argent du contribuable. Le patron va confier à Tommy la sale besogne. Le O'Keeffe est déjà parti pour cinquante dollars, dit-il. Sel sur la blessure.

Mrs. Brown et moi étions plus que prêts à mettre des kilomètres entre nous et ce fiasco. Mais le trajet du retour fut long. L'autoroute de montagne est un étrange passage : de la ville aux vastes étendues sauvages, des centaines de miles de forêt et de vallées sans la moindre habitation. De temps à autre, un champ de pommiers avec sa clôture en zigzag, comme un morceau de calicot vert coupé au ciseau à denteler. Rouler le long des crêtes c'est comme être un oiseau en vol, les pentes dégringolent depuis les bords de route et la vue s'ouvre sur des horizons brumeux et chiffonnés. Un patchwork de feuilles, auburn, jade et or, ornait les versants des montagnes. « La main de Dieu prodigue la beauté à la longue épreuve de l'hiver », cita Mrs. Brown. Mais on aurait plutôt dit que Dieu avait refilé le boulot à un muraliste mexicain.

La première fois que j'ai emprunté cette route les forêts étaient défeuillées. Je l'ai dit à Mrs. Brown. La mort inattendue de mon père, puis ce passage sans fin vers des contrées arides. J'avais l'impression d'arriver au pays des défunts.

« Puis vous êtes arrivé chez Mrs. Bittle, et il n'y a plus eu de doute.

– Le vieux Judd avait l'air momifié. C'est vrai. Mais certainement pas vous ou Miss McKellar. »

Chaque fois que nous nous arrêtions pour faire un plein d'essence, elle insistait pour que nous prenions aussi du café et des sandwichs. « Nourrissez la voiture, nourrissez le chauffeur », lançait-elle succinctement. La masse grise d'un orage, posée sur les montagnes à l'ouest, attendait comme un prédateur. Dans l'après-midi elle passa à l'attaque, brouillant la vue et transformant les feuilles brillantes sur la route en un tapis spongieux. La pluie sur le pare-brise était aveuglante, il fallait sans cesse donner des coups de manivelle pour actionner l'essuie-glace, ce qui obligeait à conduire d'une seule main, entreprise ardue. Mrs. Brown proposa de tourner la manivelle, mais elle était située en hauteur, au-dessus du conducteur, et ce n'était pas commode.

« Mr. Ford aurait dû penser à la placer ici, pour que le passager puisse se rendre utile.

– Il savait ce qu'il faisait. Dans la vie, les moments difficiles, le conducteur doit les traverser seul.

– Je devrais le savoir. Occupée que je suis à tricoter des chaussettes alors que je n'ai pas d'enfants à moi.

– C'est donc là ce que vous tenez sur vos genoux ? Je croyais que c'était un porc-épic indigo. »

La remarque la fit bien rire. Elle a onze neveux et nièces, m'a-t-elle appris, et elle avait bien l'intention d'équiper la tribu pendant ce voyage, tricotant chaque chaussette du haut jusqu'aux orteils, avec son énorme écheveau de laine bleue. La période des fêtes cette année sera « Le Noël des Chaussettes Bleues de Tante Violet ». Elle travaillait sur un petit cadre de quatre aiguilles qui s'agitaient dans tous les sens quand elle passait le fil à travers les mailles.

« Vous n'avez pas peur de vous blesser avec ça ?

– Mr. Shepherd, si les femmes avaient peur des aiguilles à tricoter comme les hommes, le monde irait tout nu. »

Ce qui s'était passé à Washington était indigne. Et pourtant la vie, cahin-caha, poursuit son cours, un échange de civilités sur un pont étroit suspendu au-dessus d'un abîme d'indignité. « Voilà *Grandfather's Mountain*. Vous voyez, la forme qu'elle a. Un vieil homme couché.

– N'avez-vous pas trop froid ? Nous pourrions nous arrêter et prendre le plaid à l'arrière.

– Non. J'ai le sang chaud.

– Nous avons de la chance qu'il fasse froid. Ce Roadster chauffe terriblement dans les côtes sévères.

– Qui l'eût cru ? »

De majestueux hôtels en bardeaux blancs apparaissaient parcimonieusement le long de la route, leurs vérandas peuplées pour l'essentiel de rocking-chairs vides. Au crépuscule elles commencèrent à briller de la lueur jaune des lampes. Une fois, alors que nous passions devant une auberge, nous avons vu un homme à la peau noire, en veste rouge, qui éclairait une à une les lanternes de la véranda, se frayant un passage parmi les hommes élégants tranquillement assis à fumer des cigares. Les Castes de la Nation.

Mrs. Brown rompit finalement le silence. « *Porc-épic indigo*, cela pourrait tout à fait être le nom de l'un de ces tableaux que nous avons vus à l'exposition.

– Oui. *Porc-épic indigo sautant dans le vide*, ça pourrait faire l'affaire.

– Bon. Je ne voyais pas très bien ce qu'ils étaient censés représenter. En vérité, Mr. Shepherd, je n'en ai jamais vu de pareils. Mais je vous en suis bien obligée.

– Je n'avais pas l'intention d'y aller jusqu'au moment où vous avez offert de m'y escorter. C'est donc moi qui vous suis obligé.

– Pour tout, je voulais dire. Les tableaux et la capitale de notre nation. Me retrouver dans la salle où le Congrès se réunit.

– Vous n'étiez jamais allée à Washington avant ?

– C'est la première fois que je sors de Buncombe County.

– Vraiment ?

– Oui monsieur. Je lis le *National Geographic* depuis mon plus jeune âge. Mes sœurs pourraient en témoigner, je brûlais de voyager comme un cheval qui prend le mors aux dents. Mais je n'ai jamais cru que ça arriverait un jour.

– Mrs. Brown, vous me rendez honteux. Le monde entier frappe à ma porte, et je ne souhaite rien d'autre que rester chez moi.

– C'est étonnant », répondit-elle avec tact, travaillant à une minuscule chaussette.

« Eh bien, vous avez plus de sagacité que la plupart de ces messieurs du Congrès. Ils ne veulent que du Norman Rockwell et des statues de chevaux musclés. Surtout rien de nouveau sous le soleil.

– Tout de même. Il n'y avait pas de raison de parler si grossièrement. Quelle mouche les a piqués ?

– La peur, peut-être. L'élément étranger, c'est ce que Tom a pensé. Ils s'attendaient à entrer dans le musée et rencontrer de vieux amis, mais à la place ils se sont trouvés face à des inconnus. Balafres de couleur et surréalisme. Ça les a mis mal à l'aise.

– Ils n'ont pas dit "mal à l'aise". Ils ont dit antiaméricain. Je ne comprends pas. Si c'est un Américain qui peint, alors la peinture est américaine, n'est-ce pas ?

– Pas pour Mr. Rankin et le Congrès. »

Ou Truman : *Si ça, c'est de l'art, alors je suis un Hottentot*. D'autres ont dit *vulgaire, obscène, insensé, du pacifisme gnangnan*. Ou *staliniste*, ironie parfaite, de la part de ces membres du Congrès qui semblent aussi déterminés que Staline à supprimer la créativité chez les artistes. L'exposition leur a fichu une trouille bleue. La Séance Extraordinaire a été une sacrée correction.

« Nous aurions dû sortir Tom de cette séance. C'était humiliant.

– Pauvre homme, il s'était donné tant de peine. Il va le prendre à cœur, n'est-ce pas ?

– Oh, croyez-moi. Ces tableaux, Tom Cuddy les chérit comme vous vos neveux et nièces. Il tricoterait des chaussettes pour Winslow Homer, s'il en était capable. Il a ça en lui, je le sais, depuis le service civil. Transporter des tableaux et des sculptures pour les mettre en sécurité, pour Tom c'était *America The Beautiful*. C'était du patriotisme.

– Ce cher Tom. »

Ce cher Tom, en effet. Devoir entendre le Congrès déclarer que tout le monde occidental est menacé par de la peinture et des toiles. Nos peintres les plus talentueux, une menace. L'un d'entre eux a été expressément condamné pour avoir incité Roosevelt à voler au secours de l'Union soviétique et de la Grande-Bretagne, après que Hitler a attaqué la Russie. Ce qu'en réalité Roosevelt a fait.

Cliquetis des aiguilles à tricoter, glissement des pneus dans les feuilles détrempées et la boue. Le losange d'espace à l'intérieur de l'automobile, étonnamment sûr, comme une petite maison dans un tunnel d'obscurité. Mrs. Brown termina une chaussette avant de parler à nouveau.

« Tous les tableaux n'étaient pas difficiles à déchiffrer. Certains étaient très clairs. Ce sont ceux qui représentaient des cimetières et des H.L.M. qui ont vraiment énervé les gens, si vous voulez mon avis. Plus que ceux qui ressemblaient à des barbouillages.

– Le Guglielmi et les autres.

– Qu'en pensez-vous ?

– Le Congrès doit sauver les apparences. Les tableaux allaient faire le tour du monde. Il ne faut pas qu'on sache que nous avons des conflits raciaux et des H.L.M.

– Bonté divine, Mr. Shepherd. L'Europe est en miettes. À la radio ils ont dit que la ville de Berlin vient de creuser deux mille tombes pour ceux qui menacent de mourir de faim avant le printemps. »

Une voiture passa dans un flamboiement, deux yeux brillants dans la nuit.

« Il fallait creuser les tombes avant que le sol ne gèle », ajouta-t-elle.

« Je comprends.

– Et Londres, ça n'est pas mieux. J'ai lu que les gens n'ont droit qu'à quatre onces de laine pour l'année et deux mètres de tissu, pour habiller chaque personne dans une famille. Ils doivent être presque nus. Où est le mal si ces gens voient que nous aussi nous avons des problèmes ?

– Eh bien, la guerre, cinq années de censure. Les vieilles habitudes ont la dent dure. Nous sommes devenus très forts pour faire comme si tout ici était nickel. Ce n'est pas ce que vous ressentez ?

– Comment ça ?

– Il n'est pas prudent d'afficher nos points faibles. Jerry et Tokyo Rose pourraient nous entendre. Les murs ont des oreilles.

– Bien sûr qu'ils écoutaient. Mais la guerre a pris fin.

– Vrai. Mais si ça permet de continuer à peindre des jolis tableaux et à museler les gens qui ont des sujets de plainte, peut-être bien qu'on aura une nouvelle guerre tous les cinq ans.

– Mr. Shepherd, quelle honte. Ce n'est pas un sujet de plaisanterie. Nous ne pouvons pas continuer indéfiniment à dire que la nation entière est parfaite. Parce que, entre vous et moi, elle ne l'est pas. » Les aiguilles cliquetaient dans l'obscurité, elle avait dû lire le patron du bout des doigts.

« Vous souvenez-vous du premier conseil que vous m'avez donné ? »

Elle prit le temps de réfléchir. « Le rôti en cocotte chez Mrs. Bittle ?

– Un conseil d'écriture.

– Ce n'est pas possible.

– Oh, que si. Dans cette première lettre. Vous disiez que Tom Wolfe s'était mis dans de sales draps en exposant les scandales d'Asheville, et qu'il était sagesse de ma part de cantonner mon histoire au Mexique. Votre conseil était le suivant : les gens adorent qu'on leur parle des péchés et des erreurs, mais pas des leurs. »

Elle examina la question. « Ce n'est pas la même chose que de rayer complètement les péchés et les erreurs de la carte. Comment peut-il être antiaméricain de peindre la tristesse ?

– Je ne sais pas. Mais ils ne voulaient pas voir de vagues sur leur lac tranquille. »

Pendant plusieurs minutes elle tricota sa chaussette, se retenant manifestement d'en dire plus. Au bout d'un moment elle perdit la bataille. « Si vous vous trouvez dans un tas de fumier, il faut bien que quelqu'un dise que ça sent mauvais. Ces messieurs du Congrès nous demandent d'appeler ça un champ de boutons d'or et non pas une fosse d'aisance. Même les artistes sont tenus de le faire.

– Et si le boulot de l'artiste était de mettre les gens de bonne humeur ? Leur faire oublier la fosse d'aisance, en appelant ça un champ de fleurs ? Où est le mal ?

– Personne ne sortira du tas de fumier, voilà où est le mal. Ils resteront là où ils sont, dans le fumier jusqu'aux genoux. Et c'est à celui qui parlera le mieux des boutons d'or.

– Eh bien, moi, j'écris des romans historiques. Désolé de vous laisser tomber, mais si vous cherchez un pré et des boutons d'or, je suis votre homme.

– Foutaises, Mr. Shepherd. Pensez-vous que je ne vous connais pas ?

– Vous me connaissez. Oui, sans doute. Plutôt bien.

– Plutôt bien. Vous êtes bon envers les enfants quand les parents ne le sont pas. Vous adoptez des chats crottés jusqu'à l'échine. Vous êtes consterné par la façon dont on traite les Noirs. Vous lisez plus de journaux que Mr. Hearst en personne, même si cela vous exaspère au plus haut point. Vous vous infligez tous ces boniments juste pour trouver le détail qui va illuminer votre journée. L'ascension de l'homme humble quelque part, ou la chute d'un tyran.

– Vous avez terminé ?

– Pratiquement. Je crois que vous êtes du côté des syndicats des travailleurs.

– Bravo, Mrs. Brown. Vous me lisez comme un livre. »

Même dans l'obscurité, je sentais son regard féroce, la dangereuse force qui était la sienne. Elle avait ces aiguilles.

« Que votre photographie figure sur la couverture ou pas, ne change rien. Vous restez Mr. Shepherd, que vous le vouliez ou non. Votre premier livre était sur l'horreur de la guerre, tout le monde l'a dit. La guerre qui remplit les poches des riches et fait le malheur des pauvres.

– Je vois.

– Inutile de vous recroqueviller, Mr. Shepherd. Vos mots sont vos enfançons à vous. N'en faites pas des orphelins. Vous devriez vous lever et proclamer "Ils sont à moi !"

Nous traversâmes bientôt le long tunnel de Little Switzerland, une obscurité plus profonde dans l'obscurité bleue de la nuit, comme une grotte dans la mer. Le tricot de Mrs. Brown reposait sur ses genoux, étrange masse bleue avec son armature d'aiguilles, comme un animal domestique qu'elle ne souffrait plus de toucher. Quand nous sommes arrivés chez Mrs. Bittle, elle a dit au revoir, mais jusque-là c'est à peine si nous avons parlé. Conducteur et passager, le regard perdu dans la pluie et la froidure, semblaient requérir toute leur énergie pour trouver la route qui se déroulait devant eux.

15 novembre

Lettre de Frida ce matin, ouverte d'une main tremblante. Excitation et peur c'est vraiment la même chose, à l'intérieur d'un corps. Son opération en partie réussie, bonne nouvelle, bien qu'elle continue à souffrir. Le bel Espagnol qu'elle a rencontré à New York semble être un remède efficace, plateforme solide où puiser la force du pardon. Sa syntaxe vraiment bizarre, tout juste cohérente. La date figurant sur la lettre était l'anniversaire de Lev et de la révolution d'Octobre, sans que ni l'un ni l'autre ne soient mentionnés. Finis les œillets rouges sur la table pour les anciennes amours, le *viejo* et le socialisme démocratique. Diego a complètement basculé du côté des stalinistes maintenant. Et elle, peut-être, du côté de la morphine.

24 décembre

Un cadeau : des gants tricotés avec une douce laine grise. Quelle sensation remarquable, les enfiler et sentir que chaque doigt trouve parfaitement sa place dans l'espace qui lui est alloué. « J'ai remarqué que vous n'en aviez pas », a-t-elle dit. « Ou que vous n'en portiez pas. J'ai pensé que peut-être on n'en avait pas l'utilité au Mexique.

– J'en ai acheté trois paires depuis que je me suis installé ici, et les doigts sont toujours trop courts. Je me retrouve avec des mains palmées comme un canard.

– Eh bien vous voyez, je m'étais posé la question. Vos doigts font à peu près deux fois la taille dont Dieu a doté le reste d'entre nous. »

J'ai tendu mes deux mains gantées, ébahi par une telle perfection. « Comment avez-vous fait ? Vous avez pris mes mesures pendant que je dormais ? »

Elle se fendit d'un large sourire. « Une tache de graisse sur l'une de vos lettres. Vous avez dû prendre appui sur la table pour vous lever, après avoir mangé un sandwich au bacon.

– Très impressionnant.

– J'ai pris une règle et j'ai mesuré tous les doigts. »

J'ai retourné mes mains pour admirer le rang de points obliques le long du soufflet de chaque pouce. « Pas bleus, en tout cas. Je pensais que vous aviez fait votre spécialité de l'indigo.

– Oh, ces chaussettes, vous voulez dire, tricotées avec cet écheveau bon marché. C'était pour les enfants. Mais ces gants, c'est du pur mérinos de chez Belk's. Avec vous je peux prendre de la qualité, car ils ne vont pas devenir trop petits au bout d'un an, et vous n'allez pas faire des trous dedans exprès.

– J'essaierai de ne pas vous décevoir. »

Souvenir de neige. Une colline barrée par l'ombre bleue des arbres. Cris, excitation de la poursuite, un adulte lance des boules blanches dans les airs, à chaque fois dans un bruit de canon. Neige dure dans la main serrée, perles de glace sur les paumes boursouflées. Des moufles, rouges avec un dessin de flocon sur le dessus, tricotées par qui ? La mère de papa ? Aucun contact depuis. C'était le choix de Mère de tout laisser : les grands-mères, la neige. La glace fond et retourne à la terre, respiration du monde. Mais ces mitaines existent peut-être encore quelque part. Témoins de l'existence d'un enfant.

J'ai avoué à Mrs. Brown que c'était mon premier cadeau de Noël en plus de dix ans. Toutes ces journées passées ensemble, et jamais elle n'avait laissé percer une telle émotion. « Dix ans ! Et pas une âme pour vous donner un misérable petit cadeau ?

– Je n'ai plus de famille.

– Mais *les gens*. Au Mexique vous avez travaillé chez des gens, n'est-ce pas ?

– Les derniers étaient russes, ils ne prêtaient pas attention à Noël. Mr. Trotsky nous faisait travailler comme les autres jours.

– Il n'était pas du côté de Notre-Seigneur Jésus ?

– C'était un homme bon. Mais non, il ne l'était pas. Il était juif, ses origines.

– C'est lui qui a été tué ?

– Oui.

– Et avant lui, tous des Juifs ?

– Non. Mrs. Rivera adorait Noël, elle organisait toujours des fêtes. C'était moi qui faisais la cuisine.

– Alors vous étiez obligé de travailler pendant les fêtes.

– Oui.

– Mr. Shepherd, cela me peine de devoir partir la semaine prochaine.

– Honnêtement, je suis heureux que vous en ayez fait la demande. Vous avez besoin d'aller voir votre famille, et moi j'ai besoin qu'on me rappelle ce que les gens normaux font au moment des fêtes.

– Normaux, je n'en sais rien. Mais vous. Vous n'aurez rien ici pour vous dire que c'est Noël. Qu'allez-vous faire ? »

Que fait un gland quand il est resté longtemps en terre et que la pluie gonfle sa cosse. Il devient une figue ? « J'ai les épreuves à terminer », ai-je répondu.

« Allons Mr. Shepherd, c'est un mensonge. Vous les avez terminées, je le sais très bien.

– Je voulais y jeter un dernier coup d'œil. Et ensuite je commencerai à écrire quelque chose de nouveau. »

Haussement de sourcils. « Sur quoi ?

– Je ne sais pas encore. »

Elle rassembla son sac et ses gants, prête à partir. Une légère neige était tombée toute la journée. « À trop travailler, Mr. Shepherd, on perd le boire et le manger.

– Vraiment ? Je croyais qu'on était triste comme un bonnet.

– C'est vrai aussi.

– Je ne vais sans doute pas travailler du tout, grâce à la pile de livres que vous m'avez rapportés de la bibliothèque. Je tisonnerai le feu et je fêterai Noël avec Mr. Hardy et Mr. Dickens. Que demander de mieux ? Et Tristram Shandy. Les chats ont l'air de dire que je devrais préparer un gigot, je vais donc peut-être le faire. Et je suis sûr que Eddie Cantor et Nora Martin me chanteront des chants de Noël mercredi soir.

– Désolée de vous le dire, mais ils chantent pour leur sponsor. Je crois que c'est Sal Hepatica.

– Vous êtes cruelle, Mrs. Brown. Vous allez bientôt me dire que les filles de la Lucky Strike Hit Parade fredonnent pour les cigarettes Lucky Strike, et pas pour moi. »

Elle était assise les mains sur son sac, elle attendait.

« Vous voulez dire quelque chose. Allez-y.

– Ça ne me regarde pas, Mr. Shepherd. Mais un homme a une petite amie, en principe. Ou des attachements. Pas seulement des chats ou des livres. »

J'ôtai les gants et les pliai avec soin. « Ça, c'est l'histoire de la paille et de la poutre. Trente ans, c'est un bien long veuvage.

– Le mariage, vous savez, j'ai fait mon petit tour de piste. Autrefois.

– Eh bien, ne vous inquiétez pas. J'ai eu mes petits tours de piste moi aussi. Des attachements, comme vous dites.

– Si vous le dites. Et pas de cadeau de Noël pendant dix ans. Quand on s'attache à quelque chose, ça ne devrait pas se distendre à ce point.

– Non, attendez, j'oubliais. À Noël dernier, Romulus m'a apporté un gâteau à la confiture de la part de sa mère. La moitié du gâteau en réalité. Il a dit qu'ils en avaient assez.

– Bénies soient les âmes reconnaissantes, Mr. Shepherd, mais cela ne constitue en rien un véritable cadeau. Un demi-gâteau à la confiture qui porte trace d'une utilisation préalable. »

Chispa se glissa dans la pièce, contourna le montant de la porte et longea le mur, aplatie, comme si une force d'attraction autonome l'avait aspirée sur le côté. Lentement elle parcourut le bas de la bibliothèque de la même manière, et alla se nicher au coin du feu. Je dépliai les gants. Il était tentant de les mettre, de les porter jusqu'à la Pentecôte.

« Je ne suis pas quelqu'un qui attire les cadeaux.

– Mr. Shepherd, pensez-vous que je puisse le croire ? J'ouvre le courrier, toutes les choses que l'on puisse imaginer. Même des broderies.

– Alors je dirais que je ne sais pas recevoir. Quand les gens ne sont pas doués pour les relations humaines, j'ai remarqué qu'ils en font porter la responsabilité aux autres. Pas moi.

– Je ne vous ai jamais entendu reprocher quoi que ce soit à quiconque, Mr. Shepherd. C'est l'une de vos qualités. À tel point que je me demande si votre mère ne vous a pas laissé tomber sur la tête.

– Non, mais elle me transportait probablement dans une valise – elle était incapable de tenir en place. Les gens auxquels je m'attachais avaient tôt fait de disparaître, gens de maison ou amis. C'était ainsi. Ou alors ils sont partis de leur propre gré. En mourant, essentiellement.

– Ma foi. Je ne suis pas femme à contester la mortelle condition.

– Bien parlé, Mrs. Brown.

– Vous devriez écrire là dessus. Vous et tous ceux qui sont partis.

– Comment ? Écrire sur ma vie ? Comme ce pauvre Tristram Shandy s'échinant à reconstituer l'histoire dans le désordre ?

– Vous feriez mieux », a-t-elle dit. « Vous n'avez jamais cessé de prendre des notes.

– Qui s'intéresserait à des choses aussi insignifiantes ?

– Dans ce cas, pourquoi avoir écrit tout court ? Car c'est ce que vous faites. Je ne fourre pas mon nez dans vos affaires, vous le faites au grand jour, Mr. Shepherd. Si vous vouliez vraiment vous défaire de votre passé, vous ne mettriez pas autant d'application à le coucher sur le papier, ce me semble. Je vous vois tellement absorbé que vous ne connaissez pas le jour de la nuit et prenez votre petit-déjeuner à l'heure du dîner.

– C'est juste que je suis écrivain. C'est ma manière de penser.

– Ce sont vos attachements. C'est ainsi que je vois les choses. Vous feriez mieux de vous attacher à vous-même, pas seulement à tous ces personnages de fiction qui sortent d'on ne sait où.

– Mais qui ça intéresserait ? »

Le jour dehors avait baissé, et le vent à la fenêtre susurrait maintenant une sourde mélopée. Des touffes de neige tombaient des arbres, et s'écrasaient dans la cour. « Il ne faudrait pas que vous manquiez votre bus de cinq heures quinze », ai-je dit.

Elle coiffa un impressionnant chapeau en tricot et, prête à partir, elle me tendit la main.

« Je vous dis à lundi prochain. Heureux Noël, Mr. Shepherd.

– Heureux Noël, Mrs. Brown. Je vous remercie pour le cadeau. »

Elle ferma la porte et s'en fut en direction de Haywood, laissant derrière elle une maison silencieuse comme le royaume des morts. Chisme se glissa dans la pièce, et attirée par la même force de gravité oblique, elle longea le mur jusqu'au coin du feu. Chispa le lui abandonna aussitôt, selon les lois impénétrables de l'attirance et de l'indifférence. L'horloge de l'entrée scandait la scène en séquences mesurées : Tic-tac.

Qui cela pouvait-il intéresser ?

Kingsport News, *2 mars 1947*

Critique de Livre

United Press

Imaginez : une fille passe, un canon, bracelets en or aux bras et tatouage à la cheville. Elle va faire ses courses, un panier attaché sur son dos. Au menu d'aujourd'hui, pourquoi pas de l'iguane rôti à la broche, ou alors du tatou. Pour se faire de l'argent de poche, ses copines vendent des fèves de cacao, ou un gadget bien pratique qui fait fureur parmi leurs chers et tendres ici dans l'ancien Mexique : une lance à double tranche appelée *atel-atel.*

Ainsi commence *Les Pèlerins de Chapultepec*, roman de Harrison Shepherd qui vous embarque pour ne plus vous lâcher. Pour cette tribu d'anciens, la vie tranquille au village ne durera qu'un temps. Petite vérole, invasions et bandits auront bientôt raison de son charme, nous pouvons y compter. Ils se remettent en route, entraînés par un chef aux yeux égarés qui prétend vouloir les conduire vers une terre promise. Comment sauront-ils qu'ils l'ont trouvée ? Il affirme que les dieux lui ont dit de

chercher un aigle sur un cactus, en train de s'envoyer un serpent.

Si l'on excepte le titre à dormir debout, ce livre a pour but de distraire : batailles qui vous font dresser les cheveux sur la tête, échappées belles, aventures à revendre, et personnages à l'avenant : leaders intraitables et hommes qui subissent leur loi.

The Evening Post, 8 mars 1947

« Livres à méditer », par Sam Hall Mitchell.

Les Vivants et les Morts

L'écrivain Harrison Shepherd, prodige aussi discret que talentueux, qui l'année dernière nous a donné *Les Vassaux de sa Majesté*, marque un nouveau coup gagnant avec un livre inspiré des faits historiques dans l'ancien Mexique. Dans *Les Pèlerins de Chapultepec*, le peuple aztèque est arraché à son sol ancestral dans un voyage aussi tortueux que la natte d'un Chinois. Au terme du récit, l'auteur a eu le temps d'aborder les thèmes les plus inattendus, parmi lesquels la question de la bombe atomique.

Ces pèlerins marchent durant des décennies, poussés par un roi fou qui promet un bonheur sans cesse différé. Le « Studs Lonigan » de l'auteur est un jeune Indien du nom de Poatlicue, qui fait ses premières armes dans la bataille sous l'œil sévère du roi jaloux. Le golden boy Poatlicue a été élu par les dieux à treize ans pour lancer le premier *atl-atl* – arme volante tranchante comme un rasoir mise entre les mains du héros alors qu'il était sur le

point de mourir dans son premier combat. Dans un *Deus ex machina* du nouveau monde, l'arme a été transportée jusqu'au héros par un aigle.

L'impitoyable roi craint de se trouver détrôné par le pouvoir de ce jeune ambitieux, et propose un marché : si Poatlicue lui conserve une loyauté sans faille, il le laissera un jour gouverner la nation. Ce jour tardant à venir, Poatlicue développe un penchant au cynisme tout en se demandant s'il est bien avisé de suivre un leader imprudent. Certaines nuits désolées, il se demande si les dieux ne l'ont pas choisi dans un but précis : décapiter ce roi pusillanime, et gouverner à sa place ?

Poatlicue va jusqu'à remettre en question le pouvoir de séduction de son *atl-atl*. Les membres de sa tribu révèrent l'arme comme un dieu, ils en font des répliques, puis un objet de culte, croient qu'elle leur conférera le pouvoir absolu. Mais Poatlicue observe et s'inquiète : si les membres de sa tribu reproduisent le dessin de la lame, leurs ennemis font de même. L'ayant perfectionnée, ils en façonnent de plus dévastatrices. Avec chaque bataille le nombre des morts est plus grand, les instruments pour tuer plus précis.

Au moment même où le sombre rapport de Bernard Baruch au Congrès nous met en garde, ces pèlerins doivent choisir entre les vivants et les morts : le destin leur donne un pouvoir redoutable sans les moyens d'arrêter son usage sinistre. Baruch plaide en faveur de la destruction de toutes les armes atomiques, alors que l'écrivain William Shepherd ne fait qu'appeler le lecteur à s'interroger jusqu'à la dernière page : l'arme sacrée a-t-elle sauvé ceux qui la brandissent, ou les a-t-elle condamnés ?

The Asheville Trumpet, *8 avril 1947*

Mystère autour de l'écrivain d'Asheville

par Carl Nicholas

Ici dans nos montagnes où l'air est si pur et le ciel si proche, notre auteur le plus éminent nous entraîne vers des contrées lointaines dans *Les Pèlerins de Chaltipica*, livre qui à nouveau s'arrache dans toutes les librairies de la nation. Mrs. Jack Cates, propriétaire de la librairie Cates, nous dit que Harrison Shepherd connaît les ficelles de son métier et que ce livre ne décevra point. « À peine était-il en rayon que c'était la cohue », a-t-elle déclaré. « Les gens ne veulent rien lire d'autre. Et je préfère vous avertir, vous y trouverez plus de poitrails dénudés qu'à Beaver Lake un jour de grand soleil. »

L'auteur écrit ses livres en s'inspirant de l'expérience qu'il a du Mexique où il a grandi. Mais il réside à Montford Hill depuis 1941. *The Trumpet* a en vain cherché à le joindre. Mrs. Cates subodore que, en tant que « célibataire le plus convoité de la ville sinon de la Caroline du Nord tout entière », il est peut-être regardant sur sa vie privée.

Au Club de patinage à deux pas de la librairie, 21 avenantes demoiselles ont participé à notre enquête sur le sujet : quinze d'entre elles disant qu'elles sont « fans de Shepherd ». Six ont soutenu l'opinion contraire, « fait froid dans le dos », et « pas de quoi fouetter un chat » figurent parmi les raisons données. Neuf jeunes filles disent qu'elles lui tiennent rigueur de ne pas avoir servi dans les forces armées de par son statut de 4-F, mais les autres disent que ce n'était pas sa faute car il avait une perforation du tympan, affection qu'il avait en

commun avec le chanteur de charme Frank Sinatra. Toutes se demandaient, sachant que l'auteur a vendu un million d'exemplaires, ce qu'un célibataire plein aux as peut bien faire de son temps. Pour reprendre le vieux dicton d'Asheville, *Notre clair de lune est le plus mélancolique, nos histoires les plus bucoliques, nos sportifs les plus athlétiques et – c'est du moins ce qu'il paraît – nos célibataires, tout simplement fantastiques !*

The Echo, *26 avril 1947*

Les Pèlerins de Chapultepec,
de HARRISON W. SHEPHERD

$2.69, Stratford & Sons, New York

Tenez-vous prêts, un pauvre clampin du nom de Harrison Shepherd nous tombe sur les bras et fait un tabac. Son livre *Les Pèlerins de Chaplutepec* fait rage dans tout le pays ce mois-ci et ne manquera pas d'être traduit à l'étranger. Ne soyez pas surpris si vous apprenez un jour qu'on lit Harrison Shepherd en Chine.

Le cinéma va se l'arracher, alors dépêchez-vous de le lire avant de voir le film. Le Mexique, en toile de fond, s'étale sur toutes les pages. Et le jeune héros – belle gueule et arme secrète par-dessus le marché – va être la coqueluche des filles. Mesdames, il va vous briser le cœur. Cet auteur va-t-il un jour nous donner à lire un roman qui finit bien ?

Shepherd ne lésine pas sur l'émotion, une bonne couche à chaque page, mais dans la vie c'est un timide qui se garde bien de dévoiler ses sentiments. Un ami qui le connaît depuis l'université

nous apprend que cette réserve chez Shepherd date du temps des culottes courtes, où même à l'enterrement de sa mère il est resté de marbre.

Cependant, savons-nous de source sûre, ce cher Harry a une curieuse manie : « Il ne peut pas regarder une belle femme sans siffler. »

30 avril

C'est la perforation du tympan qui alerté Mrs. Brown. Et le fait de siffler les filles.

« Cet ami du temps de l'université. Il existe ?

– Je ne pense pas. Pour la bonne raison que je ne suis pas allé à l'université. Les gens de mon passé sont morts et enterrés, Mrs. Brown, c'est un fait. » *Les énormes mains de Billy Boorzai, tous les deux à suffoquer de rire, ne pas faire de bruit. Les pas d'un officier dehors dans le couloir. Cœurs qui cognent, rouge qui monte aux joues.*

« Qui l'eût cru. Les journaux inventent des choses de toutes pièces.

– Ou alors ils trouvent un petit nuage de pluie et ils en font un orage. »

Elle hésitait sur le pas de la porte, éclairée par la lumière du couloir du premier étage derrière elle, dans son tailleur mastic aux épaules carrées. Chaussures à semelles compensées avec brides aux chevilles, oh mon Dieu, et cheveux hors de leur filet aujourd'hui, tenus par des barrettes sur les côtés et retombant en boucles sur les épaules, plus longs que je ne les avais jamais vus. Elle a l'air d'une Jane Russel miniature, en plus sérieux. Récemment il m'est arrivé de me demander s'il n'y avait pas un homme là-derrière. Elle prend une pause à midi pour faire des courses et manger un morceau dans l'un des snack-bars sur Charlotte Street. Elle voit peut-être un matelot, allez savoir.

« Quand vous voyez quelque chose comme ça noir sur blanc, Mr. Shepherd, les gens croient que c'est vrai. Je ne suis pas loin de le penser moi-même, et pourtant je suis prévenue. Comment osent-ils ?

– Je n'en sais rien, mais ils le font, tous les jours de l'année. Pourquoi être surpris, juste parce que cette fois-ci la victime c'est moi ? »

Elle demeura sur le pas de la porte. Elle n'aime pas entrer dans le bureau, de peur de déranger. « Mr. Shepherd, pourquoi être aussi impassible ? Une chose choquante devrait choquer. »

Une chose choquante. « L'homme pour lequel je travaillais au Mexique, je ne sais même pas comment vous dire ce que les journalistes lui ont fait. Un soir des hommes armés ont fait irruption dans la maison et l'ont attaqué avec des mitraillettes, nous ont tous attaqués, le personnel et sa famille. Son petit-fils a été blessé. Nous vivions dans la terreur qu'ils reviennent. Mais la presse a dit qu'il avait lui-même planifié cette attaque pour gagner les gens à sa cause. Ils l'ont présenté comme un fait établi.

– Bonté divine.

– Cela ne nous a pas aidés à obtenir la protection de la police, je peux vous le dire. Et ce n'est qu'une chose, un exemple qui me vient à l'esprit. L'autre homme pour lequel je travaillais mangeait prétendument de la chair humaine.

– Oui, mais ce sont les journaux mexicains. Nous aimons penser que les nôtres ici sont mieux. Mais je suppose qu'ils disent la même chose de nous.

– Partout on en parlait, Trotsky montant de toutes pièces l'attaque à main armée. En Europe, à New York. Ça commence par un journal, et c'est la source. Les autres reprennent l'information et la font passer. Lev disait qu'il y avait deux sortes de journaux, ceux qui mentent tous les jours, et ceux qui réservent ça pour les grandes occasions, pour avoir plus d'impact.

– Mais une perforation du tympan. Bonté divine. C'est comme vous dites. Il y en a un qui commence, et ensuite ça ne s'arrête plus. Nous n'en avons pas fini avec cette histoire.

– C'est comme les singes hurleurs.

– *The Trumpet*, c'est la ville où vous vivez. Ils auraient pu vous interroger.

– S'ils avaient appelé, qu'auriez-vous dit ? »

Elle ressemblait à un modèle qui pose pour un portrait de la désolation : épaules bien droites, sourcils relevés et froncés, mains jointes. « Je dirais ce que vous avez demandé. Mr. Shepherd n'a pas de commentaire à faire.

– Merci.

– Mais.

– Mais ?

– Quand ils n'ont rien, ils remplissent les blancs. Si vous ne les arrêtez pas, ils remplissent encore. C'est comme si vous aviez donné votre accord. À leur façon de penser. Ne rien dire c'est la même chose que donner son accord.

– Êtes-vous en train de me dire qu'il est de ma responsabilité d'empêcher quelqu'un de mentir ?

– Eh bien, non. Il lui appartient de s'arrêter.

– *Dios habla por el que calle.*

– Ce qui veut dire, Mr. Shepherd ?

– Dieu parle pour celui qui se tait.

– Si vous le dites.

– “Pas de commentaire” signifie “pas de commentaire.” Cela ne signifie pas, “Je ne souhaite pas le dire, mais oui, il a une perforation du tympan”.

– Mais c'est pourtant ce que les gens pensent. S'abriter derrière le Cinquième Amendement et refuser de répondre, ça veut dire qu'on est coupable.

– Quoi que les gens puissent penser, ce n'est pas vrai. Un blanc sur un formulaire, la page manquante, un vide, un trou dans la connaissance que vous avez de quelqu'un – cela reste une *chose* bien réelle. Cela existe. Ça ne se remplit pas avec n'importe quoi. Je m'appuie sur un principe incontournable, Mrs. Brown. Ce pays nous promet la présomption d'innocence.

– Des *présomptions* nous en avons, Mr. Shepherd. Elles nous sortent par les oreilles.

– Que voudriez-vous que je dise ? Mr. Shepherd n'a pas de perforation du tympan, il n'a pas d'ami du temps de l'université, oui, il peut voir passer une jolie fille sans siffler – oh, c'est un piège. Où est-ce que ça s'arrête ? »

Elle n'avait pas la réponse.

« Si le *atl-atl* était censé être le symbole de la bombe atomique, est-ce que ce n'est pas au lecteur d'en décider ?

– Ma foi, je vois bien ce que vous voulez dire. Les reporters vous broieraient dans un mixeur pour nourrir les bébés à la petite cuillère.

– Je ne crois pas que les reporters s'intéressent à moi le moins du monde. Ils se prennent pour des artistes. Ils préfèrent dessiner à main levée.

– Ils posent des questions tout de même.

– Je sais. Ce type qui voulait m'interroger sur Truman et sa politique d'endiguement vis-à-vis de l'Union soviétique, vous vous rappelez ? *Collier's*, je crois.

– *The New York Times. Collier's* avait dit qu'ils ne feraient pas d'article si vous ne répondiez pas à leurs questions.

– Et alors, ils en ont fait un ?

– Un petit. Il n'était pas très bon.

– Si je parlais, je ne ferais que leur donner plus de blancs à remplir. "Que pensez-vous de la nouvelle politique antisoviétique de Truman, Mr. Shepherd ?" Pas de commentaire. "Cette Bette Davis est à tomber par terre, n'est-ce pas, Mr. Shepherd ?" Pas de commentaire.

– Donc, la perforation du tympan. Pas de commentaire.

– Tout juste.

– Bientôt ils vont annoncer que vous êtes mort.

– Vous imaginez, quelle paix. »

Le téléphone sonna, et elle courut répondre. Ses bas avaient des coutures sur l'arrière. J'ai tenté un sifflement admiratif – faible, certes, mais je l'ai entendue s'arrêter dans l'escalier.

Échantillon du courrier reçu le 15 mai 1947, soixante-quinze lettres en tout. Après la publication de *Les Pèlerins de Chapultepec*, Stratford & Sons a fait suivre le courrier par boîtes une ou deux fois par semaine. – V.B.

Cher Mr. Shepherd,

Voici un jeune homme de soixante-dix ans qui vous tire son chapeau. Pendant des années j'ai relu mes écrivains préférés parce que les nouveaux auteurs ne valaient pas tripette. Mais il y a quelques semaines je me suis trouvé à court et je suis allé à la librairie du coin pour demander conseil. Le type m'a mis entre les mains deux Harrison Shepherd, nom inconnu de moi. J'ai lu les deux d'un trait. Bien sûr, les scènes de copulation et de débauche me font rougir. Mais vous montrez que les temps modernes ne sont pas différents des anciens, et les gens sont pareils partout. J'étais en garnison à l'étranger pendant la Première Guerre et je n'ai jamais réussi à trouver ça bien, mais j'ai tout de même appris deux ou trois choses. Merci d'avoir mis un peu de piment dans ma vie. Je suis impatient de lire d'autres livres de vous.

Sincèrement,

COLLIN THOMAS

Cher Mr. Shepherd,

Bien que nous ne nous soyons jamais rencontrés, je vous considère comme un ami. Vous me touchez et vous m'inspirez. J'ai lu Les Vassaux de sa Majesté *deux fois et je lis actuellement votre nouveau livre. Merci d'avoir su exprimer ce que j'ai dans le cœur. J'ai voulu faire preuve de courage comme le font vos personnages. Vous montrez que les hommes qui nous dirigent ne sont pas plus malins que nous autres. Il y a un moment que je songe à dire à mon patron d'aller se faire voir et de se trouver une autre secrétaire. Et maintenant il se pourrait bien que je mette mes projets à exécution.*

Avec mon admiration,

LYNNE HILL

Cher Mr. Shepherd,

Votre livre est au programme du cours d'histoire au lycée Lancaster Valley. Je ne lis pas trop de livres mais le vôtre ça va. Il m'a donné beaucoup à réfléchir, Poatlicue qui veut être un bon citoyen, et qui pour finir veut tuer le roi. Notre professeur nous a demandé de vous poser trois questions sur les temps anciens au Mexique, pour notre compte rendu de lecture. Mes questions :

1. Est-il vrai que l'aigle a donné aux gens leur première arme ?

2. Quel genre de gouvernement avaient-ils, démocratie ou dictateur ?

3. Est-ce que vous avez vraiment tué un cerf ?

Merci. Je dois rendre mon compte rendu le 12 mai.

Sincèrement à vous,

WENDELL DIXON

Une des 19 lettres contenues dans un paquet provenant du lycée Lancaster Valley, Californie. – VB

Cher Mr. Harrison Shepherd,

Mon cœur déborde de joie, juste à l'idée que vous tenez ma lettre entre vos mains. Merci d'être écrivain. Vous m'avez aidé à passer des périodes très tristes, quand ma mère est morte particulièrement. Parfois je fais tout mon possible pour arriver à la fin de la journée, juste pour

pouvoir me blottir dans mon lit le soir avec mon livre préféré. Quand la vie est monotone ou tout bêtement triste je sais que vous m'emmènerez là où on oublie ses ennuis. Quand je recevrai votre réponse je serai comblée. Merci, merci.

Vôtre,

ROXANNE WILLS

Toute correspondance a reçu une réponse dans la semaine, dans la mesure du possible. Pas de photographies ni d'inclusions. – VB

6 juin 1947

Chère Frida,

Le télégramme de Diego a fait plus que m'effrayer. Il a l'air de penser que les médecins ont failli vous tuer, je crains donc pour vous tous. Mais pour vous, par-dessus tout. Je suis bien décidé à vous envoyer aujourd'hui une lettre pleine d'entrain, afin de vous distraire un peu de vos soucis, comme vous l'avez souvent fait pour moi. Vous trouverez dans ce paquet votre cadeau d'anniversaire. Ne soyez pas trop déçue, ce n'est qu'un nouveau livre, qui je l'espère vous amusera. Si tel n'est pas le cas, c'est votre faute, vous n'aviez qu'à me laisser rester cuisinier.

J'essaie de mettre en chantier une nouvelle histoire, sur les Mayas, je crois, et sur la chute des civilisations. Tout le monde réclame une fin heureuse cette fois-ci, donc ça devrait faire l'affaire. Mais l'écriture avance doucement, ma vie regorge de distractions plus passionnantes les unes que les autres. Il y a à peine une semaine j'ai fait l'acquisition d'un paquet de pinces à linge, et d'un nouveau portefeuille. (La vendeuse m'a informé qu'il possédait une poche secrète.) Le Roadster et moi nous rendons tous les trente jours au garage de Coxe Avenue car « un bon entretien nous mènera loin ». Un nouveau magasin d'appareils ménagers a ouvert au bout de la rue ! Et en ce moment même, je regarde par la fenêtre de mon bureau le sommet des arbres où un oiseau gigantesque est en train de creuser un trou à coups de bec. Si seulement vous pouviez voir ce monstre : son plumage rouge se dresse bien droit sur sa tête, comme le mien le lundi ! Bonté divine, les copeaux de bois volent en tous sens, cet animal est gros comme un bœuf. Et vous qui étiez inquiète que ma vie ne soit triste.

Je ne manque jamais de compagnie. Le jeune voisin Romulus semble préférer ma maison à la sienne, maintenant que l'année de sixième est finie et que l'école l'a mis en liberté conditionnelle pour l'été. Les mains enfoncées dans les poches de sa salopette, il se promène dans la maison à convoiter le moindre objet, mais il n'est pas voleur. Il demande. Il aime particulièrement la petite idole sculptée de Teotihuacán. Je ne lui ai pas dit que c'était un objet volé. Je lui ai donné à la place un stylo plume et un vieux chapeau mou et, se prenant pour Edward Murrow, il arbore une voix de Jugement dernier pour interroger les chats. J'ai également offert de lui donner un chat, Chisme, le noir dont je ne sais que faire, mais il n'en a pas voulu.

Ma sténographe vient du lundi au vendredi pour répondre au courrier et au téléphone, depuis plus d'un an maintenant. Mon merveilleux scribe. Elle travaille à la table de la salle à manger. Chaque matin, devant le courrier qui s'entasse, nous prions : « Pour ce que nous sommes sur le point de recevoir, que le Seigneur nous rende sincèrement reconnaissants. » C'est un as, je l'ai vue parfois traiter presque cent lettres de lecteurs en une journée, tapant un petit mot aimable en réponse à chacune. Elle transporte tout ça au bureau de poste dans un gigantesque cartable en cuir qu'elle a trouvé quelque part, un peu comme ceux qu'on utilisait du temps du Pony Express : par-dessus son épaule elle le jette, et hop ! la voilà partie, telle est Violet Brown. Je ne peux m'empêcher de penser que vous seriez sensible à l'ironie de son nom, car elle a l'air d'un petit oiseau, grise comme une colombe. Elle est aussi parfois la mère dont j'ai besoin : elle m'ordonne de sortir prendre l'air au moins une fois par jour, ne serait-ce que pour aller au coin de la rue acheter des cigarettes. Récemment, elle a intensifié le programme : je dois chaque semaine, d'une manière ou d'une autre, me lancer dans une aventure sociale. Aller au cinéma tout seul est acceptable (Mrs. Brown est indulgente), et point trop périlleux si je me glisse furtivement dans la salle obscure. Le but de ces sorties est de vaincre ma peur du monde et de tout ce qu'il renferme. Maintenant les magazines disent que j'ai une perforation du tympan, ce qui m'arrange. Si le monde hurle trop fort, je peux faire semblant de ne pas entendre.

Dès que vous irez mieux, faites-le-moi savoir, s'il vous plaît. Le télégramme de Diego a été un choc terrible. Il semble très en colère, non seulement contre vos médecins mais contre le monde entier et Tous Ces Salauds de Gringos, moi compris. Vous pourriez peut-être lui dire que Truman ne m'a pas consulté avant de s'engager à battre les communistes en Grèce et en Turquie. Le secrétaire d'État Marshall a annoncé un nouveau plan d'assistance à l'Europe qui ne va pas enchanter votre mari non plus. Frida, vous comprenez les hommes. En quoi ces leaders sont-ils différents des garçons que j'observais autrefois quand j'étais à l'école, quand ils essayaient de composer leurs équipes de football ? Avant la guerre nous avions six grands joueurs sur herbe. Il n'en reste que deux. Naturellement ces deux-là seront des rivaux, et ils essaieront de gagner les autres à leur cause. Et quelques pièces de monnaie et autres gâteries ne peuvent que faciliter les choses, bien entendu.

Je peine à comprendre pourquoi Diego soutient Staline aujourd'hui, après avoir travaillé de façon si étroite avec Lev, et même l'avoir vu assassiner. Quelles motivations rationnelles peuvent bien avoir opéré ce changement chez Diego ? « C'est une nécessité révolutionnaire », a-t-il dit.

Mais comment comprendre ce que cela signifie ? La trahison, comme moyen pour atteindre une fin ? Presque tous les jours je me réveille catastrophé de constater à quel point je comprends peu de choses dans ce monde. Peut-être que Diego a raison : malgré toutes ces années passées à servir des hommes brillants je ne suis qu'un crétin de Gringo. Je vais tenter de m'en tenir à la tâche que je semble connaître : écrire des histoires pour les gens qui croient que si vous lancez une pierre, elle a des chances de rouler jusqu'au sommet de la colline. Si votre mari dit que je suis un imbécile dans le domaine de la politique, il doit avoir raison. Alors ne me posez pas de question sur l'atome pacifique, ou la manière d'augmenter le taux de natalité en France.

Pour vous distraire, je joins un article de journal, un de mes préférés de la dernière série. Il est la confirmation que je ne suis pas homme de littérature, mais Mrs. Brown dit que cela montre bien que mes livres parlent de Choses Importantes. Diego le considérera peut-être comme la preuve noir sur blanc que quelqu'un d'autre que moi ici s'oppose à l'attaque scandaleuse de Truman contre la montée du prolétariat. Mais dans l'ensemble ça ne prouve rien. Vous connaissez les critiques, ils sont le vent dans leurs propres voiles. J'aimerais n'écrire mes livres que pour une personne chère qui, confortablement installée dans son lit, tournerait les pages jusqu'à la dernière, puis laisserait le livre ouvert tomber doucement sur son visage, et toucher son sourire ou boire ses larmes.

Je ne suis pas courageux comme vous. Toute cassée que vous êtes, vous vous levez quand même. Dans vos robes Tehuana, au milieu de votre jardin, avec les grenadiers qui s'inclinent vers vous pour ouvrir leurs fleurs rouges. Quoi qu'il se passe, vous resterez au centre du monde.

Votre ami,

INSÓLITO

The New York Weekly Review, *26 avril 1947*

L'Auteur frappe à nouveau et fait mouche

par Donald Brewer

Ne vous méprenez pas, Harrison Shepherd est loin d'être un génie de la littérature. Ses histoires sont pleines à craquer de jeunes apollons au torse nu. Les décors sont somptueux, l'intrigue donne le frisson. Mais vous n'arriverez pas à refermer le livre, même si vous ne l'avouerez peut-être pas à vos amis.

***Les Pèlerins de Chapultepec* (Stratford & Sons), situé au Mexique avant la Conquête, raconte le pèlerinage d'un peuple banni de chez lui, condamné à suivre un leader parano qui se bat avec son ombre. Shepherd parle au nom de ceux qui, poussés à bout par une mauvaise politique, se demandent ce que diable leur leader peut bien avoir dans la tête. Le protagoniste, un garçon du nom de Poatlicue, qui n'aspire à rien d'autre que devenir un citoyen modèle, en vient à penser que la longue marche de son peuple est une bonne affaire pour le roi, et une catastrophe pour tous les autres.**

L'écrivain Shepherd combine action à la James Fenimore Cooper et pathos chaplinesque, comme en témoigne cette scène de chasse symbolique : Poatlicue et son ami dépouillent un cerf, et tout en dépeçant l'animal en petits morceaux, ils rouspètent après leur roi. Leur chef a prononcé un nouveau décret scandaleux, il est revenu sur un traité d'amitié avec un clan voisin, auquel il dit ne plus pouvoir accorder sa confiance. La tribu va devoir se mettre en route à nouveau, alors que la nourriture en cette saison est rare. Ces jeunes gens

en ont gros sur le cœur. Poatlicue jette une paire de testicules à terre, en disant : « Les derniers grands espoirs du beau mâle dans de tristes petits sacs. »

Et à son copain il dit : « Notre chef est un sac vide. Nous pourrions tout aussi bien le renverser, prendre un bâton, y planter une tête avec des cornes, et la suivre. Ce serait du pareil au même. La plupart d'entre nous ne choisissons pas de croire en la nation, c'est juste que nous n'avons rien trouvé de mieux à faire. C'est sans doute une loi : l'imagination d'un peuple est à la mesure des couilles de son chef. » L'auteur fait peut-être allusion ici au témoignage de Donald Benedict, l'étudiant en théologie de New York qui a refusé la conscription pendant la guerre. « Nous ne prétendons pas que le peuple américain choisit dans une intention criminelle l'instrument vicieux de la guerre », a dit Benedict pendant son procès, « mais dans une situation déroutante ils ne possèdent pas l'imagination et la foi religieuse pour répondre autrement. »

L'intention de Shepherd est-elle de se ranger dans le camp de ceux qui veulent échapper à la conscription ? On pourrait poser beaucoup de questions à ce romancier au sens politique aigu, à commencer par son opinion sur un leader qui vient de faire chanceler la nation avec un revirement abrupt de politique étrangère, passant d'une coopération amicale au soi-disant « endiguement » du communisme.

Nous en sommes réduits à nous interroger, dans la mesure où Shepherd refuse toute interview. Mais cette semaine, alors que nous apportons notre soutien à notre homme à Washington, qui casque 400 millions de dollars pour combattre nos amis d'hier car « chaque nation doit choisir »,

nous pourrions peut-être tendre l'oreille pour entendre un bruit sourd dans la poussière, et nous demander si les grands espoirs qui sont les nôtres tiendront dans ce lamentable petit sac.

11 juin

Elle a soulevé à nouveau la question des mémoires, que je croyais morte de mort naturelle. Mais non, Mrs. Brown insiste. Ne serait-ce que pour en terminer avec celle de la perforation du tympan, j'imagine. Le premier chapitre était très bon à son avis, et aujourd'hui elle a avoué que depuis le jour où je le lui ai donné, elle arrive au travail chaque matin en espérant que le suivant sera là, prêt à être tapé.

« Presque six mois ont passé depuis le chapitre un, Mr. Shepherd. S'il vous faut autant de temps à chaque fois, vous serez mort avant d'en avoir fini avec votre adolescence. »

Je lui ai répondu que j'étais vraiment désolé d'anéantir ses espoirs tous les matins quand elle arrivait au travail et cetera. Mais il n'y aura pas de suite. C'était une terrible erreur. Et de toute manière, même quand j'envisageais ce projet, il y a plusieurs mois, j'avais rencontré un problème, le carnet manquant. Le petit journal qui suivait immédiatement le premier. Je ne le lui avais pas encore dit.

« Je suis incapable de retrouver cette année-là sans ce journal. J'aurais déjà dû vous le dire. J'espérais simplement que vous oublieriez. Ces mémoires ont volé en éclats avant même d'avoir commencé.

– Que voulez-vous dire, disparu ? » Son regard alla se poser sur l'étagère. Elle sait où je les range. J'aurais dû les détruire tous.

« La partie manquante cruciale du manuscrit. Il y a un mot pour nommer cette chose, que les historiens dans ce pays utilisent. *Lacuna*. Alors accusez le destin et l'histoire, si vous voulez.

– L'aviez-vous avant ? Quand vous les avez tous sortis de la caisse ?

– Il ne s'agit pas d'un trousseau de clés qu'on aurait égaré, l'informai-je avec agacement. C'est juste qu'il ne se trouvait pas avec les autres, quand Frida a expédié les carnets et les papiers. Il avait sans doute brûlé au poste de police, ou il s'était glissé derrière un meuble. Il est petit, je sais exactement à quoi il ressemblait – c'était un petit livre de comptes relié en cuir que j'ai volé à une servante. À peu près de la taille de votre main. Et maintenant il a disparu. Sortez-vous ces mémoires de l'esprit, je travaille sur quelque chose d'autre désormais. Je devrais brûler tous ces carnets, au moins vous cesseriez de me harceler avec tout ça. »

Mrs. Brown n'est pas une imbécile. « Si vous vous rappelez à quoi ressemblait le petit livre, vous devriez être capable de vous rappeler assez bien ce qu'il contenait. »

23 juin

Ce n'était rien d'autre qu'une lettre, mais à sa façon de monter l'escalier, on aurait dit qu'elle transportait un sac de briques.

« Désolée de vous déranger. Mais ils disent qu'ils veulent une réponse par retour de courrier.

– Qui est-ce ?

– J. Parnell Thomas.

– Ami ou ennemi ?

– Président, Commission des activités antiaméricaines, connu précédemment sous le nom de Comité Dies.

– Ça me dit quelque chose, Dies. Oh oui, je connais ces messieurs. » *Comité Diez*, on prononçait le mot comme « dix » en espagnol. C'étaient eux qui avaient organisé le voyage de Lev à Washington, les visas fin prêts et annulés à la dernière minute.

– Vraiment ? Vous le connaissez ? » Elle semblait surprise.

« Je veux dire que je sais ce qu'ils font. Ils ont appelé mon ancien employeur au Mexique. Pour qu'il témoigne sur les trahisons de Staline. Ils sévissent toujours ? »

Elle me tendit la lettre. « C'est juste un formulaire. Ils disent qu'il a été envoyé à tous les employés du département d'État.

– Peu de chances que je transporte à nouveau des œuvres d'art pour le Gouvernement.

– Aujourd'hui ou dans le passé, disent-ils. Ils demandent que vous signiez une déclaration où vous affirmez votre loyauté au Gouvernement des États-Unis.

– Juste ciel. Pourquoi manquerais-je de loyauté ? »

Elle fit glisser ses lunettes sur son nez, et lut. « Étant donné la coopération étroite entre les États-Unis et la Russie pendant la guerre, certaines zones stratégiques de notre gouvernement ont pu être accessibles à des sympathisants communistes. À dater du 21 mars 1947, le Président et le Congrès entreprennent de s'assurer de la loyauté de tous les fonctionnaires.

– Très roman d'espionnage tout ça. Où est-ce que je signe ? »

Elle s'approcha du bureau. « Êtes-vous sûr que c'est bien nécessaire ? Si vous n'avez pas l'intention de travailler à nouveau pour le Gouvernement, peut-être que ce n'est pas utile.

– Vous doutez de ma loyauté ? »

Elle me tendit la lettre à signer.

« Mrs. Brown, je ne hais pas vraiment, et je n'aime pas vraiment. Je suis un homme libre. Mais j'adore écrire des livres pour les Américains. Regardez ces lettres, toute cette bonté radieuse, ce pays est du tonnerre. Et Joseph Staline a assassiné mon ami. J'aurais subi le même sort, si je m'étais trouvé sur sa route.

– Soit, Mr. Shepherd. Je sais que ces choses vous hantent, particulièrement au mois d'août, et c'est bien normal. Ce n'est pas rien que d'assister à un meurtre sanglant. »

Je signai la lettre et la lui remis. « J'aurais tendance en l'occurrence à ne pas attirer l'attention sur moi. Si j'avais un jour à choisir, il est probable que je ne serais qu'un lâche et que je sauverais ma peau.

– Ainsi sont les hommes », répondit-elle. « C'est ainsi que notre Seigneur nous a faits.

– Non, j'ai connu des hommes courageux. Lev a vu ses enfants assassinés, et il n'a jamais capitulé. Même des jeunes gens, comme Sheldon Harte. On m'a dit qu'ils aimaient la vie plus que moi, c'est pourquoi ils sont devenus des révolutionnaires. Et ont fini sous les coups d'une matraque, ou morts dans une fosse remplie de chaux. »

Elle attendait. Une fin plus heureuse peut-être.

« Ce que nous appelons histoire au bout du compte, c'est une sorte de couteau, qui tranche à travers le temps. Quelques personnes sont assez dures pour tordre le tranchant. Mais la plupart ne s'approcheront même pas de la lame. Je suis de ceux-là. Nous ne faisons rien plier.

– Mais si. Écoutez, j'ai des cartons entiers de lettres en bas, comme vous l'avez dit vous-même. Des gens qui vous disent tout le bonheur que vous leur donnez. Ce n'est pas rien tout de même ?

– Je leur fais passer un bon moment. Quelques heures pour oublier une famille décevante, ou un patron tyrannique. Mais les problèmes sont toujours là quand le livre est fermé. Je ne sauve personne. »

Les coins de sa bouche retombèrent. « Mr. Shepherd, c'est bien là votre problème. Vous ne connaissez pas votre propre force. »

3 juillet

La Soda Shoppe de Pack Square n'aurait pas pu être parée de plus de banderoles s'il s'était agi du train présidentiel. Romulus était émerveillé, surtout par sa gigantesque coupe glacée à la chantilly. Mrs. Brown aspirait son Coca avec une paille, les joues roses. « Vous devriez être aux anges », a-t-elle dit. « Un film hollywoodien.

– Vous n'arrêtez pas de dire ça. Je suis aux anges.

– Eh bien, on ne le dirais pas », a-t-elle rétorqué. Elle portait un béret bleu Kerrybrooke ; autant dire qu'il s'agissait là d'une Aventure Sociale de premier ordre.

« Elle a raison », a insisté Romulus.

« Baisse le ton. Nous autres les hommes devons nous tenir les coudes. Nous ne portons pas notre cœur en bandoulière comme les femmes. »

Il a jeté un coup d'œil à son épaule puis, du revers de la main, il a essuyé une trace de crème sur sa joue.

« Tout n'est pas encore réglé, pour commencer. Où vais-je trouver un agent ?

– Mr. Lincoln a-t-il dit que vous étiez obligé d'en avoir un ? Ou juste que ça faciliterait les choses ? Qu'a-t-il dit exactement à ce sujet ?

– Trouvez quelqu'un pour négocier le contrat, en vue de l'acquisition des droits. Il ne peut pas s'en charger, c'est une affaire entre Hollywood et moi. Un agent, c'est ce qui se fait. Ou alors un avocat.

– Ma foi, des avocats j'en ai rencontré quelques-uns. Quand je travaillais pour la municipalité. Si tant est qu'ils comprennent quelque chose à un contrat de cinéma.

– Mr. Lincoln a dit qu'il nous fallait rassembler nos forces pour la presse. Ils vont passer à la vitesse supérieure. »

Une Cadillac vert petit pois passa en catimini comme une sorte d'animal d'eau, son pare-brise à deux vitres pareil à des yeux rapprochés. Jamais aucune voiture ne pourra rivaliser avec le Roadster. Mrs. Brown nous installa dans un coin près de la fenêtre pour qu'on ne puisse pas me repérer dans la boutique. Mais malgré cela, j'ai entendu deux filles au comptoir qui disaient « C'est lui. C'est sûr. Mais non. »

Mrs. Brown a claqué des doigts. « J'en connais un ! Je crois que j'ai sa carte de visite dans mon coffret à bijoux. » L'espace d'un instant elle eut l'air si moderne, une vraie secrétaire de direction.

Et une fois de plus elle me sauve la mise. Peut-être, nous verrons. Il s'agit d'un monsieur qu'elle a rencontré l'année dernière, il était venu demander s'il n'y avait pas une chambre libre à louer. Ils avaient bavardé un bon moment dans le salon en attendant que Mrs. Bittle revienne de chez le coiffeur. Il est de New York, avocat, plus ou moins à la retraite. Vient s'installer à Asheville parce que sa femme est morte, et sa fille Margaret habite ici. Des petits-enfants. Il n'était pas sûr de se sentir chez lui à Dixieland, mais pas de discussion possible quand votre fille s'appelle Margaret. Même Harry Truman le sait, ha, ha. La radio était allumée dans le salon, et Mrs. Brown s'est demandé tout haut à quoi ressemblaient les stars. Les voix donnent une certaine impression, mais les acteurs sont peut-être moins attirants qu'ils ne paraissent. C'était *Duffy's Tavern*. Le monsieur lui expliqua que même si l'actrice qui tenait le rôle de la fille de Duffy avait une voix de jeune fille, en réalité c'était une femme mûre, quarante ans au bas mot. Shirley Booth. Et l'autre, Cass Daley, a les dents qui se chevauchent comme les écailles d'un lézard.

Comment le savait-il ? Il les a rencontrées voilà tout. C'est son boulot. Avocat pour la radio et la télévision.

J'ai demandé à Mrs. Brown pourquoi il n'avait pas pris la chambre.

« Mrs. Bittle n'a pas voulu la lui louer. Elle était désolée. Il avait l'air très sympathique.

– Je vois. Honnêtes Gens uniquement. Il était noir ?

– Non.

– Juste un peu trop Yankee ? »

Elle jeta un coup d'œil en direction de Romulus, puis vers moi à nouveau. « Vous m'avez dit qu'au Mexique vous travailliez pour un… qui ne fêtait pas Noël. »

Même le mot Noël ne provoqua pas la moindre lueur d'attention de la part de Romulus. Il était assis le regard perdu comme un mystique, à remuer sa soupe à la glace barrée de traînées rouges de cerise. J'essayai d'élucider le mystère.

« Oh. Cet homme était juif ? »

Arthur Gold. Le Juif new-yorkais à Dixieland.

22 juillet

Pauvre Mrs. Brown, des problèmes avec le Club des femmes. Elle était tellement déboussolée aujourd'hui qu'elle a dû rappeler Mr. Gold deux fois, pour lui demander les instructions afin d'expédier le contrat du film. Elle a l'air de penser que ces femmes veulent la jeter toute crue dans une marmite d'eau bouillante. Étant l'un des trois membres du Comité culturel, elle n'était pas l'unique responsable. Mais c'est elle qui a eu l'idée d'impliquer les enfants.

Leur intervenante était une fille du nom de Surya, qui participait à un échange culturel d'un trimestre à Washington et se trouvait pour l'été chez des parents à Asheville. Ce fut Geneviève Kohler (voisine des parents) qui conçut l'idée de choisir cette fille originaire de Russie pour parler à leur Soirée culturelle. Toutes ces dames étaient dans le pétrin ; les décorateurs de New Plastic Fabric avaient annulé au dernier moment. Mrs. Brown songea à inviter des lycéennes de la ville, faisant remarquer que le débat ne pourrait être qu'enrichissant. La fille avait vécu la guerre. Elle avait surmonté bien des aléas pour arriver en Caroline à temps pour la Fête du Rhododendron.

Mrs. Brown a dit qu'elle était fraîche et rose comme une fille de ferme, yeux marron et fossettes, ajoutant que son intervention avait été à la fois instructive et très accessible. La jeune Surya parla de son école en Russie, de la politique de santé gratuite et des soins pour les personnes âgées. Elle compara les instances dirigeantes de son pays avec le gouvernement communiste nouvellement élu en Pologne. Elle mentionna favorablement la situation des femmes dans la Russie d'aujourd'hui, et tout aussi favorablement la Caroline du Nord et Washington. Cette jeune fille, pensait Mrs. Brown, était d'un naturel si aimable que c'était à se demander si elle aurait dit du mal d'une araignée qui se serait posée sur son visage. Et pourtant, elle fit scandale. La présidente du Club des femmes, la vice-présidente et l'appariteur se sont levés d'un bloc, ont interrompu l'intervenante pour déclarer leur loyauté à l'Amérique, et sont sortis. D'autres ont suivi. Des mères qui avaient accompagné leurs filles, répondant au prospectus qui avait été distribué à l'école, partirent, suivies de leur progéniture, indignées d'avoir été trompées.

« Nous n'avons induit personne en erreur », proteste Mrs. Brown. « Nous avons mentionné sur le prospectus qu'elle était là dans le cadre de l'échange de jeunes étrangers avec l'ancienne Saint-Pétersbourg.

– Ils ont peut-être pensé que vous parliez de St Petersburg, la République de Floride. Juste en face du continent mexicain, si mes souvenirs sont bons.

– Mr. Shepherd, ce n'est pas un sujet de plaisanterie.

– J'essaie de vous dérider. Ce n'est pas le désastre que vous pensez. »

The Asheville Trumpet, *23 juillet 1947*

Des spectateurs prennent position contre les Rouges

par Edwina Boudreaux

« Toute nation doit choisir entre des modes de vie alternatifs », a déclaré le Président Truman. La

Soirée culturelle du Club des femmes ce lundi n'a pas fait exception. Les billets pour la Conférence culturelle animée par Miss Surya Poldava d'URSS se sont vendus vingt-cinq *cents*. Mrs. Herb Lutheridge, présidente, a ouvert la soirée avec le serment d'allégeance.

La soirée, interrompue par des réactions réprobatrices dans la salle, a rapidement tourné court. Le pasteur Case Mabrey de la Coxe First Baptist a conduit la prière de clôture. Mrs. Lutheridge ne possédait aucune information sur l'intervenante et présente ses excuses à toutes les personnes présentes. « Le Club des femmes est opposé à la suppression des libertés individuelles et au mode de vie communisant. »

L'inspecteur général des écoles Ron Stanley a convoqué hier une assemblée en vue de discuter d'un événement qui a « mis le système scolaire en état de choc ». « La nature de cette réunion répugne à tous ceux qui travaillent avec la jeunesse dans le comté de Buncombe », a dit Stanley, qui n'était pas présent à la conférence. « Elle est contraire à la philosophie de l'éducation que nous pratiquons ». La D.A.R. d'Asheville, s'exprimant par la bouche de Mrs. Talmadge Rich, présidente générale, qui n'était pas présente, a également pris officiellement position contre la conférence.

Le Club des femmes a l'intention de réviser ses lignes générales d'action de sorte qu'un événement déplorable de cette sorte ne se reproduise plus à l'avenir. Le programme de la soirée a été mis en place par Mrs. Glen Kohler de Haywood et Mrs. Violet Brown de Tunnel Road. Jointe par téléphone, Mrs. Kohler a dit être mère de famille et a présenté ses excuses pour la tournure qu'avaient pris les événements. Mrs. Brown, secrétaire dans

une société privée, a maintenu que le programme était purement informatif. « Il y a dans ce monde des gens de toute espèce, et je ne vois pas l'intérêt d'envelopper les têtes de nos enfants dans du coton. » Brown, 47 ans, est veuve et sans enfant.

Le Club des femmes remboursera le prix des billets à toutes les personnes présentes.

15 août 1947
Harrison W. Shepherd
30 Montford Avenue
Asheville, Caroline du Nord

Cher Mr. Shepherd,

Le Bureau Fédéral d'Investigation a été chargé par le Congrès des États-Unis de la conduite d'investigations de routine sur toute personne employée, actuellement ou dans le passé, par le gouvernement fédéral, dans un effort pour établir la loyauté complète et inébranlable desdites personnes aux États-Unis. Dans ce but, nous vous demandons de fournir immédiatement par écrit les informations suivantes : liste complète de vos lieux de résidence passés et de vos employeurs passés, écoles et établissements d'enseignement supérieur fréquentés, organisations, associations et groupes dont l'employé a été membre.

Cette investigation est dirigée par la Commission des activités antiaméricaines (connue sous le nom de Comité Dies). Elle portera mention des archives de la Commission du service civil, des rapports des Services de renseignements de l'armée de terre et des forces navales, des témoignages d'autres employés au Comité Dies quand ils sont pertinents, et des dossiers locaux de police. Toute information défavorable entraînera une investigation exhaustive.

La Commission du service civil possède un index principal qui recense toutes les personnes ayant été l'objet d'enquêtes de loyauté depuis le 1er septembre 1939. Sera communiqué au Loyalty Review Board de la Caroline du Nord le nom de tout individu dont il aura été constaté qu'il a fréquenté de telles personnes, ainsi que de toute organisation, mouvement, ou groupe que le ministre de la Justice a répertoriés en tant que totalitaire, fasciste, communiste, ou subversif, ou préconisant la force ou la violence ou cherchant à modifier la forme du gouvernement des États-Unis par des moyens anticonstitutionnels. Le Review Board sera également informé de toute action de sabotage, espionnage, trahison, sédition, ou association intentionnelle avec des espions. Le McCormack Registration Act (Loi 631) demande instamment à toute personne agent d'une autorité étrangère de se signaler au secrétaire d'État. Le Voorhis Act (loi 1201) demande à toute organisation sous contrôle étranger exerçant une activité politique de se signaler au ministre de la Justice.

Ce Bureau attend votre pleine et prompte coopération à cette investigation.

Sincèrement,

J. EDGAR HOOVER, DIRECTEUR
BUREAU FÉDERAL D'INVESTIGATION

2 septembre

Arthur Gold est l'image même du privé dans un roman de Dashiell Hammett : chemise blanche, bras de chemise roulés, yeux bleu acier, cravate passée de mode depuis cinq ans. Une sorte de Sam Spade aux cheveux blancs, parfait dans les moindres détails, jusqu'au petit bureau enfumé au sommet d'un escalier étroit dans l'immeuble Woolworth sur Henry Street. Cigarette jamais éteinte, nonchalance appuyée. Si Violet Brown, en matière de conduite, est l'image même de ce qu'il faut faire, Mr. Gold est celle de ce qu'il ne faut pas faire. Son corps étroit décrit un S dans son fauteuil, avec un méridien qui court de la tête aux tibias en passant par le nombril, et tout le reste écroulé à l'avant et à l'arrière. Il a fallu un temps d'adaptation au début pour associer la forme avachie à la voix pénétrante au téléphone. Mais en l'espace de quelques minutes, il était bel et bien redevenu Mr. Gold, martelant ces longues phrases qui arrivent infailliblement à destination. Il ferait un avocat impressionnant au tribunal. Sauf qu'à mi-chemin entre le sujet et l'objet, distrait par sa cigarette, vous vous retrouveriez en train de vous demander quand ce bout de cendre va se décider à tomber sur sa chemise.

« Félicitations pour votre carrière remarquable. » Il se déplia pour se lever, me serrer la main. « Appelez-moi Artie, je vous prie. Enfin nous nous rencontrons, asseyez-vous. C'est un plaisir de travailler avec quelqu'un qui s'est fait un nom en aussi peu de temps dans ce pays et, si je puis me permettre, sur cette terre. Quel âge avez-vous ?

– Trente et un ans. »

Il me regarda du coin de l'œil, m'évaluant. « Ouais, d'accord. Vous les faites. »

Il se pencha sur la lettre, quelques secondes tout au plus, puis la jeta sur son bureau. « Allons droit au but. Il va vous falloir répondre à ce questionnaire. Sinon ils vous en enverront un autre. C'est un formulaire, ils en ont des millions. S'il vous plaît, dites-moi ce qui vous inquiète dans cette demande.

– Je ne suis pas vraiment inquiet. Il n'y a rien dans cette liste qui me concerne. Honnêtement, trahison et sédition, violence insurrectionnelle. Tant qu'ils n'ajoutent pas fumer au lit, je n'ai pas de souci à me faire. »

Artie éclata de rire, sa tête dodelinait d'avant en arrière.

« C'est juste que je voudrais savoir ce qui se cache là-dessous, avant de répondre. Je fais des erreurs parfois. Je me rends compte que je suis naïf pour certaines choses.

– Comment ça ?

– J'ai grandi au Mexique, pendant la Révolution. Être communiste, ça faisait partie de la vie de tous les jours. Comme le poisson le vendredi.

– Moi aussi j'ai passé mon enfance dans ce genre de pays. New York dans les années vingt. Eugene V. Debs, ça vous dit quelque chose ?

– Je crois.

– Donc. Vous avez grandi au Mexique, mais vous êtes citoyen des États-Unis, je sais tout ça, j'ai travaillé sur votre contrat cinématographique. Vous êtes né ici, vous êtes parti au Mexique à l'âge de douze ans je crois, et vous êtes rentré quand exactement ?

– Septembre 40. Mais avant ça, j'ai passé deux années ici dans le cadre de ma scolarité. »

Il prenait des notes. « Où et quand ?

– Potomac Academy ; Washington D.C., en 32 et 33.

– District de Columbia en 32. L'été des émeutes de la Bonus Army.

– Je sais. J'y étais. J'ai été malade pendant plusieurs semaines à cause des gaz lacrymogènes. »

Il leva la tête. « Vous étiez dans les émeutes de l'Armée du Bonus ?

– Par accident. Je travaillais pour le A&P, je faisais une livraison.

– Juste ciel. Je ne vais pas mettre ça dans votre dossier.

– Je ne pense pas que mon dossier va poser problème.

– Mr. Shepherd. Puis-je vous appeler Harry ?

– Non. Shepherd tout court, ça ira très bien. Sans le Mister.

– Shepherd. En soixante-quinze mots ou moins, comment décririez-vous votre dossier ?

– Vide. C'est la pure vérité. J'ai passé quasiment toute ma vie, jusqu'à aujourd'hui, à mettre de la nourriture dans les assiettes des autres. Manger leurs restes, le cas échéant. On pourrait donc dire que mes sentiments résident avec le prolétariat. Le contrôle de l'industrie par les ouvriers me paraît être une bonne idée. Mais je ne suis membre de rien. Ça fait soixante-quinze mots ?

– Plutôt moins. Vous êtes très concis.

– Je ne vote même pas. Ma secrétaire ne se prive pas de m'asticoter à ce sujet.

– Vous croyez à la lutte des classes, mais vous ne votez pas ?

– Ce pays est une énigme. Au Mexique même les conservateurs reconnaissent le pouvoir des syndicats. Mais ici, pendant les grèves, les politiciens les plus progressistes ont insulté le président du syndicat des mineurs : fils de Satan, noir comme le charbon. Les conservateurs se sont sans doute dit qu'il était Satan père. Une soupe un peu insipide. Les Républicains, les Démocrates.

– Je ne vais pas vous contredire là-dessus.

– Pendant la guerre, ils étaient tous amis avec Staline, mais maintenant il a rejoint le clan de Satan. Ce avec quoi je suis d'accord. Cette lettre qu'on m'a envoyée, je veux simplement la comprendre. Pour éviter de mettre les pieds où il ne faut pas. J'ai cette tendance, mettre les pieds où il ne faut pas. »

Il était assis, les yeux dans le vague, la cendre de sa cigarette s'allongeait et blanchissait à vue d'œil. « Je vois. Cette lettre vous inquiète parce que vous craignez d'être touché par le gaz lacrymogène destiné à quelqu'un d'autre en allant faire vos livraisons au A&P.

– Cette lettre me consterne. Je sais ce qu'est le communisme. Mais il y a quelques semaines, ma secrétaire s'est fait virer du Club des femmes parce qu'elle avait invité une jeune Russe à donner une conférence. Une lycéenne.

– Shepherd, mon ami. Ce mois-ci, dans certains milieux, les gens brûlent le magazine *Graphic Survey* parce qu'il contient un reportage photo sur la vie en Russie. Des photographies de fermes. Des moulins à vent, enfin ces choses qu'on voit sur le toit des fermes. Des vaches russes. Les gens se mettent à tout brûler.

– Et qu'est-ce qui leur fait peur, selon vous ?

– Hearst et ses journaux. Si la presse dit que tout le monde cette année devra porter un chapeau Lilly Daché qui ressemble à un tatou, les gens achèteront ce chapeau. Si Hearst leur dit d'avoir peur de la Russie, ils avalent ça aussi.

– Si le chapeau est trop ridicule, tout le monde ne l'achètera pas. »

Artie finit par laisser tomber la cendre de sa cigarette, prit le temps d'en allumer une nouvelle avec la précédente, qu'il laissa se consumer dans le cendrier, question d'atmosphère sans doute. Il réorganisa son corps en forme de S et, appuyé sur le bureau, il prit une pose pensive. « Vous voulez connaître ma théorie ?

– Bien sûr.

– Je crois que c'est la bombe.

– Les gens ont peur de la bombe ?

– Oui, je pense que c'est le cœur du problème. Quand cette bombe a été lâchée sur le Japon, quand nous avons vu qu'une ville entière pouvait se transformer en feu et en gaz, cela a changé la psychologie de ce pays. Et quand je dis "psychologie", j'utilise le mot au sens littéral. C'est la radio, comprenez-vous. Avec la radio, les gens ressentent tous la même chose au même moment. Au lieu de millions de pensées différentes, une seule et unique fixation psychologique. Nos réactions viscérales sont commandées par la radio. Vous me suivez ?

– Oui. J'ai remarqué ça.

– Cette bombe nous a fichu une trouille phénoménale. Au plus profond de nous, nous avons été horrifiés de l'avoir utilisée. D'accord, ça a mis fin à la guerre, ça a sauvé des vies américaines, et cetera et cetera. Mais tous les gens au fond d'eux-mêmes se sentent coupables. Des petits enfants japonais changés en torches brûlantes, nous le savons. Comment ne pas se sentir mal ?

– C'est sûr.

– Bon. Nous avons utilisé la bombe. Nous essayons de nous convaincre que nous sommes des gens très spéciaux, d'avoir eu l'occasion de nous servir de cette bombe. Scénario idéal, il nous plairait de penser qu'elle nous a été envoyée par Dieu, réservée à notre usage et à celui de nul autre. » Il se pencha en avant, yeux et cigarette étincelaient. « Vous avez écrit un livre sur le sujet, je ne me trompe pas ?

– Vous avez lu mes livres ?

– Bien sûr que j'ai lu vos livres. Vous êtes un client important, j'ai lu vos livres. Vous êtes bien placé pour comprendre le problème. D'un seul coup, nous sommes les élus de Dieu, nous possédons cette bombe, et nous avons tout intérêt à nous assurer que personne d'autre ne va l'avoir, cette bombe. Nous devons faire le ménage chez nous. Vous imaginez un peu ce qui se passerait si l'Angleterre aussi avait la bombe, la France, l'Allemagne, le Japon, et l'Union soviétique, si tous ces pays avaient la bombe ? Comment pourrait-on dormir la nuit ?

– Ces pays n'ont même plus d'armées en état de marche maintenant, ils ont été mis à sac. Tous, sauf l'Union soviétique.

– Précisément. L'Union soviétique. Vous y êtes.

– Je croyais qu'on n'avait rien à craindre que la crainte elle-même.

– Vous voyez, c'est exactement ce que je dis. La radio. Elle nous fabrique une psychologie. Je vais vous dire ce qui est arrivé à la crainte elle-même. Winston Churchill a dit “rideau de fer”. Vous avez vu le vent de folie qui s'est emparé des gens ?

– Bien sûr.

– Puis Truman a dit, “Toute nation doit choisir”. Vous êtes d'un côté de ce rideau, mon ami, sinon vous êtes de l'autre. Et John Edgar Hoover, mon Dieu, cet homme. John Edgar Hoover dit que ce rideau est ce qui nous sépare de Satan et peut-être même de la lèpre. Est-ce que vous avez entendu sa déclaration au Congrès ?

– Je l'ai lue en partie.

– "La folle avancée du Fascisme Rouge en Amérique. Qui enseigne à notre jeunesse un mode de vie qui détruira le caractère sacré de la famille et le respect de l'autorité. Le communisme n'est pas un parti politique mais un mal et un mode de vie nocif" – voilà ce qu'il a dit. Une maladie. La quarantaine s'impose pour l'empêcher de contaminer la nation.

– J'ai lu ça. Mais les journaux exagèrent. J'ai du mal à croire qu'il ait dit tout ça.

– Très juste. Ce pourrait être le cas. Et pourtant, en l'occurrence il se trouve qu'il l'a dit. J'ai obtenu une copie de cette déclaration parce que cela concerne certains de mes clients.

– Pourquoi a-t-il dit cela ? Je veux dire, quelles sont ses motivations rationnelles ?

– Les motivations rationnelles n'ont rien à faire dans cette discussion. C'est un homme nerveux. Il est à la tête d'une puissante agence. Les journaux adorent ce genre de chose, comme vous le dites. C'est un moment historique, mon ami. Vous vous demandez pourquoi vous avez reçu cette lettre. J'essaie de vous faire un dessin.

– C'est vraiment sa signature ?

– Non. Ils ont une machine. J'ai lu que Frank Sinatra en a une aussi, pour les autographes. Peut-être qu'il vous en faudrait une. Bon, vous avez une idée de ce qu'est ce Comité Dies ?

– J'en ai entendu parler. Il y a des années ils ont pris contact avec mon patron pour qu'il vienne témoigner. Ça se passait au Mexique. Le département d'État nous a fait obtenir des visas, mais ça ne s'est jamais fait.

– Votre patron mexicain avait des choses à dire sur les activités antiaméricaines ?

– Il n'était pas mexicain, il était en exil au Mexique, menacé de mort par Staline. Il avait donc beaucoup à dire sur l'homme. C'était avant la guerre, quand les États-Unis commençaient à être bien copains avec Staline. Trotsky avait l'impression que les États-Unis se faisaient duper. Il était important qu'ils sachent que c'était un traître.

– Trotsky.

– Lev Trotsky. Il était mon patron. »

La cendre de cigarette tomba par terre. L'espace d'un instant l'avocat sembla sur le point de suivre le même chemin. Il se redressa, secoua lentement la tête, et saisit la lettre sur le bureau. « Je vais vous donner un conseil. Ne faites pas état du fait que vous avez été employé par le leader de la révolution bolchevique.

– J'étais cuisinier. Et il s'agissait de Trotsky. Il détestait Staline encore plus que J. Edgar Hoover. Il a passé sa vie à essayer de renverser le Politburo. Le Parti communiste américain l'a éreinté.

– Laissez-moi vous dire, ces subtilités échappent totalement à la secrétaire de votre Club des femmes, comme elles échappent au Comité Dies. La plupart de ces gens ne savent pas ce qu'est le communisme, ne sauraient pas le reconnaître dans une file de suspects. Ce qu'ils savent, c'est ce qu'est *l'anti*communisme. Les deux sont pratiquement sans rapport.

– Vous êtes en train de me dire que l'anticommunisme et le communisme sont sans rapport. Ça n'a pas de sens.

– Ça n'a pas de sens pour vous. Vous êtes un homme de mots et, par conséquent, vous pensez qu'il s'agit d'aimer le thon et de ne pas l'aimer, mais ça n'a rien à voir. Nous parlons de thon et de grippe espagnole. » Il fouilla dans les papiers sur son bureau et en retira une paire de lunettes. « Tous les lieux de résidence passés et les employeurs passés », lut-il. « Écoles et établissements d'enseignement supérieur fréquentés, organisations dont vous avez été membre.

– Que dois-je écrire ?

– Dites-leur exactement ce qu'ils savent déjà. Le Mexique, ils ne doivent pas savoir grand-chose. Le dossier de service militaire, ils sont au courant. Quel était votre statut ?

– Service civil. C'est ce qui est à l'origine de tout ça. J'ai participé au transport de biens fédéraux pour le département d'État pendant la guerre.

– Service civil, vous étiez donc 4-F ?

– Quelque chose comme ça. »

Il attendit. L'intensité du regard de cet homme était extraordinaire.

« Le papier bleu.

– Bon. Inapte au service en raison d'indifférence sexuelle envers les femmes de l'espèce. Jamais rien compris à cette histoire.

– Ils ont proposé de me mettre dans un hôpital psychiatrique, pour me tirer d'affaire. Puis d'un seul coup on a eu besoin de mes compétences ailleurs, pour déplacer des œuvres d'art entreposées à Washington. Les deux côtes étaient attaquées, il y avait donc urgence apparemment.

– C'était quand ? 42 ?

– À la fin de l'été, juste après que les Japonais ont fait décoller leur bombardier de ce sous-marin qu'ils avaient envoyé sur la Columbia River. Apparemment c'était le bon moment pour mettre nos biens à l'abri.

– Vous me faites marcher. Si Tojo n'avait pas attaqué Fort Stevens…

– Exactement. Je serais peut-être au Highlands Hospital en compagnie de Zelda Fitzgerald. Au lieu de quoi, j'habite à deux pas de là, dans une maison que j'ai achetée avec l'argent du Gouvernement.

– Sahzam », s'exclama Artie. « En amour comme à la guerre, tous les coups sont permis.

– Croyez bien que je le sais. Mieux que personne.

– Eh bien, que ça nous plaise ou non, toutes ces choses ils les savent déjà. Quoi d'autre ? Quels renseignements sur vos emplois figurent dans votre dossier au département d'État ?

– Je ne sais pas vraiment. Je crois que mon nom a dû leur être communiqué par une galerie à New York où j'ai livré des tableaux en provenance du Mexique. Ou alors l'école où j'ai enseigné l'espagnol.

– Très bien. Mentionnez-les. Et tout ce que vous avez le souvenir d'avoir mentionné dans le compte rendu de vos emplois dans ces établissements. Appartenance à une Église, ce genre de chose, pour étoffer le curriculum vitæ. Même si vous n'appartenez à aucun groupe, comme vous l'avez dit. Donnez-leur les écoles primaires au Mexique, celle de Washington. Le nom du peintre qui vous a envoyé à New York.

– Ils vont vraiment aller interroger les enseignants de la Potomac Academy ?

– Et alors ? On leur dira que vous y avez été élève. Je ne veux pas vous inquiéter, mais vos frasques d'écolier, ce n'est pas le plus grave. »

3 septembre

Aujourd'hui Bull's Eye s'en est allé, emportant tout avec lui : frasques d'écolier, promesses brisées, dortoirs et rendez-vous secrets. Le garçon invisible devenu manifeste, vu pour une fois par les yeux d'un autre, ne serait-ce qu'un court instant. Tout un monde de souvenirs est parti en fumée, et il ne peut y avoir de remords.

Mrs. Brown ne supportait pas l'idée de brûler le carnet dans la cheminée. Mais elle a fini par exécuter la besogne elle-même, dans le tonneau où elle brûle les vieux papiers. « Potomac Academy 1933 » a quitté ce monde.

Elle y était opposée au début. « Vous avez besoin de votre carnet », insistait-elle. Sans ces notes, elle craint que je mélange tout, comme Tristram Shandy. Elle refuse toujours de croire que les mémoires ne seront pas écrits. Je l'ai regardée droit dans les yeux, et je lui ai dit le fond de ma pensée.

« Écoutez, Mrs. Brown. Vous êtes une personne pratique. Et vous me connaissez. Alors ne demandez pas l'impossible. Je travaille à un nouveau livre à présent.

– C'est ce que vous avez dit.

– C'était une erreur, ces mémoires. Sortir mes entrailles pour les livrer au public. Et l'idée n'est pas venue de moi, rappelez-vous. Je vous ai dit que je l'avais abandonnée quand on a découvert que le petit carnet relié en cuir était introuvable. Je devrais me débarrasser de tous ces carnets, ne serait-ce que pour que vous cessiez de m'asticoter à ce sujet. Mais je commence avec celui-ci. »

Elle était venue une demi-heure en avance, aujourd'hui étonnamment, et m'avait pris la main dans le sac. Le grand carnet en toile à la main. Je me demandais comment faire brûler cette toile ; l'armée a tendance à fabriquer des choses indestructibles. En évidence sur la couverture, le tampon de la Potomac Academy. Elle aurait bien été capable de voir au travers les personnages nus à l'intérieur, comme si elle me surprenait à lire un magazine porno. J'aurais peut-être rougi.

« Si vous ne me laissez pas le brûler maintenant, je le ferai ce soir quand vous serez partie.

– Faites comme il vous plaît. Ce soir. » Sans un mot de plus, elle s'en est allée dans la salle à manger, a jeté rageusement son travail sur la table, et n'a presque plus parlé de toute la journée. Mais à cinq heures, elle est montée tout doucement jusqu'à mon bureau. « Mr. Shepherd, puis-je vous dire un mot ?

– Oui.

– Il y a quelque chose qui vous peine, n'est-ce pas ? Dans ce carnet que vous voulez brûler maintenant. »

Elle a tant supporté de son inconstant patron. Les paniques du mois dernier, par exemple. Un mois d'août un peu meilleur que d'autres mais, tout de même, elle paie de sa personne.

« Ce n'est rien de particulier, Mrs. Brown. C'est juste que je suis prêt à en finir avec ma vie d'écolier.

– Qui ne serait pas dérangé, avec tous ces hommes du Gouvernement qui mettent le nez dans vos affaires ? »

Elle a admis que le forfait aurait déjà eu lieu si le hasard n'avait pas voulu qu'elle prenne le bus précédent ce matin. « Mr. Shepherd, ce n'est pas mon rôle que de contrarier vos désirs. Donnez-le-moi et qu'on en finisse. »

Elle l'a descendu dans la cour de derrière. Je la regardais de la fenêtre du premier étage, me demandant si elle jetterait un coup d'œil à l'intérieur ; peut-être que je la mettais à l'épreuve. Mais elle n'a pas levé les yeux. C'était elle qui avait décidé de le brûler dans le tonneau avec les vieilles enveloppes et les brouillons des lettres de la journée, plutôt que dans la salle à manger. « Allons, c'est encore la canicule », avait-elle dit. « Que penseraient les voisins s'ils voyaient de la fumée monter de votre cheminée par un si beau jour de septembre ? »

Elle est dehors en ce moment même. Les rebuts de la semaine sont partis dans le tonneau à goudron, avec le carnet relié en toile qui flamboie au centre, ses feuilles noircies incroyablement fines et intactes se déployant en volutes avant de se désintégrer. Elle s'est éloignée de la chaleur du tonneau, mais restera à son poste jusqu'à ce que tout ne soit plus que vapeur. Vue d'en haut, elle est encadrée par les clôtures de chaque côté de cet étrange tableau : Mrs. Brown détruit la pièce à conviction. Son chapeau, petite assiette bleue, se mouille de minuscules taches sombres alors qu'une fine pluie d'été commence à tomber.

C'est fait.

8 septembre

Aujourd'hui débute le programme d'apaisement. Après un week-end passé à rassembler des notes éparses pour en faire une prose authentique, j'ai fourni la preuve qu'un nouveau livre est en chantier. Pas juste un vague prétexte pour échapper aux mémoires, mais l'ébauche de deux chapitres du roman situé au Yucatán, déjà entre les mains de Mrs. Brown. Le cadre, pourtant, me pose problème : je ne suis jamais allé au Yucatán. J'ai besoin de voir Chichén Itzá, les pierres de ces temples.

Les sourcils de Mrs. Brown se sont dressés, rien que d'entendre ces mots prononcés à haute voix. L'enfant pleine de désirs, encore bien vivante en elle. La petite fille, planquée dans un poulailler en cachette de sa sœur Parthenia, tournant rêveusement les pages du *Geographic.*

Je lui ai demandé d'appeler l'aéroport Asheville-Hendersonville pour voir quels itinéraires les *Pennsylvania Central Airlines* avaient à proposer pour se rendre à Mérida. Mexico serait probablement la meilleure option. Non, pas un billet pour une personne. Deux.

22 septembre

Harrison W. Shepherd
30 Montford Avenue, Asheville, Caroline du Nord

Cher Mr. Shepherd,

Permettez-moi de porter nos services à votre connaissance. Aware, Inc. est une loyalty firm *privée, qui opère indépendamment de toute agence gouvernementale. Notre société publie le répertoire bien connu* Rendez les coups, *destiné à faciliter l'embauche dans les industries du divertissement et des services sous toutes leurs formes. Les employeurs dans tout le pays savent qu'ils peuvent compter sur nos services.*

Nous détenons des informations qui nous semblent importantes dans le cadre de l'investigation fédérale dont vous êtes l'objet. Nous avons la preuve que vos livres sont lus par des communistes en Chine, et que vous avez pris position contre la bombe atomique. Une anecdote fait le lien entre vous et Charles Chaplin, qui est très certainement communiste. Nous ne sommes pas en train de dire que vous êtes communiste. Dans de nombreux cas, nos clients découvrent qu'ils ont été décrits comme tels par le biais de comportements ambigus de la part de quelqu'un qui, de fait, est communiste. Tous les jours, des innocents dans notre pays deviennent des pions à la merci de manipulations sinistres pour la cause communiste. L'étendue de leur réseau est malheureusement sous-estimée par la majorité des gens. Le ministre de la Justice Clark nous a communiqué une liste de 90 organisations que le département de la Justice estime être des couvertures communistes. Pratiquement tout le monde a pu se trouver en contact avec une personne qui travaille sous le couvert de l'une de ces organisations.

Pour la somme de 500 dollars nous vous offrons l'inestimable chance de vous innocenter de plusieurs accusations, parmi lesquelles celles mentionnées plus haut. Nous vous invitons à nous contacter sans délai pour discuter de cette opportunité avec nos services.

Sincèrement,

LOREN MATUS, DIRECTEUR,
AWARE, INC.

23 septembre

« Que dalle ! » dit Artie Gold. « Vous leur répondez ça, "Votre avocat dit que dalle, allez vous faire voir, et salut la compagnie". Cette lettre, vous n'avez même pas besoin d'y répondre. »

Artie avait accepté de me rencontrer en urgence à condition que nous invitions son ami Grant, douze ans d'âge. Ha, ha, dirait-il. Grant est un *blended scotch whisky*. Nous nous sommes retrouvés en ville sur Patton Avenue, mais nous avons eu droit à quelques petits détours en chemin, histoire de faire une ou deux courses. *Coleman's Man Store* pour récupérer une chemise. (« Margaret dit que si je m'amène encore une fois déguisé en clochard elle me mettra dans une maison. Ce sont les parents du mari, des snobs. ») Ensuite, *Reiser*, Centre Hospitalier pour Chaussures, afin de récupérer des richelieus ressuscités qui auraient dû atterrir dans leur crématorium, s'ils en ont un. Puis le Mont de Piété Finkelstein.

« C'est votre façon d'impressionner vos nouveaux clients ? »

Artie avait remis son ticket à travers la grille en fer, et nous attendions. « Ha ! Vous inquiétez pas, je ne suis pas encore tout à fait à la cour des Miracles », a-t-il répondu. « Et j'aimerais bien pouvoir en dire autant de tous mes clients. On m'a donné ce ticket en guise de paiement, un très beau manteau en poil de chameau d'après ce qu'on m'a dit, pour la somme de dix dollars. » Artie baissa la voix. « Je le rendrai au pauvre type quand le froid nous tombera dessus. »

Le bar c'était Leo's, un petit bistrot dans cet immeuble bizarre, en forme de fer à repasser, coincé entre Battery et Wall. « Ça vous va ? De nature à impressionner un nouveau client ?

– C'est parfait. Désolé, je plaisantais.

– Bon. Pas très chic, Leo's. Mais un club où j'ai le droit d'aller. » Méticuleusement, il plia et empila sa garde-robe sur le tabouret à côté de lui : manteau en poil de chameau, chemise, chaussures. À peine avait-il franchi la porte que la fille au bar s'était emparée de la bouteille de Grant. Elle s'approcha avec deux petits verres accrochés au bout de ses doigts comme des dés à coudre. Artie, apparemment distrait, la regardait remplir les verres, il finissait sa cigarette. « Ce club à Bent Creek, vous le connaissez ? Récemment, j'ai eu un client d'Hollywood, qui s'installait ici, un type très en vue, futur client devrais-je dire, je ne cite pas de noms, il voulait m'inviter à dîner à son club de golf, Bent Creek. Pour fêter ça, faire connaissance. Mr. Heston, lui ai-je dit, vous avez vu leurs brochures publicitaires ? Nous nous adressons à une clientèle de Gentils de première catégorie. "Nous nous réservons le droit de refuser de servir toute personne que nous jugeons incompatible." *Incompatible !*

– Charlton Heston est votre client ?

– En fin de compte, non. »

La serveuse retourna à l'autre bout du bar, et se mit à essuyer des verres avec une peau de chamois rouge, mais elle ne nous quittait pas des yeux. Cils noirs, pommettes, ruban rouge dans sa chevelure noire, noué sur le dessus. Une grande fille au long buste, et pourtant il y avait en elle quelque chose qui rappelait Frida. Cette façon qu'elle avait de tenir les verres au bout des doigts. Une violation des règles d'hygiène sans doute, mais on ferme les yeux. Les hommes aiment poser leurs lèvres sur le bout de ses doigts.

« Tenez, par exemple, ce Jackie Robinson », lança Artie à brûle-pourpoint. Son esprit file comme un train, et il jette les choses par la fenêtre à une vitesse étonnante. « Vous êtes fan de base-ball, Mr. Shepherd ?

– Il faut à présent que je m'excuse de toutes les choses que je ne connais pas. Vous allez me trouver aussi obtus que Mr. Heston. Le base-ball est une passion qui ne peut vous venir que d'un père, j'imagine. »

Il inclina la tête, fit un signe d'approbation. Bien que très bavard, Artie savait aussi écouter.

« Je n'ai pas été élevé dans ce pays. Pas élevé du tout, en fait. »

Artie eut un rire bref, non dépourvu de sympathie, et vida d'un trait son verre de Grant. « Si on n'est pas élevé, alors quoi ? On pousse à partir d'une graine ? »

Le whisky était à la fois rêche et apaisant, comme la fumée d'un cigare. Douze ans à attendre ce moment, couler dans un gosier ! « Non. Dans les arrière-cuisines et sûrement les mines de sel de ce monde, nombreux sont les enfants qui sont moins élevés que forgés à coups de marteau, Artie. Formés à être utiles. Survivre par la seule grâce de leur utilité.

– C'est la dure réalité, vous avez raison. Très bien exprimé. Dans le cas qui nous occupe, en dépit de l'absence de père, avez-vous entendu parler de Jackie Robinson ?

– Je lis les journaux. Le joueur noir qu'ils ont accepté dans les divisions blanches.

– Je l'ai vu jouer à McCormick Field cet été. J'y étais.

– Comment c'était ?

– Sensationnel. Son deuxième ou troisième match avec les Dodgers, et ils le font jouer ici dans le Sud. Les gradins des Noirs étaient aussi bondés que le dernier bus au départ d'Arnhem, et le reste des tribunes vide. Comme si quelqu'un avait fait courir le bruit que ce jour-là on distribuait aux Blancs les germes de la polio gratis. J'étais bien placé, je peux vous le dire.

– J'imagine. »

Il déplia la lettre et la posa à plat sur le comptoir. La précédente, celle de J. Edgar Hoover, il y avait tout juste jeté un coup d'œil, mais il étudia celle-ci avec un soin extrême. Et pourtant, son verdict : que dalle.

« Ma secrétaire voulait la brûler avec les ordures.

– Elle est parfaite. Augmentez-la.

– Je l'emmène au Mexique.

– *Vraiment ?* » Sourire du type content de lui.

« En tant qu'assistante, Artie. Elle a quarante-sept ans, et d'une. Pas mon genre, et de deux.

– Ah, oui. Je me souviens.

– À propos, il n'y a que trois ou quatre personnes à savoir ça de moi. La conscription, Dieu, et vous. Quelques autres. Mais ma mère n'a certainement jamais élucidé la question.

– Tranquillisez-vous. La discrétion est mon métier, je vous le dis en toute sincérité.

– Mrs. Brown est mon bras droit. C'est un voyage de recherche, et j'ai besoin de faire un séjour d'environ deux mois. Elle vous a appelé pour que vous vous occupiez du passeport.

– Exact, je m'en souviens. Ma foi, son opinion sur cette lettre de, je cite, *Aware Incorporated*, était parfaitement juste.

– Ce n'est pas juste un formulaire », fis-je remarquer. « Il y a des choses très précises. Charles Chaplin. Mes livres lus par des communistes en Chine. Je dois vous dire que je suis abasourdi.

– C'est leur intention, abasourdir. Le verbe existe ? Je peux dire ça ?

– Je suppose.

– Leur façon de faire, c'est l'attaque surprise : ils abasourdissent. Et vous leur filez cinq cents dollars.

– Et là le jeu est fini ?

– Pas exactement. Les publications qu'ils mentionnent sont réelles. Ils accumulent des noms de Rouges présumés et ils les publient dans des annuaires.

– Qui est-ce qui les lit ?

– Des cadres. Des producteurs de radio, les studios d'Hollywood, même les chaînes d'épicerie. C'est pratique, tout est là noir sur blanc. Ils peuvent assurer leurs soutiens financiers qu'ils prennent toutes les précautions possibles pour que les Rouges ne soient pas embauchés.

– Mais avant de me mettre sur la liste, il me donne la chance d'innocenter mon nom, à condition de payer. »

Artie ouvrit grand les mains. « Dieu bénisse l'Amérique.

– C'est du chantage pur et simple. Les employeurs se doutent bien que leurs listes ne veulent rien dire.

– C'est ce qu'on pourrait penser. Mais ce type, Matus, s'est forgé une certaine réputation. Il a été lui-même membre du Parti communiste. Il y a vingt ans, quand tout le monde y compris votre tante Julie était membre du Parti communiste. Et puis il débarque au FBI et propose de se refaire une virginité. En un clin d'œil, il se retrouve face à la HUAC [1], tout le tintouin. Jusque-là il a retrouvé les noms de centaines d'anciens associés qui travaillent aujourd'hui pour le Gouvernement et les médias, et pour quelques dollars de plus il va en retrouver d'autres encore. Incroyable, sa mémoire. *The New York Times* est un employeur majeur de communistes, dit-il. *Time* et *Life* aussi. Ce type est une star.

– Et il a sa propre affaire à côté.

– Entrepreneur.

– Personne ne pourrait prendre ça au sérieux. »

La fille nous observait toujours. De l'autre bout de la pièce, dos appuyé au bar, tripotant le camée suspendu à un ruban autour de son cou.

Artie soupira. « J'ai un client. Ancien président d'une prestigieuse université du Sud. A servi à la Commission du Travail pendant la guerre. Actuellement président de l'Association pour l'Aide humanitaire du Sud. Un type très célèbre, ses cachets de consultant et ses interventions publiques constituent l'essentiel de ses revenus. Subitement, le voilà sans revenus. Seulement des ennemis. Cette boîte antiségrégationniste qu'il préside s'est retrouvée sur la liste du ministre de la Justice, l'une de ces soi-disant couvertures d'organisations communistes.

– Qui en a décidé ? Loren Matus ?

1. House Un-American Activities Committee : Commission de la Chambre sur les activités antiaméricaines. *(N.d.T.)*

– La HUAC dans sa sagesse infinie a conçu ce qu'ils appellent un test destiné à révéler les vraies couleurs d'une organisation. Vous voulez connaître leurs critères ? N'importe lequel des critères suivants suffit. Un : ladite organisation manifeste une loyauté inébranlable à l'Union soviétique. Ou deux : elle a refusé de condamner l'Union soviétique. Ou trois : elle a reçu des marques d'approbation de la part de la presse communiste. Ou quatre : elle a manifesté un parti pris antiaméricain, en dépit de déclarations d'amour pour l'Amérique.

– Et si vous aimez l'Amérique et que vous détestez les lois de ségrégation…

– Oui. Vous pourriez sans doute entrer dans la catégorie de ceux qui ont un parti pris antiaméricain. Laissez-moi vous poser une question rhétorique. La Société Américaine des Caniches a-t-elle explicitement condamné l'Union soviétique ? » Il fit signe à la serveuse, et elle vint immédiatement, comme tirée par une ficelle. Remplit à nouveau nos verres, yeux soigneusement baissés. Puis sourire rapide, vision éphémère de belles dents avec un minuscule espace au milieu. Et elle repartit, déroulant sa longe.

« Je vais vous demander quelque chose », reprit Artie. « Une question personnelle, si vous permettez. Quand vous regardez une belle fille, voyez-vous la beauté ?

– Question de bon aloi. Quand vous regardez un tableau de maître, voyez-vous la beauté ? Vous voyez de la couleur et des formes, d'accord ? Charme, attrait, magnificence. Peut-être même de l'excitation. Alors dites-moi, Artie. Avez-vous envie de faire l'amour avec ce tableau ?

– Désolé, je n'ai pas une attitude lascive. Je suis juste quelqu'un de curieux. La curiosité est un vilain défaut, ma femme me l'a toujours dit.

– Revenons à cette lettre. Vous me conseillez de ne pas en tenir compte ?

– Je vous dis », répondit-il lentement, « que vous êtes approché par un serpent. Vous pouvez toujours essayer de raisonner avec un serpent, ou vous pouvez aussi lui proposer de le rétribuer en espèces. Ce qui n'empêchera pas le serpent de mordre. »

Le whisky Grant, douze ans d'âge, est un anesthésique puissant. « Par chance, ça n'a aucune importance, parce que je ne cherche pas du boulot en ce moment. Je fais le boulot que j'ai toujours voulu faire.

– Par chance. Vous êtes écrivain, employé par l'imagination américaine. Votre éditeur n'a pas à répondre à un quelconque sponsor, seulement à vos lecteurs.

– *Employé par l'imagination américaine*. Ça me plaît beaucoup cette idée-là.

– C'est vrai qu'on vous lit en Chine ?

– Bonté divine, non. Pas même en France. Un critique a dit : "Ne soyez pas surpris si ce livre se retrouve en Chine." Quelque chose dans ce goût-là. Ils ont dit aussi que j'étais chaplinesque.

– Écoutez, nombreux sont les artistes qui n'ont pas votre chance. Mr. Chaplin en fait partie. Des acteurs de cinéma, des metteurs en scène, des scénaristes pour la télévision. Ils ont besoin de producteurs, donc de sponsors. Ça devient une industrie lucrative pour les gens comme *Aware Incorporated*. »

Soudain la fille était de retour, sans avoir été appelée. « C'est vous l'écrivain, n'est-ce pas ? J'adore vos livres.

– Quel écrivain ?

– Harrison Shepherd ?

– C'est vraiment étrange. Vous êtes la deuxième personne à me poser cette question.

– Oh. Désolée, j'ai fait erreur. » Elle s'éloigna avec grâce, esquif sans amarre, et disparut par une porte au fond du bar.

Artie réorganisa sa courbe sigmoïdale contre le bar, pour mieux observer le crétin qui l'accompagnait. « Qu'est-ce qui vous prend ? C'est un amour.

– Je le sais. Je suis reconnaissant. Je leur dois beaucoup, à toutes ces filles, vraiment.

– Alors, vous pourriez tout de même mettre votre signature sur une des foutues serviettes en papier. Ça lui aurait fait tellement plaisir.

– C'est ce que je n'arrive pas à comprendre. Ce qui l'a enthousiasmée c'est un livre – elle a besoin d'un héros. Pas d'une tantouse à la manque assise sur un tabouret de bar !

– Et alors. S'il le faut, vous pouvez jouer le jeu.

– Vous savez l'effet que ça me fait, de me faire passer pour quelqu'un d'important ? C'est exactement comme si j'écoulais de la fausse monnaie. Regardez-la, elle est magnifique. Mon nom, de l'encre sur une serviette. Ce sont des pièces d'or qu'il lui faudrait »

Artie fit pivoter sa chaise pour faire face au bar, sortit de sa poche un paquet de Old Golds.

« Bon. Matus le serpent m'a contacté parce qu'un contrat cinématographique a attiré son attention. C'est ce que vous pensez ?

– Vous savez ce qu'on dit. Dieu veut vous punir, il répond à vos prières.

– Artie, je n'ai pas prié pour qu'on fasse un film. Ça me met mal à l'aise. Je n'aime pas l'attention.

– Vous avez une drôle de façon de choisir votre métier, dans ce cas.

– C'est ce que les gens pensent. Si quelqu'un devient célèbre, c'est qu'il a voulu être au centre de l'attention. Mais pour moi, écrire des livres est une façon de gagner ma vie en restant en pyjama. »

Artie eut un signe de tête pensif. « Je comprends. Les gens pensent que les avocats sont une bande d'assassins, et moi, je serais incapable de trancher la gorge d'un poisson. Margaret dit que je devrais me lancer dans la pêche. Et je pense : un vieux nounours comme moi ?

Qu'est-ce que je ferais si j'en attrapais un ? Présenter des excuses ? »

3 octobre

Deux billets d'avion achetés, avion-bus pour le Mexique aller-retour, pour le prix de 191 dollars chacun. Une somme invraisemblable, mais pour la bonne cause ; Arthur Gold dit qu'on peut la faire passer en réduction d'impôts plus tard. Il aide Mrs. Brown à faire les demandes de passeports. Recherches d'appartement envoyées à Mérida, et Frida avertie, attendez-vous à une visite, même si Diego a toutes les chances de ne pas être au Mexique. Romulus nourrira les chats et s'occupera de la maison, huit semaines, il faudra que je pense à lui rapporter un cadeau magnifique.

Mrs. Brown se tient prête, valise déjà faite, bien que le voyage soit dans six semaines. Cette joie n'a pas de prix. Comme j'aimerais qu'elle puisse me communiquer sa soif d'aventure. Elle me donne la nostalgie du garçon qui autrefois pouvait parcourir des kilomètres sous l'eau, à la recherche d'un trésor.

Aujourd'hui je l'ai taquinée, je lui ai demandé si je ne devrais pas être sur mes gardes, un homme qui peut-être m'en veut de l'embarquer de la sorte ? Elle a cligné des yeux, interloquée.

« Eh bien, rien d'inimaginable à cela », lui ai-je dit. « J'ai bien conscience que vous êtes une femme attirante. Et j'ai remarqué que vous vous faisiez belle, ces derniers temps. »

Elle a rougi, sûr et certain. Pas de polissonneries, Mr. Shepherd ! Elle m'a dit de ne pas m'inquiéter, si jamais un homme lui plaisait et qu'il lui manifestait de l'intérêt, je serais le premier à le savoir.

The New York Times, *23 octobre 1947*

79 personnes à Hollywood déclarées subversives, dit le responsable de l'enquête

Des preuves d'espionnage communiste seront fournies la semaine prochaine, déclare Thomas

par Samuel A. Tower, en exclusivité pour The New York Times

WASHINGTON, 22 octobre – Des acteurs, écrivains et autres à Hollywood ont aujourd'hui été déclarés membres du Parti communiste ou sympathisants communistes. Les auteurs de l'accusation sont Robert Taylor, acteur, ainsi que d'autres figures du monde du cinéma, alors que l'enquête de la Commission sur les activités antiaméricaines concernant l'étendue de la pénétration communiste dans l'industrie du cinéma entrait dans son troisième jour.

Dans le même temps, l'industrie du cinéma, réagissant à une critique persistante de la Commission selon laquelle aucun film anticommuniste n'était fait, est passée à l'attaque par la bouche de son avocat, Paul V. McNutt, déclarant que toute suggestion concernant les films à faire représentait « une forme de censure » et faisait « violence au principe de la liberté d'expression ».

Le président de la Commission, Rep. J. Parnell Thomas, a affirmé que la Commission fournirait la preuve au cours des séances prochaines que « au moins 79 » personnes à Hollywood avaient participé à des activités subversives. À la suite d'une réunion à huis clos à la mi-journée, la Commission a annoncé qu'elle produirait la semaine prochaine la preuve

d'activités d'espionnage communiste : en présence d'un témoin surprise, elle fournirait une déposition supplémentaire selon laquelle des données confidentielles sur un avion supersonique de l'Armée étaient tombées entre les mains des communistes par l'intermédiaire d'un agent littéraire d'Hollywood.

Mr. Taylor, arrivé pour la séance de l'après-midi, a été accueilli par un « ah » parfaitement audible de la part des spectateurs, essentiellement des femmes, qui emplissaient la salle d'audience. À l'extérieur de la salle, il y a eu une échauffourée, alors que ceux qui ne parvenaient pas à entrer s'en prenaient à la police du Capitole. Au cours de sa déposition, il a déclaré : « Je crois personnellement que le Parti communiste devrait être interdit. S'il n'en tenait qu'à moi, on les renverrait tous en Russie. » Face au tonnerre d'applaudissements du public, le président Thomas a réprimandé les spectateurs et demandé que cesse toute démonstration.

Mr. Taylor a affirmé qu'il y avait eu « d'autres indications » d'activité communiste à Hollywood ces quatre ou cinq dernières années, mais il est resté prudent et a tempéré ses propos quand des membres de la Commission ont réclamé des informations précises sur ces activités et ces individus. Il a déclaré que, en tant que membre de la Guilde des Acteurs de Cinéma, il en était venu à croire qu'il y avait des acteurs et des actrices « qui, s'ils ne sont pas communistes, font tout leur possible pour le devenir » et dont la philosophie et la stratégie semblaient très apparentées à la ligne du Parti. Ce groupe constituait ce qu'il appelait une « influence perturbatrice ». Le bel acteur a déclaré que le film *Chanson de Russie* était, de son point de vue, de la propagande communiste et qu'il s'était opposé « vigoureusement » à jouer dedans. Il a

cependant ajouté que l'industrie à cette époque produisait des films destinés à renforcer la sympathie des Américains envers la Russie. Mr. Taylor a affirmé qu'il n'avait pas travaillé sciemment avec un communiste et ne le ferait pas. Après vingt-cinq minutes à la barre, le bel acteur s'est retiré, sous les applaudissements, alors qu'une femme d'un certain âge qui portait un chapeau rouge criait : « Vive Robert Taylor. »

Des membres de la Commission ont demandé au directeur de la Metro-Goldwyn-Mayer, James K. McGuinness, qui a la charge des scénarios pour le studio : L'industrie a-t-elle la volonté de faire des films anticommunistes ? Pourquoi n'ont-ils pas été faits ? Pourquoi les studios ne pourraient-ils pas produire de tels films et les faire circuler dans les écoles, comme c'était le cas des films patriotiques pendant la guerre ?

Emanuel Celler, de la Chambre des représentants, NY, a dénoncé l'enquête en tant qu'acte de nature à « faire rougir de honte tout véritable Américain ». Si le président Thomas visait à semer la terreur dans les esprits des magnats du cinéma, il avait réussi. Ils étaient morts de peur. Ces bouffonneries ont des conséquences qui doivent être prises au sérieux. Aujourd'hui c'est le cinéma. Demain ce sera peut-être le tour des journaux ou de la radio. La menace sur les libertés civiles est bien réelle.

31 octobre

Je le sais d'expérience, s'y prendre tôt pour faire les biscuits. Les enfants se présenteront à la porte déguisés en lutins. Quand la sonnette a retenti juste après quatre heures, Mrs. Brown a apporté l'assiette à la porte. Mais c'était un homme, ça s'entendait parfaitement. J'étais dans la cuisine à faire la vaisselle après avoir passé l'après-midi à confectionner de la pâtisserie. La farine couvrait tout, comme une gelée précoce.

« Non, il n'est pas disponible », a-t-elle répondu d'une voix empruntée. « Mr. Shepherd est souffrant. » D'instinct elle protège son patron, imperturbablement.

« Êtes-vous la dame de la maison ?

– Je suis la secrétaire. »

La plaque l'a décontenancée, et elle ne se souvient pas du nom. FBI, ça elle en est sûre. Il était venu poser quelques questions à Mr. Shepherd, mais comme il n'était pas disponible, Mrs. Brown était tenue d'y répondre elle-même, dans la mesure de ses moyens.

Quand tout a été fini et qu'il est parti, elle est venue dans la salle à manger et a posé sa tête sur la table. J'ai fait du café. Puis, ensemble, nous avons retrouvé ce qu'elle avait dit et avons tout noté. Pour le montrer à Artie plus tard.

« Depuis combien de temps habite-t-il dans cette maison ? »

(Elle pensait que ça devait faire environ cinq ans.)

« Non », a rectifié l'homme. « Mr. Shepherd a acheté cette maison en octobre 1943.

– Dans ce cas, bonté divine, pourquoi poser la question ?

– A-t-il fait un emprunt ?

– Les gens qui ont une maison ont fait un emprunt. De toute évidence, vous êtes informé.

– Où habitait-il avant ?

– Il louait une chambre à la pension de Marian Bittle sur Black Mountain Highway. Ce que nous appelons Tunnel Road.

– Et avant de venir à Asheville ?

– Je n'en sais vraiment rien. Je ne crois pas être en mesure de répondre à d'autres questions.

– Il va falloir essayer. Décret 9835.

– Qu'est-ce à dire ?

– Ça veut dire que vous devez essayer. Si le FBI pose des questions, vous répondez. Où a-t-il acheté cette voiture ? Pas donnée, comme bagnole. En tout cas, pas à son époque.

– Je pense que la voiture appartenait à son père décédé.

– J'ai remarqué une bouteille de cognac vide dans la boîte à ordures. Mr. Shepherd boit-il ?

– Je n'en sais vraiment rien. Je pense que nous avons terminé. L'avocat de Mr. Shepherd me paraît être le mieux placé pour poursuivre, si nécessaire.

– Écoutez, madame, ne vous énervez pas. Une enquête ne veut pas nécessairement dire qu'il est considéré comme suspect. Nous menons une enquête de terrain.

– Sur quoi ?

– Comme d'habitude.

– Vous ne pouvez pas me dire ce que vous pensez que Mr. Shepherd a fait ?

– Non, madame, nous ne pouvons pas.

– Mais s'il était ici, vous pourriez le lui dire ?

– Non, madame, nous ne pouvons pas dire ce genre de chose à l'accusé, pour des raisons de sécurité. Est-ce que par hasard vous savez à combien s'élèvent ses revenus ?

– Bonté divine. Il est écrivain. Il ne pourrait pas dire lui-même ce qu'ils vont être, d'un mois à l'autre. Vous savez quels livres vont se vendre l'année prochaine ?

– Assiste-t-il à des réunions ?

– Non.

– Eh bien, les voisins disent le contraire. Ils le voient prendre le bus de Haywood tous les jeudis. Alors que les autres jours, il ne va qu'au marché et chez le marchand de journaux.

– Mr. Shepherd se rend à la bibliothèque le jeudi.

– Pourquoi de manière si régulière ?

– Mr. Shepherd aime avoir ses habitudes.

– Madame, savez-vous quels magazines il lit ?

– Il achète pratiquement tout ce qu'il trouve au kiosque à journaux de Haywood. Vous pouvez y aller et dresser une liste, si ça vous fait plaisir.

– Sauriez-vous par hasard s'il a potassé Karl Marx ?

– Allez donc voir si on vend Karl Marx au kiosque de Haywood.

– Savez-vous où Mr. Shepherd se situe par rapport à l'art abstrait ?

– Eh bien, j'imagine que s'il voulait examiner un tableau de près, il se situerait devant.

– Très drôle. Pouvez-vous me dire le nom de ce chat ?

– Ses chats aussi sont considérés comme suspects ?

– Les voisins disent qu'ils l'entendent prononcer un mot obscène quand il appelle son chat.

– Je n'ai jamais entendu Mr. Shepherd utiliser le moindre mot obscène à l'égard de quiconque, et certainement pas avec ses chats.

– Eh bien, ils disent que c'est pourtant le cas. Ils disent qu'il utilise un mot très vulgaire pour appeler son chat. Ils sont inquiets pour leurs enfants. Ils disent que leur fils vient ici.

– Mon Dieu. Comment l'appelle-t-il ce chat, selon eux ?

– Pardonnez-moi, madame, c'est un mot très vulgaire. *Jism* [1], d'après ce qu'ils disent.

– Le nom du chat est Chisme. Ça signifie "ragot" ».

1. « Jism » signifie « foutre ». *(N.d.T.)*

MÉRIDA, PÉNINSULE DU YUCATÁN

Novembre 1947

Notes pour un roman sur la fin de l'empire.

Quand les hommes de Cortés ont débarqué ici, ils ont demandé en espagnol : « Comment s'appelle cet endroit ? » Les Mayas leur ont à chaque fois donné la même réponse : « Yucatán ! » Dans leur langue ce mot signifie : « Je ne vous comprends pas. »

L'appartement est plutôt spacieux : deux chambres et une table de belle dimension pour travailler dans la pièce principale, avec une fenêtre qui donne sur la rue. Cuisine et salle de bains sont une catastrophe, mais pas besoin de faire de la cuisine, tellement facile de descendre au restaurant situé dans la cour, matin et soir. Les occupants précédents ont dû s'abandonner à cette langueur, car à notre arrivée nous avons trouvé une longue pousse blanche comme un haricot qui sortait du tuyau d'écoulement de l'évier. J'ai proposé de la mettre dans un pot sur notre balcon, notre jardin.

Mrs. Brown n'a pas souri à cette plaisanterie. Elle ne se plie ici à aucune tâche domestique d'aucune sorte, sauf pour préparer du café comme elle le faisait à la maison. Je n'ai pas vu l'intérieur de sa chambre ; nous avons simplement choisi chacun notre porte au début, et son repaire demeure un mystère. Elle en émerge chaque matin avec ses gants et son chapeau Lilly Daché, aussi sûrement que les petites femmes mayas sur le marché porteront leurs corsages blancs brodés et leurs jupes ourlées de dentelle. Les gants et le Lilly Daché sont le costume traditionnel de Mrs. Brown.

Une machine à écrire, livrée hier, est installée sur le bureau, signe incontestable de progrès. Une voiture avec chauffeur pour visiter les sites anciens va probablement être également à l'ordre du jour. Mrs. Brown s'est amarinée sur-le-champ, elle s'aventure déjà toute seule dans les magasins pour acheter les petites choses indispensables. Tous les jours elle résout de nouveaux problèmes, venant à bout des obstacles d'une langue qu'elle ne parle pas. Mon conseil (qu'elle a ignoré) : quelle que soit la question, vous répondrez « Yucatán ! » *Je ne comprends pas.*

Titre acceptable pour le roman : *Le Nom de cet endroit.*

Mais pour l'instant cet endroit est un cauchemar sans nom. C'est du moins ce que doit penser Mrs. Brown quand, mains gantées de blanc, elle est bien forcée de braver le danger. Elle s'agrippe à l'accoudoir de son strapontin d'une main, et de l'autre aplatit son chapeau sur sa tête, alors qu'à grands cahots nous parcourons la péninsule sur des routes apocalyptiques, pilotés par notre intrépide chauffeur, Jesús. Après tout ce temps passé à chercher cette combinaison idéale, véhicule et chauffeur rassemblés en un seul lieu, je n'ose pas demander s'il est en âge de faire ce métier. Il n'est qu'un jeune garçon, malgré son magnifique profil et l'autorité de son nez maya. J'ai un choc quand j'en prends conscience, pas de sa jeunesse mais de mon âge, il doit me considérer comme un homme, plus ou moins de l'âge de sa mère peut-être, qui ne présente aucun véritable intérêt. Une série de directives à suivre, et un salaire à la fin du voyage.

Et pourtant il connaît la vie, c'est manifeste. Sa chemise, fine comme du papier journal, en a vu d'autres, et il lui manque la partie inférieure d'une oreille. Je ne l'ai pas remarqué tout de suite. C'est la gauche, depuis le siège passager. Il a calmement affirmé, quand la question lui a été posée, que c'est un jaguar qui la lui a arrachée. Il a donc l'imagination, sinon l'expérience, pour être employé au service d'un romancier. Il peut sans hésitation faire un cours sur n'importe quel sujet. Aujourd'hui, en chemin vers Chichén Itzá, c'était l'histoire militaire de son peuple, les Mayas : « Plus courageux que dix armées de *Federales* », hurla-t-il dans le fracas des essieux et les pétarades de la Ford déglinguée. Enfin, Ford pour l'essentiel ; une portière et les ailes avant sont d'un autre lignage. Nous roulons à travers le pays du mestizo, dans une automobile de race mélangée.

« Ici dans cette ville, Valladolid », annonça Jesús par-dessus le vacarme, « nous contemplons la scène de la dernière rébellion maya. Il y a cent ans, les Yucatecas ont repris la totalité de la péninsule aux *ladinos*. Nous avons déclaré notre indépendance par rapport au Mexique comme vos *Tejas* d'Amérique du Nord, et nous avons bien failli en faire à nouveau la nation des Mayas. » Sauf Mérida, avoua-t-il, où les *Federales* ont logé pendant toute la rébellion. Mais le destin s'est décidé à Valladolid. Une victoire décisive sur l'armée du Mexique était à portée de la main mais, au moment même où les guerriers mayas étaient prêts à frapper, un vieux chaman est arrivé, porteur de nouvelles urgentes : le calendrier ancien disait qu'il était temps pour eux de retourner dans leurs villages pour planter le maïs. Ils ont déposé leurs armes et sont rentrés chez eux.

« Les dieux parlent au cœur des gens », dit le garçon appelé Jesús, et il se frappe la poitrine avec le poing tout en conduisant, tête renversée, yeux de biche béatement clos, alors que les pneus heurtent un nouveau cratère dans la route et que son corps tout entier entre en lévitation. Les Mayas ont obéi aux impératifs éternels de la survie. Ils se sont détournés du pouvoir, laissant l'armée fédérale s'emparer à nouveau de la péninsule et la rendre à l'autorité mexicaine.

Quelque part au milieu de son cours, il s'est perdu sur un chemin de terre à travers la jungle, et nous nous sommes retrouvés comme par hasard à son village natal, fort opportunément à midi, l'heure de déjeuner. Nous étions assez proches de Chichén Itzá, les temples d'une des villes alentour se dressaient par-dessus le sommet des arbres, monument à la prospérité passée qui jetait son ombre sur les toits de chaume et les enfants nus qui s'attroupaient pour voir ce qui allait sortir de cette machine calamiteuse. Nous serions arrivés en soucoupe volante que la scène aurait été la même.

La mère de Jesús, mêmes yeux en amande, nous pria de prendre place sur une bûche pendant qu'elle sortait des haricots d'une marmite qui devait mijoter éternellement sur le feu devant sa hutte. Son nom : Maria, naturellement. Sa maison en planches, comme toutes celles du village, avait un toit de chaume haut et pointu, ouvert à chaque pignon pour faire un courant d'air. Par la porte on apercevait un enchevêtrement de bras et de jambes immobiles, des enfants endormis, sans doute, qui creusaient leur hamac en un V profond, l'inverse de la pente du toit. Sur le côté de la maison, un jardin poussait tant bien que mal, mais sur le devant, en terre battue, il n'y avait rien d'autre que les rondins sur lesquels nous étions juchés. Mrs. Brown maintenait l'assiette sur son genou de sa main gantée, jupe de tweed ramenée autour de ses genoux, sourcils dressés vers le ciel, richelieus en veau sagement rassemblés sur le sol. Autour d'elle, dans une débauche de floraison, une centaine d'orchidées ou davantage, plantées dans des pots à saindoux rouillés. Blancs, roses, jaunes, les pétales accouplés étaient suspendus comme des papillons au-dessus des racines et des feuilles.

Mes beautés, s'exclama Maria, se penchant en avant pour ôter un grain de cendre de la chemise usée de son fils, puis lui donnant une petite tape sur sa bonne oreille. « La seule chose importante est la beauté. »

La lumière ici à la fenêtre est bonne, et la vue est une distraction satisfaisante. La rue reste animée à toute heure, cet appartement n'est qu'à quelques minutes de marche de la place centrale, des marchés et de la vieille cathédrale en pierre. Ce doit être la partie la plus ancienne de Mérida, si l'on en juge par son charme et ses fortifications peu discrètes.

Dans l'après-midi, quand le soleil éclaire les bâtiments en stuc de l'autre côté de la rue, on peut dénombrer au moins douze couleurs de peinture, toutes différentes, qui se fondent dans les parties supérieures des murs : jaune, ocre, brique, sang, cobalt, turquoise. La couleur nationale du Mexique. Et l'odeur du Mexique est un mariage analogue : jasmin, pisse de chien, cilantro, citron vert. Vous franchissez une arche de pierre, et vous êtes au cœur du Mexique, dans une cour remplie d'arbres, où un chien pisse contre un mur et un serveur traverse un rideau de jasmin pour vous apporter un bol de soupe de tortillas, au fumet de cilantro et de citron vert. Des chats poursuivent des lézards parmi les pots en terre autour de la fontaine, des colombes se posent dans les plantes grimpantes en fleurs et roucoulent leurs prières, reconnaissantes que les lézards existent. Les plantes, trop grandes pour les pots qui les renferment, soupirent en silence. Comme les enfants mexicains elles attendent, recroquevillées et patientes, dans les chaussures trop petites de l'année passée. Le caillou jeté dans le canyon rebondit et dégringole le long de la colline.

Ici la vie a une odeur forte, qui vous prend aux tripes. Même les mots. Pour seulement commander son petit-déjeuner, il faut un mot comme *toronja*, triolet de syllabes musclées pleines de désir et de larmes, giclée dans l'œil. Rien à voir avec le *grapefruit* anglais, qui ne signifie même pas ce qu'il dit.

Notre jeune seigneur Jesús a retrouvé aujourd'hui la route de Chichén Itzá. Quelle merveille. Le temple des Guerriers, la grande pyramide qu'on appelle le Château. De magnifiques édifices en calcaire, de chaque côté de la place herbeuse, s'observent en silence. Tout est d'un blanc étincelant, monuments intemporels de calcaire pâle. Élégants et lointains. Ce que je suis venu chercher ici se cache, retient son souffle. Pas de crime et châtiment dans des salles maculées de sang. Contrairement aux macabres Aztèques, avec leurs dieux qui tirent la langue, les Mayas semblent sereinement intouchables. Ce qu'ils ont laissé derrière eux est à tous égards aussi majestueux et élégant que les temples des Grecs.

Dans la frange de forêt qui entoure la place nous avons découvert de nouveaux temples, paisiblement tassés en eux-mêmes, endormis sous des couvertures de plantes grimpantes. Comme la ruine de la forêt à Isla Pixol, à côté du trou d'eau, au fond de la *lacuna*. Avec son squelette souriant sculpté sur une pierre. Ici, des sentiers à travers les arbres partaient dans toutes les directions, vers différents endroits de la cité en partie déterrée : la place du marché avec ses colonnes sculptées. Le bain de vapeur dans un bosquet ombragé, sa sombre cavité en pierre comme un ventre, où l'on accède par un minuscule passage triangulaire. La voûte à l'intérieur était un grand V inversé, ponctué à chaque extrémité par un trou rond destiné à dégager de la vapeur. L'histoire commence peut-être ici, éclairée par un faible rai de lumière empreint de vapeur qui émerge de ce trou : le cadre d'une scène d'amour, ou encore mieux, d'un meurtre. Intrigue politique. Mais le lieu semble vidé de son sang.

L'énorme pyramide centrale, souveraine et héroïque, domine la place. Elle paraît plus haute que la Pyramide du Soleil à Teotihuacán, mais en matière d'héroïsme la mémoire peut vous jouer des tours. Nous nous sommes sentis obligés de gravir ses immenses escaliers de pierre jusqu'au sommet, tout comme il y a tant d'années avec Frida, traînant sa pauvre jambe jusqu'en haut. Mais Mrs. Brown a réussi l'ascension sans envoyer une seule âme au diable.

Aujourd'hui nous avons traversé des villages de paysans mayas, dont presque tous les noms commençaient par *X* – qu'on prononce « ish ». X-puil, X-mal, Jesús nous a révélé le secret de la langue maya : shhh. *X* ne désigne pas le lieu, il marque un silence. Les Mayas parlent leur langue partout dans la campagne, et on dirait des secrets chuchotés. Les femmes se tiennent dans l'encadrement des portes, marmonnant : shhh, shhh. Pères et fils marchent le long des routes avec leurs houes d'un autre âge, complotant à voix basse : shhh.

Nouvelle journée en voiture, cette fois-ci vers l'est. Nous nous sommes arrêtés dans une ville et avons emprunté un ancien empierrement pour nous diriger vers la bouche d'une *lacuna*. Un *cenote*, c'est ainsi qu'on l'appelle ici ; un profond trou arrondi avec des falaises de calcaire sur les côtés et de l'eau bleue au fond. Un martin-pêcheur a fait irruption à travers des feuillages, criant : « *Tuez-le ! Tuez-le !* » Vue d'en haut, la paroi rocheuse du trou, à pic jusqu'à l'eau loin en contrebas, donnait le vertige. Il n'y avait pas de garde-fou au bord de la falaise pour nous empêcher de tomber. Ou de plonger, nager dans les profondeurs pour voir ce qu'il y a là-bas, le diable ou la mer.

Ici, à des kilomètres de l'océan, c'est de l'eau douce. Les Mayas ont construit leurs villes et leur civilisation sur ces *cenotes*, car rien n'est plus sacré qu'une source d'eau douce. Pas une seule rivière qui coule en surface dans toute la péninsule du Yucatán, seulement cette eau souterraine, avec des bouches rondes qui çà et là s'ouvrent à la lumière. *Chi-chen* signifie « bouche du monde », et c'est bien de cela qu'il s'agit, ces bouches béantes sont aussi vieilles que la peur humaine. Les anciens les nourrissaient du mieux qu'ils pouvaient, y jetant jade et onyx, coupes en or, restes humains. Sans penser une seconde à ce qu'ils pouvaient faire à l'eau qu'ils buvaient.

Jesús prétendit que de nombreux objets de valeur avaient été repêchés dans ce *cenote*, mais que tout avait été emporté à Harvard et au Peabody Museum. Il a effectivement nommé ces endroits, il y a donc des chances que ce soit vrai. Pillage colonial à l'ère scientifique.

Sur le chemin du retour à travers la jungle, nous avons vainement cherché les traces des fermes et villages qui avaient dû se trouver là autrefois. Des milliers de gens ordinaires faisaient partie de cette métropole, mais leurs maisons devaient être en torchis et en chaume, crépies avec du calcaire et de la boue. Toute trace de leur vie est retournée à la terre, hormis les temples : œuvres d'art et lieux de culte. Les choses faites d'ambition, qui s'élèvent plus haut que le pain quotidien.

Notre automobile garée dans le village a attiré un groupe de gens. Le garçon le plus grand s'est présenté (Maximiliano), et a demandé qu'on le paie pour avoir protégé la voiture en notre absence. « De qui ? » avons-nous demandé, et Maximiliano a désigné du doigt la bande de petits voyous qui selon lui l'auraient abîmée ou même mise en pièces. « Ils sont très malins », a-t-il dit en anglais. Sa rétribution, une poignée de pièces de monnaie, fut instantanément distribuée parmi les vandales, alliance ainsi consommée. Même la moralité est une affaire d'offre et de demande.

D'autres garçons plus âgés, qui s'étaient tenus à distance de ces manœuvres déloyales, s'avancèrent alors avec des objets en bois sculptés à vendre. Mrs. Brown en prit un dans sa main, et l'examina soigneusement sous tous les angles. C'étaient des figures de guerriers anciens aux coiffures élaborées, très semblables à mon petit bonhomme d'obsidienne. Il était frappant de voir à quel point les visages larges et obliques de ces figurines ressemblaient à ceux des garçons qui les vendaient. Mrs. Brown paya au sculpteur le prix demandé, à peine supérieur à la somme qu'on nous avait soutirée. Bonne journée pour des jeunes gens plantés sur la pierre et les os de leurs ancêtres à essayer de faire leur chemin dans la vie.

Les gens viennent tous les soirs tourner en cercle sur la place proche de notre appartement. Des amoureux qui vont au gré du vent, reliés par leurs doigts enlacés. Des couples mariés qui marchent d'un pas décidé, suivis de leurs enfants, tels des radeaux en remorque derrière le navire. Personne n'est seul. Même les marchands assis sur leurs tabourets à la périphérie cherchent le contact, font des signes aux acheteurs potentiels, comme une machine à coudre qui enfonce imperturbablement son aiguille dans le tissu.

« C'est ce que nous faisions à Isla Pixol », ai-je dit à Mrs. Brown. « Ma mère voulait toujours aller faire le tour de la place. À condition d'avoir une nouvelle robe. »

Mrs. Brown, béret bleu désinvolte posé sur la tête, disséquait son poisson frit, dîner tardif après notre journée sur la route. Mais la vie sur la place ne faisait que commencer. Deux hommes firent rouler un gros marimba en bois vers un endroit proche des tables et le débarrassèrent de sa housse, se préparant à jouer.

Elle s'exclama : « Vous êtes chez vous ici. C'est plaisant à voir. Ça vous va bien.

– Je crois n'être chez moi nulle part.

– Quel bileux vous faites. » De la pointe de son couteau, elle repoussa la tête et la queue du poisson sur le rebord de l'assiette. « J'ai toujours su que vous veniez du Mexique.

Chez Mrs. Bittle, vous nous l'avez dit. Mais vous voyez, nous pensions que c'était de la modestie. Nous n'avions jamais imaginé tout un pays où vous pourriez tranquillement appeler un garçon dans sa propre langue, ou dire, "Tiens, ils vont faire la danse du chapeau", et voilà qu'ils la faisaient. Oh, c'est bête ce que je dis.

– Non, je comprends. Vous avez pensé "étranger", mais pas d'un endroit précis.

– Je crois que c'est ça. Depuis le début, vous connaissiez les gens d'ici, et moi je n'en avais pas idée. Je lisais le *Geographic*, mais dans ces histoires, on ne pense pas à tous ces gens comme à des êtres en chair et en os, qui savent des choses que vous ne savez pas. Mais cela aussi, c'est bête.

– Non, la plupart des gens sont pareils, tant qu'ils ne sont pas partis de chez eux.

– Je remercie ma bonne étoile, Mr. Shepherd, et je vous remercie. Vraiment. D'être aujourd'hui une personne qui est allée quelque part. » Elle posa les mains sur ses genoux et se redressa de toute sa stature, comme font les gens quand ils s'installent au théâtre. Les marchands avaient commencé à entreprendre les gens qui dînaient. Pour peu que votre repas dure un peu, vous pouviez acheter n'importe quoi : roses, pneus de bicyclette, un tatou laqué. Une mère et sa fille, châles et longues jupes, se déplaçaient de table en table pour montrer leurs broderies. Je les éloignai d'un geste à peine esquissé que Mrs. Brown ne remarqua sans doute pas. Elle se croit obligée de regarder absolument tout, de peur d'offenser les artisans.

« Je me suis demandé de quoi va parler votre roman, dit-elle. Le cadre mis à part.

– Je me le demande aussi. Je crois que je veux écrire sur la fin des choses. Comment tombent les civilisations, et ce qui y conduit. Comment nous sommes reliés au passé. »

Sa réponse me laissa interdit : « Oh, je ne ferais pas ça.

– Mrs. Brown, ça par exemple. Cela fait deux fois que vous me dites comment on écrit. La première fois vous m'avez présenté des excuses.

– Eh bien, je vous en présente à nouveau.

– Qu'est-ce qui vous permet de dire ça ?

– Cela ne me regarde pas. C'est venu comme ça. Certaines choses qui se sont passées chez nous me rongent les sangs.

– Je mets parfois les pieds dans le plat, je le sais. Poursuivez.

– Le dois-je ?

– Je vous en prie.

– Je pense que cela ne plaira pas aux lecteurs. Nous n'aimons pas nous sentir fortement liés au passé. Nous préférerions donner un bon coup de ciseaux et couper tous ces liens.

– Alors je suis fichu. Je n'écris sur rien d'autre que sur l'histoire.

– Des gens qui portent des bracelets en or, oui. Des choses qui ne pourraient jamais arriver à des gens comme nous. C'est pour cela, je crois, que les gens le prennent si bien.

– Et donc je ne devrais pas me lancer dans quelque chose de nouveau ? Où est-il passé, l'écrivain qui défend sa propre cause ? Ne pas laisser mes mots devenir orphelins, mes enfançons, comme vous disiez ?

– Je le maintiens. Mais il n'y a pas de honte à se camoufler habilement. Dire ce qu'on pense sans s'attirer des ennuis. Jusqu'ici, ça vous a réussi.

– Oh ! Vous pensez donc que ça ne passerait pas aussi bien si je situais mes histoires, disons, dans un camp de concentration au Texas ou en Géorgie. Un de ces endroits où nous avons envoyé nos concitoyens japonais et allemands pendant la guerre. »

Elle avait l'air accablée. « Non, monsieur, nous n'aimerions pas lire ça. Pas même sur les autres Japonais qui ont coulé des navires et bombardé notre côte. C'est du passé, et nous ferions bien de nous en défaire. »

Les joueurs de marimba commencèrent à jouer *La Llorona*, la plus joyeuse interprétation d'une chanson sur la mort. Je guettais l'homme qui vendait le tatou laqué. Ce n'était qu'une question de temps, il vient tous les soirs.

« S'il en est ainsi, pourquoi les Américains se sont-ils tirés avec les vestiges historiques du Mexique pour les mettre, où déjà ? Au Peabody Museum ?

– C'est la même chose que dans vos livres, Mr. Shepherd. Il s'agit des pièces d'or et de la malchance de quelqu'un d'autre. Si nous remplissons nos musées avec ça, nous n'aurons pas besoin de regarder les morts qui gisent au fond de nos puits.

– Et “nous”, c'est qui ? »

Elle médita cette question, sourcils baissés. « Les Américains, c'est tout », finit-elle par répondre. « Ce sont les seules personnes que je connaisse vraiment. Pas comme vous.

– Vous feriez cela. Prendre des ciseaux et vous couper de votre passé ?

– Je l'ai déjà fait. Ma famille vous dirait que je suis partie à la ville et me suis élevée au-dessus de ma condition. C'est ce que Parthenia appelle “moderne”.

– Et vous, comment appelleriez-vous ça ?

– Américain. Comme je l'ai dit. Les magazines disent que nous sommes spéciaux, pas comme ceux qui nous ont donné la vie. Flambant neufs. Ils vous montrent une vieille péquenaude d'on ne sait quel pays, avec son châle sur la tête, et ils vous fichent la frousse : vous serez comme ça si vous n'achetez pas de la préparation pour gâteaux et un congélateur.

– Mais on doit se sentir seul. Se balader sans ancêtres.

– Je ne dis pas que c'est bien. Mais nous sommes ainsi. Désolée de le dire, mais cette péquenaude avec son châle, c'est ma sœur, et je ne veux pas être elle. Je n'y peux rien. »

Un homme passait parmi les tables tirant les fils d'une marionnette, un squelette souriant avec des os articulés en papier mâché. Au grand ravissement d'une famille qui dînait à côté, il fit avancer le squelette lentement, levant bien haut ses pieds osseux, puis bondissant soudain sur leur table. Les enfants poussèrent des cris perçants, alors qu'il piétinait leurs assiettes, pour demander l'argent du père.

« Et l'histoire n'est rien d'autre qu'un cimetière », dis-je à Mrs. Brown. Le marionnettiste était derrière elle, elle avait manqué le spectacle.

« C'est tout à fait juste. Où l'on peut aller s'il nous plaît de le faire, ou ne pas aller du tout. Laisser les mauvaises herbes pousser.

– Ici au Mexique, il y a un jour férié juste pour être avec les morts. Vous allez là où votre famille est enterrée et vous faites une grande fête, carrément sur la tombe.

– On est obligé ? Sur les tombes ? » Les yeux écarquillés, elle ressemblait à la fille qu'elle avait dû être avant de devenir Mrs. Brown.

« Les gens adorent ça, autant qu'un mariage. En fait, c'est une sorte de mariage, avec les gens de votre passé. Vous faites le serment de les garder toujours avec vous. Vous préparez un festin et vous apportez assez de nourriture pour les morts aussi.

– Eh bien, monsieur, cela ne pourrait pas se produire à Buncombe County. La police vous arrêterait.

– Vous avez peut-être raison. »

Elle prit son verre de sirop de citron vert et aspira à la paille sans me lâcher du regard. C'était perturbant. Le marionnettiste était maintenant dans son champ de vision, et ses yeux me quittèrent pour suivre le squelette. Quand elle eut vidé son verre, elle reprit : « Vous comprenez ces choses-là, un mariage dans un cimetière. Vous êtes d'un autre pays.

– Mais j'ai aussi envie d'être tout neuf. Le pays des voitures rapides et des gens sans attaches me va très bien. C'est là que je suis devenu écrivain.

– Vous auriez pu rester ici et faire la même chose.

– Je ne pense pas. J'y ai réfléchi. J'avais des fantômes à laisser derrière moi. Les écrivains mexicains se battent avec leurs fantômes, je crois. En général. Peut-être qu'il est plus facile de dire ce qu'on veut en Amérique, sans ces compromis ancestraux qui pèsent sur vous comme des pierres.

– Plus facile de regarder les gens de haut, aussi.

– Vous voulez dire que c'est ce que je fais ?

– Mr. Shepherd, non, pas vous. Mais certains le font. Ils regardent autour d'eux et disent : "Ça c'est bien, et ça c'est mal", et l'affaire est réglée. Nous sommes l'Amérique, et donc ces choses là-bas, ce doit être tout l'inverse. »

Mrs. Brown ne cessera jamais de me surprendre. « Voilà qui est très perspicace. Vous pensez que cela vient du fait que nous avons coupé les ponts avec notre passé ?

– Oui. Parce que s'il vous fallait aller vous asseoir sur une tombe et vous mettre à réfléchir, vous ne pourriez pas dire, "C'est l'Amérique". Un Indien vous traverserait l'esprit, un type qui a percé de sa flèche cet endroit précis. Ou alors celui qui a descendu l'Indien, ou fouetté ses esclaves, ou pendu à un arbre une femme un peu trop culottée en déclarant qu'elle était une sorcière. Vous ne pourriez pas vous contenter de dire que tout va bien sous le soleil.

– Alors peut-être que les lecteurs ont besoin de ça. Des liens avec le passé.

– Homme averti est valeureux », déclara-t-elle.

« Ne dit-on pas "en vaut deux" ? "Un homme averti en vaut deux" ».

Elle haussa le sourcil mais ne répondit pas.

Aujourd'hui c'était le village de Hoctún, localité couleur de blé avec une pyramide en son centre, qui m'a rappelé le village avec l'énorme tête en pierre sur la place, et le sorcier de Mère. À chaque virage ici jaillissent des souvenirs. Isla Mujeres était presque insoutenable, dès l'instant où nous avons été sur le ferry. Rien n'échappe à Mrs. Brown, et ça lui cause bien de la bile, comme elle dirait. Elle prétend qu'elle est venue ici pour s'inquiéter à ma place. Elle fait bien davantage : taper mes brouillons pour les voir aussitôt partir à la poubelle. Elle organise. Elle s'est liée d'amitié avec quelqu'un qui parle anglais à l'office du tourisme, un journaliste qui l'aide à faire des miracles. La bureaucratie mexicaine ne décourage nullement Mrs. Brown. Elle a travaillé pour l'armée des États-Unis.

Je lui ai dit que je veux maintenant étudier la vie de village, de près. Nous avons vu assez de pyramides, j'ai besoin de chèvres et de marmites qui mijotent. Regarder à l'intérieur d'une cabane et examiner les voûtes en forme de V, après avoir observé la même architecture dans les temples en pierre. Idée de génie : elle propose que nous retournions au village de Maria, mère de Jesús.

L'éternel chaudron de haricots bouillonnait toujours. Maria nous servait le repas tout en nous parlant avec animation des bûcherons qui étaient passés au village plus tôt dans la matinée. Ils défrichent les forêts alentour et traînent les arbres géants sur la même piste qui nous a conduits jusqu'ici. Et elle ne peut rien faire d'autre qu'arrêter chaque camion sur la route et leur demander de la laisser inspecter les arbres pour cueillir les orchidées vivantes accrochées à leurs hautes branches. Voilà l'explication à la présence de tous ces pots pleins de fleurs dans la cour : ses orphelins rescapés. Ces orchidées ont passé leur vie tout là-haut dans l'air radieux, à l'abri des regards humains, jusqu'à ce que le firmament dégringole brusquement sous leurs pieds. C'est un endroit précaire, là-haut avec les hurleurs. Tout le monde espère que l'arbre le plus haut va tomber.

Mais Maria des Orchidées ne semblait pas avoir de telles craintes, elle était chez elle dans la forêt primitive. « L'important est la beauté », dit-elle à nouveau, tendant une petite main brune vers la cime des arbres. « Même la mort nous accorde de la beauté. »

Nouvelle visite à Chichén Itzá demain, dernière expédition. Puis nous plions bagage. Il faudra prendre le train pour Mexico jeudi ou vendredi si nous voulons y séjourner de Noël au jour de l'an, comme Frida nous en prie. Candelaria vient nous chercher à la gare. Candelaria au volant d'une voiture me paraît aussi probable que Jesús à la tête d'une visite guidée. Ou Mrs. Brown avec son chapeau et ses gants assise à côté de la flamboyante Frida, en train de prendre le thé sur un banc décoré d'éclairs. Toutes ces choses, sans doute, adviendront.

Chichén Itzá n'était plus la même aujourd'hui, sans doute à cause de tout ce que nous avons vu depuis notre première visite. « Élégante et lointaine », avais-je noté à la hâte cette fois-là, « peu encline à révéler son histoire humaine. » Mais aujourd'hui une histoire est apparue en relief sur chaque surface, urgente et visible. Sur chaque pierre, des images sculptées : le jaguar menaçant, le serpent à plumes, la longue frise de poissons rouges en train de nager. Des empereurs grandeur nature sur leurs stèles en pierre faisaient saillie sur la place comme des dents géantes. Les Mayas n'ont sculpté les figures humaines que de profil : l'œil en amande, le front aplati qui décline doucement vers la courbe exquise du nez. Aucune inquiétude à avoir, ce profil ne sera pas oublié, c'est le portrait craché de Jesús et de dix mille autres comme lui, saccageurs d'automobiles inclus. Mieux vaut sculpter tout autre chose dans la pierre, si l'on veut marquer les mémoires : « J'ai été cruel envers mon ami et je suis resté impuni. Mon plat préféré c'est le calmar à l'encre. Ma mère n'a jamais réussi à m'aimer tel que j'étais. »

Des traces de peinture adhéraient à la surface : rouge, vert, violet. En leur temps, toutes ces constructions étaient peintes de couleurs vives. Quel choc que de comprendre cela, et combien ridicule d'avoir été abusé par la sérénité du calcaire blanc. Comme si l'on regardait un squelette et qu'on disait : « Cet homme était bien silencieux, et bien maigre. » Aujourd'hui, Chichén Itzá a clamé sa vérité de toujours. Criarde. Éclatante et tapageuse, pleine de pisse et de jasmin, et pourquoi pas ? C'était le Mexique. Ou plutôt, le Mexique reste ce qu'il a été.

Pour la dernière fois, nous avons gravi la haute pyramide, El Castillo. « Nous ne sommes pas obligés de continuer », ai-je dit à Mrs. Brown, à mi-pente. La journée était si lumineuse et si chaude qu'elle sentait presque la poudre à canon, et Mrs. Brown avait laissé son chapeau dans la voiture, où Jesús faisait sa sieste. Elle fit une halte sur une marche en pierre, se protégeant les yeux du plat de la main, ses cheveux au vent, comme une sirène à la proue d'un navire. Elle avait ôté ses gants de manière à avoir les mains libres pour grimper les marches, tant elles étaient monstrueuses. « Bien sûr que si », répondit-elle, dans un profond soupir, comme pour dire : « Les hommes le font bien. » Et c'est la vérité, les hommes le font, incapables qu'ils sont de résister à cette même impulsion qui au départ a construit cette chose : une ambition démesurée.

Mais la vue depuis le sommet, nous voulûmes nous en convaincre, valait la peine. Nous nous sommes assis sur un méplat, à regarder les touristes sur la place, pleins de pitié pour ces petites fourmis qui n'étaient pas montées jusqu'ici, et qui si d'aventure décidaient de le faire devraient en payer le prix. Ce qui résume tout, l'ambition insensée réduite à ses rudiments. Les civilisations se bâtissent là-dessus. Et un trou d'eau.

« Vous imaginez cet endroit grouillant d'esclaves et de rois, lui dis-je.

– Dix mille esclaves pour chaque roi, je dirais. »

Et des chiens qui aboient. Et des mères se demandant si leurs enfants ne sont pas tombés dans le puits. Nous sommes restés un bon moment à reconstruire la scène. Elle était curieuse de savoir comment un écrivain décide du moment où commencer une histoire. Vous commencez par « Au commencement », lui ai-je répondu, mais il faut que ce soit aussi proche de la fin que possible. Toute l'astuce est là.

« Comment pouvez-vous le savoir ?

– Vous décidez, c'est tout. Ce pourrait être ici même. Dans la première lueur de l'aube, le roi en robe bordeaux et plastron doré se tenait au sommet de son temple, contemplant le chaos d'un air sombre. Il comprit avec consternation que son empire s'effondrait. Il faut entrer immédiatement dans l'action, les lecteurs sont impatients. Si vous tergiversez, ils vont allumer la radio et écouter *Duffy's Tavern* à la place, parce que, au moins, en une heure l'affaire est réglée.

– Comment le roi pourrait-il savoir que son empire est sur le point de s'effondrer ?

– Parce que plus rien ne tourne rond.

– Foutaises, s'exclama-t-elle. Rien ne tourne jamais rond, mais les gens disent "Remuez-vous, il nous faut traverser cette sale passe."

– C'est vrai. Mais vous et moi savons que l'empire s'effondrait bel et bien, car nous avons lu sur le sujet. Chichén Itzá était le centre d'un vaste et puissant empire, où l'art et l'architecture ont fleuri pendant des siècles. Et puis vers 900 après Jésus Christ, il a mystérieusement disparu.

– Les peuples ne disparaissent pas, remarqua-t-elle. Hitler a mis fin à ses jours, mais l'Allemagne est toujours là. C'est un exemple. Les gens qui vont travailler, fêtent leur anniversaire et tout ça.

Vrai aussi, et les Mayas qui peuplent aujourd'hui cette forêt ne pensent certainement pas représenter une culture qui a échoué. Ils ont construit leurs huttes selon la tradition, ils font des jardins et chantent pour endormir leurs enfants. Les gens qui les gouvernent et les généraux se succèdent sans qu'ils s'en aperçoivent. Depuis l'époque de Cortés, le grand empire espagnol s'est trouvé réduit à un tout petit pays de cailloux et de vignobles, la patte droite de l'Europe. Ses provinces lointaines ont disparu, les millions de sujets enchaînés ont été libérés. L'Espagne a aboli l'esclavage, construit des écoles et des hôpitaux, et ses poètes, quand on y pense, se disputent pratiquement l'honneur de condamner l'histoire de la conquête. Cortés avait-il entendu gronder la tempête qui s'annonçait ? Et l'Angleterre ? Et la France ? Tout ce mouvement en avant, les marches vers les montagnes, les fresques et les mains tendues : parmi tout cela, qu'appelons-nous échec ?

« Un roman a besoin d'une bonne chute, ai-je maintenu. Succès et échec. Les gens lisent des livres pour échapper aux incertitudes de la vie. Et ils construisent des pyramides pour l'éternité, de manière à ce que nous puissions les gravir et contempler la scène.

– C'est vous qui savez, commenta-t-elle. Mais on ne peut pas admirer une chose uniquement parce qu'elle a duré. Mon frère, une fois, a eu un furoncle sur les fesses pendant toute une année, et on n'avait pas spécialement envie de le voir représenté sur une photogravure.

– Violet Brown, poète. »

Elle rit.

« Je vous rappellerai ce furoncle la prochaine fois qu'il vous prendra la fantaisie de m'empêcher de brûler des vieux carnets et des lettres. »

Elle n'apprécia pas la remarque. Elle retira de sa ceinture ses légers gants en coton. Les enfila. Se détendit.

« Certaines choses méritent d'entrer dans les mémoires, d'autres pas. C'est tout ce que je voulais dire.

– Et comment les distinguer ?

– Je ne sais pas. Mais empiler des pierres les unes sur les autres n'est peut-être pas la meilleure idée. Peut-être devrions-nous admirer les gens surtout pour avoir vécu dans cette jungle sans laisser la moindre trace.

– Et comment le saurions-nous mille ans plus tard ?

– Dans mille ans, Mr. Shepherd, les poules auront des dents. »

Et la conversation s'arrêta là, car un nuage d'orage qui commençait à teinter le jour de couleurs menaçantes nous délogea de notre aire. À peine étions-nous en bas, que les cieux se déchaînèrent. Des enfants qui vendaient des objets en bois sculptés et des broderies disparurent dans la forêt pour se mettre à l'abri, alors que les touristes se hâtaient vers leurs voitures. Derrière nous, les temples se dressaient dans l'étrange lumière jaune, et la pluie assombrissait les crânes de pierre, dissolvant inexorablement le calcaire, une particule après l'autre, mesure quotidienne d'histoire.

CINQUIÈME PARTIE

Asheville, Caroline du Nord, 1948-1950

(VB)

Star Week, 1er février 1948

L'Étoile de Dixie
brille sur le roman de Shepherd

Les jeunes gens au Pays du Ciel semblent préférer la saveur des vins vieux. Il y a dix ans à Asheville, Caroline du Nord, le jeune écrivain Thomas Wolfe, devenu célèbre du jour au lendemain, a fui le scandale pour trouver refuge dans la vie bohème de Manhattan et les bras d'une dame de dix-sept ans son aînée. La famille de l'écrivain s'employa à faire capoter son union avec la belle décoratrice de théâtre Aline Bernstein – Mrs. Bernstein – et nous supposons que Mr. Bernstein fit de même. Mais rien n'eut raison de la flamme du poète, jusqu'à sa fin prématurée.

Harrison Shepherd semble bien décidé à prouver que l'histoire se répète. Cet écrivain d'Asheville, propulsé au faîte de la gloire avec Les *Vassaux de sa Majesté* et, l'année dernière, *Les Pèlerins de Chaltepec*, a réalisé plus de ventes que Wolfe n'en a connues dans toute une vie. Grâce à des habitudes secrètes et un mépris bien connu des correspondants de presse, Shepherd a porté à Wolfe un coup fatal : on ne parle plus que de lui. Manifestement inspiré par son maître, Shepherd a maintenant fait un pas supplémentaire : il s'est lié avec une dame de dix-sept ans son aînée. Mariée ? Au moins une fois, disent nos sources.

On ne sait pas grand-chose de plus sur cette mystérieuse Violet Brown, mais la coquette petite brunette doit posséder un charme puissant pour avoir pris dans ses filets ce célibataire discret et ses monceaux de billets de banque. On entendait battre les cœurs le mois dernier des deux côtés de la ligne Mason-Dixon alors que le couple s'embarquait pour un périple aux avant-goûts de lune de miel à travers le Mexique, où Shepherd a passé son enfance et où sa famille réside toujours.

Mamacita voit-elle d'un bon œil l'escapade romantique de janvier à mai ? Les cloches nuptiales sonnent-elles pour Harrison Shepherd ? Pas dans l'immédiat, nous dit l'employé d'aéroport Jack Curtis, qui a inspecté les passeports du couple à l'occasion de leur récent passage à l'aéroport d'Ashville-Hendersonville. Notre beau brun à la taille élancée ne lâchait pas des yeux la frémissante Violet mais, à la date du 26 janvier, elle est toujours répertoriée en tant que « veuve ». Et le monsieur ? Curtis répond : « Toujours célibataire. »

6 février

Quand elle est entrée les bras chargés et a laissé tomber courrier et papiers en tas sur la table de la salle à manger, mes premières pensées ont été purement égoïstes. Hélas, la pagaille habituelle. Le monde revient. Je voulais qu'elle prenne quelques jours supplémentaires après notre retour, avoir du temps à moi, seul au premier étage. Rester en pyjama jusqu'au souper, stores baissés, à dérouler mon histoire de lord Itzá et de ses tribulations. Une histoire a besoin d'une bonne chute.

Elle s'est mise à parler avant même d'avoir déboutonné son manteau. Pas dans son assiette, c'était évident. Meubler le silence par des propos insignifiants, les menus détails de la vie chez Mrs. Bittle en notre absence, ça ne lui ressemble pas. Puis elle m'a appris que Mr. Judd était mort, le jour de Noël.

C'était donc cela, ai-je pensé. J'ai présenté mes condoléances.

« Eh bien, c'était son heure. Même Marian Bittle l'a pensé, et la philosophie, ce n'est pas son genre. Elle a dit que son fils était venu sur-le-champ et s'était occupé de tout, afin qu'elle puisse poursuivre sa journée de Noël. Mais c'est autre chose qui l'a laissée sans voix : le vieil homme n'était pas encore enterré que neuf personnes qui avaient lu l'avis de décès étaient venues pour louer la chambre. Certains avaient une famille, vous imaginez un peu ? S'installer avec femme et enfants dans une seule pièce. Il n'y a de chambres à louer nulle part. C'est tous ces mariages de la guerre, et maintenant tous ces bébés que personne n'attendait. Mrs. Bittle dit qu'un homme a acheté un champ de pommes de terre en dehors de la ville et il est en train d'y construire des centaines de maisons, juste des maisons, dit-elle, pas un seul magasin où les gens peuvent s'approvisionner. J'imagine qu'ils vont devoir faire tout le chemin jusqu'en ville pour ça. Et les maisons sont absolument pareilles, une légère nuance de couleur peut-être, mais la même maison à n'en plus finir, toutes en rang les unes à la suite des autres.

– Bonté divine. On dirait que vous parlez de Moscou. Qui voudrait vivre dans un endroit pareil ?

– Eh bien, tout est là. Ils ont prévu deux cents maisons. Mais il y a déjà sept cents familles qui font la queue pour les acheter. »

Puis elle s'est assise à la table et s'est mise à sangloter. Cela ne s'est jamais produit auparavant. Le jour où l'agent est venu frapper à la porte, elle a eu un moment de faiblesse, et elle a posé la tête sur la table, mais cette fois-ci c'était différent. Elle avait les épaules qui tremblaient. Elle poussait un gémissement fluet, lancinant.

« Allons, ça ne peut pas être aussi grave. » Je me faisais l'effet d'un acteur qui récite sa réplique. Deux personnes ridicules dans cette pièce, et je n'avais été présenté à aucune. Je continuais pourtant à penser que sa détresse était due à la pénurie de logements.

Il y avait plusieurs jours déjà qu'elle était au courant des ragots, mais elle ne m'avait pas appelé, espérant m'en épargner un moment l'embarras. Ou alors, elle ne savait pas quoi dire. Toutes ces histoires qui nous attribuaient un lien amoureux, elle les avait portées toute seule. Les remarques et les regards à la bibliothèque et au marché. Je sais qu'elle y est souvent reconnue.

Je n'ai pas pu aller bien loin dans ces lectures. J'étais en plein désarroi, perdu dans un paysage de vérité assassinée. Lev aurait eu une attitude scientifique, il aurait remonté la piste des mensonges, aurait cherché à comprendre comment les branches avaient divergé et où tout avait commencé. Probablement dans *Star Week* ou *The Echo*, même si cette histoire avait aussi gagné les journaux respectables, et bien sûr *The Trumpet*. Ça commence toujours quelque part, un hurleur réveillant les autres. Ils font circuler le message, embelli, non pas du fait d'une sorte d'énergie créatrice mais de la seule paresse à vérifier un fait. À supposer que les reporters aient téléphoné, c'eût été à coup sûr pour solliciter un démenti. Faute de quoi, ils présentent la chose comme vraie, et augmentent la mise, juste ce qu'il faut pour y mettre leur griffe. La dame est « rangée », puis « fatalement rangée », de là elle a un « passé tragique ». Et je me trouve évidemment aux prises avec une « famille mexicaine vieux jeu », à défendre mon droit de poursuivre cette histoire d'amour.

Ce n'est qu'au moment où j'ai préparé le café que je me suis rendu compte que mes mains tremblaient. J'ai souvent rêvé qu'on me tirait dessus, je regardais le sang qui coulait, je me demandais si ça faisait mal.

J'ai posé une tasse près de son coude, mais je ne pouvais m'asseoir face à elle, pas comme un mari face à sa femme pendant le repas. Nous le faisions chez Mrs. Bittle, bien sûr, quand j'étais le cuisinier et elle la secrétaire raffinée. Beaucoup d'eau sous les ponts. Je suis resté debout.

Au bout d'un moment elle s'est redressée, et a regardé le café d'un air étrange, comme s'il s'était retrouvé sur la table par l'opération du Saint-Esprit. Puis la vérité me sauta à la figure : Mrs. Bittle et la pénurie de logements. « Elle vous demande de déménager à cause de ça ?

– Elle a augmenté mon loyer mensuel. Elle m'a prévenue qu'elle serait obligée de le faire, si j'avais l'intention de rester là-bas. À cause de la publicité.

– C'est ridicule. Vous êtes dans le pétrin, et elle en profite. Voulez-vous que je l'appelle ?

– Quel effet cela ferait-il, Mr. Shepherd ? Vous, en train de prendre ma défense.

– Je ne sais pas.

– Je paierai. Elle sait que je ne trouverai pas une seule chambre en ville, vu la situation.

– La pénurie est-elle aussi grave que ça ? » Bien sûr on en parle dans les journaux, partout. Il ne m'était simplement pas venu à l'esprit que partout c'était ici.

« Les gens aujourd'hui lisent les notices nécrologiques, les homicides, Mr. Shepherd, pour trouver une chambre qui se libère. Mais c'est la police et les pompes funèbres qui les obtiennent pour leurs familles. Pour le reste d'entre nous, il n'y a plus qu'à se dire que la prochaine maison qui se présentera sera le cercueil.

– Mrs. Brown, au nom du ciel. Cela ne vous ressemble pas. » C'était pesant : ces chambres qui sont les miennes, des richesses imméritées. Pour une personne célibataire qui pourrait aisément vivre dans un lieu à peine plus grand qu'une boîte en cèdre, et l'a souvent fait.

« Quoi qu'il en soit, je suis restée des années chez Mrs. Bittle sans jamais avoir été augmentée », poursuivit-elle. « Le nouveau locataire paie deux fois ce que je paie. J'ai de la chance d'avoir ce que j'ai.

– J'augmenterai votre salaire pour compenser.

– Voyons, ce n'est pas la peine.

– Non, je vais le faire. Si vous trouvez un autre endroit qui vous convienne, dites-moi combien ça coûte. »

Elle se rendit au cabinet de toilette et fit couler le robinet, elle se lavait probablement le visage. Quand elle réapparut, elle retira le coupe-papier du tiroir où elle le range, comme une femme dans une pièce de théâtre qui prend le revolver dans la commode. Au lieu de tirer sur le méchant, elle s'assit et se mit à trier les enveloppes et en faire des piles. Sans lever les yeux.

« Écoutez, je vais parler à la presse à ce sujet, ou envoyer une déclaration. Nier cette idylle. Je ferai tout ce que vous souhaitez que je fasse, pour défendre votre nom.

– Je ne suis rien, je n'ai pas de nom. C'est au vôtre que vous devez penser.

– Eh bien dans ce cas, il n'y a rien à faire. C'est la même chose que d'habitude, une fois de plus. Nous aurions pu nous y attendre. J'aurais dû réfléchir, avant de vous demander de m'accompagner. »

Elle commença à ouvrir les enveloppes avec son coupe-papier. Elle avait les cheveux pris dans un filet, son chandail en laine était boutonné jusqu'à sa gorge ; elle paraissait dix ans de plus que la dernière fois que je l'avais vue.

« Au moins, la situation ne peut plus s'aggraver maintenant. Nous nous éloignons du désastre », lui dis-je. « Ce sont des choses qui arrivent.

– Mais quoi donc ? » demanda-t-elle, sur un ton curieusement pincé.

« *Del árbol caído todos hacen leña*. De l'arbre abattu, tout le monde fait du bois à brûler. »

C'est alors qu'elle leva les yeux. « Mr. Shepherd, où sommes-nous tombés ? »

14 février

Cher Shep,

*Quoi de neuf ? Tu veux bien être mon valentin ? Oups – t'es déjà pris ! Je sais tout par les journaux. Eh bien, chapeau, mec, je pourrais me dégoter une vieille souris moi aussi. Elle demanderait pas grand-chose côté fric et tout le monde n'y verrait que du feu. Ben mon colon, t'en fais du bruit ! Je te signale qu'un des jolis cœurs que t'as fait craquer à New York était à moi. Je me serais bien passé d'apprendre ça dans l'*Echo.

Quand est-ce que tu viens à New York ? Le nouveau job au musée marche bien, faire du gringue aux gens de la haute pour leur soutirer un peu de fric essentiellement. J'ai un appart vers la Soixante-dixième Rue dans le Lower East Side, très voot. *Kerouac se balade dans le coin et Artie Shaw joue dans une boîte à deux pas d'ici. Mais le bebop c'est fini, faut chercher un type du tonnerre qui s'appelle Frankie Laine. Dis-lui que ton pote t'a envoyé.*

Keskispas à Asheville ces temps-ci ? Et cette vieille Zelda, tu crois qu'elle m'épouserait ? J'ai appris qu'elle crèche dans un de ces hostos de ta jolie ville. Est-ce que Scott est venu faire un tour les jours de visite, quand il avait encore la pêche ? Faut que tu me tiennes au courant des trucs croustillants. Ou ta célébrité t'est tellement montée à la tête que tu peux même pas envoyer un saludo à ton pote ? Maintenant va falloir que je lise le Star Week *et* oop-pop-a-da *voilà Harrison Shepherd,*

À la revoyure,

TOM CUDDY

11 mars 1948

Cher Tom,

C'est étrange que tu mentionnes Zelda Fitzgerald. Elle est morte dans un incendie il y a deux nuits. Le feu s'est déclaré dans la cuisine et il est monté par la cage du monte-plat jusque dans sa chambre, une tragédie invraisemblable. Impossible de dire ce que va raconter la presse nationale, mais je te fais passer la nouvelle comme tu l'as demandé. C'est le capitaine des pompiers en personne qui a mentionné le monte-plats, ce matin au bureau de tabac où j'achète les journaux. Highland Hospital est juste en haut de ma rue. Zelda et moi sommes voisins depuis des années, même si elle n'occupe pas beaucoup mes pensées. Maintenant, j'ai l'impression d'être un pauvre type. Cet hôpital, on aurait tous pu s'y trouver, Tom.

Les nouvelles, à part ça, ne sont pas si mauvaises. Mon nouveau livre marche très bien, et j'ai signé un contrat de film pour le dernier. Ce qui est sûr, c'est que je ne suis pas marié, ni embarqué dans je ne sais quelle idylle secrète. Ces histoires ont été inventées de toutes pièces. La Violet Brown en question est ma secrétaire. Elle porte des gants en coton à l'intérieur de la maison et, à moins d'une terrible méprise, elle n'a jamais trempé ses lèvres dans une tasse de café qui aurait touché les miennes. Elle m'a accompagné dans mon voyage au Yucatán, et donc les marchands de ragots ont dû avoir vent de l'expédition et sont tombés amoureux de leurs fantasmes. Crois-moi, la dame est chaste. Toutes ces histoires ont été une rude épreuve, davantage pour elle que pour moi. Je suis toujours aussi abasourdi que les gens croient toutes les sottises qui paraissent dans les journaux. C'est pourtant le cas, tout le temps. Tommy, tu es bien placé pour savoir que je ne suis pas fait pour le mariage, pas plus que je ne l'étais pour l'armée, quand toi et moi on avait trouvé la bonne planque en travaillant pour le National Museum.

Alors raccommode ton pauvre petit cœur, mon grand. Je ne t'ai pas snobé, pas de mariage à l'horizon.

Je n'ai pas le projet d'aller à New York dans l'immédiat, mais tu devrais venir ici. Asheville a changé depuis la guerre, on dit que nous sommes devenus une destination touristique, et de première classe. Sur Tunnel Road, ils ont installé une espèce de truc tout neuf, qui vous lave et vous lustre une voiture avec le conducteur à l'intérieur. On a aussi du café soluble, et des femmes qui conduisent. Est-ce qu'on est *voot* ? Il faut que tu viennes voir ça de tes propres yeux. En attendant, comme tu as dû l'apprendre, je suis,

Toujours célibataire,

SHEP

22 mars

Cher Shep,

Mes amis sont tous verts de jalousie : pote avec Shep ! Surtout quand je leur ai parlé du contrat de cinéma. Bon Dieu de bois, chapeau bas. Tu pourrais pas me dégoter un minuscule petit rôle ? Je me verrais bien comme le type en pagne, je serais assis sur une pierre et je fumerais un troupeau de Camel pendant les scènes de bataille, tout en essayant de reluquer Robert Taylor. Bon Dieu de bois, ce type est mignon comme un cœur. Et il montre du doigt tout ce qui est rose, je l'ai vu dans les journaux.

Un conseil : un ami ici a l'air de se trouver dans ce genre de galère. Il travaille à la radio mais, vu sa gueule, il pourrait être à la télé – Portoricain, beau comme un dieu. Et pas rien dans la tête en plus, il lit. Très impressionné que je te connaisse. Jusqu'à l'année dernière c'était un Roméo à tomber par terre, on se l'arrachait. Et maintenant il ne trouve plus de boulot. Il a fréquenté des communistes il y a des lustres, et en ce moment c'est comme la Gestapo pour ces types, il y a même des gens qui sont déportés. C'est arrivé à une dame noire que je connaissais du musée, une femme qui fait les critiques de nos expos pour les journaux de Harlem. Je ne savais même pas qu'elle n'était pas américaine. Manifestement sa famille est venue de Trinidad dans les années vingt quand elle était gamine. Et puis un jour elle écrit son histoire sur les artistes noirs, et voilà-ti-pas que le FBI frappe à sa porte et elle se retrouve à faire le poireau à Ellis Island, prochain arrêt : Trinidad. Tu comprends pourquoi mon ami portoricain se fait du mouron. Toi aussi tu es étranger. Il m'a dit de te demander si tu connaîtrais pas un type dans les hautes sphères qui pourrait le sortir de là.

Tu rigoles ? On trouve du café soluble à Asheville maintenant ? Il se peut bien que je doive venir faire un papier là-dessus. Le patron m'envoie en reconnaissance, va falloir que je me coltine les gens pleins aux as, pour qu'ils prêtent leurs Picasso à nos grosses expos. Il ne jure que par les Vanderbilt. Alors mets les petits plats dans les grands, mec, je risque de débarquer bientôt.

À la prochaine,

TOM CUDDY

23 avril

Cher Mr. Shepherd,

Votre lettre est extrêmement bienvenue. Nous sommes tous très heureux, chez Stratford & Sons, d'apprendre que votre roman avance rapidement. J'ai lu les chapitres que vous avez envoyés, et les trouve en tout point à la hauteur de ce que nous attendons de notre cher Shepherd. Ce roman est peut-être le meilleur que vous ayez écrit à ce jour. Ce contrat explique les conditions que nous avons discutées par téléphone. La date que vous proposez pour la remise du manuscrit conviendra tout à fait. Notre département des ventes vous contactera bientôt pour discuter du titre, de la couverture, et cetera. Ils sont fermement décidés cette fois-ci à inclure une photographie de l'auteur, par conséquent nous vous saurions gré de prendre cette demande en considération. Votre titre Le Nom de cet endroit, *j'en suis désolé, ne nous semble pas tout à fait convaincant. Je pense que* Cataclysme de l'Empire *sonne bien. Mais nous avons tout le temps de trouver une solution.*

Vous trouverez ci-joint deux exemplaires du contrat à signer. Attaché à la dernière page, notez, je vous prie, la déclaration sous serment d'anticommunisme, à signer également devant notaire. Comme vous le savez peut-être, cette formalité est maintenant requise dans tous les contrats cinématographiques, et sera bientôt obligatoire dans l'édition, c'est pourquoi nous avons entrepris d'établir tous les papiers nécessaires.

Je vous envoie les salutations de Miss Daley, qui a grand plaisir à bavarder avec votre Mrs. Brown. Et des bravos de Miss James de la salle du courrier qui dit que vos lettres s'amoncellent comme toujours, avec leurs effluves de parfum, malgré les rumeurs de vos fiançailles. Nombreux sont ceux qui seront enchantés d'apprendre qu'un nouveau livre de vous va bientôt paraître.

Sincères salutations,

LINCOLN BARNES

4 mai

Artie a suggéré que nous prenions le petit-déjeuner à la Swiss Kitchen, un de ses lieux de prédilection. On aurait dit un piège à touristes : à la devanture une enseigne géante avec un garçon en *lederhosen* (*Nourriture à la hauteur des Tyroliennes !*) et des serveuses habillées en filles de ferme. Artie, dans ses antiques pantalons à revers et sa discrète odeur d'homme qui prend de l'âge, n'était gêné par rien de tout ça.

« En quoi est-ce de la nourriture suisse ? » ai-je demandé, en étudiant le menu.

« Beaucoup de graisse. *Bratwurst*, simplement ici ils vont appeler ça des saucisses. Nourriture allemande, mais on reste résolument neutre »

Artie pousse l'ironie jusqu'à la nonchalance. Imperturbable. Sauf quand on lui dit avoir travaillé pour Lev Trotsky. Dans un nuage de fumée de cigarette il étudia le contrat du nouveau livre. « Les termes sont foncièrement acceptables. Je suis désolé pour cette histoire d'anticommunisme.

– Je vais signer. J'espère juste qu'ils ne vont pas me demander de renier des choses plus importantes.

– Comme quoi ?

– Trop de sucre dans le café. Colères épouvantables. Comploter des meurtres que je serais incapable de commettre. Des choses comme ça.

– Difficile de poursuivre quelqu'un pour ce genre de crime. Sinon, nous nous retrouverions tous au bloc, à part Eleanor Roosevelt. »

Une des serveuses à tresses blondes se dirigeait vers nous, jumelle de celle qui nous avait installés à notre table près de la fenêtre. « Au bloc », ai-je répété.

« Un terme technique juridique, qui veut dire taule. Vous ne vous y connaissez pas trop en argot américain, n'est-ce pas ? Pour un jeune homme de lettres.

– Ça ne m'est jamais venu naturellement, non. Vous devez en entendre beaucoup avec le métier que vous faites. Acteurs et musiciens.

– Oh oui. C'est le type de clients qui vous disent : "Artie, où est la braise ?" Radis, cachet, flouze, des tas de mots pour désigner la seule chose qu'ils n'ont pas en ce moment. »

Notre fille de ferme tira de la poche de son tablier crayon et bloc-notes, puis laissa échapper son crayon. Délibérément, je l'aurais juré. Elle s'agenouilla pour le récupérer, cils baissés et froufrous du décolletage, *la coupe est débordante.* Ciel, aurait dit Mrs. Brown. D'où viennent donc ces précieuses créatures, est-ce Artie qui les attire ?

« Quels sont les plats du jour, ma mignonne ? Et dépêche-toi de revenir avec nos cafés, joli minois. Bien sucré pour mon ami. » Oui, c'est Artie.

« Vous avez une façon de vous exprimer », reprit-il quand elle se fut éloignée. « La première fois que nous avons parlé au téléphone, je l'ai remarqué. Chaque mot est parfait, mais il y a un accent. Comme Gary Cooper. Pas exactement l'Américain moyen.

– On me dit la même chose au Mexique – je parle espagnol avec un léger accent. Je suis l'éternel étranger.

– Eh bien, ne vous en défaites pas. Votre manière avec les mots, je veux dire. Ça rapporte gros.

– Ce n'est pas la faute de ma mère. C'était la reine de l'argot. Garçonne de première classe. Aujourd'hui, c'est son anniversaire. Je l'emmenais toujours déjeuner.

– Joyeux anniversaire, Mrs. Shepherd. Quel âge ?

– Jeune à jamais. Elle est morte en 38.

– Condoléances. Comment est-ce arrivé ?

– Un accident de voiture à Mexico. Elle avait un petit ami, un correspondant de presse, ils filaient vers l'aéroport pour voir Howard Hughes.

– Ça au moins, c'est une sortie en fanfare. Avec tout le respect que je vous dois.

– Non, vous avez raison, elle n'était que tambour et trompettes. Dans la mort comme dans la vie. Elle me manque.

– Bien, vous parlez de meurtres que vous n'auriez pas le courage de commettre. Y a-t-il quoi que ce soit dont je devrais être informé, en tant que représentant légal ?

– Les choses habituelles. Les journalistes. Les rumeurs ont contrarié ma secrétaire au printemps. Les gens ne la traitent pas bien. Même certains de ses amis ont fait preuve de dureté.

– Voilà une vraie question. La liberté qu'a la presse de détruire la vie de quelqu'un sans raison valable. » Il étudia le menu avec la même concentration qu'il avait accordée au contrat, sans omettre les petits caractères. Quand il eut terminé, il le ferma.

« Félicitations pour votre nouveau livre, au fait. Comme je l'ai dit, c'est un excellent contrat. Jolie somme. Mais il faut que je vous demande quelque chose, c'est un peu personnel. Je pose la question en ma qualité d'avocat, le type dont c'est le boulot d'être vigilant et de travailler au bien de tous.

– Allez-y.

– Je sais que Mrs. Brown n'est pas votre genre, en termes d'espèce. Vous avez un jour mentionné que je suis l'une des quelques personnes à être au courant de ça. La conscription en faisant partie. Ce que je vous demande, et j'espère que la réponse est oui, y a-t-il *quelqu'un* d'autre qui sait ?

– Quelqu'un. Non, pas depuis un certain temps. Quelque chose a l'air de vouloir se présenter. Il n'est pas très facile de parler de ça, Artie. »

Il leva la main, but une gorgée de café. « Mon intention n'est pas de vous mettre mal à l'aise.

– Vous êtes inquiet pour ma sécurité ?

– Vous pourriez courir le risque, disons, d'une dénonciation. Le chantage peut venir de là où l'on ne l'attend pas. En l'occurrence, je ne parle pas d'*Aware Incorporated*. J'ai déjà eu des clients dans votre situation.

– Oh ! Eh bien non, je ne pense pas qu'il faille s'en inquiéter. L'ami dont il est question aurait beaucoup à perdre. En cas de dénonciation, comme vous dites.

– Pas encore un bolchevique ? Pardon, je n'ai rien dit. »

J'ai ri. « Non, ne vous inquiétez pas, celui-ci c'est la bannière étoilée en personne. Nous avons travaillé ensemble dans le service civil pendant la guerre, nous mettions des tableaux en lieu sûr ici, des tableaux de la National Gallery. Nous étions plutôt nombreux dans ce corps, vous seriez étonné. Le monde de l'art ne sera peut-être plus jamais le même.

– Vraiment.

– Il travaille pour un musée ces temps-ci, à New York. Plus de contact pendant des années, et soudain il débarque. Pas facile comme perspective, pour vous dire la vérité. Je m'étais plutôt bien habitué à vivre comme un moine. »

Artie chassa de la main un nuage de fumée. « Ouais, moi aussi. Je dirais "depuis que ma femme est morte", mais sous le sceau du secret je serais obligé d'avouer que ça fait beaucoup plus longtemps que ça. Qui a l'énergie ?

– Vous allez peut-être être surpris, Artie. Les serveuses bourdonnent autour de vous comme des petites abeilles.

– Du divertissement, mon ami. Jolie musique. Au bout du compte, nous passons presque tous à peu près quinze minutes dans les affres de la passion, et le reste de notre vie à y repenser, à fredonner cet air-là. Ce qui n'est pas si mal.

– On dirait. »

Il se concentra pour allumer une nouvelle cigarette avec la précédente. « Et maintenant, l'*amour*.

– Oui. L'amour, c'est une autre histoire.

– Et vous en avez à la pelle, mon ami. Vous êtes aimé par la multitude. Tous ces messieurs dames qui font la queue dans la rue, à l'affût de la moindre de vos paroles. »

Ils ne s'intéressent pas plus à moi que si j'étais un animal de cirque. Frida avait dit cela. « Oui, j'ai beaucoup de chance. Employé par l'imagination américaine, comme vous le disiez.

– Pourvu que ça dure.

– Il faut que je vous pose une question, Artie.

– Personnelle ?

– Non. Cet ami à New York me dit que les étrangers sont déportés en ce moment, soupçonnés d'à peu près n'importe quoi. D'être impliqués dans la lutte pour les droits des Noirs, des choses comme ça. Mon ami à tendance à grossir les choses, à exagérer.

– Votre ami, dans ce cas, n'exagère pas.

– C'est diabolique. Renforcer son autorité en se débarrassant de l'opposition.

– Diabolique est une façon très polie de décrire ce comportement.

– Et ils jettent leur dévolu essentiellement sur les étrangers ?

– Mr. Hoover et Mr. Watkins à l'INS mettent beaucoup d'enthousiasme à faire leur opération de nettoyage. Certains des déportés vivent dans ce pays depuis la nuit des temps. Un type que je connais, Williamson, secrétaire du travail au Parti communiste, est actuellement coffré à Ellis Island. Accusé d'être immigrant. Il dit qu'il est né à San Francisco. Quarante-cinq ans, de la famille, des témoins. Mais tous les certificats de naissance ont disparu dans le tremblement de terre et l'incendie de 1906.

– Bonté divine.

– Shepherd, vous avez un certificat de naissance, n'est-ce pas ?

– Oui. Ça n'a pas été facile, mes deux parents étant morts, mais j'ai trouvé l'hôpital où je suis né. J'ai les deux passeports, américain et mexicain. J'ai dû m'en occuper pendant la guerre, comme vous pouvez l'imaginer. Réquisitionné pour travailler pour le département d'État, ils aiment voir vos pièces d'identité.

– Un conseil : gardez ce passeport américain avec vos pistolets et votre alcool. »

Biscuits à la sauce de viande, saucisses et œufs sur de grandes assiettes lourdes composaient le petit-déjeuner. Artie déplaça le tout pour faire place à son cendrier, et continua à fumer pendant tout le repas. Avec toute cette graisse partout, je me suis posé des questions sur la combustion spontanée.

« Mrs. Brown fait de son mieux pour m'éviter les ennuis », ai-je dit. « Elle prétend que mon idéologie est évidente. Mais pas de casier judiciaire à ce jour.

– Oh, ils ne s'embarrassent pas de ces détails. L'INS a tout un arsenal de témoins, des professionnels. Très bien payés, très talentueux, ils sont capables de produire un témoignage à la demande. Si un homme n'est pas communiste, ils prouveront qu'il l'est. S'il l'est, ils peuvent le faire arrêter pour "troubles et hystérie", de façon à le retenir jusqu'à ce que l'adhésion au PC devienne illégale.

– Interdire un parti politique ? Il y a des pays qui font ça ?

– Celui dans lequel vous résidez. Le Parti a désavoué la violence, comme vous savez. L'année dernière ils ont également rompu tout lien avec le Bureau d'information de l'Union soviétique, par précaution. Précaution inutile, apparemment. Une chambre de mise en accusation vient de déclarer que l'appartenance au Parti communiste est une menace à l'ordre public. Maintenant le Congrès travaille au projet de loi Mundt-Nixon, les membres du Parti vont devoir s'inscrire dans un registre. Par conséquent, nier avoir été membre du PC sera bientôt un crime aussi. Ces gens sont condamnés s'ils le font, et condamnés s'ils ne le font pas. »

Dehors sur le parking, en dessous de la joyeuse enseigne du restaurant – le chanteur de tyroliennes avec ses *lederhosen* –, une voiture noire s'arrêta et un couple en sortit, en proie à une dispute terrible. La baie vitrée étouffait le son, mais leur rage était visible. L'homme ne cessait de tourner autour de la femme pour lui crier à la figure, et elle se détournait à chaque fois, son imperméable ample se balançant comme une cloche, ses chaussures plates esquissant un petit pas de danse. Un enfant observait la scène par l'ovale de la vitre arrière de la voiture, petit poisson condamné dans son bocal.

« Eh bien, au moins je ne suis membre d'aucun parti.

– Mr. Shepherd, vous avez un passé haut en couleur. Vos amis mexicains, restent-ils en contact avec vous ?

– Frida, oui. Mrs. Kahlo. De façon intermittente. Elle vient juste de se réinscrire au Parti communiste, après une interruption. Elle dit que ça marche toujours fort là-bas.

– Peut-être bien, et en toute légalité, là où elle se trouve. Mais je vous conseille la discrétion.

– Vous n'êtes tout de même pas en train de me dire que je devrais me couper des vieux amis, par crainte d'être accusé d'association.

– Non, je ne dis pas cela, vous êtes quelqu'un de droit, monsieur, je le sais. Mais vous n'avez pas idée du nombre de gens qui font exactement ce que vous venez de dire.

– Je vois. Ma secrétaire dirait : "Un homme averti en vaut deux."

– Cela résume bien en effet ce que je peux faire pour vous aider.

– Donc, garder de vieilles lettres dans la maison, et cetera. Peut-être pas la meilleure idée qui soit.

– De la droiture, et un cerveau. Bravo. Au fait, et votre ami l'Agent X, qui vous a rendu visite en octobre dernier. Il garde le contact lui aussi ?

– Pas le moindre signe. Il a dû découvrir quel triste sire je suis.

– Peut-être. Si seulement nous avions tous cette chance. Mais ces types se fichent pas mal de ce que vous êtes. Et même de ce que vous avez l'intention de faire, quoi qu'ils en disent. Ce sont des limiers. Ce qui les excite, c'est de renifler où vous avez déjà été.

– Eh bien, je n'y peux rien. J'ai passé des années entouré de communistes, à faire leur vaisselle pendant qu'ils délibéraient sur le programme transitoire et officialisaient les directives du parti. Vous voulez savoir, Artie ? Ils mangent comme les autres. Ils peignent leur salle à manger en jaune, et ils aiment leurs enfants. Je me demande, qu'est-ce que les gens ont contre les communistes ?

– Je vous l'ai dit. L'anticommunisme n'a pas grand-chose à voir avec le communisme.

– Oui, je sais. Le thon et la grippe espagnole. C'est difficile à croire.

– Songez à la religion. Une vierge qui donne la vie. Pareillement difficile à croire. Et pourtant considéré par beaucoup comme la preuve que les pourvoyeurs de pornographie sont partout. »

Le couple en colère réintégra la voiture et s'éloigna. Une pause dans leur voyage.

« Le communisme ? La plupart des gens n'ont pas la moindre idée de ce que c'est », reprit Artie. « Je n'exagère pas. Regardez autour de vous, demandez à n'importe lequel de ces bons citoyens. "Excusez-moi, monsieur, je viens d'avoir une idée, un groupe de travailleurs qui deviennent propriétaires de leurs moyens de production. Qu'en pensez-vous ?" Vous savez, il serait sans doute partant.

– Le communisme c'est la même chose que Staline, voilà ce qu'il pense.

– Exact. Et le base-ball c'est neuf Blancs et une batte. Voir c'est croire. Pendant des années le Président nous a dit que nous n'avions à avoir peur de rien sinon de la peur elle-même. Ils ont placardé des affiches à cet effet dans tous les bureaux de poste. "Tojo ne nous fait pas peur." Et maintenant changement de programme, ils placardent un nouveau slogan : "Prenez vos jambes à votre cou."

– Je vois ce que vous voulez dire.

– Selon le dernier sondage d'Elmo Roper, quarante pour cent des Américains croient que les Juifs ont trop de pouvoir dans ce pays. Dites-moi, combien avons-nous de Juifs au Congrès ?

– Pas beaucoup, à mon avis. Peut-être pas un seul ?

– Alors quel est le problème ? Des gens qui ont un accent, pas chrétiens, et qui n'en font pas un complexe. Peut-être qu'ils ont leurs propres idées. Et c'est un défi à notre paix et notre prospérité durement gagnées. Leur acharnement à maintenir la ségrégation des Noirs serait un autre exemple.

– Je vois. Le problème n'est pas le communisme en soi. »

Il se pencha en avant, ses yeux brillaient, il avait l'air fiévreux. Il leva les deux mains comme s'il voulait me prendre le visage. « Vous savez ce que c'est le problème ? Vous voulez le savoir ? C'est ce que ces types ont décidé d'appeler l'*Amérique*. Ils ont l'audace de dire : "*Voilà*, espèces de fils de pute, n'y touchez pas. C'est un produit fini !"

– Mais tout pays est toujours en train de se faire. *Toujours*. C'est ça l'histoire, il faut bien que les gens le comprennent. »

Il laissa tomber ses mains, et s'appuya contre le box. « Passez-moi l'expression, mais allez dire ça à ces putains de Marines.

– Ma secrétaire a dit plus ou moins la même chose, à part l'expression. »

Artie avait fini son petit-déjeuner et il empilait à présent les assiettes, cendrier compris, il se ressaisissait. « Votre Mrs. Brown, une dame très futée. Comment va-t-elle ?

– Futée, comme vous dites. Et pas mienne, à titre de renseignement. Elle va bien, je crois.

– Tant mieux. » Il écrasa sa cigarette, lissa le contrat sur la table, et le plia pour le mettre dans l'enveloppe. « Vous pouvez le signer. Déclaration sous serment et tout le reste. Je ne m'aventurerais pas à vous donner un conseil. Mais je vais vous raconter quelque chose sur l'histoire en train de se faire. Souvenez-vous que c'est Artie Gold qui vous l'a dit, devant une assiette de porc haché et de balivernes. Ça va devenir grave. Ce que ces hommes sont en train de faire pourrait devenir permanent.

– Que voulez-vous dire ? »

Soudain, il eut un air de lassitude. « Vous forcez les gens à ne plus poser de questions, et vous avez à peine le temps de vous retourner qu'ils ont mis le point d'interrogation aux enchères, ou l'ont vendu à la ferraille. Pas d'audace. Pas de bonnes idées pour réparer ce qui est cassé dans le pays. Parce que, s'il vous prend l'idée de signaler que c'est cassé, vous êtes automatiquement disqualifié.

– C'est peut-être un peu exagéré », dis-je. « L'Amérique a le goût des extrêmes. La dernière lubie, un plein d'essence, et vous êtes paré. Aujourd'hui la phobie du Kremlin est une religion et mieux vaut être mort que rouge. Demain on décidera que le mal vient des cigarettes et du sucre dans le café. La culture repose sur l'hyperbole. » Je voulais le voir sourire. « Ou peut-être que vous pensez vraiment que cette nourriture vaut bien de chanter une tyrolienne. »

Il ne sourit pas. « Je suis un vieil homme, j'ai vu beaucoup de choses. Mais ce que font ces hommes c'est mettre du poison sur la pelouse. Ça tue vos mauvaises herbes, et puis vous vous retrouvez avec des tas de choses mortes, pendant très longtemps. Peut-être toujours. »

The Asheville Trumpet, *18 juin 1948*

La municipalité claque la porte à la polio

par Carl Nicholas

La Commission municipale de santé publique a interdit cette semaine tout rassemblement, dans le but d'enrayer la marée de paralysie infantile qui

balaie notre État. La quarantaine a débuté lundi à une heure du matin : salles de cinéma, patinoires, piscines et autres lieux publics infestés ont été fermés. Toutes les églises de la ville, excepté l'église catholique, ont vivement conseillé à leurs fidèles de rester prier chez eux en toute sécurité. Cette cité de 50 000 âmes est silencieuse comme une tombe, alors que nos ménagères s'abstiennent de faire leurs courses et que nos commerces et nos stations de montagne voient leurs bénéfices volés par l'épidémie.

Le docteur Ken Malusa, interrogé par le secrétariat municipal à la Santé par téléphone, nous a rappelé que même le plus avisé des hommes de l'art ne possède aucun remède chimique contre la polio. « Ce microbe est rusé, l'œil humain ne peut le détecter, et le meilleur microscope pas davantage. Nombreux sont ceux qui s'y sont essayés, mais le petit malin ne montre pas si facilement le bout de son nez. La pénicilline ne lui fait pas peur, elle n'est littéralement d'aucun secours. Mon conseil : ne laissez pas vos gosses approcher les lieux où il se promène. »

Cela est valable pour les hommes et les femmes également, personne n'est à l'abri. Sept pour cent des malheureuses victimes meurent, selon le Dr. Malusa, et presque toutes sont infirmes. Le bon docteur dit qu'il n'y a aucune explication à cette épidémie annuelle, qui se produit en été seulement. Asheville connaît actuellement le taux le plus élevé de malades de notre pays, dans un État qui a déjà vu plus de mille victimes succomber à la menace de la polio. Le total au niveau national est de presque six mille.

Les responsables de notre ville ont rédigé une lettre à monseigneur l'évêque Vernon Reynolds à

Raleigh, lui demandant instamment d'accorder aux catholiques la permission de ne pas se rendre dans leurs lieux de culte.

6 juillet

Chère Frida,

Il est deux heures du matin, et dehors il fait aussi clair qu'en plein jour. La rue pavée luit comme l'eau, les arbres alignés le long des deux berges font penser aux canaux de Xochimilco. La lune n'est pas tout à fait pleine : parfaite sur le côté gauche mais un peu déchiquetée sur le droit, donc décroissante. C comme Cristo signifie qu'elle décline. Incapable de dormir ce soir, je me suis relevé pour attendre votre anniversaire. J'ai pourtant dû sombrer dans un rêve pendant quelques secondes car, à l'instant, vous étiez ici dans ma chambre, assise dans votre fauteuil roulant, vos cheveux magnifiquement relevés. De dos, en train de travailler face à un chevalet. J'ai dit : « Frida, regardez, les rues se sont transformées en rivières. Trouvons un bateau et partons quelque part. » Vous vous êtes tournée vers moi avec des orbites vides et vous avez dit : « Vas-y toi, Sóli. Je dois rester. »

Ce sont sans doute les nouvelles à la radio qui m'ont empêché de dormir. Le blocus de Berlin par Staline est une horreur, et pas bien difficile à imaginer ici. Asheville aussi est en état de siège, mise en quarantaine à cause de la polio. Aujourd'hui je me suis rendu en ville à pied, pour déposer les gages de Mrs. Brown à la banque, et je n'ai pas vu en chemin âme qui vive. Cours d'école, vides. Snack-bars sombres, des rangées de tabourets en chrome le long du comptoir en guise de clients. Cette ville est un cimetière. Mes seuls compatriotes aujourd'hui étaient les mannequins en plâtre dans les vitrines, avec leurs yeux vides et arrogants et leurs tenues élégantes. Bien sûr, la banque était fermée.

Je vous imagine bien ici, Frida, gambadant parmi les rues pour vous moquer de toute cette peur. Vous avez déjà eu la polio, votre jambe en témoigne. Votre malheur tourbillonnant et votre passion que rien ne saurait enfermer. Survivre à la mort est un don, n'est-ce pas ? Cela nous place hors de l'arène. Étrange que je m'inclue, je me demande pour quelle raison. Quelle était ma maladie d'enfance ? L'amour, je suppose. J'étais prédisposé à contracter le grand amour, j'ai connu les frissons et le délire de cette maladie-là. Il semblerait que je sois hors de danger maintenant, peu de chances de la contracter à nouveau. Les avantages de l'immunité sont évidents. Les gens feront mille contorsions pour ne pas être seuls, ils sont prêts à tous les compromis tant ils ont peur. C'est une grande liberté que de renoncer à l'amour, et de s'intéresser à tout le reste.

Cet été, « tout le reste », pour moi, c'est mon nouveau livre. Je crois qu'il va être sérieux, Frida, et de qualité. En tout cas il sera bientôt fini, à l'automne j'espère. J'avance à pas lents, car je dois taper tout moi-même. L'efficacité de Mrs. Brown m'a gâté, et en ce moment elle ne peut pas venir car l'épidémie rend sa logeuse hystérique. Elle a menacé ses pensionnaires de ne pas les reprendre chez elle s'ils sortent en public ou prennent le bus. Mrs. Brown tolère l'intolérable, venant de cette femme. Staline en personne aurait fort à apprendre du Siège de Mrs. Bittle.

Je me suis demandé : « Pourquoi ne laisserais-je pas Mrs. Brown habiter ici. » Nous travaillons déjà ensemble, j'ai une chambre vide. Vous voyez, je suis bête comme un âne, j'essaie de deviner les règles qui régissent ces choses-là. Au Mexique, les gens les plus hétéroclites pouvaient vivre sous le même toit, la moitié avec le cœur en bandoulière et l'autre moitié armes au poing, tous enroulés dans une même chalupa. Mais non, pas ici, même un âne finit par le comprendre, après quelques bons coups sur la tête ! On nous épinglerait comme du linge sale dans *The Echo* et *Star Week*. On demanderait aux enfants de changer de trottoir en passant devant chez nous.

Heureusement, le courrier n'est pas en souffrance. Mrs. Brown a tout organisé pour qu'il arrive chez Mrs. Bittle, jusqu'à ce que – à moins que – lui vienne à l'esprit la menace que constitue une enveloppe léchée par un inconnu. Ma maison est aussi vide que les snack-bars, la table de Mrs. Brown aussi nette qu'elle l'a laissée, machine à écrire sous sa housse, téléphone dressé comme une jonquille noire qui aurait fleuri sur la table, avec l'écouteur qui se balance. Si j'ai besoin de compagnie je peux toujours passer en revue le courrier ; elle le fait suivre ici dans des cartons dès qu'elle y a répondu. Ces lettres continuent à me surprendre, le flot n'a pas vraiment ralenti. Maintenant toutes ces filles me supplient : « S'il vous plaît, Mr. Shepherd, écrivez une histoire qui finit bien la prochaine fois ! » Comme si j'avais une quelconque emprise sur la réalité, avec mes marionnettes inventées. Ces filles ont misé sur un cheval ombrageux. Personne ne devrait compter sur moi pour une issue heureuse.

Vous et moi sommes pareils. Est-ce que les gens vous demandent d'effacer de vos tableaux les cœurs qui saignent et les poignards, pour les rendre plus gais ? Mais le Mexique est différent, je le sais. Là-bas, on a droit à son cœur et à ses poignards.

Notre visite à Noël nourrit mes souvenirs, même si ce que vous avez dit est vrai, vous avez changé. Je proteste tout de même, vous n'êtes pas un sac d'os. Diego est un imbécile, cette espèce de lézard maigre de Maria Félix devrait grimper à un arbre et manger des fourmis. Votre santé, néanmoins, me préoccupe, je ne vous le cache pas. Ce qui m'a tenu éveillé ce soir surtout est la terreur de ne pouvoir fêter encore beaucoup d'anniversaires avec vous.

Plus que toute autre chose, je regrette les mots de colère pendant notre visite. Je comprends votre caractère, poésie plus que vérité en quelque sorte. Vous et Mrs. Brown ne pouviez pas vous entendre parfaitement. Vous êtes, vous et elle, des femmes importantes dans ma vie, et trop de cuisiniers gâtent la sauce. S'il y a quelque chose à pardonner, Mrs. Brown et moi l'avons déjà fait. Je suis certain que ses vœux accompagneraient les miens.

Abrazos à Diego, et à Candelaria, Belén, Carmen Alba, Perpetua, Alejandro, et tous les autres chez vous où j'ai l'impression d'avoir plus d'amis que dans cette ville où j'habite aujourd'hui. Mais par-dessus tout à vous, *mi querida, feliz cumpleaños.*

SÓLI

30 juillet

Mrs. Brown a appelé avant neuf heures ce matin, hors d'elle. Une deuxième lettre de la Loyalty Firm. Le scorpion, Loren Matus. Une photographie compromettante, prétend-il, mais tout cela n'a aucun sens. J'ai fait lire deux fois cette partie de la lettre à Mrs. Brown. « Une photo de Harrison Shepherd et de sa femme à un meeting du Parti communiste en 1930. » Je suis censé lui payer des honoraires de cinq cents dollars pour avoir le droit de l'examiner.

J'ai dicté une lettre à Mrs. Brown par téléphone : les raisons pour lesquelles cette photographie ne peut pas être ce qu'il dit. En 1930, Harrison Shepherd était âgé de quatorze ans, et il fréquentait une école pour retardés mentaux à Mexico. Ses convictions politiques consistaient à rassembler des mille-pattes dans un bocal et à les remettre en liberté sous le bureau de señora Bartolome pendant la prière. Il n'a découvert aucune raison valable de se marier depuis cette année-là, et personne n'a été candidat non plus à cet emploi. Avoir une femme en 1930 l'aurait pourtant bien amusé. Beaucoup de gens seraient prêts à payer pour voir ça. Signé : Sincères salutations, Harrison Shepherd. H.S./V.B.

11 août

« En avant toute ! » dit Tom Cuddy au téléphone. « Je débarque en Caroline. » Une affaire de musée avec les Vanderbilt, passera trois nuits au Grove Park, propose qu'on s'y rencontre. « Une assignation », dit-il. Oh, Tom, Tom, fils de la vanité, qui s'attend à me voir arriver chapeau à la main, cœur battant. Qui sait, en réalité, que je vais le faire.

L'Assignation

Ça faisait longtemps, dit la belle crapule, levant les yeux de son cocktail. La ferme poignée de main, le fauteuil prêt à m'accueillir. Le restaurant en terrasse au Grove Park est très classe, nappes blanches sur les tables et bougies qui tremblotent, mais toutes les autres chaises étaient vides. Tom devait être le seul client de l'hôtel.

« Tu es courageux, laisser ton patron t'envoyer ici. Ils ne sont pas au courant de la quarantaine, à Manhattan ? Ou êtes-vous tous si fringants que l'épidémie ne peut pas vous toucher ?

– Qui se soucie des microbes de la polio ? Ça forge le caractère.

– Tommy, ça n'est pas une plaisanterie.

– Ça sera quoi ton vitriol ? Moi c'est un gin à la prunelle. Que le nom t'arrête pas, c'est du costaud. La fille en tablier là-bas au bar a la main lourde.

– Bon, d'accord. Un billet pour la prune, s'il te plaît. »

Tommy fit signe au garçon, qui rôdait constamment à proximité dans l'obscurité, à l'entrée du patio ou au fond près du mur, tirant une bouffée de cigarette. Je me suis demandé si les serveurs seraient un jour invisibles pour moi, comme ils semblent l'être pour les autres. J'avais envie de voler au secours de ce garçon, aller chercher les boissons moi-même et l'aider ensuite à rapporter les assiettes à la cuisine.

L'extrémité de la cigarette de Tommy luisait, toujours en mouvement. « Allons, regarde ce que la polio a fait pour FDR. Une jambe folle, ça te fait gagner des voix de sympathie, tu peux être sentimental comme c'est pas permis et ils sont tous gaga. "J'ai ho'eu' de la gue'e, Eleanor a ho'eu' de la gue'e, notre petite chienne Fala a ho'eeu' de la gue'e..." »

Les boissons arrivèrent, suivies par le dîner, émergeant brusquement de l'obscurité tout comme Tom l'avait fait, irréel telle l'image qui apparaît sur un écran de cinéma. La cruauté est juste un rôle qu'il se donne, comme Hurd Hatfield jouant Dorian Gray. Des déboires, Tommy en a eu dans sa vie. L'exposition des Modernes, à laquelle il a participé, tournée en ridicule par le Congrès, il l'a pris personnellement. Et ce n'est pas le pire, pour un garçon qui veut si désespérément avoir sa place, et ne l'aura jamais tout à fait.

La vraie nature de Tommy est lente à se manifester, mais il est bien là, au fond quelque part, sous la surface brillante. Le jour où nous nous sommes rencontrés dans le train, assis sur une caisse de Rodin, le beau parleur s'est tu d'un coup quand bouche bée il a entendu le nom de Rivera. Il avait étudié ces fresques en photographies. Il voulait tout savoir : le mélange de plâtre, les pigments. Et Frida, comment étalait-elle la peinture, au pinceau ou au couteau ? Les couleurs chaudes ou froides en premier ? Cette tristesse ineffable qui émane de ses toiles, est-ce qu'elle la ressent, quand elle peint ? Ses propres mots, *tristesse ineffable*. Tommy a déjà eu deux Kahlo entre les mains, quand il travaillait au musée.

Plus tard dans la chambre, allongés sur le dos, torses nus, lui à fumer ses troupeaux de Camel, les unes à la suite des autres, c'était comme se retrouver à la Potomac Academy, ou dans les minuscules chambrées chez Lev. Mais ces lieux n'auraient jamais pu le contenir, Tom Cuddy est un homme-orchestre. Ses questions ne demandent pas de réponse, il est déjà assez difficile de comprendre ce qu'il veut dire. Qui serait le plus fort au bras de fer, Frankie Laine ou Perry Como ? Christian Dior, il est devenu cinglé ou il nous sort un coup de génie ?

« Quoi, qu'est-ce qu'il a fait, Dior ?

– Il a pris tout le rembourrage des épaules des filles et il l'a fourré dans leurs soutiens-gorge. »

Il songe à quitter la galerie, le monde de l'art en général. Pour la publicité.

« Quoi, pour écrire des jingles ? Lucky Strike égale tabac de qualité ?

– Non, tête d'œuf. La direction artistique. Créer le style de demain.

– Je croyais que c'était le musée que tu aimais. Kandinsky et Edward Hopper. Et maintenant tu veux ressembler à Llewelyn Evans dans *Les Bonimenteurs*, vendre des savonnettes à des ménagères candides.

– Pas du savon, du charme. Du sexe, Dieu, et la pâââtrie. » Tommy souffla un rond de fumée parfait, et le regarda monter au plafond. « Et le septième jour, Tom Cuddy créa l'Amérique. Et Tom Cuddy dit, *Mec, cela est bien.*

– Si j'étais croyant, je me tirerais de ce lit avant que la foudre nous tombe dessus.

– Un jour tu verras, Shepherd, mon ami. Les hommes qui font campagne pour devenir président vont embaucher des publicistes.

– Tommy, tu perds la boule.

– C'est pas de la blague. Tu sais combien de chaînes de télévision il y a aujourd'hui ?

– Six ou sept, je dirais.

– Vingt.

– À propos, comment va ton ami ? Le Roméo basané qui avait une gueule d'acteur de télé. »

La question changea l'humeur de Tom, il devint irascible. Ramiro est parti, pas à Porto Rico, mais il a quitté New York. Loin des paillettes et des projecteurs. Peut-être qu'il fait du porte-à-porte et qu'il vend des brosses. Difficile de ne pas se perdre en conjectures sur les rouages de l'univers de Tom Cuddy : Ramiro soleil couchant, Harrison Shepherd étoile montante. Le long compromis avec la solitude. Tom dit qu'il sera de retour dans un mois, et probablement de nombreuses fois encore par la suite. À Cashville, comme il dit. Assignations régulières aux frais de Grove Park, tant qu'il continuera à faire le bonheur des Vanderbilt.

« Tu as de la chance de vivre ici », dit-il.

« Quoi, chez cette chère Caroline ? En quarantaine ?

– Eh bien oui, ici, ou là où ça te chante. À écrire ce que tu veux, personne qui regarde par-dessus ton épaule. À New York, on est comme des fourmis sous une loupe, brûlées par le soleil.

– Des fourmis brûlées. Tu en rajoutes. » Je me hissai hors du lit. Bel effort, beaucoup de gin à la prunelle sous les ponts, mais j'avais besoin de faire quelques pas. L'énergie de Tommy lui sortait par les pores de la peau comme un courant électrique. Je me postai près de la fenêtre, hublot vers l'obscurité.

« Oui, j'en rajoute », rétorqua-t-il. « Tu veux connaître les détails sordides ? Tous ces types à la radio et à la télévision. Les producteurs me font penser à ces petites brutes autrefois, à l'école, qui s'attroupaient pour voir griller les fourmis. Inculpation de complot, audiences d'*étrangers*. Tu sais combien de New-Yorkais viennent d'ailleurs ? La ville va être aussi vide que cet hôtel. »

Chose rare, il semblait être à court de mots. Je pouvais entendre la respiration de la chambre : halètement des poutres du toit, lente circulation de l'eau dans les canalisations.

Tommy alluma une autre Camel. « Ils n'ont même pas besoin de t'inculper. Un jour tu sens la chaleur, et tu sais qu'ils sont là, à genoux en rond autour de toi, à te regarder te tortiller. Ton nom est sur la liste. Tout le monde s'arrête de parler quand tu entres dans une pièce. Tu crois que l'épidémie, on ne sait pas ce que c'est ?

– Ce ne sont que des producteurs de télévision, Tommy. Pas des chefs d'État, avec une police secrète à leur disposition. Juste des hommes qui se lèvent le matin, enfilent leurs costumes Sears Roebuck, et vont au bureau pour décider qui va se prendre une tarte en pleine poire aujourd'hui. On a du mal à imaginer comment ils pourraient avoir un tel pouvoir.

– Du mal à imaginer. Tss tss », fit Tom, se moquant de l'écrivain ou de son innocence, comme pour dire : *Petit Shepherd. Qu'est-ce que je vais faire de toi ?*

2 septembre

Les étoiles et les planètes sont à nouveau en place. Mrs. Brown est de retour, depuis une semaine, gaie comme un pinson aujourd'hui, dans son nouveau chemisier façon péplum. Elle a été reprise au Club des femmes, Comité de la programmation, principalement parce qu'elle a fait marcher le club par téléphone et par la poste pendant la quarantaine. La solitude a cloué le bec de presque toutes ces bonnes dames.

Nous sommes en voie de terminer le premier jet du roman pour la fin du mois. Mrs. Brown dit que c'est le meilleur, et elle n'a même pas encore vu la fin. Le titre, à nouveau, n'est pas une mince affaire, l'éditeur comme d'habitude veut quelque chose de bien ronflant : *Les Puissants déchus*, ou *Cendres de l'Empire*. J'avais espéré un soupçon de métaphore. Mrs. Brown, assise à sa table l'air pensif, un crayon posé sur sa joue, a eu soudain une idée : « Vous vous rappelez à Chichén Itzá au sommet du temple, la dernière fois ? Tout était lumineux, et puis l'orage est arrivé et la scène s'est éclairée d'un jour nouveau. C'était la même vue, les mêmes choses, mais d'un seul coup ça faisait froid dans le dos. C'est ce que vous voulez, n'est-ce pas ? Il y a un mot pour dire ça ?

– Oui. J. Edgar Hoover. »

Elle avait demandé la permission de partir tôt le lendemain pour voir Truman lors de sa visite éclair pour la réélection. Il va passer par Asheville, et parlera depuis une estrade sur le *Ferdinand Magellan*. C'est ce même train que les gens avaient passé la nuit à attendre, quand il transportait Roosevelt chez lui. Mais il n'était jamais arrivé.

15 septembre

Le Grove Park est un endroit rassurant, tous ces meubles *Mission* lourds et mastoc avec leurs pieds fermement plantés au sol. L'imposante cheminée en pierre, les horloges de grand-père fabriquées sur mesure, même le toit, retroussé et arrondi comme une chaumière de conte de fées, avec des petites courbes en forme de sourcils au-dessus des fenêtres des chambres à l'étage. Tom les adore, il se prend pour un artiste dans sa mansarde. Il affirme que Scott Fitzgerald prenait toujours une chambre tout en haut quand il venait voir Zelda. « Tu n'as qu'à demander au groom, mais c'est moi qui te l'ai dit, et j'ai raison. Peut-être même qu'il a écrit *Gatsby* dans la chambre où je dors ce soir.

– *The Crack-Up* probablement. S'il séjournait ici pour les raisons que tu dis. »

Tommy décrivit des cercles avec sa tête. « Oh, *The Crack-Up*, bien trouvé ! » Un acteur né, étudiant chaque geste, choisissant les angles de vue qui l'avantagent. Aujourd'hui il avait un vrai public : la terrasse était bondée, des gens installés dehors pour profiter du soleil d'automne. Le tourisme est de retour, toutes ces vacances différées doivent être prises avant le premier coup de froid, c'est comme une ruée sur la banque. Tommy jouait à disséquons-les-clients.

« Celui-là, là-bas, il a des chaussettes avec des ronds dessus. Je te parie cinq dollars. Va donc lui demander de relever la jambe de son pantalon.

– Je ne sais pas ce que ça signifie, des ronds dessus.

– Ça veut dire », il se pencha en avant, *sotto voce*, « que c'est le genre de type qui a une voiture avec une *queue de renard* attachée à l'antenne. *Hubba hubba !* Tu les connais pas ces étudiants. Moi, je les reconnaîtrais dans le noir. » Le gin à la prunelle n'était pas assez costaud pour Tommy aujourd'hui, alors nous avons enchaîné avec du « Brise de mer », une préparation qu'il avait expliquée au barman. Des instructions compliquées pour un résultat tout simple : gin et jus d'orange.

« Là-bas, le couple. Des Parisiens, un snobinard et sa zazz girl, très *vout-o-reenee*.

– Vraiment. » Impossible de suivre le langage de Tom, j'avais renoncé à essayer.

« À Paris, les Américains, je les repère au premier coup d'œil, *pan pan !* » Un œil fermé, il fit semblant de tirer au pistolet. « Un Français, c'est comme ça » – il ramena les épaules vers ses oreilles – « on dirait que quelqu'un lui a fourré de la glace dans son col. Et un Anglais c'est tout le contraire, épaules en arrière. "Vous dites ? Un glaçon dans le cou ! Diantre, quelle importance !"

– Et l'Américain ? »

Tommy se renversa dans son fauteuil, genoux largement écartés, mains jointes derrière sa tête dorée, voyelles plates : « De la glace, vous rigolez ? Je le prends sec. »

Et le Mexicain : *J'ai transporté la glace jusqu'ici sur mon dos, je l'ai coupée avec une machette, et ça va toujours pas*. Tommy leva deux doigts pour demander la tournée suivante.

« Non merci, plus pour moi, ai-je dit. Je nourris l'espoir ridicule d'avancer encore un peu mon travail ce soir. Du Coca, s'il vous plaît. »

Le serveur acquiesça de la tête. Tous les serveurs ici avaient la peau foncée, et tous les clients étaient blancs. On aurait dit une zone occupée après un cessez-le-feu, deux factions distinctes habitant le même lieu : les uns détendus et volubiles, vautrés sans complexe dans leurs fauteuils, avec des tenues colorées, pendant que les autres étaient mutiques dans des livrées amidonnées, cols blancs raides sur peau noire. Au Mexique, quand on faisait le service à une table, c'était normalement les invités qui avaient des cols amidonnés, et les domestiques des livrées brodées de fleurs.

Tommy m'informa que Coca-Cola vend cinquante millions de bouteilles par jour.

« Tu te prends pour qui, Elmo Roper ?

– Ça suffirait pour mettre à flot un cuirassé. Je veux dire, littéralement, quand on y réfléchit. L'Assemblée nationale en France vient juste de décider de boycotter Coca-Cola, ni achat ni vente, partout dans leur empire. Je pige pas.

– Peut-être qu'ils n'ont pas envie qu'on leur en verse dans le col de chemise.

– Tu rentres chez toi travailler *ce soir* ? » Ses yeux sont si pâles et si clairs, son visage tout entier en vérité, on dirait qu'il dégage de la lumière plus qu'il n'en absorbe. Les papillons de nuit doivent se fondre dans sa flamme et périr avec joie.

« Je peux rester passer l'après-midi. Mais je suis si proche de la fin du livre. J'ai du mal à penser à autre chose.

– Ah, le travail !

– Je vais en perdre le boire et le manger, à en croire ma secrétaire. »

Il se pencha en avant, pinça la peau de mon bras, petit rire. Puis se laissa retomber dans son fauteuil. Il avait toujours l'air un peu en déséquilibre, comme un boxeur seul sur le ring. « Et ton nanard, au fait ? »

Je tentai de comprendre. « J'abandonne.

– Ton film.

– Oh ! Je ne sais pas. Le vent d'Hollywood souffle le chaud et le froid.

– Écoute, je pourrais le vendre. Faire de ton film le clou de la saison.

– Je croyais que tu voulais lorgner Robert Taylor ? Maintenant tu veux le vendre ?

– Mec, tu m'écoutes pas. Je vais être dans la pub. J'ai eu une entrevue avec une boîte la semaine dernière.

– Si, j'écoute. Tu vas vendre les candidats à la présidence. Tu sais quoi, ils ont besoin de toi tout de suite. Tous les quatre.

– Tu l'as dit ! Quatre hommes en lice, et pas un seul que je vois gagner. Bonté divine, épargne-moi ce cul serré de Tom Dewey et sa moustache en brosse à dents.

– Tu risques de ne pas être épargné. Les journaux disent que c'est déjà emballé. Avec les Démocrates qui sont coupés en trois, Dewey a toutes les chances d'être entériné. L'éditorial ce matin disait que le cabinet de Truman devrait démissionner et débarrasser le plancher.

– C'est impossible. Dewey n'a même pas l'air d'un vrai Républicain. Il a l'air d'un représentant de commerce de magazine.

– Un représentant qui ne fait même pas campagne. *America the Beautiful*, ça n'est pas exactement une plateforme électorale. Je suppose qu'il ne veut pas s'abaisser au niveau de Truman, ce serait montrer un manque de confiance. »

Tommy se prit la tête entre les mains. « Pas Tom Dewey et sa moustache en brosse à dents ! *Pitié*, pas cette bobine sur toutes les photos pendant quatre ans.

– Tu préférerais voir Strom Thurmond pendant quatre ans ?

– Cette face de rat ! »

Une femme imposante avec des espadrilles et un bandeau minuscule autour de la poitrine traversa la terrasse à petits pas. Au Mexique elle aurait été une beauté dans son genre, mais pas ici, je m'en rendais compte. Tommy la suivit des yeux de manière un peu théâtrale, comme Charlie Chaplin dans *La Ruée vers l'or*.

« Peut-être que Scarlett O'Hara va venir soutenir Strom », proposai-je. « Et Rhett Butler sifflera *Dixiecrat* pour ameuter les ségrégationnistes. »

Tom leva la tête, yeux écarquillés. « Quelle image de campagne ! T'es vraiment doué. Et dans l'autre équipe, Henry Wallace dans le rôle du joueur de flûte d'Hamelin, avec tous les Libéraux qui gambadent derrière lui.

– Pauvre Truman, il ne lui reste plus personne. J'ai lu qu'il avait demandé à une douzaine de types de se présenter comme vice-président, et ils ont tous refusé. Tu crois que c'est vrai ?

– Il n'a aucune chance d'être réélu, alors pourquoi perdraient-ils leur temps ? »

Un jeune couple se glissa à la table voisine : « Du monde au balcon, appelez les poulets », lança Tom. Le type était un Adonis, un peu le genre de Tommy, dans une version plus jeune. La fille portait une robe de tennis et des bracelets en diamants.

« Ma secrétaire est allée voir Truman quand il est passé ici, il y a tout juste deux semaines. Elle fait partie des électeurs de la Ligue des femmes. En voilà au moins une sur laquelle il peut compter.

– Oh, Seigneur. Petit homme à voix aigüe qui fait des plaisanteries cochonnes depuis son train.

– Elle a dit qu'il avait rassemblé pas mal de monde.

– C'est ça. C'est bien la première chose qu'il ait faite depuis deux ans.

– Tu es injuste. Les Républicains démolissent tous ses projets de lois un par un au Congrès. Ils se fichent pas mal du salaire minimum et des allocations logement. Ils se précipitent tous aux audiences contre le communisme pour voir Alger Hiss accusé d'espionnage. »

Tommy, mains en l'air et doigts écartés, entonna quelques mesures de *I'm Just Wild About Harry*…

« C'est vrai, Tommy, si tu lisais autre chose que l'*Echo*, tu le saurais.

– Très bien, je m'incline. Et deux voix de plus pour Harry Truman.

– Je ne vote pas. Je n'ai jamais voté.

– *Tu plaisantes ?* Tu me tues. Je t'avais classé avec les fans de Henry Wallace. L'ascension des humbles et tout ça. Tous les critiques le disent.

– La politique dans ce pays n'est jamais tout à fait ce qu'elle paraît. Je ne me sens pas vraiment… quoi ? Autorisé ? »

Il eut l'air authentiquement surpris. « *Autorisé*. Mec, on est en *Amérique*, tout le monde a le droit de voter. Les escrocs, les dingos, même les pédales comme nous. Peut-être même les chiens et les chats. N'emmène pas Fido au bureau de vote, il pourrait prendre ta place.

– Eh bien, justement, c'est trop tout ça. Trop rapide. J'ai besoin de prendre mon temps. »

Il inclina la tête avec une moue de sympathie. « Triste étranger au pays du bonheur. »

The New York Times, *26 septembre 1948*

Scott fait le lien entre Truman et les Rouges

En exclusivité pour The New York Times

BOSTON, MASS., 25 SEPTEMBRE – Hugh D. Scott Jr., président du *Republican National Committee*, a informé aujourd'hui les Républicains du Massachusetts que le Parti communiste

avait appuyé la candidature de Mr. Truman à la vice-présidence en 1944. Résultat, le Président se montre maintenant « indifférent à la pénétration communiste dans notre pays ». Dans un discours-programme à la convention d'État du parti, Mr. Scott a affirmé que les prétendues investigations d'espionnage du Président n'étaient ni plus ni moins qu'un « brouillage de piste », ajoutant que l'explication à cette attitude était à chercher dans l'Histoire.

« Le *Daily Worker* de New York, organe officiel du Parti communiste aux États-Unis, a appuyé cordialement la candidature de Mr. Truman dans son édition du 2 août 1944 », a-t-il précisé. « Ce soutien était signé par Eugene Dennis, secrétaire du Parti communiste, qui a récemment été cité pour outrage à la Chambre des représentants, en raison de son refus de témoigner sur ses activités subversives dans ce pays. »

Concernant les candidats du Parti démocrate en 1944, Mr. Dennis, selon Mr. Scott, aurait écrit la phrase suivante : « C'est une liste représentative non seulement du Parti démocrate mais de sections importantes et plus vastes du camp de l'unité nationale. »

Mr. Scott a relevé une preuve supplémentaire du lien qui existe entre le Président et le *Daily Worker*. Il s'agit d'une lettre datée du 14 août 1944 rédigée sur le papier à en-tête du Sénat et signée Harry Truman. Dans cet échange avec Samuel Barron, directeur des relations publiques du *Daily Worker*, il adresse des remerciements pour la copie d'un article paru dans ce journal.

En appelant à une campagne d'élimination des subversifs au gouvernement, Mr. Scott a dit : « Dès l'instant où l'administration Dewey-Warren sera

en place, nous assisterons au plus grand ménage à Washington depuis que St. Patrick a chassé les serpents d'Irlande. »

Le sénateur Henry Cabot Lodge Jr. présidait la Convention, qui a adopté une plate-forme ne faisant pas mention des *referenda* controversés propres à chaque état sur le contrôle des naissances et les syndicats.

1er novembre

Étrange journée. Neige précoce, et visite du FBI.

La neige tombait sans hâte en énormes flocons, s'amoncelant avec soin sur toute chose, jusqu'aux brindilles et aux fils téléphoniques. Coiffant les bouches d'incendie de chapeaux blancs, couvrant les flaques de boue et les trottoirs déformés. Une bénédiction pour le jour des Morts. Ou peut-être les derniers rites. Ce monde lourd de toutes ses fautes consentant à s'allonger dans un soupir et à se laisser couvrir d'un drap. « Saint est ce jour » – je venais de me formuler ces mots quand il a gravi l'allée d'un pas pesant, laissant à sa suite la marque de ses chaussures en cuir. Au bord du trottoir il avait hésité, se tournant d'un côté et de l'autre avant de s'engager dans mon allée. On aurait dit une chorégraphie d'Arthur Murray.

Myers, il s'appelle. J'ai bien pris soin de le noter cette fois-ci, Melvin Myers, agent spécial du Bureau Fédéral d'Investigation. Pas l'homme qui était venu la dernière fois, j'ai su tout de suite que ce n'était pas la même voix. Ce Myers est un homme de haut rang, manifestement, mais il avait presque l'air de s'excuser. Trop vieux pour se battre, désolé que la vie ait tourné de la sorte.

Je pouvais difficilement le laisser planté dehors et se prendre une congère sur son chapeau. Le feu flambait dans l'âtre et le café était fait, préparé pour une journée solitaire. Mrs. Brown a dû rester chez elle à cause du temps, sa ligne de bus ne fonctionne pas. J'ai donc apporté son café à Myers sur le canapé et j'ai ranimé le feu. Selon toute apparence, j'accueillais un invité. Nous avons plaisanté sur les élections prochaines, comment Truman allait bientôt devoir se trouver un nouveau boulot. Trois magazines étaient posés sur la table basse, les parutions de la semaine que j'avais achetées chez mon marchand de journaux, tous avec le président Dewey en couverture, et les grandes lignes de son audacieux nouveau projet pour la nation en pages intérieures. Chisme et Chispa ne se laissèrent pas abuser par le bavardage amical, elles abandonnèrent leur îlot de chaleur près de l'âtre, crachèrent sans faire de bruit, et quittèrent les lieux furtivement. J'aurais dû faire pareil.

Il pense que j'ai un problème de taille, Mr. Myers. Les choses ne se présentent vraiment pas bien en ce qui concerne ma situation vis-à-vis du département d'État. Je vais bientôt me retrouver dans le même bateau que Truman, dit-il. À la recherche d'un nouveau boulot.

« Eh bien, ma foi, tant pis. C'est monnaie courante en ce moment. » Je décidai de jouer la déconvenue, pour donner satisfaction à ce type. Inutile de lui dire que je n'avais pas travaillé pour le département d'État depuis des années, et n'avais aucunement l'intention d'y travailler à nouveau.

« Sauf pour nous les privés », commenta-t-il en gloussant. « La sécurité de l'emploi, pour nous ça gaze.

– C'est ce qu'on dit. Les serpents chassés d'Irlande, et tout le reste. »

Il était impatient de me montrer son dossier, les preuves accumulées contre moi, et j'étais curieux, surtout de voir la photographie. Harrison Shepherd et sa femme, meeting du Parti communiste en 1930. Une déception qui me laissa perplexe, pas le moindre détail dans cette photo qui me dise quelque chose. Personne que je connaisse, aucun endroit où j'avais pu aller.

« C'est ça, le nœud qu'on me passe autour du cou ? Je ne vois même pas lequel de ces hommes est censé être moi. J'avais quatorze ans cette année-là, et je vivais au Mexique. » Je lui rendis la photo, et il mit beaucoup d'application à l'insérer à l'intérieur d'un classeur et à la placer dans le bon compartiment de sa serviette. Puis il dit : « Cette photographie est bonne pour la poubelle. J'en ai conscience. »

L'homme avait un air si miteux, il était si sérieux que j'avais presque du mal à le laisser tomber. Les gens devaient probablement réagir de même – les employés de magasins lui rendaient sa monnaie, le boucher lui mettait un petit morceau de paleron en plus sur la balance. Je l'avais sans doute laissé entrer parce que je sentais vaguement qu'il était un homme du même acabit qu'Artie. Un Arthur Gold petit format, chauve, pas juif. Veuf, à en juger par ses vêtements, et les cheveux longs et rares ramenés sur son crâne chauve, personne pour lui dire que ça n'était pas terrible. Il n'avait pas l'intelligence d'Artie mais il semblait porter le même flambeau. À la recherche d'un homme honnête et fatigué de tout ce *shmear*.

« Je sais que vous avez habité au Mexique », dit-il. « Nous détenons cette information. Vous avez travaillé pour un peintre à Mexico, un Rouge très connu. Son nom m'échappe, mais c'est dans les dossiers. Je suis venu aujourd'hui pour vous interroger à ce sujet. Dans toute cette pagaille, avec le temps qu'il fait, en Caroline du Nord. Je n'ai même pas de chaînes à mes pneus. » Il soupira.

« M'interroger sur le fait que j'ai travaillé pour un peintre au Mexique ?

– C'est à peu près ça. Vous pourriez le nier, la plupart des gens nient. Au début. Mais je vais être honnête avec vous, ça n'arrange pas les choses en général.

– Pourquoi le nierais-je ?

– Cette seule information suffit à vous faire perdre votre poste au Gouvernement. C'est ce qui se passe aujourd'hui, quand on choisit de ne pas nier qu'on a eu des relations avec ces gens-là. Et vous serez à plus ou moins brève échéance contacté à nouveau. Je crois que vous risquez de recevoir une lettre McFarland.

– Qui est McFarland ?

– McFarland ne compte pas. Mais c'est le genre de lettre qui sent le roussi, elle contient les chefs d'inculpation précis. Il y a des gens haut placés qui laissent entendre qu'ils ont accumulé des preuves assez accablantes contre vous.

– Je vois. Et qui fournit ces preuves accablantes ?

– Mr. Shepherd, soyez raisonnable. Vous savez bien qu'on ne peut pas vous répondre. Si nous autorisions tous les accusés à rencontrer leurs accusateurs, il ne nous resterait plus aucun indicateur. Cela porterait atteinte à notre capacité à enquêter.

– Votre capacité à enquêter. C'est ça qui compte.

– Exact. Par les temps qui courent, nous avons le devoir de protéger les citoyens. Ça n'est pas une mince affaire. Les gens ne se rendent pas compte, ils devraient se sentir redevables. Vous devriez nous dire merci, Mr. Shepherd.

– C'est une question difficile que vous touchez là, Mr. Myers. Je me sentais plutôt tranquille ici aujourd'hui, avant que vous frappiez à ma porte. » Je me suis levé pour rajouter du bois dans le feu, un morceau de bardeau de cèdre qui envoya une petite pluie d'étincelles sur le plancher. Je ramassai la cendre, pas de mal. Mais on aurait dit que j'avais mis Mr. Myers en boule, si tant est que ce fût possible.

« L'univers mental du communiste est secret », déclara-t-il. « La Mère Patrie Soviétique doit être préservée coûte que coûte et ses ennemis confondus. » On aurait dit qu'il citait un manuel, il parlait en direction de la bibliothèque. Peut-être essayait-il de lire les titres : *Dickens, Dostoïevski,*

Dreiser, le suspect met un point d'honneur à classer ses livres par ordre alphabétique. Mrs. Brown en première ligne.

« Je ne saurais dire », répondis-je. Je restai là où j'étais, pieds face au feu. C'était une espèce de Jacson Mornard qui s'était présenté à ma porte, chapeau à la main, lame sous le manteau. Je l'avais laissé entrer, lui avait offert du café. Comme Lev le disait toujours, vous ne verrez rien venir.

Il se retourna pour me faire face. « Le communiste pense que celui qui ne s'oppose pas à lui ne peut avoir strictement aucun mérite. C'est une maladie psychologique. Le communiste ne peut pas s'adapter à la logique.

– C'est un point de vue. Mais je pensais à ce que vous disiez à l'instant, sur le fait que je rencontre mon accusateur. Je croyais que la Constitution me donnait le droit de connaître les charges qui pèsent contre moi. Et de qui elles émanent. »

Myers vida sa tasse de café et se pencha en avant, avec un petit grognement, pour la poser sur la table. Nous en avions presque terminé, ça se sentait.

« Quand j'entends ce genre de chose », dit-il, « une personne qui parle des droits constitutionnels, de la liberté d'expression, et cetera, je pense, "Comment peut-on être aussi crétin ? Et là je peux être sûr que cet homme est un Rouge. À bon entendeur, Mr. Shepherd. Un véritable Américain ne parle tout simplement pas de cette manière". »

2 novembre

Mrs. Brown est partie de bonne heure pour se rendre aux urnes. Elle dit que l'école primaire au bout de la rue serait mon bureau de vote, si je daignais en faire usage. Je lui ai promis que j'aurai une carte d'électeur avant le prochain scrutin. Pendant ce temps, les enfants du quartier se retrouvent avec une journée de libre et s'amusent dehors à faire leurs guerres à coups de boules de neige, ils construisent des forts et des bonshommes aux yeux exorbités. Celui de la cour d'à côté ressemble à l'agent Myers : replet avec les épaules qui tombent, une pomme de terre en guise de nez. Il porte le vieux feutre mou que j'ai donné à Romulus, il scrute ma fenêtre.

3 novembre

À neuf heures elle était là avec le courrier et les journaux. Tous déclaraient que Dewey avait gagné la présidence, les titres les plus énormes qu'on puisse imaginer. Pauvre Tommy : la moustache en brosse à dents bien menaçante, au-dessus du pli du journal. Mais les yeux de Mrs. Brown lançaient des éclairs. Elle a exécuté quelques petits pas de danse à la porte pour débarrasser ses bottes de la neige, tout en défaisant son écharpe. Je ne l'ai pas vue aussi enflammée depuis le Mexique.

« Vous avez l'air d'un chat qui vient de capturer un oiseau.

– Voyez plutôt, Mr. Shepherd. Dewey n'a pas gagné. Allumez la radio. »

Au début, il était question des ponts aériens de Berlin ; ces gens désespérés en état de siège depuis maintenant six mois. Les aviateurs américains font entrer plus de nourriture que jamais, des milliers de tonnes, et maintenant également du charbon pour que les Berlinois ne gèlent pas. On interrogeait un homme de l'armée de l'air qui disait que le mois prochain les avions allaient lâcher des bonbons et des jouets, avec des petits parachutes. « Ces gosses allemands auront leur Santa Claus, que Joe Staline le veuille ou non », jurait-il.

« Mr. Shepherd, comment vous sentez-vous ? » demanda-t-elle soudain. Je devais avoir l'air souffrant.

Je me mouchai pour rester digne. J'étais au bord des larmes, pour une raison complètement ridicule. « Je pensais à mon ancien patron, Lev Trotsky », avouai-je. « Il aurait aimé ce reportage. Le triomphe de la compassion sur la main de fer de Staline. Ce sont les gens qui finissent par l'emporter, avec des bonbons et des parachutes.

– C'est grâce à nos garçons », remarqua-t-elle. Et j'ai dit oui, c'est vrai, et j'avais envie de danser avec Mrs. Brown, frapper du pied au seuil de la porte. *My country' tis of thee*, doux pays de la liberté.

À la demie, les informations sur les élections ont repris. On avait réveillé Truman dans le Missouri et on l'avait tiré du lit, pour l'informer qu'il n'allait peut-être pas être en vacances tout de suite. Il n'avait pas veillé hier soir pour suivre les résultats, le Parti démocrate n'avait pas retenu de suite luxueuse ni organisé de réjouissances. Ils n'en voyaient pas l'intérêt. Pendant que les hommes de Dewey sablaient le champagne à New York, Harry enfilait son pyjama, mangeait un sandwich au jambon, et se couchait de bonne heure.

Maintenant la course était au cordeau, de nombreux États en étaient encore à compter les voix. Au milieu de la matinée, c'était Harry qui était en tête, d'un cheveu. Nous ne lâchions pas la radio.

Peu avant midi, ils donnèrent les résultats. Truman était élu.

« Oh, Mr. Shepherd, c'est un jour mémorable. Les journalistes n'ont pas réussi à faire arriver quelque chose juste en le disant. C'est vivre qui fait la vie. »

Je la comprenais. Le froid qui pèse sur nous est profond, mais si âpre soit-il, l'hiver passera. Je nous ai fait un feu dans le salon. Le voisin d'en face avait démoli son vieil abri à voitures et avait empilé du petit bois au bord de la rue.

Mrs. Brown roula en boule *The Washington Post* comme une bûche et le brandit dans les airs, les yeux brillants de malice. « Voilà de quoi alimenter les flammes », claironna-t-elle. En deux temps trois mouvements, tous les journaux, magazines inclus, étaient dans le feu, et nous nous réchauffions les mains à ces fausses prophéties triomphalistes. Les magazines avec des illustrations en couleur se ratatinèrent en un embrasement bleu-vert. L'après-midi venu, il faisait si chaud dans la maison que Mrs. Brown ôta ses gants.

« Il ne faut pas renoncer », ne cessait-elle de répéter. « Vous vous imaginez que tout est sans espoir, mais vous ne savez rien, Mr. Shepherd. Vous ne savez pas. »

10 décembre

Les Nations unies ont adopté la Déclaration universelle des Droits de l'homme. On ne parlait que de ça à la radio aujourd'hui, et même les hurleurs avaient adopté un ton de déférence. Dix-huit articles, qui établissent que tous les hommes sur cette terre naissent libres et égaux, dotés de raison et de conscience, et qu'ils doivent agir les uns envers les autres dans un esprit de fraternité. Mrs. Brown a peut-être raison, nous ne savons pas jusqu'où peut nous conduire un petit radeau d'espoir. L'article 18 déclare : Tous les hommes ont droit à la liberté de pensée, de conscience et de religion.

Mr. Harrison Shepherd
30 Montford Avenue
Asheville, Caroline du Nord

Date : 13 décembre 1948

Cher Mr. Shepherd,

Les pièces à conviction que nous possédons indiquent qu'à certaines périodes depuis 1930 *vous avez fréquenté assidûment* Mr. Deigo Riveira *personne ou personnes qui ont manifesté un intérêt actif et chaleureux pour le Parti communiste. Nous avons également des preuves que votre nom est apparu dans* Life Magazine, Look Magazine, Echo, Star Week, New York Post, Kingsport News, New York Times, Weekly Review, Chicago Times Book

Review, Washington Post, National Review, Kansas City Star, Memphis Star, Raleigh Spectator, Library Review, The Daily Worker, Hollywood Week, Asheville Trumpet *faisant des déclarations impliquant que vous êtes favorable au renversement du gouvernement des États-Unis.*

Les informations qui précèdent indiquent que vous avez été et êtes membre, affilié ou sympathisant du Parti communiste, et par, conséquent, définitivement interdit de tout emploi par le gouvernement fédéral. Toute pension ou portion de salaire non payées à ce jour, si tel est le cas, sont par le présent document revendiquées comme propriété du Gouvernement des États-Unis.

Sincères salutations,

J. EDGAR HOOVER, DIRECTEUR
BUREAU FÉDÉRAL D'INVESTIGATION

The Raleigh Spectator, *16 décembre 1948*

Écrivain communiste destitué pour mauvaise action

The Associated Press

Washington D.C. – L'écrivain Harrison Shepherd, auteur nationalement reconnu de livres sur le Mexique, a été cette semaine destitué par le gouvernement fédéral pour raisons d'antiaméricanisme. Ce citoyen d'Asheville travaillait pour le département d'État depuis 1943. Le rôle qu'il y a joué reste obscur, mais Melvin C. Myers, enquêteur principal sur cette affaire, confirme qu'il aurait pu avoir accès à des dossiers sensibles. Les délits ont été révélés au grand jour par l'enquête massive d'investigation de loyauté des employés fédéraux engagée l'année dernière qui a, à ce jour,

recensé des centaines de cas d'antiaméricanisme mais pas d'espionnage. Myers tient ces chiffres pour preuve que cette campagne travaille à chasser des rangs du Gouvernement les espions potentiels qui pourraient s'y dissimuler.

18 décembre

Toujours prêts à se ruer sur la moindre nouvelle, ces journalistes. Pas autrefois, quand je n'étais pas quelqu'un d'important, mais maintenant. Mrs. Brown dit que l'envie y est pour beaucoup. « Il y a des gens qui ne lèveraient pas le petit doigt pour aider les autres, mais ils soulèveraient des montagnes pour écraser quelqu'un qui, selon eux, a eu trop de chance. Ils considèrent de leur devoir de bien répartir la misère du monde.

– Ils pensent que j'ai eu trop de *chance ?* »

Elle soupira. « Mr. Shepherd, vous l'avez dit vous-même des centaines de fois, ils ne connaissent pas toute l'histoire d'une personne. Ils croient que vous êtes tranquillement installé dans votre petite chambre à inventer des histoires et à faire fortune avec ça alors que, qu'il pleuve ou qu'il vente, il leur faut se rendre à Charlotte Street et discutailler sur un concours de tartes avec X ou Y. Vous les contrariez, parce que vous avez une vie plus facile qu'eux.

– Mrs. Brown, qui dans ce monde a une vie facile ?

– Je me pose la question moi aussi. »

26 janvier 1949

Une assignation. La première de l'année. L'attention de Tommy semble commencer à s'user. Allongé sur le dos à faire ses ronds de fumée, il n'arrêtait pas de regarder par la fenêtre comme un oiseau pris au piège dans une pièce. Plutôt que de jouir du spectacle de ma personne, installé dans le fauteuil Morris, tout emmitouflé dans ma longue écharpe en tricot. Le cadeau de Noël de Mrs. Brown. Si je la garde encore longtemps, je vais finir par être chaud comme un agneau, de la tête aux pieds. J'avais même songé à sortir les gants de l'année dernière et à les mettre, la petite pièce était glaciale.

Peut-être que je ne fais qu'imaginer que Tommy est devenu indifférent. Que sais-je des cœurs en hiver ? Il est fatigué, je le sais. Et déçu. Toujours pas de boulot dans la publicité, toujours voyageur de commerce pour l'Art, à Washington toute la semaine dernière, avant de venir ici. Quelque chose à la National Gallery.

« Ça a dû être un vrai tohu-bohu à Washington avec la cérémonie d'investiture.

– *Tohu-bohu* », répéta-t-il. « Mec, dans quelle langue parles-tu ? Ma *grand-mère* disait "Tohu-bohu". Harry Truman dit "tohu-bohu". Je crois même que c'était ce jour-là le thème de son discours. "Mes compatriotes américains, nous sommes face à un grand tohu-bohu."

– Son thème, c'était la fausse philosophie du communisme. Nous allons retrousser nos manches et en venir à bout.

– C'est une variété de tohu-bohu.

– Ça n'est pas si drôle que ça, Tommy. Pas pour moi. J'espérais le voir aborder un nouveau thème.

– Allons. Tu ne déplaceras plus jamais des Winslow Homer pour le département. Pauvre petit. Peut-être que ton passe-temps d'écrivain en or va tout de même te tirer d'affaire.

– Parce que j'ai encore de l'argent, je n'ai pas de problèmes. C'est ça que tu penses ?

– Ça t'aidera à traverser les périodes sans amis, mon ami.

– C'est ce qu'on dit. »

Tommy, étrangement, étudiait avec soin la paume de sa main.

« Mon contrat de film est annulé, au fait. Aucune raison donnée. Ils deviennent hypersensibles à la couleur rouge là-bas.

– Mince ! Moi qui voulais rencontrer Robert Taylor, c'est foutu.

– Tu pourrais sans doute arranger ça. Si tu étais prêt à l'aider à témoigner contre quelqu'un. Ça rapporte gros, apparemment. »

Le froid se répandait littéralement dans la pièce. Je le sentais pénétrer comme de l'eau aux coins d'une fenêtre. J'eus l'étrange vision de l'hôtel sombrant comme un bateau sous la mer, entrant dans le monde des poissons.

« Tu sais quoi, Tommy ? Le mois prochain on devrait se retrouver chez moi. Honnêtement, ce serait bien. Je ferai un *lomo adobado*. Tu n'as jamais vu ma maison. »

Il leva les sourcils. « Oh, mais que penseront les voisins ?

– Ils penseront que j'ai un ami. Une personne qui frappe à ma porte et n'est ni à ma solde ni à celle du FBI. Ça arrive tout le temps. »

Il ne répondit pas. Ayant terminé l'inspection de ses mains, il remonta sa montre.

« Tu n'en as pas marre des hôtels ?

– J'en ai plein le dos, si tu veux savoir. Descendons au bar.

– On devrait aller manger. Une bonne soupe à la queue de bœuf et un Horlick, voilà ce qu'il te faut. Tu t'es laissé démoraliser.

– De la soupe à la queue de bœuf et un Horlick. Mec, qu'est-ce que t'es vieux jeu.

– Fleur bleue, c'est ça ? Désolé. Je crois que je vais partir. »

Il se déplia en un clin d'œil, me faisant face, chaussettes noires sur le sol. « C'est moi qui suis désolé, mon pote, je suis juste à bout. Plein le dos des hôtels, tu l'as dit. Tu vises un peu ces meubles, avec des barreaux partout ? Ça me file les jetons, on se croirait en taule.

– C'est un style. *Mission*, ça s'appelle.

– *Mission.* Ils vous envoient un pasteur avec le room-service ? » Il s'allongea à nouveau sur le lit, tendit le bras pour attraper les lattes verticales de la tête de lit, et les secoua brièvement comme un prisonnier ses barreaux. « L'hôtel à D.C. avait un bar pourri, un endroit complètement naze. Je t'ai raconté qu'il y avait eu une scène mémorable ?

– Non.

– Hier soir. Non, la veille. Je rentre à mon hôtel après toute une journée de meetings avec ces faces de rat, j'en ai plein les bottes, et impossible d'aller jusqu'à l'ascenseur. Il se passe quelque chose dans le hall. Un mec noir énorme, il a un chouette pardessus, chapeau, serviette, tout, sauf qu'il gesticule comme un fou. Match de catch avec les grooms. Je veux dire, il est à terre, ils l'ont pris à bras-le-corps quand il est entré j'imagine. Il est noir, tu piges. L'hôtel n'accepte pas les clients noirs.

– Qu'est-ce qui s'est passé ?

– Eh bien tu vas voir. Il se trouve qu'il est ambassadeur d'un quelconque pays d'Afrique. L'Éthiopie, j'ai envie de dire. Ils ont réglé le problème. Ça va parce qu'il est étranger, pas un Noir américain. T'en dis quoi ?

– Bonté divine. J'ose à peine y penser. Les étrangers n'ont pas droit à la pleine mesure du mépris américain ?

– Possible. Mais il avait l'air d'un type bien. Un accent agréable, comme un Anglais. On a pris l'ascenseur ensemble, il était au même étage que moi. Il a dit qu'il espérait que ça ne me gênait pas. Il est descendu à cet hôtel des tas de fois déjà, et ils font toujours la même erreur.

– Te gêner, mais quoi ? Tu as dit qu'il espérait que ça ne te gênait pas.

– J'en sais fichtre rien.

– Comment tu t'es senti, Tommy ? »

Il roula sur le côté et prit appui sur un coude.

« *Senti ?*

– Dans l'ascenseur, avec ce pauvre type. »

Il se retourna à nouveau, les yeux fixés au plafond. « J'ai senti que je montais. »

11 février

« Il y avait une besace sur votre boîte aux lettres », a annoncé Mrs. Brown ce matin quand elle est entrée dans la maison. Après toutes ces années, ça continue à me prendre au dépourvu, alors que j'aurais dû m'en douter. Elle était plantée là, l'objet à la main. Une besace est un sac. Un filet à provisions en l'occurrence, du genre que le voisin utilise pour rapporter ses courses d'épicerie chez lui. Dedans il y avait divers stylos à plume, un chapeau mou, des choses que j'ai données à Romulus ces dernières années. Y compris le *atl-atl* en caoutchouc rapporté du Mexique, sa récompense pour avoir nourri les chats.

« Il y a un mot », a ajouté Mrs. Brown, perplexe. "Romulus ne doit plus venir ici." *S'il vous plaît, laissez mon fils tranquille.* L'agent Myers lui a vivement conseillé de ne pas garder d'objets qui lui ont été donnés par un communiste.

« Je vous dicte une lettre, Mrs. Brown. Dites à cette dame de prendre contact avec le général Eisenhower immédiatement, car lui aussi est en possession d'un Objet Communiste. »

Mrs. Brown était assise à la machine à écrire, mains suspendues, elle attendait de comprendre ce que mes paroles pouvaient bien vouloir dire. Parfois, elle attend toute la journée.

« Comment ils ont appelé ça ? Oh, oui ! » dis-je, claquant des doigts. « L'Ordre de la Victoire. C'était dans *Life Magazine* il y a des années, une photo pleine page. Une étoile en platine sertie de diamants. C'est Staline qui la lui a donnée à Yalta. Dites-lui que la prochaine fois que l'agent Myers lui rend visite, elle n'a qu'à lui dire d'aller voir Eisenhower. Que le général fourre ça dans une besace et le renvoie illico à Staline. »

4 mars

Je me suis mis en colère après Mrs. Brown aujourd'hui. Cela n'aurait pas dû se produire, elle est la bonté même. Elle m'a fait mes courses, je n'ai plus le courage de sortir, et nous ne sommes qu'en mars. Elle prend sur elle, comme d'habitude. Est revenue avec la monnaie et les reçus, et de bonnes nouvelles en prime : le printemps est là, des crocus dans les cours, des chaussures de tennis en solde dans les magasins. Un paquet de 12 crayons coûte maintenant 29 *cents*. Le briquet Zippo est monté à 6 dollars, et donc elle a enfreint les ordres et a acheté des allumettes, plus économique. Je l'ai grondée, lui disant que ses allumettes, dans la baignoire, autant pisser dans un violon. Je n'ai jamais été brusque avec elle auparavant. Elle est devenue toute pâle et a dû s'asseoir, comme si elle avait appris une mauvaise nouvelle. Il lui a fallu une demi-heure pour réagir.

« Vous ne devriez pas fumer dans le bain, Mr. Shepherd.

– Pourquoi, parce que je vais mettre le feu à la maison ? »

Cet après-midi, elle est montée dans mon bureau pour me faire signer des lettres, et j'ai remarqué qu'elle avait les ongles rongés. Elle aussi est à cran ; nous sursautons tous les deux quand le téléphone sonne, à force d'attendre un coup de fil de Lincoln Barnes. Il y a des mois qu'ils ont le manuscrit, et maintenant les épreuves corrigées. Un titre, un dessin de couverture, tout ce qu'il faut pour publier. Sauf la date de publication.

« Toutes vos histoires parlent du Mexique », a annoncé Mrs. Brown aujourd'hui, avec un enthousiasme énergique. « Avez-vous déjà songé à les écrire pour les Mexicains ?

– D'où me sortez-vous ça ?

– Simple question.

– Je n'écris pas en espagnol. J'écris en anglais, sur les Mexicains. Si j'écrivais en espagnol, je suppose qu'il me faudrait écrire pour les Américains.

– Je sais que vous parlez l'espagnol parfaitement bien. Je vous ai entendu.

– Commander une assiette de poisson, ce n'est pas la même chose qu'écrire un roman. Je ne rêve même pas en espagnol. Je n'ai pas l'impression de pouvoir inventer quoi que ce soit dans cette langue. Et ne comptez pas sur moi pour vous l'expliquer. »

Elle aurait dû dire *oui monsieur*, et tourner les talons. C'est ce que fait la secrétaire modèle dans les films. Mais elle restait plantée là, l'air de dire : advienne que pourra. « Vous pourriez sûrement apprendre », a-t-elle dit. « Si vous y restiez un peu plus longtemps.

– J'y ai vécu des années vingt jusqu'en 1940, ça ne suffit pas ? Vous pensez que quelques décennies de plus, ça changerait tout ?

– Je veux dire, y vivre en tant qu'adulte. En tant qu'écrivain. Vous vous y habitueriez.

– C'est une suggestion ? »

Elle ne répondit pas. Je posai mon livre et lui jetai un regard furieux.

« Écoutez, je n'ai pas le tempérament. Les écrivains mexicains sont tous des dépressifs. »

Elle cache du courrier. Qu'elle a classé dans des cartons sans me le montrer d'abord, comme nous en avons l'habitude. Je l'ai prise sur le fait et l'ai obligée à me montrer ce qu'elle dissimulait. Elle affirme que c'est pratiquement la même chose que d'habitude, juste quelques lettres qui ne sont « pas très agréables ».

« Zut à Mr. Shepherd ! » illustre bien le sentiment général. Shepherd le pitoyable libre parleur, le traître, le communiste.

« Ce sont des gens pleins de haine, pardonnez-leur car ils ne savent pas ce qu'ils font.

– Qui a dit ça ? Jésus-Christ ?

– Mr. Shepherd, il y a encore beaucoup de lettres sympathiques, et certaines qui ne le sont pas. Les bonnes viennent de gens qui ont lu un de vos livres ou davantage, et en sont heureux. Et les autres viennent de ceux qui ne savent rien sur vous. C'est tout ce que je dis. Regardez si vous y tenez. Et voyez s'ils mentionnent un seul des mots que vous avez écrits. »

Elle avait raison, je n'en trouvai aucun. Ils s'adressaient à une personne dont ils avaient entendu parler par d'autres moyens. Les journaux, vraisemblablement.

« Je comprends que vous soyez blessé », dit-elle. « En tant qu'homme. Mais pas en tant qu'écrivain, car ils n'ont pas lu vos livres. Regardez-moi ça, je suis sûre qu'ils n'ont jamais lu un seul livre. »

Qu'importe. J'avais du mal à les mettre de côté. Comme un lamentable roman de gare. Vous savez comment il va finir, vous savez que ça va vous retourner l'estomac, vous continuez à lire. Il y en avait encore une douzaine. « Votre comportement perfide au département d'État n'est rien d'autre qu'une flèche empoisonnée au cœur de notre Bannière Étoilée. Nous, Américains, comprenons difficilement comment même les communistes pleins de haine d'eux-mêmes peuvent supporter vos actes grotesques. »

« Si la majorité était comme vous, nous serions tous enchaînés. La liberté est le fondement de notre pays. Si vous ne prenez pas la défense de votre pays, vous ne méritez pas la liberté. »

« Mes amis et moi ferons certainement tout ce qui est en notre pouvoir pour faire savoir votre haine odieuse de notre pays, et pour que vous n'y laissiez pas plus de trace qu'une ridicule note en bas de page. »

« Ça me rend malade de penser que vous et votre vieille femme décatie allez élever encore un enfant dans la haine de l'Amérique. J'espère qu'elle est stérile. »

« Retournez dans votre pays de merde. Quand on aura besoin de l'avis des Mexicains, on vous fera signe. »

« Je suis fière de dire que je n'ai pas acheté votre livre, et si c'était le cas il irait au feu. »

Forcément, j'ai réagi en lisant cela. Après notre joyeuse séance à brûler les journaux. Mais Mrs. Brown a dit : « sottises », ça se fait couramment de démarrer le feu avec un journal, quand il a été lu. « Dans leur cas, ce n'est pas la même chose. Ce n'est pas civilisé. Vous vous imaginez en train de dire ce genre de chose à un être humain.

– Non, vous avez raison. C'est une bande de teigneux. »

Elle me prit les lettres des mains. « Je ne dirais pas teigneux. Ces gens-là ne vous considèrent même pas comme un être humain. Ils ne vous accordent pas le bénéfice du doute. Je suis sûre qu'ils manifesteraient plus de bonté avec le chien du voisin qui les a mordus.

– En effet, c'est juste. Ma voisine au moins m'a adressé un mot au sujet de Romulus. Elle a dit "s'il vous plaît", et m'a retourné mes cadeaux. Il faut lui accorder ça.

– Ils sont tellement heureux de voir tomber les héros. » Ce fut son verdict. Elle déchira les lettres en morceaux et les jeta à la poubelle, puis elle s'installa à sa table pour commencer sa journée de travail. Même depuis le premier étage, sa Royal faisait penser à une mitraillette Browning.

7 avril

Conversation téléphonique horripilante avec Lincoln Barnes.

« Dites-moi, avez-vous déjà songé à écrire des nouvelles ? Le genre de chose qu'on publie dans *Fiction Populaire* ? »

Des feuilletons. Je lui demandai pourquoi.

« Oh, simple question. »

Mon opinion sur ces histoires, que je partageais avec Lincoln Barnes, est qu'elles sont toutes écrites par une seule et même personne sous une centaine de pseudonymes différents. Son vrai nom pourrait être Harriet Wheeler. Elle se nourrit de chocolats et elle crèche au dernier étage du Grove Park.

Ç'aurait pu être une bonne journée. Avec Tommy qui arrive demain. Et pas pour une expédition Vandy pardessus le marché, il a envie de me rendre visite. Il passe par ici pour aller à Chattanooga voir des sculptures. Il logera ici, il veut voir mon antre, dit-il, le rôti de porc est déjà en train de mariner. Mrs. Brown était partie de bonne heure, j'étais en train d'ébouillanter des piments et de l'ail pour les mélanger au vinaigre et à l'origan quand le téléphone a sonné. Des mois sans appels, à attendre Tommy et Lincoln Barnes, et les voilà tous les deux en même temps.

Barnes ne voulait pas avoir affaire à moi directement, ça se sentait. Il espérait laisser un message à Mrs. Brown. D'ordinaire, je ne réponds pas l'après-midi. Il a l'air de dire qu'ils ne sont pas sûrs de publier le livre. Du tout. Avec cette histoire de communisme qui commence à leur lier les mains.

« Je comprendrais bien, si j'étais communiste. Par chance pour vous, je ne le suis pas.

– Écoutez, je sais que vous n'êtes pas communiste. Tout le monde ici le sait. Nous connaissons votre loyauté envers les États-Unis. Votre nom n'a même pas l'air si mexicain que ça. »

J'ai dû aller dans la cuisine pour éteindre le gaz sous la casserole, elle débordait.

« Ce que vous êtes », poursuivit-il à mon retour, « c'est controversé. Les types qui font marcher la boutique ne sont pas emballés par la controverse, parce que ça fait réagir les gens. Pour la plupart de nos lecteurs, controversé signifie exactement la même chose qu'antiaméricain.

– Barnes. Vous êtes un homme de lettres, les mots vous importent. Qu'est-ce que vous me dites ? Vous n'aimez pas la controverse parce que ça fait réagir les gens. Mais la controverse consiste précisément à faire réagir les gens. »

Il ne répondit pas.

« Vous pourriez dire que vous n'aimez pas les coquilles d'œuf parce qu'il y a des œufs dedans. Pourquoi ne pas y aller franco et dire que vous n'aimez pas les œufs ? »

Il soupira dans le combiné. « Je suis de votre côté, Shepherd. Croyez-moi. Je ne vous ai pas appelé pour jouer au chat et à la souris. Il nous a été suggéré de publier le livre sous un pseudonyme. »

Bonne idée. Pourquoi pas Harriet Wheeler ? Ça tourne à la folie. Le roman se situe au Mexique, il est écrit dans le même style que les deux livres précédents, que pratiquement tout le monde dans ce pays a lus, écoliers inclus. Et il pense que tous ces gens vont croire qu'il s'agit de l'œuvre d'un autre écrivain ?

Il répondit que tous les éditeurs à New York sont en train de faire des pieds et des mains pour publier des livres situés dans l'ancien Mexique.

« Vous êtes sérieux ?

– Oh, oui. Vous allez bientôt avoir cinquante imitateurs. Pourquoi ne pas prendre place ? Vous pourriez être parmi les premiers. »

C'était à dormir debout. Il évoqua d'autres possibilités. Faire appel à un nègre. Pas exactement, mais une vraie personne, à qui je paierais un salaire pour utiliser son nom. Au cas où je craindrais que la presse dévoile que le livre était en réalité écrit par moi.

Dévoile. Mes mots, moi, comment distinguer les deux ?

« Vous êtes éditeur, Mr. Barnes. Votre fonds de commerce, c'est l'œuvre des autres. Et on vous croirait en train de discuter de cachets d'aspirine ou de chaussures en cuir véritable. Je ne sais pas, c'est une hypothèse. Mais pour moi c'est différent. Je suis la languette de la chaussure, si vous m'arrachez, tout se casse la figure. »

8 avril

Une journée pourrait être parfaite. On pourrait oublier la peur, complètement. Ou alors la peur ne changerait plus rien, car elle est l'océan tout entier et vous êtes dedans. Vous retenez votre respiration, vous nagez vers la lumière.

Tommy était mort de rire quand je lui ai dit qu'il avait fallu insister pour que Barnes mette mon nom sur le livre. Ou du moins qu'il allait « lancer l'idée au service du marketing. » C'est complètement dingue ! J'ai fini par être d'accord. Tommy est convaincant.

« Oh mon *Dieu*, lancer l'idée au service du marketing. Le nom de l'auteur sur le livre de l'auteur, *et puis quoi encore* ? »

Dieu n'avait pas de meilleure carte à jouer que celle-ci : une belle journée d'avril, une voiture en bon état de marche, un monde où au fond rien ne va si mal que ça, s'il est encore possible de cuisiner un *lomo adobado* à la perfection, s'en régaler, et le partager ensuite entre un réfrigérateur Philco en état de marche et deux chats heureux et inutiles. Et tout laisser en plan, les assiettes dans l'évier. Le Mountain Parkway est ouvert à l'ouest maintenant, viaduc suspendu vers les Great Smokies, mis en service spécialement pour nous. Tommy et moi. Nous en étions complètement sûrs. Les tunnels ne sont plus aveugles, ils mènent tous quelque part. Un autre monde.

« Mr. Barnes avait l'air de penser qu'il prenait un risque terrible avec moi. Je suis un vrai Moriarty, une menace de grande ampleur. Il a dit : "J'espère juste que je ne le regretterai pas."

– Oh, petit coquin », dit Tommy. « Vouloir qu'on mette ton nom sur ton livre. Tu vas voir, ils vont bientôt appeler un chat un chat.

– Ou un chameau, un chameau », persiflai-je. Je poussai le Roadster plein gaz sur l'autoroute, la force centripète des virages nous aspirait vers l'extérieur. Le monde se brouillait, les arbres d'avril s'éclairaient de pâles flammes vertes, les paysages défilaient, de l'eau qui tombait, des ponts qui se balançaient entre des ravins rocheux. Vitres grandes ouvertes. Printemps terre vie nouvelle, toutes ces choses laissées pour mortes qui frémissaient à nouveau et venaient nous frapper de plein fouet. Les cheveux de Tommy frissonnaient au vent d'un éclat doré. Le chameau ! Le chameau ! Son reflet dans le pare-brise, aveuglement, splendeur et gloire de Tommy. Sa main posée ici et là comme si ça n'avait aucune importance, j'aurais voulu foncer dans le décor. Prendre de la vitesse, m'y engouffrer.

« Toi et moi, mec, c'est ça la vie », dit-il, et avec Tommy on ne peut guère aller plus loin en terme d'affection. « C'est ça la vie, et tu le sais. »

PAGES ÉPARSES, MONTFORD

Juin 1949-Janvier 1959

(VB)

Quand le FBI rendit visite à Mrs. Brown, ce fut le signal d'alarme. Le réveil. Comme j'ai été stupide. Je n'y avais pas pensé, le FBI allant la voir chez Mrs. Bittle. C'est alors que j'ai compris, tout brûler. C'était le 10 ou le 11 mai, le jour où tout a été brûlé. Ils étaient venus le soir du 4 mai, m'a-t-elle dit, pas une date qui s'oublie, et elle était restée une semaine sans m'en informer. Je ne m'attendais pas à cela non plus. Ce n'était pas Mr. Myers, mais deux autres hommes. Tout ce qui lui viendrait à l'esprit, ils étaient preneurs. Pas seulement depuis qu'elle me connaissait, mais tout ce qu'elle pouvait savoir sur mon passé. Impôts impayés, difficultés avec les petites amies.

Eh bien, j'espère que vous leur avez dit. J'ai les pires difficultés à trouver une petite amie.

Elle n'était pas d'humeur à plaisanter. Ils lui avaient proposé de l'argent au cas où elle penserait à quelque chose. Ils avaient parlé de cinq mille dollars. Elle m'a demandé si je me rendais bien compte de la somme que cela représentait. Je lui ai répondu : « Qu'est-ce que vous croyez ? » Nous étions assis à la table verte dans la cuisine, nous avions récemment pris l'habitude d'y déjeuner ensemble, car elle n'aime plus aller dans les snack-bars. Je lui avais préparé un sandwich au porc, ce jour-là. Il pleuvait. Non, il ne pleuvait pas, car plus tard elle serait dehors dans la cour, avec ce feu qui grondait.

Ce dont je me souviens avec clarté est qu'elle avait mordu dans le sandwich, l'avait reposé, avait mâché, avait mordu à nouveau. Elle s'étranglait presque, pendant tout ce temps. Je regrettais d'avoir fait ce sandwich, elle n'avait manifestement pas faim mais se sentait maintenant dans l'obligation de le manger. Au Mexique, elle s'intéressait à la moindre broderie que les femmes lui présentaient sur les marchés. Elle ne faisait pas semblant, elle examinait vraiment les points en appréciant pleinement le travail. Incapable de simuler, fût-ce pour sauver sa vie.

C'est pourquoi, lorsque je lui ai demandé pourquoi elle n'avait pas faim, elle m'en a donné la raison. Elle n'avait pas voulu m'embêter avec les hommes du FBI qui étaient venus la voir chez Mrs. Bittle. Ne pas m'inquiéter. *Cinq mille dollars*. Pour la première fois j'ai commencé à comprendre quel danger je constitue pour elle. J'ai été tellement bête, tellement naïf.

Elle a dit qu'elle s'était sentie couverte de saleté là-bas avec ces deux hommes. Et Mrs. Bittle qui faisait la poussière de tous les appuis de fenêtre, tendant l'oreille. Je n'avais aucun mal à me représenter la scène, et Mrs. Brown en train de leur expliquer que j'étais un bon citoyen, prenant ma défense, ce que je lui avais conseillé de ne plus faire. Moins on en disait à ces gens-là, mieux c'était.

« Peut-être que vous vous trompez », avait-elle répondu. « Peut-être qu'il faut leur passer un savon.

– Pourquoi ? Qu'est-ce que ça peut faire si je me retrouve sur leurs listes en tant que communiste ?

– Pour commencer, cela prouve que leur prétendu informateur était fiable. Celui, quel qu'il soit, qui invente des histoires à votre sujet. Maintenant ces agents consulteront leur liste de communistes et ils verront que vous y figurez. Puis ils chercheront à savoir qui vous a accusé, et ils diront : “Eh bien, parfait, ce type était fiable. On va le garder.” »

C’est vrai. Elle avait raison. Son acuité me rendait honteux.

Elle n’en avait pas terminé : les ragots qui constituent une preuve en soi. Le Club des femmes a maintenant un comité chargé de veiller sur l’américanisme des manuels scolaires. Selon Mrs. Brown les choses sont allées trop loin, il est temps de montrer qu’on a du sang dans les veines. Ses propres mots. Elle retenait ses larmes. L’émotion que je retenais serait plus difficile à nommer. Chispa pénétra dans la pièce la queue dressée, indifférente à la crise. Vérifia la gamelle de nourriture à moitié pleine à côté du Philco, la dédaigna, et quitta la cuisine. La vie continue, insupportable. Ceux qui sont indemnes vivent leur chance sans y penser, croyant l’avoir méritée.

J’ai conseillé à Mrs. Brown d’envisager de se mettre en quête d’un nouvel emploi. Elle a ouvert de grands yeux, le sandwich dans les deux mains. Elle avait l’air d’une publicité.

« Vous me congédiez, Mr. Shepherd ? À cause de ce que je viens de dire ? »

Je lui ai répondu que là n’était pas la question. J’étais très inquiet à l’idée de lui causer plus d’ennuis que je ne l’avais déjà fait. Elle but un demi-verre d’eau et partit chercher un mouchoir. Je l’entendis farfouiller dans la grande poche à courrier en cuir. Je débarrassai les assiettes, mis ce sandwich hors de vue pour qu’il ne l’achève pas. Des bruits d’eau dans la salle à manger, je crois. Yeux secs à son retour, mais gonflés.

« Mr. Shepherd, ne lisez-vous donc pas les journaux ? Ils ont déjà fait de moi votre femme secrète, la putain de Babylone, complice de vos crimes, et je ne sais quoi encore. Pourquoi pas gardienne de vos abeilles ? Qui d’autre m’embaucherait maintenant ? Ciel, je pourrais peut-être apprendre à m’occuper des abeilles. »

C'est ce qu'elle a dit, gardienne d'abeilles. J'ai eu envie de la serrer dans mes bras. Ce qui aurait impliqué de la soulever dans les airs, elle est si petite, je me représentais très bien la situation. Elle aussi, je crois. Tous les deux face à face dans une cuisine carrelée de blanc, mains ouvertes le long du corps, l'étreinte se déroulant entre nous comme ces scènes de cinéma qui vous font siffler et lancer du pop-corn. Nous avons choisi de rester debout et d'assister au spectacle.

C'est alors que nous avons conclu notre accord. Je la garderais à mon service, à certaines conditions. Beaucoup de choses devaient disparaître : tous les vieux carnets qui restaient. Tous ces noms et ces dates. Je n'ai rien fait de mal, elle le sait, et je le sais, et pourtant nous avons tous deux conscience de la position dans laquelle elle se trouve. Ils pourraient venir avec un mandat de perquisition, utiliser des détails de ces carnets comme preuve, et la mettre en cause.

Je lui ai dit que l'heure était venue, je n'arrêtais pas de prononcer cette phrase. L'heure est venue. Je tournais autour du pot, depuis plus d'un an, depuis que nous avions livré Billy Boorzai aux flammes. Mieux vaut être mort que lu [1], lui ai-je dit. M'attendant à ce qu'elle se rebiffe mais, étrangement, rien n'est venu. Pas même de la part de Violet la rebelle, qui toujours insiste, *Ce sont vos mots, alors revendiquez-les, que vos enfançons ne deviennent pas orphelins, c'est vous qui les avez écrits.* Elle aussi est vaincue. Elle tenait à se charger de la besogne. Elle est restée plantée à la porte à regarder, pendant que je débarrassais la totalité de l'étagère, de la fin jusqu'au début. Elle semblait aussi pressée que moi d'en finir, boire la coupe jusqu'à la lie.

1. « Better dead than read » évoque en anglais « Better dead than Red ». *(N.d.T.)*

Elle est descendue une première fois les bras chargés, et j'ai mis à sac les tiroirs de mon bureau. Il m'arrive de taper le travail d'une journée et d'oublier de le classer avec le reste. Et les lettres. Il y avait longtemps que j'avais liquidé celles de Frida – elles ne m'appartenaient pas vraiment pour commencer –, mais les carbones des miennes, j'eus plus de mal à m'en séparer. Je rassemblai tout ça, ainsi que de curieuses petites coupures de presse que j'avais conservées, oh, je n'y allais pas de main morte. Le temps qu'elle ait allumé le feu dans le seau à goudron dehors, j'avais mis la maison sens dessus dessous au cas où il y aurait des carnets oubliés, cachés à moi-même comme la bouteille de gin qu'un ivrogne a glissée dans un lustre. C'est à ce point parfois, la rage du désespoir.

La journée est passée. Toute la soirée, après son départ, je suis resté debout à la fenêtre à allumer cigarette sur cigarette, pour m'empêcher de m'asseoir à mon bureau et d'écrire la scène encore fraîche à ma mémoire. Une semaine, trente paquets de cigarettes. Des semaines. Sans dévider de nouvelle histoire, créer pour brûler ensuite, tricoter la longue écharpe à un bout pour devoir la détricoter à l'autre. Comme je me sens démuni face à ce flot de mots, comme je me sens ridicule. Cent fois j'ai essayé de stopper ce flot. Sur ordre de Mère. Frida et Diego, bras croisés, tapant du pied, arrête. Au nom de la loi. Arrête de tout écrire, ça me rend nerveuse. Et quelque chose à l'intérieur du garçon qui crie : *Il n'y a que deux possibilités, écrire ou mourir.*

L'impression de devenir fou. En réalité c'est la routine, l'été et la polio. Devenir fou à l'intérieur d'une maison. Les glycines ont obstrué les fenêtres. Où que je porte mon regard, je ne vois que ces feuilles palmées, des mains vertes plaquées sur mes yeux. Le voisin avait l'habitude de venir avec ses cisailles, et faire l'élagage pour me rendre service, mais Myers lui a vraisemblablement déconseillé de tailler des glycines communistes. J'ai remarqué qu'il ne s'est pas non plus occupé de la sienne. La maison a l'air embusquée derrière ses massifs d'arbustes. Tous les pavillons de la rue sont pareils, rideaux tirés. La quarantaine. Le siège de Berlin s'est terminé le 12 mai, les barricades sont enfin tombées. Mais ici, elles semblent plus hautes que jamais.

Tommy ne peut pas prendre de risque avec l'épidémie – du calme, dit-il. Et Mrs. Brown non plus, mais elle le ferait si elle pouvait, j'en suis sûr.

Lincoln Barnes dit, Ne vous énervez pas. Arthur Gold l'a informé qu'une rupture de contrat peut coûter cher, il serait donc sage de publier le livre à la date convenue par toutes les parties concernées. Il a dû se montrer persuasif. Barnes dit que si nous ne faisons pas de vagues, ils sortiront le livre sans bruit, enterré dans leur liste des livres d'été.

L'Amérique a changé d'administration. Ça saute aux yeux quand on voit les publicités dans les magazines. Tous les mensuels de juillet sont sortis cette semaine. Où sont les robustes filles qui servaient de l'Ovaltine à leurs enfants, la mère qui sait ce qui est bon pour son petit ? Où a donc disparu celle qui souriait d'un air de reproche en secouant le petit doigt parce que son mari n'avait pas acheté la bonne lotion pour les cheveux ? Elle a été virée. Maintenant nous avons des savants, blouses blanches de laboratoire et statistiques, qui expliquent que la marque ordinaire ne vaut rien à côté de la leur. Bonté divine, ils sont capables de tout vous démontrer : douceur de la peau, soulagement instantané. Les mères me manquent. Si vous n'aimiez pas le goût de l'Ovaltine, vous pouviez toujours vous défiler en faisant les yeux doux. Avec ces gens nouveaux qui font autorité, pas moyen.

« Les livres de l'été » sont là, mais pas une seule critique de *Mauvais Augure* jusqu'ici. Ventes : zéro, rapporte

Barnes ; les librairies ont préféré choisir d'autres livres sur la liste. Le bouche à oreille, c'est ce qu'il craignait. *J'espère que nous n'aurons pas à le regretter.*

Il devrait embaucher certains de ces savants. Nos études montrent que les livres de Harrison Shepherd rendent les lecteurs plus heureux, leur pouls bat quatorze pour cent plus vite que la normale. Ce matin j'ai trouvé une publicité pour une collection de livres condensés : des livres normaux dont on a retiré tous les passages inutiles, pour en finir plus vite. « Le Dr. George Gallup a récemment révélé dans ses sondages qu'un pourcentage étonnamment élevé des licenciés de nos universités *ne lisent plus de livres.* La raison est évidente : à cause des avantages dont ils bénéficient de par leur éducation, ils occupent des postes où ils sont occupés, occupés toujours occupés ! »

Je vais dire à Barnes que ce doit être ça. Pas le bouche à oreille, pas les communistes aux cheveux longs ou les tapettes, les gens sont tout simplement trop occupés.

La bibliothèque a réouvert deux jours par semaine. Il va de soi que les germes de la polio sont en congé le lundi et le vendredi. Eh bien, trois fois bravo aux braves dames qui se sont portées volontaires pour veiller sur la crypte. Pas âme qui vive sur les lieux, occasion idéale pour se promener ouvertement avec *Look Homeward, Angel* ou *Le Tropique du Cancer* sans attirer l'attention. Tout Henry Miller en réalité, je vais emporter la pile entière, et Kinsey avec.

Quel homme extraordinaire, ce bon Dr. Kinsey. Encore un homme en blouse blanche, qui a des preuves. Tout ce qu'on a jamais osé penser sur les hommes et le sexe se révèle être vrai. Cent pour cent des hommes sont homosexuels pendant quatre pour cent de leur vie (les Billy Boorzai), et quatre pour cent sont homosexuels cent pour cent du temps (les Tommy Cuddy). Le plus étrange de tout, le livre du Dr. Kinsey n'a encore jamais été sorti de la bibliothèque. Pas même une fois : la fiche à l'intérieur de la jaquette ne porte aucun nom. Et pourtant le dos était bien craquelé, et toutes les pages du livre écornées et tordues.

Les informations se ressemblent toutes à présent. L'Association Nationale des Éducateurs met le communisme en déroute à sa convention nationale de Boston. « Le communiste n'a pas les qualités requises pour être professeur. » Ni boucher, boulanger, fabricant de bougeoirs, mendiant, ou voleur, ou quoi que ce soit d'autre. Le chanteur noir Paul Robeson, ils se sont mis à l'appeler le Staline noir.

Le monde s'est-il immobilisé sur son axe ? Il ne semble pas en être ainsi. Le Mexique, cahin-caha, avance dans sa lente révolution. L'Europe renaît de ses cendres et tend la main à ses pauvres et ses mutilés. Mais si Truman propose un quelconque changement, progrès dans l'éducation, ou aide sociale, un chœur s'élève pour le huer : État providence, collectivisme, complot. Quel état de choses extraordinaire, nous sommes le produit fini. Une pierre jetée dans la vallée ne descend ni ne gravit la pente, elle reste figée sur place.

5 août

La Chine nationaliste tombe aux mains des armées de Mao. Ou est déjà tombée. C'est Acheson qui a divulgué la nouvelle. Le chœur hurle maintenant à pleins poumons, Truman préside le Parti de la Trahison, lui et ses copains démocrates ont jeté la Chine dans la gueule des chiens communistes, ne l'avait-on pas prévenu qu'il aurait dû envoyer plus de poudre à canon pour aider Chiang Kaï-shek ? *J'espère que nous n'aurons pas à le regretter, et maintenant c'est fait, maintenant vous payez.*

23 septembre

La Russie a la bombe. Toutes les émissions du soir à la radio ont été interrompues : les crooners devant leurs microphones ont silencieusement plié leur partition, les petits malins à *Duffy's Tavern*, bouche bée, ont lentement posé leurs chopes sur le comptoir. Notre nation, comme un rideau déchiré, révèle une vulnérabilité nue. Une explosion atomique s'est produite en URSS. Truman a annoncé la chose aussi brièvement que possible. Deux nations ont maintenant la bombe.

Un homme abattu ce matin à Oteen. Panique dans le pays, foules armées de fourches. Quelqu'un a donné cette bombe aux Russes, ils ne l'ont pas fabriquée tout seuls, ils n'ont pas la matière grise, le punch, la science, ça ne peut être qu'Alger Hiss, mais il aurait pu s'agir de n'importe quel autre, Paul Robeson, Harrison Shepherd, ils sont tous ligués, sûr et certain.

Hors de question de sortir, de marcher au grand jour. Quand la colère atteint ce degré de véhémence, elle trouve des cibles. L'homme à Oteen a été tué par quelqu'un qui habitait dans sa rue, gardien dans un entrepôt. Au terme d'une nuit maussade, au lieu de rentrer chez lui, il a poussé une porte moustiquaire qui n'avait pas été verrouillée, en criant « Sales Russes ! » et a abattu un voisin en maillot de corps. Devant sa femme et ses enfants.

Ils sont slaves, à en juger par leur nom, probablement émigrés pour fuir Staline. Le tueur avait entendu parler de cette famille par son fils. Les enfants vont à l'école ensemble.

Le terrible concert à Peekskill, c'était Robeson. Chansons d'ouvriers, negro spirituals, spectateurs battus jusqu'au sang. Une seule issue pour sortir du lieu – comme ces familles ont dû se sentir piégées, avec cette multitude de policiers armés et de citoyens qui attendaient sur le bord de la route pour balancer des pierres sur leurs bus.

Mains collées aux vitres, automobiles renversées, familles tirées à l'extérieur et battues, quelle que soit leur couleur. C'est ici, dans *Life Magazine*, photo et légende. *En programmant le concert, les fidèles du Parti espéraient précisément une occasion de ce genre pour devenir des martyrs de la propagande, on a eu donc tendance à conclure qu'ils « l'avaient cherché ». Les communistes ont trouvé plus d'aide chez les truands qui ont attaqué leur bus à coups de pierres qu'ils n'en ont jamais obtenu de leurs propres compagnons de route.*

C'est la même chose qu'avec la presse mexicaine quand nous avions été attaqués chez Lev. Ces rafales de balles, ces bombes incendiaires, ces hurlements de panique, Seva touché, nous l'avions bien cherché. Trotsky avait tout organisé lui-même. Nous nous faisons cela à nous-mêmes.

The Evening Post, *6 octobre 1949*

« Livres à méditer », par Sam Hall Mitchell

Une fin annoncée

Harrison W. Shepherd est ce phénomène du vingtième siècle – le communiste international. Il s'est vigoureusement dérobé à toute publicité, mais grâce à une campagne obstinée de recherches d'apparitions publiques, ses liens avec des communistes mexicains ont récemment été dévoilés. Sa vie, certes, est restée obscure mais pas précisément insignifiante, dans la mesure où des milliers d'Américains se sont laissé abuser par ses écrits qui, nous le savons, se sont introduits jusque dans les salles de classe où le public est particulièrement impressionnable du fait de son âge.

Et maintenant, sa dernière production arrive, la plus insidieuse du lot. *Mauvais Augure* est l'histoire d'un ancien empire qui s'effondre et vit ses derniers jours, alors que les hommes au pouvoir restent insensibles à la chute imminente de leur nation. Ce livre, qui ne laisse aucune place à la sagesse des dirigeants ou à un patriotisme énergique, traduit en vérité une vision bien sombre de l'humanité. Il ne fallait pas s'attendre à autre chose de la part de Harrison Shepherd, cité il y a deux ans dans *The New York Weekly Review* (mars 1947) comme suit : « Notre chef est un sac vide. Nous pourrions tout aussi bien le renverser, prendre un bâton, y planter une tête avec des cornes et la suivre. La plupart d'entre nous ne choisissons jamais de croire en la nation, c'est juste que nous n'avons pas trouvé de meilleure idée. »

Plus tôt dans l'année, Shepherd a été limogé d'un poste de fonctionnaire, pour activité communiste. On ne pourra pas reprocher au public de vouloir appuyer cette décision unanimement, et de bannir ce voyou de nos bibliothèques, de nos librairies, et de nos foyers.

Mrs. Brown est sur le sentier de la guerre. « Mr. Shepherd, c'est un personnage de votre livre qui a dit ça. Est-ce qu'on conduirait Charles Dickens à la potence en tant que voleur parce qu'il a créé le vieux Fagin qui demandait aux garçons de détrousser les passants ? » Vu le climat actuel, lui ai-je répondu, Charles Dickens a la sagesse d'être déjà mort. Ce qui ne lui a pas plu.

Du sang dans les veines, Mrs. Brown en a. Venir travailler ici, en dépit de l'interdiction de Mrs. Bittle, l'inquiétude n'étant plus la polio mais des contaminations d'un autre ordre. Mrs. Brown dit que, si cette dame la met à la porte, elle ira vivre avec sa nièce. L'une des filles de

Parthenia « est montée se marier avec un homme de la ville », et elles s'entendent bien, la nièce et la tante. La maison où s'est installé le couple n'est pas plus grande qu'une coquille de noix, mais elle dormirait sur une chaise longue, s'occuperait du bébé, et essaierait de se rendre utile.

Nous attendions que le téléphone tremble sur son socle. D'autres journaux vont s'emparer de la nouvelle, trop tentant pour garder ça sous un chapeau. Elle restait debout près du combiné, bras croisés, prête à me régler mon compte s'il me prenait la fantaisie de la braver. « Vaquez donc à vos affaires, et laissez-moi tranquille, Mr. Shepherd. Quiconque appelle pour confirmer cette citation aura affaire à moi, et je ne mâcherai pas mes mots. »

Je ne l'ai pas contredite, nous n'avons pas le choix cette fois-ci. Nous pouvons rétablir la vérité : ce sont des paroles prononcées par le personnage d'un roman, du nom de Poatlicue, rendu furieux par un roi aztèque dérangé.

Nous avons recherché le passage, par souci d'exactitude. Il est tiré de *Les Pèlerins de Chapultepec*, nous l'avions reconnu tous les deux – une scène située à peu près à la moitié du livre, le quatrième exode forcé, les deux garçons qui bavardent tout en dépouillant le cerf. On s'en doutait, il cite le texte mot à mot, ce Sam Hall Mitchell, mais pourquoi cette ligne, et pourquoi l'attribuer à une interview ? Mrs. Brown a passé en revue les dossiers et a découvert qu'il avait en effet trouvé ce passage dans le *Review*, comme il le dit, une critique du livre qui citait cet extrait. Elle en avait plusieurs exemplaires dans les classeurs, et j'en avais peut-être envoyé un à Frida – nous aimions bien ce critique. Sur bien des sujets il faisait preuve de réflexion, y compris sur l'endiguement de l'avancée soviétique, doctrine nouvelle à l'époque. La dernière ligne de son article était tirée de mon livre, et Mr. Mitchell s'en était servi dans son brûlot, pour le meilleur ou pour le pire. Celle où Poatlicue dit : « C'est probablement une loi : l'imagination d'un peuple est à la mesure des couilles de son chef. »

Pas un seul appel n'est venu. Étrange journée, silencieuse, le téléphone n'a pas sonné une seule fois.

19 octobre

Parmi toutes les choses inattendues, voici la plus énorme. Les coups tirés par Harrison Shepherd font le tour du monde. La fameuse phrase se propage comme une traînée de poudre, même au-delà de l'Atlantique, dans les forces armées ; elle est citée dans *Stars and Stripes. Voici ce qu'un pauvre type sans caractère pense là-bas chez nous, et il y a fort à parier qu'il n'a pas servi en campagne : « Notre chef est un sac vide, renversons-le, mettons des cornes au bout d'un bâton, et suivons-le. La plupart d'entre nous ne choisissons pas de croire en notre pays, c'est juste que nous n'avons rien trouvé de mieux à faire ».*

Republic Digest : « Les mots de l'ennemi le plus dangereux de la nation. » Harrison Shepherd est maintenant en tête de liste, avant Alger Hiss et les Dix d'Hollywood. Le service de presse de la maison d'édition compte maintenant soixante et un journaux et magazines ayant fait état de cette citation à ce jour, et les mensuels ne sont pas encore sortis. Ces mots donnent lieu à une sorte de folie, obsédante comme une comptine. Leader sac vide, sac vide, sac vide ! Tête à cornes au bout d'un bâton, suivez ça !

On a du mal à comprendre pourquoi l'éditeur a cru bon de communiquer ce chiffre stupéfiant du service de presse à Mrs. Brown par téléphone. Se peut-il qu'ils soient contents ? Parce qu'ils sont enfin débarrassés de moi ? Les réceptionnistes chez Stratford sont consternées par l'étendue de mon infamie : elles ne sont pas capables d'y résister. La citation a frappé bien au-delà de mon lectorat, cent fois plus loin, elle a mis en joie des gens qui jusque-là n'avaient pas connaissance de ma prouesse. Par les temps qui courent, c'est tonifiant. Quelle jouissance, trouver un homme à mépriser.

Mrs. Brown est dans un tel état qu'elle est incapable de taper une lettre. Elle a passé la plus grande partie de la matinée assise dans un fauteuil près de la fenêtre, à tricoter un châle pour bébé. Elle ne cesse de rater des mailles, de se rendre compte qu'elle s'est trompée, de tout défaire pour repartir à zéro. Elle jette des coups d'œil dans la rue. Je ne l'ai jamais vue avoir si peur. Plus dangereux qu'Alger Hiss. Qui est bien parti pour être condamné pour trahison.

La plupart d'entre nous ne choisissons jamais de croire en notre pays, c'est juste que nous n'avons rien trouvé de mieux à faire. Les mots les plus largement diffusés que Harrison Shepherd ait écrits.

The Echo, *21 octobre 1949*

Secrets d'espion entre les pages

Sous couvert d'être un écrivain aux manières douces, produisant des romans superficiels qui plaisent essentiellement aux intellectuels et autres lecteurs à cheveux longs, l'auteur Harrison Shepherd a mené une longue carrière de tours de magie communistes. Il a pourtant mis bas les masques avec son dernier numéro d'arrogance, déclarant ouvertement noir sur blanc : « Notre chef est un sac vide. Vous pourriez tout aussi bien le renverser, mettre une tête avec des cornes au bout d'un bâton et suivre ça. »

Menacer de renverser le pouvoir par la violence ne peut que provoquer l'indignation générale. Qu'y a-t-il au fond de cet esprit tordu ? L'histoire de sa

famille explique tout. Né à Lychgate, en Virginie, Shepherd a été un enfant du divorce. Le père avait un poste de comptable dans l'administration Hoover, alors que la mère était une impécunieuse Mata Hari, changeant de nom au gré de sa fantaisie pour se rapprocher d'hommes au Gouvernement des deux côtés de la frontière mexicaine. Le psychiatre new-yorkais Nathan Leonard, interrogé sur ce cas perturbant, a dit : « Les effets psychologiques d'une image maternelle comme celle-ci sont inévitables. »

Le fils a quitté l'école pour devenir sympathisant communiste, employé chez de hauts fonctionnaires stalinistes à Mexico. De là, il est passé à une vie d'intrigues qui laisserait pantois la plupart d'entre nous : contrebandier de tableaux, coureur de jupons, coursier pour le département d'État, sous au moins deux pseudonymes dans deux continents. Tout cela, il l'a accompli en dépit d'une apparence physique si repoussante que les photographes l'ont évité pendant toute sa vie. De tels exploits de donjuanisme et d'espionnage de la part d'un homme quelconque peuvent éveiller de faux espoirs chez les Walter Mitty qui sommeillent en nous. Mais Harrison Shepherd n'est pas d'une étoffe ordinaire.

Parmi les dernières charges qui pèsent contre lui : il a fourni des secrets à la révolte communiste chinoise contre Chiang Kaï-shek. Comme tous les ennemis de l'Amérique, il adhère au projet qui consiste à prodiguer aide et soutien à nos ennemis. Il y a un an, il a confié au *Evening Post* qu'il soutenait, avec Bernard Baruch, que toutes nos bombes atomiques devraient être jetées à la baille. Il a maintenant trouvé un meilleur moyen de nous livrer à la merci des communistes : des experts ont

confirmé qu'on a découvert un exemplaire de son livre avec certains passages soulignés, probablement un Ozalid codé pour la bombe atomique. Heureusement ce pays possède un remède contre les esprits dérangés tels que le sien. Ce remède est connu sous le nom de chaise électrique.

Selon la United Press, la Commission des activités antiaméricaines a déjà détecté d'innombrables stratagèmes pour passer en fraude des secrets concernant la bombe vers la Russie et la Chine. Dans un rapport de 384 pages paru la semaine dernière après cinq années d'investigation, la Commission a détaillé les techniques utilisées par les communistes américains pour envoyer des messages codés à Moscou. « Les moyens employés pour dissimuler de tels messages incluent colliers, boîtes contenant des allumettes de longueurs variées, dentiers, crans de timbres postaux, étuis à cigarettes gravés, mouchoirs brodés, reliures de livres particulières et minuscules compartiments dans des disques de phonographe. » Un exemplaire de *Disciple du Diable* de Bernard Shaw, a-t-on découvert selon le rapport, comportait un message codé en russe dissimulé dans certains mots soulignés avec de l'encre invisible.

Maintenant un autre Disciple du Diable, sous l'apparence de l'écrivain Harrison Shepherd, nous livre son dernier tome, *Mauvais Augure*. À un titre qui fait aussi froid dans le dos, il ne nous reste qu'à ajouter un petit post-scriptum : acheteurs, prenez garde.

7 novembre

Mrs. Brown est allée jeter un coup d'œil à la librairie. Elle ne voulait pas le faire, et elle a hésité à m'en parler quand elle est revenue. Je l'avoue, c'est moi qui ai insisté pour qu'elle aille voir ce qui s'y passait. Ils ont fait une vitrine « Boycottez Harrison Shepherd ». Je ne suis pas seul. Ils ont trouvé un tas d'autres livres écrits par des communistes.

Le panneau dit : « Achèteriez-vous un livre si vous saviez que votre argent va au Parti communiste ? » Sous la question, il y avait deux boîtes : « Oui » et « Non », avec un gobelet de crayons à disposition pour le plébiscite.

Que peuvent-ils encore m'enlever ? ai-je demandé à Mrs. Brown. Que veulent-ils ? Ce que tout le monde veut j'imagine, a-t-elle fini par répondre : la sécurité. Cela et la grâce. Ils ne savent pas ce qu'ils font. Ils avaient probablement tous leur place au ciel, à un moment, et ils ont perdu leur chemin.

Qu'est-ce que c'est, la *grâce* ?

Elle dit, Croire que vous êtes spécial et sauvé du mal. Embrassé par Dieu.

Suis-je bête, je n'ai jamais su vouloir ce que tout le monde veut. J'ai seulement pensé à chercher un chez-moi, un endroit où être accueilli. Offrir un cœur froissé, le voir finir dans la corbeille à papiers à chaque fois. Et pourtant. Les Américains m'ont envoyé des lettres d'amour en retour.

22 décembre 1949

Cher Shepherd,

Bon, mon vieux, accroche-toi. Ça ne va pas être les bons vœux que tu attends. Joyeux Noël et tout ça. Les choses ont changé ici, on n'y peut rien. J'ai dégotté un job dans la pub. C'est pas de la blague. Moi, oui moi, dans un bureau plein de types à cravates, et je te le dis, ces mecs ont la pêche. Pas envie d'être le pauvre type qui s'en sort pas.

Écoute, j'étais sonné de voir ce que tu as écrit sur notre pays. Désolé que tu penses ces choses, je ne te connaissais pas si bien que ça, finalement. Les mecs disent des conneries, mais quant à moi je crois encore à la Patria et ça me navre que tu ne puisses pas en dire autant. Venant d'un autre pays, je suppose que tu dois avoir tes raisons.

Prends pas ça mal, d'accord ? On a eu du bon temps, mais les choses changent. Mieux vaut pour nous deux si on prend le large, et fini la correspondance. Personne là où je travaille ne sait que je te connais.

Salut,

TOM CUDDY

Janvier, 1950

Les journaux croulent sous le poids de leurs titres de fin du monde. VERDICT ALGER HISS : ESPION ET MENTEUR. Caractères encore plus gros que pour le jour de la Victoire sur le Japon, manifestement les ennemis sont pires que les Japonais. Des libéraux bidon qui vendent leur âme en même temps que les secrets qui sont la sauvegarde de notre nation. Les diapasons stalinistes. Qui lèchent les bottes de leurs maîtres moscovites. Henry Wallace à son tour essuie le feu, il témoigne devant la Commission des activités antiaméricaines. Henry Wallace, vice-président sous Roosevelt, candidat démocrate libéral à la dernière élection, doit maintenant faire face aux attaques de la presse. WALLACE NIE AVOIR ENVOYÉ DE L'URANIUM AUX RUSSES. Dieu puisse lui venir en aide, aujourd'hui il s'en est pris violemment à la presse : « Le roi Salomon devrait ajouter à sa liste des choses qui dépassent l'entendement humain : pourquoi les journaux impriment ce qu'ils impriment ? »

Mrs. Brown a noté que Wallace, pendant les auditions, a lu à haute voix des passages de ses journaux comme preuve de ce qui avait été dit dans les réunions sur l'uranium actuellement en cours d'examen. « C'est une bonne chose qu'il ait conservé ce journal », a-t-elle dit, debout à ma porte dans une chemise ajustée à carreaux rouges et blancs. Avec elle, pas moyen de savoir si c'est la dernière mode ou un vêtement taillé dans une nappe – ou les deux. Mrs. Brown est la preuve vivante que les filles chic peuvent encore être économes en 1950.

Elle trouve que je prends les choses trop à cœur. Elle apporte les articles sur Wallace, Robeson, Trumbo, ces écrivains d'Hollywood, les syndicalistes, professeurs, comptables, employés de bureau, le boucher, le boulanger, ce qui en fin de compte ne nous console ni l'un ni l'autre. Ce n'est pas juste vous, dit-elle. Les gens chassés de leur travail, les enfants injuriés à l'école. Les enfants dont le père a été abattu, à Oteen. Qu'est-ce qu'un enfant peut bien apprendre aujourd'hui, demande-t-elle, si ce n'est à craindre le vaste monde et tout ce qu'il contient ?

« Mr. Shepherd, il leur faut grandir là-dedans. Que vont-ils tous devenir ? »

The Asheville Trumpet, *février 1950*

Un écrivain d'Asheville
face à des questions épineuses

par Carl Nicholas

Une lettre de l'agent fédéral Melvin C. Myers reçue cette semaine nous apprend que l'écrivain local Harrison Shepherd est confronté à de nombreuses accusations liées à son communisme. Parmi lesquelles figure en premier celle de faux témoignage pour avoir déclaré sous serment qu'il n'avait jamais été communiste. Il est également accusé d'avoir falsifié ses qualifications afin de servir en tant qu'éducateur. Le communiqué de presse émanant de Myers déclarait qu'une citation à comparaître serait bientôt adressée à Shepherd avec les démarches à suivre concernant une audience devant

la Chambre de la Commission des activités antiaméricaines à Washington D.C.

En tant que concitoyens d'Asheville nous ne pouvons pas dire que nous lui souhaitons bonne chance. Ce n'est pas une source de fierté qu'un communiste ait élu domicile dans notre ville, un des nombreux communistes connus pour avoir infiltré le Gouvernement, comme l'a révélé cette semaine le sénateur Joseph McCarthy dans une réunion du Club des femmes de Wheeling dans le comté de l'Ohio, Virginie de l'Ouest.

Mrs. Herb Lutheridge, présidente du Club des femmes d'Asheville, confirme que le discours du sénateur devait au départ avoir lieu ici. Le sénateur nouvellement élu avait contacté la Commission des programmes, espérant faire de notre ville sa première étape dans sa campagne de réélection à travers le Sud et l'Ouest. Mrs. Lutheridge précise que la négociation des honoraires était en cours quand le bureau du sénateur lui a notifié son projet de donner le coup d'envoi en Virginie de l'Ouest à la place. Mrs. Lutheridge déplore cette déconvenue mais a cependant déclaré : « Nous sommes fiers que ce jeune homme aille à Washington débusquer tous ceux qui ont des tendances soviétiques. Là est le principal. »

Le communiqué de presse concernant Shepherd spécifie que la Chambre de la Commission des activités antiaméricaines a pleine autorité pour citer un suspect à comparaître et lui poser des questions fondées sur d'importantes recherches, pour les archives publiques. Si l'audience le légitime, des poursuites seront engagées. La sous-commission est chargée d'enquêter sur le communisme sous ses divers travestissements y compris « l'éducation », ce qui concerne Mr. Shepherd dans la mesure où nombreux sont les enfants qui ont lu ses livres sur les civilisations mexicaines. Pour terminer, la lettre déclare : « Par un simple processus de questions et réponses, le témoin peut prouver son innocence ou être taxé de se dissimuler derrière le Cinquième Amendement. »

Le *New York Times* a rapporté ce mois-ci que les partis communistes au niveau mondial ont aujourd'hui un nombre d'adhérents record de 26 millions de personnes.

The Wheeling Intelligencer, *10 février 1950*

McCarthy accuse :
les Rouges monopolisent les emplois US

À la commémoration de l'anniversaire de Lincoln,
le sénateur du Wisconsin annonce « les dés sont jetés »

par Frank Desmond, Comité de rédaction
de l'Intelligencer

Joseph McCarthy, sénateur nouvellement élu du Wisconsin, a reçu hier soir une ovation enthousiaste quand, invité par le Club des femmes républicaines du comté de l'Ohio, il a déclaré sans ménagement que la destinée du monde repose aujourd'hui sur l'affrontement entre l'athéisme de Moscou et l'esprit chrétien dans les autres parties du monde.

Plus de 275 hommes et femmes représentant le parti républicain étaient présents pour participer au pittoresque repas du Lincoln Day offert par les femmes de la vallée, qui s'est tenu dans la salle de la Colonnade de l'hôtel McLure.

Dédaignant tout feu d'artifice oratoire, le discours de McCarthy est resté intime et simple, ponctué çà et là de traits d'humour. Dans un registre plus sérieux, il a néanmoins lancé de nombreuses piques à l'adresse de la composition actuelle du département d'État, fustigeant en particulier la réticence du président Truman à poursuivre les investigations sur les « traîtres de l'intérieur », et autres sujets pertinents... « Toutefois », a-t-il ajouté, « la moralité de nos concitoyens n'a pas été détruite. Elle existe toujours sous ce manteau de torpeur et d'apathie et ne demande qu'à être réveillée. »

Faisant directement référence au département d'État, il a déclaré : « Je ne peux évidemment pas prendre le temps de nommer tous les hommes au département d'État qui ont été identifiés comme membres du Parti communiste et membres d'un réseau d'espionnage, mais j'ai ici dans ma main une liste de 205 personnes qui étaient connues du secrétaire d'État comme membres du Parti communiste et qui, néanmoins, travaillent toujours au département d'État et influent sur sa politique. »

Le sénateur s'est longuement attardé sur le cas Alger Hiss et a mentionné le nom de plusieurs autres personnes dont on a découvert qu'elles avaient nourri, ces toutes dernières années, des idées subversives mais se voyaient toujours confier des postes de haute responsabilité au Gouvernement. « Au moment même où vous apprenez cette histoire de haute trahison », a-t-il dit, « je sais que vous êtes en train de vous dire, Alors, pourquoi le Congrès ne fait-il pas quelque chose ?

En vérité, mesdames et messieurs, la raison de cette corruption, cette déloyauté, cette trahison au sommet de l'État, la raison pour laquelle tout cela continue, est une absence de révolte morale de la part des 140 millions d'Américains. À la lumière de l'histoire, cependant, cela n'est pas difficile à expliquer. C'est le résultat d'une gueule de bois émotionnelle et d'une défaillance morale momentanée qui font suite à toute guerre. C'est une apathie face au mal que ressentent tous ceux qui ont été soumis aux épouvantables maux de la guerre.

Quand les hommes de ce monde assistent à des massacres, à la destruction de gens innocents et sans défense, ainsi qu'à tous les crimes et l'absence de moralité qui vont de pair avec la guerre, ils deviennent engourdis et apathiques. Il en a toujours été ainsi après les guerres.

À un autre moment, il a déclaré : « Aujourd'hui, nous sommes engagés dans une bataille à mort sans merci entre l'athéisme communiste et la chrétienté. Les champions modernes du communisme ont choisi ce moment ; mesdames et messieurs, les dés sont jetés, ils sont vraiment jetés. »

Au cours d'un échange informel avec le public, le sénateur a répondu à une série de questions qui portaient principalement sur le projet du secrétaire à l'Agriculture Brannan de détruire des millions de tonnes de pommes de terre, d'œufs, de beurre, et de fruits ; il a exprimé sans détours ses opinions sur les problèmes de la vieillesse et de l'aide sociale et un certain nombre d'autres sujets…

Mrs. A. E. Eberhard, présidente du Club des femmes, a présidé. Le sénateur William Hannig a dirigé les cantiques. L'invocation a été récitée par le Rev. Philip Goertz, pasteur de la deuxième Église presbytérienne, et la bénédiction a été prononcée par le Rev. W. Carroll Thorn, de l'Église épiscopale St. Luke.

(Page non datée, journal de HWS)

Déclaration universelle des droits des hurleurs :

Article 1. Tout être humain est doué du droit inaliénable de faire du bois avec l'arbre abattu. Article 2. Tout arbre fera l'affaire. S'il est grand, il faudra le couper. La qualité du bois importe peu, l'arbre l'a bien cherché en devenant aussi grand. Les gens honnêtes applaudiront de le voir tomber. Article 3. Les lois habituelles de la bonté ne s'étendent pas aux personnes célèbres. Article 4. Tout le monde peut espérer devenir célèbre. Article 5. Il est plus important de parler que de penser. Le seul danger est le silence. Article 6. Un hurleur doit choisir une voie ou l'autre : mentir systématiquement, ou le faire seulement dans les circonstances importantes, pour être plus convaincant. (Doctrine de Trotsky.)

AUDIENCES CONCERNANT L'INFILTRATION COMMUNISTE
DU GOUVERNEMENT DES ÉTATS-UNIS
ET DES INSTITUTIONS ÉDUCATIVES

CHAMBRE DES REPRÉSENTANTS DES ÉTATS-UNIS
SOUS-COMMISSION SPÉCIALE
DE LA COMMISSION DES ACTIVITÉS ANTIAMÉRICAINES
AUDIENCE PUBLIQUE, MARDI 7 MARS 1950

TRANSCRIPTION :
IMPRIMERIE DU GOUVERNEMENT DES ÉTATS-UNIS

COMMISSION DES ACTIVITÉS ANTIAMÉRICAINES

CHAMBRE DES REPRÉSENTANTS DES ÉTATS-UNIS :
JOHN S. WOOD, *Géorgie, président* ;
FRANCIS E. WALTER, *Pennsylvanie* ;
RICHARD M. NIXON, *Californie* ;
BURR P. HARRISON, *Virginie* ;
FRANCIS CASE, *Dakota du Sud* ; JOHN MCSWEENEY, *Ohio* ;
HAROLD H. VELDE, *Illinois* ;
MORGAN M. MOULDER, *Missouri* ;
BERNARD W. KEARNEY, *New York*

FRANK L. RAVENNER, AVOCAT
MELVIN C. MYERS, ENQUÊTEUR PRINCIPAL

La sous-commission de la Commission sur les activités antiaméricaines s'est réunie en séance publique, conformément à la notification, à 9 heures 35 dans la salle 226, Old House Office Building, sous la présidence de l'honorable John S. Wood. Membres de la Commission présents : les députés John S. Wood (président), Francis E. Walter, John McSweeney, Richard M. Nixon (par ordre d'arrivée) et Harold H. Velde. Membres de la sous-commission présents : Frank L. Ravenner, avocat ; Melvin C. Myers, enquêteur principal.

Mr. WOOD : Le rapport montrera que siège à ce moment la Commission sur les activités antiaméricaines dans la ville de Washington, District of Columbia. Les personnes présentes, en plus des membres de la Commission et du Gouvernement, sont le secrétariat et les représentants de la presse dans la tribune réservée. Mr. Harrison Shepherd est assis ici devant nous accompagné de deux personnes. La Commission va commencer.

Mr. Shepherd, voulez-vous, je vous prie, lever la main droite et prêter serment. Jurez-vous solennellement devant Dieu que le témoignage que vous allez donner à cette commission sera la vérité, toute la vérité et rien que la vérité ?

Mr. SHEPHERD : Je le jure.

Mr. WOOD : Voulez-vous énoncer vos nom et prénom ?

Mr. SHEPHERD : Harrison William Shepherd.

Mr. WOOD : Quand et où êtes-vous né ?

Mr. SHEPHERD : Lychgate, Virginie, 6 juillet 1916.

Mr. WOOD : Avez-vous une quelconque objection à ce que les photographes fassent des photos ?

Mr. SHEPHERD : Je préférerais qu'ils s'en abstiennent.

Mr. WOOD : Eh bien, messieurs, vous l'avez entendu. Suivez votre conscience comme d'habitude.

(Murmures et rires dans la tribune et flashes d'appareils photo.)

Mr. RAVENNER : Votre Honneur, avant de passer à l'interrogatoire, puis-je demander que les amis ou avocat de Mr. Shepherd déclinent leur identité ?

Mr. SHEPHERD : Voici Mr. Arthur Gold, qui est avocat, et Mrs. Violet Brown, qui est ma secrétaire.

Mr. WOOD : Mr. Shepherd, la Commission engage une secrétaire pour faire une transcription très complète de ces séances. Mrs. Ward, voulez-vous bien, je vous prie, décliner votre identité.

(Identité déclinée.)

Mr. SHEPHERD : Monsieur, Mrs. Brown et Mr. Gold sont ici en qualité d'amis.

Mr. RAVENNER : Très bien. Mr. Shepherd, le but de cette séance est que la Commission puisse déterminer la vérité ou la fausseté de certaines déclarations que vous avez faites, concernant une éventuelle adhésion ou association avec le parti communiste. Comprenez-vous ?

Mr. SHEPHERD : Oui.

Mr. RAVENNER : Très bien. Ceci ne prendra pas toute la journée, messieurs, nous devrions être sortis d'ici à temps pour déjeuner. Mr. Shepherd, voulez-vous bien nous dire où vous résidez actuellement, et quelle est votre profession actuelle ?

Mr. SHEPHERD : J'habite à Asheville, Caroline du Nord, et je suis auteur de livres.

Mr. RAVENNER : Depuis combien de temps habitez-vous là, et quel emploi avez-vous occupé pendant cette période ?

Mr. SHEPHERD : Depuis 1940. Je n'ai pas beaucoup travaillé à Asheville, hormis le travail d'écriture. Pendant la guerre j'ai donné des leçons d'espagnol au Teachers' College.

Mr. RAVENNER : Pendant que vous enseigniez les langues étrangères à l'Institut, vous est-il arrivé de recruter des étudiants pour leur inculquer une manière de penser communiste ?

Mr. SHEPHERD : Juste ciel, je ne crois pas. Je ne parvenais pas à les recruter pour leur faire jeter leur chewing-gum dans la corbeille à papiers avant de se lever pour réciter leurs conjugaisons. Parfois il tombait de leur bouche à la troisième personne du pluriel.

(Rires dans les tribunes.)

Mr. RAVENNER : Voulez-vous bien maintenant répondre à la question ? Est-ce que vous avez eu des étudiants qui ont adhéré au Parti communiste ?

Mr. SHEPHERD : En toute honnêteté, je ne sais pas ce qu'ils faisaient après les cours.

Mr. RAVENNER : Étiez-vous également dans les Forces armées pendant ces années, en tant que jeune homme manifestement en état de servir ?

Mr. SHEPHERD : Malheureusement, je n'ai pas été déclaré apte à servir. J'ai été affecté à la place à un poste en relation avec la National Gallery of Art à Washington D.C.

Mr. RAVENNER : Vous avez été déclaré inapte au service pour quels motifs, Mr. Shepherd ?

Mr. SHEPHERD : Des motifs psychologiques.

Mr. RAVENNER : Vous avez été déclaré inapte pour des raisons de déviance mentale et sexuelle, est-ce exact ?

Mr. SHEPHERD : On a cru bon de me déclarer suffisamment sain pour le service civil, monsieur. Mes facultés mentales ont été jugées adéquates pour assumer la charge des trésors nationaux les plus importants. La décision a été prise par le Bureau de recrutement.

(Mr. Nixon a pénétré dans la salle d'audience et a été placé à côté de Mr. Velde. Brève discussion entre Mr. Nixon et Mr. Velde.)

Mr. RAVENNER : Pensiez-vous ou non, à cette époque, qu'être membre du Parti communiste était contraire aux intérêts des États-Unis ?

Mr. SHEPHERD : Pour être honnête, monsieur, je n'avais pas d'opinion sur le sujet, pas plus dans un sens que dans l'autre. Je n'ai jamais rencontré de membres du Parti communiste dans ce pays.

Mr. RAVENNER : Pouvez-vous me donner une réponse « Oui » ou « Non » ?

Mr. SHEPHERD : Un citoyen a-t-il le droit de ne pas prendre position jusqu'à avoir été plus pleinement informé ?

Mr. RAVENNER : Laissez-moi vous informer. Un membre du Parti communiste est une personne qui vise au renversement du Gouvernement des États-Unis en utilisant la force ou la violence dans ce pays. Est-ce quelque chose que vous approuvez ?

Mr. SHEPHERD : Je n'ai jamais songé à renverser le Gouvernement des États-Unis. Est-ce une réponse ?

Mr. RAVENNER : C'est une forme de réponse. Maintenant, je crois comprendre que vous êtes né aux États-Unis, mais avez choisi de passer l'essentiel de votre vie dans un autre pays. Est-ce exact ?

Mr. SHEPHERD : Ma mère était mexicaine. Nous sommes retournés au Mexique quand j'avais douze ans. Elle menaçait de me laisser au bord de la voie ferrée si je faisais des histoires. Donc oui, monsieur, j'ai choisi de partir.

Mr. RAVENNER : Et après de nombreuses années, qu'est-ce qui vous a fait décider de revenir vivre ici ?

Mr. SHEPHERD : C'est une question compliquée que vous me posez. Il me faudrait un grand moment pour y répondre, et vous avez dit que vous souhaitiez en finir rapidement.

Mr. RAVENNER : Eh bien, dans ce cas, laissez-moi vous poser une question plus facile. Avez-vous fréquenté des communistes pendant que vous habitiez au Mexique ?

(Longue hésitation de la part du témoin, avant la réponse.)

Mr. SHEPHERD : Ce n'est pas une question plus facile. De nouveau, elle demanderait à être assortie d'explications.

Mr. RAVENNER : Alors, je vais encore vous faciliter les choses. Nous possédons des documents qui montrent qu'on vous a accordé un visa pour venir ici en novembre 1939, en tant que compagnon de voyage et assistant d'un homme appelé à témoigner devant cette même Commission. La Commission Dies, comme on l'appelait à l'époque. Nos documents disent qu'un certain Harrison Shepherd, né en 1916 à Lychgate, en Virginie, était un des membres du groupe à avoir obtenu un visa de voyage. Êtes-vous cette personne ?

Mr. SHEPHERD : Oui.

Mr. RAVENNER : Nous pouvons donc supposer que ces documents vous concernent. Que vous viviez alors dans les quartiers généraux mexicains d'un leader communiste très connu de la révolution bolchevique de Staline, Leonadovich Trotsky.

Mr. SHEPHERD : Je vous demande pardon ?

Mr. RAVENNER : Répondez à la question.

Mr. SHEPHERD : Je souhaite seulement apporter des éclaircissements. Voulez-vous parler de Lev Davidovich Trotsky, qui a mené un mouvement d'ampleur mondiale pour combattre Staline ? Il a été appelé par votre Commission en tant que témoin amical, monsieur.

Mr. RAVENNER : Répondez seulement à la question. Avez-vous travaillé pour ce Trotsky ?

Mr. SHEPHERD : Oui.

Mr. RAVENNER : À quel titre ?

Mr. SHEPHERD : En tant que cuisinier, secrétaire-dactylographe, et parfois en charge de l'entretien des cages à lapins. Mais généralement le *Commissar* préférait manipuler le fumier lui-même.

Mr. WOOD : Là, je vous rappelle à l'ordre.

Mr. RAVENNER : Vous dites que vous étiez son secrétaire. Entendez-vous par là que vous avez contribué à préparer des documents dont le but était une incitation à l'insurrection communiste ?

(Le témoin n'a pas répondu.)

Mr. VELDE : Mr. Shepherd, vous pouvez faire valoir vos droits garantis par le Cinquième Amendement si vous le souhaitez.

Mr. SHEPHERD : Je ne sais pas comment répondre, quand vous dites « contribuer à préparer des documents ». J'étais sténographe. Parfois je comprenais à peine les mots utilisés dans ces documents. Je n'ai pas de compétence en politique.

Mr. NIXON : Celui qui soude l'enveloppe d'une bombe est-il innocent de la destruction qu'elle cause sous prétexte qu'il ne connaît pas la physique ?

Mr. SHEPHERD : C'est une très bonne question. Nos usines de munitions fabriquent des armes que nous vendons à presque tous les pays. Sommes-nous donc des deux côtés à la fois dans toutes les guerres ?

Mr. RAVENNER : Mr. Shepherd, vous avez ordre de répondre « oui » ou « non » à toutes les questions qui vont suivre. Une manifestation de plus de votre part et vous serez accusé d'outrage au Congrès. Avez-vous contribué à préparer des documents communistes pour ce Trotsky, leader de la révolution bolchevique ?

Mr. SHEPHERD : Oui.

Mr. RAVENNER : Et êtes-vous toujours en contact avec le Camarade Trotsky ?

(Très longue pause.)

Mr. SHEPHERD : Non.

Mr. RAVENNER : Étiez-vous encore à son service quand vous êtes venu aux États-Unis ?

(Pause.)

Mr. RAVENNER : Oui ou non ?

Mr. SHEPHERD : Désolé. Pourriez-vous clarifier la question ?

Mr. RAVENNER : Oui ou non. Votre dernier lieu de résidence, avant d'entrer aux États-Unis en septembre 1940, était le quartier général révolutionnaire trotskiste mondial de la rue Morelos, Coyoacán, à la périphérie de Mexico.

Mr. SHEPHERD : Oui.

Mr. RAVENNER : Est-il vrai que dans ce même lieu, plusieurs actes extrêmes d'espionnage et de violence ont été commis, tous directement liés à la police secrète de Joseph Staline ?

Mr. SHEPHERD : Oui. Commis contre nous.

Mr. RAVENNER : Vous dites que vous n'avez pas de dispositions pour la politique, essayez donc de concentrer vos facultés mentales, si vous le voulez bien, sur une simple question. Êtes-vous venu ici, depuis ce quartier général, avec pour mission de renverser le gouvernement des États-Unis, compte tenu de la modeste compréhension que vous aviez de la situation ? Je veux entendre un seul mot, monsieur. Oui, ou non.

Mr. SHEPHERD : Non.

Mr. RAVENNER : Dans quelle intention, dans ce cas, êtes-vous venu aux États-Unis ?

Mr. SHEPHERD : (Pause.) Oui ou non ?

Mr. RAVENNER : Vous pouvez entrer dans les détails dans ce cas particulier.

Mr. SHEPHERD : Je suis venu livrer des tableaux pour des musées à New York.

Mr. NIXON : Ma foi, c'est ce que j'appelle un sacré travail de livraison s'il est toujours là au bout de dix ans. Même Sears Roebuck ne met généralement pas aussi longtemps.

(Rires dans la tribune.)

Mr. RAVENNER : Dites-moi, quelle était la nature de ces tableaux ?

Mr. SHEPHERD : De la peinture à base d'huile appliquée sur de la toile.

(Rires dans la tribune.)

Mr. WOOD : Mr. Shepherd, nous ne sommes pas des imbéciles. Nous voyons bien que vous essayez de tourner cette audience en ridicule. C'est la dernière fois que je vous demanderai de répondre à la question aussi directement que vous le pouvez. Quelle sorte de tableaux avez-vous passé en fraude aux États-Unis ?

Mr. SHEPHERD : Surréalistes. Tous transportés avec des documents de douane légaux. Les papiers sont encore dans les archives des musées, j'imagine.

Mr. RAVENNER : Et ces tableaux étaient-ils ceux du peintre mexicain Diego Rivera, qui est très connu en tant qu'agitateur communiste ?

Mr. SHEPHERD : Non.

Mr. RAVENNER : Non ?

Mr. WOOD : Rappelez-vous, Mr. Shepherd, que vous avez prêté serment.

Mr. SHEPHERD : Ce n'étaient pas des tableaux de Mr. Rivera, non.

(Les députés Wood et Verne ont passé un moment à s'entretenir avec Mr. Ravenner et à examiner des documents.)

Mr. RAVENNER : Ces tableaux appartenaient-ils à la maison de Mr. Rivera, ou lui appartenaient-ils ? Répondez à la question en détail.

Mr. SHEPHERD : Ils ont été peints par sa femme, l'artiste Frida Kahlo.

Mr. RAVENNER : Vous admettez donc que vous avez fréquenté en toute connaissance de cause les militants communistes Mr. et Mrs. Diego Rivera ?

Mr. SHEPHERD : Oui.

Mr. RAVENNER : Dans quel but ?

Mr. SHEPHERD : Dans le cas que vous évoquez, pour surveiller l'acheminement de ces tableaux dans des galeries à New York.

Mr. RAVENNER : Ils vous ont employé pour passer des caisses à la frontière et les faire entrer aux États-Unis. Où vous êtes resté pendant presque dix ans. Mes documents disent qu'il y avait dix caisses en tout, dont certaines étaient trop grosses pour être portées par un seul homme.

Mr. SHEPHERD : C'est exact. Nous avons eu recours à des diables pour les sortir des trains.

Mr. RAVENNER : Saviez-vous précisément ce que vous transportiez ? Avez-vous emballé ces caisses vous-même ?

Mr. SHEPHERD : Non. J'avais une liste avec les noms des tableaux.

Mr. RAVENNER : Vous avez fait entrer en fraude dans ce pays de grosses caisses dont vous ignoriez le contenu ? Depuis le quartier général de communistes parmi les plus dangereux de tous les pays, touchant notre frontière. Est-ce exact ?

(Le prévenu s'est entretenu brièvement avec l'ami ci-dessus nommé, Arthur Gold.)

Mr. SHEPHERD : Messieurs les députés, rien n'a explosé.

Mr. WOOD : Qu'avez-vous dit ?

Mr. SHEPHERD : J'ai livré des œuvres d'art. Vous faites allusion à un crime qui n'a pas été commis.

Mr. WOOD : Mr. Shepherd, je vais donc vous poser une autre question. Ces soi-disant œuvres d'art pourraient-elles également être qualifiées de propagande communiste ?

Mr. SHEPHERD : Selon moi, monsieur ? L'art ne prend son sens que dans le regard de celui qui le contemple.

Mr. RAVENNER : Pourriez-vous formuler votre réponse dans un anglais clair ? Quelle était la destination des objets dissimulés que vous avez transportés dans ce pays ?

Mr. SHEPHERD : Puis-je répondre librement ?

Mr. RAVENNER : Avec vos propres mots, oui. D'accord.

Mr. SHEPHERD : La mission de l'art est d'élever l'esprit, ou de payer la facture du chirurgien. Ou les deux, en fait. Il peut aider quelqu'un à se rappeler ou à oublier. Si votre maison n'a pas beaucoup de fenêtres, vous pouvez accrocher un tableau et avoir une vue. D'un autre pays, si vous le souhaitez. Si votre conjoint n'est pas beau, vous pouvez contempler un visage ravissant sans que cela vous attire des ennuis.

(Rires dans la tribune.)

Ce tableau peut être peint sur un mur public ou enfermé dans un château. Les premiers tableaux que Mrs. Kahlo ait vendus l'ont été à l'un de vos célèbres acteurs de cinéma, Edward G. Robinson. L'art est quelque chose que je connais. Un livre a ces mêmes fonctions que je viens de mentionner, particulièrement en ce qui concerne la maison qui manque de fenêtres. L'art en soi n'est rien, jusqu'au moment où il entre dans cette maison. Des gens ici souhaitaient avoir les tableaux de Mrs. Kahlo, et je les ai transportés.

(Silence dans la tribune.)

Vous m'avez demandé pourquoi je suis ici depuis si longtemps. Je peux tenter de l'expliquer. Les gens au Mexique ont beaucoup de couleurs et de chansons, ils ont plus d'art qu'ils n'ont d'espoirs, me semblait-il. Ici, j'ai trouvé des gens qui débordaient d'espoir, mais qui avaient peu de chansons. Ils ne chantaient pas, ils allumaient la radio. Ils avaient besoin d'histoires, plus que tout. Alors je me suis essayé à faire de l'art où vivait l''espoir. Car je n'étais pas doué pour le reste, fabriquer de l'espoir où vivait l'art. Je n'aurais jamais imaginé trouver autant d'espoir que j'en ai trouvé ici en Amérique. Mes voisins donnaient leurs épingles à cheveux et les gonds de leurs portes pour construire le grand paquebot Amérique. Je voulais donner à ce pays quelque chose moi aussi. Alors je suis resté ici.

(Silence dans la tribune pendant quelques instants. D'une nature inhabituelle ; on entendrait une mouche voler.)

Mr. RAVENNER : Vous dites que Edward G. Robinson fréquente des communistes ?

Mr. SHEPHERD : Je suis désolé, j'ai peut-être fait une erreur. C'était il y a longtemps. Il se peut que ce soit J. Edgar Hoover qui ait acheté les tableaux.

(Rires considérables dans la tribune.)

Mr. WOOD : Silence !

Mr. RAVENNER : Maintenant, écoutez-moi bien, si vous continuez à tourner cette audience en ridicule, nous vous accuserons d'outrage au Congrès. Je vais vous poser une série de questions auxquelles vous allez répondre Oui ou Non. Un mot de plus et vous serez conduit en prison. Me comprenez-vous ?

Mr. SHEPHERD : Oui.

Mr. RAVENNER : Travaillez-vous aujourd'hui, ou avez-vous jamais travaillé, pour des communistes au Mexique ?

Mr. SHEPHERD : Oui.

Mr. RAVENNER : Avez-vous vous-même écrit des œuvres sur des étrangers, des gens déloyaux envers leurs leaders, avec l'intention de distribuer ces tracts à grande échelle aux États-Unis ?

(Silence.)

Mr. SHEPHERD : Oui.

Mr. RAVENNER : Avez-vous été en contact avec des révolutionnaires communistes depuis que vous êtes arrivé aux États-Unis ?

Mr. SHEPHERD : Oui.

Mr. RAVENNER : J'ai une quantité considérable de preuves, *écrites*, des articles de journaux et autres, qui indiquent que vos livres sont lus en Chine communiste. Que vous vous êtes opposé à l'utilisation de la bombe atomique. J'ai la preuve que vous avez fait la déclaration suivante. Je vous demande d'écouter attentivement ; et ensuite de confirmer ou nier. Et ici je cite Mr. Shepherd : « Notre chef est un sac vide. Nous pourrions tout aussi bien le renverser, prendre un bâton, y planter une tête avec des cornes, et la suivre. La plupart d'entre nous ne choisissent jamais de croire en la nation, c'est juste que nous n'avons pas de meilleure idée. » Mr. Shepherd, ces mots sont-ils les vôtres ?

Mr. SHEPHERD : Quelques-uns, parmi tant d'autres, oui. Dans une histoire.

Mr. RAVENNER : Mr. Shepherd, je vous pose une question simple. Avez-vous écrit ces mots ? On vous demande seulement de confirmer ou de nier.

Mr. SHEPHERD : Oui. Ces mots sont de moi.

Mr. RAVENNER : Mr. Wood, messieurs, je n'ai rien à ajouter. Cette audience est terminée.

Plus Tard, 1959

par Violet Brown

The Asheville Trumpet, *16 juillet 1951*

Nécrologie

Harrison Shepherd, 34 ans, a péri le 29 juin alors qu'il nageait dans l'océan près de Mexico. Habitant d'Asheville, le défunt s'était rendu au Mexique sous un nom d'emprunt alors qu'il faisait l'objet d'une enquête pour crimes, parmi lesquels la révocation du département d'État pour actes de trahison, faux témoignage et fraude. Il avait écrit deux livres, ne possédait pas d'état de service militaire et était bien connu en tant que communiste. Les autorités ne citent aucune preuve d'acte crapuleux et pensent qu'il a mis fin à ses jours. Élevé dans un foyer désuni, Shepherd ne laisse pas de survivant. Aucun service n'a été prévu.

La partie la plus importante d'une histoire est celle que l'on ne connaît pas. Il l'a assez dit. Ce ne serait pas une surprise s'il demandait que cela soit gravé sur sa tombe, s'il doit y en avoir une. Vous voyez. Toute l'histoire est là, et néanmoins il reste encore à découvrir.

Vous croyez qu'une chose est sans espoir. Vous croyez un livre brûlé, pourtant les mots persistent. Deux fois dans ce cas, d'abord au Mexique, ses notes et ses brouillons tous pris par la police après le meurtre, voués à la destruction mais précairement sauvés. Puis plus tard confiés à moi pour être brûlés, et restés intacts. Vous croyez une vie terminée, mais les journalistes ne peuvent point en faire une réalité du simple fait de le dire, fût-ce de nombreuses fois. C'est mourir qui fait la mort, et vivre qui fait la vie.

Le salut de tout cela, la vie ou l'histoire qu'importe, j'y viendrai sans délai. D'abord les carnets. Car voyez-vous, je ne les avais pas brûlés, le jour où on me l'a demandé. Il avait dit que je ne continuerais à travailler pour lui qu'à la condition que nous détruisions tous ses mots, sa vie entière si vous voulez mon avis. Je voyais ce qu'il avait l'intention de faire ce jour-là, et pourquoi. Ces écrits, pensait-il, seraient la preuve avancée pour sa pendaison. Mais je pensais qu'il pourrait en aller autrement, la preuve de la bonté qui était la sienne. Je n'avais pas idée de ce que contenaient ses notes, mais je connaissais l'homme.

Je pris ce qu'il avait retiré de ses étagères ce jour-là, et tandis qu'il était au premier étage occupé à chercher davantage, j'ai fourré le tout dans la grande poche en cuir du courrier. Mon cœur galopait, je n'ai pas la trempe d'une criminelle. Mais ce jour-là, j'ai trouvé le courage. Le temps qu'il se poste à la fenêtre pour me regarder faire, j'avais à moitié terminé. Il fallait voir ce que j'avais jeté dans le tonneau à goudron : vieux papiers, suppléments publicitaires, une pleine corbeille qui se trouvait sous ma table, et bien d'autres choses. Pas mal de lettres ignobles que j'avais mises de côté. Des choses qui méritaient de disparaître.

Ses carnets sont partis avec moi chez Mrs. Bittle, et là ils sont restés, dans une boîte au fond de mon armoire, cachés sous de la laine à tricoter. Que ces hommes viennent donc fouiller les lieux, ai-je pensé, ils ne s'attarderaient pas sur une boîte de laine et d'aiguilles à tricoter. De quoi en faire fuir plus d'un. Je pensais que je ne les garderais là que jusqu'à ce que Mr. Shepherd change d'avis. Ou le temps nécessaire pour prouver qu'il n'avait rien fait de mal. Ce temps-là n'est pas venu, pour ce que j'en sais, et je n'avais toujours pas idée de ce qu'il avait écrit en une vie entière de petits livres. La trempe pour ce genre de crime je ne l'avais point : fourrer mon nez dans le journal d'un homme vivant.

Je ne l'ai pas fait jusqu'à mon retour du Mexique. Au début, un simple coup d'œil était tout ce que je pouvais endurer, chercher certaines dates et autres, pour composer une notice nécrologique décente. Mais naturellement cela n'advint pas, ils publièrent leur petit couplet inutile, et donc mes recherches ne furent plus bien longtemps une excuse. Et pourtant, je continuais de regarder, une page par-ci, une page par-là. Encore et toujours je prenais ses carnets sachant qu'ils n'étaient pas destinés à mes yeux, et pourtant mes yeux continuaient de regarder, nombreuses en étaient les raisons. Certaines évidentes aujourd'hui, je le pense vraiment.

Partir au Mexique, l'idée était mienne. J'ai répugné à le dire par la suite, en raison des événements. Mais à l'époque où je l'ai proposé, les choses avaient atteint un seuil. Après l'audience, il avait cessé d'écrire, pour de bon avait-il dit. À la place, il avait acheté un poste de télévision et il laissait ces niaiseries gouverner ses jours. *Lulu l'homme de la lune* à quatre heures, et cetera. Je venais toujours chez lui deux fois par semaine, mais le courrier ne valait pas la peine qu'on y réponde. Il ne s'agissait pas pour moi de prendre son argent, j'avais trouvé un autre travail. J'aurais pu le laisser seul, mais redoutais de le faire.

Un jour qu'il était assis devant les publicités, il a déclaré qu'il détestait ce que l'Amérique était devenue. Des canapés et des fauteuils à petits pieds pointus. Comme une femme à talons hauts, avait-il dit, qui se promène en souriant alors qu'elle a affreusement mal au dos. Et ces lampadaires en métal sur leurs poteaux qui ressemblent à des entonnoirs, on dirait qu'ils veulent vous électrocuter. La beauté lui manquait.

Je lui ai dit, Pourquoi alors ne pas partir au Mexique, je crois que c'est plus joli là-bas. Il a répondu qu'il ne le pourrait pas, à moins que je parte avec lui. Pensant qu'on s'en tiendrait là. Mais j'ai dit : « Très bien, je vais appeler l'aéroport tout de suite. » Qu'est-ce qui m'a pris ? Je ne saurais le dire.

Il était si changé alors, même son allure. Ce qui à l'ordinaire brillait sur son visage avait éteint ses lumières et s'en était allé. Il était là rompu dans son fauteuil comme d'habitude, dans ses vieux pantalons de flanelle, à fumer, ne quittant jamais l'écran des yeux. C'était l'heure de *Captain Video*, une bande de pirates qui se bagarraient. Ils tenaient Al Hodge par la peau du cou, bien décidés à le noyer. Je lui ai demandé si nous devrions retourner à Mérida, car il avait semblé s'y plaire. Il a dit non, allons à Isla Pixol, il pourrait plonger dans l'océan, c'était la seule chose qui le rendait heureux lorsqu'il était enfant. L'instant était grave, je le vois maintenant. Chargé de tout ce qui allait se passer, et moi qui n'avais pas idée. Mais je crois que lui oui. Il avait son idée.

C'était en avril, une année et quelques après l'audience. Un lundi ou un jeudi, car c'étaient les après-midi où je continuais à venir. Un mois plein de gaieté s'il en est, penserait-on. Même un plumeau pond son œuf au mois d'avril. Mais cette générosité-là avait quitté le pays. Il ne restait véritablement plus de travail pour moi chez Mr. Shepherd après l'audience, et j'avais commencé à chercher une nouvelle source de revenus, car il me pesait d'être une charge. Je suis restée sans voix quand j'ai découvert que la municipalité refusait de m'employer. Pas même au secrétariat, alors que c'était moi qui avais maintenu la maison à flot. Pas non plus à la bibliothèque où j'avais travaillé comme bénévole. Je ne peux pas être employée par le Gouvernement eu égard à mon association avec les mauvais éléments, m'a-t-on fait savoir, tout est consigné, et rien à y faire. Ce fut la même chose à l'Institut de formation des professeurs. Au bout de plusieurs mois de vaines demandes, chose détestable en soi, une connaissance du Club des femmes consentit à me recommander en tant que comptable au grand magasin Raye's. C'était un emploi subalterne, le matin seulement, et je devais travailler dans un bureau en sous-sol. Ils ne pouvaient pas courir le risque qu'un client me reconnaisse.

Que les temps soient durs, j'en savais quelque chose. Mon père disait toujours qu'un homme peut s'habituer à n'importe quoi sauf être suspendu par le cou. Je le crois. Mais Mr. Shepherd en était incapable. Il avait un puits de désespoir à l'intérieur de lui, et ce puits débordait, inondant ses jours et sa vision de l'avenir, si tant est qu'il en eût un. Il disait que si les lecteurs le jugeaient si méprisable, il ne leur infligerait pas de nouveaux livres. Il était difficile de le contredire dans la mesure où le filet de courrier qui continuait d'arriver était terrible. Pourquoi les gens dépensent-ils de l'argent en timbres, pour décharger leur bile sur un inconnu ? « Maintenant nos garçons vont en Corée se faire tuer et mutiler par les communistes. Alors si l'un d'eux du nom de Harrison Shepherd meurt de faim, c'est pour moi une joie incommensurable. »

On l'avait traité de tous les noms, et il avait pris sur lui. Mais quand les mots d'un homme lui sont volés et sont empoisonnés, c'est la même chose que d'empoisonner l'homme. Il ne pouvait plus parler, de crainte que ses paroles ne soient souillées. Les mots étaient tout lui. J'avais le sentiment d'avoir été témoin d'un meurtre, tout comme il avait vu son ami assassiné au Mexique. Sauf que cette fois, ils avaient laissé le corps en vie.

Ses livres n'étaient plus interdits, ils avaient tout bonnement disparu. Ils dirent qu'il avait escroqué l'éditeur avec le serment de loyauté, et donc l'avance sur recettes avait dû être remboursée et le livre retiré. Il n'y avait plus grand-chose à faire pour Harrison Shepherd, regarder l'homme de la lune dans sa salle de séjour était le peu qu'il lui restait. Il disait qu'Artie Gold l'avait prédit. Que parfois on voit vraiment que l'empire s'effondre, et Mr. Gold avait vu les choses venir, toute l'herbe verte de notre pays tuée pour de bon. J'ai dit sottises, l'herbe repoussera au beau milieu d'un trottoir et le Seigneur aime ce qu'Il ne peut pas tuer.

Mais c'étaient des encouragements bien vains, je le savais. Rien ne venait alors, à peine une idée germait qu'une résolution était aussitôt prise pour la faucher. Le Club des femmes était devenu une sinistre entreprise, leur seule préoccupation étant de barrer la route à tout ce qui sortait du droit chemin : un employé de la municipalité ou un livre d'histoire. Harriet Tubman et Fredrick Douglas, pas bons pour les enfants, mauvais exemple. C'est partout pareil maintenant, regardez la tête des gens. Regardez-les dans les snack-bars sur Charlotte Street, assis en rangs d'oignons, ils portent l'inquiétude sur leurs visages, morts de peur à l'idée d'être moins américain que le voisin. Qu'est-ce qui se passe, monsieur, on dirait que vous avez vu un communiste ! Ce seul mot peut valoir à un enfant de se faire passer la bouche au savon. Avant, le mot figurait dans le *Geographic*, je l'ai appris quand j'étais enfant, « Vie quotidienne en Ukraine » et cetera. Mais les journaux et les magazines ont eu la bouche passée au savon eux aussi. Même aujourd'hui, des années après l'audience de Mr. Shepherd. Les choses se passeraient exactement comme elles se sont passées alors. Les gens n'ont plus de vinaigre en eux. On peut démissionner du Club des femmes, mais le monde est partout, on ne peut pas se porter absent.

Vers le début du mois de mai, donc, après que nous en avons eu discuté, je suis allée voir Arthur Gold au sujet de notre voyage au Mexique. Mr. Gold y était favorable. L'étau se resserrait. Maintenant qu'ils détenaient ce qu'ils appelaient des preuves contre Mr. Shepherd, grâce à l'audience, c'était une question de paperasse, rien d'autre, et les inculpations suivraient. Avec une accusation, les hommes du FBI lui retireraient son passeport. En vérité, Mr. Gold ne comprenait pas pourquoi ils ne l'avaient pas déjà fait. Il a dit que Mr. Shepherd devrait partir maintenant, pendant qu'il en était encore temps.

J'étais embarrassée de poser la question, mais j'ai demandé s'il serait bien raisonnable qu'il se rende au Mexique et n'en bouge plus. Mr. Gold a reconnu que lui et Mr. Shepherd avaient déjà évoqué la question, il y avait quelque temps. Cela ne servirait à rien. Les enquêteurs fédéraux peuvent le faire revenir ici sur-le-champ, une fois l'inculpation prononcée. Mr. Gold a dit qu'il y avait de nombreux exemples. Un homme s'était échappé d'Ellis Island, en s'embarquant clandestinement sur un bateau, et ils sont allés jusqu'en France pour le récupérer. Ils iront au bout du monde pour ramener au bercail ceux qu'ils ont jugés indignes d'être américains. Cela est absurde. Comme les lettres haineuses des gens qui déclarent qu'ils ne liront jamais les livres de Mr. Shepherd. Pourquoi ne pas laisser le livre où il est et vaquer à ses occupations ? Je ne voyais pas comment il aurait été possible de prendre encore un gramme de chair à ce pauvre homme, alors qu'il n'avait rien fait d'autre dans sa vie que s'employer à rendre les autres heureux. Mr. Gold a dit que, sauf votre respect, beaucoup d'hommes qui n'ont pas un sou de méchanceté sont actuellement enfermés à la prison de Sing Sing. Et maintenant, le Congrès était en train de délibérer pour que les lois de haute trahison s'appliquent à la guerre froide comme c'est le cas dans une lutte armée. C'est-à-dire qu'on serait pendu.

Eh bien cela a mis le feu aux poudres. Je suis allée réserver les billets et j'ai tout organisé. Mr. Gold m'a conseillé de réserver les billets sous un autre nom, les acteurs de cinéma le font régulièrement. Et puis donner le vrai nom quand vous vous présentez. J'ai choisi Ben Franklin et Betsy Ross. Cela a amusé Mr. Shepherd. Il a commencé à s'intéresser. Il a cessé de fumer tout le temps et il est sorti davantage. Ils ont réouvert la piscine à Montford après deux étés de fermeture à cause de la polio, et il s'est mis à y aller souvent. Il avait adoré nager quand il était petit. Parfois je l'accompagnais à la piscine juste pour être là et regarder, car il n'était plus le même dans l'eau, luisant comme un savon, et capable de retenir son souffle comme je ne sais pas quoi. Je serais tentée de dire un poisson, mais ce n'est pas juste. Il parcourait toute la longueur de la piscine, d'un bout à l'autre sans sortir la tête de l'eau. Je l'ai interrogé là-dessus, et il a répondu que c'était cela, son enfance, cette excitation : il avait appris à retenir son souffle pour s'amuser.

Notre vol était sur la Compañia Mexicana de Aviación. À Mexico, en route vers la gare ferroviaire, nous avons été pris dans un terrible embouteillage. Les valises entre nous dans le taxi et des gouttes de transpiration qui coulaient, car nous avions dû garder les vitres fermées, la ville entière sentait le gaz lacrymogène. Le chauffeur a expliqué à Mr. Shepherd que depuis plusieurs jours il y avait des manifestations – des ouvriers – et la police qui essayait de les disloquer. Mr. Shepherd a répondu Très bien, ils n'ont pas perdu l'envie de se battre ici ; et pendant que nous sommes restés coincés là, il a raconté une histoire d'il y a longtemps, ses années de lycée à Washington. Les vétérans sans abri qui se battaient pour obtenir leur allocation de guerre. Il a dit que l'odeur était la même. L'armée avait utilisé du gaz et des fusils contre les gens qui vivaient dans des tentes. Des Américains. Et ces gens qui avaient encore l'audace de se jeter dans la bagarre, riposter ou mourir au combat.

Nous avons pris le train pour Veracruz, puis un bus, puis un ferry. Comme les marins avec Christophe Colomb, j'avais l'impression que nous allions bientôt arriver au bord du monde et *plouf*, dans l'eau. Mr. Shepherd a dit que sa mère se plaignait tout le temps qu'Isla Pixol était si loin de tout qu'il fallait crier trois fois pour que Jésus vous entende. Ça je veux bien le croire. L'hôtel en ville était vieux comme Moïse, l'ascenseur rien de plus qu'une cage suspendue à une chaîne. Le garçon qui y a transporté nos valises prétendait que c'était le plus vieil ascenseur du Nouveau Monde, et cela aussi je l'ai cru.

Sans attendre, Mr. Shepherd loua une voiture pour nous conduire à la vieille hacienda où il avait vécu. L'antique bâtisse était en ruine, mais il ne semblait pas déçu. Il y est retourné de nombreuses fois, souvent seul. Je me suis repérée dans la petite ville et j'ai trouvé des babioles à rapporter à ma nièce et aux petits. Un jour, Mr. Shepherd est revenu avec un homme qui a dîné avec nous, ils se tapaient sur les épaules en disant « frère » et « le diable ». Incapables tous les deux de croire que l'autre était encore en vie. Il s'appelait Leandro. Il y en avait d'autres dans le village, c'était évident, qui se rappelaient le petit garçon mais ne se doutaient pas le moins du monde qu'il était devenu un homme de renom, ou même un homme tout court.

Mr. Shepherd n'aspirait à rien que plonger dans l'eau. Pas question pour moi d'être de la partie mais, à l'entendre parler, l'océan c'était le paradis et tous les poissons des anges. Il avait un masque de plongée qu'il avait acheté en ville, et il n'avait besoin de rien d'autre, il partait le jour entier et revenait brûlé par le soleil. Je pensais qu'il allait lui pousser des branchies. Un peu plus chaque jour il retournait aux poissons, laissant le monde des hommes, semblait-il. Un soir, il apparut au dîner avec un calendrier et il me montra un jour qu'il avait entouré d'un cercle, deux semaines plus tard environ. Il voulait rester jusque-là. Cela signifiait qu'il fallait modifier notre retour, pas une bagatelle. Je n'étais pas très contente. J'avais réussi à obtenir un congé non payé chez Raye's, et ils ne seraient pas fâchés de me remplacer. J'ai demandé s'il avait l'intention de modifier les dates à nouveau après cela. Comme un enfant qui repousse l'heure de se coucher. Il a dit non, c'était le jour, après la pleine lune. C'était quelque chose d'important pour lui.

Le dernier jour, il se prépara pour se rendre à sa plage et me demanda de venir. Je ne voyais pas d'inconvénient à rester assise sur le rivage avec un livre. Je l'avais déjà fait. Mais une fois là-bas, il se mit à avoir un comportement bizarre. Tout un tas de petits garçons passaient par là, et il leur a dit en espagnol qu'il leur donnerait de l'argent pour venir le regarder plonger, juste pour voir combien de temps il était capable de rester sous l'eau. Les gamins avaient l'air de se dire qu'ils voulaient bien le regarder chanter *Dixie* si ça pouvait lui faire plaisir, du moment qu'ils avaient leurs pièces, et donc voilà la joyeuse bande en train de descendre un petit sentier à travers les buissons.

L'endroit où il avait décidé de plonger était une petite crique avec des falaises derrière et une bande de rivage qui rapetissait à vue d'œil, à mesure que la marée croissait. La matinée avançait, et il semblait impatient d'aller dans l'eau. La marée était encore basse mais montait très vite, dévorant la petite plage. Je me demandais combien de temps il s'attendait à ce que je reste. Je ne sais pas ce qu'il a dit avant de s'avancer dans l'eau. Je n'ai pas prêté attention. Il m'avait probablement un peu contrariée. J'avais mon livre. Mais au bout d'un moment j'ai regardé l'eau devant moi et je ne l'ai pas vu. J'ai attendu. Puis j'ai compté jusqu'à cinquante, puis cent. Je ne voyais pas comment il aurait pu quitter la crique. Et brutalement j'ai compris : il s'est noyé. Ces petits garçons le savaient aussi, qui se tenaient en groupe, car ce n'était plus l'eau qu'ils regardaient, mais moi. Ils avaient l'air de penser que c'était à moi maintenant de m'occuper de ce qui était arrivé.

Ai-je crié ? Ce n'est pas ma manière, donc je ne le crois pas. Je pense que je me suis levée, j'ai jeté mon livre, et je me suis agitée. Je me rappelle avoir pensé que je ne pouvais pas aller dans l'eau car cela ruinerait mes chaussures. Je n'avais donc pas encore assimilé que la vie avait mis ici devant moi quelque chose de bien pire que des chaussures ruinées. Bien pire que tout ce que j'avais connu jusque-là. Il est vrai que j'ai perdu un mari dans la crue de la French Broad River en 1916, Freddy Brown, et que cela a brisé un cœur de jeune fille. Mais ceci était pire. Mon cœur avait vieilli, il renfermait plus de choses à briser. Je ne puis poser des mots sur cet après-midi-là. Lui connaîtrait les mots pour décrire les sentiments que je portais en moi, mais je ne connaissais que les sentiments.

J'ai dit à ces garçons du mieux que je pouvais de courir chercher de l'aide. Un groupe d'hommes est arrivé du village et ils ont fouillé la crique. L'un d'eux était l'ami, Leandro. Plus tard la police est arrivée aussi. À la nuit tombée, il devait y avoir une centaine de personnes dans cette crique alors que la marée se retirait, chaque heure cédant plus de plage à la foule qui venait s'y poster. Il n'a jamais fait vraiment nuit, car la lune s'était levée, grosse et pleine, juste quand le soleil baissait. La plupart de ces gens étaient simplement curieux de voir un cadavre, j'imagine. Pourtant tous sont partis ce soir-là sans être satisfaits, il n'y avait pas de cadavre. Il avait juste disparu.

Je me rappelle certaines parties de cette journée, pas toutes. Je ne peux dire comment je suis rentrée à l'hôtel. La police a dû fouiller sa chambre dans l'espoir de trouver un indice ou un mot, pensant que Mr. Shepherd avait peut-être attenté à ses jours délibérément. Je savais qu'il n'en était rien, et pourtant je ne savais pas vraiment. Je suis restée à la porte pendant qu'ils retournaient valises et tiroirs, et j'ai pensé : « Voilà que ça recommence, la police qui met tout à sac pour trouver des preuves, et l'homme, ils ne le trouveront pas. » Je remarquai une chose en particulier : le petit homme en pierre qu'il aimait garder dans sa poche. Il avait laissé sa chambre en ordre, tout avait été rangé, mais ce petit homme était là sur la table et il me souriait d'un air entendu ! Ou plutôt il hurlait, cette bouche ronde ouverte comme un trou dans une tête. Ça m'a donné envie de hurler moi aussi et, croyez-moi, c'est chose rare. Je voyais bien qu'il y avait une raison pour laquelle on l'avait posé là, et la raison c'était moi. Mais ce qu'il voulait me dire, je ne le savais pas.

Une fois rentrée à la maison, je me suis mise à la tâche de mon mieux, c'est-à-dire pas très bien. Je n'arrivais à penser qu'à une chose à la fois, en commençant par : lève-toi. Arthur Gold fut d'un grand secours, déchiré par tout cela lui aussi, mais moins surpris. C'était lui qui avait fait le testament, vous comprenez. Mr. Shepherd m'avait tout laissé, sa maison et le montant des recettes des livres, s'il y en avait. Les chats. L'argent n'était pas une fortune, mais plus que le denier de la veuve. Curieusement il avait télégraphié de l'argent à une banque à Mexico, adressé à

Mrs. Kahlo. Il avait fait cela peu avant notre voyage. Il n'en avait pas parlé, mais je décidai que ce n'était pas une bien grande surprise. Cette dame manquait toujours d'argent.

Avec ce testament légal, il y avait une lettre qui m'était adressée. Elle contenait certaines instructions au sujet de ses livres, et des choses personnelles, sa reconnaissance pour les années. L'essentiel n'a pas à être mentionné ici. Mais il disait deux choses qui m'ont choquée : d'abord, que nous avions vécu un grand amour. C'est ainsi qu'il l'a formulé, dans ces termes. Personne n'avait été plus important pour lui. Et il disait de ne pas avoir de chagrin. Son seul regret était la tache que sa vie et ses façons avaient imprimée sur la mienne, et il voulait que je me défasse de ce genre de tracas. Il disait que c'était la fin heureuse que tout le monde souhaitait. Eh bien, j'étais furieuse de cela. Qu'il renonce à la vie, et appelle ça du bonheur.

J'ai emménagé dans sa maison, adieu Mrs. Bittle, enfin. Je ne m'attarderai pas là-dessus. L'emploi à mi-temps chez Raye's me laissait les après-midi libres pour mettre les choses en ordre et répondre au courrier qui arrivait encore. Ma première tâche fut la notice nécrologique pour le journal d'Asheville. Inutile de dire le soin que j'y ai porté, pleurant sur chaque mot et beaucoup non écrits. Je l'ai apportée au bureau et j'ai parlé à un homme, mais à peine avais-je franchi la porte qu'il avait dû la jeter dans sa poubelle. Ils ont publié leur propre petit couplet à la place. Ils n'avaient pas le désir d'écrire ce qu'un homme avait fait de sa vie. Cela aurait requis un témoignage honnête. Il est plus simple de répéter ce qu'on a dit de lui.

En 1954 est venue la mort de son amie, Mrs. Kahlo. La famille a certainement dû connaître quelque remue-ménage, faire le tri dans l'amas de choses laissées par la défunte, comme c'est toujours le cas, car ils ont envoyé une malle avec les affaires de Mr. Shepherd. Des vêtements de jeune homme démodés depuis des années, quelques photographies, et pas grand-chose d'autre d'un quelconque intérêt. Mais, à l'intérieur de la malle, il y avait une lettre de Mrs. Kahlo, qui m'était adressée. J'ai trouvé cela très étrange. Nous ne nous étions rencontrées qu'une fois. Mais mon nom y figurait, cette malle n'était donc pas une simple chose oubliée, elle avait prévu de me la faire envoyer. Elle s'en était souciée avant de mourir.

La lettre était si bizarre. Le dessin d'une pyramide esquissée en violet et en marron, et sur le sommet un œil jaune avec des lignes comme les rayons du soleil. En travers de l'œil elle avait écrit « soli », pour dire soleil, ai-je pensé. Et griffonné en haut de la page d'une écriture d'enfant : « Violet Brown, votre ami américain est mort. Quelqu'un d'autre est ici. » Quelques mots écrits en anglais. Mais qui me laissaient aussi perplexe que le visage qu'on devine sur la lune.

Les photographies, je les ai mises de côté, et les vêtements j'avais l'intention de les donner à l'Armée du Salut, car qui sait ce qu'une personne portera si elle a assez froid. Il faudrait les laver d'abord ; elles restèrent donc en l'état des semaines avant que je trouve le temps de m'en occuper. Ce n'est que par chance que j'ai fouillé les poches du pantalon. Mon cœur se met à cogner dans ma poitrine quand j'y pense aujourd'hui, les choses auraient si facilement pu tourner autrement. Mais ce qui est arrivé est arrivé. J'ai trouvé le petit carnet.

Je savais ce que c'était. Pour sûr. J'ai ouvert le petit livre en cuir et j'ai vu une écriture tracée au crayon, le garçon avec ses lamentations sur sa mère et tout le reste. Oh, j'ai pleuré. J'avais le sentiment d'avoir trouvé mon propre enfant perdu. Je suis restée assise sur le plancher de la chambre et je l'ai lu d'un trait, là même où j'avais trié les vêtements. Mon cœur cognait, à cause de cette grotte qu'il avait trouvée dans l'eau. Et son histoire avec la lune, apprendre à attendre le jour où la marée l'aiderait à passer de l'autre côté, sans qu'il se noie d'abord. C'était bien lui. Cette patiente étude.

Je l'ai lu en entier. La fin heureuse, comme il l'appelait. Car c'est ce qu'il a fait, littéralement sous mon nez pendant que je lisais sur la plage. Il a pénétré dans cette grotte à la nage, pour reposer auprès des os ou bien ressortir de l'autre côté, et entrer dans une vie où il serait un autre homme qui n'est pas mort.

Se battre ou mourir, c'était l'un ou l'autre. Je sais ce qu'il a choisi. Mrs. Kahlo l'aurait caché s'il était arrivé jusque-là, et elle l'aurait aidé à prendre un nouveau départ. Elle était friande de ce genre de chose. Il lui avait télégraphié l'argent. « Quelqu'un d'autre est ici », avait-elle écrit, clair comme le jour, et aussi le nom par lequel elle l'appelait, oublié depuis longtemps. C'est lui qui avait eu l'idée de lui faire envoyer le message, pour que je sois en repos. J'ai le sentiment de savoir cela aussi.

Il fallait alors que je sorte tous ses carnets, et que je les regarde à nouveau. Trois années plus tôt, j'en avais lu la plupart les yeux à demi clos de chagrin, puis je les avais rangés, oubliant tout ce que je pouvais. Et voilà que la boîte était ressortie. Les papiers couvraient la table de la salle à manger, un désordre comme au temps jadis. Ce petit livre ayant retrouvé sa place, l'histoire était tout autre. À cause de ce terrier dans l'eau et la roche – *lacuna*, il l'appelait. Cette fois-ci je l'ai lu d'un cœur moins lourd, comprenant que le héros serait encore debout à la fin du voyage. Ou du moins, mort ou vif, il avait entrevu une chance et avait décidé de la saisir. Ce que vous ne savez pas ne peut pas vous blesser, dit-on. Pourtant si. Tant de choses en dépendent.

Ce que j'ai fait avec ces écrits, il aurait pu le faire lui-même. Présenter sa vie comme il le choisirait, pour que d'autres la lisent. Il avait commencé un premier chapitre, puis s'était interrompu, prétendant qu'il ne pouvait pas aller plus avant faute d'avoir le carnet perdu. Je pourrais dire : « Maintenant, il est retrouvé, donc Mr. Shepherd voudrait certainement poursuivre son histoire. » Ce qui est pure sottise, je le sais bien. Il voulait laisser de côté son enfance et n'en plus faire état. Dieu parle pour celui qui se tait, oh, cela je l'ai entendu. J'ai lutté avec ma conscience, cela m'a coûté. Cela me coûte encore.

Pourtant, un jour j'ai décidé de continuer. J'étais ici à Montford, car il m'avait donné la maison et il ne pouvait pas avoir d'autre intention que de m'y voir vivre. J'utilise une autre chambre pour dormir, bien sûr, et son bureau sous le pignon est un endroit où je ne vais pas. Mais c'est son miroir que j'ai dû affronter chaque matin dans la salle de bains, l'endroit même où il se rasait et répondait devant son Seigneur et sa conscience. Maintenant c'était une dame qui me regardait dans la glace, et un beau matin je lui ai dit : Écoute-moi bien. Si Dieu parle pour celui qui se tait, alors peut-être que Violet Brown est Son instrument.

Je ne dis pas que ce fut rapide ou sans encombre. Cela a demandé de la réflexion. Taper un manuscrit, je sais le faire. Son écriture était lisible, et les erreurs peu nombreuses. Mettre tout en ordre ne fut pas chose facile, mais pas pire que certains fichiers que j'ai vus à la bibliothèque d'Asheville. Je n'ai rien laissé de côté sinon des choses qui n'avaient pas leur place, une liste de courses ou des numéros de téléphone, certaines lettres. De son histoire j'ai tout dit, même quand il me peinait de le faire, ou quand cela dépassait mon entendement. Mais la question, sentinelle à mon épaule, ne cessait de me tourmenter. M'appartenait-il de la raconter ?

Aujourd'hui le téléphone pourrait sonner et mon cœur se serrerait à la pensée que ce puisse être lui, et la réponse non. Même si je connais les usages du monde et que huit années ont maintenant passé depuis que je l'y ai vu. Les années n'effacent pas un deuil. Mr. Shepherd, où êtes-vous ? Je serais encore capable de le dire. Et voici la réponse : dans ces petits livres. Je pourrais toujours le trouver ici. C'est donc un peu la même chose que ces filles éplorées qui chantent leur amour perdu à la radio. Peut-être que je me suis tournée vers ma machine à écrire pour le plaisir d'être à nouveau sa compagne de tous les jours. Même s'il en est ainsi, au milieu de tout, l'histoire s'est frayé son chemin pour dépasser l'homme. Je dirai que Mr. Shepherd m'a persuadée, contre sa propre volonté.

Pas dans ces termes. Je l'ai espéré. Quelque instruction dans son texte qui guiderait ma main. Juste ciel, c'était comme la Bible – cherchez bien dans ses pages, et vous trouverez ce que vous cherchez. Aime ton prochain, ou tue-le avec la mâchoire d'un âne.

C'est pareil ici. Il a dit clairement, Brûlez ces mots. Il prétendait qu'un peuple muet laisse derrière lui une bonne architecture robuste, pas ses sordides vies d'infortune. Ceux qui viendront après seront frappés par la majesté. Il voulait seulement laisser après lui les monuments que sont ses livres. Alors qu'il vivait et respirait, je voyais son désir et je m'y tenais. Et puis j'ai vu les monuments tomber. En ces temps étranges et froids qui sont descendus sur nous, les gens ont fait ce qu'ils ont pu pour enterrer l'homme, et jeter tout ce qu'il avait fait dans le trou qu'ils avaient creusé pour lui. Comme une momie en Égypte.

Sa vie était une merveille, qu'il en ait eu conscience ou non. Sa manière de voir un chat dans le vent froid, ou des squelettes écrasés dans la poussière. Un poisson mort jeté dans le seau à ordures de la cuisine. Il était capable de pleurer sur presque tout et donner à toute chose un enterrement décent. Il avait si peur de vivre, et pourtant vivre il l'a fait. Cela est un monument. Il a écrit sur ceux qui sont venus avant, donnant chair à leurs tourments. C'était son lot.

Aujourd'hui je fais la même chose pour lui. Tout en sachant, comme je le sais, que tout le monde fait du bois à brûler avec l'arbre abattu. Les professeurs aiment à traquer le péché jusque chez Shakespeare, et le faire passer pour trésor d'érudits. Je ne pourrais pas supporter que cela touche Mr. Shepherd, ou ceux qu'il aimait ou même ses enfants, si une telle chose est advenue. Je veux du temps pour lui. La peinture usée par les années, le calcaire nu révélé.

C'est la raison pour laquelle je l'ai fait enfermer et garder. Mr. Gold savait comment s'y prendre. Les gens dans une banque font exactement cela, garder des documents pendant un nombre d'années donné avant de les tirer de la chambre forte pour les livrer aux journaux et autres. Je lui ai dit cinquante. Il fallait choisir, et c'était un chiffre confortable. Assez de temps pour être sûr que nous serons partis. Néanmoins pas tant qu'il ne soit possible d'imaginer les gens foulant le sol de leurs chaussures plutôt que volant sur des nuages. Des gens qui peut-être voudront jeter un regard en arrière, vers ceux qui ont peiné et mis au monde les temps dont ils ont hérité. Mais c'est peut-être une erreur, et nous ne serons plus alors qu'un cimetière de mauvaises herbes qu'ils n'auront pas le désir de visiter. Vous, je veux dire. Les temps dont vous avez hérité. Je me demande cela : Qui êtes-vous ?

Je redoute de faire ce que je fais maintenant, confier la vie d'un homme au passage vers un autre monde, fût-il rempli de lumière ou d'obscurité. C'est mon petit radeau. J'ignore ce qui attend de l'autre côté.

NOTE SUR LES RÉFÉRENCES HISTORIQUES

Tous les articles et extraits du *New York Times* utilisés dans ce texte sont retranscrits tels qu'ils ont été publiés, et ont été autorisés à la reproduction.

Diego Rivera, « Rivera Still Admires Trotsky ; Regrets Their Views Clashed », 15 avril 1939.

« U.S. Forbids Entry of Trotsky's Body ; Soviet Calls Him Traitor », 25 août 1940.

« 2,541 Axis Aliens Now in Custody », 13 décembre 1941.

Samuel A. Tower, « 79 in Hollywood Found Subversive, Inquiry Head Says », 23 octobre 1947.

« Truman Is Linked By Scott to Reds », 26 septembre 1948.

Les extraits d'articles suivants sont également autorisés à la reproduction.

Anthony Standen, « Japanese Beetle : Voracious, Libidinous, Prolific, He Is Eating His Way Across the US », *Life*, 17 juillet 1944.

« Peekskill Battle Lines », *Life*, 19 septembre 1949.

Frank Desmond, « McCarthy Charges Reds Hold U.S. Jobs », *Wheeling Intelligencer*, 10 février 1950.

Tous les autres articles de journaux dans ce roman sont pure fiction. La description des personnages historiques s'appuie sur des sources avérées, mais leurs conversations avec le personnage Harrison Shepherd sont entièrement inventées. Ceci est une œuvre de fiction.

REMERCIEMENTS

L'auteur reconnaît avec gratitude sa dette à l'égard des ouvrages suivants : *Trotsky in Mexico, 1937-1940* (Manchester, England : Carcanet, 1992) ; Leon Trotsky, *My Life : An Attempt at an Autobiography* (New York : Pathfinder Press, 1970) ; *The Diary of Frida Kahlo : An Intimate Self-Portrait* (New York : Harry N. Abrams, 2005) ; Malka Drucker, *Frida Kahlo : Torment and Triumph* (Albuquerque : University of New Mexico Press, 1995) ; Hayden Herrera, *Frida : A biography of Frida Kahlo* (New York : Harper & Row, 1983) ; Walter Bernstein, *Inside Out : A Memoir of the Blacklist (Da Capo, 2000)* ; William Manchester, *The Glory and the Dream (Boston : Little Brown, 1973)* ; Martha Norburn Mead, *Asheville, In Land of the Sky* (Richmond, Va. : Dietz Press, 1942) ; et Hernando Cortés, *Five Letters of Cortés to the Emperor*, traduction J. Bayard Morris (New York : Norton, 1969). Je remercie également les fondations Lev Trotsky, Dolores Olmedo, Frida Kahlo, et Diego Rivera de m'avoir ouvert les demeures et archives de ces personnes. *Gracias à* l'Instituto Nacional de Antropología e Historia (INAH) pour son dévouement sans faille à l'égard des trésors historiques du Mexique (notamment les fresques de Diego Rivera) et sa détermination à ouvrir ce lieu au public. Pour finir, merci tout particulièrement à Maria Cristina Fontes, Judy Carmichael, Terry Karten, Montserrat Fontes, Sam Stoloff, Ellen Geiger, Frances

Goldin, Matt McGowan, Sonya Norman, Jim Malusa, Fenton Johnson, Steven Hopp, Lily Kingsolver, et Camille Kingsolver.

Cette traduction doit beaucoup à Camille Béquié,
et tout particulièrement à Donald McDonough.
Un grand merci à
BARBARA KINGSOLVER
pour sa disponibilité et son soutien chaleureux.

Composition et mise en pages : FACOMPO, LISIEUX

Achevé d'imprimer en juin 2012
par Novoprint (Barcelone)

Dépôt légal : janvier 2012

Imprimé en Espagne